Bitter sollst du büßen

Widmung

Für John Scognamiglio, der dieses Buch nicht nur als Lektor betreut hat, sondern ein Hauptbeteiligter am kreativen Entstehungsprozess war, wie bei all meinen Büchern für Kensington, besonders während der Arbeit an »If she only knew«. Immer bei klarem Verstand, mit unermesslicher Geduld und brillanten Ideen, die mich über das, was ich sonst vielleicht wagen würde, hinausführen, hat John mich zu Folgendem inspiriert. Ich belohne ihn, indem ich den Schurken in diesem Roman nach ihm benannt habe. Danke, John!

Die Autorin

Lisa Jackson zählt zu den amerikanischen Top-Autorinnen, deren Romane regelmäßig die Bestsellerlisten der »New York Times«, der »USA Today« und der »Publishers Weekly« erobern. Ihre Hochspannungsthriller wurden in 15 Länder verkauft. Auch in Deutschland hat sie ihre Bestsellerqualitäten bewiesen und mit »Shiver«, »Cry« und »Angels« den Sprung auf die »Spiegel«-Bestsellerliste geschafft. Lisa Jackson lebt in Oregon.

Mehr Infos über die Autorin und ihre Romane unter:
www.lisajackson.com

LISA JACKSON
Bitter sollst du büßen

THRILLER

*Aus dem Amerikanischen von
Elisabeth Hartmann*

Weltbild

Die amerikanische Originalausgabe erschien 2001 unter dem Titel
Hot Blooded
bei Kensington Publishing Corp., New York.

Besuchen Sie uns im Internet:
www.weltbild.de

Genehmigte Lizenzausgabe für Verlagsgruppe Weltbild GmbH,
Steinerne Furt, 86167 Augsburg
Copyright der Originalausgabe © 2001 by Susan Lisa Jackson
Published by Arrangement with Kensington Publishing Corp.,
New York, NY, USA
Copyright der deutschsprachigen Ausgabe © 2006 by
Knaur Taschenbuch. Ein Unternehmen der Droemerschen Verlagsanstalt
Th. Knaur Nachf. GmbH & Co. KG, München.
Übersetzung: Elisabeth Hartmann
Umschlaggestaltung: Atelier Seidel - Verlagsgrafik, Teising
Umschlagmotiv: Trevillion Images, Brighton (© Susan Fox)
Gesamtherstellung: CPI – Clausen & Bosse, Leck
Printed in the EU
ISBN 978-3-86365-226-5

2016 2015 2014
Die letzte Jahreszahl gibt die aktuelle Lizenzausgabe an.

Prolog

Juni
New Orleans, Louisiana

Hast du irgendwelche besonderen Wünsche?«, fragte sie und fuhr sich provokant mit der Zungenspitze über die Lippen.
Er schüttelte den Kopf.
»Ich könnte –«
»Zieh dich einfach aus.«
Irgendwas stimmt nicht mit diesem Kerl. Irgendwas ist oberfaul, dachte Cherie Bellechamps, und eine unerklärliche Angst stieg in ihr auf. Sie überlegte, die Sache einfach abzublasen, dem Freier zu sagen, er solle verschwinden, aber sie brauchte das Geld. Vielleicht ging auch nur ihre Fantasie mit ihr durch. Womöglich war er gar nicht so übel.
Sie knöpfte langsam ihr Kleid auf und spürte seinen Blick auf ihrem Körper, nicht anders als hunderte anderer Blicke, die sie schon ausgehalten hatte. Nichts Besonderes.
Die Musik, die aus dem Radio neben ihrem Bett erklang, übertönte den Lärm der Stadt. Frank Sinatras samtige Stimme – die Cherie für gewöhnlich beruhigte. Aber nicht in dieser Nacht.
Eine laue Junibrise, schwer vom modrigen Atem des Mississippi, wehte durch das offene Fenster herein. Sie bauschte die vergilbten Spitzengardinen und kühlte die

Schweißtropfen, die sich auf Cheries Stirn gesammelt hatten. Doch sie nahm ihr nicht die Nervosität.
Der Freier setzte sich auf einen dreibeinigen Hocker und ließ einen Rosenkranz durch seine Finger gleiten, dessen blutrote Perlen das schwache Licht reflektierten. Was war er für einer? Irgendein religiöser Spinner? Ein Priester, der mit dem Zölibat nicht zurechtkam? Oder nur einer von diesen merkwürdigen Fetischisten? Weiß der Himmel, dachte Cherie. In New Orleans liefen die Perversen zu Tausenden herum, und jeder von ihnen erging sich in seiner ganz eigenen sexuellen Fantasie.
»Gefall ich dir?«, erkundigte sie sich und bemühte einen leichten Cajun-Akzent, während sie mit einem langen Fingernagel über ihr Dekolleté strich und versuchte, das beharrliche Gefühl des Unbehagens abzuschütteln.
»Mach weiter.« Mit einer wedelnden Fingerbewegung wies er auf ihren BH und Slip.
»Willst du das nicht machen?«, fragte sie mit leiser, verführerischer Stimme.
»Ich sehe zu.«
Sie wusste nicht, wie viel er überhaupt sehen konnte. Dieses Zimmer im zweiten Stock am Rande des Französischen Viertels von New Orleans wurde von einer einzigen Lampe erhellt, deren Schirm mit einer Mantille aus schwarzer Spitze verhängt war. Schatten spielten an den Wänden und verbargen die Risse in dem alten Beton. Darüber hinaus trug der Freier eine Ray-Ban-Sonnenbrille mit dunklen Gläsern. Cherie konnte seine Augen nicht erkennen, doch das störte sie nicht. Er sah gut aus. Athletisch gebaut. Sein Kinn war eckig, die Nase gerade, die

Lippen waren schmal, umgeben von Bartstoppeln. Er hatte ein dunkles Hemd an und eine schwarze Jeans, sein Haar war dicht und kaffeebraun. Wenn dieser Typ nicht einen Augenfehler hatte, war er attraktiv wie ein Hollywoodstar.
Und Furcht erregend wie ein Gangsterboss.
Er hatte sie bereits aufgefordert, sich das Gesicht zu waschen und eine rote Perücke über ihr kurzes platinblondes Haar zu stülpen. Sie hatte sich nicht gesträubt. Es war ihr gleich, wie er auf Touren kam.
Sie öffnete den Verschluss ihres BHs und ließ den Fetzen aus roter Spitze zu Boden fallen.
Er rührte sich nicht von der Stelle. Rieb immer nur die verdammten Perlen seines Rosenkranzes.
»Hast du auch einen Namen?«, fragte sie.
»Ja.«
»Willst du ihn mir nicht sagen?«
»Nenn mich Vater.«
»Vater wie ... mein Dad ... oder«, sie musterte die dunklen Perlen, die durch seine Finger glitten, »wie Heiliger Vater?«
»Einfach Vater.«
»Wie wär's mit Father John?« Es sollte ein Scherz sein, doch er lächelte nicht einmal. Wollte sich wohl nicht entspannen. Es war Zeit, die Sache zu Ende zu bringen, das Geld einzustreichen und ihn rauszuwerfen.
Sie streifte ihren Slip ab, setzte sich aufs Bett und gestattete ihm den Blick auf alles, was sie zu bieten hatte.
Manche Männer machte es an, Cherie beim Ausziehen zuzusehen. Einige schauten sogar ausschließlich zu, be-

rührten sie nicht und streichelten sich selbst. Aber dieser Freier war so kalt und gefühllos – auf geradezu unheimliche Weise. Und was sollte diese Brille? »Wir könnten ein bisschen Spaß haben«, schlug sie vor, um die Sache zu beschleunigen. Er hatte schon einen gehörigen Teil der vereinbarten Stunde vergeudet, und bisher war noch nichts passiert. »Nur du und ich ...«
Er antwortete nicht, streckte lediglich die Hand aus und ließ einen Hundertdollarschein auf ihren Nachttisch fallen. Sinatras Stimme erstarb abrupt – der Freier fummelte nun am Radio herum. »When I Was Seventeen« ertönte, dann eine Reihe von Pfeif- und Zwitschertönen und monotones Knistern und schließlich der offenbar gewünschte Sender – irgendeine Talkshow, die Cherie schon mal verfolgt hatte, eine beliebte Sendung mit einer Psychologin, die Lebensberatung anbot. Aber Cherie hörte nicht zu. Sie starrte auf den Hunderter auf dem Nachttisch. Er war beschädigt. Benjamin Franklins Augen waren mit schwarzem Marker ausgelöscht, als wollte auch er, wie der Mann mit der Sonnenbrille, seine Identität verbergen.
Oder nichts sehen.
Merkwürdig. Beklemmend.
Father John hatte sie einen Block von der Bourbon Street entfernt aufgelesen. Sie hatte ihn gemustert, nichts auszusetzen gefunden und ihren Preis genannt. Er war einverstanden gewesen, und so hatte sie ihn hierher gebracht, in das schäbige Apartment, das sie sich zu diesem Zweck mit ein paar Mädchen teilte. Ihr normales Leben fand in einem anderen Viertel statt, jenseits des Sees ... Eine Sekunde lang dachte sie an ihre fünfjährige Tochter und

den langwierigen Kampf mit ihrem Ex um das Sorgerecht. Niemand in Covington wusste, dass sie auf den Strich ging, um ihren Lebensunterhalt zu sichern, und niemand durfte es je erfahren, sonst würde ihr das Sorgerecht entzogen und jeglicher Kontakt mit ihrem einzigen Kind untersagt.

Jetzt kamen ihr doch Bedenken. Der Freier war reizbar, seine vermeintliche Ruhe verbarg eine Rastlosigkeit, die sich in der kleinen pochenden Ader an seiner Schläfe und den Bewegungen von Daumen und Zeigefinger an dem Rosenkranz zeigte. Sie entsann sich der Pistole, die sie in der obersten Schublade des Nachttisches aufbewahrte. Falls es brenzlig wurde, konnte sie sich einfach umdrehen, den Hunderter sicherstellen, die Schublade öffnen und die .38er herausnehmen. Ihn verscheuchen. Und den Hunderter behalten.

»Komm doch zu mir«, lockte sie, legte sich rücklings auf die Chenille-Bettdecke, lächelte und rechnete nicht damit, dass er sich rührte. Himmel, es war wirklich heiß.

»Zieh mich aus.« Er stand auf. Näherte sich dem Bett.

Sein Befehl erschien ihr unpassend, aber zumindest war er nicht ungewöhnlich. Also wollte er endlich zur Sache kommen. Gut. Die Sekunden verstrichen, doch sie ließ sich Zeit, erhob sich schließlich, um sein Hemd aufzuknöpfen. Sie schob es ihm von den kräftigen Schultern und der Brust, die kein Gramm Fett aufwies, sondern aussah wie eine Mauer aus steinharten Muskeln mit dunklem, krausem Haar. Sie löste seinen Gürtel, und er betastete das Kreuz, das knapp über ihren Brüsten baumelte und das sie nie ablegte.

»Was ist das?«
»Das ... das ist ein Geschenk von meiner Tochter ... letztes Jahr zu Weihnachten.« O Gott, er würde es doch wohl nicht stehlen?
»Das reicht nicht, du brauchst mehr.« Er zog ihr den Rosenkranz über den Kopf, über die rote Perücke.
Vielleicht war er wirklich ein Priester. Ein völlig ausgeflippter.
Die scharfkantigen Perlen waren warm von seinen Fingern. Sie rutschten in die Schlucht zwischen ihren Brüsten. Das Ganze war gruselig, zu gruselig für ihren Geschmack. Sie sollte ihn sofort wegschicken.
»So, das ist schon besser.«
Father John zog einen Mundwinkel hoch, als wäre er jetzt endlich mit ihrem Anblick zufrieden. Und bereit loszulegen. Wurde auch Zeit. »Was soll der Rosenkranz?«
»Fass mich an.«
Sein Körper war perfekt. Durchtrainiert. Braun gebrannt. Geradezu stählern.
Abgesehen von seinem Schwanz. Der hing schlaff herab, als wäre der Typ nicht die Spur an ihr interessiert.
Sie fuhr mit dem Finger über seine Brust, und er riss sie an sich. Küsste sie heftig und gefühllos und warf sie auf die durchgelegene Matratze ihres Metallbetts. Sie hatte eine feste Regel: keine Küsse auf den Mund. Doch dieses Mal ließ sie es durchgehen, nur, um schneller zum Ende zu kommen.
»So ist's brav«, gurrte sie und angelte nach seiner Sonnenbrille. Kräftige Finger umspannten ihr Handgelenk.
»Nicht.«

»Angst, dass ich dich erkennen könnte?« Vielleicht war er berühmt – Mann, er sah wirklich umwerfend aus. Oder er war verheiratet. Ja, wahrscheinlich ...
»Lass es einfach.« Sein Griff war wie eine Stahlklammer.
»Schon gut, wie du willst.« Sie gab ihm einen Kuss auf die Wange und strich mit den Fingern über seine definierten Muskeln. Er bewegte sich unter ihren Berührungen, und sie arbeitete hart, berührte all die erogenen Zonen, deren Stimulation normalerweise garantiert zur Erektion führte. Vergebens. Ganz gleich, wie sehr sie ihn küsste und leckte – er war kein bisschen erregt.
Mach schon, mach schon, dachte sie. *Ich habe nicht die ganze Nacht Zeit.* Verschwommen nahm sie die Stimme aus dem Radio wahr. Die Psychologin, Dr. Sam, schickte sich bereits an, ihre Sendung zu beenden, mit ihrem üblichen Spruch über Liebe und Lust in dieser Stadt am Delta, und auch Father John hob den Kopf und lauschte der Radiopsychologin.
Vielleicht lenkte sie ihn ab, und das war sein Problem. Cherie streckte die Hand nach dem Radio aus.
»Rühr es nicht an«, knurrte er, und jeder Muskel in seinem Körper spannte sich an.
»Aber –«
Seine Faust traf sie völlig unvermittelt, glühender Schmerz explodierte in ihrer linken Gesichtshälfte. Sie schrie. Nahm den metallischen Geschmack ihres eigenen Blutes wahr. Das verhieß nichts Gutes. Ganz und gar nicht.
»Moment mal, du Mistkerl ...«
Wieder hob er die Faust. Sie sah es mit ihrem rasant zuschwellenden Auge.

»Du rührst weder das Radio noch meine Brille an«, raunzte er.
Sie versuchte, sich ihm zu entwinden. »Raus hier! Raus, zum Teufel!«
Er versuchte, sie zu küssen.
Sie biss ihn.
Er zuckte nicht einmal mit der Wimper.
»Raus, du Scheißkerl! Mich schlägt keiner, kapiert? Das war's.«
»Noch nicht ganz, aber bald.« Er drückte sie zurück aufs Laken. Küsste sie wieder. Beinahe gewaltsam. Als ob ihre Schmerzen ihn antörnten. Es pochte in ihrer Wange, und Cherie versuchte, sich unter ihm hervorzuschlängeln, doch er hielt sie mit seinem athletischen Körper fest.
Sie saß in der Falle. Geriet in Panik. Schlug ihn, kratzte ihn, wollte ihn wegstoßen.
»Recht so, du Sünderin, du Fotze!«, fauchte er. »Kämpf gegen mich.«
Seine Hände waren rau. Er biss sie in eine Brust, kniff in die andere.
Sie schrie, und er brachte sie zum Schweigen, indem er seinen Mund auf ihren presste. Sie wollte ihn beißen, hämmerte mit den Fäusten auf ihn ein, doch er war stark. Aufgebracht. Erregt. O Gott, wie weit würde er es treiben?
Adrenalin schoss durch ihre Adern. Und wenn er nicht aufhörte? Wenn er sie die ganze Nacht lang quälte?
Als er erneut in ihre Brust biss, durchzuckte ein heftiger Schmerz ihren Körper.
Sich windend fiel ihr Blick auf das Radio. Das digitale

Display beleuchtete den Hundertdollarschein. Dr. Sams Stimme klang kühl und sachlich.
Cherie verkniff sich einen Hilferuf. Stattdessen tastete sie nach der Schublade und ihrer Waffe, stieß dabei die Lampe um, trat wild um sich und spürte seine plötzlich stahlharte Erektion.
Also würde er sie vergewaltigen.
Das war's, was er wollte. Hätte er nur ein Wort gesagt, hätte sie mitgespielt, doch jetzt war sie starr vor Angst.
Bring's einfach hinter dich und tu mir nicht weh!
Er riss ihren Kopf vom Kissen hoch, und als er anfing, den Rosenkranz um ihren Hals festzuziehen, schrie sie aus Leibeskräften. Die scharfkantigen Perlen schnitten in ihre Haut.
O Gott, er will mich umbringen! Ihre Angst wurde übermächtig. Sie sah in die Augen hinter der Sonnenbrille und wusste es.
Er zurrte den Rosenkranz noch fester und stieß tief in sie hinein. Cheries Augen traten aus den Höhlen, sie bekam keine Luft. Wild schlug sie mit den Armen und kratzte, aber vergeblich. Schwärze ... Alles um sie herum wurde schwarz ... Ihre Lungen brannten ... Ihr war, als würde ihr Herz zerspringen ... *Bitte, lieber Gott, hilf mir!*
Er zog die perlenbewehrte Schlinge zu. Sie röchelte. Rang nach Atem. Etwas sprudelte in ihrem Hals. Blut, o Gott, sie schmeckte ihr eigenes Blut ... schon wieder.
Dunkelheit umfing sie, und sie dachte flüchtig an ihre Tochter ... *Mein liebes, süßes Schätzchen ...*
Er schwitzte, bohrte sich weiter in sie hinein, keuchte. Als sie schließlich aufgab, spürte sie, wie er erstarrte,

und vernahm seinen kehligen, urtümlichen Schrei. Verschwommen hörte sie über sein schweres Atmen und das Dröhnen in ihrem Kopf hinweg eine andere Stimme. Weit weg. Unendlich weit weg ...
»Hier ist Dr. Sam mit einem abschließenden Wort ... Pass auf dich auf, New Orleans! Gute Nacht, euch allen, und Gott segne euch. Ganz gleich, welche Sorgen euch heute quälen – morgen ist auch noch ein Tag. Träumt was Schönes ...«

1. Kapitel

Juli
Cambrai, Louisiana

*Zu Hause ist es doch am schönsten, zu Hause ist es doch am schönsten.
Und jetzt drei Mal mit den Absätzen dieser rubinroten Slipper aufstampfen und ...*
»Das macht siebenunddreißig Dollar«, brummte der Taxifahrer und riss Samantha aus ihren Gedanken. Er lenkte das Taxi die kreisförmige Zufahrt entlang und fuhr so dicht wie möglich an die Haustür heran. Währenddessen kramte sie tief in ihrer Jackentasche nach der Geldspange.
»Sind Sie so freundlich, mein Gepäck ins Haus zu bringen?«, fragte sie.
Der Fahrer verrenkte sich den Hals, um sie vom Vordersitz aus besser sehen zu können, und bedachte sie mit einem neugierigen Blick. Seine Augen waren dunkel. Misstrauisch. Als erwartete er eine zweideutige Einladung. Schließlich zog er seine massive Schulter hoch.
»Wenn Sie wollen.«
»Ja, bitte.« Mithilfe einer Krücke stemmte sie sich aus dem Taxi, hinaus in die schwüle Nacht von Louisiana. Ein feiner, feuchter Nebel verhängte die Lebensbäume, die ihr weitläufiges altes Haus in der einzigartigen Gemeinde am Südufer des Lake Pontchartrain, ein paar Meilen westlich

von New Orleans, umstanden. Es war herrlich, wieder zu Hause zu sein.
Manche Ferien waren wie ein Traum, andere wie ein Albtraum. Dieser Urlaub war schlimmer gewesen als ein Albtraum, er hatte sich zu einer einzigen Katastrophe entwickelt.
Aber immerhin wusste sie jetzt, dass sie nie und nimmer Mrs. David Ross sein würde. Das wäre ein schlimmer Fehler gewesen.
Noch einer.
Eine kräftige Brise brachte die Strähnen des Spanischen Mooses in Bewegung, die an alten, knorrigen Ästen hingen. Die Pflastersteine des Wegs, schlüpfrig vom Regen, schimmerten im schwachen Licht der Verandabeleuchtung. Als Sam über die unebenen Steine humpelte, kitzelte das nasse Unkraut, das sich unbeirrt durch die Ritzen im Mörtel drängte, die bloßen Zehen ihres verletzten Fußes. Der Schweiß lief ihr in Bächen über den Rücken. Der Juli hatte gerade erst angefangen, und schon setzte die Hitze Louisianas ihr zu. Sie biss die Zähne zusammen und hinkte die Stufen zu der breiten Veranda hinauf, die das Haus am See ringsum einfasste. Die Windspiele klimperten. Sam lehnte die Krücke gegen die Hollywoodschaukel und holte den Ersatzschlüssel aus seinem Versteck in den Spinnweben hinter einem der Fensterläden. Eilig schloss sie die Haustür auf. Als der Taxifahrer ihr Gepäck heranschleppte, knipste sie das Licht an. Sogleich wurde es hell im Eingangsbereich. Zweihundert Jahre altes Holz glänzte von feiner Patina, die Luft in dem ehrwürdigen Haus war abgestanden und heiß.

Der Taxifahrer stellte ihre drei Taschen an der Garderobe ab und reichte Samantha ihre Krücke.
»Danke.« Sie gab ihm vierzig Dollar und wurde mit einem zufriedenen Grunzen und einem knappen Kopfnicken belohnt.
»Willkommen zu Hause.« Dunkle Augen blitzten unter dem Schirm seiner Baseballkappe hervor. »Einen schönen Abend noch.«
»Danke.« Sie machte die Tür hinter ihm zu, steckte den Hausschlüssel in die Tasche und rief über die Schulter hinweg: »Schätzchen, ich bin wieder da.«
Keine Reaktion.
Nur das leise Ticken der Uhr über dem Kaminsims und das Summen des Kühlschranks aus der Küche war zu hören. Sie schaltete den Deckenventilator ein, dann die Klimaanlage.
»Ach, komm schon ...«, sagte sie laut. »Du bist doch nicht sauer, weil ich dich hier ganz allein gelassen habe, oder? Weißt du, das ist typisch Mann.«
Aus der Speisekammer holte sie den Bund mit den Ersatzschlüsseln und wartete, lauschte auf das unverkennbare Klicken der ID-Marke oder das leise Geräusch von Pfoten auf dem Boden. Stattdessen hörte sie ein leises Miau, und dann schlüpfte Charon aus den Schatten. Seine Pupillen waren geweitet, die Augen so dunkel wie sein tintenschwarzes Fell. Nur ein kleiner goldener Ring war sichtbar. »Hör bloß auf; jetzt spielst auch du noch den Unnahbaren«, warf sie ihm vor, als er vollkommen desinteressiert und mit zuckendem Schwanz näher kam. »O ja, du bist wirklich ein cooler Typ.« Sie lachte, und er hüpfte

näher, strich ein paar Mal um ihre Knöchel und rieb seinen Kopf an dem Fiberglas, das ihre linke Wade und den Fuß umgab.
»Gefällt dir das? Das habe ich diesem Fiasko in Mexiko zu verdanken«, berichtete sie, hob seinen geschmeidigen Körper vom Boden auf, drückte ihn an ihre Brust und kraulte ihn unterm Kinn. Charon, ein streunender Kater, den sie nach dem Fährmann in Dantes »Inferno« benannt hatte, begann unverzüglich zu schnurren. Seine distanzierte Haltung hatte er aufgegeben; er stupste mit der feuchten Nase gegen ihren Hals. »Nun, was war hier so los, während ich fort war? Hat Melanie dich gut versorgt? Nein?« Lächelnd trug sie den Kater ins Arbeitszimmer und öffnete das Fenster einen Spaltbreit, damit sich das Hausinnere abkühlte.
Sie setzte Charon aufs Bücherregal, wo er zwischen ihren Psychologiebänden und Stapeln von Papierkram umherstolzierte. Dann sprang er auf den Schreibtisch, auf dem sich ihre Post stapelte, säuberlich nach Briefen, Reklame, Zeitschriften und Zeitungen geordnet. Melanie, Sams Assistentin, die nicht nur das Haus gehütet und Charon versorgt, sondern während Samanthas Urlaub auch ihre Radiosendung übernommen hatte, war ein Ausbund an Tüchtigkeit.
Samantha rückte den Schreibtischstuhl zurecht und ließ sich auf den vertrauten Sitz fallen. Sie schaute sich im Zimmer um. Irgendwie erschien es ihr verändert, aber sie wusste nicht, weshalb. Vielleicht lag es nur daran, dass sie so lange fort gewesen war, über zwei Wochen. Oder sie war durch den Schlafmangel der letzten Tage und die

emotionalen Turbulenzen der Reise einfach ein wenig daneben.
Seit der Landung in Mexiko vor zwei Wochen war alles schief gegangen. David und sie hatten nicht bloß mal wieder den ewig gleichen Streit – er wollte, dass sie ihren Job aufgab und zurück nach Houston zog –, sondern zu allem Überfluss auch noch einen so genannten Bootsunfall gehabt, bei dem sie und ihre Handtasche in den Pazifik gestürzt waren. Dabei hatte sie sich einen verstauchten Knöchel eingehandelt – und ihre Handtasche samt der Papiere war auf Nimmerwiedersehen im Meer versunken. Seitdem trug sie einen scheußlichen, hinderlichen Gipsverband. Die Ausreise war ein einziges Chaos gewesen, und nur mit Mühe hatte sie die Behörden überreden können, sie zurück in die USA zu lassen.
»So etwas passiert eben«, hatte David mit einem Achselzucken gesagt, als sie schließlich in die 737 gestiegen waren. Er bedachte sie mit einem Lächeln und zog eine Augenbraue hoch, als wollte er sagen: *Hey, wir können jetzt nichts daran ändern. Wir sind im Ausland.* Natürlich hatte er Recht, aber das besserte auch nicht ihre üble Laune und ihren Verdacht, dass der Kapitän des Fischerboots betrunken gewesen war oder unter dem Einfluss irgendwelcher Drogen gestanden hatte, dass ihre Handtasche wie auch das Gepäck einiger anderer Teilnehmer der Gruppe von einheimischen Tauchern aus der See gefischt worden waren und dass die Kreditkarten, das Bargeld und andere Wertgegenstände mittlerweile an der gesamten Westküste Mexikos benutzt oder versetzt wurden. Nach den Worten des Kapitäns hatte das winzige

Fischerboot einen Satz gemacht, um einem Felsen auszuweichen – das klang in Sams Ohren ganz und gar nicht plausibel. Ein Schnitzer eines Seemanns, der jeden Tag in den Gewässern vor Mazatlán umherschipperte. Samantha hatte ihm die Geschichte nicht abgenommen und irgendeine Form der Entschädigung verlangt, mindestens jedoch eine Entschuldigung. Stattdessen war sie in einem kleinen Krankenhaus bei einem ältlichen Arzt gelandet, einem ausgewanderten Amerikaner, der aussah, als hätte er schon in den Siebzigerjahren in den Ruhestand gehen sollen. Wahrscheinlich hatte er genau das in seiner Heimat auch getan – oder er war wegen Kurpfuscherei des Landes verwiesen worden.

»Saure Trauben, Dr. Sam«, ermahnte sie sich selbst, während sich Charon auf seinem Lieblingsplätzchen auf der Fensterbank niederließ. Er starrte durch die Scheibe, sein Blick folgte irgendeiner Bewegung in der Dunkelheit. Vermutlich ein Eichhörnchen. Samantha schaute ebenfalls hinaus, entdeckte aber nichts außer den dunklen Schatten der Bäume.

Sie drückte die Abspieltaste ihres Anrufbeantworters, griff dann nach einem Briefüffner und schlitzte den ersten Umschlag auf – eine Rechnung. Zweifellos die erste von vielen. Der Rekorder gab eine Reihe von Signaltönen und ein Klicken von sich, danach begann er mit dem Abspielen.

Der erste Anrufer hatte aufgelegt.

Toll.

Sie warf die Rechnung auf den Tisch.

Als Nächstes meldete sich ein Werbeagent und erkundigte sich, ob sie eine Autoglas-Reparatur benötige.

Noch besser. Sie dachte an ihr rotes Mustang-Cabrio und konnte es kaum erwarten einzusteigen und loszufahren. Aber eine neue Windschutzscheibe brauchte sie nicht. »Nein, vielen Dank«, sagte sie und öffnete weitere Briefe – Kreditkarten-Angebote, Bitten um Beiträge für wohltätige Zwecke, die Abwassergebühren-Rechnung.
Schließlich erklang noch eine Stimme.
»Hey, Sam, ich bin's, Dad.« Sam lächelte. »Hab ganz vergessen, dass du nicht zu Hause bist ... Ruf mich an, wenn du zurück bist, ja?«
»Mach ich«, sagte Sam, überflog ihre jüngste Visa-Abrechnung und war froh, Melanies Stimme zu hören. Ihre Assistentin versprach ihr, sämtliche Kreditkarten unverzüglich sperren zu lassen.
Zwei weitere Anrufer hatten aufgelegt, und dann vernahm sie die Stimme ihrer Chefin. »Sam, ich weiß, du bist wahrscheinlich noch gar nicht zurück«, sagte Eleanor. »Aber ruf mich auf der Stelle, *auf der Stelle,* an, wenn du zu Hause bist. Und erzähl mir nicht, dass du wegen deines Beins nicht arbeiten kannst, damit kommst du bei mir nicht durch. Ich habe deine Nachricht aus dem Krankenhaus erhalten, aber sofern du nicht am Tropf hängst *und* an der Herz-Lungen-Maschine, wirst du schnellstmöglich im Studio auftauchen, verstanden? Melanie macht ihre Arbeit ganz gut, ehrlich, aber seit deiner Abreise sinken die Quoten, und Trish LaBelle drüben beim WNAB reißt sich deinen Marktanteil unter den Nagel ... Das ist nicht gut, Sammie, ganz und gar nicht. Deine Hörer wollen dich, Mädchen, und sie sind nicht bereit, irgendeinen Ersatz zu akzeptieren, und wenn er auch noch so gut ist.

Also komm nicht auf die Idee und bring mir ein Attest von irgendeinem umwerfenden Arzt, hörst du? Wehe ... Also, schwing deinen Hintern rüber ins Studio! Okay, genug geredet. Aber ruf mich an, und zwar sofort!«
»Hast du das gehört, Charon? Ich werde also doch geliebt«, sagte sie geistesabwesend zu ihrem Kater. Dann spürte sie plötzlich ein Kribbeln im Nacken. Irgendein Laut, eine Veränderung in der Umgebung, irgendetwas nicht Benennbares zog ihre Aufmerksamkeit auf sich.
Die Katze saß, bis auf das kaum merkliche Zucken ihres Schwanzes, völlig reglos auf der Fensterbank. »Siehst du was?«, fragte Sam und versuchte, das unheimliche Gefühl abzuschütteln. Sie legte die restliche Post beiseite, ging zum Fenster hinüber und spähte durch die vom Nieselregen beschlagenen Scheiben hinaus in die Dunkelheit.
Die immergrünen Eichen standen da wie bärtige Wachposten, bewegungslose dunkle Gestalten, die ihr Haus behüteten.
Ein Knirschen.
Sams Herz blieb beinahe stehen.
War das der Wind in den Zweigen oder ein für ein altes Haus typisches Geräusch? Oder schlich jemand über die Veranda? Ihr Gaumen wurde trocken.
Hör auf, Sam, du regst dich auf wegen nichts und wieder nichts. Hier lauert keine Bedrohung. Du bist hier sicher.
Doch sie wohnte erst seit drei Monaten in diesem Haus, und nach ihrem Einzug hatte eine klatschsüchtige alte Nachbarin, die gegenüber wohnte, ihr die Geschichte des Hauses unter die Nase gerieben. Laut Mrs. Killingsworth gab es nur einen Grund dafür, dass das Haus so lange zum

Verkauf gestanden und Sam es schließlich weit unter dem Marktpreis bekommen hatte: Die Frau, die zuvor hier gewohnt hatte, war in diesem Haus ermordet worden – von einem erzürnten Liebhaber.
»Und was hat das mit dir zu tun?«, fragte sie sich jetzt und rubbelte über ihre Arme, als wäre ihr kalt. Sie glaubte nicht an Gespenster, Flüche oder Übersinnliches.
Der Anrufbeantworter spulte weiter. »Hi, Sam.« Erneut Melanies Stimme. Samantha beruhigte sich ein bisschen. »Hoffe, du hattest einen schönen Urlaub. Ich habe die Banken angerufen, wie angewiesen, und die Post auf deinem Schreibtisch hinterlegt, aber du hast sie inzwischen sicher schon gefunden. Charon war völlig aus dem Häuschen, als du weg warst. Total ausgeflippt. Hat sogar das Klavier markiert, aber ich hab's sauber gemacht. Und dann überall diese Haare – ekelhaft. Wie auch immer, ich habe einen Liter Milch für dich eingekauft und diese feinen französischen Kaffeebohnen mit Vanillearoma, die du so gern magst. Beides steht im Kühlschrank. Die Sache mit deinem Bein tut mir echt Leid. Wie ärgerlich! Ziemlich romantische Reise, wie? Wir sehen uns im Studio. Falls du etwas brauchst, ruf mich an.«
Sam humpelte zurück zu ihrem Schreibtischstuhl. Sie litt eindeutig unter Einbildungen. Nichts hatte sich verändert. Sie warf einen Blick auf das Bild von David auf ihrem Schreibtisch. Groß und athletisch, mit grauen Augen und einem kantigen Kinn. Gut aussehend. Vorstands-Vize *und* Verkaufsdirektor bei Regal Hotels, hatte man sie mehr als einmal erinnert. Ein Mann mit Zukunft und einem ausgeprägten, wenn auch spitzfindigen Sinn für Humor. Eine

gute Partie, wie ihre Mutter gesagt hätte, wäre sie noch am Leben gewesen.
Ach, Mom, du fehlst mir immer noch. Sams Blick wanderte von Davids Bild zu einem verblassten Farbfoto ihrer Familie. Sie stand bei ihrer Abschlussfeier an der UCLA in Talar und Doktorhut zwischen ihren lächelnden Eltern. Der Kopf ihres Bruders, Peter, war hinter der Schulter ihres Vaters zu sehen, er hatte das Gesicht von der Kamera abgewandt, trotzdem erkannte man seine finstere Miene. Er hatte es nicht einmal für nötig gehalten, seine Sonnenbrille abzusetzen, als wollte er damit kundtun, dass er im Grunde gar nicht dabei sein wollte, nicht die Absicht hatte, Sam zu ihrem Erfolg zu beglückwünschen oder sich gar mit ihr zu freuen. Ihre Eltern hingegen strahlten um die Wette. Beth war eine eifrige Verfechterin der Ehe gewesen und hätte ihre Tochter gern mit einem viel versprechenden Mann verheiratet gesehen.
Der erfolgreiche David Ross war solch ein Mann.
Ein Mann mit einer dunklen Seite.
Ähnlich wie Jeremy Leeds. Sams Ex.
Sie öffnete nun einen weiteren Brief und fragte sich, warum sie sich immer so sehr zu Kontrollfanatikern hingezogen fühlte.
»Hey, Sam, hier ist noch einmal Dad«, vernahm sie die Stimme ihres Vaters. »Ich mache mir Sorgen um dich. Hab seit deinem Anruf aus Mexiko, als du versucht hast auszureisen, nichts mehr von dir gehört. Hoffentlich ist alles gut gegangen! Aber wie ich dich kenne, hast du es geschafft ... Und wie geht es deinem Bein? Ruf mich an.«

»Mach ich, Dad. Versprochen.«
Es folgten noch weitere Anrufe mit guten Wünschen für ihre Genesung. Sie hörte sie alle an und schaute dabei ihre Rechnungen durch. Celia, ihre Freundin, die im Napa Valley als Grundschullehrerin tätig war, Linda, eine Zimmerkollegin aus Collegezeiten, die sich mit ihrem Mann, einem Polizisten, in Oregon niedergelassen hatte, Arla, eine Freundin, mit der sie seit der Grundschule Kontakt hielt – alle schienen irgendwie von ihrer Verletzung erfahren zu haben, und alle wollten gern zurückgerufen werden.
»Toll, so beliebt zu sein«, bemerkte sie an den Kater gewandt, während die Empfangsdame ihres Zahnarztes sie an ihren Termin für die halbjährliche Zahnreinigung erinnerte. Der nächste Anruf kam vom Boucher Center, wo Sam ehrenamtlich mitarbeitete; die Sekretärin wies sie darauf hin, dass am kommenden Montag ihre nächste Sitzung fällig war.
Sam griff nach dem letzten Umschlag – schlicht, weiß, geschäftsmäßig. Kein Absender. Ihr Name auf ein Etikett getippt. Sie schlitzte den Umschlag auf und zog ein einzelnes Blatt Papier heraus.
Das Blut wollte ihr in den Adern gefrieren.
Sie erblickte sich selbst. Ein PR-Foto, das sie vor mehreren Jahren hatte anfertigen lassen. Es war kopiert und dann entstellt worden. Das dunkelrote Haar umgab ihr Gesicht mit den hohen Wangenknochen, dem spitzen Kinn und dem anzüglichen Lächeln, doch dort, wo vorher grüne Augen mit dichten Wimpern geblitzt hatten, befanden sich jetzt nur unregelmäßige Löcher, als wären

sie in aller Eile ausgestochen worden. Über ihre pfirsichfarbenen Lippen hatte jemand mit Rotstift ein einzelnes Wort gekritzelt: *BEREUE.*
»O Gott.« Angewidert stieß sich Sam vom Schreibtisch ab. Einen Augenblick lang stockte ihr der Atem.
Sie hörte ein scharrendes Geräusch auf der Veranda.
Als hätte jemand sie durchs Fenster beobachtet und liefe jetzt davon. Eilige Schritte.
Sie fuhr in ihrem Stuhl herum und humpelte zum Fenster, konnte in der Schwärze der Nacht jedoch nichts erkennen. Ihr Herz klopfte so heftig, dass das Ticken der Uhr kaum noch zu hören war. Während Sam noch durch die regennasse Scheibe blickte, spielte der Anrufbeantworter die nächste Nachricht ab.
»Ich weiß, was du getan hast«, flüsterte eine leise Männerstimme.
Sam wirbelte herum und starrte entsetzt auf das Gerät mit dem blinkenden roten Lämpchen.
»Und du kommst nicht ungeschoren davon.« Die Stimme klang keineswegs grob, im Gegenteil, sie klang verführerisch, beinahe zärtlich, als würde der Anrufer sie persönlich kennen. »Du wirst für deine Sünden bezahlen müssen.«
»Du Mistkerl!«
Charon fauchte und sprang von der Fensterbank hinab.
Der Anrufbeantworter klickte und schaltete sich aus.
Die Wände des Hauses schienen sich ihr zu nähern, die düsteren Ecken wurden noch dunkler. Bildete sie es sich nur ein, oder vernahm sie tatsächlich Schritte im Garten? Sie atmete ein paar Mal tief durch und überprüfte dann sämtliche Schlösser und Riegel an den Türen und Fenstern.

Es ist ein Scherz, beruhigte sie sich, nichts Bedrohliches. Dank ihres Berufs galt sie quasi als Berühmtheit; viele Menschen nahmen Kontakt zu ihr auf, damit sie ihnen half, ihre Probleme zu lösen. Als Rundfunkpsychologin beschäftigte sie sich in ihrer Sendung Nacht für Nacht mit den Schwierigkeiten und Ängsten anderer Leute. Und dies war nicht das erste Mal, dass jemand in ihre Privatsphäre eindrang; es würde auch nicht das letzte Mal sein. Sie erwog, die Polizei oder David oder eine Freundin anzurufen, aber um nichts in der Welt wollte sie den Eindruck einer hysterischen Kuh erwecken, die unter Verfolgungswahn litt. Am allerwenigsten vor sich selbst. Sie war Profi. Doktorin der Psychologie. Sie wollte keine öffentliche Missbilligung riskieren. Nicht noch einmal.

Ihr Herz hämmerte; langsam stieß sie den Atem aus. Sie musste die Polizei verständigen, daran führte kein Weg vorbei. Aber jetzt noch nicht. Nicht an diesem Abend. Noch einmal kontrollierte sie sämtliche Schlösser und ermahnte sich, ruhig zu bleiben. Sie würde jetzt nach oben gehen, in einem Buch schmökern und am nächsten Morgen bei Tageslicht noch einmal Revue passieren lassen, was genau vorgefallen war. Es bestand überhaupt kein Grund zur Panik. Oder doch?

Bereue?
Für deine Sünden bezahlen?
Welche Sünden?

Der Kerl machte sie nervös – was wahrscheinlich genau seine Absicht war. »Komm, Großer«, rief sie dem Kater zu. »Wir gehen nach oben.« Es war ihre erste Nacht zu Hause; sie würde sie sich nicht von irgendeinem anonymen Widerling verderben lassen.

2. Kapitel

»Wenn du mich fragst, sie spielt Theater«, flüsterte Melba Tiny zu und zwinkerte dann freundlich in Sams Richtung, als diese am Rezeptionspult der WSLJ-Büros, einen Block von der Decatur Street entfernt gelegen, vorüberhumpelte. Wespentaille, mit mokkafarbener, makelloser Haut und einem Tausendwattlächeln, das kalt und missbilligend werden konnte, wenn jemand versuchte, sich an ihr vorbeizumogeln, hütete Melba die Türen von WSJL, als wäre sie ein scharf abgerichteter Rottweiler. Hinter ihr befand sich eine Glasvitrine, von weichem Halogenlicht beleuchtet und angefüllt mit allem Möglichen: von Prominentenfotos und Preisen, die der Sender gewonnen hatte, bis zu einer Voodoo-Puppe und einem ausgestopften Alligator, Erinnerungsstücke, die jeden Besucher darauf hinwiesen, dass man sich eindeutig im Herzen von New Orleans befand.

Sam hatte Melbas Bemerkung gehört und verdrehte die Augen. »Recht hast du. Ich trage das hier«, sie tippte mit der Gummispitze ihrer Krücke gegen ihr Gipsbein, »nur, um mich vor der Arbeit drücken zu können und Mitleid zu erregen. Und aus dem gleichen Grund schlucke ich alle paar Stunden Ibuprofen. Ich neige nun mal zum Masochismus.«

»Psychogequatsche«, schimpfte Melba.

»Was soll ich sonst sagen? Das ist mein Beruf.« Die Anspannung fiel von ihr ab. Es war ein schönes Gefühl,

wieder im Sender zu sein, und sie freute sich auf die Arbeit. Nach einer unruhigen Nacht hatte sie erleichtert den neuen Tag begrüßt und sich ermahnt, nicht solch ein Angsthase zu sein. Sie hatte den Garten auf Fußspuren untersucht, keine gefunden und dann das verstümmelte Foto mit den Augen der Expertin betrachtet, mit Distanz. Sie hatte den merkwürdigen Anruf noch einmal abgehört und beschlossen, deswegen nicht auszuflippen.
Melba stützte das Kinn in die Hand. Ein Dutzend Armbänder klimperte und blitzte im Licht. »Weißt du, ich habe so meine eigene Theorie über Seelenklempner – äh, Psychologen.«
»Nur raus damit«, drängte Sam.
»Ich glaube, jeder Psychologe hat sich aufgrund eines Charakterfehlers für diesen Beruf entschieden. Die meisten Seelenklempner, die ich kenne, sind verrückt. Und ihr Radiotypen seid die schlimmsten. Also wirklich, wer sitzt schon gern freiwillig die ganze Nacht im Studio und hört sich die Probleme anderer Menschen an, obwohl er doch weiß, dass er ihnen nicht helfen kann? Die rufen doch nur an, weil sie einsam sind.«
»Oder geil«, steuerte Tiny zu der Unterhaltung bei, der gerade ein Päckchen auf Melbas Pult legte. Leiser Jazz rieselte aus verborgenen Lautsprechern.
»Genau. Lass dir einen abgehen, indem du Dr. Sam anrufst, die private nächtliche Couch für New Orleans. Beichte, und du wirst geheilt.«
Sams Kopf ruckte hoch. Ihr Lächeln gefror. »Was hast du gesagt?«
»Lass dir einen abgehen …«

»Nein, nein, von wegen Beichten?«
»So ist es doch«, beharrte Melba, während das Telefon zu klingeln begann. »Du bist eine Art Priesterin, Predigerin oder was auch immer. Und in deiner Sendung verwandelt sich das ganze Studio in einen Hightech-Beichtstuhl. Schon der Name deiner Sendung, Schätzchen ... ›Mitternachtsbeichte‹ ... Sagt das nicht alles?« Sie drückte eine Taste und betrachtete ihre glänzenden rosafarbenen Fingernägel. »WSLJ, New Orleans' Zentrum von Jazz und Radio-Talk. Mit wem darf ich Sie verbinden?«
»Kümmer dich nicht um sie«, sagte Tiny. »Du weißt doch, sie hat immer Hummeln im Hintern. Aber sie liebt dich.«
»Es ist schön, geliebt zu werden«, murmelte Sam, noch immer in Gedanken über Melbas Ausführungen. Vielleicht war sie nur nervös und vermutete überall versteckte Bedeutungen. Sie hatte nicht genug Schlaf bekommen, ihr Bein hatte geschmerzt, und in ihrem Kopf waren die Gedanken an die verflixte Nachricht auf dem Anrufbeantworter und das verhunzte Foto gekreist. Und bisher war der Tag äußerst nervenaufreibend gewesen. Zuerst hatte sie sich mit der Polizei von Cambrai herumgeschlagen, hatte mit einem Beamten telefoniert und dann auf sein Kommen gewartet. Er hatte ihr versichert, seine Kollegen würden jetzt häufiger in dieser Wohngegend Patrouille fahren, und hatte die Kassette des Anrufbeantworters, den Umschlag und das Foto mitgenommen. Später, immer noch nervös, hatte sie die Kreditinstitute angerufen, um sicherzugehen, dass tatsächlich alle Kreditkarten mittlerweile gesperrt waren. Mit einigen Schwierigkeiten hatte sie sich auf den Weg zur Verkehrsbehörde gemacht, um

sich einen neuen Führerschein zu besorgen, dann zum Schlüsseldienst mit dem Auftrag, in ihrem Haus sämtliche Schlösser auszutauschen und einen Ersatzschlüssel für ihr Auto anzufertigen. Schließlich war sie noch zu ihrer Versicherung gefahren und hatte dort fast eine Stunde lang in der Schlange stehen müssen, um eine neue Versichertenkarte zu beantragen. Ihre rezeptpflichtige Sonnenbrille hatte sie noch nicht ersetzen können, doch das war der letzte Punkt auf ihrer Liste, und eine Zeit lang würde sie auch mit Kontaktlinsen und gewöhnlicher Sonnenbrille auskommen.

»... Ich gebe die Information an Mr. Hannah weiter«, sagte Melba nun, beendete ihr Gespräch und kritzelte eine Notiz auf einen Zettel. »Warum wir hier keine Mailbox haben, ist mir unbegreiflich. Als lebten wir noch im Mittelalter oder so.« Sie warf einen Blick zu Tiny hinüber. »Du bist doch das Computergenie. Kannst du uns nicht so was einrichten?«

»Würde ich ja, aber das verdammte Budget gibt es nicht her.«

»Ja, ja, immer ist es das Budget, die Quote, der Marktanteil.« Melba verdrehte die ausdrucksvollen Augen. Ihr lockiges Haar glänzte unter den Neonröhren, die im Empfangsbereich für die Beleuchtung sorgten. »Nun, ich gebe es äußerst ungern zu«, wandte sie sich an Sam, »aber dem Stapel von Fanpost in deinem Fach nach zu urteilen könnte man meinen, die Leute hätten dich vermisst.«

»Das überrascht mich.«

Wieder klingelte das Telefon und beanspruchte Melbas Aufmerksamkeit. Tiny begleitete Sam durch den Haupt-

gang, liebevoll als »die Aorta« bezeichnet. Das Gebäude war ein richtiger Kaninchenbau, ein Labyrinth von Büros und willkürlich miteinander verbundenen Fluren, denn man hatte das alte Haus, in dem WSLJ und seine Schwestersender untergebracht waren, in den vergangenen zweihundert Jahren immer und immer wieder umgebaut. Die unzähligen Ecken und Winkel waren jetzt in Abstellkammern, Studios, Büros und Konferenzzimmer integriert.
»Schau dir auch deine E-Mails an«, mahnte Tiny und blieb vor der Tür zu seinem Büro stehen, einem kleinen Raum, der vormals ein begehbarer Schrank inmitten der Büros gewesen war. Darin standen ein einsamer Schreibtischstuhl, ein einfacher Tisch und darauf ein Laptop. Tinys einzige Konzession an Raumgestaltung war ein großes Poster, auf dem ein Alligator abgebildet war und das er, wie Sam aufgrund der zahlreichen Einstiche rund um die Schnauze des Tieres feststellte, als Dartsscheibe benutzte. Wo er seine Pfeile versteckte, war ein Geheimnis, das bisher niemand der Mitarbeiter im Funkhaus hatte lüften können.
Offenbar wusste Tiny zu jeder Zeit, was im Hause vor sich ging. Er war Student der Kommunikationswissenschaften in Loyola, entwarf und wartete die Website des Rundfunksenders und hatte sich als wahrer Zauberer in Sachen Computerprobleme erwiesen. In Sams Augen war Tiny unersetzlich, wenn auch ein bisschen abgehoben vom Rest der Welt. Er war ein schlaksiger Bursche, ein typischer Computerfreak, der dringend eine Zahnspange und Clearasil benötigte, aber ein tüchtiger Arbeiter, der unglücklicherweise in Sam verknallt war. Und sie gab vor, es nicht zu bemerken.

»Sind es viele?«, fragte sie, und der Kleine strahlte geradezu.
»Unmengen. Und in allen geht es so ziemlich nur um eins: Die Hörer wollen dich zurück.«
»Du *liest* meine E-Mails?«, schnappte sie.
Er bekam rote Ohren. »Einige waren ganz allgemein an den Sender adressiert, und trotzdem ging es nur um dich und wann du endlich zurückkommst. Ich, äh, also, deinen privaten Kram habe ich nicht angeguckt.«
Das würdest du bestimmt niemals tun, dachte sie sarkastisch, doch bevor sie Gelegenheit hatte, ihn ins Gebet zu nehmen, drang die sonore Stimme der Programmmanagerin an ihre Ohren.
»Die verlorene Tochter ist also heimgekehrt!« Eleanors Worte hallten durch den Flur.
Die große Schwarze, die sich aus Messing Golfbälle als Briefbeschwerer hatte anfertigen lassen, zur Zierde ihres Schreibtisches, schritt den Flur entlang und lächelte so breit, dass ein mit Gold überkronter Backenzahn zu erkennen war.
»Und wie du aussiehst...« Sie deutete auf Sams Gipsbein.
»Der letzte Schrei, zweifellos. Komm, schlepp dich in mein Büro, da können wir reden.« Sie ging voraus durch die Aorta und bog im rückwärtigen Teil des Gebäudes, gegenüber dem verglasten Studio, in dem Gator Brown gerade ein paar beliebte Jazznummern für seine Sendung aufnahm, rechts ab. Gator, mit Kopfhörern über den Ohren, erblickte Sam, grinste und hob eine sommersprossige Hand, ohne auch nur für eine einzige Sekunde sein Samtstimmen-Geplauder zu unterbrechen. Gleichzeitig schaff-

te er es, eine andere CD für die Tonbandzusammenstellung einzulegen.

»Also, ich höre«, sagte Eleanor und wies Sam einen Sessel zwischen den mit Akten, Disketten, Tonbändern und Büchern gefüllten Bücherschränken zu. »Wie lange musst du dich mit dem Ding da plagen?« Sie deutete auf Sams linkes Bein und setzte sich hinter ihren unordentlichen Schreibtisch.

»Nur noch knapp eine Woche, hoffe ich. Der Knöchel ist nur verstaucht, nicht gebrochen. Ich kann natürlich trotzdem arbeiten.«

»Gut. Denn ich will dich wieder in deinem Studio sehen. Deine Hörer schreien nach dir, Sam, und WNAB wirbt immer aggressiver um dein Publikum. Sie haben Trish LaBelle von sieben auf neun Uhr verlegt, so haben sie immer noch einen Vorsprung zu deiner Show und können später Kopf an Kopf gegen dich antreten. Ich überlege, ob ich deine Sendung um eine Stunde nach hinten verschiebe, also auf elf, aber Gator schreit Zeter und Mordio und behauptet, er würde seine Zuhörer verlieren und sein Jazz *müsste* spät in der Nacht gespielt werden. Ihm wäre es lieber, wenn du weiterhin von zehn bis Mitternacht auf Sendung bleibst.« Sie griff in ihre oberste Schublade und entnahm ihr ein Röhrchen mit Kalziumtabletten. »Und mein Mann versteht nicht, wieso ich hohen Blutdruck habe.«

Sam glaubte nicht an den beschriebenen Konkurrenzkampf. »WNAB hat sein Publikum, wir haben unseres.«

»Die Hörer sind schneller übergelaufen, als du denkst.« Eleanor war ganz Geschäftsfrau. Sie schluckte zwei Ta-

bletten. »Sieh mal, wir alle haben hart gearbeitet, um diesen Sender zum besten zu machen, und wir wollen unser Publikum doch jetzt nicht verlieren. Ich missgönne dir deinen Urlaub nicht, versteh mich nicht falsch«, sagte sie und hob die Hände, Handflächen nach außen gekehrt, »aber ich muss an den Sender denken, das ist mein Job. Ich kann nicht zulassen, dass WNAB oder sonst jemand uns unsere Quoten abspenstig macht.« Sie brachte ein Lächeln zustande, das allerdings nicht echt wirkte, und als das Telefon klingelte, wurde sie auf der Stelle wieder ernst und nahm schnell den Hörer ab. »Hier Eleanor ... Ja ... ich weiß.« Sie zog an der Schnur, rollte mit ihrem Stuhl rückwärts und kramte in einem Stapel Akten, der auf einer Kredenz abgelegt worden war. »Gut, mal sehen. Hast du mit der Verkaufsabteilung gesprochen?« Ihre Stimme klang gepresst. Angespannt. »Ich verstehe ... Wir arbeiten daran. Was? ... Ja. Samantha ist zurück, also ist für die späten Nachtstunden gesorgt ... Genau. Gib mir eine Minute.« Sie wandte sich wieder dem Schreibtisch zu, schnappte sich mit der freien Hand die Computermaus und gab Sam mit einem Blick zu verstehen, dass das Gespräch beendet war. »Hör zu, George, warte einfach ab. Ich sagte doch, ich kümmere mich darum.«
Samantha hinkte aus dem Raum und schloss die Tür, doch Eleanors Stimme war weiterhin deutlich zu vernehmen.
»Mir fällt schon was ein ... Ja, bald. Du liebe Zeit, jetzt krieg nicht gleich einen Herzinfarkt. Beruhige dich ... Ich verstehe.«
Sam bog vorsichtig um zwei Ecken und betrat den Flur, der zu den verglasten Studios und Aufnahmeräumen führte.

Sie schaute durch ein Fenster und sah Gator, noch immer übers Mikrofon gebeugt, mit den Tonbändern sprechen, als ob er tatsächlich Hörer vor sich hätte, die allesamt seine engsten Freunde waren. Er würde dieses Tonband in sein reguläres Programm hineinschneiden. Auf Sendung war seine Stimme sanft und gedehnt, einladend, der nette Junge von nebenan. Privat war er entschieden geistreicher und lebhafter. Sam winkte, Gator nickte ihr flüchtig zu, und sie ging weiter an mehreren Studios, der Redaktion und der Bibliothek vorüber, bis sie schließlich im Gemeinschaftsbüro angelangt war, das sie mit den anderen Moderatoren teilte. Ihr Fach quoll tatsächlich über vor Briefen. In Gedanken an das abscheuliche Foto prüfte sie sämtliche Umschläge mit großer Sorgfalt. Sie sagte sich, dass das unangenehme Prickeln, das ihr über den Rücken lief, völlig fehl am Platz sei, und schlitzte dann Umschlag für Umschlag auf und überflog den Inhalt.
Sie fand nichts Außergewöhnliches. Kein Schreiben war auch nur annähernd verdächtig.
Angebote, auf Wohltätigkeitsveranstaltungen zu sprechen oder als Gastgeberin zu fungieren, Genesungswünsche von Hörern, die von ihrem Unfall erfahren hatten, Werbung, Kreditkarten-Angebote ... nichts Beunruhigendes. Sie beschloss, den Brief und den Drohanruf den Kollegen im Sender gegenüber nicht zu erwähnen, aber sie würde sich noch einmal bei der Polizei nach deren Ergebnissen erkundigen. Der Brief und die Stimme auf ihrem Anrufbeantworter waren vermutlich nur Streiche. Von irgendeinem Typen, der sich auf ihre Kosten einen runterholte.
Und was ist mit den Schritten auf der Veranda?

Was ist mit Charons sonderbarer Reaktion?
Was ist mit diesem Gefühl, das dich gestern Nacht beschlichen hat, diesem Gefühl, dass unsichtbare Augen dich bei allem beobachten, was du tust?
Sie biss die Zähne zusammen und ermahnte sich wohl zum hundertsten Mal, sich nicht von ein paar boshaften Dummejungenstreichen einschüchtern zu lassen. Sie hatte schließlich auch früher schon mit anonymen Anrufen zu tun gehabt. Wenn sie die Alarmanlage überprüfen ließ und darauf achtete, dass die Polizei von Cambrai zu ihrem Wort stand und die Patrouillen in ihrem Bezirk verstärkte, würde ihr nichts passieren.
Oder?

Ein paar Stunden später – der Großteil der Belegschaft hatte inzwischen Feierabend gemacht – warf Sam gerade Abfall in den Mülleimer, da hörte sie das Klicken hoher Absätze. Sie drehte sich um und sah Melanie in den Raum fegen. Ihr Haar war vom Wind zerzaust, die Wangen rosig von der Hitze des Sommerabends.
»Willkommen daheim«, begrüßte Melanie sie lächelnd. Im Alter von gerade mal fünfundzwanzig Jahren hatte Melanie als Jahrgangsbeste ihren Abschluss am All Saints gemacht, einem kleinen College in Baton Rouge. Ihr Hauptfach war Kommunikationswissenschaften gewesen, das Nebenfach Psychologie. Sie hatte im Collegeeigenen Rundfunk mitgearbeitet, dann einen Job in Baton Rouge gefunden und schließlich kurz nach Sams Einstieg die Stelle bei WSLJ angenommen. Melanie war wie Sam eine von Eleanors Entdeckungen.

»Danke.«
»Ich gehe runter zum Laden an der Ecke und hole Kaffee und irgendwas total Kalorienreiches ... vielleicht Schmalzgebäck mit einem Berg Puderzucker. Möchtest du auch?«
»Die Versuchung ist groß, aber ich glaube, ich verzichte lieber.« Sam legte die Post beiseite und stieß sich mit ihrem Stuhl von dem langen Tresen ab, der als Schreibtisch diente. »Und noch einmal vielen Dank dafür, dass du auf den Kater aufgepasst und für Kaffee und Milch gesorgt hast. Du hast mir das Leben gerettet.«
Melanie strahlte angesichts des Kompliments – in mancher Hinsicht war sie noch ein Kind. »Erinnere dich bitte daran, wenn der Zeitpunkt für meine Revision und die Gehaltserhöhung gekommen ist, ja?«
»Oh, verstehe. Du hast mich bestochen.«
»Ganz genau!« Melanie stand in der Tür, je eine Hand in den Türrahmen gestützt. In dem beinahe durchsichtigen violetten Kleidchen und dem dünnen schwarzen Cape, in Schuhen mit Plateau-Absatz und frisch geschminkt sah sie aus, als wollte sie die Stadt unsicher machen, statt zur Arbeit zu gehen.
»Hast du ein heißes Date?«
»Man soll die Hoffnung nie aufgeben.« Melanie lachte und zog eine Schulter hoch. »Vielleicht habe ich ja mal Glück. Und«, sie hob einen Finger, »gib mir bitte nicht den guten mütterlichen Rat, auf mich Acht zu geben. Ich bin schon ein großes Mädchen.«
»Und ich bin keineswegs alt genug, um deine Mutter zu sein.«

»Dann spar dir auch jeden freundschaftlichen oder womöglich sogar professionellen Rat, ja?«
Sam wusste, wann es an der Zeit war, den Mund zu halten. Melanies letzte Beziehungen waren alles andere als erfreulich verlaufen, und das Mädchen war bereit, sich erneut das Herz brechen zu lassen, doch Samantha hütete sich, ihren Senf dazuzugeben. Immerhin hatte sie selbst in Liebesdingen auch nicht gerade großartige Erfolge zu verzeichnen. »Wann hast du Feierabend?«
Melanie blickte auf ihre Uhr. »Nach der Sendung, genau wie du. Also, was kann ich dir mitbringen? Tee? Mineralwasser?«
»Du brauchst mich nicht zu bedienen.«
»Ich weiß. Ich frage nur, weil du doch ein Gipsbein hast. Wenn du wieder richtig laufen kannst, musst du für dich selbst sorgen, also mach mich jetzt ruhig zu deiner Sklavin.«
»Du willst es nicht anders. Gut, bring mir eine Cola light mit.«
»Mach ich.« Melanie warf einen mitleidigen Blick auf Sams Bein. »Juckt es?«
»Wie verrückt.«
»Du Arme! Ich bin gleich zurück.« Genauso schnell, wie sie gekommen war, war sie auch wieder verschwunden.
Sam überprüfte flüchtig ihre E-Mails, wobei sich ihr Puls leicht beschleunigte und ihre Hand schweißfeucht auf der Maus lag. Doch niemand hatte ihr irgendeine bedrohliche Nachricht geschickt, und sie wurde ruhiger. Sie überflog ein paar Anfragen nach dem Zeitpunkt ihrer Rückkehr, zwei Dutzend Witze, die sie unverzüglich löschte, längst

überholte interne Memos, ein Angebot, auf einer Wohltätigkeitsveranstaltung in der Stadt zu sprechen, eine weitere Erinnerung vom Boucher Center an ihren nächsten Termin, einige kurze Grüße von Freundinnen und eine Mail von Leanne Jaquillard, einem siebzehnjährigen Mädchen, das sie im Rahmen einer Gruppentherapie im Boucher Center betreute.

Als Melanie zurückkam, ohne ihr Cape, Spuren von Puderzucker auf den Lippen, eine Dose Cola light in der einen, einen Becher Kaffee in der anderen Hand, hatte Sam bereits so viele Mails wie möglich beantwortet, diejenigen, die sie noch brauchte, archiviert und die übrigen gelöscht.

»Danke«, sagte sie, als Melanie ihr das Getränk reichte. »Dafür bin ich dir was schuldig.«

»Nicht nur dafür – schließlich habe ich deinen hinterhältigen Kater versorgt. Aber wer zählt schon die Gefälligkeiten?« Melanie trank einen Schluck von ihrem Kaffee, und die Puderzuckerreste verschwanden von ihren Lippen.

In dem Moment, als Sam ihre Coladose aufriss, steckte Gator den Kopf zur Tür herein. »Du hast noch etwa fünfzehn Minuten«, verkündete er. »Ich habe zwei Stücke auf Band, dann kommt der Wetterbericht und Werbung. Danach gehst du auf Sendung.« Er wollte schon wieder gehen, doch da fiel ihm noch etwas ein. »Hey, schön, dass du wieder da bist.« Es klang nicht so, als wäre es ernst gemeint.

»Danke.«

»Was ist denn überhaupt passiert?« Er wies mit dem Zeigefinger auf ihr Gipsbein.

»Das ist eine lange Geschichte. Im Grunde läuft es darauf hinaus, dass der Kapitän unseres Fischerboots ein Idiot und ich ein Tollpatsch war.«
Gators Grinsen war gekünstelt. »Damit erzählst du mir nichts Neues«, erwiderte er und fügte hinzu: »Muss jetzt los. Irgendwo in dieser Stadt gibt es doch *bestimmt* eine Frau, die darauf brennt, mich kennen zu lernen.«
»Darauf würde ich mich nicht verlassen«, flüsterte Melanie, nachdem er gegangen war.
»Erklär mir noch einmal, warum ich so dringend hierher zurückkommen wollte«, bat Sam.
»Er ist nur sauer, weil man überlegt, seine Sendung zu verkürzen, um deine zu verlängern. Das ist der pure Neid.«
Sam konnte es Gator nicht einmal verübeln. Früher war er der Morgenshow-Moderator gewesen, war dann mit »Unterwegs um fünf« auf den Nachmittag und schließlich auf den frühen Abend geschoben worden. Man musste kein Hellseher sein, um zu erkennen, dass er langsam, aber sicher ausgemustert wurde. Im Augenblick bekam sie dank der Beliebtheit ihrer »Mitternachtsbeichte« den größten Teil seines fehlgeleiteten Zorns zu spüren.
»Ich sollte mich wohl lieber wieder an die Arbeit machen.« Sam kam mühselig auf die Füße und spürte einen schmerzhaften Stich in ihrem Knöchel, den sie jedoch ignorierte. »Danke, dass du während meiner Abwesenheit für mich eingesprungen bist!«
»Gern geschehen.« Melanies goldene Augen wurden ein bisschen dunkler. »Es hat mir Spaß gemacht.«
»Du bist ein Naturtalent.«

Das Mädchen seufzte und trat gemeinsam mit Sam hinaus auf den Flur. »Ich wollte, die maßgeblichen Kräfte würden meine Begabungen zu würdigen wissen.«

»Das werden sie schon noch. Hab Geduld. Und mach deinen Doktor. Der Bachelor in Psychologie reicht nicht.«

»Ich weiß, ich weiß. Danke für den guten Rat, *Mom*«, sagte sie mit einer Spur von Neid.

Melanie war großartig am Mikrofon, sie brauchte nur noch etwas Reife, mehr Lebenserfahrung und die richtigen Ausbildungsnachweise. Urlaubsvertretung war die eine Sache; eine eigene Sendung war etwas anderes.

»Hat sich irgendwas Weltbewegendes ereignet, während ich im Urlaub war?«, fragte Sam, um das heikle Thema zu beenden.

»Nichts. Hier war es stinklangweilig.« Melanie zuckte mit den Schultern und nahm noch einen Schluck Kaffee.

»In New Orleans ist es niemals langweilig.«

»Aber im Sender. Immer das Gleiche. Man munkelt, dass WSLJ an einen großen Konzern verkauft werden oder mit einem Konkurrenten fusionieren soll.«

»Das munkelt man immer.«

»Dann würde eine große Umstrukturierung stattfinden. Sämtliche DJs flippen bei dem Gedanken aus, weil sie dann durch Computer ersetzt würden oder durch Konsortialprogramme aus Timbuktu oder Gott weiß, woher.«

»Das hört wirklich nie auf«, stellte Sam fest.

»Aber dieses Mal steckt mehr dahinter. George spricht davon, eine gehörige Summe in die Computerausrüstung zu investieren, Arbeitsplätze zu streichen, mehr Sendungen

aus der Konserve zu bringen. Melba ist begeistert, ach was, sie kriegt beinahe einen Orgasmus bei der Vorstellung einer Mailbox, und Tiny findet die Idee genial. Je mehr Hightechkram, desto besser.«
»Das ist der Odem der Zukunft«, bemerkte Sam zynisch. Die Aufgaben der Diskjockeys wurden mehr und mehr von Computern übernommen, genauso, wie die CD das Tonband und die Schallplatte verdrängt hatte. Die LP- und Singlesammlungen der Rundfunkstation setzten in einem verschlossenen Glaskasten Staub an und wurden nur von Ramblin' Rob, dem verknöcherten ältesten DJ im Gebäude, gelegentlich abgespielt. »Damit handle ich mir Riesenärger ein«, sagte er dann immer und lachte, heiser von jahrelangem Zigarettenkonsum. »Aber sie wagen es nicht, mich zu feuern. Die Gewerkschaft, der Gouverneur und Gott selbst würden diesen Laden dichtmachen, wenn sie das wagen sollten.«
Melanie folgte Samantha den Flur entlang. »Die Sendung zu schmeißen, war das einzig Interessante hier.«
»Alles Lüge«, sagte Melba im Vorbeigehen und nahm ihre Jacke von der Garderobe in einer Nische bei den Büros. »Lass dir von ihr keinen Quatsch erzählen.« Sie zog ein wenig die eleganten Augenbrauen hoch. »Unser Küken hat einen neuen Mann an ihrer Seite.«
Melanie wurde rot und verdrehte die Augen.
»Ist das wahr?«, fragte Sam, bog um die Ecke und eilte durch die Tür ins Studio. Die Information über das Liebesleben ihrer Assistentin war nun wirklich keine Schlagzeile wert. Melanie hatte alle vierzehn Tage einen neuen Freund – so kam es ihr zumindest vor.

»Diesmal ist es was Ernstes.« Melba erschien im Türrahmen und klemmte sich ihren Schirm unter den Arm. »Glaub mir, das Mädchen ist verliiiebt.«
»Wir haben uns nur ein paar Mal getroffen, mehr nicht.« Melanie spielte mit dem Kettchen an ihrem Hals. »Nichts Besonderes.«
»Aber du magst ihn?«
»Bis jetzt.«
»Kenne ich ihn?«
»Nein.« Melanie schüttelte den Kopf und schlüpfte in die Kabine neben Sams. »Ich fange an, die Anrufe zu filtern«, sagte sie, während sich Sam auf ihrem Stuhl niederließ und das Mikrofon ausrichtete. Sie überprüfte ihren Computerbildschirm. Mit leichtem Fingerdruck auf den jeweiligen Button auf dem Monitor konnte sie einen vorher aufgenommenen Werbespot, die Titelmusik oder den Wetterbericht aufrufen. Sie stülpte sich die Kopfhörer über die Ohren, und Melanie nickte ihr zu, um ihr zu bedeuten, dass die Telefonleitungen funktionierten und die Verbindung zum Computer hergestellt war.
Sam wartete bis zum Ende des dreißig Sekunden dauernden Werbespots für einen ortsansässigen Kfz-Händler, dann berührte sie einen Button, und die ersten paar Töne von »A Hard Day's Night« von den Beatles erklangen und verhallten. Sam beugte sich übers Mikrofon. »Guten Abend, New Orleans, hier ist Dr. Sam. Ich bin zurück. Und ihr hört ›Mitternachtsbeichte‹, hier auf WSLJ. Wie ihr vermutlich wisst, habe ich mir einen kleinen Erholungsurlaub in Mexiko gegönnt. In Mazatlán, genauer gesagt.« Sie stützte die Ellbogen auf den Schreibtisch und behielt

den Bildschirm im Auge. »Es war wunderschön dort, sehr romantisch, wenn man in der richtigen Stimmung war, aber statt euch jetzt einen detaillierten Reisebericht vorzulegen, dachte ich mir, wir fangen mit einem leichten Thema an, damit ich mich wieder eingewöhne. Wir könnten die Diskussion heute Abend vielleicht mit dem Thema Urlaub eröffnen: wie stressig Urlaub sein kann, wie erholsam er eigentlich sein sollte, an welchen Orten ihr gern mit eurem Liebsten relaxt. Ruft an und erzählt mir, wo ihr wart und wie es euch gefallen hat. In Mazatlán war es jedenfalls heiß, heiß, heiß; jede Menge heiße Sonne und heißer Sand, viele Pärchen, die am Strand spazieren gingen. Palmen, weißer Sand, Piña Colada, alles, was das Herz begehrt. Und die Sonnenuntergänge waren zum Sterben schön …«
Sie sprach noch ein paar Minuten lang über Urlaub zu zweit, nannte dann die Telefonnummer, bat die Hörer anzurufen und wartete auf eine Meldung. Durch die Trennscheibe hindurch sah sie, wie Melanie, die Kopfhörer auf den Ohren, nickte. Die Kontrolllämpchen der Telefonleitungen begannen zu leuchten. Es ging los.
Der Name des ersten Anrufers, Ned, erschien neben Leitung eins auf dem Bildschirm; auf Leitung zwei war jemand mit dem Namen Luanda. Sam drückte den ersten Button und sagte: »Hi. Hier ist Dr. Sam. Mit wem spreche ich?«
»Hier ist Ned.«
Der Typ wirkte nervös.
»Ich, äh, ich freue mich, dass du wieder da bist. Ich höre mir immer deine Sendung an, und … und ich muss sagen, ich habe dich vermisst.«

»Danke.« Samantha lächelte leicht und versuchte, dem Mann die Scheu zu nehmen. »Tja, Ned, was willst du berichten? Warst du kürzlich in Urlaub?«
»Ja, äh, ich bin mit meiner Frau nach Puerto Rico gefahren, das war vor etwa zwei Monaten, und ... na ja, es war so eine Art Wiedergutmachung ... du weißt schon.«
»Wiedergutmachung wofür?«, hakte sie nach.
»Na ja, ich war mit einer anderen zusammen, und ich und meine Frau, wir hatten uns für eine Weile getrennt ... Und da dachte ich, ich überrasche sie mit einer Reise in die Karibik, weißt du, um vielleicht doch alles wieder ins Lot zu bringen.«
»Und was ist passiert, Ned?«, fragte Sam, und stockend schüttete ihr der Mann sein Herz aus. Ein typischer Midlifecrisis-Seitensprung. Sein zweiter, gestand er, aber er liebe seine Frau, oh, sie sei die Allerbeste, eine warmherzige Frau, mit der er seit zwölf Jahren verheiratet sei. Doch in Puerto Rico hatte sie es ihm heimgezahlt. Hatte sich einen Latinlover gesucht und vor Neds Augen mit ihm herumpoussiert. Ned war gekränkt. Was hatte sie sich dabei gedacht? Der romantische Urlaub war schließlich zur Katastrophe geworden.
»Und was hast du jetzt für ein Gefühl?«, fragte Sam und sah, dass Luandas Name vom Bildschirm verschwunden war. Sie hatte offenbar keine Lust mehr gehabt zu warten und aufgelegt. Doch auf Leitung drei war jetzt jemand mit Namen Bart.
»Ich bin tief verletzt und sauer«, sagte Ned. »Stinksauer sogar. Für den Urlaub habe ich zweitausend Dollar ausgegeben!«

»Also hast du das Geld und deine Frau verloren. Was glaubst du selbst, warum hast du dich überhaupt mit diesen anderen Frauen eingelassen?«, wollte Sam wissen.
Die Kontrolllämpchen der Leitungen begannen zu blinken wie ein Weihnachtsbaum. Die Leute brannten darauf, sich zu Neds Story zu äußern oder ihre eigene zu erzählen und Sams Meinung dazu zu hören. Kay war auf Leitung zwei, Bart auf der drei und, oh, da war Luanda wieder, auf Leitung vier.
Sam redete noch eine Weile lang mit Ned, erklärte ihm die uralte menschliche Gewohnheit, mit zweierlei Maß zu messen, dann wandte sie sich Kay zu, einer boshaften Frau, die Ned und jeden anderen Mann, der seine Frau betrog, in den heißesten Winkel der Hölle wünschte. Sam konnte sich bildlich vorstellen, dass sie vor Wut Schaum vor dem Mund hatte. Danach lauschte sie Bart, dessen Freundin mit ihm nach Tahiti gereist war und nun nicht mehr heimkommen wollte.
Diese und ähnliche Geschichten, Zorn, Gelächter und Verzweiflung knisterten durch den Äther. Sam unterbrach die Anrufe durch das Einblenden von Werbespots und Wettervorhersagen sowie das Versprechen, Nachrichten zwischenzuschalten, falls welche vorlägen. Die Zeit verflog, und mit jeder Minute fühlte sich Sam mehr in ihrem Element. Während sie mit ihren Hörern redete, verblassten die flüchtigen Gedanken an die Nachricht auf ihrem Anrufbeantworter und das verunstaltete Foto.
Sie war schon fast drei Stunden lang auf Sendung, hatte ihre Cola ausgetrunken, bereits die zweite Tasse Kaffee vor sich und stand kurz davor, zum Schluss zu kommen,

da nahm sie noch den Anruf eines Mannes entgegen, den der Computerbildschirm als John auswies.

»Hier ist Dr. Sam. Wie geht es dir heute Abend?«
»Gut. Mir geht's gut«, meldete sich eine glatte Männerstimme.
»Wie heißt du?«, fragte sie um der Hörer willen.
»John.«
»Hi, John, worüber möchtest du reden?« Sie griff nach ihrer Kaffeetasse.
»Beichte.«
»Gut.«
»So heißt deine Sendung.«
»Ja. Nun, John, was beschäftigt dich?«
»Du kennst mich.«
»Ich kenne dich? Woher?«
»Ich bin der John aus deiner Vergangenheit.«
Sie spielte mit. »Ich kenne eine Menge Johns.«
»Darauf möchte ich wetten.«
Schwang etwas wie Missbilligung oder Herablassung in seiner Stimme? Zeit, die Sendung zu Ende zu bringen. »Möchtest du heute Abend über etwas Bestimmtes sprechen, John?«
»Über Sünden.«
Beinahe hätte sie ihre Tasse fallen lassen. Das Blut gefror ihr in den Adern. Die Stimme – es war die gleiche Stimme wie auf ihrem Anrufbeantworter! Die Sicherheit, in der sie sich den ganzen Abend über gewiegt hatte, war dahin. »Über welche Art von Sünden?«, presste sie hervor.
»Über deine.«

»Meine?« Wer war der Kerl? Sie musste ihn aus der Leitung bekommen, und zwar schnell.
»Menschen werden für ihre Sünden bestraft.«
»Wie?«, fragte sie. Ihr Puls raste. Sie warf einen Blick zu Melanie hinüber. Diese schüttelte den Kopf. Als die Anrufe von ihr gefiltert worden waren, hatte John ihr gegenüber offenbar ein anderes Thema angeführt.
»Du wirst es sehen«, sagte er.
Sam gab Melanie ein Zeichen, in der Hoffnung, das Mädchen würde verstehen, dass sie schnellstens das Gespräch beenden musste. Am besten sofort. Sie war jetzt vollkommen überzeugt, dass dieser Kerl derjenige war, der die Nachricht auf ihrem Anrufbeantworter hinterlassen hatte.
»Vielleicht sollte ich bereuen«, sagte sie mit zum Zerreißen gespannten Nerven, während sie auf Zeit spielte.
»Natürlich musst du bereuen. Beichte, Samantha. Mitternachtsbeichte.«
O Gott, der Typ war vollkommen durchgeknallt. »Ich werde mir den Rat zu Herzen nehmen.«
»Das wäre sehr klug, Sam. Denn Gott weiß, was du getan hast, und ich weiß es auch.«
»Was ich getan habe?«
»Ganz recht, du heißblütige Schlampe. Wir wissen beide ...«
Sam unterbrach die Verbindung. Aus den Augenwinkeln sah sie Melanie auf der anderen Seite der Scheibe wild auf die Uhr zeigen. Nur noch zwanzig Sekunden bis zum Ende der Sendung. Die Kontrolllampen blinkten wie wild. »Für heute ist unsere Zeit abgelaufen«, sagte Sam

um Fassung bemüht. Als sie den Button drückte, der die Schlussmusik aufrief – die Grass Roots mit dem Stück »Midnight Confessions« –, schlug ihr Herz einen wilden Trommelwirbel. Irgendwie fiel ihr das Abschiedswort noch ein, ihr Markenzeichen. Nachdem die ersten Akkorde verklungen waren, sagte sie: »Hier ist Dr. Sam mit einem letzten Gruß ... Gib auf dich Acht, New Orleans. Gute Nacht euch allen, und Gott segne euch. Ganz gleich, was euch heute bedrückt, denkt daran, morgen ist ein neuer Tag ... Träumt was Schönes ...«
Sie spielte ein paar Werbespots ein, schob das Mikrofon von sich und rollte auf ihrem Stuhl zurück. Dann legte sie die Kopfhörer ab, griff nach ihrer Krücke, stand auf und schleppte sich, kurz vorm Hyperventilieren, aus der Kabine.
»Wie ist der Typ an dir vorbeigekommen?«, wollte Sam wissen, als Melanie aus ihrer Kabine auf den Flur trat.
»Er hat gelogen, wie sonst!« Melanie war hochrot im Gesicht; sie biss kampfbereit die Zähne zusammen. »Also, wo zum Teufel ist Tiny?« Sie stapfte den Flur auf und ab. »Ihm bleiben weniger als fünf Minuten, um ›Licht aus‹ zu starten!« Sie suchte mit den Augen den Flur ab.
»Vergiss Tiny. Wie war das mit dem letzten Anrufer?« Sam zitterte innerlich. Sie war wütend. Und verängstigt.
»Ich weiß es nicht.« Melanie hob gereizt die Hände. »Er ... er hat mich reingelegt. Sagte, er wollte übers ... Paradies reden ... übers verlorene Paradies ... Ich habe Mist gebaut, okay? Bitte schön, dann nagle mich doch ans Kreuz!«
Sam wand sich innerlich unter Melanies Wortwahl. »Biblische Anspielungen lässt du bitte bleiben!«

»Es ist ja vorbei! Es wird nicht wieder vorkommen! Ich habe doch gesagt, dass es mir Leid tut!«
»Nein, das hast du nicht. Und du hast wirklich Mist gebaut. Gerade solche Anrufe sollen herausgefiltert werden und ...« Samantha sprach den Satz nicht zu Ende, denn ihr wurde klar, dass sie ohne triftigen Grund ihre Assistentin herunterputzte. Sie atmete tief durch und zwang sich, Ruhe zu bewahren. »Typischer Fall von Überreaktion meinerseits.«
»Amen. Ups, entschuldige. Keine biblischen Anspielungen.« Melanie kennzeichnete die letzten zwei Wörter mit in die Luft gemalten Anführungszeichen, und trotz ihrer Angst und ihrer Wut musste Sam lachen.
»Vergiss es.«
»Ich will's versuchen.« Melanie hielt noch immer Ausschau nach Tiny, marschierte den schmalen Flur entlang, steckte den Kopf in die Räume, die nicht verschlossen waren, und rüttelte an den Klinken der verschlossenen Zimmer. »Tiny sollte allmählich antanzen ...«
»Paradies«, sagte Sam zu sich selbst, da brach die Bedeutung der Worte, die der Anrufer Melanie gegenüber geäußert hatte, mit voller Wucht über sie herein. Sie lehnte sich schwer gegen die Glaswand, hinter der die alten LPs aufbewahrt wurden, Ramblin' Robs Heiligtum. »Er hat nicht von einem romantischen Paradies geredet ... Er bezog sich auf Miltons ›Das verlorene Paradies‹.«
»Wie?«
»Der Anrufer, er bezog sich auf Miltons Werk. Über die Vertreibung Satans aus dem Himmel.«
Melanie blieb wie vom Donner gerührt stehen. »Meinst

du?« Sie zog fragend die Augenbrauen hoch. »Meinst du, er fährt auf alte Literatur ab?« Sie schien nicht daran zu glauben.

»Ja ... Ganz sicher. Es geht um Sünde und Buße und Strafe«, erläuterte Sam, nicht gerade erfreut über die düstere Richtung ihrer Gedanken. Sie sah ihre Assistentin an und beschloss, offen zu reden. »Heute war nicht das erste Mal, dass der Typ Kontakt mit mir aufgenommen hat. Als ich im Urlaub war, hat er eine Nachricht auf meinem Anrufbeantworter hinterlassen.«

»Was?« Melanie vergaß auf der Stelle ihre Suche nach Tiny. »Als du in Mexiko warst?«

»Genau.«

»Aber ... Moment mal, ich dachte, du hast eine Geheimnummer ... Die steht nicht im Telefonbuch.«

»Nein, aber es gibt andere Möglichkeiten, sie herauszukriegen. Wir leben in einer Hightechwelt. Jeder kann in Datenbanken eindringen und Angaben finden, alles von Kreditkarten- bis zu Versicherungs- und Führerscheinnummern. Wenn man sich damit auskennt, ist es bestimmt nicht schwer, an eine Telefonnummer zu kommen.«

»Genauso, wie es nicht sonderlich schwer ist, den Anruffilter hier auszutricksen.« Melanies Augen trübten sich ein wenig. »Es tut mir Leid, Sam«, sagte sie schließlich.

»Er hat mich reingelegt.« Sie warf sich das Haar über die Schultern und fragte: »Dann hat sich dir also ein Verrückter an die Fersen geheftet? Oh, entschuldige, ich weiß, es ist heutzutage nicht politisch korrekt, so etwas zu sagen, aber dieser Typ scheint mir wirklich völlig neben der Spur zu sein.«

»Meine Spezialität. Weißt du, ich bin nämlich Seelenklempnerin.«
Schritte näherten sich. Tiny bog um die Ecke und wäre um ein Haar mit Melanie zusammengestoßen.
»Hey, pass doch auf«, giftete sie und durchbohrte ihn mit einem für sie typischen bösen Blick. »Uns bleiben nur noch ein paar Minuten bis zum Beginn von ›Licht aus‹. Wo zum Teufel hast du gesteckt?«
»Draußen.«
»Du solltest doch die Bandaufnahmen abspielbereit machen.«
»Keine Angst«, entgegnete Tiny über die Schulter hinweg. Seine Jacke war feucht, und als er zu der Kabine ging, die Sam eben verlassen hatte, zog er den Geruch von Zigarettenrauch hinter sich her. »Ich habe alles im Griff.«
»Deinetwegen kriege ich eines Tages noch einen Herzanfall.«
»Warum? Du bist doch nicht der Chefredakteur.«
»Das nicht, aber ...«
»Lass gut sein, Melanie. Ich wiederhole: Ich habe alles im Griff.«
Tiny sah sie scharf an, und Melanie, die leicht aufbrauste, wollte gerade dazu ansetzen, ihm ihre Meinung zu sagen, begnügte sich dann jedoch mit einem: »Na schön, dann fang endlich an.«
Sam betrachtete das als ihr Stichwort zum Aufbruch. Sie war müde, gereizt, und ihr Knöchel begann zu schmerzen. »Wir sehen uns dann morgen«, sagte sie, humpelte zurück in das Gemeinschaftsbüro, holte ihren Regenman-

tel und die neue Handtasche und machte sich durch das Labyrinth von WSLJ hindurch auf den Weg zu den Aufzügen. Ihre Nerven waren noch immer zum Zerreißen gespannt, und das alte Gebäude mit den schmalen, verwinkelten Gängen, dem muffigen Geruch und den kleinen Bürokabinen erschien ihr unheimlicher, als sie es in Erinnerung hatte. »Reiß dich zusammen«, ermahnte sie sich selbst, als der Aufzug im Erdgeschoss anhielt. »Du bildest dir das alles nur ein.« Am Eingang zog sie ihre Karte durch das automatische Türschloss und trat hinaus in die schwüle Nacht von New Orleans.

Es war stickig und feucht. Ein paar Autos fuhren durch die engen Straßen, der Geruch des Flusses lag schwer in der Luft, und am Jackson Square spiegelte sich das Licht der Straßenlaternen in den Palmwedeln. Trotz der späten Stunde waren noch Fußgänger unterwegs, und Sam fragte sich unwillkürlich, ob einer von ihnen der Anrufer, der »Verrückte« war, der Mann, dessen weiche Stimme ihr das Blut in den Adern gerinnen ließ.

Statt mit dem Gipsbein die paar Blocks bis zum Parkhaus zu humpeln, hielt Sam ein Taxi an und beobachtete während der kurzen Fahrt die Passanten, die auch zu nachtschlafender Zeit nie vollständig zu verschwinden schienen.

Ein Bürger dieser Stadt führt anscheinend einen ganz persönlichen Rachefeldzug gegen dich. Warum? Was sollst du bereuen? Wer zum Teufel ist er? Und die wichtigste Frage: Wie gefährlich ist er?

Sie lehnte sich im Sitz zurück und hoffte, dass die Sache mit dem Telefonat ausgestanden sei. Der Anrufer, John,

hatte Kontakt mit ihr aufgenommen. Vielleicht ließ er sie jetzt in Ruhe.
Und doch musste sie während dieser Fahrt durch die dunklen Straßen der Stadt an das verstümmelte Foto denken, das jemand, wahrscheinlich dieser John, ihr geschickt hatte. Und sie wusste mit lähmender Sicherheit, dass die Geschichte erst ihren Anfang genommen hatte.

3. Kapitel

Dicke, nachtschwarze Wolken verdeckten den Mond. Regen prasselte schräg vom Himmel herab, und während das Sommergewitter über ihn hinwegzog, frischte der Wind auf und krönte die Wellen des für gewöhnlich ruhigen Lake Pontchartrain mit Gischt. Ty Wheelers Segelboot schwankte heftig, dem Wind ausgeliefert, die Segel blähten sich, das Deck neigte sich dem dunklen, undurchsichtigen Wasser zu. Er ignorierte die Elemente genauso wie seine Überzeugung, dass seine Mission vergeblich war – er befand sich eindeutig zur falschen Zeit am falschen Ort. Er sollte die Segel einholen und den verdammten Motor anwerfen, doch der war nicht sehr zuverlässig, und irgendwie gefiel es ihm auch, das Schicksal herauszufordern.
So, wie er es betrachtete, war dies seine Chance, und er würde sie auch ergreifen, verflucht noch mal.
Er stellte sich breitbeinig an den Bug und spähte durch das stärkste Fernglas, das er hatte auftreiben können. Er richtete es auf die Rückseite des weitläufigen alten Hauses im Plantagenstil, das Samantha Leeds jetzt bewohnte.
Dr. Samantha Leeds, rief er sich selbst in Erinnerung. Doktor der verdammten Psychologie. Genug Zeugnisse, um damit die Straße zu pflastern – und um das Recht zu bekommen, gratis Ratschläge übers Radio zu erteilen. Ganz gleich, wem sie damit schadete.
Seine Kiefermuskeln spannten sich an, und er bemerkte

eine Bewegung hinter den durchsichtigen Gardinen. Dann entdeckte er sie. Während er wie ein armseliger Voyeur beobachtete, wie sie mit unregelmäßigem Gang durchs Haus spazierte, krallten sich seine Finger um das feuchte, glatte Gehäuse des Fernglases. Er warf einen Blick auf die Uhr. Drei Uhr fünfzehn am Morgen.
Und sie war schön – genauso schön wie auf den Werbefotos, die er von ihr gesehen hatte, vielleicht sogar noch schöner mit ihrem zerzausten roten Haar und nur halb bekleidet. Dr. Leeds trug ein nachlässig zugeknöpftes Nachthemd, das nur knapp bis zur Hälfte ihrer langen, braunen Oberschenkel reichte, und sie ging humpelnd durch das von Tiffanylampen beleuchtete und mit einer Menge alt wirkender Möbel – wahrscheinlich Antiquitäten – ausgestattete Zimmer. Seine Augen wanderten zu dem Gips, der ihren linken Fuß und die halbe Wade umgab. Davon hatte er auch schon gehört. Irgendein Bootsunfall in Mexiko.
Mit zusammengepressten Lippen hielt er das Steuerrad mit einer Hüfte fest und spürte, wie ihm der Regen in den Kragen seines Parkas rann. Eine Bö hatte ihm die Kapuze vom Kopf gerissen und blies ihm das Haar in die Augen, doch ungerührt richtete er das starke Fernglas weiterhin auf das Haus, das tief in einer Gruppe von immergrünen Eichen eingebettet lag. Spanisches Moos hing an den Ästen und wehte im Wind. Wasser floss von den Giebelfenstern und die Dachrinne hinunter. Ein Tier – eine Katze, wie es aussah – schlich durch das Lichtquadrat, das ein Fenster auf den Boden malte. Es verschwand rasch in den tropfenden Büschen zu beiden Seiten der erhöhten Veranda.

Ty konzentrierte sich auf das Hausinnere und linste durch die Fenster. Er verlor Samantha für einen Moment aus den Augen, fand sie dann wieder, sah, wie sie sich bückte und nach ihrer Krücke griff. Das Nachthemd rutschte hoch und erlaubte ihm einen Blick auf einen weißen Spitzenslip über runden, festen Gesäßbacken.
Es regte sich in seinem Schritt. Pochte. Er biss die Backenzähne zusammen, achtete jedoch nicht weiter auf die Reaktion seiner Männlichkeit, genauso, wie er noch immer den warmen Regen ignorierte, der ihm ins Gesicht prasselte und sein Fernglas beschlagen ließ.
Er wollte nicht an sie als Frau denken.
Er brauchte sie. Er beabsichtigte, sie zu belügen. Sie zu benutzen. Mehr wollte er nicht.
Aber, Gott, sie war schön. Diese Beine ...
Plötzlich richtete sie sich auf, als ob sie spürte, dass sie beobachtet wurde.
Sie wandte sich um, hinkte zum Fenster und schaute nach draußen, mit ihren großen grünen Augen. Das rote Haar war zerzaust, als wäre sie gerade aus dem Bett gestiegen, und die Haut frei von Make-up. Sein Puls beschleunigte sich ein wenig. Sie spähte mit schmalen Augen durch die Scheibe. Vielleicht erkannte sie den Umriss des Bootes, seinen Schatten am Bug. Als wüsste sie, was er dachte, begegnete sie seinem Blick mit misstrauischer Miene und einem Ausdruck, der ihm bis in seine schwarze Seele drang.
Falsch. Sie war zu weit entfernt. Die Nacht war stockdunkel. Seine Fantasie ging mit ihm durch.
Es bestand eine geringe Chance, dass sie seine Positions-

lichter oder die weißen Segel bemerkte, und wenn das der Fall war, konnte sie vielleicht auch die Silhouette eines Mannes auf dem Boot ausmachen. Doch ohne Fernglas war es völlig ausgeschlossen, dass sie sein Gesicht sah. Sie würde ihn niemals wiedererkennen, und schon gar nicht vermochte sie seine Gedanken oder seine Absichten zu erraten.
Gut so.
Später war noch Zeit genug, ihr Auge in Auge gegenüberzutreten. Sie kennen zu lernen. Zeit genug für die Lügen, die er anbringen musste, um zu bekommen, was er wollte. Für den Bruchteil einer Sekunde meldete sich sein Gewissen. Er biss die Zähne zusammen. Keine Zeit, es sich anders zu überlegen. Er hatte sich festgelegt. Punkt, aus. Während er sie durch das Glas beobachtete, reckte sie den Arm in die Höhe und ließ die Jalousie ihres Fensters herab, sodass er nichts mehr sehen konnte.
Pech. Sie war ein Augenschmaus. Mehr noch ...
Und das könnte vielleicht zum Problem werden.
Nach Tys Auffassung war Dr. Samantha Leeds bedeutend hübscher, als gut für sie war.

»Und es ist wirklich alles in Ordnung?«, fragte David zum fünften Mal innerhalb von zehn Minuten.
Sam hielt sich das schnurlose Telefon ans Ohr, trat an ihr Schlafzimmerfenster und blickte hinaus in den trüben Nachmittag. Lake Pontchartrain war düstergrau, das Wasser bewegte sich so heftig wie die Wolken am Himmel. »Alles okay, glaub mir.« Jetzt wünschte sie sich, sie hätte ihm nicht von dem Anrufer erzählt, doch als sich

David gemeldet hatte, war sie zu dem Schluss gelangt, dass er sowieso schon bald davon erfahren würde. Die Sendung war eine öffentliche Angelegenheit, und früher oder später würde die Nachricht auch die Landesgrenzen überschreiten. »Ich habe mich an die Polizei gewandt und sämtliche Schlösser austauschen lassen. Mach dir keine Sorgen.«

»Mir gefällt das nicht, Samantha.« Sie stellte sich vor, wie er die Mundwinkel spannte. »Vielleicht solltest du diese Sache als eine Art Warnung betrachten. Du weißt schon, ein Hinweis darauf, dass du deinem Leben eine andere Richtung geben sollst.«

»Ein Hinweis?«, wiederholte sie und blickte mit zusammengekniffenen Augen hinaus auf den See, der sich hinter ihrem Garten bis zum fernen Ufer erstreckte. »Als würde Gott mir ein Zeichen geben? Wie der brennende Dornbusch oder –«

»Kein Grund, sarkastisch zu werden«, fiel er ihr ins Wort.

»Du hast Recht. Entschuldige.« Sie lehnte sich mit der Hüfte gegen die Armlehne eines Sessels. »Ich bin wohl ein bisschen gereizt. Ich habe nicht gut geschlafen.«

»Kann ich mir vorstellen.«

Sie sagte nichts von dem Boot; sie war sicher, dass gestern Abend ein Segelboot an ihrem Anleger vorübergetrieben war, dass sie die Positionslichter und die Silhouetten von riesigen Segeln und davor die Umrisse eines Mannes gesehen hatte. Oder hatte ihre Fantasie ihr doch einen Streich gespielt?

»Was sagtest du, wo steckst du zurzeit?«, fragte sie und

nahm eine Stricknadel vom Nachttisch, die sie im Schrank gefunden hatte, eins der persönlichen Dinge aus der Hinterlassenschaft ihrer Mutter. Mit leisem Schuldgefühl schob sie die Stricknadel in den Gips und kratzte sich am Bein. Der Arzt würde ihr wahrscheinlich den Kopf abreißen, wenn er davon wüsste, aber den verknöcherten alten Typen in Mazatlán würde sie ohnehin nie wiedersehen.

»Ich bin in San Antonio, und gerade geht ein Wolkenbruch nieder. Ich stehe am Fenster meines Hotelzimmers und blicke auf die Flusspromenade hinunter. Das heißt, ich sehe lediglich eine Wand aus Wasser – ich kann nicht einmal das Restaurant am anderen Ufer erkennen. Es gießt wie aus Kübeln.« Er seufzte. Die Verbindung war kurz unterbrochen, war jedoch sogleich wieder hergestellt. »... wollte, du wärst hier, Samantha! Ich habe ein Zimmer mit Whirlpool und Kamin. Es könnte so gemütlich sein.«

Und es könnte die Hölle sein. Sie erinnerte sich mit Grauen an den Urlaub in Mexiko. Wie David sie erdrückt hatte. An die Streitereien. Er wollte unbedingt, dass sie zurück nach Houston zog, und als sie sich geweigert hatte, hatte sie ihn von einer Seite kennen gelernt, die sie überhaupt nicht mochte. Sein Gesicht war tiefrot angelaufen, und über einer Augenbraue hatte eine kleine Ader gepocht. Als er ihr gesagt hatte, es sei idiotisch von ihr, seinen Antrag nicht anzunehmen, hatte er sogar die Hände zu Fäusten geballt. In diesem Moment war ihr klar geworden, dass sie genau das niemals tun würde.

»Ich dachte, ich hätte deutlich gemacht, wie ich dazu stehe«, erklärte sie nun und sah einem Regentropfen zu, der sich im Zickzackkurs einen Weg an der Scheibe hinunter suchte. Sie gab ihre Kratzversuche mit der Stricknadel auf und warf sie auf den Schreibtisch.

»Und ich hatte gehofft, du hättest es dir anders überlegt.«

»Nein, keineswegs, David. Es würde nicht gut gehen. Ich weiß, das klingt abgegriffen und banal, aber ich dachte, du und ich, wir könnten doch ...«

»... nur Freunde bleiben«, vervollständigte er ihren Satz mit ausdrucksloser Stimme.

»Das Wörtchen ›nur‹ kannst du streichen. Es ist ja nichts Schlechtes, befreundet zu sein.«

»Ich empfinde aber viel mehr für dich«, erwiderte er, und Sam stellte sich sein ernstes Gesicht vor.

Er war ein gut aussehender Mann. Anständig. Sportlich. Attraktiv genug, sich während seiner Collegezeit in der Pressearbeit zu verdingen. Seine Alben mit den gesammelten Artikeln belegten dies. Frauen zog er geradezu magisch an – Sam inklusive. Und doch war sie nie wirklich in ihn verliebt gewesen. Was nicht hieß, dass irgendetwas mit ihm nicht stimmte. Jedenfalls nichts, das sie hätte benennen können. Er war intelligent, im passenden Alter, und sein Job bei Regal Hotels würde ihn mit Sicherheit noch zum mehrfachen Millionär machen. Aber es hatte einfach nicht zwischen ihnen gefunkt – zumindest sah Sam das so.

»Tut mir Leid, David.«

»Tatsächlich?«, fragte er bissig. David Ross war nicht gern der Verlierer.

»Ja.« Sie meinte es ehrlich. Sie hatte nicht vorgehabt, ihn an der Nase herumzuführen; sie hatte nur vorsichtig sein, ganz sichergehen wollen.

»Dann willst du vermutlich auch auf meine Begleitung zu dieser Benefizveranstaltung verzichten, von der du gesprochen hast?«

»Die Auktion fürs Boucher Center«, sagte sie und wand sich innerlich, als ihr einfiel, dass sie ihn vor einigen Monaten dazu eingeladen hatte. »Ja, ich halte es für das Beste, wenn ich allein hingehe.«

Er antwortete nicht gleich, als rechnete er noch damit, dass sie es sich anders überlegte. Das tat sie nicht, und die Spannung zwischen ihnen war nahezu greifbar.

»Tja«, bemerkte er schließlich, »dann gibt es wohl nichts mehr zu sagen. Pass auf dich auf, Samantha.«

»Du auch.« Das Herz tat ihr nun doch ein bisschen weh. Sie legte auf und hielt sich vor Augen, dass sie sich richtig entschieden hatte. Es war endlich vorbei.

All ihre Freundinnen hielten sie für verrückt, weil sie ihn nicht heiraten wollte. »Ich an deiner Stelle würde ihn an Land ziehen, aber ganz schnell«, hatte Corky ihr vor knapp einem Monat beim Shrimpsessen anvertraut. Die Augen ihrer Freundin hatten geblitzt, fast so wie die drei Ringe, die sie am rechten Ringfinger trug – Trophäen aus früheren Beziehungen und Ehen. »Ich weiß nicht, warum du in dieser Sache so verkrampft bist.«

»Ich war schon einmal verheiratet und bin wahrscheinlich das beste Beispiel für das Sprichwort: ›Gebranntes Kind scheut das Feuer.‹«

»So, so.« Corky brach ein Stück Brot ab und blickte aus

dem Fenster des Restaurants auf den träge fließenden Mississippi, auf dem ein mit Kies beladener Lastkahn langsam stromaufwärts tuckerte.
»Ich kann es nicht ändern.«
»Das Problem ist: Du wirst niemals einen besseren Fang machen als David, glaub mir.« Corky gestikulierte, dass ihre kurzen blonden Locken hüpften.
»Nimm du ihn dir doch.«
»Ich würde es tun, ohne zu zögern. Aber er ist in dich verliebt.«
»David ist in David verliebt.«
»Harte Worte, Sam. Warte, bis ihr aus Mexiko zurück seid«, riet Corky ihr mit einem frechen Lächeln. »Ich bin gespannt, was du mir dann zu sagen hast.«
Als ob heißer Sand, noch heißere Sonne und, wie Corky andeutete, noch viel heißerer Sex das verändern könnten, was Samantha empfand. Es hatte sich tatsächlich nicht verändert. Der Sand war heiß gewesen, die Sonne ebenfalls, der Sex nicht vorhanden. Das hatte eindeutig an ihr gelegen, nicht an ihm. Sie war nun mal einfach nicht in den Kerl verliebt. Basta. Etwas an ihm ging ihr auf die Nerven. Als Einzelkind, als brillanter Manager war David es gewohnt, seinen Willen durchzusetzen. Und für ihn musste immer alles perfekt sein. Energisch bekämpfte er jegliches Chaos, dabei war das Leben doch von Natur aus chaotisch.
»Nicht alle Männer sind wie Jeremy Leeds«, sagte Corky an jenem Abend und rümpfte die Stupsnase, als sie Samanthas Exmann erwähnte.
»Gott sei Dank!«

Corky winkte den Kellner heran und bestellte noch ein Glas Chardonnay. Sam rührte geistesabwesend in ihrer Suppe und versuchte, nicht die Erinnerungen an ihren Ex heraufzubeschwören.

»Vielleicht bist du immer noch nicht über ihn hinweg.«

»Über Jeremy?« Samantha verdrehte die Augen. »Jetzt bleib aber auf dem Teppich!«

»Es ist schwer, eine solche Zurückweisung zu verwinden.«

»Ich weiß«, versicherte Samantha. »Ich bin Profi, vergiss das nicht.«

»Aber –«

»Jeremys Fehler ist, dass er sich regelmäßig in seine Studentinnen verknallt und die Ehe nicht sehr ernst nimmt.«

»Schon gut, schon gut, dann ist er eben Schnee von gestern«, beschwichtigte Corky und fuhr mit der Hand durch die Luft, als könnte sie das Thema Jeremy Leeds auf diese Weise zum Fenster hinausscheuchen. »Also, was passt dir an David nicht? Sieht er zu gut aus?« Sie streckte einen Finger nach oben. »Nein. Zu begehrt? Er war noch nie verheiratet, schleppt also keine Altlasten mit sich herum, keine Kinder, keine Exfrau.« Sie reckte einen weiteren Finger in die Höhe. »Oh, jetzt weiß ich's. Zu reich ... oder zu ehrgeizig. Zu toller Job? Himmel, was ist er noch gleich, Geschäftsführer von Regal Hotels?«

»Zweiter Vorsitzender und Verkaufsdirektor für die östlichen USA.«

Corky hatte sich auf ihrem Stuhl zurückfallen lassen und die Hände gehoben, als wollte sie sich ergeben. »Da hast du's! Der Mann ist zu perfekt!«

Wohl kaum, dachte Samantha damals. Allerdings waren sie und Corky, beste Freundinnen seit der Grundschule in L.A., schon immer verschiedener Meinung gewesen, wenn es um Freunde, Flirten und Heiraten ging. Das gemeinsame Mittagessen brachte es erneut zutage.
Die Mexikoreise hatte sie endgültig zu der Überzeugung gelangen lassen, dass David Ross nicht der richtige Mann für sie war. Im Grunde brauchte sie keinen Mann und wollte im Augenblick auch keinen. Sie riss sich nun los aus ihren Träumereien und blickte durch die beschlagene Fensterscheibe auf den See hinaus – wo sie einen geheimnisvollen Mann auf dem Deck eines Segelbootes gesehen zu haben glaubte, obendrein noch mitten in der Nacht.
Sie lächelte über ihre Albernheit. »Du siehst Gespenster«, sagte sie zu sich selbst und hinkte, gefolgt von Charon, ins Bad, wo sie eine Plastiktüte über den Gips zog, ein Stoßgebet zum Himmel schickte, dass sie bald von dem verdammten Ding befreit werden möge, und unter die Dusche stieg. Sie dachte an David, an den Mann auf dem Boot, an die verführerische Stimme am Telefon und an das verunstaltete Foto mit den ausgestochenen Augen.
Fröstelnd stellte sie die Wassertemperatur höher ein, schloss die Augen und ließ die warmen Strahlen auf ihren Körper prasseln.

4. Kapitel

»Was zum Teufel war letzte Nacht hier los?« Eleanors Stimme bebte vor Zorn, ihr Gesicht glich einer starren Maske, und entschlossen, eine Erklärung zu bekommen, folgte sie Sam die Aorta von WSLJ entlang.
»Du hast von dem Anrufer gehört?« Sam stellte ihren tropfnassen Schirm und die Krücke in der Garderobe ab.
»Du lieber Himmel, die ganze verfluchte Stadt weiß Bescheid! Das Gespräch wurde im Radio gesendet, hast du das vergessen? Wer war er, und warum zum Teufel ist er nicht ausgesiebt worden?«
»Er hat Melanie reingelegt. Es ging um das Thema Urlaub, und er wollte angeblich über das Paradies reden ...«
»So viel weiß ich auch«, schnappte Eleanor und kniff die Lippen zusammen. Sam streifte ihren Regenmantel ab. »Ich habe mir das Band wohl ein halbes Dutzend Mal angehört. Was ich von dir wissen will«, sie zeigte mit einem langen Finger anklagend auf Sam, »ist, ob du den Kerl kennst und ob du eine Ahnung hast, was er will?«
»Nein.«
»Aber da ist noch etwas.« Eleanor heftete ihre dunklen Augen auf Sams Gesicht. »Etwas, das du mir nicht sagst. Hat diese Sache irgendwas mit deinem Unfall in Mexiko zu tun?«

»Ich glaube nicht.«
»Was ist mit deinem Exmann?«
»Ich glaube nicht, dass sich Jeremy zu Drohanrufen hinreißen lassen würde. Das ist unter seinem Niveau.«
»Aber er wohnt noch hier, oder? Hat doch eine Professur an der Tulane-Universität bekommen.«
»Gib's auf, Eleanor. Jeremy hat wieder geheiratet. Was zwischen uns war, liegt lange, lange zurück«, entgegnete Sam.
»Nun, aber *irgendwer* aus deiner näheren Umgebung ist verantwortlich für diesen Anruf, und ich will wissen, wer das ist. Wenn wir von hier aus doch Anrufe lokalisieren könnten! Ich habe das bereits angeregt, aber George ist so verdammt geizig.«
Sam lächelte unverhohlen zynisch. »Vielleicht ist das Glück uns hold. Vielleicht ruft John noch mal an.«
Eleanor verfolgte sie um die Ecken des Korridors herum bis in den Küchenbereich, wo Kaffee in der Kaffeemaschine bereitstand. Der Duft von Chili, das sich jemand zum Mittagessen aufgewärmt hatte, hing noch in der Luft. Der Raum war zweckmäßig eingerichtet, in seiner zweihundertjährigen Geschichte wohl ein halbes Dutzend Mal umgebaut worden und enthielt nichts weiter als drei runde Tische, ein paar Stühle, Mikrowelle und Kühlschrank. Falls dieses Zimmer je einen Reiz gehabt hatte, war er schon vor langer Zeit in Plastik, Vinyl und grellweißer Farbe erstickt. Der einzige Hinweis auf den früheren Charme des gesamten Gebäudes bestand in den Fenstertüren mit den originalgetreuen schmiedeeisernen Ziergittern, die früher auf eine kleine Veranda sieben Stock-

werke über der Stadt hinausgeführt hatten. Jetzt waren die Türen verschlossen und doppelt verriegelt.

Sam hinkte zur Kaffeemaschine und schenkte sich eine Tasse ein.

»Wann wirst du den Gips los?«, erkundigte sich Eleanor, die ihr aufbrausendes Temperament offenbar wieder in den Griff bekommen hatte.

Sam goss Kaffee in Eleanors Lieblingsbecher mit dem Aufdruck: *Die Worte hör ich wohl, allein mir fehlt der Glaube*. Sie ließ sich nicht einlullen und wusste, dass das Thema Drohanruf noch längst nicht abgehakt war. Sie kannte ihre Chefin: Eleanor war wie ein Pitbull, der sich in eine Wade verbissen hat. Wenn etwas sie beschäftigte, ließ sie nicht locker, bis die Angelegenheit zu ihrer Zufriedenheit geklärt war. »Morgen Vormittag soll ich eigentlich von dem Ding befreit werden.« Sie hob das Bein mit dem Gips. »Sofern ich den Arzt überzeugen kann, dass es mir bedeutend besser geht, wenn ich keine zusätzlichen fünf Pfund mit mir herumschleppen muss. Um elf Uhr habe ich einen Termin bei meinem Orthopäden.«

»Gut.« Eleanor rückte sich einen Stuhl zurecht und ließ sich darauf nieder. Sie bedeutete Sam, sich ebenfalls zu setzen. »Der Sender wird seit dem Anruf dieses Spinners gestern Abend förmlich mit Anrufen und E-Mails überschüttet. Belagert geradezu. Den ganzen Tag über stehen die Telefone nicht still.« Ihre dunklen Augen blitzten, und sie umfasste mit ihren schlanken Fingern den angeschlagenen Keramikbecher. »George ist völlig aus dem Häuschen.«

»Sieht ihm ähnlich«, bemerkte Samantha, sank auf den Stuhl und sah den Eigentümer des Senders vor sich. Groß, dunkelhaarig und gut aussehend, unverkennbar mit einem silbernen Löffel im Mund geboren, sorgte sich George ständig um den Profit und hatte Angst, auch nur einen Cent Verlust zu machen. Für einen Anstieg der Quoten würde er alles tun. Sam verachtete ihn.
Sie lehnte sich zurück, hielt ihre Tasse mit beiden Händen fest und blies in den dampfenden Kaffee. »Ich sollte wohl besser offen mit dir reden«, begann sie und fragte sich gleichzeitig, ob sie nicht einen großen Fehler beging.
»Wie meinst du das?«
»Gestern Nacht ... das war nicht das erste Mal, dass der Typ Kontakt mit mir aufgenommen hat.«
»Noch mal.« Eleanor vergaß ihren Kaffee. Wie gebannt starrte sie Sam an.
»Er hat eine Nachricht auf meinem Anrufbeantworter hinterlassen. Ich dachte, Melanie hätte es dir schon gesagt.«
»Sie ist noch nicht hier.«
»Ach so. Nun, außerdem habe ich einen anonymen Brief bekommen, mit einem verunstalteten Foto von mir.«
»Was für einen Brief?«
Sie klärte Eleanor rasch auf und sah, wie das Gesicht ihrer Chefin erneut starr wurde.
Eleanor umfasste mit ihren ringgeschmückten Fingern Sams Handgelenk. »Sag bitte, dass du die Polizei eingeschaltet hast.«
»Hab ich das nicht erwähnt? Keine Sorge, schon passiert.«

»Es ist mein Job, mir Sorgen zu machen. Und was hat die Polizei gesagt?«

»Sie verstärken den Einsatz von Streifenwagen in meiner Wohngegend.«

Eleanor kniff die Augen zusammen. »Waren sie bei dir zu Hause?«

»Noch nicht«, antwortete Sam.

»Warum nicht?«

»Ich war so selten da.«

»Heiliger Strohsack ...« Eleanor seufzte schwer und zog die ordentlich gezupften Augenbrauen zusammen. »Da die Polizei von Cambrai nicht fürs Stadtgebiet zuständig ist, wirst du jetzt deinen Hintern in mein Büro bewegen, zum Telefonhörer greifen und die hiesige Polizei über den Anruf hier im Sender informieren. Wenn du dich weigerst, Schätzchen, dann tu ich's!«

»Ist ja gut, ich mach's.«

»Aber dalli.« Eleanor ließ keine Ausreden gelten. »Wenn du deinen Kaffee getrunken hast, gehst du sofort rüber.«

»Ich hatte eigentlich vor, das morgen zu erledigen«, wandte Sam ein.

»Warum noch warten?«

»Ich möchte einfach wissen, ob der Mistkerl heute Abend noch mal anruft«, erklärte Sam. »Um sicherzugehen, dass es nicht eine einmalige Sache war.«

»Das bezweifle ich. In Anbetracht des Anrufs bei dir zu Hause und des Briefes ...«

»Du hast doch selbst gesagt, dass der Sender mit Anrufen überschwemmt wird. Das dürfte einen Zuwachs an

Hörern bedeuten«, gab Sam zu bedenken. »Und wollen wir das nicht alle?«
Eleanor tippte mit dem Fingernagel gegen ihre Tasse. »Doch, aber ich denke, du spielst mit dem Feuer«, hielt sie dagegen. Allerdings begann sie, sich für die Vorstellung zu erwärmen.
»Mag sein. Es stimmt schon, er hat mir Angst eingejagt. Aber ich möchte gern herausfinden, worauf er es abgesehen hat. Bislang waren seine Drohungen ziemlich vage. Was ist los mit dem Kerl?« Sie leerte ihre Tasse in einem Zug. »Möchte wetten, meine Hörer interessiert das auch.«
»Ich weiß nicht recht …«
»Falls ich noch einen solchen Anruf kriege, laufe ich geradewegs zu den Ordnungshütern von New Orleans.« Wie eine Pfadfinderin hob Sam zwei Finger zum Schwur.
»Versprochen?«
»Hand aufs Herz, oder ich will tot umfallen.«
»Sag nicht so was!«, herrschte Eleanor sie an. »Und nur zu deiner Information«, sie pochte mit einem Finger auf den Plastiktisch, »mir gefällt das alles nicht. Ganz und gar nicht.«
»Was gefällt dir nicht?«, wollte eine raue Stimme wissen. Ramblin' Rob stapfte herein. Er sah aus, als wäre er auf dem Weg zu einem Viehauftrieb statt zu einer Kabine mit einem Stapel vorsortierter CDs. Er roch nach Rauch und Regen, von der Krempe seines Stetsons tropfte es.
»Sam will wieder auf Sendung gehen, ohne die Polizei über diesen Spinner informiert zu haben.«
Ein Lächeln verzog Robs wettergegerbtes Gesicht. »Das

ist wirklich ein Spinner. Anscheinend hat die halbe verdammte Stadt gestern Nacht deine Sendung gehört, der Menge der E-Mails nach zu urteilen. Mich wundert, dass sich die Bullen nicht bei dir gemeldet haben.« Er legte Sam seine ledrige Hand auf die Schulter.
»Ich vermute, die haben Besseres zu tun«, erwiderte sie.
Eleanor warf einen Blick auf ihre Uhr. »In zehn Minuten muss ich zu einer Konferenz. Versprich mir bitte, dass du vorsichtig bist«, wandte sie sich an Sam.
»Bin ich immer.«
Eleanor verdrehte die großen Augen gen Himmel. »Ja, und ich bin Kleopatra. Ich mein's ernst, Sam, fordere diesen Kerl nicht heraus! Wer weiß, wie gefährlich er ist. Vielleicht steht er unter Drogen, oder er neigt zu Jähzorn und Gewalttätigkeit. Bitte ...«, sie hob in einer ausdrucksvollen Geste die Hände, » ... gib gut Acht.«
»Ich bin Psychologin, erinnerst du dich? An solche Dinge bin ich gewöhnt.«
»Okay«, murmelte Eleanor und verließ eilig den Raum.
»Sie hat Recht, Kleine.« Rob setzte sich. Schob sich den Hut in den Nacken und fixierte Sam mit blauen Augen, denen nichts fremd war. »Mach keine Dummheiten, ja?«
Mit gespieltem Ernst antwortete Sam: »Ich versuche mein Bestes, Cowboy Rob. Ehrenwort.« Sie sagte es leichthin, doch in Wirklichkeit hatte sie vor, den Typen mit Samthandschuhen anzufassen, falls er noch einmal anrief. Wenn irgendetwas darauf schließen ließ, dass sie ernsthaft in Gefahr war, würde sie die Polizei verständigen. Auf der Stelle.

Als sie in dieser Nacht, eine Tasse Kaffee in der Hand, durch die Gänge des Senders ging, erschienen ihr die Büros dunkler als gewöhnlich. Die Schatten in den Ecken und Winkeln kamen ihr dichter, die Flure noch verwinkelter vor als sonst. Das war natürlich reine Einbildung. Wenngleich Sam zuvor Eleanor gegenüber die Furchtlose markiert hatte, war sie doch nervös. In der vorigen Nacht war sie vollkommen unbehelligt nach Hause gefahren. Dort angelangt hatte sie geglaubt, draußen jemanden zu hören, doch als sie auf die rückwärtige Veranda hinausgetreten war, hatte sie durch die Regenschleier hindurch nichts erkennen können. Nur das Pfeifen des Windes und das Klimpern der Windspiele hatten die nächtliche Stille gestört. Später hatte sie dann das einsame Boot auf dem aufgewühlten Wasser entdeckt, oder vielmehr: Sie hatte gemeint, es zu sehen. Daher hatte sie rasch die Jalousien geschlossen und den Kerl aus ihren Gedanken verbannt. Was war los mit ihr, warum war sie so erregbar?
Sie erinnerte sich nun selbst daran, dass sie nicht allein hier war. Melanie bediente die Telefone, Tiny war wie immer überall und nirgends und sorgte dafür, dass die Geräte funktionierten und die fertigen Programme für die späten Nachtstunden liefen.
Alles war wie immer.
Abgesehen davon, dass jemand da draußen dich in Todesangst versetzen will.
Und das gelang ihm.
Sogar ausgezeichnet.
Sie war angespannt, sobald sie die Tür der schalldichten Kabine hinter sich schloss, sich auf ihren Stuhl setzte und

das Mikrofon in Position brachte, bekam sie Magenkrämpfe.

Eleanor und George haben Recht gehabt, dachte sie, als die Erkennungsmelodie aus den Lautsprechern über dem Schreibtisch ertönte. Die E-Mails und Anrufe, die im Laufe der letzten vierundzwanzig Stunden beim Sender eingegangen waren, übertrafen alles bisher Dagewesene. Das Gespräch zwischen Dr. Sam und John am Vorabend hatte zweifellos das Interesse an ihrer Sendung geschürt.

»Guten Abend, New Orleans, und herzlich willkommen ...« Sie begann ihre Sendung mit den üblichen einleitenden Worten. Und dann sagte sie, obwohl sie wusste, dass sie mit dem Feuer spielte: »Ich dachte mir, wir fahren heute fort, wo wir gestern stehen geblieben sind. Gestern Nacht meldete sich ein Anrufer und schnitt das Thema Sünde und Buße an.« Sams Finger zitterten ein wenig. »Ich halte es für so ergiebig, dass wir heute noch ein wenig in die Tiefe gehen wollen. Wie ich weiß, haben gestern viele von euch zugehört, und jetzt möchte ich gern eure Definition von Sünde hören.«

Die erste Telefonleitung blinkte bereits. Nummer zwei und drei leuchteten fast gleichzeitig auf. Nach der Sendung würde Eleanor ihr wahrscheinlich an die Kehle springen, ihr vorwerfen, dass sie Ärger heraufbeschwor, aber obwohl ihre Hände schweißnass waren und ihr Puls raste, wollte sie dennoch mit John in Verbindung treten ... mehr über ihn herausfinden. Wer war er? Warum hatte er angerufen? Er musste derselbe Mann sein, der die Nachricht auf ihrem Anrufbeantworter hinterlassen

hatte, derselbe Kerl, der ihr das verschandelte Foto geschickt hatte. Warum versuchte er, sie zu terrorisieren?
Der Computermonitor meldete, dass Sarah auf Leitung eins und Tom auf Leitung zwei waren. Auf der drei wartete Marcy. New Orleans brannte darauf, über Sünde und Vergeltung zu reden, Bibelverse zu zitieren und wortreich Meinungen über den Lohn der Beichte zum Besten zu geben. Zwei Männer namens John meldeten sich – keiner von ihnen war der John, der am Vorabend angerufen hatte. Die Stunden verflogen, der Morgen nahte, und Sam empfand eine Mischung aus Erleichterung und Enttäuschung. Sie konnte nicht glauben, dass John einfach in der Versenkung verschwunden war.
Aber morgen Nacht gab es wieder eine Sendung, vielleicht regte sich John dann erneut.
»Pass auf dich auf, New Orleans. Gute Nacht euch allen, und Gott segne euch. Ganz gleich, welche Sorgen euch heute drücken, morgen ist auch noch ein Tag. Träumt was Schönes ...«, sagte sie und beendete bei musikalischer Untermalung die Übertragung. Sie riss sich die Kopfhörer von den Ohren und drückte die vorgesehenen Tasten, damit die Werbung in die Erkennungsmelodie der Sendung ›Licht aus‹ überging. Draußen auf dem Flur traf sie Melanie.
»Schätze, mein Verehrer hat heute nicht den Drang verspürt, mich anzurufen.«
»Enttäuscht?«, fragte Melanie und zog die Brauen hoch.
»Ich hätte nur gern gewusst, was in ihm vorgeht.«
»Vielleicht ist der Spuk vorbei. Er hat gestern Nacht seinen Spaß gehabt und lässt es womöglich dabei bewenden ...«

»Mag sein.« Sam glaubte nicht ernstlich daran. Vielmehr war sie sicher, so albern es auch sein mochte, dass er ein Spielchen mit ihr trieb. Dass er ihre Sendung anhörte, wusste, dass sie seinen Anruf erwartete, und eine neue Taktik ausprobierte, um sie zu ängstigen.
»Vergiss den Kerl! Mit dem Thema, das du heute angeschnitten hast, hast du ja geradezu um seinen Anruf gebettelt«, sagte Melanie. »Vielleicht langweilt er sich.«
»Oder er ist vorsichtiger geworden. Er weiß ja nicht, dass ich die Polizei noch nicht verständigt habe. Eventuell fürchtet er, die Polizei könnte seinen Anruf zurückverfolgen.«
Melanie gähnte. »Weißt du, Sam, vielleicht bist du ihm gar nicht so wichtig, wie du denkst.« Sie wirkte gereizt und fügte hinzu: »Wahrscheinlich war es nur ein Kid mit tiefer Stimme, das dir einen Streich spielen wollte.«
Sam schwieg.
»Du hast wirklich fest damit gerechnet, dass er sich meldet, was?«, fragte Melanie auf dem Weg zur Garderobe. Tiny, offenbar in Eile, flitzte an ihnen vorbei.
»Ich hielt es immerhin für möglich.«
»Du hast es dir *gewünscht.*«
Stimmte das? Die Vorstellung war irgendwie pervers. »Ich dachte nur, bei einem zweiten Anruf hätte ich dahinterkommen können, worüber er gestern Nacht gefaselt hat.«
Sam stützte sich auf die Krücke, da schoss ihr plötzlich ein Gedanke durch den Kopf. »Wie war das, als du während meines Urlaubs die Sendung moderiert hast? Hat er dich angerufen?«

»*Mich?*« Melanie lachte, doch es wirkte gekünstelt. Natürlich nicht! Dieser Kerl gehört dir ganz allein.«
»Mag sein.«
»Samantha?« Tinys Stimme hallte durch den Gang. »Ein Anruf für dich auf Leitung zwei. Ein John.«
»Was?« Sie erstarrte.
»Ich sagte –«
»Ich hab's gehört.« Sie wandte sich um und hinkte zurück in das dunkle Studio, wo das Lämpchen von Leitung zwei scheinbar geheimnisvoll blinkte.
»Das ist der Kerl«, flüsterte Tiny, obwohl ihn niemand hören konnte, solange Sam den Anruf nicht angenommen hatte. »Du musst das Gespräch unbedingt aufzeichnen.«
Tiny nickte und schaltete das Tonbandgerät wieder ein.
Sam griff nach Melanies Kopfhörer, beugte sich über die Konsole und drückte die blinkende Taste. »Hier ist Dr. Sam«, sagte sie.
»Ich bin's, John.« Seine Stimme klang atemlos und doch weich – als wollte er Gelassenheit vortäuschen. »Dein John. Ich weiß, du hast auf meinen Anruf gewartet, aber ich hatte zu tun.«
»Wer bist du?«
»Hier geht es nicht um mich«, erwiderte er barsch.
»Natürlich geht es um dich. Was willst du?«
Pause. »Ich dachte, du solltest vielleicht wissen, dass das, was geschehen ist, auf deine Kappe geht. Es ist deine Schuld. Deine!«
Das Blut schien ihr in den Adern zu gefrieren. »Was – was ist geschehen?«, hakte sie nach.
»Du wirst es erfahren.« – Klick.

»Was denn, um Himmels willen?«, fragte sie. Die Leitung war tot. »Verdammt!« Sie warf den Kopfhörer zur Seite und starrte auf die Konsole, als könnte sie durch pure Willenskraft das Kontrolllicht wieder aufblinken lassen. Doch nichts tat sich. Der Raum kam ihr mit einem Mal merkwürdig dunkel vor, und als sie durch die Scheibe ins Studio hinübersah, in dem sie arbeitete, bemerkte sie ihr eigenes schwaches Spiegelbild wie auch die durchscheinenden Abbilder von Tiny und Melanie – wie Geister, die dieses leere Gebäude bewohnten.

»Das war er, nicht wahr?«, wisperte Melanie.

»O ja.« Sam nickte.

»Ruf lieber jemanden an.« Tiny rieb sich das stoppelige Kinn, nagte an seiner Unterlippe und blickte auf die Konsole.

»Die Polizei?«, fragte sie unschlüssig.

»Nein! Ich meine, nicht jetzt schon.« Tiny schüttelte den Kopf und dachte mit zusammengekniffenen Augen scharf nach. »Vielleicht solltest du Eleanor oder Mr. Hannah benachrichtigen.«

»George möchte ich lieber nicht wecken.« Sam kannte den Eigentümer des Senders, George Hannah mochte keine Störungen. Über einen mitternächtlichen Anruf wäre er alles andere als begeistert. »Ich glaube, er legt großen Wert auf seinen Schönheitsschlaf.«

»Tja, aber irgendwer muss Bescheid wissen.«

»Irgendwer weiß Bescheid«, gab sie zurück und dachte an die weiche Stimme ohne Gesicht. Er wusste, wie sie aussah. Wo sie wohnte. Womit sie ihren Lebensunterhalt verdiente. Wie er mit ihr in Verbindung treten konnte. Und sie war eindeutig im Nachteil. Bislang wusste sie nichts über ihn. Absolut nichts.

5. Kapitel

»Jetzt haben wir noch eine.« Detective Reuben Montoya lehnte sich mit einer muskulösen Schulter an den Türpfosten von Rick Bentz' Büro in dem verwitterten Backsteingebäude, das das Polizeirevier beherbergte. Sein schwarzes Haar glänzte wie Rabenflügel, sein Kinnbart war säuberlich gestutzt. Wenn er sprach, blitzten seine weißen Zähne, und ein goldener Ohrring reflektierte das bläuliche Licht der Neonröhre an der Decke.

»Noch eine?« Bentz warf einen Blick auf die Uhr. Fünfzehn Uhr fünfzehn; er war seit sieben Uhr morgens im Dienst und wollte eigentlich Feierabend machen. Hinter ihm surrte ein Ventilator und quirlte die warme Luft, die die uralte Klimaanlage nicht hatte kühlen können.

»Totes Straßenmädchen.«

Bentz' Nackenmuskeln spannten sich an. »Wo?«

»In der Gegend von Toulouse und Decatur. Nicht weit von der Jackson-Brauerei.«

»Himmel.« Bentz rollte in seinem Stuhl zurück.

»Ihre Mitbewohnerin hat sie tot auf dem Bett gefunden, als sie nach Hause kam.«

»Hast du den Gerichtsmediziner benachrichtigt?« Bentz griff bereits nach seiner Jacke.

»Er ist auf dem Weg.«

»Ist der Tatort verändert worden – diese Mitbewohnerin, hat sie was angefasst?«

»Hat nur so laut geschrien, dass alle Hausbewohner aufgewacht sind, aber der Hausmeister schwört, dass er sofort die Tür verriegelt und niemanden reingelassen hat.«
Bentz furchte die Stirn. »Weißt du, das ist eigentlich nicht mein Ding. Du solltest Brinkman anrufen.«
»Er ist im Urlaub und außerdem ein Schlappschwanz – und das ist im Grunde noch ein Kompliment.« Montoyas dunkle Augen funkelten. »Du hast Erfahrung mit solchen Sachen.«
»Das liegt schon eine Weile zurück«, gab Bentz zu bedenken.
»So lange nun auch wieder nicht, und dass du nicht offiziell in der Mordkommission arbeitest, hat doch nichts zu sagen, oder? Also, kommst du mit oder nicht?«
»Dann mal los.« Bentz war bereits auf den Füßen und hetzte zur Tür hinaus; ein Adrenalinstoß hatte die Lethargie, die noch vor einer halben Stunde in seine Knochen hatte kriechen wollen, vertrieben.
Sie durchquerten einen Raum voller verbeulter Schreibtische und eilten eine Treppe hinunter, auf der ihre Stiefel laut klapperten. Hastig liefen sie hinaus auf die Straße zu Montoyas falsch geparktem Zivilauto. Bentz dachte nicht an die Folgen seines Vorgehens. Wahrscheinlich würde Brinkman sauer sein, aber sauer war er ohnehin ständig, und schließlich hatte Melinda Jaskiel, die Chefin des Morddezernats, Bentz mehr oder minder Handlungsfreiheit gewährt. Trotz allem, was in L.A. geschehen war.
Wenn sie nicht wollte, dass er den Fall übernahm, konnte

sie ihn abziehen und Fred Brinkman aus Disneyland zurückholen. Bentz war immer der Überzeugung gewesen, dass es besser sei, um Zustimmung zu bitten statt um Erlaubnis. Und meistens hatte ihn diese Einstellung in Schwierigkeiten gebracht.
Während Bentz in den Wagen stieg, ließ Montoya bereits den Motor an. Obwohl Montoya fast zwanzig Jahre jünger war als Bentz, hatte er seine Rangabzeichen verdient. Er hatte Rassendiskriminierung, Armut und Vorurteile überwunden und war schon mit achtundzwanzig Jahren Detective bei der Polizei von New Orleans. Es drängte ihn ins Morddezernat, und des Öfteren setzte er alles daran, um zu Ermittlungen in Mordfällen herangezogen zu werden.
Nun raste er durch die dunklen Straßen der Stadt, als führe er das Rennen von Daytona. Während der Polizeifunk knisterte, schaffte er es, eine Marlboro in den Mundwinkel zu schieben und anzuzünden und gleichzeitig die scharfen Kurven zu nehmen und die Scheibenwischer in der richtigen Geschwindigkeit einzustellen. Der Dunst des Nacht klebte wie ein Leichentuch an den Ecken der alten Gebäude und mischte sich mit dem Dampf, der aus den Gullys stieg.
Minuten später hielten sie vor dem betreffenden Haus. Montoya schnippte seine Zigarette auf die Straße, wo ein paar Polizisten eine kleine Menschenansammlung in Schach hielten. Flatterband bildete eine schimmernde gelb-schwarze Barriere. Ein paar Ü-Wagen waren bereits eingetroffen, und Bentz verfluchte halblaut die Reporter.
»Herrgott, wenn sie der Polizei doch wenigstens ein paar

Stunden Zeit ließen, ihre Arbeit zu tun, bevor sie wie die Geier über den Tatort herfallen, dann wäre uns schon geholfen.«
Ein Mikrofon wurde ihm unter die Nase gehalten, doch bevor die dreiste Reporterin ihre erste Frage anbringen konnte, knurrte Bentz: »Kein Kommentar« und hechtete gleichzeitig mit Montoya, immer zwei Stufen auf einmal nehmend, die Treppe hinauf, zu einer Tür neben einem Imbiss. Ein uniformierter Streifenpolizist ließ sie ins Haus.
»Zweiter Stock«, brummte der Polizist, und Montoya stürmte die Treppe zu einem engen Flur hinauf, in dem es nach Marihuana, Schimmel und Räucherstäbchen roch. Dort waren Leute zusammengeströmt, verrenkten sich die Hälse, redeten und rauchten und beäugten neugierig die mit 3F gekennzeichnete Tür.
Montoya hielt einem Polizisten, den Bentz schon öfter auf dem Revier gesehen hatte, seine Dienstmarke unter die Nase. Er wusste, dass es dem jungen Schnösel Spaß machte, seinen Ausweis zu zeigen. Dabei fühlte er sich cool, wie er mehr als einmal gestanden hatte. Bentz hatte es schon lange aufgegeben, autoritär aufzutreten. Falls er in L.A. überhaupt etwas gelernt hatte, dann war es Zurückhaltung. Es gab einfach kaum einen Grund, sich wie ein Wichtigtuer aufzuführen. Ein Bulle erfuhr mehr durch Schweigsamkeit als durch Einschüchterung. Als er in Montoyas Alter war, hatte er das allerdings auch anders gesehen.
Bentz verharrte an der Tür und warf einen Blick in das winzige Zimmerchen. Sein Magen krampfte sich zusam-

men. Es stieg ihm säuerlich in den Hals, wie immer, wenn er einen Mordschauplatz sah, doch das würde er keiner Menschenseele verraten. Sobald er in seine Rolle als Detective schlüpfte, verschwand das Unbehagen auch sofort wieder. Er nahm den Geruch von abgestandenem Kaffee und Blut wahr und den selbst im Frühstadium unverkennbaren Gestank des Todes, und hörte ein leises Gespräch, untermalt von sanfter Instrumentalmusik, das aus dem Radio kam.
»Ich will mit der Mitbewohnerin sprechen«, sagte er, an niemand Bestimmten gerichtet.
»Sie sitzt im Zimmer nebenan – 3E. Ist ganz schön fertig.«
Der Uniformierte, Mike O'Keefe, wies mit einer Kopfbewegung auf eine kaum geöffnete Tür, von der die Farbe abblätterte.
Durch den Spalt sah Bentz eine blasse, spindeldürre Frau mit Säcken unter den Augen, strähnigem braunen Haar und schlechter Haut. Ihr Lippenstift war verwischt, die verlaufene Wimperntusche verstärkte noch die natürlichen schwarzen Ringe unter ihren Augen. Sie rauchte, trank Kaffee und sah aus, als hätte sie Angst vor ihrem eigenen Schatten. Bentz konnte es ihr nicht verübeln. »Sie soll dableiben.«
»Sie haben das Kommando?«, fragte O'Keefe mit zweifelndem Blick.
»Bis jemand etwas anderes sagt.«
O'Keefe nahm es hin.
Sorgfältig darauf bedacht, nichts zu berühren, ging Bentz an einer kleinen Kochnische vorüber. Dort stand eine Glaskanne, halb voll mit Kaffee, und Brotkrümel aus dem

Toaster bedeckten die Arbeitsplatte, die offenbar über sehr lange Zeit nicht abgeputzt worden war. In der schmierigen Spüle stapelte sich Geschirr. An der Deckenlampe hingen Spinnweben.

Der Wohnbereich war klein und fast völlig ausgefüllt von einem Doppelbett. Auf dem zerknitterten Laken lag das Opfer, nur mit einem schwarzen Body bekleidet, die glasigen leeren Augen auf die Decke gerichtet, unter der sich träge die Rotoren eines Ventilators drehten. Sie war Bentz' Schätzung nach etwa dreißig Jahre alt, weiß, hatte kurzes dunkles Haar und trug nur wenig Make-up. Ihr Hals war von Blutergüssen und kleinen Schnittwunden übersät, an denen das Blut getrocknet war. Es sah aus, als wäre sie mit einer zackenbewehrten Schlinge stranguliert worden – etwa wie Stacheldraht oder ein von innen nach außen gewendetes SM-Halsband. Die Beine waren gespreizt, die Arme dagegen zusammengeführt, die Hände wie zum Gebet gefaltet. Der Täter hatte sich die Zeit genommen, sie in Positur zu bringen.

Bentz' Eingeweide zogen sich erneut zusammen. »Wann ist der Tod eingetreten?«

»Wir können vorerst nur raten. Irgendwann nach Mitternacht, so, wie sie aussieht. Der Leichenbeschauer wird uns Näheres sagen können.«

»Name?«

»Rosa Gilette, laut Mitbewohnerin und Hausmeister.«

»Ein Bett und zwei Frauen?«

»Das Zimmer benutzen sie nur, wenn Freier kommen. Es gibt noch eine Dritte im Bunde, eine Frau namens – Sie werden's nicht glauben – Cindy Sweet, auch bekannt als

Sweet Sin. Sie haben wir noch nicht ausfindig machen können. Die drei arbeiten unabhängig, ohne Zuhälter.«
»Sieh mal.« Montoya deutete auf einen kleinen Tisch. Unter die Nachttischlampe war ein Hundertdollarschein geschoben worden. Merkwürdig, dachte Bentz. Die Mitbewohnerin hätte normalerweise das Geld bestimmt an sich genommen. Oder der Täter hätte es wieder eingesteckt ... Dann entdeckte er noch etwas anderes. Ihm stockte der Atem. Jemand hatte mit einem Filzstift Benjamin Franklins Augen geschwärzt. Das sah er nicht zum ersten Mal.
»Kommt dir das bekannt vor?«, fragte Montoya mit dunkel glimmenden Augen.
Der Kleine hatte tatsächlich Spaß an diesem Detektivspiel.
»Ja.« Bentz nickte. Es hatte kürzlich einen Mord gegeben, der diesem stark ähnelte. Das Opfer, eine Prostituierte, war mit einer merkwürdigen Schlinge erdrosselt worden – einer Schlinge, die sich mit dem gleichen Muster wie bei dieser Frau ins Fleisch gebohrt hatte. »Die Nutte in der Nähe vom Französischen Viertel ... vor ein paar Wochen. Cherise Soundso.«
»Cherie Bellechamps.«
Bentz nickte abermals. Ein eigenartiger Fall. Tagsüber Kellnerin und liebevolle Mutter, nachts Nutte, eine Frau, die in einem Sorgerechtsprozess steckte, den ihr Exmann schließlich dank ihres Nichterscheinens vor Gericht gewonnen hatte. »Scheiße«, brummte Bentz. Er hatte genug gesehen. »Achte drauf, dass nichts verändert wird, bevor die Spurensicherung kommt. So, dann reden wir mal mit der Mitbewohnerin.«

Als sie über den Flur gingen, polterten der Leichenbeschauer und das Spurensicherungsteam die Treppe herauf. Während sie den Tatort aufsuchten, stellte sich Bentz der zerbrechlich und verstört wirkenden Frau vor, die zögerlich angab, Denise LeBlanc zu heißen, und – nachdem Bentz ihr versichert hatte, dass die Polizei ihr nichts am Zeug flicken wolle – bekannte, dass sie von einer Nummer im Gartenbezirk zurück in die Wohnung gekommen sei und Rosa tot auf dem Bett vorgefunden habe. Sie hatte geschrien, und der Hausmeister, Marvin Cooper, ein kräftiger Schwarzer mit wenigen verbliebenen Zähnen und kahl geschorenem Kopf, hatte die Sache in die Hand genommen, die Tür zugesperrt und die Polizei gerufen. Während Marvin, der allein lebte, am Schrank lehnte, die mächtigen Arme über einem schwarzen T-Shirt verschränkt, rauchte Denise Kette und trank tassenweise mit billigem Whiskey versetzten Kaffee.

»Ich weiß, es muss schrecklich für Sie sein«, sagte Bentz, als sich Denise eine Zigarette anzündete, obwohl die vorige noch im überquellenden Aschenbecher brannte.

»Es ist gruselig. Einfach grauenhaft, verdammte Scheiße!« Denises Hände zitterten, die Augen waren weit aufgerissen.

»Ist Ihnen aufgefallen, ob etwas fehlt?«

»Woher zum Teufel soll ich das wissen? Ich kam rein und … und hab gesehen … Scheiße!« Sie verbarg das Gesicht in den Händen und wimmerte. »Rosa war ein nettes Mädchen … Sie träumte davon, aus dem Geschäft auszusteigen … O Gott …«

Bentz ließ ihr Zeit, dann fragte er: »Ist hier etwas verändert worden?«
»Sie haben doch wohl die Leiche gesehen! Der Kerl, der das getan hat, ist geistesgestört!« Sie schluchzte, und Bentz vermochte kaum etwas aus ihr herauszukitzeln.
»Ich will doch nur herausfinden, wer ihr das angetan hat. Und Sie werden uns helfen müssen.«
»Sie ist halb wahnsinnig vor Angst«, knurrte Marvin. Er setzte sich neben Denise auf das Sofa, und sie kuschelte sich an seine muskulöse Schulter. »Als Denise anfing zu schreien, bin ich rübergerannt und hab den versauten Hunderter gesehen. Mann, wer das getan hat, ist nicht ganz dicht, sag ich Ihnen.«
»Ist Ihnen sonst noch was aufgefallen?«, fragte Bentz. »An der Leiche vielleicht?«
»Scheiße, ja.« Er sog die Lippen ein und tätschelte geistesabwesend Denises Rücken. »Ich hab gesehen, was der Irre mit ihr angestellt hat, wie er sie breitbeinig da hingelegt hat und … Mist.«
»Und ist Ihnen irgendwas merkwürdig vorgekommen?«
»Alles, Mann!«
Das führte zu nichts. »Was ist mit der anderen Mieterin? Cindy. Wo ist sie?«
»Weiß nicht«, murmelte Denise. »Sie und Rosa hatten vor etwa einer Woche Streit. Cindy ist abgehauen. Hab sie seitdem nicht mehr gesehen.«
»Sie hat sich nicht gemeldet?«, wollte Bentz wissen.
»Nein! Hat auch nicht ihren Anteil an der Miete bezahlt. Aber ich bin froh, dass wir sie los sind. Sie konnte einem auf die Nerven gehen.«

Bentz stellte noch weitere Fragen, erfuhr jedoch nichts Neues.

Marvins Geschichte deckte sich weitgehend mit Denises. Während die Nachtstunden rasch verstrichen und der Morgen nahte, verhörten Bentz und Montoya die restlichen Bewohner der Riverview-Apartments. Niemand gab an, Rosa in Begleitung eines Mannes getroffen zu haben, und keiner hatte einen einzelnen Mann aus dem Haus kommen sehen. Bentz vermutete, dass hier so viele Leute ein und aus gingen, dass der Kerl keinem Mieter aufgefallen war.

Als er und Montoya zurück aufs Revier fuhren, war es schon heller Tag. In den Straßen wimmelte es von Menschen, die auf dem Weg zur Arbeit waren. Nur ein paar Wolken zeigten sich am Himmel, und die Sonne brannte schon jetzt aufs Pflaster und spiegelte sich in den Motorhauben der Autos. Hupen ertönten, Motoren surrten, und Fußgänger bevölkerten die Überwege und traten hinter geparkten Fahrzeugen hervor. New Orleans war erwacht. Notgedrungen fuhr Montoya langsamer als sonst und überschritt das Tempolimit höchstens geringfügig.

Zurück in seinem Büro riss sich Bentz die Krawatte hinunter und nahm sich Zeit, die Akten noch offener Fälle durchzugehen. Er brauchte nicht lange, um die Unterlagen und Dateien zu Cherie Bellechamps aufzustöbern, jener Prostituierten, die vor ein paar Wochen tot aufgefunden worden war. Sie hatte in ihrem schäbigen Apartment gelegen, so positioniert, als würde sie beten, einen verunstalteten Hunderter auf dem Nachttisch, eine geladene Waffe in der Schublade, bei taghellem Lampenlicht und laufendem Radio. Die Spurensicherung hatte Schmutz, Haare, Sperma und Fingerabdrücke sichergestellt. Der Täter war offenbar nicht darauf bedacht gewesen, keine Spuren zu hinterlassen.

Der Exmann, Henry Bellechamps, der auf der anderen Seite von Lake Pontchartrain lebte, war der Hauptverdächtige gewesen, doch dank eines hieb- und stichfesten Alibis und mangels irgendwelcher Verbindungen zu dem Verbrechen wurde er lediglich verhört und dann auf freien Fuß gesetzt. Die zuständige Polizeibehörde in Covington war angewiesen worden, ihn im Auge zu behalten, doch das hatte bislang nichts ergeben. Henry Bellechamps schien ein mustergültiger Staatsbürger zu sein.

Bentz rieb sich das stoppelige Kinn und massierte seinen verspannten Nacken. Er musste den Kerl überprüfen, feststellen, was dieser an jenem Abend getrieben hatte, doch er ging davon aus, dass der Fernfahrer sauber war.

Im Fall Bellechamps hatte die Spurensicherung Dutzende von Fingerabdrücken gefunden, durch die der Kreis der Verdächtigen erweitert wurde. Sie alle beschworen, dass Cherie Bellechamps noch äußerst lebendig gewesen sei, als sie sie zum letzten Mal gesehen hätten. Ihre Alibis bestätigten, dass sie zur Tatzeit nicht in der Wohnung gewesen waren. Und die Haarproben und Blutgruppen stimmten nicht mit denen des Täters überein. So konnte der Fall bislang noch nicht aufgeklärt werden.

Bentz blickte ärgerlich auf den Computermonitor, auf dem Cheries Leiche zu sehen war. Die Haltung glich so deutlich jener von Rosa Gilette, dass die Morde in einem

Zusammenhang stehen mussten. Sie waren sich auf beinahe unheimliche Weise ähnlich.

Na wunderbar, dachte er sarkastisch, während der Ventilator ihm heiße Luft in den Nacken trieb. *Genau das, was diese Stadt braucht: einen Serienmörder.*

6. Kapitel

Haben Sie schon den neuen Nachbarn kennen gelernt?«, fragte Mrs. Killingsworth, deren Hund, ein kleiner Mops mit eingedrückter Schnauze und vorspringenden Augen, schnaufend in einem ihrer Blumenbeete buddelte. »Hannibal, hör auf damit!« Der Mops beachtete sie gar nicht und stürzte sich auf einen frisch aufgeworfenen Erdhügel. »Er hört einfach nicht auf mich!«
Mrs. Killingsworth, eine matronenhafte Frau, die unablässig im Overall ihres Mannes im Garten arbeitete, lud eine Ladung Torf auf ihre Schubkarre. Sie war auf dem Weg hinters Haus, blieb nun jedoch bei Samantha stehen, die sich abmühte, ihren Mülleimer für die Müllabfuhr am nächsten Tag an den Straßenrand zu transportieren.
»Was für einen neuen Nachbarn?«, gab Sam zurück.
»Ein Mann, etwa fünfunddreißig, vierzig Jahre alt, würde ich sagen. Er ist in das alte Haus der Swansons eingezogen, ungefähr eine Viertelmeile von Ihnen entfernt.« Edie Killingsworth deutete mit einer behandschuhten Hand auf eine Stelle weiter unten an der von Eichen gesäumten Straße. »Wie ich hörte, hat er das Haus für sechs Monate gemietet.«
»Und Sie haben ihn schon kennen gelernt?«
»O ja, und er ist eine Wucht, wenn Sie verstehen, was ich meine.« Über der Nickelbrille, an der eine Kette befestigt war, fuhren die grauen Augenbrauen in die Höhe.

Die Sonne brannte heiß. Es war grell. Edie Killingsworths selbsttönende Brillengläser waren beinahe schwarz. Hannibal gab das Buddeln auf, trottete heran und warf sich ihr zu Füßen, wo er hechelnd, mit lang heraushängender Zunge liegen blieb.

»Eine Wucht? Inwiefern?«, hakte Sam nach. Sie wischte sich die Hände an der Jeans ab und ahnte bereits, was jetzt kommen würde. Seit Sam vor drei Monaten in dieses Haus eingezogen war, betrachtete Edie Killingsworth es als ihre persönliche Aufgabe, Sam mit einem passenden Heiratskandidaten zusammenzubringen.

»Ich würde sagen, er ist eine Mischung aus Harrison Ford, Tom Cruise und Clark Gable.«

»Und Hollywood hat ihn noch nicht entdeckt?«, versetzte Sam mit einem Lächeln. Charon huschte unter die dichte Hecke, die ihr Grundstück zu beiden Seiten abschloss.

»Oh, er ist kein Schauspieler«, erklärte Edie schnell. »Er ist Schriftsteller und rein zufällig wahnsinnig attraktiv. Und dieser Ost-Texas-Akzent, du liebe Zeit!« Sie fächelte sich so übertrieben Luft zu, als würde der bloße Gedanke an dieses Bild von einem Mann sie innerlich dahinschmelzen lassen.

»Wenn Sie meinen.«

»Ich kann doch wohl beurteilen, ob ein Mann gut aussieht oder nicht. Und ich wette Dollars gegen Donuts, dass der neue Mieter außerdem noch Geld hat. Milo Swanson ist ein Geizkragen, der würde nicht an jeden x-Beliebigen vermieten.« Sie nickte eifrig, und die Krempe ihres Schlapphuts wippte und warf Schatten über ihr

Gesicht. Sie beugte sich hinab und packte die Handgriffe ihrer Schubkarre. »Wie auch immer, der Mann ist letzte Woche eingezogen. Vielleicht möchten Sie ihn ja mal besuchen und ihn in der Nachbarschaft willkommen heißen.«

»Vielleicht könnte ich zu dem Anlass einen Wackelpudding kochen«, schlug Sam vor.

Die ältere Frau lachte leise und wehrte Sams Spott mit noch immer behandschuhter Hand ab. »Eine Flasche Wein wäre angebrachter.« Sie zog ein kariertes Taschentuch aus einer ausgefransten Overalltasche. »Unten bei Zehlers gibt es einen wunderbaren Pinot Noir – vom Weinbaugebiet Molalla. Ich garantiere Ihnen, der käme bedeutend besser an als Wackelpudding, ganz gleich, welcher Geschmacksrichtung.«

»Ich werd's mir merken«, gelobte Sam, während der Hund an ihren Schuhen schnüffelte.

»Das hoffe ich.« Edie wischte sich den Schweiß von der Stirn, umfasste erneut die Handgriffe der Schubkarre und schob sie hinüber zur Rückseite ihres Grundstücks. Hannibal trottete mit geringeltem Schwanz hinter ihr her.

Sam lächelte. Edie Killingsworth war die Einzige, die sie unmittelbar nach ihrem Einzug willkommen geheißen hatte. Die ältere Dame hatte in einem abgenutzten Picknickkorb eine Kasserolle voller Obstsalat mitgebracht und, ja, eine Flasche Pinot Noir, und sie hatte Sam versichert, sie könne sie jederzeit besuchen.

Jetzt blickte Sam die Straße hinunter zu dem alten Anwesen der Swansons, einem merkwürdigen Landhaus, das dringend einer Renovierung bedurfte. Ein zerbeulter Volvo-Kombi parkte auf der Zufahrt, und flach getretene Pappkisten lagen neben der Mülltonne am Straßenrand. Neugierig, mit schmerzendem Knöchel, ging Sam an den Nachbarhäusern vorbei, die allesamt im Schatten von immergrünen Eichen und Büschen lagen. Als sie dem Swanson-Anwesen nahe genug gekommen war, schaute sie an dem weitläufigen Landhaus vorbei zum Anleger hinüber, und dort schaukelte ein Segelboot auf dem Wasser, eine große Schaluppe mit eingeholten Segeln. Einen Augenblick lang war sie sicher, es handle sich um das Boot, das sie ein paar Nächte zuvor auf dem See erkannt zu haben glaubte – jenes Boot, an dessen Bug ein Mann im Gewittersturm gestanden hatte.

Aber es war eine dunkle Nacht, ihre Nerven waren zum Zerreißen gespannt gewesen. In dieser Gegend gab es jede Menge Segelboote, bestimmt Tausende.

Selbst wenn in jener Nacht tatsächlich ein Boot auf dem See umhergeschippert war, bestand absolut kein Grund zu der Annahme, dass es dieses hier gewesen war. Sie legte die Hand zum Schutz gegen die Sonne über die Augen und betrachtete das schnittige Boot. Sein Name, *Strahlender Engel,* war in Bugnähe aufgepinselt, und trotz der Entfernung fiel ihr auf, dass die Farbe teilweise abgeblättert war. An Deck stand eine offene Werkzeugkiste, ein Hinweis darauf, dass der Besitzer an dem Boot arbeitete. Also verbrachte der neue Nachbar seine Zeit mit Segeln oder mit dem Ausbessern seines Bootes – wenn er nicht gerade schrieb.

Vielleicht hatte Mrs. Killingsworth Recht.

Vielleicht war eine Flasche Wein angebracht ... und ein Wackelpudding dazu.

»Ganz gleich, was du sagst, mir gefällt das nicht.« Als Sam am Nachmittag ins Rundfunkgebäude gehumpelt kam, las Eleanor George Hannah gerade die Leviten. Leise Jazzmusik rieselte aus den verborgenen Lautsprechern zwischen den beleuchteten Vitrinen mit Kunsthandwerk aus Louisiana, die den Empfangsbereich von den Büros und Studios trennte, doch die Musik war nicht imstande, Eleanor zu besänftigen. Nicht heute. Nach einem flüchtigen Blick in Sams Richtung unterbrach sie sich lange genug in ihrer Tirade, um festzustellen: »Der Gips ist ab! Schön! Geht's dir jetzt besser?«
»Es kommt mir vor, als hätte ich zehn Pfund abgenommen.« Sams Knöchel war noch geschwollen und schmerzte wie wild, aber immerhin war sie den Gips los. Sie benutzte die Krücke nur noch, wenn es gar nicht anders ging. Auf Highheels oder auch nur normale Pumps musste sie vorerst zugunsten von Turnschuhen verzichten, doch selbst das war schon ein gewaltiger Fortschritt.
Trotz ihrer üblen Laune brachte Eleanor ein Lächeln zustande. Das Telefon klingelte. »Tja, du kommst gerade rechtzeitig. Ich habe George klar gemacht, dass ich, ganz gleich, wie hoch die Einschaltquoten sind, kein Interesse an einem Skandal habe. Dieser Typ, der dich ständig anruft, muss aufhören mit diesem Terror.«
»Du hast also mitgekriegt, was gestern Abend los war«, bemerkte Sam.
»Ja. Tiny hat mir das Band vorgespielt.« Eleanor, ganz in

Schwarz, schritt vor Melbas Schreibtisch auf und ab und sah aus wie der sprichwörtliche Racheengel. »Wie ich das sehe, haben wir ein Problem, und zwar ein schwerwiegendes.«

Während Melba, wie üblich nicht aus der Ruhe zu bringen, einen Anruf nach dem anderen entgegennahm, ließ George Hannah, in einem geckenhaften teuren Anzug, tapfer die Standpauke über sich ergehen, die Hände vor sich gefaltet, die Miene respektvoll und ernst, leicht nickend, als pflichte er jedem Wort, das über Eleanors Lippen kam, vorbehaltlos bei.

Melanie trat ein und brachte den Duft teuren Parfüms und dampfenden Kaffees mit, den sie sich auf dem Weg hierher aus dem Automaten gezogen hatte.

»Das Eigenartige an diesem Anruf ist, dass niemand sonst das Gespräch mit anhören konnte, jedenfalls keiner von unseren Hörern, denn der Typ hat erst nach dem Ende der Sendung angerufen.« Melanie nahm einen vorsichtigen Schluck und leckte sich die Lippen. »Es hatte also keinen Einfluss auf die Quoten.«

»Das ist egal.« Eleanor bedachte sie alle mit einem herausfordernden Blick. »Das Interesse ist dank der Sendung vom Vorabend noch groß genug.«

»Deshalb sollten wir daraus Kapital schlagen«, sagte George und schaute Samantha an. Er schenkte ihr ein Tausendwattlächeln. George Hannah war trotz all seiner Fehler auf seine selbstbeweihräuchernde Weise charmant.

Eleanor wollte nichts davon hören. »Hör zu, George, das haben wir alle schon einmal durchgemacht. Du, ich und

Samantha. Also, ich will nicht, dass sich wiederholt, was in Houston passiert ist.«

Samantha erstarrte und hatte das Gefühl, dass alle Augen im Raum auf sie gerichtet waren. Zum ersten Mal schien dem Eigentümer des Senders unbehaglich zumute zu sein.

»Das ist doch Schnee von gestern«, entgegnete George leise, und als er sich an die Tragödie erinnerte, die vor neun Jahren um ein Haar Samanthas Karriere zerstört hätte, erlosch sein Lächeln. »Nicht nötig, das jetzt wieder hervorzukramen.«

Gott sei Dank, dachte Sam. Sie spürte, dass alle Farbe aus ihrem Gesicht gewichen war.

»Worüber redet ihr?«, fragte Melba, und im selben Moment klingelte das Telefon. »Ach, verdammt.« Mit biestiger Miene nahm sie den Hörer ab.

»Es ist mir sehr ernst, George«, sagte Eleanor und berührte ihn am Ellbogen. »Wir müssen behutsam vorgehen. Dieser Kerl macht einen ziemlich durchgeknallten Eindruck – ein Typ direkt aus einem Horrorfilm. Ich musste sofort an ›Scream‹ denken. Das ist kein Spaß!«

»Das habe ich auch nie behauptet.« George hob eine Hand. »Ich halte die Sache ebenfalls für gefährlich. Für sehr gefährlich.«

Eleanors Gesicht sprach Bände: Sie glaubte George kein Wort. Mit zusammengepressten Lippen wandte sie sich Sam zu. »Also, wie war das mit der Polizei? Du hast sie doch angerufen, oder? Was haben die Beamten gesagt?«

»Dass sie überlastet sind, dass ich aufs Revier kommen

und meine Aussage zu Protokoll geben muss, dass sie dann morgen jemanden zu mir nach Hause schicken...«
»Morgen?« Eleanor war sichtlich empört.
»Es gibt da ein Problem wegen der Zuständigkeitsfrage. Ich wohne in Cambrai und habe dort den Drohbrief und den Anruf erhalten, aber ich habe außerdem auch Anrufe hier bekommen, im Stadtbereich von New Orleans.«
»Es ist ja wohl vollkommen gleichgültig, welche Abteilung sich darum kümmert. Aber sorge bitte dafür, dass sich überhaupt jemand darum kümmert! Heiliger Strohsack. *Morgen!* Toll. Einfach ... toll!« Eleanor zwang sich zur Ruhe und ließ ihren Blick von einem zum anderen wandern. »In der Zwischenzeit werden wir eben alle ganz besonders vorsichtig sein, habt ihr verstanden?«
»Wir sind ja nicht taub«, parierte Melanie und verkniff sich mit Mühe ein Grinsen.
»Werd gefälligst nicht frech, Mädchen! Ich verlange, dass du alle Anrufe, die hier eingehen, registrierst. Achte darauf, dass der Computer die Nummern speichert. Dafür ist Caller-ID doch schließlich gedacht, oder?«
»Ja, *Mom*«, antwortete Melanie spöttisch. »Doch eins kann ich direkt sagen: Bisher wurde die Nummer des Anrufers nicht übermittelt. Ich kann mir kaum vorstellen, dass das bei den nächsten Anrufen anders sein wird.«
»Genau das ist das Problem«, schnappte Eleanor. »Man bringt mir hier keinen Respekt entgegen.«
Melba betätigte die Wartetaste. »Der Direktor der Anzeigenabteilung ist in der Leitung, für dich.« Sie sah Eleanor an. »Ein Mr. Seely hat außerdem angerufen, du sollst zurückrufen.« Sie reichte George einen pinkfarbenen Zettel.

»Ich hätte gern eine Voice-Mail an dich weitergeleitet, wenn wir so etwas hätten. Aber da es das hier nicht gibt ...« George zog eine dunkle Augenbraue hoch, und Melba drehte sich auf ihrem Stuhl um. »Und das ist für dich.« Sie drückte Samantha ein paar Zettel in die Hand. »Dein Dad hat wieder angerufen.«
»Wir verpassen einander ständig«, erklärte Samantha, während sie nach einem Blick auf die Zettel feststellte, dass der zweite Anrufer David gewesen war. Also glaubte er nicht, dass endgültig Schluss war. David erinnerte sie an einen Terrier, der einen Knochen zwischen den Zähnen hat; er würde ihn um nichts in der Welt hergeben. Und in Davids Fall war Sam das Objekt der Begierde. Es hätte ihr schmeicheln können, aber das tat es nicht.
Die spontane Konferenz löste sich auf, und als Sam die Aorta entlangging, wurde sie von Melanie eingeholt.
»Was war denn in Houston?«, fragte sie im Flüsterton.
»Das war eine schlimme Sache. Ist eine lange Geschichte.« Sam wollte nicht darüber reden, wollte nicht daran denken, was aus dem verängstigten Mädchen geworden war, das mit der Bitte um Rat in ihrer Sendung angerufen hatte. Herrgott, die Stimme der Kleinen suchte sie noch immer nachts in ihren Träumen heim. Düstere Erinnerungen schossen ihr nun durch den Kopf, aber sie wollte sie nicht zulassen. Konnte den Schmerz, das Schuldgefühl nach wie vor nicht ertragen. »Ich erzähl dir später davon«, wich sie aus, obwohl sie das keineswegs beabsichtigte.
»Ich nehme dich beim Wort.«
»Okay«, sagte Sam und hoffte, dass Melanie die Sache wieder vergessen würde.

Sie setzte sich an ihren Computer und rief ihre E-Mails ab. Sie überflog die Texte, bis sie auf eine Nachricht von Leanne Jaquillard stieß, die Sam daran erinnerte, dass sie am Nachmittag des folgenden Tages ein Gruppentreffen im Boucher Center hatten. Das Center war ein Irrenhaus, seit es sich auf die Benefizveranstaltung vorbereitete. Sam tippte rasch eine Antwort und versprach zu kommen.

Einmal pro Woche arbeitete sie ehrenamtlich im Center, doch wegen der Mexikoreise hatte sie die halbwüchsigen Mädchen, die sie therapierte, seit fast einem Monat nicht mehr gesehen. Die Gruppe war eine interessante Mischung; alle steckten irgendwie in Schwierigkeiten, alle stammten aus zerrütteten Familien, alle versuchten, ihr Leben wieder in den Griff zu bekommen. Es waren allesamt gestörte und fehlgeleitete Mädchen, aber Sam hatte sie ausnahmslos ins Herz geschlossen. Leanne bildete keine Ausnahme, vielmehr war sie wohl die Gestörteste von allen. Von Natur aus war sie eine Anführerin, mit allen Wassern gewaschen, mit kaum nennenswerter Schulbildung und einem harten Auftreten, das das verängstigte Mädchen in ihrem Inneren verbergen sollte. So war Leanne Jaquillard ungewählt zur Leiterin der Gruppe geworden, und sie war das einzige Mitglied, das auch außerhalb der Sitzungen Kontakt zu Sam hielt.

Das Mädchen war schlicht und ergreifend liebebedürftig und erinnerte Sam an sich selbst in diesem Alter – wobei natürlich der Unterschied darin bestand, dass Sam in einer liebevollen, gut situierten Familie in Los Angeles aufgewachsen war. Beim kleinsten Anzeichen von Problemen hatten Samanthas Eltern sie zurückgepfiffen, mit ihr geredet, sich mit ihrer Rebellion und ihren Ängsten auseinander gesetzt. Dieses Glück hatte Leanne nicht. Und die anderen Mädchen in der Gruppe genauso wenig. Sam betrachtete sie als »ihre Töchter«, zumal sie keine eigenen Kinder hatte.

Noch nicht, schränkte sie in Gedanken ein. Eines Tages würde sie ein Baby bekommen. Mit oder ohne Mann. Sie wollte nicht daran denken, dass die Zeit ihr womöglich davonlief. Sie war erst sechsunddreißig Jahre alt, und heutzutage kriegten Frauen noch mit weit über vierzig Kinder. Trotzdem tickte ihre biologische Uhr so laut, dass sie manchmal alles andere übertönte.

Ihr Exmann hatte keine Kinder gewollt, David Ross jedoch sehr wohl. Das war eins seiner attraktivsten Attribute gewesen, einer der Gründe, warum sie so lange mit ihm zusammengeblieben war, zwanghaft versucht hatte, sich doch noch in ihn zu verlieben.

Doch es war nicht geschehen.

David Ross war einfach nicht der richtige Mann für sie, und allmählich bildete sich der entmutigende Gedanke heraus, dass vielleicht kein Mann der richtige war.

Um Himmels willen, hör auf, in Selbstmitleid zu schwelgen! Du darfst die Hoffnung nicht aufgeben. Du selbst solltest ein paar von den Ratschlägen beherzigen, die du allnächtlich so freizügig im Radio erteilst. Sie gab sich einen inneren Ruck und sagte sich, dass sie sich immerhin glücklich schätzen konnte, dass sie David nicht geheiratet hatte. Verdammt glücklich.

Ty Wheeler lehnte sich in seinem Stuhl zurück, den Absatz eines Stiefels auf den geräumigen Schreibtisch gelegt. In seinem Glas schmolz das Eis. Eine Flasche irischer Whiskey stand geöffnet griffbereit, und sein alter Hund lag auf dem Teppich, nahe genug, dass Ty die Hand ausstrecken und den Schäferhund hinter den Ohren kraulen konnte. Eine einzelne Lampe spendete durch ihren grünen Schirm gedämpftes Licht in dem ansonsten dunklen Zimmer.

Ty hatte das Radio eingeschaltet, schlürfte seinen Drink und lauschte Dr. Samantha Leeds' Stimme. Wie jede Nacht unterhielt sie sich mit den einsamen Menschen, die sie anriefen. Er verzog den Mund. Die armen Schweine. Sie alle hofften, Dr. Sam könnte ein paar von ihren Problemen lösen. Und wenn das nicht klappte, hatten sie wenigstens einmal mit der großen Radiopsychologin persönlich gesprochen.

Was immer sie davon hatten.

Er blickte durch die geöffneten Fenstertüren auf den See hinaus. Insekten summten durch die Nacht, das Wasser plätscherte leise. Eine Brise bauschte die Gardinen und brachte ein wenig Erfrischung, doch Ty bemerkte es kaum. Er konzentrierte sich voll auf die leise Frauenstimme, die aus den Lautsprechern des Radios drang.

Sie redete von Verpflichtung und Treue – beliebte Themen bei den Hörern, und er erwog ernstlich, die Nummer zu wählen, die sie immer wieder herunterleierte, und ihr ein, zwei Fragen zu stellen, die ihn beschäftigten.

»Hallo ... Wer spricht da?«, fragte sie nun, und er senkte den Blick auf den Schreibtisch, von dem ihm ein Zeitschriftenfoto dieser Frau entgegenlächelte. Tiefrotes, beinahe kastanienfarbenes Haar, leuchtend grüne Augen, perfekter Porzellanteint und Wangenknochen, für die die meisten Frauen morden würden. Ihr Mund war groß und sinnlich, ihr Lächeln frech, ungekünstelt. Allerdings konnte das Foto auch per Computer retouchiert worden sein, mit Weichzeichner und was sich professionelle Fotografen sonst noch alles einfallen ließen, um ihre Objekte hübscher aussehen zu lassen, als sie tatsächlich waren.

»Linda«, stellte sich eine Frau mit einer von jahrelangem Zigarettenkonsum heiseren Stimme vor.

»Hi, Linda, möchtest du etwas anmerken oder fragen?« Samanthas Stimme war sinnlich, schwül wie eine heiße Nacht im Mississippidelta.

»Etwas anmerken.«

»Gut, dann schieß los.«

Ty stellte sich ihr Lächeln vor, weiße Zähne, die zwischen vollen Lippen blitzten. Er dachte an ihre Augen, strahlend vor Intelligenz und Unergründlichkeit, die sie meist verbarg. Doch er war ihr auf die Schliche gekommen. Er spürte es. Entnahm es den Zwischentönen dessen, was sie sagte, bemerkte es an ihrem kehligen Lachen, wusste, dass es direkt unter der Oberfläche lauerte. Ihr Beruf erforderte es, dass sie in die Tiefe ging und dadurch ein bisschen von sich selbst preisgab, doch im Medium Radio waren solche Augenblicke selten, und das, was sie ihren Hörern bot, waren eine freundliche Stimme, kluge Äußerungen und scharfen Witz. Nur sehr selten legte sie ihre Seele bloß, aber es war schon vorgekommen.

Nicht, dass es von Bedeutung gewesen wäre. Nicht, dass es ihn interessierte. Sie war einfach nur Teil seiner Recherche; ein bedeutsamer Teil.

»Ich bin der Meinung, Monogamie ist eine gesellschaftliche Regel, und da wir alle im Grunde Tiere sind, ist Monogamie ein Irrtum.«

»Ist das deine persönliche Erfahrung oder deine Meinung zu dem üblichen Lebensstil?«, forderte Sam die Anruferin subtil heraus.

»Wohl beides.« Linda räusperte sich.

»Möchtest du das ein bisschen weiter ausführen?«

»Ich habe nur gesagt, wie es ist.«

»Will sich sonst jemand zu Lindas Standpunkt äußern? Linda, bleib bitte noch in der Leitung«, verlangte Dr. Sam, die augenscheinlich eine Art Kontroverse anstrebte, etwas, das das Publikum zum Zuhören und Reagieren animierte, der eigentliche Grund, warum George Hannah sie angeworben und ihr diese Sendung gegeben hatte. Ty kannte Hannah gut genug, um zu wissen, dass dem Kerl die Zuhörer völlig egal waren – ihn interessierten nur die Zahlen, damit er Werbezeit verkaufen konnte. George Hannah hatte sich offenbar an die Zeit in Houston erinnert und war sich im Klaren darüber, wie das Publikum auf Samantha Leeds ansprang, und daraus schlug er Kapital. Eleanor Cavalier ebenfalls, wenn sie auch raffinierter vorging.

»Sicher, mach ich. Kein Problem ...«, sagte Linda.

»Hallo, hier spricht Dr. Sam.«

»Und hier ist Mandy. Linda liegt völlig falsch. Monogamie ist der Wille des Herrn, und wenn sie das nicht glaubt,

soll sie mal einen Blick in die Bibel werfen! Mit den Zehn Geboten könnte sie anfangen!«
»Bist du verheiratet, Mandy?«
»Aber sicher. Seit fünfzehn Jahren. Carl und ich, wir waren schon in unserer Highschoolzeit zusammen. Wir haben drei Söhne und haben Höhen und Tiefen erlebt, aber wir halten zusammen. Jeden Sonntag gehen wir in die Kirche und ...«
Gedankenverloren streichelte Ty den breiten Kopf seines Hundes und konzentrierte sich auf das Rededuell im Radio.
Dr. Sam sprach mit ein paar weiteren Hörern, und die Diskussion über Treue und Ehe wurde immer lebhafter. Tys Augen wanderten zum Telefon, einem glänzenden Apparat mit Wählscheibe aus einem anderen Jahrhundert, das er mit dem Haus übernommen hatte. Langsam trank er seinen Whiskey und ließ ihn genüsslich über die Zunge fließen. Vor ihm auf dem Schreibtisch lagen Dutzende von Notizzetteln, bekritzelt mit zusammenhanglosen Gedanken, mit Tatsachen, die sich nicht zusammenfügten, mit immer und immer wieder umkringelten Fragen, auf die er Antworten suchte. Er wollte eine Geschichte schreiben, die ihn schon lange, sehr lange beschäftigte. Schon seit der Zeit, als er bei der Polizei in Houston gearbeitet hatte.
Auf einer Ecke von Milo Swansons Schreibtisch stand Tys Laptop und wartete darauf, dass Ty seine Notizen eintippte.
Aber an diesem Abend war sein Kopf wie leer gefegt, und er wusste auch, warum. Er war blockiert – diese

verdammte Schriftstellerkrankheit, die einen ohne die kleinste Vorwarnung befallen konnte.
Es gab nur eine Möglichkeit, diese Blockade zu durchbrechen.
Er musste der guten Frau Doktor persönlich gegenübertreten.

7. Kapitel

»Finden Sie heraus, was mit Samantha Leeds geschieht.« Melinda Jaskiel reichte Rick Bentz das Protokoll. »Sie ist Moderatorin – Radiopsychologin, und sie sagt, sie wird belästigt.«

»Ich habe schon von ihr gehört«, gab Bentz zu. »Meine Tochter hört sich ihre Sendung manchmal an.« Er saß an seinem Schreibtisch, kaute ein ausgesaugtes Nicorette-Kaugummi und sehnte sich nach einer Zigarette. Und nach einem Schluck Jack Daniels ... ja, das wäre jetzt das Richtige. Aber er versagte sich den Genuss.

»Dr. Sam, wie sie sich nennt, wohnt nicht in der Stadt; ihr gehört eins von diesen tollen Häusern oben am See in Cambrai. Als diese Sache vor ein paar Tagen anfing, hat sie die zuständige Polizeidienststelle angerufen. Sie waren so freundlich, uns eine Kopie des Protokolls zu faxen, und die mit dem Fall betrauten Beamten scheinen heilfroh zu sein, jemanden aus der Stadt zur Seite gestellt zu bekommen.«

Bentz überflog die Seiten, und Melinda verschränkte die Arme vor der Brust und lehnte sich mit der Hüfte an den Schreibtisch.

»Ich möchte nicht, dass diese Sache an die Öffentlichkeit dringt«, sagte sie. »Die Frau ist hier in der Gegend quasi eine Berühmtheit. Nicht nötig, dass die Presse jetzt schon Wind davon kriegt. Die schnüffelt sowieso schon herum, in der Hoffnung, dass hier ein Serienmörder sein Unwe-

sen treibt. Wir wollen dafür sorgen, dass sie nicht noch mehr findet, um die Öffentlichkeit aufzurühren.«
Bentz hatte keine Einwände. Seinen Posten in der Behörde hatte er bestenfalls auf Probe, und im Morddezernat sprang er sowieso nur ein, in erster Linie Melinda zuliebe. Er hatte nicht vor, etwas zu vermasseln, er würde tun, was man von ihm verlangte. Sein Aufgabenbereich umfasste alles von Einbruch über Brandstiftung bis zu häuslicher Gewalt. Und er war hundertprozentig einer Meinung mit Melinda, dass die Dr.-Sam-Angelegenheit geheim gehalten werden musste. Das Letzte, was sie brauchten, waren Trittbrettfahrer, die den Sender mit Anrufen terrorisierten. Von denen gab es vermutlich schon allein innerhalb der Hörerschaft genug.
»Ich kümmere mich darum«, sagte er und schob die Akte Rosa Gillette zur Seite. Während der letzten paar Stunden hatte er den Autopsiebericht und das Beweismaterial zu dem Prostituiertenmord studiert.
Melinda warf einen Blick auf seine Notizen. »Lassen Sie die Mordfälle nicht ruhen«, wies sie ihn an, »aber beschäftigen Sie sich erst mal mit Samantha Leeds. Sieht ganz so aus, als hätte sie einen echten Spinner an Land gezogen. Ich möchte nur sichergehen, dass er nicht gefährlich ist.«
»Wird gemacht«, versprach er und achtete nicht auf den Computerbildschirm, auf dem Seite an Seite Bilder der zwei toten Frauen, Rosa Gillette und Cherie Bellechamps, flackerten.
»Ich weiß, Sie würden lieber an diesem Fall weiterarbeiten«, sagte Melinda und deutete auf den Autopsiebericht. »Und das kann ich Ihnen nicht verübeln. Aber das Mord-

dezernat wird schon damit fertig. Wir müssen auch die anderen Dinge im Auge behalten.«
Er zog skeptisch eine Augenbraue hoch. Er verfügte über weit mehr Erfahrung als die Männer vom Morddezernat, doch das sagte er nicht.
»Brinkman kommt bald zurück.« Melinda sah ihn durch ihre randlose modische Brille an. Klug, gebildet, stets im Kostüm, Make-up und Frisur immer tadellos, war sie seine direkte Vorgesetzte, die jedoch nie die Chefin herauskehrte. Sie erwähnte nicht, dass er ohne sie die Stelle in New Orleans niemals bekommen hätte; ihnen beiden war es sehr wohl bewusst. »Hören Sie, Rick, ich weiß, Sie sind überarbeitet, überreizt und unterbezahlt, aber wir sind hier unterbesetzt, wegen der Urlaubszeit und weil sich ein paar Beamte krank gemeldet haben. Ich verstehe, dass es Ihnen nicht gefällt, zwischen dem einen Fall und dem anderen hin und her geschoben zu werden, aber bis zu Ihrer nächsten Überprüfung ist das nun mal notwendig.« Sie schenkte ihm ein Lächeln, was selten genug vorkam. »Außerdem haben Sie mir einmal gesagt, dass Sie nicht mehr in Mordfällen ermitteln wollen.«
»Vielleicht habe ich es mir anders überlegt.«
»Das will ich hoffen. Jetzt möchte ich aber erst einmal, dass Sie mit Samantha Leeds reden.«
Es war keine Bitte, es war ein Befehl. Er hatte verstanden. Das hieß jedoch nicht, dass es ihm behagte. Immerhin lag bedeutend wichtigere Arbeit an – ein frei herumlaufender Mörder zum Beispiel.
»Montoya kann Ihnen bei den Laufereien behilflich sein.«

Er nickte. »Sie sind mir was schuldig.«
»Und Sie sind mir noch viel mehr schuldig. Zeit, dass Sie zurückzahlen.«
»Ich dachte, ich hätte das alles hinter mir.« Doch er wusste, dass er es nie hinter sich lassen würde. Die Vergangenheit besaß die Eigenart, haften zu bleiben wie ein übler Geruch. Man konnte sie nicht einfach abwaschen, ganz gleich, wie heftig man schrubbte. Er verdankte Melinda nicht nur seinen Job, sondern auch das Leben, das er gewohnt war.
»Okay, hören Sie zu«, sagte sie, neigte den Kopf zur Seite und musterte ihn. »Ich gebe Ihre guten Vorsätze und Taten an die maßgeblichen Stellen weiter. So machen Sie Punkte.«
Bentz lehnte sich auf seinem Stuhl zurück und schaute sie mit einem halbherzigen Lächeln an. »Und dabei habe ich geglaubt, Sie wären die maßgebliche Stelle. So wie die Leute reden, dachte ich, Sie wären hier so etwas wie eine Göttin.«
Ihre Augen blitzten hinter den Brillengläsern. Sie wies mit dem Zeigefinger auf seine Brust. »*Gott.* Ich bin Gott. Allmächtig und geschlechtslos. Es würde Ihnen gut anstehen, das nicht zu vergessen.«
Er musterte sie flüchtig von Kopf bis Fuß. Unter dem marineblauen Kostüm verbarg sich ein durchtrainierter Körper. Hübscher Busen, schmale Taille und lange Beine. »Geschlechtslos – das zu vergessen könnte sich als schwierig erweisen.«
»Vorsicht! Eine solche Bemerkung kann Ihnen heutzutage als sexuelle Belästigung ausgelegt werden.«

»Quatsch. Außerdem: Sie verstehen mich schon richtig. Und *Sie* sind schließlich der Boss.«
»Genau. Merken Sie sich das.« Sein Telefon klingelte, und sie fügte hinzu: »Informieren Sie mich, wenn Sie mit Miss Leeds gesprochen haben, ja?«
»In Ordnung. Aber wie ich schon sagte: Sie sind mir was schuldig.«
»Ja, und morgen friert die Hölle ein.«
Sie ging, und Bentz nahm den Hörer ab. »Rick Bentz.«
»Montoya«, meldete sich sein Partner, und aufgrund der summenden Leitung vermutete Bentz, dass der junge Detective in sein Handy sprach, während er mit dem Auto unterwegs war. Wahrscheinlich überschritt er gerade mal wieder das Tempolimit. »Weißt du was? Ich habe einen Anruf von Marvin Cooper bekommen. Erinnerst du dich? Der Hausmeister der Riverview-Apartments, wo wir das letzte Opfer gefunden haben – diese Gillette.«
»Ja.« Bentz lehnte sich so weit zurück, dass der Stuhl ächzte.
»Er sagt, dass Denise, die Mitbewohnerin, Rosas Fußkettchen vermisst. Rosa hat es immer getragen, es war ein Geschenk. Ich also nichts wie hin zu dem Apartmenthaus, und mit Marvin gehe ich zu Denise, und sie erzählt mir von diesem Goldkettchen.«
Bentz beugte sich wieder vor, klemmte sich den Hörer zwischen Schulter und Ohr und blätterte in dem Bericht über Rosa Gillette. »Sie trug überhaupt keinen Schmuck«, sagte er und griff nach den Akten zu Cherie Bellechamps. »Die Erste auch nicht.« Er überprüfte noch einmal die Fotos auf seinem Bildschirm.

»Vielleicht hat es gar nichts zu bedeuten«, bemerkte Montoya. »Vielleicht aber auch doch. Denise glaubt, die dritte Nutte, Cindy Sweet, könnte Rosa beraubt haben. Das glaube ich aber nicht.«

»Unser Mörder wäre nicht der Erste, der ein kleines Souvenir mit nach Hause nimmt.« Rick zoomte die Bilder der Opfer näher heran, betrachtete Rosas Fesseln und die gesamten Körper beider Frauen. Keine Spur von Schmuck. Also sammelte der Mörder Trophäen. Keine große Überraschung.

»Sonst noch was, das ich wissen müsste? Scheiße!« Lautes Hupen übertönte das Summen und Knistern in der Leitung. »Irgend so ein Idiot hätte sich beinahe vor mir in die Spur gedrängt. Himmel, kann denn kein Mensch in dieser Stadt vernünftig Auto fahren?«

»Nur du, Montoya, nur du. Wir sprechen uns später.« Bentz neigte sich stirnrunzelnd über den Bericht, den Melinda ihm gegeben hatte. »Ich muss noch mal raus. Jaskiel hat mich persönlich gebeten, mich um eine Radiomoderatorin zu kümmern, die Drohanrufe bekommt.«

»Als ob du nicht schon genug zu tun hättest.«

»Genau.« Er legte auf und spuckte sein geschmacklos gewordenes Kaugummi aus. Noch immer schmachtete er nach einer Zigarette und versuchte, nicht an den Genuss zu denken, den er sich verweigerte. Er nahm seine Jacke vom Haken und verließ das Büro.

Sam strich mit den Fingern über die Rücken der Bücher, die sie seit ihrer Collegezeit in Ehren gehalten hatte. Auch wenn sie die Bände seit Jahren nicht mehr angesehen hatte,

bewahrte sie sie doch im untersten Fach ihres Bücherschranks im Büro auf, nur für alle Fälle. Sie war sicher, dass sich noch irgendwo ein Exemplar von Miltons »Das verlorene Paradies« befinden musste, das sie während der Jahre an der Tulane-Universität für irgendein Seminar über britische Literatur gebraucht hatte. »Ich weiß, dass es hier ist«, sagte sie leise zu Charon, als dieser auf ihren Schreibtisch sprang. Dann entdeckte sie es. »Da!« Lächelnd zog sie den Hardcover-Band heraus und klemmte ihn sich unter den Arm. »Voilà. Dann will ich mal ein bisschen faulenzen.«
Sie stopfte den Hörer ihres schnurlosen Telefons, das Buch, eine Dose Cola light und ihre Sonnenbrille in eine Segeltuchtasche, die schon mit ihrem Strandlaken prall gefüllt war, und ging, mit schmerzverzerrtem Gesicht, da der Knöchel ihr noch immer zu schaffen machte, nach draußen und den gepflasterten Weg zum Anleger hinunter. Die Sonne stand hoch am Himmel, ihre Strahlen tanzten auf dem Wasser des Sees. Dutzende von Booten flogen über das Gewässer, auf dem sich auch zahlreiche Wasserskifahrer tummelten. Einige Angler hockten am Ufer.
Sam fühlte sich bereits heimisch in ihrem neuen Haus, und sie genoss es, so nah am See zu leben. Zwar hatte David unablässig behauptet, sie könnte genauso viel Erfolg in Houston haben, aber sie liebte nun einmal New Orleans und dieses Fleckchen Erde. Während des ersten halben Jahrs hatte sie in einem Apartment in Innenstadtnähe gewohnt, dann hatte sie dieses Landhaus entdeckt und sich auf Anhieb in das alte Gemäuer verliebt – trotz seiner morbiden Geschichte. David war völlig außer sich

gewesen, dass sie tatsächlich ein Haus gekauft hatte und Wurzeln schlagen wollte. Und dann auch noch in einem Haus, in dem ein Mord begangen worden war.
Ein Mord, der *aufgeklärt* wurde, sagte sie sich nun, ein Verbrechen aus Leidenschaft.
Sie ließ sich auf einer Liege unter dem Sonnenschirm nieder, riss ihre Coladose auf und begann, in dem muffig riechenden Buch zu blättern. Vielleicht war die Idee weit hergeholt, vielleicht hatten Johns Anrufe überhaupt nichts mit Miltons epischem Werk zu tun, doch sie wurde das Gefühl nicht los, dass eine, wenn auch schwache, Verbindung bestand.
Pelikane und Möwen schwebten über ihr, ein Düsenjet raste über den klaren blauen Himmel, und Sam überflog den Text, in dem Satan und seine Heerscharen in die Hölle und den Feuersee geschleudert wurden.
»›Lieber in der Hölle herrschen statt im Himmel zu dienen‹«, zitierte sie flüsternd Satans Worte. »Na, das ist doch ein guter Spruch.« Sie warf einen Blick auf Charon, der sie begleitet hatte und nun einem Schmetterling auflauerte. Der Kater setzte ihm nach, bis er übers Wasser flatterte und unerreichbar wurde. »Ja, ich weiß. Ich bin wahrscheinlich auf dem völlig falschen Dampfer.« Während sie rasch die Seiten quer las, fragte sie sich, ob sie die Absichten des Anrufers vielleicht doch missverstanden hatte.
Sie verlor sich in der Geschichte, schlürfte ihre Cola und aalte sich in der Sonne. Bienen summten, ein Stück die Straße hinunter brummte ein Rasenmäher, und Mrs. Killingsworths Mops begann aufgeregt zu bellen, wahrschein-

lich wegen eines Eichhörnchens oder eines Rad fahrenden Kindes. Das Husten und Stottern eines Bootsmotors hallte übers Wasser. Sam achtete nicht darauf. Sie war vollkommen aufs Lesen konzentriert; vor ihrem inneren Auge entstanden die Bilder, die Milton vor mehr als dreihundert Jahren heraufbeschworen hatte.

Die Sonne war bereits beträchtlich gesunken, da blickte Sam auf und bemerkte das Segelboot; nicht einfach irgendein Segelboot, sondern ebenjene Schaluppe, die sie am Anleger von Milo Swansons Haus gesehen hatte, das Boot, das, wie sie sich eingebildet hatte, spätnachts übers Wasser geglitten war. Doch jetzt waren die Segel gestrichen, und das Boot wurde von einem Motor angetrieben, der in diesem Moment aussetzte und erstarb und kurz darauf hustend wieder zum Leben erwachte.

Ein Mann stand am Steuerrad und lenkte die Schaluppe dichter an den Anleger heran, und offenbar hatte Mrs. Killingsworth ausnahmsweise einmal Recht gehabt. Selbst auf die große Entfernung hin erkannte Sam, dass der Mann durchtrainiert, kräftig und gut aussehend war. Sein Hemd war offen, es flatterte im Wind und gab den Blick frei auf eine breite, gebräunte Brust. Eine abgeschnittene Jeans saß tief auf seinen Hüften, ausgefranst an den athletischen Schenkeln. Deren Muskeln spannten sich, als sich der Mann bemühte, das Gleichgewicht zu halten. Sein Körper glänzte vor Schweiß. Dichtes, dunkles Haar fiel ihm in die hohe, ebenfalls gebräunte Stirn, und eine dunkle Sonnenbrille verdeckte die Augen. Zu seinen Füßen saß, die Nase im Wind, ein Hund, ein Schäferhund-Mischling, wie Sam vermutete.

Mit einiger Mühe steuerte der Mann das Boot mit dem versagenden Motor zu Sams Anlegeplatz, dann warf er die Leine über einen Poller und zurrte sie fest. Als würde er Sam kennen, als hätte er das Recht, ihren Landungssteg zu benutzen. Der Motor heulte noch einmal auf, dann erstarb er endgültig.

Sam setzte sich auf ihrer Liege auf, legte das Buch zur Seite und musterte das kantige Gesicht mit den kräftigen Wangenknochen und dem festen Kinn unter dem Bartschatten. Nein, sie kannte ihn nicht. Jetzt kletterte er übers Deck und fing an, am Motor zu werkeln. Er schaute nicht einmal in ihre Richtung.

Sie stemmte sich hoch. »Kann ich Ihnen helfen?«

Keine Antwort. Er war zu sehr in seine Arbeit vertieft.

»Hallo?« Sie schritt den Anleger entlang. Der Hund stieß ein scharfes Bellen aus, und endlich warf der Mann einen Blick über die Schulter.

»Entschuldigen Sie«, sagte er, ohne von dem Motor abzulassen. »Ich habe hier ein Problem. Dachte, ich würde es noch bis nach Hause schaffen, aber ...«, er bedachte sie mit einem entwaffnenden Grinsen und richtete seine Aufmerksamkeit wieder auf den Motor, »... das verdammte Ding hat beschlossen, den Geist aufzugeben.«

»Kann ich Ihnen irgendwie helfen?«

Er fixierte sie hinter seinen dunklen Gläsern, die auf einer leicht schiefen Nase saßen. »Sind Sie Mechanikerin?«

»Nein, aber ich bin schon mal mit einem Boot gefahren.«

Er überlegte, musterte sie weiter. »Klar, kommen Sie an Bord«, sagte er schließlich. »Aber es ist nicht nur der

Motor. Der verdammte Kiel macht Probleme, und die Segel sind gerissen. Ich hätte heute nicht rausfahren dürfen.« Falten der Ratlosigkeit erschienen auf seiner Stirn, über der der Wind mit seinem dichten, kaffeebraunen Haar spielte. Er richtete sich auf und schlug mit der flachen Hand gegen den Mastbaum. »Ich hätte es wissen müssen.«
Barfuß stieg Sam vorsichtig an Deck, und als sie ihren verletzten Knöchel belasten musste, verzog sie nur leicht das Gesicht. »Ich heiße Samantha«, stellte sie sich vor. »Samantha Leeds.«
»Ty Wheeler. Ich wohne gleich hinter der Landzunge da.« Er zeigte auf den kleinen Zipfel, der ins Wasser ragte, hockte sich dann vor den Motor und machte sich an zwei Stückchen Kabel zu schaffen. Er prüfte die Zündung. Sie knirschte. Der Motor stotterte. Hauchte erbarmungswürdig sein Leben aus. Ty fluchte verhalten. »Tja, es hat keinen Sinn. Wahrscheinlich liegt's an der Benzinleitung. Ich muss nach Hause laufen und mehr Werkzeug holen.« Er wischte sich den Schweiß von der Stirn und beäugte das Boot mit finsterer Miene. »Es gehört nicht mir, noch nicht. Ich fahre es nur zur Probe.« Er schüttelte den Kopf. »Jetzt verstehe ich auch, warum es so ein Schnäppchen ist. *Strahlender Engel*, dass ich nicht lache. *Satans Rache* wäre passender. Vielleicht gebe ich dem Ding einen neuen Namen – falls ich es überhaupt kaufe.«
Sam rührte sich nicht von der Stelle. Sie konnte eine Sekunde lang nicht atmen, sagte sich aber, dass sie überreagierte. Sie hatte eben in »Das verlorene Paradies« geschmökert, kein Wunder, dass die Erwähnung von Satan

sie aufhorchen ließ. Es war purer Zufall, sonst nichts. Das hatte nichts zu bedeuten. Überhaupt nichts.
Er sah auf die Uhr, dann auf die untergehende Sonne. »Stört es Sie, wenn ich das Boot hier lasse? Ich laufe schnell nach Hause und hole mein Werkzeug.« Er runzelte die Stirn und schaute Sam an. »Verdammt. Ich habe wirklich geglaubt, ich würde es bis zu meinem Anleger schaffen, aber der da«, er bedachte den Motor mit einem wütenden Blick, »hatte andere Vorstellungen. Ich will versuchen, das Boot noch heute zurück zu meinem Anleger zu bringen. Allerdings werde ich in einer Stunde schon erwartet ... Aber spätestens morgen sind Sie mich los.«
»Das wäre schon in Ordnung«, sagte Sam, und bevor sie es sich anders überlegen konnte, war er vom Boot gesprungen und marschierte, Seite an Seite mit seinem Hund, davon.
Sam überschattete die Augen mit der Hand und blickte ihm nach. Er überquerte die weitläufige Rasenfläche, ging unter einem der Schatten spendenden Bäume hindurch, umrundete die Veranda und strebte dem Tor vor ihrem Haus zu, als wüsste er ganz genau, wo es sich befand.
Andererseits war es keine große Leistung, den Ausgang zu finden. Das Tor musste entweder auf der einen oder der anderen Seite des Hauses liegen. Die Chance, dass er auf Anhieb den richtigen Weg einschlug, stand eins zu eins. Er hatte eben Glück gehabt.
Sam ließ sich wieder auf ihrer Liege nieder und schlug das Buch auf, doch sie konnte sich nicht mehr konzentrieren, und bald schon hörte sie Hannibal wie verrückt bellen. Dann glaubte sie, über den auffrischenden Wind hinweg

ein Auto auf der Zufahrt zu hören. Sie klappte das Buch zu, stand viel zu schnell auf und spürte einen heftigen Schmerz im linken Knöchel. Leise schimpfte sie über ihre eigene Dummheit.

Als sie die hintere Veranda erreichte, vernahm sie das leise Klingeln der Türglocke. Sie flog geradezu durch die Räume und schrie: »Ich komme!« An der Haustür angelangt spähte sie durch den Spion und erblickte einen großen Mann mit breitem Brustkasten, der eine hellbraune Jacke trug. Er hatte die Hände tief in die Taschen geschoben und kaute Kaugummi, als hinge sein Leben davon ab. Sam öffnete die Tür nur so weit, wie die Vorlegekette es zuließ.

»Was kann ich für Sie tun?«

»Samantha Leeds?«

»Ja.«

»Rick Bentz, Polizeibehörde New Orleans.« Er klappte eine schwarze Brieftasche auf und zeigte seine Marke und seinen Dienstausweis. Graue Augen sahen sie eindringlich an. »Sie haben auf dem hiesigen Revier etwas zu Protokoll gegeben. Daraufhin melde ich mich bei Ihnen.«

Alles schien in Ordnung zu sein; das Foto in seinem Dienstausweis war identisch mit dem strengen Gesicht, das sie anschaute, und so löste Sam die Kette und öffnete die Tür. Bentz trat ein, und Sam spürte die Anspannung des Mannes. »Gehen wir einmal durch, was bisher passiert ist«, schlug er vor. »Wir fangen am besten ...«, er warf einen Blick auf seine Notizen, »... mit dem Anruf an, den sie auf der Radiostation bekommen haben. Und hier lese ich, dass Sie einen Drohbrief erhalten haben. Daraufhin haben Sie die zuständige Polizeidienststelle verständigt.«

»Und auch wegen der Nachricht, die während meines Urlaubs auf meinem Anrufbeantworter eingegangen war. Kommen Sie.« Sie führte ihn ins Büro, reichte ihm einen Abzug des verunstalteten Fotos und wechselte dann die Kassette ihres Anrufbeantworters. »Das hier ist eine Kopie. Das Original befindet sich bei der Polizei von Cambrai.«
»Gut.«
Sam spielte die Nachricht ab, die sie seit Tagen nicht zur Ruhe kommen ließ.
Bentz hörte genau zu und starrte auf das Foto, auf dem die Augen ausgestochen waren.
»Ich weiß, was du getan hast. Und du kommst nicht ungeschoren davon. Du wirst für deine Sünden bezahlen müssen.« Die weiche Stimme, die ihr schon so vertraut geworden war, erfüllte das Zimmer, die Ecken und Winkel, schlüpfte hinter Vorhänge, zerrte an ihren Nerven.
»Was für Sünden?«, fragte Bentz.
Sam erkannte ein aufglimmendes Interesse in seinen Augen. Er sah sich im Zimmer um, machte Bestandsaufnahme, wie sie vermutete, von ihrer kleinen Bibliothek und ihrer technischen Ausrüstung. »Ich weiß es nicht«, sagte Sam wahrheitsgemäß. »Ich kann mir die Nachricht nicht erklären.«
»Und die Anrufe beim Radiosender, da ging es um das gleiche Thema – Sünde?«, erkundigte er sich, während sein Blick über den Schreibtisch und den Bücherschrank wanderte, als ob er anhand ihres Büros erfahren wollte, wer sie war.
»Ja. Er, hm, er nannte sich John, behauptete, mich zu

kennen, und sagte, dass er, ich zitiere, ›mein John‹ sei. Als ich sagte, ich kenne viele Johns, deutete er an, dass ich mit vielen Männern zusammen gewesen sei, und er, ähm, er bezeichnete mich als Schlampe. Da habe ich aufgelegt.«
»Haben Sie mal ein Date mit einem John gehabt oder sogar eine Beziehung?«
»Darüber habe ich auch schon nachgedacht«, erwiderte sie. »Der Name ist ja ziemlich geläufig. Ich glaube, in der Highschool bin ich mal mit einem John Petri ausgegangen und auf dem College mit einem Typen namens John ... Ach Gott, ich kann mich nicht an seinen Nachnamen erinnern. Mit beiden habe ich mich nur ein paar Mal getroffen, da war nichts weiter. Ich war noch so jung damals, und die beiden auch.«
»Gut, erzählen Sie weiter. Der Kerl hat sich noch einmal gemeldet?«
»Ja. Neulich nachts ... Das Gespräch wurde auf Band aufgezeichnet, aber der Anruf kam erst nach meiner Sendung. Tiny, das ist der Tontechniker, der die nächste Sendung vorbereitete, hat das Telefonat angenommen. Der Anrufer wollte mich sprechen, sagte, er sei ›mein John‹ und er habe nicht früher, also während der Sendung, anrufen können, weil er zu tun gehabt habe. Er spielte auf einen Vorfall an und gab mir die Schuld daran.«
»Auf was für einen Vorfall?«
»Ich weiß es nicht.« Sie schüttelte den Kopf. »Es war unheimlich, das Ganze kam mir bedrohlich vor, allerdings war ich auch überreizt. Ich hatte Angst, heimzukommen und mein Haus abgebrannt oder verwüstet vorzufinden, aber ... alles war so, wie ich es zurückgelassen hatte.«

»Sind Sie sicher, dass der Kerl derselbe war, der Sie zu Hause angerufen hat?«

»Völlig sicher. Aber ich habe eine Geheimnummer.«

Bentz betrachtete finster das Foto und lehnte sich an die Schreibtischecke. »Das hier ist ein Werbefoto, nicht wahr? Davon wurden Dutzende von Abzügen gemacht. Und verteilt.«

»Ja.« Sie nickte.

»Und das hier ist die Kopie von einem solchen Foto.«

Sie schluckte heftig. »Ich ... ich vermute, er hat ein Original.«

»Was meinen Sie, warum hat er die Augen ausgestochen?«, fragte er und blinzelte.

»Um mir Angst einzujagen«, antwortete sie. »Und das ist ihm gelungen.«

»Hat er mal Ihre Augen erwähnt oder etwas, das Sie gesehen haben?«

»Nein ... nicht, dass ich wüsste.«

»Ich brauche Kopien von den Bändern mit Ihrer Sendung.«

»Ich besorge sie Ihnen.«

»Ich hole mir von den Kollegen in Cambrai das Original des Bildes, des Umschlags und der Kassette des Anrufbeantworters.«

»Gut.«

»Aber Sie haben nichts dagegen, wenn ich das hier erst mal an mich nehme?« Er deutete auf das Foto.

»Nein.«

Behutsam verstaute er das Kuvert und das Bild in einem Plastikbeutel, dann fragte er, ob er sich im Haus umsehen dürfe. Sam hatte keine Ahnung, wonach er suchte, doch sie führte ihn durchs ganze Haus, und als es draußen bereits dämmerte, waren sie im Wohnzimmer angelangt. Sie schaltete die Tiffanylampe beim Fenster ein und lauschte der Melodie der Grillen. Bentz setzte sich aufs Sofa, sie ließ sich ihm gegenüber in einem Sessel nieder. Über ihnen drehte sich langsam der Ventilator.

»Erzählen Sie mir einfach von Anfang an, was passiert ist«, forderte Bentz sie auf. Er stellte einen Taschenrekorder auf die gläserne Tischplatte und drückte die Aufnahmetaste.

»Ich habe es den Beamten auf dem Revier schon zu Protokoll gegeben.«

»Ich weiß, aber ich würde es gern aus erster Hand erfahren.«

»In Ordnung. Nun«, sie rieb mit den Händen über ihre Knie, »alles fing an, als ich aus Mexiko zurückkehrte«, begann sie ihre Geschichte, berichtete von dem Verlust ihrer Papiere bei dem Bootsunfall in Mexiko, noch einmal von dem Brief, den sie zu Hause vorgefunden hatte, von dem Drohanruf auf dem Anrufbeantworter und den Anrufen beim Sender. Sie erwähnte, dass sie das Gefühl gehabt habe, jemand beobachte ihr Haus, tat es aber als Einbildung aufgrund ihrer überstrapazierten Nerven ab. Die ganze Zeit über kritzelte Bentz in ein kleines Notizbuch.

»Haben Sie vorher schon mal solche Drohungen bekommen?«

»Nicht solche persönlichen«, sagte sie. »Anonyme Anrufe gibt es immer mal wieder. Das ist Teil meiner Arbeit, aber die meisten werden abgefangen. Nur hin und wieder kommt doch mal einer durch.«

»Kennen Sie jemanden, der den Wunsch haben könnte, Ihnen etwas anzutun oder Ihnen einfach nur Angst zu machen?«

»Nein«, entgegnete sie, wenngleich Davids Gesicht vor ihrem inneren Auge aufblitzte.

»Was ist mit Ihrer Familie?«

»Ich habe nicht viele Verwandte«, erklärte sie. »Mein Vater ist pensioniert und lebt in L.A., in dem Haus, in dem ich aufgewachsen bin. Meine Mutter ist verstorben, und mein Bruder ... tja, er ist vor langer Zeit verschwunden. Vor zehn Jahren, kurz vor dem Tod meiner Mutter. Womöglich ist er auch längst tot.« Sie verschränkte die Finger ineinander und empfand die gleiche tiefe Traurigkeit wie immer, wenn sie an Peter dachte. Als Kinder waren sie einander so nahe gewesen, doch dann hatten sie sich immer weiter auseinander gelebt, und als junge Erwachsene hatten sie schließlich nichts mehr gemeinsam gehabt.

»Namen?«

»Wie bitte? Ach so, Dad heißt Bill, äh, William Matheson, mein Bruder Peter, Peter William.«

»Adresse?«

Sie nannte ihm die Anschrift ihres Elternhauses und erklärte, dass sie ein paar Cousins und Cousinen habe, die in der Bay Area bei San Mateo lebten.

»Sie waren verheiratet?«

Sam nickte. »Ja. Aber das ist lange her.«

Rick zog eine Braue hoch, um sie zum Weiterreden zu ermutigen.

»Ich hatte mich gerade auf der Tulane-Universität eingeschrieben, da lernte ich Jeremy kennen.«

»Jeremy Leeds?«

»*Dr.* Jeremy Leeds. Er war Professor. Mein Professor. Er lehrte, ähm, lehrt Psychologie.« Und sie war so dumm gewesen, sich in ihn zu verlieben. Ein naives Mädchen, das sich von einem unkonventionellen Lehrer umgarnen ließ – von einem gut aussehenden, verwegenen Schuft mit brillantem Verstand und betörendem Lächeln.

»Ist er noch dort? An der Tulane-Universität?« Bentz hob den Blick von seinen Notizen.

»Soweit ich weiß, ja.« Sie las die Fragen in den Augen des Detectives. »Jeremy und ich haben keinen Kontakt mehr. Schon seit Jahren nicht. Wir haben keine Kinder, und er hat bald nach unserer Scheidung wieder geheiratet. Darüber hinaus weiß ich nichts über ihn.«

»Aber Sie leben in derselben Stadt«, wandte Bentz ein.

»Großstadt. New Orleans ist riesig, und ich habe eine Zeit lang woanders gewohnt. In Houston.«

»Waren Sie da noch verheiratet?«

»Zuerst ja, aber die Ehe stand schon kurz vor dem Ende. Ich dachte, es könnte eine vorübergehende Trennung sein, doch es ergab sich anders. Ich bin in Houston geblieben, und wir haben uns scheiden lassen.« Sie schaute aus dem Fenster, wollte nicht an diese Jahre denken.

»Danach haben Sie nicht wieder geheiratet?«

»Nein.« Sie schüttelte den Kopf und lehnte sich im Sessel zurück. Ein Blick auf die Uhr über dem bogenförmigen Durchgang zur Küche sagte ihr, dass Ty vor über einer Stunde zu seinem Haus hinübergegangen war. Er hatte

versprochen, noch heute oder aber morgen zurückzukommen. Sie hoffte, dass er nicht gleich an der Tür erschien, denn sie wusste wirklich nicht, wie sie dem Polizisten erklären sollte, wer er war.
»Hatten Sie in der letzten Zeit eine feste Beziehung?«, wollte Bentz wissen, und Sam wurde zurückgeholt in die Realität dieser Inquisition.
Jetzt geht's los, dachte sie, und ihr wurde klar, dass sie die Polizei zunächst nicht hatte einschalten wollen, um David nicht in die Sache hineinzuziehen. »Nein, aber ich hatte nach meiner Ehe ein paar Freunde.«
»Auch einen mit Namen John?«
»Nein. Die beiden Johns, von denen ich Ihnen erzählt habe, waren die Einzigen. Seitdem gab es keinen John in meinem Leben.«
Er notierte noch etwas in seinem Buch, und plötzlich stolzierte Charon aus der Küche ins Wohnzimmer, ein schwarzer Schatten, der sich unter dem Tisch verbarg und zwischen den Stuhlbeinen hindurchspähte. »Die Katze gehört Ihnen?«
»Ja. Ich habe Charon vor drei Jahren bekommen.«
»Und das Boot?« Er sah durch die offenen Fenstertüren an den Bäumen vorbei zum Anleger, an dem Tys Schaluppe festgemacht war. Die Masten waren in der zunehmenden Dunkelheit noch gut zu erkennen.
»Nein. Es gehört einem Freund ... oder vielmehr einem Nachbarn.« Sie erklärte den Sachverhalt, und der Polizist hörte auf zu schreiben und starrte sie an, als hätte sie behauptet, sie wäre vom Jupiter hergeflogen.
»Also ist er ein Fremder für Sie?«

»Ja, aber ... Er hat gesagt, er würde heute noch oder auch morgen zurückkommen und das Boot abholen. Er wohnt ein Stück die Straße hinunter.«
Bentz furchte die Stirn. »Lassen Sie sich von mir einen Rat geben: Schließen Sie die Türen ab, schalten Sie das Alarmsystem ein, gehen Sie nicht allein aus, und holen Sie sich keine Fremden ins Haus. Auch keine Nachbarn.«
Er fuhr sich mit steifen Fingern durchs Haar und schob sich die braunen Locken aus der Stirn. Offenbar wollte er noch mehr sagen, wollte ihr womöglich eine Standpauke halten, doch er überlegte es sich anscheinend anders.
»Ich denke, Sie haben verstanden. Gibt es irgendjemanden, den Sie als Ihren Feind betrachten würden?«
»›Feind‹ ist ein ziemlich harter Begriff.«
Er zuckte mit den Schultern.
»Die einzige Person, die mir dazu einfällt, ist Trish La-Belle, und die würde ich nicht als Feindin bezeichnen, sondern eher als Rivalin. Sie arbeitet bei WNAB, moderiert eine ähnliche Sendung wie ich. Es gibt Gerede über eine Art Fehde zwischen uns, aber im Allgemeinen gehen wir uns einfach aus dem Weg, falls wir bei gesellschaftlichen oder karitativen Anlässen zusammentreffen. Ich glaube nicht, dass sie hinter dieser Sache stecken könnte. Das würde auch kaum einen Sinn ergeben, denn diese Anrufe lassen die Zuhörerquoten in die Höhe schnellen. Die Hörer sind gespannt. Das entspricht der Mentalität von Schaulustigen, die sich um ein brennendes Gebäude versammeln, oder von Autofahrern, die bei einem Unfall gaffen.«
»Also wäre es plausibler, wenn jemand von Ihrem eigenen

Sender dahintersteckte, um die Quoten in die Höhe zu treiben?«
»Ausgeschlossen! Das ... das ist widerwärtig. Wer würde eine Angestellte terrorisieren, um mehr Hörer zu gewinnen?«
»Sagen Sie's mir.«
»Das kann ich mir beim besten Willen nicht vorstellen! Auf jeden Fall können Sie Trish LaBelle als Verdächtige ausschließen.«
Er äußerte sich nicht dazu, sondern fragte: »Ist sonst noch irgendwer neidisch auf Sie? Hat jemand es auf Ihren Job abgesehen? Oder hegt jemand einen Groll gegen Sie?«
Wieder dachte sie an David. Verdammt, warum meinte sie, ihn schützen zu müssen? »Mir fällt keiner ein.«
»Was ist mit dem Burschen auf Ihrem Schreibtisch?«, hakte Bentz nach, als hätte er ihre Gedanken gelesen. »Sie sagten, Sie hätten zurzeit keine Beziehung, aber neben Ihrem Computer steht das Foto von einem Mann, und er ist nicht derselbe wie der auf dem Examensfoto. Das ist Ihr Bruder, nicht wahr?«
»Ja, das ist Peter. Der andere ist David Ross, mit dem ich bis vor kurzem liiert war.«
»Haben Sie Schluss gemacht oder er?«
»Ich habe die Beziehung beendet.«
»War er einverstanden?« Bentz war unübersehbar skeptisch.
»Er musste es wohl oder übel hinnehmen«, entgegnete sie unverblümt.
Bentz rieb sich das Kinn. »Aber es passte ihm nicht.«
»Nein. Er wollte mich heiraten.«

»Sie waren verlobt?«
»Nein.«
»Hat er Ihnen einen Ring geschenkt?«
Sie spürte, wie sich ihre Wangen röteten. »Er hat es versucht. Letztes Jahr zu Weihnachten. Aber ... ich konnte ihn nicht annehmen.«
»Zu dem Zeitpunkt haben Sie dann Schluss gemacht?«
»Nein, aber damals fing die Beziehung an zu bröckeln. Ich war seit fünf oder sechs Monaten mit ihm zusammen und beschloss dann, die Stelle hier in New Orleans anzunehmen. George Hannah ist vor ein paar Jahren von einer Radiostation in Houston nach New Orleans gewechselt und hat dann Eleanor, meine Chefin, überredet, bei WSLJ für ihn zu arbeiten. Es war Georges Idee, die Dr.-Sam-Sendung wieder aufleben zu lassen, und Eleanor war sehr angetan. Sie musste ihre geballte Überzeugungskraft aufwenden, um mich zum Sender zu holen, aber ich dachte mir, es wäre an der Zeit.«
»Aus Houston fortzuziehen?«
»Ja, und wieder ein Mikrofon in die Hand zu nehmen. Das hatte ich vor neun Jahren aufgegeben, es gab ... einen komplizierten Vorfall beim Sender, und danach habe ich ein paar Jahre lang als Psychologin praktiziert. Doch Eleanor schaffte es, mir klar zu machen, dass ich ins Radio gehöre, und ehrlich gesagt: Mir hat meine Sendung gefehlt; ich hatte das Gefühl, damit vielen Menschen geholfen zu haben.«
»Trotzdem haben Sie für eine lange Zeit aufgehört.«
»Vielleicht war es ein Fehler«, gab sie zu. »Ich habe mich durch eine böse Sache aus der Bahn werfen lassen. Aber

dann habe ich beschlossen, es noch einmal zu versuchen. Ich brauchte eine Veränderung, und ich kannte jemanden, der bereit war, meine Praxis zu übernehmen, und bei dem meine Patienten in guten Händen sein würden.«
»War David Ross der gleichen Meinung?«, fragte Bentz und machte sich wieder Notizen. »Dass Sie ins Radio gehören?«
»Wohl kaum.« Sie sah noch deutlich vor sich, wie David damals die Lippen zusammengepresst hatte. Wie schockiert er gewesen war. Man hätte glauben können, er fürchte, sie würde ihn betrügen. »Es hat ihm ganz und gar nicht gepasst, aber ich hatte mich entschieden, und so bin ich im vergangenen Oktober hierher gezogen. Zu Weihnachten wollte er mir dann den Ring schenken, und danach haben wir uns immer seltener gesehen. Bis zu der Mexikoreise. Er hatte die Reise als Überraschung gebucht, und ich entschied mich mitzufliegen, einfach um meine Gefühle für ihn zu überprüfen.«
»Und?«
»Ich hatte mich nicht getäuscht. Ich liebte ihn einfach nicht.«
»Aber sein Bild steht noch auf Ihrem Schreibtisch.«
Sam seufzte. »Ja, das stimmt. Es ist ja nicht so, dass ich nichts für ihn übrig hätte. Ich finde nur, dass wir nicht zueinander passen.« Sie fing sich wieder und straffte die Schultern. »Ich bin der Meinung, wir müssen jetzt nicht mein gesamtes Liebesleben auseinander pflücken.«
»Es sei denn, David Ross ist der Anrufer.«
»Nie im Leben!«, rief sie aufgebracht. »Ich würde ja seine Stimme erkennen.«

Bentz ließ nicht locker. »Wann haben Sie ihn das letzte Mal gesehen?«
»Vor etwa einer Woche«, antwortete sie. Charon sprang auf ihren Schoß. »In Mexiko.«
»Auf dieser Überraschungsreise?«
Schwang da etwas wie Geringschätzigkeit in seinem Tonfall mit?
»Ja. Ich habe mich in Mazatlán mit ihm getroffen … Er glaubte, es würde ein romantisches Erlebnis für uns werden, aber wie gesagt: Ich hatte mich längst von ihm gelöst.« Sie las die Skepsis in seinen Augen. »Sie können mir ruhig glauben. Wenn ich mir vorher nicht ganz sicher war, so bin ich es jetzt.«
»Sie haben ihn anfangs gar nicht erwähnt.« Es war eine Feststellung, keine Frage.
»Ich weiß. Aber er hätte die Nachricht ja gar nicht hinterlassen und auch den Brief nicht schicken können. Er ist hier, in New Orleans, abgestempelt, und David war in Mexiko. Und die Stimme auf dem Anrufbeantworter war definitiv nicht Davids. Seine würde ich unter Tausenden erkennen. Er ist nicht der Anrufer, Detective.«
Bentz verzog seitlich den Mund, als würde er nicht ein Wort von dem glauben, was sie sagte. »Ich bin hier, weil Sie Anzeige erstattet haben«, erklärte er langsam, als hätte er ein trotziges Kind vor sich. »Ich erwarte, dass Sie kooperieren.«
»Das tue ich«, versicherte sie und hörte selbst den aggressiven Unterton in ihrer Stimme. Der Mann drängte sie in die Defensive. Sie hatte das Gefühl, sich für ihr Tun rechtfertigen zu müssen, und das ärgerte sie.

»Aber Sie halten Informationen zurück«, warf er ihr vor und sah sie eindringlich an.
Der Blick bereitete ihr Unbehagen. »Ich will eben keinen Riesenskandal, verstehen Sie? Ich bin hier in der Gegend eine Art Berühmtheit, trotzdem habe ich mir eine gewisse Anonymität bewahrt, und das soll auch so bleiben.«
Darüber dachte er offensichtlich einen Augenblick lang nach, nickte dann, als hätte er verstanden, klappte endlich sein Notizbuch zu, schaltete den Kassettenrekorder aus und steckte beides wieder ein. »Ich schätze, das war erst einmal alles. Ich werde die Aufzeichnungen ihrer Gespräche mit diesem John überprüfen und melde mich wieder bei Ihnen.« Er stemmte sich vom Sofa hoch.
»Danke.«
»Sie sollten sich vielleicht etwas zurückziehen.«
Sie hätte beinahe laut gelacht. »Das könnte schwierig werden, Detective. Ich bin bekannt, und auch wenn die meisten Leute mich auf der Straße nicht auf Anhieb erkennen, gibt es doch immer welche, die es tun. Ich arbeite in zahlreichen Wohltätigkeitsverbänden mit. In Kürze veranstaltet der Sender ein großes Event für das Boucher Center. Ich werde natürlich dabei sein. Ich kann mich nun wirklich nicht irgendwo verkriechen.«
»Sie sollten sich gut überlegen, wie Sie sich zukünftig verhalten.«
Sie schüttelte den Kopf. »Wir wissen beide, dass ich mich nicht unsichtbar machen kann. Schnappen Sie den Kerl doch einfach.« Sie schaute ihn herausfordernd an.
»Das werden wir tun, aber in der Zwischenzeit«, er betrachtete den Kater, der behaglich auf ihrem Schoß lag

und schnurrte, »sollten Sie das Kätzchen vielleicht gegen einen Rottweiler oder Dobermann eintauschen. Verstehen Sie, gegen ein großes, gefährliches Biest.«
»Charon ist ziemlich gefährlich«, parierte sie. Der Kater reckte sich und begann sich zu putzen, als wollte er ihre Worte Lügen strafen.
Die Andeutung eines Lächelns spielte um den Mund des mürrischen Detective. »Gut zu wissen«, sagte er. Sam schob Charon sanft zur Seite, um Bentz zur Tür zu geleiten. »Die Behörde könnte eine Menge Geld sparen, wenn sie Straßenkatzen anstelle von abgerichteten Hunden einsetzen würde. Ich werde eine entsprechende Eingabe an die Amtsleitung machen.«
»Freut mich, dass ich Ihnen einen Tipp geben konnte«, witzelte sie und öffnete die Haustür.
Auf der Veranda hielt er inne. Als er hinaus in die Dunkelheit trat, schwand seine gute Laune. »Vergessen Sie bitte nicht, Ihre Tür abzuschließen. Mag sein, dass der Anrufer nur ein Scherzkeks ist, aber offen gestanden bezweifle ich das. Sich telefonisch bei einer Talkshow im Radio zu melden, ist eine Sache, aber so etwas zu schicken ...«, er hielt den Plastikbeutel mit ihrem verunstalteten Foto in die Höhe, »... das ist etwas anderes. Derjenige, der das getan hat, ist echt krank im Kopf, und er will Sie in Angst und Schrecken versetzen.«
»Ich weiß. Auf Wiedersehen«, sagte sie, schloss die Tür, schob den Riegel vor und war froh, dass sie die Schlösser hatte austauschen und die Alarmanlage überprüfen lassen. Das System war alt und anfällig, und die Sicherheitsfirma hatte versprochen, »in ein paar Wochen« eine neue zu in-

stallieren. In der Zwischenzeit musste sie sich mit diesem Dinosaurier behelfen.

Sie ließ alles, was in den letzten paar Tagen geschehen war, Revue passieren und versuchte, sich einzureden, dass derjenige, der sie terrorisierte, nicht die Absicht hatte, ihr tatsächlich etwas anzutun. Doch in Wahrheit litt sie Todesängste.

8. Kapitel

»... und deshalb sehe ich meinen Alten nie«, erklärte Anisha mit finsterer Miene. Sie gehörte zu den sechs Mädchen, die zur Sitzung erschienen waren, und lümmelte mit gekreuzten Knöcheln und düsterem Gesichtsausdruck in einem alten Lehnstuhl. Nervös wickelte sie eine Locke ihres schwarzen Haars um den Finger. »Das sollte ich wohl auch nicht erwarten.«
»Hast du versucht, Kontakt zu ihm aufzunehmen?«
»Im Gefängnis?« Anisha schnaubte durch die Nase. »Warum sollte ich?« Ihr Lächeln war entschieden zu zynisch für ihre fünfzehn Jahre. »Ich habe doch einen Stiefpapa gekriegt. Meinen dritten.«
Und so ging es weiter. Sechs gestörte Mädchen, alle problembeladen, alle mit tonnenweise schlechten Erfahrungen im Gepäck, und alle versuchten in verschiedenen Abstufungen, ihr junges Leben aufs richtige Gleis zu bringen.
Die Sitzung fand in einem alten, runderneuerten Haus nicht weit vom Louis-Armstrong-Park statt. Es war früh am Abend, die Sonne schickte sich gerade an unterzugehen. In dem kleinen Raum war es heiß, die Jalousie war halb geöffnet und ließ einen Hauch frischer Luft sowie den Verkehrslärm von der Rampart Street ein. Trotz des Ventilators, der auf einem Tisch in der Ecke rotierte, klebte Sams Bluse an ihrem Rücken.
Die Mädchen hingen lässig in alten Sesseln und auf einem

Sofa herum. Einige redeten davon, auf der Schule zu bleiben, andere planten, wieder zur Schule zu gehen oder Abendkurse zu belegen, denn sie hatten bereits Kinder. Ein paar von ihnen brachten die Sprache auf die Benefizveranstaltung fürs Boucher Center; sie waren aufgeregt und freuten sich auf das Event. Nur Leanne saß ungewöhnlich schweigsam neben Samantha und grübelte offensichtlich, als hütete sie ein Geheimnis, wenngleich Sam vermutete, dass dies Leannes Art war, Sam für ihre fast dreiwöchige Abwesenheit zu bestrafen.
»Hast du etwas auf dem Herzen?«, fragte sie das Mädchen, als eine Gesprächspause eintrat. »Etwas, worüber du reden möchtest?«
Leanne zuckte mit einer Schulter. Sie war ein hübsches Mädchen mit porzellanweißer Haut, braunem Haar und grünen Augen. Im Moment spielte sie mit den Wedeln eines Farns und gab sich bemüht desinteressiert.
»Sie ist bloß sauer, weil sie und Jay Schluss gemacht haben«, erklärte Renee, ein korpulentes schwarzes Mädchen, Kaugummi kauend.
»Stimmt ja gar nicht!«, schleuderte Leanne ihr entgegen und unterbrach ihr Spiel mit der Pflanze lange genug, um ihre Freundin mit einem bösen Blick zu durchbohren. Verräterische Röte kroch an ihrem Hals hinauf bis zu den mit einem Dutzend Metallstücken gespickten Ohren.
»Sie ist wieder auf Droge«, fügte Renee hinzu und zog wissend eine dunkle Braue hoch.
»Stimmt das?«
»Nur, als Jay und ich uns getrennt haben. Ich wollte es

so.« Leanne hob trotzig das Kinn. »Er hat versucht, mich zu kontrollieren.«
»Weil er nicht wollte, dass du diese Scheißdrogen nimmst«, sagte Renee.
»Ich lass mich von niemandem kontrollieren.«
»Ja, ja«, höhnte Renee und verdrehte die Augen.
Sam hob eine Hand. »Hören wir uns an, was Leanne zu sagen hat.«
»Ich habe überhaupt nichts zu sagen«, wehrte das Mädchen ab, verschränkte die dünnen Arme unter der Brust und wandte sich demonstrativ von Sam ab. Sie schoss noch einen vernichtenden Blick auf Renee ab. »Und du, halt einfach die Klappe. Es geht dich nichts an.«
»Vielleicht sollten wir alle mal darüber nachdenken«, mischte sich Sam ein und entschärfte den Streit, bevor er außer Kontrolle geraten konnte. »Wir sprechen auf der nächsten Sitzung darüber. Jeder überlegt sich zu Hause mal, wann man Grenzen überschreitet. Inwieweit sollte man einem Freund Freiraum lassen? Wann muss man eingreifen? Was sind die Konsequenzen? In Ordnung?«
Murrend standen die Mädchen auf.
»Wir sehen uns nächste Woche, und falls ihr zufällig Colette trefft, bittet sie zu kommen.«
»Colette ist umgezogen«, berichtete Renee. »Nach Tampa.«
Das war Sam neu. Die Mädchen waren angehalten, ihr Bescheid zu geben, wenn sich etwas an ihren Lebensumständen änderte. Doch die wenigsten hielten sich daran.
Miteinander plaudernd klaubten die Mädchen ihre Bücher, Rucksäcke und Taschen zusammen und liefen dann

mit ihren Plateausohlen polternd die Holztreppe hinunter. Leanne blieb zurück, im Augenblick durch Renee aus der Gemeinschaft ausgestoßen. Immer wenn Leanne in Ungnade fiel, schwang sich Renee zur Anführerin auf. Renee lächelte Sam an, dann bedachte sie Leanne mit einem triumphierenden Blick.
»Ich hasse diese fette Kuh«, knurrte Leanne.
»Könntest du das auch anders formulieren?«, bat Sam.
»Ich hasse diese dicke, fette verdammte Kuh!«
»So habe ich das nicht gemeint.«
»Ich weiß, wie du es gemeint hast.« Wütend schnappte sich Leanne ihre Tasche, die auf dem Sofa lag. »Aber ich hasse sie, das ist nun mal nicht zu ändern.«
»Bist du sauer auf sie oder auf dich selbst?«
Leanne strebte der Tür zu. »Ich brauch diesen ganzen Scheiß nicht.«
»Oh, ich glaube doch.«
»Aber Renee ist eine blöde Sau.« Das Mädchen fuhr herum und sah Sam wieder an. »Immer steckt sie ihre Nase in Angelegenheiten, die sie nichts angehen. Schnüffelt herum wie die alte Sau von meinem Opa.« Sie gab Grunzlaute von sich, um ihre Aussage zu unterstreichen.
»Vielleicht versucht sie nur, dir eine Freundin zu sein«, wandte Sam ein.
»Eine Freundin? Renee Harp weiß nicht mal, wie das Wort geschrieben wird. Mich so reinzureißen …« Leanne ballte die Fäuste. »Außerdem geht es sie nichts an. Was zwischen mir und Jay abläuft, ist unser Bier.«
»Möchtest du darüber sprechen?«
»Die Zeit ist um, oder?«

Sam stopfte ihre Aufzeichnungen in ihre Aktentasche. »Wir können auf dem Weg nach draußen reden.«
»Es ist nichts Besonderes.« Die grünen Augen hefteten sich auf die Teppichkante, wo die Fransen auf dem gebohnerten Holz lagen. Eine lange Pause entstand, gefolgt von einem noch längeren Seufzer. »Ja, ich habe geraucht«, gab sie zu und sah trotz ihres grellen Make-ups und der zu engen Kleidung jünger aus als siebzehn. »Ich stand eben unter schrecklichem Druck. Marletta hat mich genervt und ... dann war Jay auch noch sauer auf mich, und da dachte ich, ich zeig's ihnen.«
»Indem du Crack rauchst?«
»Ja. Na und?« Sie stapfte die Treppe hinunter, nicht bereit, sich eine Gardinenpredigt anzuhören, wenngleich Sam gar nicht die Absicht hatte, ihr eine zu halten.
»Sag du's mir.« Sam holte sie im Erdgeschoss ein, wo Leanne durch eine Reihe von Räumen hindurch dem Ausgang zustrebte. Mit der Schulter drückte das Mädchen die Tür nach draußen auf.
Auf dem Gehsteig staute sich die Hitze des Tages. Die Dämmerung war bereits angebrochen, und die Straßenlaternen flammten gerade auf. Die anderen Mädchen aus der Gruppe gingen plaudernd die Straße hinunter. Zwei von ihnen rauchten lange Zigaretten. An der Ecke trennten sie sich, schlugen verschiedene Richtungen ein und verschwanden in den engen Gassen.
»War vielleicht keine so gute Idee zu rauchen«, räumte Leanne ein und blieb unter einer Straßenlaterne stehen. Als sie den Kopf zur Seite neigte und Sam zum ersten Mal seit über einer Stunde offen ansah, wirkte sie sehr ernst.

»Denk darüber nach. Du wolltest deine Mutter und deinen Freund bestrafen, aber wem hast du letztendlich geschadet?«

Leanne verdrehte die ausdrucksvollen Augen. »Mir selbst, ich weiß.« Sie lächelte, und dieses Lächeln war hinreißend – perfekte weiße Zähne und schöne Lippen.

»Und wie fühlst du dich jetzt?«

»Ganz gut.«

»Bist du sicher?«, hakte Sam nach. Leanne hatte etwas an sich, das sie rührte. Unter ihrer Rüstung aus Gossensprache und Drohgebärden verbarg sich eine sanfte Seele, die Sam nette E-Mail-Grußkarten schickte, ein kleines Mädchen, gefangen in einem gewaltbereiten Teenager-Körper.

»Ja, bin ich. Soweit eine Versagerin sicher sein kann«, sagte sie. Als eine Horde halbwüchsiger Jungen vorüberstapfte, warf sie sich gewohnheitsmäßig das kurze Haar aus dem Gesicht und begegnete den Blicken der Jungen mit einem herausfordernden, belustigten Grinsen.

»Du bist keine Versagerin«, betonte Sam. »Denk daran: keine negativen Bezeichnungen.«

»Genau. Ich bin *keine* Versagerin, habe aber trotzdem alles versaut. Und zwar gründlich.«

»Du hast einen Schritt zurück gemacht. Jetzt ist es an der Zeit, wieder vorwärts zu gehen.«

»Ja, ich weiß«, sagte Leanne. Sie folgte mit den Augen den Jungen, die zwei Straßen weiter stehen geblieben waren. Nun mischten sie sich unter das Publikum der Straßenmusiker, die vor dem Park auftraten.

»Dann sehen wir uns nächste Woche.«

»Geht klar.«

Mit einem Winken lief Leanne über die St. Peter und hielt an der nächsten Ecke inne, um sich eine Zigarette anzuzünden. Sie war ein kluges Mädchen, deren Mutter, Marletta, nicht nur wegen Drogenhandels, sondern auch wegen Prostitution verhaftet worden war. Als Marletta hatte fürchten müssen, dass ihr die Kinder abgenommen wurden, war sie ein paar Jahre lang clean geblieben, doch Leanne hatte gut aufgepasst und von ihrer Mutter gelernt. Mit siebzehn hatte Leanne selbst bereits ein gehöriges Strafregister wegen Drogen und Prostitution. Die Teilnahme an Sams Gruppentherapie für junge Frauen im Rahmen eines Drogenberatungsprogramms war Teil ihrer Strafe. Außerdem musste sie sich regelmäßig einem Drogentest unterziehen und gemeinnützige Arbeiten verrichten.

Sam machte sich auf den Weg zu ihrem Wagen, hatte jedoch plötzlich das Gefühl, beobachtet zu werden. In der Annahme, es sei Leanne, warf sie einen Blick über die Schulter zurück, doch das Mädchen war nirgends zu sehen. Die Menge, die den Musikern zuhörte, vergrößerte sich. Doch ein Mann stach hervor – ein großer, breitschultriger Mann in schwarzer Lederjacke und dunkler Hose. Trotz des Dämmerlichts trug er eine Sonnenbrille. Er schaute nicht den Musikern zu. Er starrte direkt in Samanthas Richtung. Eindringlich. Er war zu weit entfernt, und es war zu dunkel, um sein Gesicht genau erkennen zu können, doch Sam hatte das Gefühl, ihn schon einmal gesehen zu haben, ihn vielleicht sogar zu kennen.

Eine Gänsehaut überzog ihre Arme. Sie ermahnte sich, nicht hysterisch zu werden, und noch während sie zu ihm

hinüberblickte, wandte er sich der Band zu, mischte sich unter die Zuschauer, die sie umstanden, und verschwand. Als wäre er nie da gewesen.
Vielleicht hatte er gar nicht sie angeschaut, sondern irgendwas oder irgendjemanden hinter ihr. Vielleicht war sie durch die Vorfälle der vergangenen Nächte nervös. Doch als sie die Straße entlang zu ihrem Mustang ging, hatte sie das sehr deutliche Gefühl, dass alles nur noch schlimmer werden würde.

Die Nacht war heiß, gerade so, wie er es liebte. Als er zwischen den Zypressen hindurch zu der kleinen Pfahlhütte ruderte, die hier, tief im sumpfigen Bayou, verborgen lag, brach ihm der Schweiß aus. Kein Mensch wusste von diesem Unterschlupf, kein Mensch würde je davon erfahren. Er machte das Boot fest und stieg eine Leiter zu der weiß gebleichten Veranda hinauf, die sich rund um die ganze, nur aus einem Raum bestehende Hütte zog. Der Geruch des Sumpfes stieg ihm in die Nase, das Gefühl, hier frei und in Sicherheit zu sein, lockerte seine verspannten Muskeln. Er öffnete seinen Hosenstall und pinkelte über das Geländer, nicht nur, um sich zu erleichtern, sondern auch, um die übrigen Geschöpfe ringsum wissen zu lassen, dass diese Hütte ihm gehörte. *Ihm.*
Als er den Reißverschluss hochzog, hörte er die Fledermäuse in den Bäumen. Mit dumpf hallenden Stiefelschritten betrat er die Hütte und zündete eine Kerosinlampe an. Die alten Holzwände mit ihren Astlöchern und Ritzen zwischen den Brettern schimmerten warm. Moskitos summten, Glühwürmchen flogen durch die offene Tür

herein, und das Wasser plätscherte träge gegen die alten Pfeiler. Alligatoren und Mokassinschlangen schwammen in diesem Abschnitt des Bayous im Wasser, und er fühlte sich den schlüpfrigen Kreaturen verwandt, fühlte sich als Teil dieser dunklen Nacht, dieses feuchten Waldes.

Es gab hier keinen Strom, und der alte Kamin hatte angefangen zu bröckeln – nicht, dass er es gewagt hätte, ein Feuer anzuzünden. Rauch konnte gesehen oder gerochen werden ... Nein, er hielt sich lieber in der Finsternis auf, gestattete sich lediglich die Lampe. Er öffnete den einzigen Schrank und warf einen Blick hinein. Als er in eine Ecke griff, in der ein abgeschabter Samtbeutel verborgen lag, krabbelte eine Spinne flink in eine Ritze. In dem weichen Beutel bewahrte er seine Schätze auf, Gegenstände, die er jetzt behutsam herausnahm. Ein Kreuz an einem Halskettchen. Eine feine Goldkette, gerade weit genug, um die schlanke Fessel einer Frau zu schmücken. Ein altes Medaillon aus einem anderen Leben. Und das war erst der Anfang.

Er breitete seine Schätze liebevoll auf dem wackligen Tisch neben seinem batteriebetriebenen Radio aus. Er umgab das Kreuz, die Fußkette und das Medaillon mit seinem Rosenkranz, den er zu einem perfekten Kreis formte. Dann blickte er zufrieden auf die Uhr, wartete exakt fünfundvierzig Sekunden und drückte eine Taste des Radios. Und dann war sie bei ihm. Über den Schrei einer Eule und monotones Knistern hinweg hörte er die verklingende Erkennungsmelodie und ihre Stimme – klar und deutlich, als ob sie neben ihm stünde.

»Guten Abend, New Orleans, hier ist Dr. Sam und wartet

darauf, bei WSLJ eure Anrufe entgegenzunehmen. Wie ihr wisst, haben wir uns mit einer Reihe schwieriger Themen beschäftigt, mit Sünde und Vergeltung. Heute Nacht wollen wir über Vergebung reden ...«

Er lächelte innerlich. Vergebung. Sie forderte ihn absichtlich heraus, schaltete sich in sein Spiel ein. Rechnete mit seinem Anruf. Er beschwor ihr Gesicht herauf und dachte daran, dass er sie erst vor wenigen Stunden auf der Straße in der Nähe des Parks gesehen hatte. Sie musste seinen Blick gespürt haben, denn im Dämmerlicht hatte sie ihn direkt angeschaut.

Das Blut rauschte wild in seinen Ohren, verursachte eine Erektion.

»... sagt mir, was ihr denkt, wie Vergebung euer Leben beeinflusst hat oder nicht«, forderte sie mit dieser weichen, lockenden Stimme, der Stimme der Jezabel, einer Verführerin, einer Hure. Erneut brach ihm der Schweiß aus und rann ihm zwischen den Schulterblättern hinab. Er stand auf, schritt rastlos auf und ab und konzentrierte sich auf die Worte – ihre Worte –, die ihn berührten, sein Bewusstsein streichelten, als spräche sie direkt zu ihm. Ausschließlich zu ihm. »Woraus besteht Vergebung, und können wir sie immer gewähren?«

Die Antwort der Anrufer lautete nein. Manche Tat sei zu abscheulich, als dass man sie verzeihen könne, und für solche Taten gebe es nur eins: Vergeltung. Sein Schwanz war plötzlich steinhart und drängte gegen seine Hose. Er musste sich Erleichterung verschaffen. Während er sich selbst befriedigte, stellte er sich ihre Hände vor, ihren Mund, ihre Zunge.

Dr. Sams Stimme war nun weiter entfernt, gedämpft vom Knistern des Radios und vom Surren in seinem Kopf. Bald, ach, sehr bald schon, würde Samantha Leeds begreifen.
Was Vergeltung und Sühne bedeuteten.
Sie würde bezahlen.
Für ihre Sünden.
All ihre Sünden.
Er würde sie dazu zwingen.
Warte nur, Frau Doktor. Deine Zeit ist nahe. Dann wirst du um Vergebung betteln, dachte er und streichelte sich. *Dann werde ich dich flehen hören.*

9. Kapitel

»Mir gefällt das nicht, Sam«, sagte William Matheson in den Hörer. Die Telefonverbindung war gut, und Sams Vater hörte sich an, als befände er sich im Nebenzimmer und nicht über tausend Meilen weit entfernt. »Mir gefällt das überhaupt nicht.«
»Mir auch nicht«, gab Sam zu und klemmte den Hörer zwischen Ohr und Schulter, während sie ihre Turnschuhe schnürte. »Aber das gehört nun mal zum Geschäft.«
»Dann gib deinen Job auf. Eröffne eine Praxis. Dieser Radiokram ist doch Unsinn! Damit hilfst du niemandem, und außerdem bringst du dich in Gefahr.«
»Ich hätte es dir nicht sagen sollen«, entgegnete sie, richtete sich auf und strich sich das Haar aus den Augen.
»Ich hätte es so oder so erfahren.«
»Ich weiß. Deshalb hielt ich es ja für besser, offen mit dir zu reden.«
Er seufzte, und sie spürte seine Ratlosigkeit. Das Leben war nicht so verlaufen, wie ihr Vater es geplant hatte. Weder für ihn, noch für seine Frau und seine Kinder.
»Ich will einfach nicht, dass du noch einmal so etwas durchmachst wie diese scheußliche Sache in Houston.«
»Werde ich nicht«, versicherte sie, doch tief im Inneren wurde ihr kalt.
»Ich muss dich nicht daran erinnern, dass damals alles mit einem Anruf bei deinem Sender begann.«
»Nein, Dad, nicht nötig. Ich entsinne mich noch sehr deut-

lich an alles.« *Als wäre es erst gestern gewesen,* fügte sie im Stillen hinzu und ging vom Wohnzimmer in die Küche. Als sie an den weinerlichen, angstvollen Anruf des verzweifelten Mädchens dachte, breitete sich eine Gänsehaut auf ihren Armen aus.
»Gut, vergiss es nicht, ja? Ich mache mir wirklich Sorgen.«
»Das weiß ich. Genug Sorgen für uns beide ... vielleicht sogar genug für eine kleine Stadt. Beim Sender sind alle gewarnt, und ich habe mit der Polizei gesprochen. Ich vermute, dass der Anrufer genug hat. Er hatte seinen perversen Spaß, und jetzt quält er vielleicht kleine Tiere oder erschreckt Kinder im Park.«
»Das ist nicht witzig.«
»Ich weiß, ich weiß«, lenkte Sam ein. »Ich wollte nur die Stimmung ein wenig auflockern.«
Ihr Vater zögerte. »Du hast wohl auch nichts von Peter gehört.«
Sam schloss die Augen. Zählte innerlich bis zehn. Jedes Mal. Jedes Mal fragte ihr Dad nach ihrem Bruder. »Natürlich nicht.«
»Das habe ich auch nicht erwartet.«
Aber immer wieder fragst du. Nach zehn Jahren noch immer.
»Wenn man erst einmal Vater ist, dann ist man es sein Leben lang. Du wirst es verstehen, wenn du endlich mal eigene Kinder hast.«
»Bestimmt.« *Jetzt kommt die Arie, dass ich nicht jünger werde, dass Cousine Doreen zwei Kinder hat, die schon zur Schule gehen, und dass das dritte unterwegs ist.*

»Weißt du, Samantha, nur weil du schon einmal verheiratet warst, darfst du die Institution Ehe nicht grundsätzlich ablehnen. Deine Mutter und ich waren vierunddreißig Jahre lang verheiratet, und auch wir hatten unsere Höhen und Tiefen, aber es hat sich gelohnt, glaub mir.«
»Das freut mich, Dad«, sagte sie, obwohl sie ihm manchmal nicht so recht glaubte. »Du weißt, dass ich dich lieb habe.«
»Ich habe dich auch lieb, Süße.«
»Triffst du dich noch mit der Witwe von gegenüber?«
»Helen? Nein ... Nun ja, was heißt treffen? Wir spielen nur manchmal Golf oder Bridge zusammen.«
»Glaub mir, sie sieht mehr darin.«
»Ist das deine professionelle Meinung?«, fragte er, und Sam hörte das Lächeln in seiner Stimme. Für den Augenblick hatte er die Sorgen, die er sich um seine Tochter machte, vergessen.
»Aber sicher. Ich schicke dir die Rechnung.«
Er lachte. »Keine Gratisberatung für deinen alten Herrn?«
»Kommt gar nicht in die Tüte. Du, Dad, ich muss jetzt los, aber ich rufe dich wieder an. Bald.«
»Mach das. Und, Samantha, bitte sieh dich vor, ja?«
»Ich versprech's dir.«
»Braves Mädchen.« Er beendete das Gespräch, und Sam legte den Hörer zurück auf die Gabel.
Sie warf einen Blick aus dem Fenster auf den Anleger, wo die *Strahlender Engel* mit gestrichenen Segeln vor dem blauen Himmel auf den Wellen schaukelte. Sam schüttelte den Kopf und massierte sich den verspannten Nacken. Ganz gleich, was sie tat, ganz gleich, wie erfolgreich sie

war, ihr Vater betrachtete sie doch immer als seine kleine Tochter. Und er würde nie die Hoffnung aufgeben, dass Peter eines Tages wieder auftauchen würde. Für Sam hingegen war ihr Bruder längst tot, ob es nun tatsächlich zutraf oder nicht.

Irgendwann nach Mittag tauchte Ty auf der Veranda auf. Mit einer schweren Werkzeugkiste und einer Flasche Wein. »Für Ihre Unannehmlichkeiten«, sagte er und reichte ihr die Flasche. Wieder trug er eine Sonnenbrille und eine abgeschnittene Jeans, und wieder trottete der Hund hinter ihm her. »Ich hatte gestern noch zu tun, und dann wurde es dunkel, deshalb bin ich nicht mehr gekommen ... Wenn ich Ihre Telefonnummer wüsste, hätte ich anrufen können.«
»Kein Problem«, versicherte sie, obwohl das nicht stimmte. Der Mann hatte etwas Beunruhigendes an sich, etwas Sinnliches und, sie spürte es deutlich, etwas Gefährliches. Oder litt sie bereits unter Verfolgungswahn? Hatte der mürrische Detective sie mit seinen Warnungen davon überzeugt, dass sie niemandem trauen durfte?
Als Ty ums Haus herumging und den äußeren Weg zum See einschlug, stellte Samantha die Flasche Riesling in den Kühlschrank und bemerkte flüchtig ihr Spiegelbild in dem Kristallspiegel über der antiken Anrichte. Ihre Wangen hatten sich gerötet, und ein bisschen Lippenstift hätte ihr gut getan, doch sie weigerte sich, so tief zu sinken und sich für den Kerl zurechtzumachen. Er war ein Nachbar, der Schwierigkeiten mit seinem Boot hatte. Sonst nichts.

Am Anleger holte sie ihn ein. Er arbeitete bereits am Motor. Die Finger um einen Schraubenschlüssel gelegt, die Muskeln angespannt, versuchte er, eine alte Mutter zu lösen. »Das Werkzeug hätte ich Ihnen leihen können. Ich besitze auch ein paar Dinge – Zangen, Schraubenschlüssel, einen Hammer ...«

»Mag sein, aber ich war immerhin sicher, dass dies hier die richtige Größe ist. Das Werkzeug gehört zum Boot.« Über die Schulter hinweg schenkte er ihr ein müdes Lächeln. »Gestern, als ich nach einem Leck suchte, habe ich das Werkzeug herausgenommen. Hab es auf dem Anleger liegen lassen und eine Probefahrt gemacht.« Als rechnete er fest mit einem Kommentar, fügte er rasch hinzu: »Ich weiß, das war nicht besonders klug von mir. Aber ich habe nicht gedacht, dass ich den Motor brauchen würde.« Als er mit einiger Anstrengung einen Bolzen losmachte, verzog er das Gesicht. »Sie brauchen es nicht auszusprechen. Ich weiß, ich bin ein Idiot.«

»Ein simpler Fehler«, sagte sie.

»Ein simpler Mann«, murmelte er, doch sie glaubte ihm nicht eine Sekunde lang. Ihrer Meinung nach war an Ty Wheeler nichts simpel, rein gar nichts.

Der Hund sprang geschmeidig vom Anleger ins Boot, suchte sich ein Plätzchen beim Ruder und legte sich nieder, den Kopf auf den Pfosten, die braunen Augen abschätzend. Über ihnen zogen weiße Wolken über den weiten, klaren Himmel, an dem träge ein Falke kreiste. Der Mastbaum des Hauptsegels rutschte ein wenig.

»Verdammt.« Ty warf einen Blick auf den Masten und dann auf Sam. »Würden Sie mir helfen?«

»Klar. Aber ich muss Sie warnen, ich kann nicht gut segeln.«

Ty sah sie von schräg unten an. »Ich auch nicht.« Er hatte die Hemdsärmel bis über die Ellbogen aufgerollt und hockte auf seinen Fersen. »Meinen Sie, Sie könnten den Mastbaum für ein paar Minuten ruhig halten?«, fragte er. »Er rutscht immer wieder weg.«

»Ich tue, was ich kann.«

»Er ist schwer.«

»Im College habe ich Gewichte gestemmt.«

Er musterte sie kurz von oben bis unten und unterdrückte ein Grinsen. »Ja, sicher. Sie haben es bestimmt bis zur Schwergewichtsklasse geschafft, wie?«

»Schon gut, ich habe geschwindelt«, gab sie zu und sprang an Bord. »Aber Tennis gespielt habe ich wirklich.«

»Ein toller Schlag übers Netz hilft uns hier nicht weiter. Da, halten Sie das bitte fest.« Er legte ihre Hände an den Mastbaum, und beide stemmten sich gegen dessen Gewicht, bis er wieder richtig einrastete.

»So, mal sehen ...«, murmelte Ty und überprüfte die Verriegelung. Er zog an dem glatten Holz. Schweiß rann ihm seitlich am Gesicht herab, und er spähte finster hinauf zur Takelage. Der Mastbaum rührte sich nicht mehr. Ty schaute Sam an. »Sie können loslassen.«

Ihre Arme taten ein bisschen weh. »Wusste gar nicht, dass ich so aus dem Training bin.«

Wieder fuhr sein Blick über ihren Körper. »Wir haben es doch geschafft.« Er setzte seine Sonnenbrille ab, gerade lange genug, um sich den Schweiß von der Stirn zu wischen, und zum ersten Mal schaute Sam in seine

braunen Augen. »Danke.« Er setzte die Brille wieder auf.
»Wirklich gern geschehen. Sie können ruhig hier anlegen, wenn Sie noch mal Reparaturen vornehmen müssen.«
Weiße Zähne blitzten. »Wollen wir hoffen, dass dies nicht so bald der Fall sein wird.« Sein Blick wanderte über das Deck der *Strahlender Engel*. »Vielleicht will Gott mir damit sagen, dass ich mich nicht zum Bootsbesitzer eigne. Kennen Sie das alte Sprichwort? Was der zweitschönste Tag im Leben eines Bootseigentümers ist?«
»Da muss ich passen.«
»Der Tag, an dem er sein Boot kauft. Und was ist der glücklichste Tag in seinem Leben?«
Sie zuckte die Schultern.
»Der Tag, an dem er es verkauft.«
Sie schenkte ihm ein Lächeln und wies auf die Schaluppe. »Und ich dachte immer, Männer verlieben sich in solche Dinge.«
»Manche ja. Ein Boot ist wirklich wie eine Frau. Man muss das Richtige finden. Manchmal begeht man einen Fehler. Dann wieder hat man Glück.« Er betrachtete sie durch die dunklen Brillengläser hindurch. Sehr intensiv.
»Und man sagt auch, Männer seien wie Autos. Nie perfekt. Nie bringen sie alle richtigen Eigenschaften mit.«
»Und welche sind das?«, wollte er wissen.
»Ich glaube, ich kenne Sie noch nicht gut genug, um Ihnen das zu verraten«, scherzte sie und stieg von der Schaluppe. Ein stechender Schmerz schoss durch ihren verletzten Knöchel, und sie verzog das Gesicht.
»Ist alles in Ordnung?«

»Nur eine alte Kriegsverletzung, die sich gelegentlich bemerkbar macht.«
Er grinste.
Während sie zusah, wie er sich am Motor zu schaffen machte, ließ der Schmerz nach. Er arbeitete mit Zangen, Schraubenschlüsseln und anderen Werkzeugen, die sie nicht benennen konnte, versuchte, das Boot zu starten, war nicht zufrieden mit dem Stottern, das daraufhin erklang, und beugte sich erneut über die Maschine. Sein alter Hund wartete geduldig im Schatten des Steuers, die braunen Augen auf Ty geheftet.
Sam gab sich Mühe, nicht auf seinen gebückten Rücken und die geschmeidigen Bewegungen seiner gebräunten Schultern zu achten. Muskelstränge spannten und entspannten sich, und seine abgeschnittene Jeans war weit genug hinabgerutscht, dass Sam ein Stück weiße Haut am Hosenbund sehen konnte.
Lass das, warnte sie sich innerlich. *Du kennst diesen Typen ja nicht einmal richtig.*
Sie beobachtete, wie er die Lippen über den Zähnen spannte und die Augen zu Schlitzen verengte. Noch einmal warf er den Motor an, und dieser hustete unregelmäßig.
»Ich schätze, besser kriege ich es nicht hin; ich muss ihn wohl gründlich überholen lassen«, knurrte er, griff unter einen Sitz und zog einen Lappen hervor, mit dem er sich die Hände abwischte. Als er mit der flachen Hand gegen den Mastbaum schlug, konnte er ein Lächeln nicht unterdrücken. »Ja, das war eine tolle Investition.«
»Kann ich Ihnen etwas anbieten? Ein Glas von Ihrem Wein? Oder ein Bier? Wenn ich mich anstrenge, finde

ich vielleicht sogar irgendwo eine Dose Cola.« Detective Bentz' Warnung in Bezug auf den Umgang mit Fremden hallte in ihrem Kopf nach, doch sie drängte die Ermahnungen des Polizisten beharrlich beiseite. Jedenfalls zunächst einmal. Bis sie mehr von diesem Mann wusste.
Er kletterte vom Boot. »Das verschieben wir wohl besser.«
Er sah aus, als wollte er noch etwas sagen, blickte dann jedoch auf den See hinaus, wo ein Fisch mit in der Sonne silbrig glänzenden Schuppen aus dem Wasser sprang, und schien es sich anders zu überlegen.
»Wie bitte?«, fragte sie verwundert.
»Es wäre bestimmt geschickter, wenn ich jetzt den Mund halten würde ... aber neulich habe ich eine Nachbarin getroffen, die alte Dame von gegenüber.«
Sam stöhnte innerlich auf. »Sie brauchen gar nicht weiterzureden. Sie hat Ihnen empfohlen, mit einer Schachtel Pralinen bei mir anzuklopfen, oder mit einer Flasche ...« Sie dachte an den Riesling in ihrem Kühlschrank und verstummte. »Oh, deshalb also ...«
»Ja.« Er hob die Hände, die Handflächen nach außen gekehrt. Sog tief den Atem ein. »Ich bekenne mich schuldig.«
»Und das Boot?«
»Der Motor hat wirklich versagt.« Er schüttelte den Kopf. »Das hätte ich nicht vortäuschen können.«
»Nun, immerhin etwas«, entgegnete sie ein bisschen gekränkt. Er hatte zwar nicht wirklich gelogen, aber völlig aufrichtig war er auch nicht gewesen.
Gemeinsam schlenderten sie Richtung Ufer.

»Nur, damit Sie's wissen: Edie schilderte Sie als eine Mischung aus Meg Ryan und Nicole Kidman, und sie sagte, ich sei verrückt, wenn ich Sie nicht kennen lernen wolle.« Als er sie jetzt durch seine Sonnenbrille hindurch anschaute, hätte sich Sam am liebsten im nächsten Mauseloch verkrochen. »Deshalb habe ich hier angelegt und nicht am Ankerplatz nebenan. Ich musste mich mit eigenen Augen von ihrer Aussage überzeugen.«
»Und?«
»Hey, ich fürchte, alles, was ich jetzt von mir gebe, bringt mich noch mehr in Schwierigkeiten.« Er rieb sich den Nacken und wandte den Blick ab. »Wenn ich sage: ›Sie sind hübscher als Meg oder Nicole‹, dann lachen Sie mich aus und raten mir abzuhauen. Es würde so klingen, als wollte ich Sie anbaggern. Aber wenn ich sage: ›Die alte Dame braucht wirklich eine neue Brille‹, dann wären Sie beleidigt. Was ich auch sagen würde, es wäre falsch.«
Sie dachte an ihre neugierige Nachbarin, die Ty eine Ähnlichkeit mit Harrison Ford, Tom Cruise und Clark Gable zugeschrieben hatte. »Edie Killingsworth sieht zu viel fern.«
»Wahrscheinlich ist sie nur eine von diesen Frauen, die sich immerzu als Kupplerinnen betätigen müssen. Wahrscheinlich hat sie Sie auch längst über mich unterrichtet.«
»Kann sein«, erwiderte sie vage. »Sie hat Ihnen erzählt, dass ich ledig bin?«
»Sie hat es einfließen lassen.« Er warf einen Blick auf ihre ringlose linke Hand. »Kein Ring.«
»Schon lange nicht mehr. Ich bin geschieden«, gestand sie.
»Und Sie?«

Er verzog kaum merklich die Lippen, so, als wollte er nicht darüber reden, als wollte er nicht zu viel von sich preisgeben. »Ledig.« Auf dem Boot jaulte sein Hund. »Still, Sasquatch. Den Namen habe ich ihm übrigens nicht verpasst«, fügte er hinzu, als hätte er ihre Gedanken gelesen, und schien gleichzeitig froh über den Themenwechsel zu sein. »Die preisgekrönte Deutsche Schäferhündin meiner Schwester hatte einen Wurf, der eigentlich reinrassig hätte sein sollen. Doch als die Welpen zur Welt kamen, wurde klar: Bevor der Zuchtrüde herangeschafft worden war, dem die Ehre gebührte, den Nachwuchs zu zeugen, war es der Hündin wohl gelungen auszubüchsen. Wie auch immer, meine Schwester stand da mit sechs Welpen ohne Stammbaum, und ich kriegte den kleinsten, diesen Burschen hier.« Er lächelte seinem Hund zu. »Sarah hatte ihm bereits einen Namen gegeben. Sie lebt in der Gegend um den Mount St. Helen im Staat Washington. Das alles liegt nun schon zwölf Jahre zurück.«
Ty stieß einen schrillen Pfiff aus, und der Hund sprang vom Boot herunter, rannte den Anleger entlang und kam bei Fuß zum Stehen. Sein Schwanz fegte die staubigen Planken, er ließ die Zunge heraushängen und hechelte.
»Gut abgerichtet«, bemerkte Sam und kraulte den alten Schäferhund hinter den Ohren. Plötzlich erstarrte er. Seine Augen waren auf die Katze gerichtet. Die Muskeln zitterten. Charon war über den Rasen herangeschlichen. Als er den Hund bemerkte, blieb er am Stamm einer immergrünen Eiche wie angewurzelt stehen. Sein schwarzes Fell stellte sich auf, und er starrte den Eindringling aus großen Augen böse an.

»Komm bloß nicht auf die Idee ...«, warnte Ty. Der Hund winselte leise, blieb aber, wo er war. Charon hingegen huschte flink in den Schutz der Hecke.

Ty streichelte den großen Kopf des Schäferhundes. »Du solltest dich lieber von deiner besten Seite zeigen, sonst wirft die Dame dich von ihrem Grundstück.«

»Wie kommen Sie darauf, dass es mich irgendwie beeinflusst, wenn er sich von seiner besten Seite zeigt?«, fragte Sam und staunte selbst darüber, dass sie mit diesem Fremden flirtete. Aber es tat gut. »Der Hund darf so ziemlich alles tun, was er will«, sagte sie. »Sie dagegen müssen offen und ehrlich zu mir sein.«

»Immer«, versicherte er rasch. Beinahe zu rasch.

Er stand so dicht vor ihr, dass sie den Kopf in den Nacken legen musste, um ihm ins Gesicht sehen zu können. In seinen Augenwinkeln entdeckte sie Krähenfüße, über einer Braue hatte er eine kleine Narbe. Seine Haut war straff und gebräunt, und er wirkte zäh, als könnte er durchaus auf sich und auf jeden anderen aufpassen.

Dummerweise klopfte ihr Herz ein bisschen schneller. Obwohl sie so unbeschwert mit ihm plauderte, war er ein Fremder – ein Mann, der nach außen hin ruhig wirkte, unter dieser Fassade jedoch äußerst rastlos zu sein schien.

Sie rief sich ins Gedächtnis, dass irgendwo in den Straßen von New Orleans ein Mann lauerte, der sie terrorisieren wollte, der ihren Namen, ihre Adresse und ihren Arbeitsplatz kannte. Ein Mann, der ihr jedoch unbekannt war. Und den sie folglich nicht erkennen würde.

Woher also wollte sie wissen, dass dieser Mann, dieser

Unbekannte, der eine Viertelmeile von ihr entfernt lebte, nicht John war?
»Edie hat auch erwähnt, dass Sie Dr. Sam sind«, gestand er nun. »Ich fasse zusammen: Samantha Leeds, eine schöne Frau, großartige Köchin *und* Radiopsychologin.«
Ihre Nerven spannten sich an. »Und? Brauchen Sie psychologische Hilfe?«
»Hängt davon ab, wen Sie fragen.« Sein verflixtes Lächeln wurde respektlos. »Rufen Sie bloß nicht meine Schwester an. Sie würde mich für den Rest meines Lebens in eine Therapie stecken.« Er verschränkte die Arme vor der Brust, was die Nähte seines T-Shirts arg strapazierte. »Dann hätten Sie ausgesorgt.«
»Ich bezweifle, dass Sie eine Therapie nötig haben.«
»Ist das Ihre professionelle Meinung?« Er spielte mit ihr. Flirtete schon wieder.
»Ich kenne Sie nicht gut genug, um Sie wirklich einschätzen zu können. Aber falls Sie gern Rorschach-Bilder ansehen oder über Ihre Mutter reden wollen, die Sie nicht geliebt hat, sollten wir besser einen Termin absprechen.«
»Ich dachte, Sie praktizieren nur im Radio.«
»Das stimmt auch. Im Augenblick zumindest. Vielleicht sollten Sie meine Sendung mal einschalten.«
»Ich habe sie schon mal gehört.«
Sein Schatten fiel über ihren Kopf, und ihr Herz machte einen kleinen Satz. »Haben Sie auch schon mal angerufen?«
Er schüttelte den Kopf. »Noch nicht.«
»Und wie gefällt Ihnen die Sendung?« Sie konnte nicht verhindern, dass sie seine Antwort fürchtete.

Ty kratzte die Bartstoppeln, die sich dunkel an seinem Kinn zu zeigen begannen. »Tja, ich weiß nicht so recht, was ich davon halten soll. Ich denke, Sie werden von vielen einsamen Menschen angerufen, die einfach nur reden wollen. Und manche möchten vielleicht eine Viertelstunde lang berühmt sein.«
»Berühmt oder berüchtigt?«
»Sagen Sie's mir.« Er schaute sie erneut durch seine dunkle Brille hindurch an, griff nach einem Plastikstuhl, rückte ihn zurecht und setzte sich. Dann fixierte er sie weiter. Der Wind hatte sich gelegt, die Sonne brannte nun stärker, und das Wasser warf die grellen Strahlen zurück. »Sie scheinen jedenfalls ziemlich authentisch zu sein.«
»Und Sie?«, gab sie zurück. »Wie authentisch sind Sie?«
»So authentisch wie möglich«, antwortete er. Ein Schnellboot, einen Wasserskifahrer im Schlepptau, raste dröhnend vorüber und verursachte eine breite, schäumende Gischtwelle. Als der Junge auf den Skiern stürzte, hallte Lachen zu ihnen herüber. Der Fahrer des Bootes wendete rasch, um den Jungen, der auf dem Wasser trieb, an Bord zu nehmen. »Aber was ist überhaupt authentisch?«
»*Touché*«, sagte sie, und meinte, wieder mal einen Blick auf einen Mann erhascht zu haben, der entschieden komplizierter war, als er zunächst zu erkennen gab. Der nette charmante Nachbar war nur Fassade. Ty Wheeler war mehr als ein hoch aufgeschossener Texaner mit einem sexy Lächeln. Was noch schlimmer war: Er ging ihr unter die Haut. Und zwar gewaltig. Es war im Grunde lächerlich, aber ein Teil von ihr interessierte sich rasend für diesen Mann, wollte Schicht um Schicht bloßlegen und

herausfinden, was sich unter dem lässigen Erscheinungsbild verbarg. Ein Spiel mit dem Feuer. Dieser Mann bedeutete Ärger. Und der Ärger, den sie im Augenblick hatte, reichte für ein ganzes Leben.

Es war am besten, ihn ausschließlich als Nachbarn zu betrachten. Als potenziellen Freund sollte sie ihn sich abschminken, und alles andere war völlig ausgeschlossen. Basta.

Falls sie aus ihrer Beziehung mit David etwas gewonnen hatte, dann war es die Erkenntnis, dass sie zu einer Beziehung nicht bereit war.

Mannomann, du preschst vielleicht vor ... Du hast den Mann gerade erst kennen gelernt und träumst schon von einer Romanze mit ihm. Bleib auf dem Teppich, Sam!

»Wissen Sie, normalerweise pflege ich keinen privaten Umgang mit meinen Fans.«

»Wer sagt denn, dass ich ein Fan bin?« Er bedachte sie mit seinem Tausendwattlächeln. »Ich habe lediglich erwähnt, dass ich Ihre Sendung manchmal höre.« Mit dem Kinn wies er auf die *Strahlender Engel*, die leicht auf den Wellen schaukelte. »Vielleicht haben Sie Lust, irgendwann mal mit mir rauszufahren.«

»Nach allem, was Sie mir über das Boot erzählt haben? Nachdem ich Ihnen bei der Reparatur geholfen habe? Sie können mich gern für hysterisch halten, aber ich glaube, das traue ich mich nicht.«

»Natürlich erst, wenn es uneingeschränkt seetüchtig ist.«

»Und wann wird das sein?«

Er zuckte mit den Schultern. »Wahrscheinlich im nächsten Jahrtausend.«

»Rufen Sie mich dann an.« Sie rasselte ihre Telefonnummer herunter.

»Mach ich«, versprach er und ließ seinen Blick noch ein bisschen länger auf ihr ruhen. Dann pfiff er seinen Hund herbei und ging zurück zu der Schaluppe. Mit einem letzten Winken legte er ab und ließ Sam auf dem Anleger zurück. Sie hob den Arm, um ihre Augen vor der Sonne zu schützen, und schaute dem Boot nach.

Mit dem Mann hast du nichts als Scherereien, ermahnte sie sich erneut. *Wenn du schlau bist, Sam, dann vergisst du ihn. Auf der Stelle. Bevor dieser Flirt noch weitergeht.*

Doch sie hatte die entmutigende Vorahnung, dass es längst zu spät war.

10. Kapitel

»Was hat er deiner Meinung nach damit sagen wollen? ›Das alles ist deine Schuld‹?«, fragte Montoya, zerdrückte seinen Kaffeebecher aus Pappe und warf ihn über Rick Bentz' Schreibtisch hinweg in den Mülleimer in der Ecke.
»Zwei Punkte«, sagte Rick automatisch.
»Drei, Mann. Das war ein Treffer, wie er im Buche steht. Ich habe aus zig Metern Entfernung mitten ins Ziel getroffen.«
»Wenn du meinst.« Rick blätterte in den Berichten über Rosa Gillette und Cherie Bellechamps.
»Also – was hat der Anrufer damit sagen wollen?«, fragte Montoya.
»Ich weiß es nicht.« Rick kratzte sich am Kinn und dachte über sein Gespräch mit der Psychologin nach.
»Du solltest dir darüber keine Gedanken machen. Wir haben auch so schon genug zu tun.«
»Ich tu, was Jaskiel sagt.« Rick schob die Berichte zur Seite. »Hör zu, Montoya, du und ich, wir wissen beide, dass ich mich glücklich schätzen kann, diesen Job bekommen zu haben. Dass ich ein eigenes Büro habe, ist unglaublich.«
»Du hast es verdient, Mann. Du hast deine Jahre abgeleistet.«
»In L.A.«
»Du bist in Schwierigkeiten geraten. Na und? Alles, was

zählt, ist: Du kennst dich aus in diesem Scheißmetier, sonst wärst du nicht hier, oder?«

Montoya hatte Recht. Zwanzig Jahre lang bei der Polizei von Los Angeles, das hieß schon etwas, aber dennoch war er froh, überhaupt einen Job zu haben. Zu behaupten, die Empfehlungsschreiben seiner Vorgesetzten in Los Angeles seien nicht glänzend gewesen, wäre eine grobe Untertreibung. Das wusste hier jeder. Einschließlich Montoya. Nicht jeder verstand die Gründe. Rick wand sich innerlich, wenn er an sie dachte ... an einen unglückseligen Jungen, der zufällig eine – wie sich wenig später herausstellte – Spielzeugpistole auf seinen Partner gerichtet hatte. Bentz hatte reagiert, und deswegen hatte ein Zwölfjähriger sterben müssen. Die Familie hatte ihn verklagt, mit Recht, und Bentz war mit einer Bewährungsstrafe davongekommen. Er hätte vielleicht sogar seine Dienstmarke zurückerhalten – wenn er nicht ein paar Jahre lang dem Alkohol verfallen gewesen wäre. Die maßgeblichen Kräfte im Los Angeles Police Department waren zu dem Schluss gelangt, dass er mehr Ärger brachte, als er wert war – eine Medienkatastrophe. »Ja«, sagte er jetzt als Antwort auf die Frage des jüngeren Polizisten. »Ich kenne mich aus in dem Scheißmetier.« *In jeder Beziehung. Und es stinkt.*

»Also erzähl mir nicht so einen Blödsinn, es wäre nur ein Glückstreffer gewesen, dass du den Job gekriegt hast. Jaskiel hat dich eingestellt, damit du die Fälle bearbeitest, die sie dir übergibt, weil sie Vertrauen in dich hat, weil sie weiß, dass du dir rund um die Uhr den Arsch aufreißt. So, wie ich das sehe, brauchst du sowieso keine Freizeit.

Was erwartet dich denn schon zu Hause?«, fragte Montoya. »Da deine Kleine jetzt bald aufs College geht, hast du keinen Grund mehr, abends nach Hause zu kommen, oder?«
»Noch wohnt Kristi zu Hause«, wandte Bentz ein und dachte an seine Tochter, das Einzige, was ihm von seiner Familie geblieben war. Kristis Mutter, Jennifer, war tot. Sie hatte sich schon vor langer Zeit von Bentz scheiden lassen, und alle Welt glaubte, sein Job wäre der Grund gewesen, was zum großen Teil auch zutraf. Aber natürlich steckte noch mehr dahinter. Bentz war mit einem einzigen, wunderbaren Kind und mit einem Geheimnis zurückgeblieben, das er nie lüften würde. Er warf nun einen Blick auf den Doppelrahmen auf seinem Schreibtisch. Eins der Bilder zeigte Kristi im Alter von fünf Jahren, an ihrem ersten Tag im Kindergarten, das andere war ihr Highschool-Abschlussfoto, aufgenommen im vergangenen September. Es erschien ihm unfassbar, dass sie schon achtzehn war und bald nach Baton Rouge ziehen würde. »Sie geht erst im nächsten Monat aufs All Saints.«
Montoya lehnte sich mit der Hüfte gegen Ricks Schreibtisch, ergriff einen Brieföffner und drehte ihn zwischen den Fingern. »Du meinst also, dieser Stalker, der die Psychologin anruft, ist gefährlich?«
Rick dachte an das verstümmelte Werbefoto und reichte Reuben eine Kopie davon. »Sieht ganz so aus.«
Montoya biss die Zähne zusammen. »Wer das getan hat, der ist eindeutig nicht ganz richtig im Kopf.«
»Ja, alles in allem würde ich sagen: Der Typ ist gefährlich.«

»Aber –«

»Aber es könnte auch nur Show sein. Für die Publicity. Seit dem ersten Vorfall sind die Hörerzahlen von ›Mitternachtsbeichte‹ in die Höhe geschossen. Der Sender steckt schon seit ein paar Jahren in einer Finanzkrise. George Hannah hat WSLJ gekauft, hat geglaubt, er könnte das Ruder herumreißen, aber es klappte nicht. Vielleicht ist es wirklich nur ein Werbetrick.« Aber das hielt Rick für unwahrscheinlich.

Montoya betrachtete die Fotokopie und zog eine Grimasse. »Trotzdem ist das eine verdammt perverse Scheiße.«

»Ja. Ich warte auf den Bericht zu dem Foto – habe mir die Originale von der Polizei in Cambrai schicken lassen und sie ans Labor weitergereicht.«

Sein Kollege hob das Foto hoch. »Weißt du, woran mich das hier erinnert?«

Bentz war seinem jungen Partner schon einen Schritt voraus. »An die Hunderterscheine mit den geschwärzten Augen.«

»Könnte derselbe Kerl sein.«

»Habe ich mir auch schon überlegt. Hab's sogar in mein Protokoll geschrieben. Aber hätte der Typ die Augen dann nicht einfach mit einem Filzstift übermalt, wie auf den Geldscheinen?«

»Könnte man meinen ... Aber vielleicht ist dieser Mistkerl schlauer, als wir denken.«

»Es ist weit hergeholt«, gab Bentz zu bedenken.

»Aber möglich, sonst hättest du nicht darüber nachgedacht«, konterte Montoya.

Bentz griff nach seinem Kaffeebecher. Der Kaffee war

lauwarm und dünn. »Ich will nichts ausschließen.« Im Grunde bereitete ihm das Foto mit den ausgestochenen Augen mehr Sorgen als die Anrufe beim Sender. Er hatte ein schlechtes Gefühl dabei, ein sehr schlechtes. War der Kerl ein Scherzkeks, oder würde er weitergehen? Und was war mit der Psychologin? Samantha Leeds hätte außer sich sein müssen vor Angst, stattdessen erlaubte sie einem fremden Nachbarn, sein verdammtes Boot an ihrem Anleger festzumachen.

Reuben ließ das Foto mit den ausgestochenen Augen auf einen Aktenstapel fallen. »Und was gibt es Neues über unseren Serienmörder?«

»Nur wenig. An beiden Frauen wurde Sperma gefunden. Laut Labor handelt es sich um dieselbe Blutgruppe. Das Gleiche gilt für die Haarproben.«

»Das überrascht mich nicht.«

»Und es ist die gleiche Vorgehensweise. Beide Frauen waren Nutten, sie wurden auf die gleiche Weise stranguliert, mit einer Schlinge, die mit irgendwelchen scharfzackigen Perlen oder so versehen sein muss, und beide wurden hinterher in Positur gebracht. Der Täter hat keine Angst davor, Fingerabdrücke zu hinterlassen, und wir wissen nun auch warum: Wir können sie nicht identifizieren, weil er offenbar nicht registriert ist. Er ist also noch nicht straffällig geworden, war nicht beim Militär und hat keinen Job, für den man seine Fingerabdrücke abgeben muss.«

Bentz schob Montoya die Akte zu. »Außerdem wurden in beiden Fällen noch andere Haare gefunden. Synthetische. Rote.«

»Von einer Perücke?«

»Ja, aber nichts dergleichen wurde in den Apartments gefunden. Und nach den Worten der Leute, die die Opfer kannten, hat keine von beiden je eine rote Perücke getragen, auch dann nicht, wenn sie ihre Nummern geschoben haben.«

»Das heißt, sie haben zum Zeitpunkt ihres Todes eine rote Perücke getragen, und der Mörder hat sie danach wieder an sich genommen.«

Bentz nickte. »Als ob er wollte, dass seine Opfer aussahen wie Rothaarige.«

»Heiliger Strohsack! Wie Dr. Sam.«

»Kann sein.«

Montoya sog den Atem ein. »Trotzdem ist es ein ziemlich großer Gedankensprung.«

»Ich weiß.« Bentz fragte sich, ob er nach dem letzten Strohhalm griff, aber er konnte die ausgestochenen Augen und das rote Haar nicht einfach so abtun. »Wir überprüfen die Hersteller und die hiesigen Läden, die Perücken verkaufen, und ich gehe die verschiedensten Fälle durch, um festzustellen, ob dort eine rote Perücke eine Rolle spielte.«

»Das ist nicht viel, aber besser als gar nichts«, sagte Montoya und kratzte nachdenklich mit dem Brieföffner an seinem Bart. »Ich habe den Exmann von Cherie Bellechamps überprüft – Henry. Der hatte eine Lebensversicherung für sie abgeschlossen, die er auch nach der Scheidung nicht gekündigt hat. Jetzt hat er knapp fünfzigtausend Dollar abgesahnt.«

»Wo war er, als das zweite Opfer getötet wurde?«

»Im Bett. Zu Hause.«

»Allein?«

»Nein. Er hat eine Freundin, die schwört, die ganze Nacht über mit ihm zusammen gewesen zu sein. Aber sie hat ein Strafregister. Nichts Großes. Ladendiebstahl, Trunkenheit am Steuer, Drogenbesitz – Kokain. Seit sie mit Henry Bellechamps liiert ist, also seit ein paar Jahren, ist sie anscheinend clean. Übrigens, er nennt sich nicht Henry, er besteht auf der französischen Aussprache, *Henri*.«

»Wie schön für ihn«, knurrte Bentz.

»Selbst wenn er ein Alibi hat, kommt er als Täter infrage. Womöglich hat er jemanden engagiert, der seine Ex umgebracht und dafür Geld kassiert hat.«

»Und was ist dann mit dem zweiten Opfer? Soll es uns ablenken? Oder war das ein Trittbrettfahrer?« Bentz glaubte nicht daran.

Montoyas Rufmelder piepste. Er ließ den Brieföffner auf den Aktenstapel auf Bentz' Schreibtisch fallen und zog seinen Rufmelder aus einer Tasche seiner schwarzen Freizeithose. Er warf einen raschen Blick auf das Display, dann sagte er: »Ich bin nicht restlos davon überzeugt, dass er seine Ex nicht umgelegt hat, aber ich sehe keinen Zusammenhang mit dem Mord an dieser Gillette. – Ich muss diesen Anruf annehmen. War sonst noch was?«

»Es gibt da ein kleines Problem«, sagte Bentz und lehnte sich in seinem Stuhl zurück. »Im ersten Fall wurde die Frau vor ihrem Tod vergewaltigt, aber was Rosa betrifft, sieht es ganz so aus, als wäre sie schon vorher tot gewesen.«

»Sieht ganz so aus?«

»Der Leichenbeschauer ist nicht sicher …«

»Wieso nicht?«
»Mein Tipp ist: Der Kerl hat's getan, während die Frau starb. Das macht ihn an, das Töten.«
Montoya kniff die dunklen Augen zusammen. »Scheiße.« Er schob seinen Rufmelder zurück in die Hosentasche. »Zeit für ein Sonderkommando, wie?«
Bentz nickte. »Das habe ich schon mit Jaskiel geklärt, und sie hat alles Notwendige eingeleitet.«
Montoya runzelte die Stirn. »Also haben wir's mit dem FBI zu tun.«
»Ja. Mit den Jungs von hier.« Bentz zwang sich zu einem Lächeln, das keineswegs von Herzen kam. »Jetzt geht die Party richtig los.«

Er saß an dem zerkratzten Tisch und lauschte durchs offene Fenster den Geräuschen der Nacht. Ochsenfrösche quakten, Fische platschten auf den See, Insekten summten, und das Wasser plätscherte gegen die Pfeiler, auf denen eine kleine Hütte errichtet war, sein einziger Rückzugsort. In seinem Kopf dröhnte es, und wieder einmal spürte er diesen Drang. Den Drang zu jagen. Doch er musste vorsichtig sein. Eine kluge Auswahl treffen.
Er blickte auf sein Werk hinab und lächelte. Eine der dunklen Perlen, deren Facetten er so überaus sorgfältig mit seiner Feile zurechtgeschliffen hatte, hob er nun auf. Das war Feinarbeit, die ihn ins Schwitzen brachte, doch die Mühe lohnte sich. Am Ende konnte jede Perle in weiches Fleisch schneiden wie ein Rasiermesser. Wenn er mit seinen schwieligen Fingern das Glas berührte, passierte

nichts weiter, aber ein zarter Hals würde keinen Widerstand bieten.

Er entsann sich der bereits begangenen Morde, des Rausches, der ihn packte, wenn eine Frau begriff, dass sie sterben musste, wenn er die Perlen in seiner Hand spürte, während sie nach Luft rang. Herrgott, dann wurde er so hart, dass er nicht mehr klar denken konnte ... dass er nur noch dieses Hämmern in seinem Hirn fühlte, das Donnern der Lust, das durch seinen Körper fuhr. Er durchlebte jeden einzelnen Augenblick noch einmal und wusste, dass er es wieder tun musste, um die Erinnerungen wach zu halten.

Während die Bilder verblassten, legte sich auch seine Erektion. Er wandte sich wieder seiner Arbeit zu, feilte, schärfte und polierte die Perlen, bis es Zeit war, das Radio einzuschalten. Die Sendung hatte soeben begonnen, die Musik verklang gerade, und Dr. Sams Stimme wurde über störendes Knistern hinweg hörbar.

»Guten Abend, New Orleans, und herzlich willkommen ...« Ihre Stimme war so erotisch, so sexy.

Das Miststück.

Er unterbrach für einen Augenblick seine Tätigkeit, hörte sich die Klagen des ersten Anrufers an und griff dann in seinen Werkzeugkasten. Angelschnur, belastbar bis zu zwanzig Pfund, beinahe unsichtbar, einfach durch die Perlen zu fädeln, oder Klavierdraht ... noch stärker, aber nicht so elastisch, an ihm aufgereiht würden die Perlen nicht durch seine Finger fließen. Wofür sollte er sich entscheiden? Er hatte schon beides benutzt. Und beides hatte sich bewährt.

Dr. Sams Stimme beantwortete die Fragen der Hörer. Sie klang so ruhig. Vernünftig. Und zugleich verführerisch. Er legte Hand an sich selbst, hörte jedoch gleich wieder auf. Er hatte noch zu arbeiten. Er legte die Spule mit Klavierdraht zurück in die Schachtel und riss mit den Zähnen die Verpackung einer Rolle Angelschnur auf. Er spulte ein Stück Schnur ab und zerrte heftig daran, um zu prüfen, wie sie sich dehnte und wie viel sie aushielt.

Seine Armmuskeln spannten sich an. Die Schnur schnitt in seine Handflächen, doch sie riss nicht.

Er grinste. Ja, das war das Richtige.

Während Dr. Sam mit ihrem Programm fortfuhr und mit den Idioten redete, die sie anriefen, begann er, die spitz gefeilten Perlen auf die Schnur zu ziehen, sie sorgfältig in der richtigen Reihenfolge zu arrangieren und sicherzustellen, dass sein Rosenkranz perfekt war.

Perfekt musste er sein.

11. Kapitel

Melanie machte ihr Handy aus und schäumte vor Wut. Sie lenkte ihren Wagen in eine Parkbucht auf dem Parkplatz des Einkaufszentrums. Eine schlimme Woche lag hinter ihr. Eine sehr schlimme. Und es wird auch nicht besser, dachte sie, hieb auf das Armaturenbrett und wünschte, die verdammte Klimaanlage ihres Kleinwagens würde sich endlich einmal einschalten. Das tat sie nicht, und die Temperatur im Auto bewegte sich ihrer Einschätzung nach irgendwo um neunzig Grad Celsius.
Ihr T-Shirt war zerknittert und klebte am Körper, und sie schwitzte zwischen den Beinen. Sie stieg aus und versuchte, nicht daran zu denken, dass Trish LaBelle ihre Anrufe offenbar ignorierte. Toll. Bei WSLJ wurde bereits gemunkelt, dass »Mitternachtsbeichte« erweitert werden sollte, aber kein Wort darüber, dass Melanie mit einer Beförderung rechnen konnte, die ihr schließlich zustand.
Samanthas Job war ein Kinderspiel. Melanie konnte ihn mit geschlossenen Augen bewältigen. Hatte sie das nicht unter Beweis gestellt, als Samantha in Mexiko war? Gut, die Hörerquote war um ein Geringes gesunken. Das war zu erwarten gewesen. Hätte sie genügend Zeit, würde sie ein neues, flotteres Publikum heranziehen, dessen war Melanie sicher. Sie war jung und am Puls der Zeit. Aber sie brauchte eine Chance, um sich zu beweisen.

Sie betrat den Glutofen einer chemischen Reinigung und nannte einer zierlichen Blondine mit zentimeterlangem dunklen Haaransatz, schlechten Zähnen und einem festgefrorenen Grinsen ihren Namen.
Wenn WSLJ ihr partout keinen Job hinterm Mikrofon geben wollte, würde sie es eben bei der Konkurrenz versuchen, bei WNAB, dem Sender, in dem Trish LaBelle arbeitete. Trish hasste Dr. Sam. Wenn sich ihr die Gelegenheit böte, sich einmal ausgiebig mit Sams Assistentin zu unterhalten, würde Trish mit beiden Händen zugreifen und ihr sogar einen Job anbieten, davon war Melanie überzeugt.
Bislang hatte Trish jedoch nicht auf ihre Anrufe reagiert.
Noch nicht.
Melanie dachte nicht daran aufzugeben. Sie war eine Kämpfernatur; nichts war ihr in den Schoß gefallen, sie hatte sich alles hart erarbeiten müssen, und wenn es sein musste, würde sie verdammt noch mal ihr Glück erzwingen.
»Bitte schön.« Das Mädchen hängte Melanies in Plastikfolie gehüllte Kleider an einen Haken bei der Kasse, und Melanie reichte ihr ihre Kreditkarte. »Tut mir Leid, das Gerät ist kaputt. Sie können bar oder mit Scheck bezahlen.«
»Mein Scheckheft liegt zu Hause ...«, sagte Melanie. Und in ihrer Brieftasche fand sie lediglich zwei verknitterte Eindollarscheine. Das war zu wenig. Dieser Tag ging immer weiter den Bach runter. Melanie fühlte sich aufgeschwemmt und hatte Bauchschmerzen; jeden Augen-

blick musste ihre Regel einsetzen. Im Job trat sie auf der Stelle, ihren wenigen Angehörigen war sie scheißegal, und ihren Freund konnte sie wieder einmal nicht erreichen.
Ja, es ging rapide bergab mit ihr.
»Eine Straße weiter ist ein Geldautomat.« Die Tussi, die dringend eine Flasche Clearasil benötigte, ließ eine Kaugummiblase platzen und wartete geduldig und gelangweilt.
Melanie kochte innerlich. »Jetzt muss ich es ausbaden, dass Ihre dämliche Maschine nicht funktioniert.«
Das Mädchen zuckte mit den knochigen Schultern und bedachte Melanie mit einem unbeteiligten Blick, der deutlich sagte: Erzähl das deinem Frisör. Einen Moment lang erwog Melanie, einfach ihre Sachen zu schnappen und den Laden zu verlassen. Schließlich gehörten Rock, Bluse und Jacke ja ihr.
Als hätte die Kassiererin Melanies Gedanken gelesen, nahm sie die Kleidungsstücke vom Haken und hängte sie an eine Stange hinter dem Tresen.
»Na schön.« Melanie klappte ihre Brieftasche zu. »Ich komme später noch mal wieder.« Aber nicht heute. Sie war mit den Nerven am Ende. Sie stapfte hinaus in den grellen Sonnenschein, setzte ihre Sonnenbrille auf und stieg in ihren glühenden Kleinwagen. Das Lenkrad war so heiß, dass sie es kaum anfassen konnte. Sie drehte den Zündschlüssel, legte den Rückwärtsgang ein und gab bei plärrender Radiomusik Gas. Im Rückspiegel sah sie einen riesigen weißen Cadillac, der zur selben Zeit aus seiner Parkbucht stieß. Sie trat mit aller Macht auf die Bremse,

und der Straßenkreuzer glitt vorbei. Langsam tuckerte der ältere Herr, der nicht ein einziges Mal in ihre Richtung schaute, vom Parkplatz.
»Idiot«, knurrte Melanie. »Alter Knacker.«
Sie brauste aus der Parkbucht, schaltete in den ersten Gang und bog in die Straße ein. Vor der nächsten Ampel überholte sie den älteren Mann und konnte nur schwer dem Wunsch widerstehen, ihm den dicken Finger zu zeigen. Er konnte ja eigentlich nichts dafür, dass er alt war und nicht mehr so schnell reagierte.
Sie fuhr auf die Autobahn, beschleunigte und öffnete das Schiebedach sowie sämtliche Fenster. Der Wind zerrte an ihrem Haar, und sie fühlte sich gleich etwas besser. Sie würde sich doch nicht von einer unverschämten, unterbezahlten Kassiererin die Laune verderben lassen. Ihre Kleider konnte sie am nächsten Tag abholen. In der Zwischenzeit würde sie sich auf Plan B konzentrieren.
Sie würde befördert werden und hinter dem Mikrofon sitzen, ganz gleich, wie. Sie gestattete es sich, für eine Weile ihren Tagträumen nachzuhängen, überlegte, wie weit sie kommen würde. Vielleicht sogar irgendwann bis ins Fernsehen. Sie sah schließlich gut aus. Ein träges Lächeln umspielte ihre Lippen, und während sie mit Tempo hundertzwanzig über die Autobahn raste, angelte sie nach ihrem Handy. Sie würde versuchen, ihren Freund zu erwischen, und sich mit ihm treffen.
Sie musste einfach Dampf ablassen.
Und er wusste genau, was sie brauchte.

Sams Handflächen waren schweißnass, und ihr Herz raste, doch sie schimpfte sich einen Angsthasen und betrat ihre Kabine.
Nichts war passiert.
Seit fast einer Woche.
Obwohl jede Nacht, wenn sie ihre Sendung begann, ihre Nerven zum Zerreißen gespannt gewesen waren, hatte sich John still verhalten. Hatte er das Spiel aufgegeben? Fing der Spaß an, ihn zu langweilen – wenn es denn nur ein Spaß gewesen war? Hatte er die Stadt verlassen?
Oder wartete er?
Auf den richtigen Augenblick.
Hör auf damit, Sam, das führt doch zu nichts! Sei froh, dass er nicht mehr angerufen hat.
Trotzdem war sie nervös, wie alle anderen beim Sender in verschiedenen Abstufungen ebenfalls. Gator und Rob zogen sie mit ihrem »Freund« auf, Eleanor köchelte vor sich hin, Melanie fand die Sache aufregend, und George Hannah hoffte, dass die Hörerzahlen weiter stiegen.
Sie waren nicht weiter gestiegen. Ohne Johns Anrufe sanken sie wieder auf den üblichen Stand, der, wie sich Sam ärgerlich sagte, ja wohl gut genug war. George, seine stillen Teilhaber und sogar Eleanor waren stets zufrieden gewesen.
Aber jetzt nicht mehr.
Eleanor hatte sie beschwichtigt: »Mach dir deswegen keine Gedanken, Schätzchen. Hauptsache, der Perverse ist von der Bildfläche verschwunden. Was George betrifft, so soll er sich etwas Kluges einfallen lassen, um ein grö-

ßeres Publikum anzulocken. Wir wollen nur hoffen, dass sich dieser John nie wieder meldet.«

Sam hatte ihr innerlich zugestimmt, und doch wünschte sich ein Teil von ihr, noch einmal mit ihm zu reden, und sei es nur, um herauszufinden, was ihn umtrieb. Warum er sie anrief. Wer er war. Vom Standpunkt der Psychologin aus betrachtet war er interessant. Vom Standpunkt einer Frau aus jedoch jagte er ihr ganz schön Angst ein.

Sie schloss die Kabinentür hinter sich. Nachdem sie sich gesetzt und den Kopfhörer über die Ohren gestülpt hatte, stellte sie die Kontrolllampen ein, prüfte den Computerbildschirm und warf einen Blick durch die Scheibe in die Nebenkabine. Melanie saß an ihrem Schreibtisch, machte sich an Tasten und Knöpfen zu schaffen und hob den Daumen in Sams Richtung, um anzuzeigen, dass sie bereit war, die Anrufe dieser Nacht zu filtern. Tiny war bei ihr, sank gerade auf seinen Stuhl und sagte etwas zu ihr, das Sam nicht hören konnte. Sie lachten, wirkten entspannt, und Tiny riss eine Coladose auf.

Während der letzten paar Nächte hatte Sam von Sünde, Strafe und Vergebung zurück zum Thema Beziehungen gelenkt, was natürlich die Grundlage der Sendung überhaupt war. Alles normalisierte sich. Alles lief fast wieder so wie in der Zeit vor Johns Anrufen. Warum bloß hatte die Hochspannung, die sie Nacht für Nacht spürte, sobald sie ihren Platz in dieser Kabine einnahm, nicht nachgelassen, sondern sich sogar noch gesteigert?

Melanie gab ihr durchs Fenster ein Zeichen, und die Erkennungsmelodie erfüllte die Kabine. John Lennons

Stimme, die »It's Been A Hard Day's Night« sang, erscholl aus den Lautsprechern und verklang dann leise.
Sam beugte sich über das Mikrofon. »Guten Abend, New Orleans, und herzlich willkommen. Hier ist Dr. Sam mit ›Mitternachtsbeichte‹ auf WSLJ, und ich möchte gern hören, was ihr denkt ...« Sie begann zu reden, sich zu entspannen. Am Mikrofon fühlte sie sich heimisch. »Vor ein paar Tagen habe ich mit meinem Dad telefoniert, und obwohl ich über dreißig bin, glaubt er, er könne mir immer noch sagen, was ich zu tun und zu lassen habe«, erzählte sie, um mit dem Publikum warm zu werden, in der Hoffnung, dass jemand ähnliche Erfahrungen gemacht hatte und anrief. »Er lebt an der Westküste, und allmählich habe ich das Gefühl, ich sollte jetzt, da er in die Jahre kommt, in seiner Nähe sein.« Sie sprach noch eine Weile lang von Eltern-Kind-Beziehungen, und dann fingen die Kontrolllämpchen der Leitungen an zu blinken.
Der erste Anrufer legte wieder auf, der zweite war eine Frau, deren Mutter an den Folgen eines Schlaganfalls litt; sie fühlte sich zerrissen zwischen ihrem Job, ihren Kindern, ihrem Mann und dem Wissen, dass ihre Mutter sie brauchte. Der dritte Anruf stammte von einem aufsässigen Mädchen, das sich von seinen Eltern nichts vorschreiben lassen wollte. Angeblich verstanden sie sie einfach nicht.
Daraufhin erfolgte Rückmeldung von Erwachsenen und Jugendlichen, die allesamt der Meinung waren, die Anruferin sollte auf ihre Eltern hören.
Sam wurde noch ruhiger und nahm einen Schluck aus ihrer halb leeren Kaffeetasse. Die Debatte ging weiter,

und schließlich rief auf Leitung Nummer drei jemand an. Sam nahm das Gespräch entgegen. »Hi«, sagte sie, »hier ist Dr. Sam, mit wem spreche ich?«

»Annie«, flüsterte eine zaghafte, hohe Stimme. Eine Stimme, die Sam vage bekannt vorkam. Doch das zu der Stimme gehörige Gesicht konnte sie sich nicht vorstellen. Wahrscheinlich rief das Mädchen regelmäßig in der Sendung an.

»Hallo, Annie, worüber möchtest du heute Nacht reden?«

»Erinnern Sie sich nicht an mich?«, fragte das Mädchen. Sam spürte wie ein Warnsignal, dass sich ihre Nackenhaare sträubten. *Annie?*

»Tut mir Leid. Vielleicht kannst du mir einen Hinweis –«

»Ich habe Sie schon einmal angerufen.«

»Ach ja? Wann denn?«, erkundigte sich Sam, doch die leicht heisere Stimme hörte nicht auf zu reden, hielt lediglich inne, um Luft zu holen, und flüsterte weiter ins Studio hinein.

»Donnerstag ist mein Geburtstag. Ich würde dann fünfundzwanzig Jahre alt ...«

»Würde?«, wiederholte Samantha, und ein kalter Schauer lief ihr über den Rücken.

»... Sie erinnern sich bestimmt. Ich habe Sie vor neun Jahren angerufen, und Sie haben mir gesagt, ich soll verschwinden. Sie haben nicht zugehört, und ...«

»O Gott«, entfuhr es Sam, und ihre Augen weiteten sich. Ihr Herz setzte unter dem grauenhaften Eindruck eines Déjà-vu-Erlebnisses einen Schlag lang aus. Annie? *Annie Seger?* Das konnte nicht sein. In ihrem Kopf drehte sich alles, katapultierte sie zurück in eine Zeit, die sie hatte vergessen wollen.

»Sie müssen mir helfen. Sie sind doch Doktorin der Psychologie, oder? Bitte, Sie sind meine einzige Hoffnung«, hatte Annie vor all diesen Jahren gefleht. »Bitte helfen Sie mir. Bitte!« Schuldgefühle schnürten Sam nun die Kehle zu. *Herrgott, warum passierte das ein zweites Mal?* »Wer spricht dort?«, sprach Sam gepresst ins Mikrofon. Aus den Augenwinkeln sah sie Melanie in der Nebenkabine, die den Kopf schüttelte, die geöffneten Hände ratlos erhoben, als wäre es erneut einem Anrufer gelungen, sich an ihr vorbeizumogeln. Tiny schaute wie gebannt durch die Scheibe, die Augen auf Sam geheftet, die Colabüchse in seiner großen Hand war vergessen.

»... und Sie haben mir nicht geholfen«, klagte die Flüsterstimme, ohne Sams Frage zu beachten. »Was dann passierte, *Dr.* Sam, daran werden Sie sich doch wohl erinnern, oder?«

Sams Kopf dröhnte, ihre Hände waren schweißnass. »Ich habe dich nach deinem Namen gefragt, Annie. Nach deinem vollständigen Namen.«

Klick. Die Leitung war tot. Sam saß da wie erstarrt.

Annie Seger.

Nein, das war unmöglich! Ihr Magen krampfte sich zusammen.

Es war so lange her, und doch brach jetzt, da sie wie damals in ihrer Kabine saß, alles wie eine Flutwelle über sie herein, überrollte ihren Verstand und ließ sie taub und kalt zurück. Das Mädchen war gestorben. Ihretwegen. Weil sie nicht hatte helfen können. *O Gott, bitte nicht noch einmal!*

»Samantha! Samantha!« Melanies Stimme drang in ihr Bewusstsein vor, aber trotzdem konnte sie sich kaum rühren. »Herrgott noch mal, reiß dich zusammen!« Sam spürte an ihren Armen Melanies Hände, die sie aus ihrem Stuhl rissen, sie vom Schreibtisch und vom Mikrofon wegschubsten und zu Tiny schoben. Immer noch unter Schock stolperte Sam und spürte einen heftigen Schmerz im Knöchel. Ruckartig kam sie zu sich, realisierte, dass sie in New Orleans war, auf Sendung. »Ist dir nicht klar, dass deine Sendung ins Leere läuft? Jetzt reiß dich zusammen«, wiederholte Melanie, stülpte sich den Kopfhörer über die Ohren und griff nach dem Mikrofon. »Schaff sie hier raus«, befahl sie Tiny.
»Moment mal. Ich habe alles im Griff.« Sam ließ sich nicht vertreiben.
»Das habe ich gemerkt!« Melanie sah sie böse an und scheuchte sie hinaus in den Flur. Tiny zog Sam aus der Kabine, und Melanie beugte sich über das Mikrofon, schaltete es ein, und ihre Stimme wurde weich. »Bitte entschuldigt die Unterbrechung; wir bei WSLJ standen eben vor einer kleinen technischen Panne. Danke für eure Geduld. ›Mitternachtsbeichte‹ mit Dr. Samantha Leeds wird in wenigen Minuten fortgesetzt. Nun zunächst das Wetter.« Wie eine Expertin drückte Melanie die Taste für die automatische Aufzeichnung, die den Wetterbericht und ein paar Werbespots vom Band abspielte.
»Was war da drinnen los?«, fragte Tiny. Er bemerkte plötzlich, dass er Sam am Oberarm festhielt, ließ sie los und wich einen Schritt zurück.
Die Stimmung im Flur war gespenstisch; er wirkte dunk-

ler als sonst, und der Glaskasten, in dem die alten Platten gelagert wurden, strahlte einen merkwürdigen, unwirklichen Schimmer ab. Das war natürlich Unsinn. Ihre Nerven spielten Sam einen Streich. Der Flur und das Plattenlager hatten sich selbstverständlich kein bisschen verändert.

Sam atmete ein paar Mal tief durch und rief sich zur Ordnung. Es durfte nicht noch einmal geschehen, dass ein makabrer Scherz sie dermaßen erschütterte.

»Wer war das Mädchen am Telefon?«

»Ich weiß es nicht«, gestand Sam und lehnte sich an die Wand. Sie wischte sich mit der Hand über die Stirn und straffte den Rücken. *Denk scharf nach, Sam. Und lass dich nicht von irgendeiner perversen Anruferin aus der Ruhe bringen.* »Ich – ich weiß nicht, wer das war. Kann mir nicht vorstellen, wer auf solche Ideen kommt. Aber eins ist klar: Die Anruferin wollte, dass ich sie für Annie Seger halte.« O Gott, das konnte unmöglich Annie gewesen sein! Das Mädchen war seit neun Jahren tot. Tot, weil Sam die Situation nicht richtig erfasst, die Hilferufe des Mädchens nicht ernst genug genommen hatte. Sams Kopf dröhnte, und der Kaffee, den sie zuvor getrunken hatte, schien ihr im Magen zu gerinnen.

Lass dich nicht aus der Ruhe bringen, Sam!

»Sie hat gesagt, sie wäre Annie, und da bist du ausgeflippt«, hielt Tiny ihr vor. »Es machte den Anschein, als würdest du sie kennen.«

»Ich weiß … aber ich kenne … das heißt, ich kannte … Das alles ist so unglaublich!«

»Was denn?« Er streckte wieder die Hand nach ihr aus,

überlegte es sich jedoch anders und schob die Hände tief in die Taschen seiner übergroßen Jeans.
»Annie Seger hat vor langer Zeit, als ich noch in Houston arbeitete, in meiner Sendung angerufen.« Ihr kam es vor, als wäre es erst gestern gewesen. Sam erinnerte sich, wie sie die Taste gedrückt, den Anruf angenommen und zugehört hatte, wie das junge Mädchen zögernd erklärte, sie sei schwanger und habe furchtbare Angst. »Annie rief mehrere Abende hintereinander an und bat mich um Rat.« Sam wand sich innerlich bei dem Gedanken daran. Zuerst hatte Annie verschüchtert gewirkt, doch ganz gleich, welchen Ratschlag Sam ihr gab, sie wies ihn zurück, behauptete, sie habe niemanden, mit dem sie reden, niemanden, dem sie sich anvertrauen könne, weder ihren Eltern noch dem Pastor geschweige denn dem Vater des Kindes. »Ich habe versucht, ihr zu helfen, doch es endete damit, dass sie Selbstmord beging.« Sam strich sich das Haar aus dem Gesicht und sah den blassen Schimmer ihres Spiegelbilds im Fenster der Kabine. Auf der anderen Seite der Scheibe saß Melanie an ihrem Pult, sprach ins Mikrofon, moderierte die Sendung. Sam erschien es vollkommen unwirklich, spätnachts hier im Flur zu stehen und sich an ein Ereignis zu erinnern, das zu verdrängen sie sich so sehr bemüht hatte.
»Du glaubst, es war deine Schuld, dass sie sich umgebracht hat?«, fragte Tiny.
»Annies Familie gab mir die Schuld.«
»Das ist hart.«
»Sehr hart.« Sam rieb sich die Arme und rang noch immer um Fassung. Sie musste nun ihre Pflicht erfüllen, ihre Arbeit beenden. Sie beobachtete, wie Melanie den Kopfhörer

abnahm und mit ihrem Stuhl zurückrollte. Sekunden später kam sie aus der Kabine. »Dir bleiben sechzig Sekunden, um wieder auf Sendung zu gehen«, sagte sie zu Sam. »Geht's wieder?«
»Nein«, gab Sam zu. *Lieber Himmel, es wird nie wieder gehen.* Sie schickte sich an, die Kabine zu betreten. »Aber ich schaff das schon.«
»Eleanor ist auf Leitung zwei. Sie will mit dir reden.«
»Ich habe keine Zeit.«
»Sie ist ziemlich wütend«, verkündete Melanie.
»Kann ich mir vorstellen. Sag ihr, ich stehe ihr nachher zur Verfügung.« Sam konnte sich jetzt unmöglich mit der Programmdirektorin auseinander setzen; sie musste ihre Nerven für den Rest der Sendung schonen.
»Was hat es mit dem Mädchen auf sich, das da angerufen hat?«, fragte Melanie, als sich Sam setzte und automatisch die Kontrollmechanismen prüfte.
»Verrate du's mir«, fuhr Sam sie an. »Du sollst doch die Anrufe filtern.«
»Das habe ich getan! Und ich habe ihre Anfrage auf Band. Da hat sie auch nicht mit dieser blöden Falsettstimme geredet, sie hat nur gesagt, sie habe ein Problem mit ihrer Schwiegermutter und wolle deinen Rat.« Melanie sah ihre Vorgesetzte finster an. »Also, nimmst du dich jetzt zusammen und gehst wieder auf Sendung, oder was? Sonst übernehme ich das.« Ihre Stimme wurde ein wenig sanfter, und ihre aggressive Rechtfertigungshaltung ließ nach. »Ich kann das! Ist für mich ein Kinderspiel. Tiny könnte die Anrufe filtern. Genauso wie während der Zeit, als du in Mexiko warst.«

»Ich schaff das schon, wirklich. Trotzdem danke.«
Hinter Melanies Lächeln schien sich etwas anderes zu verbergen. »Ich bin um ein paar Ecken herum mit Jefferson Davis verwandt, wusstest du das?«
»Ich hab's gehört.«
»Wenn es sein muss, kann ich problemlos einspringen. Das liegt in meinen Genen.«
»Na, dann danke Gott für deine Gene! Aber ich krieg das schon hin.« Sam würde nicht zulassen, dass ein weiterer gefälschter Anruf sie um ihren Job brachte. »Ihr zwei ...«, sie deutete auf Melanie und Tiny, »... ihr prüft die Anrufe und zeichnet sie auf. Wir haben nur noch eine Viertelstunde Sendezeit.« Während der Werbespot für eine ortsansässige Telefongesellschaft verhallte, stellte sie ihren Kopfhörer ein, zog das Mikrofon näher heran und brachte es in Position.
»Okay, hier ist Dr. Sam, ich bin wieder im Rennen. Bitte entschuldigt die Unterbrechung. Wie ihr sicher bereits gehört habt, gab es heute Nacht ein paar technische Probleme im Sender.« Es war eine durchschaubare Lüge, und wahrscheinlich büßte sie dadurch bei den Hörern an Glaubwürdigkeit ein, doch sie konnte dem Publikum unmöglich die Wahrheit sagen. »Gut, machen wir dort weiter, wo wir vor ein paar Minuten stehen geblieben sind. Wir haben darüber geredet, wie unsere Eltern sich in unser Leben einmischen, dass sie uns aber auch brauchen. Mein Dad ist ein großartiger Mensch, aber er kann offenbar nicht akzeptieren, dass ich eine erwachsene Frau bin. Mancher von euch hat bestimmt schon Ähnliches erlebt.«

Die Leitungen blinkten bereits wie verrückt. Die Terroranrufe hatten ein Gutes: Sie weckten Interesse. Der erste Anrufer auf Leitung eins wurde ihr als Ty gemeldet.
Blitzschnell stieg das Bild eines großen Mannes mit einem umwerfenden Lächeln und unergründlichen Augen vor ihr auf. Wenngleich sie sich vor Augen hielt, dass der Anrufer nicht unbedingt ihr neuer Nachbar sein musste, zog sich ihr Magen zusammen. »Hallo«, meldete sie sich.
»Hier spricht Dr. Sam. Wer ist dort?«
»Ty«, antwortete er, und sie empfand eine Mischung aus Freude und vorsichtiger Zurückhaltung, als sie seine Stimme erkannte. Sie hätte gern gewusst, warum er gerade heute ihre Sendung hörte und wie es ihm gelungen war, nach der Frau, die vorgab, Annie zu sein, als Erster durchzukommen.
»Was kann ich für dich tun, Ty?«, erkundigte sie sich und versuchte zu ignorieren, dass ihre Handflächen plötzlich feucht waren. »Hast du Probleme mit deinen Eltern? Oder mit deinen Kindern?«
»Tja, was ich zu sagen habe, weicht ein bisschen vom heutigen Thema ab. Ich habe gehofft, Sie könnten mir vielleicht in einem Beziehungsproblem helfen.«
»Ich will es versuchen«, erwiderte sie und fragte sich im Stillen, wohin das führen sollte. Wollte er ihr mitteilen, dass er nicht frei war, dass es schon eine Frau in seinem Leben gab? Warum hatte er dann erst neulich nachmittags so offensichtlich mit ihr geflirtet? »Also, Ty, was ist das Problem?«
»Na ja, ich bin gerade erst in diese Gegend gezogen, und ich habe eine Frau kennen gelernt, die mich interessiert«,

sagte er gedehnt mit seiner weichen Aussprache, und ihre bösen Vorahnungen verflüchtigten sich, zumindest teilweise.

»Beruht das Interesse auf Gegenseitigkeit?« Sam musste unwillkürlich lächeln.

»O ja, ich glaube schon, aber sie gibt sich ziemlich unnahbar.«

»Woher weißt du dann, dass sie dich näher kennen lernen möchte? Vielleicht täuscht sie ihre Unnahbarkeit gar nicht vor.«

»Sie will, dass ich genau das glaube, aber ich sehe es in ihren Augen. Sie ist durchaus interessiert. Mehr als interessiert. Nur zu stolz, es zuzugeben.«

Samanthas Lächeln wurde breiter, und ihr kroch es heiß am Hals empor. »Sie ist so leicht zu durchschauen?«

»Klar, aber das weiß sie nicht.«

Toll. »Vielleicht solltest du es ihr sagen.«

»Ich werde gründlich darüber nachdenken«, entgegnete er langsam, und Sams Herz begann zu rasen. Sie hätte gern gewusst, wie viel von den Zwischentönen in dieser Unterhaltung Melanie und Tiny heraushörten ... oder ob womöglich alle, die die Sendung verfolgten, diese heimlichen Schwingungen mitbekamen.

»Aber ich warne dich, Ty: Vielleicht ist diese Frau gar nicht so hingerissen von dir, wie du vermutest.«

»Das werde ich wohl selbst herausfinden müssen, wie? Ich muss irgendwas tun.«

O Gott. Ihr stockte der Atem. »Das wäre logischerweise der nächste Schritt.«

»Aber Sie und ich, wir wissen beide, dass Logik manch-

mal nicht besonders viel mit dem zu tun hat, was zwischen einem Mann und einer Frau passiert.«
Touché. »Was also hast du vor, Ty?«
Er zögerte nur für einen Sekundenbruchteil. »Ich werde in Erfahrung bringen, was die Dame mag«, raunte er, und Sam wurde der Hals eng.
»Und wie willst du das bewerkstelligen?« In rasender Folge schossen ihr Bilder von Ty Wheeler mit seinen breiten Schultern, dem dunklen Haar und dem eindringlichen Blick durch den Kopf. Sie fragte sich, wie es wohl wäre, ihn zu küssen, zu berühren, mit ihm zu schlafen.
Sein Lachen war tief und kehlig. »Das kriege ich schon raus.«
»Du willst also versuchen, die Beziehung auf die nächste Ebene zu transportieren?«, fragte sie.
»Unbedingt.«
»Und wann?«
»Wenn sie es am wenigsten erwartet.«
»Dann solltest du dich lieber nicht verraten.« Das Atmen fiel ihr schwer.
»Tu ich bestimmt nicht.«
»Viel Glück, Ty«, sagte sie.
»Ihnen auch, Dr. Sam.«
Ihr Herz klopfte so heftig, dass ihre Gedanken durcheinander gewirbelt wurden, und als sie weitere Telefonleitungen blinken sah, fragte sie sich erneut, ob ihre Hörer zwischen den Zeilen dieses Gesprächs hatten lesen können.
»Danke für deinen Anruf, Ty.« Sie zwang sich, das Dis-

play zu prüfen, und sah, dass sich die Anrufe drängten wie Autos zur Hauptverkehrszeit.
»Gern geschehen. Dr. Sam?«
»Ja?«
»Träumen Sie was Schönes.«

12. Kapitel

Tys Stimme war dunkel und betörend.
Samanthas Gaumen war plötzlich wie ausgetrocknet, und zum ersten Mal in all den Jahren ihrer Radiotätigkeit litt sie an einer Redehemmung. Hitze stieg ihr ins Gesicht, und sie versuchte, sich zu sammeln. »Das wünsche ich dir auch, Ty«, brachte sie schließlich hervor, und ihre Stimme klang belegt. Schnell, bevor sie vollends den Faden verlor, drückte sie eine Taste, schaute auf den Computerbildschirm und sagte: »Hallo, hier spricht Dr. Sam, du bist auf Sendung.«
»Hi, hier ist Terry ... Wer war der Typ, mit dem Sie gerade gesprochen haben? Kennen Sie ihn?«
Sam schickte einen strafenden Blick zu Melanie hinüber. Herrgott noch mal, sollte sie nicht die Anrufe vorsortieren? »Hast du eine Frage zum Thema Beziehungen?«
»Und davor, diese Annie ... Was war da los?«
Melanie schüttelte den Kopf.
»Ich weiß es nicht. Nun, aus welchem Grund rufst du an?«
»Tja, ich brauche einen Rat, wie ich mit meinem pubertierenden Sohn fertig werden kann.«
»Was ist mit ihm?«
Terry konzentrierte sich endlich auf ihren Sohn, doch schon der nächste Anrufer erkundigte sich ebenfalls nach Annie. Die Kontrolllämpchen hörten nicht auf zu blinken. Immer wieder kamen Fragen nach dem flüsternden

Mädchen am Telefon. Dann nahte endlich der Schluss der Sendung. Untermalt von dem Musikstück »Midnight Confessions« verabschiedete sich Sam von den Hörern mit ihrem üblichen Schlusswort: »... Morgen ist auch noch ein Tag. Träumt was Schönes.« Kaum hatte sie ausgesprochen, schaltete sie das Mikrofon ab, riss sich den Kopfhörer von den Ohren und stürmte aus dem Studio in den verglasten Raum, in dem Tiny und Melanie den Papierkram ordneten und die Geräte für die Sendung »Licht aus« einstellten.
»Ich dachte, du siebst die Anrufe!«, giftete sie.
»Genau das habe ich getan. Du hättest mal hören sollen, was hier reinkam.« Melanie warf ihr Headset auf den Schreibtisch. »Ein einziger Albtraum.« Bis auf eine Schreibtischlampe, die bunten Kontrolllämpchen der Apparate und die indirekte Beleuchtung über den Computern und Aufnahmegeräten brannte kein Licht im Technikraum.
»Sie hat Recht.« Tiny kam Melanie zu Hilfe. »Alle wollten nur über Annie reden.«
»Oder über Ty. Etliche Anrufer haben nach ihm gefragt.« Melanie strich sich die blonden Locken aus dem Gesicht. »Ich habe mein Bestes getan, Sam. Es ist manchmal nicht einfach.«
Sam beruhigte sich. Es war schließlich nicht Melanies Schuld, dass die Frau, die vorgab, Annie zu sein, angerufen hatte. »Habt ihr die Gespräche aufgezeichnet?«, wollte Sam wissen.
»Jedes einzelne«, versicherte Tiny und tippte mit zwei Fingern auf ein liniertes Blatt Papier, das auf dem Schreib-

tisch lag. »Hier ist die Liste. Ich habe jeweils die Telefonnummer und den Namen aufgeschrieben, sofern er angegeben wurde. Ein paar Anrufe kamen natürlich anonym. Wenn die von einer Firma mit privatem Telefoniesystem ausgingen, kann die Caller-ID sie natürlich nicht identifizieren.«

»Was nützt uns dann die Caller-ID?« Empört neigte sich Sam über den Schreibtisch und überflog Tinys Aufstellung.

»Das ist immerhin ein Anfang. Die meisten Nummern haben wir. Hier.« Tiny drehte das Blatt um und rollte dann auf seinem Stuhl hinüber zu den Aufzeichnungsgeräten und Computern, um die Vorbereitungen für die Sendungen der nächsten drei Stunden zu beenden.

Sams Blick wanderte über das in Tinys Doktorschrift bekritzelte Blatt Papier. Wie er gesagt hatte, war jeder einzelne Anruf notiert. Neben den Namen stand meist die entsprechende Telefonnummer und hier und da eine Bemerkung. Samantha fuhr mit dem Finger die Liste entlang, fand den Namen Annie sowie die Nummer und die Standortbeschreibung eines Münztelefons.

Natürlich. Wer immer sich hinter der Anruferin verbarg, sie war schlau genug gewesen, keinen Privatanschluss zu benutzen. »Ich brauche eine Kopie von dieser Liste.«

»Für die Polizei?« Melanie zog den Reißverschluss ihrer Aktentasche zu.

»Ja. Und für mich selbst.«

»Was war denn nun eigentlich los in dieser Sendung?«, fragte Melanie und wies mit dem Daumen in Richtung Studio.

Durchs Fenster fiel das schwache Licht der Straßenlaternen drei Stockwerke tiefer hinein, sodass die Umrisse der Geräte in der Kabine auszumachen waren, außerdem Mikrofone an langen, merkwürdig verbogenen Skelettarmen und das Pult mit seinen Tasten und Schaltern. Irgendwie wirkte die Szene beklemmend. Bedrohlich. Aber das war lächerlich, rief sich Sam sofort zur Ordnung.
Melanie riss Sam aus ihren Gedanken. »Komm schon, Sam, wer ist diese Annie? Sie tat so, als würde sie dich kennen, und du bist ja völlig ausgeflippt.«
»Spul das Band zurück. Bis zu dem Moment, als sie sich meldete. Bevor du sie mit mir verbunden hast.«
»Aber –«
»Ich hab's«, mischte sich Tiny ein. »Momentchen ... Da ist es ...«
Eine Frauenstimme sagte nach Melanies Begrüßung: »Hier ist Annie. Ich möchte mit Dr. Sam über meine Schwiegermutter reden. Sie mischt sich in meine Ehe ein.«
»Warten Sie. Es dauert nicht lange«, versicherte Melanie, und dann folgte der geflüsterte vorwurfsvolle Text.
Sam bekam erneut eine Gänsehaut.
Tiny hielt die Aufzeichnung an und warf einen Blick über die Schulter auf Sam, um zu sehen, wie sie reagierte. »Wer ist sie?«
»Ich weiß nicht, wer diese Anruferin in Wirklichkeit ist. Ich weiß aber, dass sie nicht Annie Seger ist.« Wer würde anrufen und sich als Annie Seger ausgeben, und wer hatte ein Interesse daran, die alte Tragödie wieder ans Licht zu zerren? »Allerdings – das klingt jetzt eigenartig, aber ich meine, ihre Stimme schon mal gehört zu haben. Nur klang

sie da etwas anders ...« Sie schloss die Augen. *Wer würde dir so etwas antun? Was soll dieser grausame Scherz?* Melanie und Tiny schauten sie gespannt an, und sie zuckte mit den Schultern und schüttelte den Kopf. »Ich kann sie nicht zuordnen. Im Moment noch nicht. Aber ich finde es heraus.« Ihr war eiskalt, und sie rieb sich die Arme. »Es war ein makabrer Scherz.«

»Noch einer. Wie die Anrufe von diesem John«, bemerkte Tiny.

»O nein, das hier ist anders«, widersprach Sam und dachte zurück an diese grauenhaften einsamen Nächte, als Annie Seger sie beim Sender in Houston angerufen hatte, als die Hörerzahlen der Sendung in die Höhe geschnellt waren, als Dr. Sams Name in aller Munde gewesen war und als ein schwangeres junges Mädchen schließlich Selbstmord begangen hatte. Hatte sie, Sam, nachlässig gehandelt? Hatte sie die Lage falsch eingeschätzt? Hatte es Hinweise darauf gegeben, dass Annie selbstmordgefährdet war? Wie oft waren ihr all diese Fragen schon durch den Kopf gegangen. Wie viele Nächte lang hatte sie wach gelegen, die verzweifelten Anrufe im Geiste noch einmal abgespult, gespürt, wie sich Schuldgefühle über sie legten wie ein Leichentuch. Und wie oft hatte sie sich gefragt, ob sie irgendetwas hätte tun können, um dem Mädchen zu helfen.

»Natürlich ist es anders. Diesmal war es eine Frau, die anrief.« Melanies Blick wanderte von Sam zu Tiny, der mit konzentriert gefurchter Stirn die Lautstärke der aufgezeichneten Sendung einstellte.

Dann fiel Sam ein, dass Melanie die Geschichte ja gar nicht

kannte, dass sie in der Kabine gewesen war, als sie Tiny von Annie Seger erzählt hatte.

»Die Frau hat sich als ein Mädchen ausgegeben, das vor Jahren in Sams Sendung angerufen hat. Damals hat Sam noch in Houston gearbeitet. Die Kleine hat sich dann umgebracht«, erklärte Tiny, als wollte er sichergehen, dass er alles richtig verstanden hatte.

»Was?« Melanie wich entsetzt zurück. »Umgebracht? Aber ... O Gott, das ist krank!«

»Mehr als krank.« Tiny verschränkte die Arme vor der Brust.

»Meine Spezialität«, erinnerte Sam, die sich langsam wieder gefasst hatte, ihre Kollegen. »Vergesst nicht, ich bin Seelenklempnerin.«

Das Telefon klingelte, und alle zuckten zusammen. Leitung zwei blinkte ungeduldig. »Ich gehe ran. Das ist wahrscheinlich Eleanor.« Sam drückte die Mithörtaste.

»Hi, hier ist Samantha.«

»Gut, dass ich dich an der Strippe habe.«

Sie erstarrte. Ihr Herz setzte einen Schlag lang aus. »Wer spricht da?«, fragte sie, obwohl sie die weiche Stimme auf Anhieb erkannt hatte. *John.* Er lauerte irgendwo da draußen. Er hatte also seinen Terror keineswegs eingestellt. Ließ sich lediglich Zeit. Wartete ab, bis sie sich beruhigt hatte, um sie dann wieder aufzuscheuchen.

»Treib keine Spielchen mit mir, Samantha. Du weißt, wer ich bin.«

»Du bist derjenige, der Spielchen treibt.«

»Ach ja? Mag sein. Haben wir denn nicht viel Spaß?«

Sam hätte am liebsten den Hörer aufgeknallt, doch sie

durfte die Verbindung jetzt nicht unterbrechen, nicht, wenn sie diesen Widerling schnappen wollte. Während sie weiterredete, machte sie Tiny aufgeregt Zeichen und deutete auf den Rekorder. »Als Spaß würde ich das nicht bezeichnen, John«, sagte sie und hoffte, dass Tiny und Melanie rechtzeitig dafür sorgten, dass alles aufgenommen wurde. »Das ist ganz und gar kein Spaß.«

»Ich habe heute deine Sendung gehört.«

Plötzlich aktiv geworden, drückte Tiny die maßgeblichen Tasten und nickte Sam rasch zu. Der Rekorder begann mit der Aufzeichnung. Melanie starrte wie hypnotisiert auf das Telefon.

»Aber du hast nicht angerufen.«

»Ich rufe jetzt an«, antwortete er mit seiner wohlklingenden Stimme.

Hatte sie diese Stimme schon einmal woanders gehört? Oder hatte er sie angerufen, ohne sich als John vorzustellen? War er jemand, den sie kannte? *Denk nach, Sam, denk nach! Dieser Kerl tut so, als wäre er dir schon mal begegnet ...*

»Ich wollte mit dir allein reden. Was wir zu besprechen haben, ist ganz persönlich.«

»Ich weiß nicht mal, wer du bist.«

Sein Lachen klang dunkel und hallte durch den Raum.

Melanie biss sich auf die Unterlippe. Hinter den Brillengläsern traten Tinys Augen beinahe aus den Höhlen.

Die Kabine erschien Sam eng und düster, die Töne, die aus dem Lautsprecher drangen, waren bedrohlich. Schweiß prickelte auf ihrer Kopfhaut.

»Aber natürlich weißt du, wer ich bin, *Frau Doktor*, du

erinnerst dich bloß nicht. Kannst du immer noch nicht zwei und zwei zusammenzählen? Trotz deines Titels und so weiter ...«

»Was willst du von mir?«, fragte sie, sank auf einen Stuhl und starrte den Lautsprecher an, als könnte sie ihn dazu zwingen, ein Bild des Mannes hervorzubringen. »Warum rufst du mich an?« Sie konnte kaum klar denken, doch sie wusste, dass sie ihn in der Leitung halten musste. Aus einem Becher auf dem Schreibtisch nahm sie einen Kuli, drehte Tinys Liste um, kritzelte rasch eine Notiz darauf – *Ruft die Polizei* – und schob sie Melanie zu.

»Weil ich dich kenne, wie du wirklich bist, Samantha. Ich weiß, dass du eine heißblütige Fotze bist. Scheinheilig. Dieser Titel, auf den du so stolz bist, ist das Papier nicht wert, auf dem er gedruckt ist.« Er steigerte sich in Wut hinein, seine wohltönende Stimme klang aufgeregt. »Frauen wie du müssen bestraft werden.« Seine Worte flossen immer schneller aus dem Lautsprecher, und Melanie eilte aus dem Raum und ins Studio nebenan. Durch die Scheibe sah Sam, wie sie das Licht einschaltete und den Kopfhörer aufsetzte. Melanie blickte über die Schulter zu ihnen herüber, nickte, drückte die Taste einer freien Leitung, wählte hastig und nickte Sam und Tiny erneut zu. Das Lämpchen für Leitung drei begann zu blinken.

Animier ihn zum Reden, Sam. Vielleicht unterläuft ihm ein Fehler. Vielleicht gibt es eine Möglichkeit, den Anruf zurückzuverfolgen.

»Du bist eine Hure, Dr. Sam«, warf John ihr vor. »Eine Nutte für fünfzig Dollar pro Stunde!«

»Ich weiß nicht, wovon du sprichst.« *Versuche, ruhig zu*

bleiben. Halt ihn in der Leitung, verdammt. Finde mehr über ihn heraus, damit die Polizei Anhaltspunkte bekommt. Ihr Herz raste.

»Alles liegt in deiner Vergangenheit, Dr. Sam, in deiner Vergangenheit, die du vor der Welt verbirgst. Aber ich weiß alles. Ich war dabei. Ich erinnere mich an die Zeit, als du dich auf der Straße verkauft hast. Du bist eine Nutte – eine falsche Schlange –, und du wirst bezahlen. Der Lohn der Sünde ist der Tod«, erinnerte er sie kalt. »Und du wirst sterben. Schon sehr bald wirst du sterben.«

Sam schluckte ihre Angst hinunter, ihre Finger krampften sich um den Kuli in ihrer Hand. *Wer ist er? Warum ist er so wütend? Was soll das heißen, er war dabei? Wobei, zum Kuckuck?* »Warum drohst du mir, John? Was habe ich dir getan?«

»Weißt du's nicht mehr? Erinnerst du dich nicht?« Er brüllte beinahe.

Annies Worte, etwas früher am Abend: »Erinnern Sie sich nicht an mich?«

»Nein. Warum sagst du's mir nicht? Wo haben wir uns kennen gelernt?«, fragte sie, und seltsamerweise klang ihre Stimme fest, obwohl sie kaum Luft holen konnte. Ihre Haut glühte, innerlich aber war ihr eiskalt.

John sagte kein Wort. Das war sogar noch unheimlicher, als wenn er sie anschrie. Zu wissen, dass er in der Leitung war, lauschte, war entsetzlich. Sam fing Melanies Blick hinter dem Glasfenster auf. Sie redete und nickte, sie gestikulierte, als könnten die Polizeibeamten sie durch die Leitung hindurch sehen.

»John, bist du noch da?«

»Hast du die Lautsprecher eingeschaltet?«, raunzte er plötzlich. »Es hallt in der Leitung.«
»Hör zu, John, sag mir, warum du mich anrufst ...« Das Telefon klingelte laut, und Leitung vier blinkte ungeduldig. Sam achtete nicht darauf. »Was genau willst du von mir?«
»Du hast die Lautsprecher eingeschaltet, du verlogene Fotze. Ich habe dir doch gesagt, dass ich ein persönliches Gespräch führen will.«
»Es ist ein persönliches Gespräch, glaub mir. Los, John, sag mir, was du von mir willst.«
»Vergeltung«, sagte er. »Ich will dich auf den Knien sehen. Ich will, dass du um Vergebung bettelst.«
»Wofür?«
Doch die Leitung war plötzlich tot. Als hätte er den eingehenden Anruf gehört und Angst bekommen. »Verdammt«, fluchte Sam, innerlich zitternd. *Lass dir das nicht gefallen. Lass nicht zu, dass er dir zu nahe tritt.* Aber sein Hass, seine Wut auf sie waren derart Furcht erregend, dass sie sich schwach und verwundbar fühlte. Sie war der Situation nicht gewachsen.
»Ich habe alles auf Band«, bemerkte Tiny, als sie die Taste für Leitung vier drückte.
»WSLJ.«
»Sam, bist du das? Was zum Teufel ist bei euch los? Du solltest mich zurückrufen«, bellte Eleanors Stimme aus dem Lautsprecher. »Ist alles in Ordnung?«
»Alles bestens.«
»Das war eine merkwürdige Sache heute Nacht«, fuhr Eleanor fort. »Ich war fassungslos, als das Mädchen am

Telefon sagte, sie sei Annie Seger.« Eleanor hielt inne und holte tief Luft. »Sam, sag mir, dass es dir gut geht.«
»Das habe ich doch bereits gesagt.«
»Ja, aber ich weiß doch, was damals passiert ist und wie dich die Sache mitgenommen hat, ich war schließlich dabei.«
Sam war es unangenehm, dass Tiny das gesamte Gespräch mithörte, wahrscheinlich sogar mitschnitt, deshalb fiel sie Eleanor ins Wort. »Hör zu, wir alle sind todmüde, lass uns jetzt nicht ins Detail gehen. Ich komme morgen früher zur Arbeit, dann können wir reden. Es gibt auch noch andere Dinge, die wir besprechen müssen.«
»Andere Dinge?« Eleanor stutzte vernehmbar.
»Der Kerl, der sich John nennt, hat nach der Sendung wieder angerufen. Ich habe gerade erst den Hörer aufgelegt.«
»*Nach* der Sendung? Was soll das alles?«
»Ich weiß es nicht, aber es war schon das zweite Mal, dass er sich nach der Sendung gemeldet hat. Beim ersten Mal sagte er, er habe zu tun gehabt und was passiert sei, sei meine Schuld. Und heute hat er gesagt, er wolle ein persönliches Gespräch. Er wurde regelrecht wütend, als er merkte, dass ich die Lautsprecher eingeschaltet hatte, und dann drohte er mir.«
»Das gefällt mir nicht, Sam. Das gefällt mir ganz und gar nicht.«
»Mir auch nicht.«
»Wir müssen noch einmal die Polizei rufen.«
»Das hat Melanie gerade erledigt.« Sie blickte durch die Scheibe und sah Melanie nicken und noch immer gestiku-

lieren, während sie ins Mikrofon sprach. »Wir haben alles im Griff.«

»Dass ich nicht lache! Die Sache geht zu weit, hörst du? Entschieden zu weit! Also, ich will nicht, dass einer von euch heute Nacht allein das Gebäude verlässt, okay? Geht in der Gruppe zum Parkhaus. Oder du nimmst ein Taxi. Hast du mich verstanden?«

»Klar und deutlich«, sagte Sam. Im Nebenraum legte Melanie den Hörer auf.

»Es ist mein Ernst, Sam. Diese Geschichte ist mir unheimlich.«

»Und mir erst.«

»Sag den Beamten, sie sollen sich beeilen und den Mistkerl endlich schnappen, sonst kriegen sie es mit mir zu tun.«

»Sie werden zittern vor Angst.«

»Hey, ich habe keine Zeit für Scherze. Das Ganze ist ernst.«

»Ich weiß, Eleanor.«

»Gut. Und morgen gehen wir der Sache auf den Grund. Wir alle. Tiny, Melanie und du, ihr kommt um ein Uhr mittags in mein Büro.« Sie stieß hörbar den Atem aus. »Heilige Mutter Gottes! Pass auf dich auf. Wir sehen uns morgen.«

»Wir sind pünktlich bei dir«, versprach Sam und legte auf. Im selben Moment stürmte Melanie in den Raum.

»Die Polizei ist auf dem Weg hierher.« Sie warf einen Blick auf das Telefon. »Hat er noch irgendwas gesagt?«

»Der Typ ist ein Irrer«, sagte Tiny. »Es war echt sonderbar. Das heißt, mehr als sonderbar.«

»Da hast du Recht.«
Tiny rieb sich sorgenvoll den Nacken und fügte hinzu: »Ich gehe am besten nach unten und nehme die Bullen in Empfang.« Er angelte sich seine Jacke und seinen Rucksack und kramte auf dem Weg zur Tür hinaus darin nach seinen Camels.
»Und was jetzt?«, fragte Melanie.
»Wir warten auf die Polizei.«
»Das ist mir klar. Aber ich glaube nicht, dass die irgendwas unternehmen kann.«
Sam reagierte nicht darauf. Sie war nicht bereit, ihrer eigenen Befürchtung nachzugeben, dass John es irgendwie schaffte, der Polizei zu entkommen. »Hoffen wir, dass sie den Kerl schnappen, und zwar bald.«
»Und wenn nicht?«, konterte Melanie.
Sam antwortete nicht. Wollte nicht darüber nachdenken, doch die Drohungen des Anrufers hallten in ihrem Kopf nach, so deutlich, als flüsterte er sie in ihr Ohr.
Der Lohn der Sünde ist der Tod. Und du wirst sterben. Schon sehr bald wirst du sterben.

Er schwitzte.
Das Blut rauschte in seinen Ohren. Die Nacht war heiß und feucht.
Während er rasch die Telefonzelle an der St. Charles Avenue verließ, kreisten seine Gedanken um das Telefongespräch. Er lief verkehrswidrig zwischen den geparkten Autos hindurch, überquerte die Straßenbahngleise und eilte an den Universitäten vorbei – Tulane und Loyola, Seite an Seite gelegene, zu Ehren der allmächtigen Wis-

senschaft errichtete Gebäude, die im trüben Licht der Sicherheitsscheinwerfer wie Trutzburgen wirkten. Als er die Bauwerke betrachtete, spürte er ein Prickeln auf der Haut. Er konnte den süßen verführerischen Geruch junger Intellektueller wahrnehmen. Zu denen er auch einmal gehört hatte.
College.
Philosophie.
Religion.
Wo er die Wahrheit erfahren, wo er seine Mission begriffen hatte. Wo alles angefangen hatte.
Oh, sein Mentor wäre stolz auf ihn.
Ein paar Studenten schlenderten über die ausgedehnte Rasenfläche, redeten, lachten, rauchten, wahrscheinlich Marihuana. Warmes Licht schimmerte in einigen Fenstern, doch das registrierte er kaum. Er duckte sich, tauchte ein in die Schatten, halb laufend, mit klopfendem Herzen. Ihre Worte zuckten wie glühende Gewehrkugeln durch seinen Kopf.
Warum drohst du mir, John? Was habe ich dir getan?
Sie erinnerte sich nicht.
Entsann sich nicht des Grauens, das sein Leben verändert hatte – sein Leben ruiniert hatte.
Wut kochte in ihm hoch, und er verfiel in einen Dauerlauf, rannte immer schneller dem Herzen der Stadt, dem Sirenengesang der Bourbon Street entgegen, wo er sich unter die Massen mischen konnte, die stets die Straßen bevölkerten, wo er sich im Gedränge verstecken und ihr doch näher sein konnte.
Was habe ich dir getan?

Bald würde sie es wissen.
Bald würde sie begreifen.
Bevor sie starb, würde dies ihr letzter Gedanke sein.

13. Kapitel

»... und wenn Ihnen noch etwas einfällt, lassen Sie es uns bitte wissen«, sagte einer der beiden Beamten, die Sams Aussage zu Protokoll genommen hatten. Die zwei Männer verließen daraufhin die Küche des Senders, wo Sam, Melanie und Tiny ihre Aussagen gemacht hatten. Tiny war ständig in den Technikraum gelaufen, hatte das aufgezeichnete Programm überprüft und sichergestellt, dass alles wie am Schnürchen lief.
»Gott, bin ich froh, dass *das* vorbei ist!« Melanie griff nach ihrer Tasche und dem Aktenkoffer. »Was für ein Marathon.«
»Die Polizei arbeitet eben gründlich.«
»Glaubst du, sie schnappen ihn?«, fragte Tiny, der in den Schränken wühlte, schließlich einen Beutel Popcorn zutage förderte und ihn in die Mikrowelle stellte.
»Das will ich hoffen«, sagte Sam mit einem Gähnen. Zum Umfallen müde, wollte sie in dieser Nacht nicht mehr an die beiden Anrufer denken. Es war fast drei Uhr morgens. Sie würde nun nach Hause fahren, ins Bett sinken und die Welt aussperren. Kopfschmerzen meldeten sich an, und ihr Knöchel pochte.
»Ich glaube, das Popcorn gehört Gator«, bemerkte Melanie, als Tiny bereits die Zeitschaltuhr einstellte.
»Er wird es nicht vermissen. Ist es in Ordnung für euch, wenn ich euch nicht nach draußen begleite?«
»Wir kommen zurecht«, entgegnete Sam trocken. Sie

konnte sich Tiny beileibe nicht als Beschützer vorstellen. »Los, gehen wir, Melanie.« Sie suchte ihre Sachen zusammen. Die Maiskörner fingen an zu platzen, und ein süßer Duft erfüllte die Küche. »Mach's gut, Tiny.«
»Bis morgen.«
Melanie winkte zum Abschied, und die beiden Frauen machten sich auf den Weg zum Ausgang. Wenig später traten sie hinaus in die laue Sommernacht.
Ty wartete auf sie. Sein Wagen stand im Halteverbot vor dem Rundfunkgebäude, und Ty lehnte mit der Hüfte am Kotflügel seines Volvo, den Blick auf den Eingang gerichtet. Er hatte die Arme vor der Brust verschränkt, und selbst im trüben Licht der Straßenlaterne erkannte Sam, dass ein Dreitagebart Kinn und Wangen zierte. Er trug ein T-Shirt, Jeans und Lederjacke. Erinnerte an einen älteren, etwas erschöpften James Dean. *Super,* dachte Sam sarkastisch. *Genau das, was ich brauche.* Trotzdem verspürte sie eine leise prickelnde Freude.
Der Geruch das Flusses war stickig, die Luft schwül, die Klänge eines einsamen Saxofons hallten herüber, über das leise Summen des spärlichen Straßenverkehrs hinweg. Und ein Mann, der vor etwa einer Woche noch ein Fremder für sie gewesen war, schaute ihr entgegen.
Ty stieß sich von seinem Wagen ab. »Ich hielt es für angebracht herzukommen und nachzusehen, ob alles in Ordnung ist mit Ihnen.«
»Mir geht's gut. Bin nur total müde«, erwiderte sie, dennoch durchströmte sie ein warmes Gefühl.
Zu Melanie sagte er: »Ty Wheeler. Ich bin Sams Nachbar.«

Als ein Auto vorbeifuhr und dumpfe Bässe aus mächtigen Lautsprechern aus den offenen Fenstern dröhnten, besann sich Sam mit ein wenig Verspätung auf ihre Manieren. »Ach, richtig, Ty, das ist Melanie Davis, meine Assistentin. Melanie, das ist Ty Wheeler. Er ist Autor, besitzt einen alten Hund und kauft kaputte Segelschiffe.«
Melanie musterte ihn rasch von Kopf bis Fuß und schenkte ihm ein neugieriges, freundliches Lächeln. »Ein Autor? Schreiben Sie für Zeitungen?«
»Nichts so Vornehmes, fürchte ich«, sagte er gedehnt. »Ich verfasse Romane. Reine Fiktion.«
»Tatsächlich?« Melanie war beeindruckt. »Haben Sie schon was veröffentlicht?«
Tys Lächeln blitzte in der Dunkelheit. »Noch nicht, aber hoffentlich bald.«
»Wovon handelt Ihr Roman?«
»Es wird eine Art Mischung aus dem ›Pferdeflüsterer‹ und ›Das Schweigen der Lämmer‹. Eine Farm bildet sozusagen den roten Faden.«
»Du liebe Zeit!«, entfuhr es Sam, und Melanie kicherte leise.
»Wie gesagt, ich bin gekommen, um mich zu vergewissern, dass Sie...«, er berührte Sam am Ellbogen, »... wohlauf sind.«
»Es ist alles in bester Ordnung«, schwindelte sie.
Seine Finger griffen fester zu, dann ließ er die Hand sinken, und wieder spürte Sam diese wohltuende Wärme.
»Wo steht Ihr Wagen?«
»Etwa zwei Häuserblocks weiter.« Trotz all ihres Geredes über Feminismus und der Behauptung, eine starke allein

stehende Frau zu sein, war sie nun mehr als froh, Ty an ihrer Seite zu haben, und redete sich ein, dass es nicht unbedingt daran lag, dass er ein Mann war.
»Sie sind der Ty, der heute Nacht angerufen hat«, vermutete Melanie, und Sam konnte beinahe sehen, wie sich im Kopf ihrer Assistentin die Rädchen drehten. »Oh ... ich verstehe.« Ihre Augen leuchteten im schwachen Licht.
»Ja, das bin ich«, antwortete er überflüssigerweise. »Was ich in der Sendung gehört habe, behagte mir nicht, deshalb habe ich beim Sender angerufen, um die Sprache auf ein anderes Thema zu bringen. Nachdem ich dann aufgelegt hatte, dachte ich mir, Samantha wäre vielleicht ganz froh, wenn jemand sie nach Hause fahren würde. Als ich hierher kam, sah ich dann das Polizeiauto.«
Melanie äußerte sich nicht dazu, zog nur neugierig eine Augenbraue hoch, als versuchte sie zu begreifen, in welcher Beziehung Ty zu Sam stand.
»Ich fahre lieber selbst«, sagte Sam. »Ich möchte meinen Wagen nicht hier stehen lassen. Dann hätte ich morgen keine Möglichkeit, in die Stadt zu kommen.«
»Ich bringe Sie«, bot er an, doch Sam wollte ihm nicht zur Last fallen und sich nicht von ihm abhängig machen.
»Ich fühle mich wohler, wenn ich mein eigenes Auto zur Verfügung habe.«
»Wie Sie wünschen.« Er zuckte mit den Schultern. »Aber ich begleite Sie bis zu Ihrem Wagen, und Sie fahren mich dann zurück zu meinem.«
»Das ist wirklich nicht nötig«, wehrte Sam ab, doch Melanie sah das völlig anders.
»Hey, er ist mitten in der Nacht extra hierher gekommen,

um für deine Sicherheit zu sorgen. Lass ihn dich doch begleiten – oder uns.«
Es klang beinahe neidisch, und Sam fragte sich, wo Melanies Freund stecken mochte, der Freund, über den sie nie redete. Vielleicht hatten sie sich schon wieder getrennt. Es wäre gewiss nicht das erste Mal, dass sich Melanie bis über beide Ohren verliebte und es sich dann ein paar Wochen später anders überlegte.
»Mir wäre dann bedeutend wohler«, stimmte Ty Melanie zu, und gemeinsam setzten sich die drei in Bewegung.
»Wie gesagt, ich habe die Sendung verfolgt und diesen eigenartigen Anruf mitbekommen. Von Annie – wer immer sie sein mag. Sie waren völlig außer sich, Sam.«
»Das war noch längst nicht alles.«
Zwar wäre es Sam lieber gewesen, Ty erst zu einem späteren Zeitpunkt von John zu berichten, doch Melanie brannte förmlich darauf, die Neuigkeiten an den Mann zu bringen, und konnte den Mund nicht halten. Während sie an dem schmiedeeisernen Zaun entlanggingen, der das dichte Gehölz am Jackson Square einfasste, erzählte Melanie eifrig von John und dass er nach der Sendung erneut angerufen habe.
»Also will er, dass niemand zuhört«, bemerkte Ty ernst, als sie vor der St.-Louis-Kathedrale die Straße überquerten. Die weiße Fassade wurde angestrahlt. Drei spitze Türme ragten in den schwarzen Nachthimmel, griffen nach dem Himmel, und das Kreuz auf dem höchsten der Türme verlor sich im Tintenschwarz und war kaum zu sehen. »Was will er?«
»Vergeltung«, raunte Melanie.

»Wofür?« Ty biss die Zähne zusammen.

Sam schüttelte den Kopf. »Ich weiß es nicht.«

»Für deine Sünden.« Melanie griff in ihre Tasche, und als sie nach ihrem Schlüssel suchte, klimperten einige Münzen. »Er redet, als wäre er ein ... ein Priester oder so.« Als Melanie ihren Schlüsselbund gefunden hatte, erreichten sie gerade das Parkhaus. »Ich stehe auf der ersten Ebene.« Zielstrebig ging sie auf ihren Kleinwagen zu und schloss die Tür auf. »Soll ich euch hinauffahren?«, fragte sie.

»Mein Wagen steht auf der zweiten.« Sam mochte es nicht, dass ihre Assistentin sie behandelte wie ein hilfloses Wesen, und sagte sarkastisch: »Ich glaube, bis dahin schaffe ich es noch.«

»Ich bin ja bei ihr«, bemerkte Ty, und wenn sich Samantha auch noch immer nicht ganz im Klaren war, was ihren neuen Nachbarn betraf, glaubte sie doch nicht, dass er ihr Böses wollte. Als sie allein gewesen waren, hatte er reichlich Gelegenheit gehabt, ihr etwas anzutun; es erschien ihr höchst unwahrscheinlich, dass er – selbst wenn er der Anrufer wäre, was sie jedoch bezweifelte – sie anzugreifen oder zu entführen wagte. Immerhin hatte Melanie sie zusammen gesehen. Wenn sie ehrlich war, fühlte sie sich bei ihm sicher und geborgen.

»Gut.«

Sekunden später saß Melanie in ihrem Wagen. Sie schaltete Scheinwerfer und Motor an und stieß rückwärts aus ihrer Parkbucht. Mit einer Hand winkend, drückte sie auf die Hupe, dass es in dem Gebäude laut widerhallte, und trat aufs Gas. In einer Wolke aus Abgasen bewegte sich der Kleinwagen zum Ausgang.

»Sie spielt sich gern auf, wie?«, bemerkte Ty, als sie die Treppe hinaufstiegen.
»Gut beobachtet. Sie ist etwas melodramatisch – aber ungeheuer tüchtig.«
Sams roter Mustang war das einzige Auto, das auf der zweiten Ebene des düsteren Parkhauses stand. Die Hälfte der Sicherheitsleuchten war ausgefallen, die wenigen verbleibenden befanden sich in Aufzug- und Treppennähe.
»Wie in einem Hitchcock-Film«, äußerte Ty, dessen Stiefelabsätze auf dem Betonboden knallten.
»Das ist doch ein wenig übertrieben, finden Sie nicht?«
»Ich kann nur hoffen, dass Sie sich niemals allein hierher wagen«, sagte Ty mit finsterer Miene.
»Manchmal schon. Aber ich bin vorsichtig.«
Sein Blick schweifte über die leeren Parkflächen. »Die Vorstellung gefällt mir nicht.«
Sie ärgerte sich ein bisschen. Sie kannte den Mann ja kaum, er musste nicht ungefragt die Rolle des Beschützers übernehmen. »Ich komme schon allein zurecht.« *O ja, Sam, genauso, wie du allein zurechtgekommen bist, als die Frau anrief und behauptete, sie wäre Annie. Da bist du durchgedreht, Frau Doktor. Und zwar gehörig!*
»Wenn Sie meinen.«
»Es ist mir ja bisher auch gelungen.« Sie hatte bereits ihre Handtasche geöffnet und entnahm ihr den Autoschlüssel – den Ersatzschlüssel, den sie sich nach ihrem Mexikourlaub hatte anfertigen lassen. »Hören Sie, ich weiß Ihre Fürsorglichkeit zu schätzen, wirklich. Das ist ... sehr nett, aber ich bin schon ein großes Mädchen. Erwachsen.«

»Ist das die höfliche Art, mir begreiflich zu machen, dass ich abhauen soll?«

»Nein!«, sagte sie hastig. »Das heißt ... Ich will nur nicht, dass Sie sich irgendwie verpflichtet fühlen oder denken, Sie müssten sich um mich kümmern, weil ich eine von diesen erbärmlichen, schwachen Porzellanpüppchen bin.«

Er zog einen Mundwinkel hoch. »Glauben Sie mir, das denke ich am allerwenigsten von Ihnen.«

»Gut. Nur, damit wir uns richtig verstehen.«

»Das tun wir doch.« Er trat näher heran, und sie nahm den Duft seines Aftershaves wahr, sah, wie sich seine Augen in der Finsternis der Nacht verdunkelt hatten, bemerkte, dass sein Blick auf ihre Lippen geheftet war. O Gott, wollte er sie etwa küssen? Allein der Gedanke daran ließ ihre Haut prickeln und ihren Puls rasen, und als er sich ihr zuneigte, war sie auf alles gefasst und spürte dann nur, wie seine Lippen keusch ihre Wange streiften. »Gib auf dich Acht«, sagte er und trat zurück.

Sie schloss eilig die Wagentür auf und öffnete sie. Ihr Herz hämmerte. Im Geiste malte sie sich lebhaft innigere Küsse aus, die Berührung ihrer Körper, Haut an nackter Haut. Sie wollte sich gerade hinters Steuer setzen, da bemerkte sie das Stück Papier ... einen Umschlag auf dem Fahrersitz. »Was zum Teufel ...« Sie hob den Umschlag auf, sah, dass ihr Name draufgekritzelt war, und entnahm ihm ohne nachzudenken eine Karte. »O nein«, flüsterte sie, als sie die Worte las.

Der Aufdruck *Herzlichen Glückwunsch zum fünfundzwanzigsten Geburtstag* war rot eingerahmt und in der Mitte durchstoßen.

Sam ließ die Karte fallen, als hätte sie sich daran die Finger verbrannt. Sie spürte, wie alles Blut aus ihrem Gesicht wich.
»Was ist los?« Ty bückte sich und hob das gefaltete Stück Papier auf. »Was ist das?« Er klappte die Karte auf und las das einzelne, in roten Blockbuchstaben geschriebene Wort: *MÖRDERIN*. »Wie konnte das ins Auto gelangen?«
»Ich ... ich weiß nicht.« Sam schloss sekundenlang die Augen. Dachte an das Grauen, das sie in Houston erlebt hatte. Ihr Kopf dröhnte, sie musste sich gegen den hinteren Kotflügel lehnen.
»Alles in Ordnung?« Ty legte den Arm um ihre Schultern.
»Das hier hat mit der Frau zu tun, die behauptete, Annie zu sein. Sie hat irgendwas davon gesagt, dass am Donnerstag ihr Geburtstag wäre.«
»Ja. Annie Seger.« Wer würde so etwas tun? Und warum? Es lag neun Jahre zurück. *Neun Jahre!* Sie fröstelte innerlich. »Ich begreife das nicht. Wieso versucht jemand, mich zu terrorisieren?«
»Und wie ist der Umschlag in dein Auto gekommen? Es war doch abgeschlossen, oder?« Er duzte sie erneut.
»Ja.« Sie nickte.
Er überprüfte Fenster und Türen und deutete auf ein paar Kratzer im Lack. »War das vorher schon da?«
»Nein.«
»Sieht aus, als hätte jemand das Schloss aufgebrochen. Hat irgendwer einen Zweitschlüssel?«
»Mein Zweitschlüssel liegt auf dem Grund des Pazifiks«, antwortete sie und schüttelte den Kopf. »Ich habe mei-

nen gesamten Schlüsselbund verloren, als ich in Mexiko war.«
»Also hast du nur diesen einen Schlüssel.«
»Nein, diesen Schlüssel habe ich mir nach meiner Rückkehr anfertigen lassen. Ein weiterer liegt bei mir zu Hause in der Schublade.« Während sie die Kratzer an der Tür betrachtete und bemerkte, dass Ty den Arm um sie gelegt hatte, verflüchtigte sich ein Teil ihrer Angst. »Das war eigentlich Davids, aber er hat ihn mir zurückgegeben, als wir in Mexiko waren. Mein Schlüsselbund befand sich ja in meiner Tasche, als sie über Bord gegangen ist.« Ty sah sie fragend an, und sie fügte hinzu: »Das ist eine lange Geschichte.«
»Du glaubst nicht, dass sich dieser David einen Nachschlüssel hat machen lassen?«
»So etwas würde er nicht tun«, entgegnete sie, hörte jedoch selbst den Zweifel in ihrem Tonfall. »Außerdem ist er momentan in Houston.«
»Glaubst du.«
»Er hat mit dieser Sache nichts zu tun«, stellte sie klar und schüttelte nachdrücklich den Kopf, als müsste sie sich selbst überzeugen. Sie räusperte sich und löste sich aus Tys Umarmung. Es war nicht nötig, dass sie die Fassung verlor und ihm in die Arme sank. Ihre Knie waren nicht mehr weich, und ihr Entsetzen wich langsam der Wut. Sie konnte, *wollte* nicht zulassen, dass irgendein anonymer Widerling sie bedrohte oder gar ihre Existenz zerstörte. »Zwischen ... zwischen David und mir ist es vorbei. Schon seit geraumer Zeit.«
»Weiß er das?«

»Natürlich.«
Ty verzog seitlich den Mund, als ob er ihr nicht ganz glaubte, doch er schwieg. Sein Blick schweifte über die verlassen daliegende Parkebene und dann zurück zu Sam.
»Wer ist Annie Seger?«
»Ein Mädchen, das damals in Houston in meiner Sendung angerufen hat. Vor neun Jahren.«
»Und sie ist identisch mit der Person, die dich heute Nacht angerufen hat?«
»Das behauptet sie. Sie kann es aber nicht gewesen sein, denn –«
»Annie ist tot«, schlussfolgerte er. »Und dieser Perverse, wer immer er sein mag, gibt dir die Schuld? Ist das deine Vermutung?«
»Ja.« Sie nickte. »Bestimmt steckt der Typ dahinter, der mich ständig anruft ... John oder wie immer er in Wirklichkeit heißt. Er redet ständig von Sünde und Vergeltung, dass ich mich eines Verbrechens schuldig gemacht habe. Und in letzter Zeit behauptet er, ich wäre Prostituierte. Aber das Ganze ergibt keinen Sinn, da besteht keinerlei Zusammenhang. Als er mich heute Nacht nach der Sendung anrief, sagte er, ich würde bald sterben.«
Ty kniff die Augen zusammen. »Er treibt es also auf die Spitze. Seine Drohungen werden deutlicher.«
»Ja.«
»Verflucht.« Er fuhr sich mit steifen Fingern durchs Haar. »Du glaubst also, er hat angerufen und sich als Frau ausgegeben? ... Oder meinst du, er hat eine Komplizin? Und was soll das alles? Ist das eine Art Verschwörung, um dir Angst einzujagen?«

»Ich ... ich weiß es nicht«, gestand sie und fühlte sich wieder unendlich schwach, ein Gefühl, das sie verabscheute.
»Wir müssen die Polizei verständigen.«
»Du hast ja Recht«, pflichtete sie ihm bei, doch die Vorstellung war ihr zuwider. Sie war vollkommen erschöpft und wünschte sich nichts weiter als ein ausgedehntes heißes Bad, um danach ins Bett zu fallen und tausend Stunden zu schlafen.
»Ich übernehme das.« Er griff in seine Tasche und zog sein Handy heraus.
Sam wappnete sich gegen eine erneute qualvolle Prozedur. Wie oft war sie schon verhört worden? Viermal? Fünfmal? Sie hatte aufgehört zu zählen.
Und der Stalker lief noch immer frei herum. Während sie den Kopf kreisen ließ, um die Verspannungen zu lockern, telefonierte Ty mit einem Polizisten, der versicherte, die Beamten, die vor knapp einer Stunde im Sender gewesen seien, würden zu ihnen ins Parkhaus kommen.
Die beiden uniformierten Polizisten trafen eine Viertelstunde später ein, fuhren mit heulender Sirene und blinkendem Rotlicht ins Parkhaus. Sie stellten Fragen, durchsuchten Sams Wagen, steckten die Karte in einen Plastikbeutel und riefen weitere Beamte hinzu, die den Mustang auf Fingerabdrücke überprüften, das Wageninnere nach weiterem Beweismaterial durchforsteten und zuletzt noch den Wagen auf seine Fahrtüchtigkeit durchcheckten.
Nachdem die Beamten ihre Arbeit beendet und sich verabschiedet hatten, war es nach vier Uhr morgens.
Tys Mund bildete einen schmalen, harten Strich. »Ich finde, ich sollte dich jetzt nach Hause bringen.«

Sie war gerührt, schüttelte jedoch den Kopf. »Sei nicht albern. Ich kann durchaus selbst fahren.«
Ty ließ sich nicht beirren. »Hör zu, Samantha, der Mann, der dir das antut, ist krank im Kopf. Das wissen wir beide. Er hat heute Nacht dein Auto aufgebrochen, nicht wahr? Wer garantiert dir, dass er nicht irgendwie daran manipuliert hat? Die Bremsflüssigkeit abgelassen, eine Bombe gelegt hat oder ...«
»Die Polizei hat alles kontrolliert.«
»Auch die Polizei kann etwas übersehen.«
»Das glaube ich in dem Fall kaum, und ich denke nicht daran, mich ins Bockshorn jagen zu lassen. Ich kann nicht mein Leben lang Angst haben. Dann hätte ich verloren, Ty. Und er hätte gewonnen. Das ist es doch, was er beabsichtigt. Er will mich in Todesangst versetzen. Mich nervös und reizbar machen. Er spielt ein Psychospielchen mit mir. Wenn er mich umbringen würde, wäre es vorbei. Und das Auto zu manipulieren, das wäre zu ... unpersönlich. Dieser Kerl ruft mich an, schickt mir Briefe, lässt mich wissen, dass er in der Nähe ist. Es hat ihm nicht gepasst, dass ich das Telefon auf Mithören geschaltet hatte, er will vertraulich mit mir reden. Er will sich in meinem Kopf festsetzen. Dessen bin ich mir sicher. Ich spüre es.«
»Und spürst du auch, dass er ein Mörder sein könnte? Um Gottes willen, Samantha, er hat angedroht, dich umzubringen!«
Sam überlegte angestrengt, rieb sich trotz der Hitze die Arme, nagte an ihrer Unterlippe. »Ich weiß«, gestand sie schließlich. »Aber umbringen wird er mich erst, wenn ich bereut habe, wenn ich begreife, welche Sünden ich angeb-

lich begangen habe. Er fährt irgendwie auf Religion ab – auf Schuld und Sühne.«
»Du darfst kein Risiko eingehen. Reichen dir die Beweise dafür, dass der Kerl geisteskrank ist, dass er dir nach dem Leben trachtet, denn immer noch nicht?«, fragte Ty aufgebracht. »Er hat dich des Mordes bezichtigt. Er hat eine Menge biblisches Zeug von sich gegeben, vielleicht glaubt er an die alttestamentarische Vergeltung: ›Auge um Auge, Zahn um Zahn‹.«
»Aber jetzt bin ich noch nicht in Gefahr.« John wollte sie terrorisieren. Es erregte ihn, ihr Angst zu machen und dann mit ihr zu sprechen. Er wollte, dass sie um Vergebung für ihre Sünden flehte. Sie warf einen Blick auf ihr Auto. »Keine Sorge, ich ... mir wird schon nichts passieren. Ich fange allmählich an, ihn zu verstehen.«
»Glaub mir, kein Mensch versteht diesen Mistkerl. Komm schon, lass dich von mir nach Hause fahren.«
»Es ist wirklich nett von dir, dass du so besorgt um mich bist, aber ich komme allein zurecht«, sagte sie, obwohl sie davon nicht mehr so recht überzeugt war. Doch genauso wenig hielt sie es für eine gute Idee, Ty die Rolle des Leibwächters übernehmen zu lassen. Sie kannte ihn ja kaum. Er schien es ehrlich mit ihr zu meinen, und in seiner Gegenwart fühlte sie sich tatsächlich sicher, aber aufgrund der Tatsache, dass er zur selben Zeit aufgetaucht war, als die mysteriösen Anrufe begonnen hatten, zweifelte sie an seinen Motiven. Wie sie das hasste – diese nie gekannte Furcht. John hatte sie ihrer Unabhängigkeit beraubt, doch sie war entschlossen, sich zu wehren.
»Gut, dann checke ich den Wagen noch einmal durch. Du

brauchst mich nur zu meinem Parkplatz zu fahren, und ich folge dir. Ich sorge dafür, dass du sicher nach Hause gelangst.«
Sie war zu müde, um noch länger zu diskutieren. Was schadete es schon, wenn er sie heimbegleitete? Es war ja nicht einmal ein Umweg für ihn. »Gut, wenn du unbedingt willst.«
»Ja. Sag mal, du hast nicht zufällig eine Taschenlampe?«
»›Bittet und ihr werdet empfangen‹«, zitierte sie und öffnete den Kofferraum.
»Das ist nicht witzig, Sam.«
»Oh, ihr Kleingläubigen und Humorlosen.« Sie nahm einen Pannenkoffer aus dem Kofferraum – Lichtsignal, Streichhölzer, reflektierendes Warndreieck und eine Taschenlampe.
In den nächsten paar Minuten überprüfte Ty den Motorraum des Wagens und die Karosserie, legte sich auf den schmutzigen Betonboden und richtete den dünnen Lichtstrahl der Taschenlampe auf die Achsen und den Auspuff. Er checkte die Muttern an den Rädern sowie Zündung und Lenkung. Als er seine Arbeit beendete, war seine Stirn feucht, und Schweiß rann ihm seitlich über die Wangen.
»Ich fürchte, es gibt nur eine Möglichkeit, sich zu vergewissern«, sagte er und nahm Sam den Schlüssel aus der Hand. »Geh ein Stück zurück.«
»Ausgeschlossen. Ich lasse dich nicht –«
»Zu spät.« Er glitt auf den Fahrersitz. »Geh bitte ein Stück zurück, für den Fall, dass ich in die Luft fliege.«
»Das ist doch lächerlich!«

»Tu mir den Gefallen – du Kleingläubige und Humorlose.«
»Du bist unmöglich.«
»Das habe ich schon öfter gehört.«
Sie sah ein, dass er nicht nachgeben würde, und trat mit einem unbehaglichen Gefühl im Bauch ein paar Schritte zurück. Er steckte den Schlüssel ins Zündschloss, drehte ihn, und der Motor des Mustang sprang auf Anhieb an. Ty betätigte das Gas und ließ den Motor aufheulen. Abgase stoben aus dem Auspuff, das Dröhnen der sechs Zylinder war ohrenbetäubend. Doch es erfolgte keine Explosion. Keine Glasscherben flogen durch die Luft, es barst kein Blech.
»Ich schätze, es ist in Ordnung«, sagte Ty aus dem offenen Fenster. »Steig ein.« Er beugte sich zur Seite und öffnete die Beifahrertür. Da er sich seinen Vorsatz so oder so nicht ausreden ließ, ging Sam über den ölfleckigen Zementboden zum Wagen und stieg ein.
»Du brauchst dich nicht als mein Babysitter aufzuspielen«, erklärte sie, als er die Rampe zum Erdgeschoss hinunter und hinaus auf die Straße fuhr, wo die Straßenlaternen wässrig blau schimmerten und nur wenig Verkehr herrschte.
»Tu ich das denn?«
Als er an einer Ampel abbremsen musste, schaute er sie von der Seite an, und ihr blieb beinahe das Herz stehen. Er hatte so etwas an sich, etwas, das sie nicht recht einzuordnen wusste und das sie zur Vorsicht mahnte, und dennoch konnte sie ihm nicht widerstehen, konnte nicht anders, als ihm zu vertrauen. Als es im Wageninneren vom

Schein der Ampel rot leuchtete, begegnete sie seinem Blick und erkannte Verheißungen in seinen Augen, die zu entschlüsseln sie sich weigerte.
»Man könnte den Eindruck gewinnen.« Sie zwang sich trotz ihres Herzrasens zur Ruhe und hob einen Finger. »Du hast beim Sender angerufen, nachdem ich diesen sonderbaren Anruf von Annie bekommen hatte.« Ein zweiter Finger schnellte in die Höhe. Die Ampel sprang auf Grün, und Sam betrachtete sein Profil – energisches Kinn, tief liegende Augen, hohe Stirn, schmale Wangen, zusammengepresste Lippen. Im selben Moment fragte sie sich, wie es sein würde, ihn zu küssen ... ihn zu berühren ... Der Wagen schoss nach vorn. »Du hast vor dem Rundfunkgebäude auf mich gewartet.« Als Ty um die letzte Kurve bog und in eine Parklücke hinter seinem Volvo einscherte, kam ein dritter Finger hinzu. »Du hast Melanie und mich zum Parkhaus begleitet.« Ihr kleiner Finger zuckte nach oben. »Du hast den Wagen überprüft und mich hierher gebracht. Und ...«, sie streckte den Daumen und hielt ihm die Hand mit den gespreizten Fingern vor die Nase, »... und du willst auf dem Heimweg hinter mir herfahren.«
Er schaltete in den Leerlauf und griff dann nach ihrer Hand. Harte, warme Finger umspannten ihre. »Und«, gelobte er feierlich, »ich werde dich, wenn wir angekommen sind, ins Haus begleiten.«
»Das ist nicht nötig ...«
»Ich *möchte* es aber, okay?« Sein undurchdringlicher Blick hielt den ihren fest, und seine Hand drückte kräftiger zu. »Ich würde es mir nie verzeihen, Samantha, wenn

dir etwas zustoßen sollte. Wir können hier auch noch die ganze Nacht über sitzen bleiben und streiten, aber ich bin der Meinung, wir sollten nach Hause fahren. Es ist spät.«
Sie schluckte krampfhaft. Befreite ihre Hand. »Gut.«
Er lächelte schief. »Ich nehme dich beim Wort.« Damit hastete er aus dem Wagen, lief zu seinem Volvo und stieg ein. Als Sam über den Steuerknüppel hinweg hinters Lenkrad kletterte, leuchteten seine Bremslichter auf. Nachdem sie die Sitzhöhe eingestellt hatte, trat sie aufs Gas und sah im Rückspiegel, wie sich der Volvo vom Straßenrand löste und ihr folgte.
Ty Wheeler hatte sich anscheinend tatsächlich zu ihrem Leibwächter ernannt.
Ob sie es wollte oder nicht.

14. Kapitel

Auf dem Heimweg schaltete Sam das Radio ein, erwischte noch das Ende der Sendung »Licht aus« und fuhr durch die verlassenen Straßen in Richtung See, durch die kleine Gemeinde Cambrai. Ihr begegneten nur wenige Fahrzeuge, die Scheinwerfer allesamt aufgeblendet, doch ihre Aufmerksamkeit galt in erster Linie dem Rückspiegel und den Doppelstrahlen von Tys Volvo. Was dachte er sich? Warum machte er ihr Problem zu seinem? Was wollte er von ihr? Sie bog in ihre Straße ein. Plötzlich misstraute sie ihm. War der Motor seines Bootes tatsächlich defekt gewesen?

»Hör auf«, grollte sie, lenkte den Mustang in ihre Zufahrt und drückte den Knopf des automatischen Garagentoröffners. Sie war müde, mit den Nerven am Ende, die Angst setzte sich in ihr fest. Das Tor glitt in die Höhe, und sie fuhr in die Garage hinein. Sie war früher eine Remise für Kutschen gewesen, in den Zwanzigerjahren jedoch so umgebaut worden, dass pferdelose Gefährte darin untergebracht werden konnten. Später war noch ein verglaster Gang hinzugefügt worden, der die Garage mit der Küche verband. Als Sam aus dem Wagen stieg, kreuzte Tys Volvo auf der Zufahrt auf. Sekunden später war er ausgestiegen und folgte ihr ins Haus.

»Keine Widerrede«, ermahnte er Sam, als er sah, dass sie protestieren wollte. »Ich will erst einmal das Haus durchsuchen.«

»Es war abgeschlossen.«
»Der Wagen auch.«
Er trat vor ihr durch die Tür und schritt den Glasgang entlang, als wäre es das Natürlichste von der Welt. Im Haus angelangt, stellte Sam die Alarmanlage aus, die sie ausnahmsweise einmal aktiviert hatte. Immer wieder hatte sie es vergessen; sie war einfach nicht daran gewöhnt, sie einzuschalten. In dieser Nacht schien das lästige Ding glücklicherweise zu funktionieren, aber Ty gab sich damit nicht zufrieden. Langsam ging er durch die Küche und das Esszimmer, von Charon, der auf einem der Stühle hockte, mit großen Augen argwöhnisch beobachtet.
»Alles ist gut«, flüsterte Sam kaum hörbar in Charons Richtung.
Gefolgt von Samantha, durchsuchte Ty Zimmer für Zimmer das ganze Haus. Er machte sich nicht die Mühe, sie um Erlaubnis zu fragen, und öffnete ungeniert Schränke und Abstellkammern und sogar die verschlossene Tapetentür unter der Treppe. Dann stieg er, zwei Stufen auf einmal nehmend, die Treppe zum ersten Stock hinauf. Ohne ein Wort betrat er das Gästezimmer mit den Spitzengardinen, dem Schlafsofa und der antiken Kommode und marschierte durch das Bad hinüber in Sams Schlafzimmer.
Sie folgte ihm und fühlte sich unbehaglich und ausgeliefert. Nackt. Sämtliche privaten Winkel ihres Lebens waren nun entblößt. Tys Blick wanderte über ihr extrabreites Himmelbett hinweg, dann trat er in den begehbaren Schrank, in dem ihre Kleider, Schuhe und Handtaschen wirr durcheinander lagen.

Sekunden später tauchte er wieder auf. Sam lehnte an ihrem Wäscheschrank. »Zufrieden?«, fragte sie. »Kein schwarzer Mann?«

»Bisher nicht.« Er prüfte das Schloss der Fenstertüren vor ihrem Balkon, rüttelte an der Klinke und gab ein leises Brummen von sich, wie zum Zeichen, dass er sich endlich restlos von der Sicherheit ihres Hauses überzeugt hatte. »Okay ... Ich schätze, hier ist alles klar.«

»Schön.« Sie reckte sich und ging zur Tür, doch Ty machte keine Anstalten, ihr zu folgen.

»Erzähl mir doch mal von Annie Seger«, bat er und lehnte sich an einen der Bettpfosten. »Ich weiß, du bist müde, aber es würde mir helfen zu wissen, warum dir jemand die Schuld an ihrem Tod gibt.«

»Das ist eine gute Frage.« Sam fuhr sich mit den Fingern durchs Haar und überlegte kurz. »Ich kann dir darauf im Grunde gar keine Antwort geben, denn ich verstehe es selbst nicht.« Sie ließ sich in dem Schaukelstuhl neben den Fenstertüren nieder und legte sich die verblichene Decke, die ihre Urgroßmutter vor Jahrzehnten gestrickt hatte, um die Schultern. Ty war sehr freundlich zu ihr gewesen, interessiert. Sie konnte zumindest versuchen, es ihm zu erklären. »Ich habe damals eine ähnliche Sendung moderiert wie jetzt, nur bei einem kleineren Sender. Ich hatte erst kurz zuvor meinen Collegeabschluss gemacht und mich von meinem Mann getrennt, also war ich zum ersten Mal im Leben auf mich selbst gestellt. Die Sendung war ziemlich erfolgreich, und Jeremy, mein Nochmann, hatte genau damit ein Problem. Er war der Meinung, der Erfolg würde mir zu Kopf steigen, dabei suchte er praktisch nur

nach einem Grund, sich scheiden zu lassen. In Wirklichkeit steckte etwas anderes dahinter ... Wie auch immer, alles lief so ziemlich wie am Schnürchen.« Sie erinnerte sich, wie sie sich Tag für Tag bemüht hatte, die Gedanken an Jeremy und die Scheidung zu verdrängen, sich vor Augen zu halten, dass sie nicht versagt hatte, sondern dass ihre Ehe von vornherein zum Scheitern verurteilt gewesen war. Sie hatte sich in ihre Arbeit vergraben, den Anrufern zugehört und versucht, anderen auf die Sprünge zu helfen – was sie bei sich selbst nicht geschafft hatte.
»Eines Nachts rief dieses Mädchen an, Annie, und sagte, sie brauche meinen Rat.« Samantha dachte an das anfängliche Zögern des Mädchens, wie verlegen sie gewirkt hatte, wie verängstigt. Sie zog die Decke fester um sich und fuhr fort: »Annie hatte Angst. Sie hatte gerade erfahren, dass sie schwanger war, und konnte sich damit nicht an ihre Eltern wenden, weil die durchdrehen würden – sie vielleicht rauswerfen würden oder so. Ich hatte den Eindruck, dass sie sehr streng und religiös waren und dass eine schwangere unverheiratete Tochter für sie ein gesellschaftliches Desaster wäre. Ich schlug ihr vor, die Vertrauenslehrerin in ihrer Schule oder den Pastor einzuweihen, jemanden, der ihr vielleicht helfen und in ihrer Entscheidung unterstützen könnte, jemanden, dem sie vertraute.«
»Aber das hat sie nicht getan?«, fragte Ty, noch immer am Bettpfosten lehnend.
»Ich fürchte, sie konnte nicht. Ein paar Nächte darauf rief sie wieder an. Verängstigter als zuvor. Sie hatte ihrem Freund endlich gesagt, dass sie schwanger war, und er wollte, dass sie abtreiben ließ, doch das wollte sie nicht; es

kam für sie aus persönlichen und aus religiösen Gründen überhaupt nicht infrage. Ich riet ihr, nichts gegen ihre eigene Überzeugung zu tun; es gehe schließlich um ihren eigenen Körper und um ihr Kind. Als das Publikum das hörte, blinkten die Kontrolllampen der Leitungen natürlich wie das Feuerwerk am vierten Juli. Jeder wollte seinen Senf dazu abgeben. Ich bat Annie, mich außerhalb der Sendung anzurufen. Ich wollte ihr dann die Telefonnummern von Therapeuten und Beratungsstellen geben, wo ihr gezielt geholfen werden konnte.«

Sam stieß bei der Erinnerung an diese schmerzvollen Tage langsam den Atem aus. »Vielleicht war ich damals nicht unbedingt die beste Adresse für Ratsuchende«, gestand sie, auf diese schwarze Zeit in ihrem Leben zurückblickend. »Ich war erst seit ein paar Monaten in Houston, und den Job habe ich bekommen, weil die Frau, die die Sendung vorher moderierte, gekündigt hatte. Ich sollte im Grunde nur zeitweilig einspringen, doch die Publikumsreaktionen waren großartig – das Gehalt jedoch weniger. Dann bot man mir eine Gehaltserhöhung an, und ich blieb.«

Sie verdrehte die Augen angesichts ihrer Naivität, stieß sich mit den Zehen vom Boden ab und begann, langsam zu schaukeln. »Zwar lief längst alles auf die Scheidung von Jeremy hinaus, aber meine Karriere war ihm trotzdem ein Dorn im Auge. Ausnahmsweise stand ich, nicht er, im Rampenlicht, und ich glaube, das hat unserer Ehe den Todesstoß versetzt. Ich wollte den Job auf keinen Fall aufgeben, und binnen Wochen – möglicherweise binnen weniger Tage – hatte er sich eine andere an Land gezogen ... Das heißt, ich habe den Verdacht, dass er schon lange mit ihr zusammen war, aber das ist eine andere Geschichte«, fügte sie hinzu, selbst erstaunt darüber, dass sie so viel offenbarte. »Zurück zu Annie Seger. Das Endergebnis war, dass Annie nicht auf meinen Rat hörte, mich nicht nach der Sendung anrief, wohl aber jede zweite Nacht während meines Programms. Und das Publikum tobte. Die Leute riefen an wie verrückt. Jeder, vom Vorsitzenden des ortsansässigen Vereins für das Recht auf Leben über diverse Größen aus der Jugendfürsorge bis zum Schreiberling des Lokalblättchens, hatte etwas zu sagen. Die Sache wurde gewaltig aufgebauscht. Anwälte kontaktierten mich und boten Geld für Annies Baby, Ehepaare meldeten sich, die Annies Baby adoptieren wollten. Junge Mütter riefen an, Frauen, die abgetrieben oder eine Fehlgeburt erlitten oder den falschen Mann geheiratet hatten, weil sie schwanger geworden und von ihren Eltern zur Ehe gezwungen worden waren. Es war ein Riesenrummel. Und mittendrin steckte eine einsame, verängstigte Sechzehnjährige.«

Sam fröstelte bei dem Gedanken daran, wie sie in der fensterlosen Kabine im Herzen des Gebäudes gesessen, Anrufe angenommen und sich gefragt hatte, ob sich Annie noch einmal melden würde. George Hannah, der Eigentümer des Senders, war außer sich vor Begeisterung über die Hörerzahlen gewesen, und auch Eleanor hatte sich über den Publikumszuwachs gefreut. »Alle Mitarbeiter des Senders waren völlig aus dem Häuschen. Wir übertrumpften den Konkurrenzsender, und das war das Einzige, was zählte. Die Quoten schossen in die Höhe, weiß

Gott! Und der Umsatz sah viel versprechend aus.« Sam konnte den Sarkasmus in ihrer Stimme nicht unterdrücken.

Aber inmitten all dieses Aufruhrs war Annie verzweifelt gewesen. Und Samantha hatte sie im Stich gelassen. Selbst jetzt noch, nach all den Jahren, spürte Sam die Verzweiflung und die Panik des Mädchens. Ihre Beschämung.

»Ich habe versucht, auf sie einzuwirken, aber sie fand nicht die Kraft, sich jemandem, der ihr nahe stand, anzuvertrauen. Konnte oder wollte nicht mit einem Vertrauenslehrer oder jemandem aus der Gemeinde sprechen. Aus irgendeinem Grunde wurde sie wütend auf mich. Als wäre alles meine Schuld. Es war schrecklich! Einfach … schrecklich.« Sam atmete tief durch und sagte: »Dann, nachdem sie mich zum siebten oder achten Mal angerufen hatte, etwa drei Wochen, nachdem sie sich zum ersten Mal bei mir gemeldet hatte, wurde sie tot aufgefunden. Eine Überdosis, außerdem aufgeschlitzte Pulsadern. Die rezeptpflichtigen Schlaftabletten ihrer Mutter, einen kleinen Rest Wodka und eine blutige Gartenschere fand man bei der Leiche. Auf ihrem Computer wurde ein Abschiedsbrief entdeckt. Annie schrieb, dass sie sich schäme, sich allein gelassen fühle, dass niemand da sei, der ihr helfen könne, weder ihre Eltern noch ihr Freund noch ich.«

Sam entsann sich, wie sie am nächsten Tag die Titelseite der Zeitung mit dem Schwarzweißfoto von Annie Seger gesehen hatte. Ein hübsches, privilegiertes Mädchen, Kapitän der Cheerleader-Gruppe, Musterschülerin, tot durch Selbstmord.

Ein Mädchen, das schwanger gewesen war.

Und allein. Ein Mädchen, das um Hilfe gefleht und keine bekommen hatte.

Durch das Foto war Sam die ganze Tragödie des jungen Mädchens zum Bewusstsein gekommen. Sie war am Boden zerstört gewesen, und das Bild der lächelnden Annie verfolgte sie noch heute. »Danach habe ich den Job an den Nagel gehängt. Habe Urlaub genommen und mich bei meinem Dad verkrochen. Dann habe ich eine Praxis in Santa Monica eröffnet. Eleanor konnte mich nur mit großer Mühe dazu überreden, dass ich mich wieder hinters Mikrofon setzte und eine Sendung moderiere.« Sie zupfte mit den Fingern an ihrer Decke. »Und jetzt fängt alles von vorn an.«

»Und am Donnerstag wäre Annies fünfundzwanzigster Geburtstag?«

»Anscheinend.« Sam zuckte mit einer Schulter. Ihr war kalt bis in die Knochen. Obwohl es warm im Zimmer war, wickelte sie sich fester in die Decke ein. »Ich verstehe einfach nicht, warum jemand das alles jetzt wieder ans Licht zerren will.«

»Das verstehe ich auch nicht«, sagte Ty und schaute ihr eine Sekunde länger als nötig tief in die Augen. »Falls du etwas hörst oder siehst, was dir zu denken gibt – ganz gleich, was es ist –, ruf mich an.« Er zog einen Stift aus seiner Hosentasche, ging zum Nachttisch und schrieb etwas auf den Notizblock neben dem Telefon. »Das hier sind die Nummern, unter denen ich erreichbar bin – Festnetz und Handy. Verlier sie nicht.« Er riss das oberste Blatt ab, trat zu ihr an den Schaukelstuhl und reichte ihr den Zettel.

»Das würde mir nie passieren«, erwiderte sie und musste ein Gähnen unterdrücken.

Ty warf noch einen Blick auf das Bett mit der luftigen Bettdecke, den Zierkissen und dem gerüschten Baldachin.

»Geh zu Bett, großes Mädchen. Du hast einen langen Tag gehabt.«

»Einen sehr langen«, pflichtete sie ihm bei. Es kam ihr so vor, als hätte dieser Tag eine Ewigkeit gedauert.

Zu ihrer Überraschung griff Ty nach ihren Händen, zog sie mitsamt der Decke aus dem Stuhl hoch und nahm sie in die Arme.

»Ruf mich an«, bat er und senkte den Kopf, sodass seine Stirn die ihre berührte.

Jeder Gedanke an Schlaf war ausgelöscht. Das gemütliche Zimmer mit den Dachschrägen schien zu schrumpfen. Wärmer zu werden.

»Auch dann, wenn du nur Angst bekommen solltest.« Mit einem kräftigen Finger hob er ihr Kinn an. »Versprich es mir.«

»Aber sicher. Pfadfinder-Ehrenwort«, sagte sie mit wild pochendem Herzen. Der Duft von altem Leder mischte sich mit einem verbliebenen Hauch von Aftershave und diesem männlichen Geruch, den sie schon sehr lange nicht mehr wahrgenommen hatte.

»Ich verlass mich drauf.«

Er betrachtete ihren Mund, und sie rechnete mit einem Kuss. *O Gott.* Ihr Hals wurde trocken, ihre Haut prickelte erwartungsvoll. Als wüsste er genau, was sie empfand, welche Art von Reaktion er in ihr hervorgerufen hatte, besaß er die Unverschämtheit zu lächeln, sein

unwiderstehliches, freches Lächeln, das ihr den Atem nahm.
»Gute Nacht, Sam«, sagte er, hauchte ihr einen Kuss auf die Stirn und ließ sie wieder los. »Achte darauf, dass du die Türen abschließt, und ruf mich an, wenn du Probleme hast.«
Du bist mein Problem, dachte sie, als er zur Tür hinausging. *Verdammt noch mal, Ty Wheeler, du bist mein größtes Problem!*

Zwei Stunden später saß Ty vor seiner Tastatur, den Hund zu seinen Füßen, die Fenster geöffnet, um die frische Brise einzulassen, und blätterte in seinen Notizen. Während er seine Aufzeichnungen zu Annie Seger durchging, schmolzen die Eiswürfel in dem Drink, der nahezu vergessen auf seinem Schreibtisch stand. Er kannte sie auswendig, und doch studierte er sie, als hätte er Annies Namen nie zuvor gehört.
Was lächerlich war, denn schließlich war er entfernt mit ihr verwandt.
Seine Cousine dritten Grades. Der Grund dafür, dass er von dem Fall suspendiert worden war.
Er las die vergilbten Zeitungsausschnitte, las die Tatsachen, die er sich schon vor langer Zeit eingeprägt hatte: Zu verängstigt, um ihren Eltern zu gestehen, dass sie schwanger war, suchte sie Rat bei einer ortsansässigen Radiopsychologin, bei Dr. Samantha Leeds, doch deren Rat konnte sie nicht befolgen. Sie fühlte sich von aller Welt verlassen, und als der Vater des Kindes ihr zu verstehen gab, dass er keine Lust habe, eine Familie zu grün-

den, ging sie in ihr Zimmer, schaltete den Computer ein, schrieb einen Abschiedsbrief und nahm Schlaftabletten mit Wodka ein. Als sich dieser Cocktail als nicht ausreichend erwies, schlitzte sie sich die Pulsadern auf.
Es war ein Skandal gewesen, der das wohlhabende Viertel in Houston erschüttert hatte. Bald danach war Dr. Sams Sendung aus dem Programm genommen worden, aber keineswegs wegen zu niedriger Hörerzahlen. Im Gegenteil, die Beliebtheit der Sendung hatte sich ins Maßlose gesteigert, und Dr. Sam war quasi berühmt geworden – oder vielmehr berüchtigt.
Doch Samantha Leeds hatte, wie es aussah, mit dem zweifelhaften Ruhm nicht leben können. Sie hatte die Sendung aufgegeben, dem Radiosender den Rücken gekehrt und sich als Psychologin niedergelassen. Und vor einem halben Jahr war sie von ihren Exkollegen aus Houston nach New Orleans gelockt worden.
Ty nahm einen Schluck von seinem Drink. Zerbiss ein Stück Eis zwischen den Zähnen.
Er erinnerte sich deutlich an alles, was Annie Seger betraf. Er war als einer der Ersten in ihrem Elternhaus eingetroffen und hatte miterlebt, wie ihre gesamte Familie mit einem Schlag zerstört worden war.
Annie war ein hübsches Mädchen gewesen, mit ein paar Sommersprossen auf der Nase, kurzem rötlichem Haar und blitzenden blaugrünen Augen.
Ein unnützer Tod.
Eine Schande.
Ty ging, seinen Drink in der Hand, nach draußen und

lauschte dem Plätschern der Wellen am Anleger. Sasquatch folgte ihm und trottete, die Nase im Wind, von der Veranda hinunter in den Garten, wo er an einer stattlichen immergrünen Eiche sein Bein hob.

Während der Hund zwischen den Bäumen hindurchtrabte und am Boden schnupperte, zirpten Grillen, und ein einsamer Frosch quakte. Ty blickte zur *Strahlender Engel* hinüber, die mit gerefften Segeln sanft am Dock schaukelte. Irgendwo in der Ferne heulte gedämpft eine Sirene. Am Horizont zeigte sich das erste graue Licht des anbrechenden Morgens.

Ty dachte an Samantha Leeds, die nur eine Viertelmeile weit von ihm entfernt war.

Eine schöne Frau.

Eine intelligente Frau.

Eine verdammt faszinierende Frau.

Eine Frau, mit der er gern immer und immer wieder schlafen würde. Während er sich selbst einen Idioten nannte, stellte er sich vor, wie es wäre, mit ihr ins Bett zu gehen, ihren schweren Atem zu hören oder ihre Haut, weich wie Seide, an seinem Körper zu spüren.

Kein Zweifel, sie ging ihm unter die Haut.

Und er ließ es zu.

Was ein kolossaler Fehler war.

Er leerte sein Glas und pfiff, schon auf dem Weg ins Haus, seinen alten Schäferhund herbei.

Das Letzte, das Allerletzte, was er sich erlauben konnte, war, sein Ziel aus den Augen zu verlieren, seine Objektivität aufzugeben. Er hatte sich etwas geschworen, und niemand, schon gar nicht die Radiopsychologin, die seine

Cousine in ihrer Not angerufen hatte, würde ihn aufhalten können.

»Warum haben Sie mir nicht geholfen, Dr. Sam? Warum nicht?«
Die Stimme klang jung und unsicher und schien von weither aus den Nebelschwaden und dichten Bäumen zu kommen. Samantha folgte der Stimme; mit klopfendem Herzen und atemlos versuchte sie, durch die mit Spanischem Moos behangenen Äste zu spähen, die ihr die Sicht raubten.
»Annie? Wo bist du?«, rief sie, und der Wald warf das Echo ihrer Stimme laut zurück.
»Hier drüben ...«
Sam lief los, stolperte über Wurzeln und Ranken, blinzelte in die Dunkelheit und hörte über den einsamen Schrei einer Eule hinweg in der Ferne die Geräusche der Autobahn. Warum hatte Annie sie hierher gelockt, was wollte sie von ihr?
»Ich finde dich nicht.«
»Weil Sie sich nicht genug Mühe geben.«
»Aber wo ...« Sie durchbrach die dichte Reihe der Bäume und erblickte ein Mädchen, ein hübsches Mädchen mit kurzem roten Haar und großen Augen, aus dessen Zügen wilde Angst sprach. Es stand mitten auf einem Friedhof mit Grabsteinen und ausgehobenen Särgen, nur durch einen filigranen schmiedeeisernen Zaun von Samantha getrennt. In den Armen hielt sie ein Baby in zerfetzten Windeln. Das Baby weinte, jammerte kläglich, als hätte es Schmerzen.

»Tut mir Leid«, sagte Sam und ging auf der Suche nach dem Eingang am Zaun entlang, um zu Annie zu gelangen.
»Ich habe Sie angerufen. Ich habe Sie um Hilfe gebeten. Und Sie haben mich abgewiesen.«
»Nein, ich wollte dir helfen, wirklich!«
»Sie lügen!«
Sam strich mit den Fingern am Zaun entlang, lief schneller, hielt nach dem Eingang Ausschau, aber ganz gleich, um wie viele Ecken sie bog, wie weit sie durch den aufsteigenden Nebel lief – sie konnte das Tor nicht entdecken, konnte das Mädchen mit dem Baby, dessen Weinen ihr das Herz zerriss, nicht erreichen.
»Zu spät«, sagte Annie. »Sie kommen zu spät.«
»Nein, ich kann dir helfen.«
Dann sah sie, wie sich das Mädchen bewegte und die Babydecke ausschüttelte. Als sich die Decke öffnete, schrie Sam auf. Sie rechnete damit, dass das Kind zu Boden fiel, doch die abgenutzte Decke enthielt nichts, das Baby war verschwunden.
»Zu spät«, sagte Annie noch einmal.
»Nein. Ich helfe dir, versprochen«, entgegnete Sam schwer atmend und mit dem Gefühl, dass ihre Füße in Beton gegossen waren.
»Nicht ...«, warnte eine männliche Stimme.
Tys?
Johns?
Sie fuhr herum, konnte im dunklen Wald jedoch nichts erkennen. »Wer bist du?«, rief sie, doch sie erhielt keine Antwort.

Irgendwo in der Ferne sang jemand »American Pie«.
Der Nebel wurde dichter. Sam lief schneller. Ihre Beine waren schwer wie Blei, doch sie musste zu Annie gelangen, mit ihr reden, bevor sie ... Bevor sie was?
Sam riss die Augen auf.
Der Radiowecker spielte noch die letzten Töne des Songs, der sie im Traum verfolgt hatte.
Sonnenschein fiel durch die Fenstertüren, und über ihr quirlte der Ventilator die Morgenluft in ihrem Schlafzimmer.
Sie war zu Hause. In ihrem Bett. In Sicherheit.
Der Traum zog sich zurück in die hintersten Winkel ihres Bewusstseins, wo er hingehörte, doch sie war schweißgebadet, ihr Kopf dröhnte, ihr Herz raste. Alles war so real gewesen. Viel zu real. Und sie wusste: Der Traum würde wiederkehren.

15. Kapitel

»Wir müssen reden«, sagte Eleanor. Sie saß hinter ihrem Schreibtisch und winkte Sam in ihr Büro. »Setz dich, es dauert nur einen Augenblick.«
Sam nahm ihr gegenüber vor dem Schreibtisch Platz, und Eleanor griff nach dem Telefonhörer, gab eine Nummer ein und sagte: »Melba, nimm meine Anrufe an, ja? Sam und ich wollen nicht gestört werden, es sei denn, Tiny und Melanie kommen. Sie sollten in ...«, sie warf einen Blick auf die Uhr, »... in etwa fünfzehn Minuten hier sein. Schick sie gleich zu uns rein, ja? Danke.« Sie legte den Hörer wieder auf die Gabel und wandte sich Sam zu. »Hier gehen höchst merkwürdige Dinge vor.« Sie verschränkte die Arme auf der Schreibunterlage und beugte sich vor. »Ich habe mir heute Morgen die Aufzeichnung deiner gestrigen Sendung angehört. Und ich habe mir von Tiny den letzten Anruf deines entzückenden Stalkers geben lassen. Dann habe ich mit George gesprochen und auch mit der Polizei, mit einem von diesen Beamten, die letzte Nacht hier waren. Aber jetzt möchte ich das alles gern aus erster Hand hören. Was meinst du: Was ist hier los?«
»Abgesehen davon, dass jemand versucht, mich zu terrorisieren?«
»Ist es denn nur einer?«
»Oder zwei«, sagte Sam, »wenngleich ich bezweifle, dass hier eine große Verschwörung im Gange ist, um Dr. Sam eins auszuwischen.«

»Gut, aber warum kommt dann jemand ausgerechnet jetzt wieder auf Annie zu sprechen?«
»Ich weiß es nicht.« Sam schaute aus dem Fenster und sah blauen Himmel und Häuserdächer. »Es ist so lange her. Ich hatte gehofft, das alles läge hinter mir.«
»Ich auch.« Eleanor seufzte und zupfte an ihrem Ohrstecker. »Die Frau, die vorgibt, Annie zu sein, ruft dich während der Sendung an, und etwa eine halbe Stunde später, als dein Programm beendet ist, meldet sich dieser verrückte John. Da muss ein Zusammenhang bestehen.«
»Da gebe ich dir Recht – anscheinend ist er der Meinung, ich hätte gesündigt und ich müsse bereuen, aber ich weiß nicht, wieso. Gibt er mir die Schuld an Annies Tod? Auf jeden Fall erfolgten die Anrufe nicht vom selben Apparat aus. Die Caller-ID hat den Standort der Frau als ein Münztelefon in einer Bar in der Innenstadt identifiziert, und Johns Anruf kam aus einer Telefonzelle irgendwo im Gartenbezirk. Die Polizei beschäftigt sich damit.«
»Und du glaubst, dieser John hat irgendeine Frau engagiert, die dich mit verstellter Stimme anrufen soll, oder? Ich schätze, die Polizei kann die Stimme untersuchen lassen. Ich habe George bereits gesagt, dass wir alle eingehenden Anrufe, nicht nur die in deiner Sendung, auf Band aufzeichnen müssen. Das ist kein Problem«, fügte sie hinzu und verzog das Gesicht, als sie ihren Diamant-Ohrstecker wieder im Ohrläppchen befestigte. »George freut sich natürlich unbändig über den Zuwachs an Hörern. Wie damals in Houston. Seit Johns erstem Anruf haben sich bedeutend mehr Hörer gemeldet als sonst.«

»Prima«, sagte Sam sarkastisch. »Vielleicht sollten wir einfach ein paar Geisteskranke auftreiben, die uns regelmäßig anrufen.«
»Ich glaube nicht, dass George so etwas in Erwägung zieht«, entgegnete Eleanor, und dabei erschienen Falten auf ihrer Stirn und rings um ihren Mund. »Aber er denkt ernsthaft darüber nach, das Format auszubauen. Du würdest dann nicht nur von Sonntag bis Donnerstag auf Sendung gehen, sondern auch Freitag und Samstag.«
»Und ein Privatleben könnte ich dann abschreiben, wie?«
»Wir würden uns etwas einfallen lassen. Anfangs wäre es natürlich dein Baby, doch später könnten wir Gastmoderatoren einsetzen oder aufgezeichnete Segmente. Oder wir prüfen, welche Nächte die beliebtesten sind, und streichen einen anderen Tag.«
»Du bist dafür?«, fragte Samantha.
»Ich bin für alles, was geeignet ist, die Hörerzahlen zu steigern, natürlich nur, solange es sich nicht als gefährlich erweist. Die Sache mit diesem John ist mir unheimlich. Und dass der Fall Annie Seger wieder aufgewärmt wird, verstehe ich nicht.« Ihre dunklen Augen blitzten. »Das ist mir mindestens genauso unheimlich. Ich will, dass die Sicherheitsmaßnahmen erhöht werden und du besonders vorsichtig bist. Wir warten einfach ab. Vielleicht erledigt sich das alles von ganz allein.«
»Okay, aber da ist noch etwas, das du wissen solltest.«
»Oh, prima.« Die Furchen auf Eleanors Stirn vertieften sich. »Was kommt denn jetzt noch?«

»Ich habe gestern Nacht eine Grußkarte erhalten.« Sam schilderte die Geburtstagskarte. »Sie lag in meinem Wagen.«
»*In* deinem Wagen? Aber hast du die Türen denn nicht verriegelt?«, wollte Eleanor wissen und tat ihre Frage gleich darauf mit einer Handbewegung ab. »Natürlich hast du, du bist ja nicht blöd. Jetzt sag mir endlich, wie du über das Ganze denkst. Was zum Teufel soll das alles?«
»Ich weiß es nicht, aber ich werde es herausfinden«, sagte Sam. »Ich habe die Polizei bereits informiert.«
»Ich lasse George wissen, dass ich nicht nur am Haupteingang des Gebäudes rund um die Uhr eine Wache will, sondern auch hier, auf unserer Etage. Bis sich die Wogen geglättet haben, bestehe ich darauf. Dass der Spinner dich während deiner Sendung anruft, ist die eine Sache, aber dass er dich privat bedroht, ist etwas anderes.«
Das Telefon klingelte, und Eleanor nahm ab. »Schick sie rein, und danke, Melba«, sagte sie. »Tiny und Melanie kommen her. Vielleicht sehen sie die Angelegenheit ja ganz anders.«
Minuten später wurde energisch an die Tür geklopft. Melanie stürmte in den Raum, gefolgt von Tiny.
Sie ließen sich auf einem kleinen Sofa, eingequetscht zwischen einen Aktenschrank und ein Bücherregal, nieder.
»Also, Sam hat mir berichtet, was gestern Nacht vorgefallen ist, aber ich würde dazu gern auch eure Eindrücke hören.«
»Ein verrückter Stalker hat es auf Sam abgesehen«, fing Tiny an, rieb sich nervös die Hände und wich Sams Blicken aus. »Ich halte ihn für gefährlich.«

»Vermutlich geilt es ihn bloß auf, ihr Angst einzujagen«, widersprach Melanie. Sie warf ihre blonden Locken zurück und fügte hinzu: »Wahrscheinlich ist er so ein verklemmter religiöser Fanatiker.«
»Trotzdem könnte er gefährlich sein. Ich habe mir die Aufzeichnungen dreimal angehört, und ich glaube, Tiny hat Recht. Dieser Typ ist eindeutig nicht ganz richtig im Kopf. Ich will, dass ihr alle ganz besonders vorsichtig seid. Geht nachts nicht allein nach draußen.«
»Aber offenbar hat er doch allein Sam auf dem Kieker.«
»Bis jetzt«, widersprach Eleanor. »Weil es ihre Sendung ist, aber wer weiß, vielleicht zieht er auch Sams Kollegen und Bekannten mit hinein. Eins scheint festzustehen: Für ihn ist es eine persönliche Sache.«
»Und ein Spiel«, fügte Samantha hinzu. »Ich stimme Tiny zu, der Kerl könnte gefährlich sein, aber Melanies Theorie hat auch was für sich. Mir Angst zu machen, erregt den Mistkerl.«
»Also, sei vorsichtig. Schaff dir einen Wachhund an, trag immer Pfefferspray bei dir, geh nachts nicht allein aus, überprüfe deinen Wagen, bevor du dich ans Steuer setzt. Tu alles, was erforderlich ist, bis wir wissen, wer der Mistkerl ist.« Eleanor sah die drei nacheinander eindringlich an. »Ich habe bereits mit George über zusätzliche Sicherheitsmaßnahmen und die Modernisierung unserer Ausrüstung gesprochen, damit wir die eingehenden Anrufe zurückverfolgen können. Bislang habe ich noch keine Antwort von ihm. Ich weiß noch nicht mal, ob das überhaupt möglich ist. Aber falls wir die Polizei einschalten oder einen Privatdetektiv anheuern müssen oder was auch

immer – ich bin bereit dazu. Diese Sache muss geregelt werden.«
»Beendet, wolltest du sagen«, berichtigte Sam sie.
»Natürlich. Beendet.« Eleanor wies mit einem lackierten Fingernagel der Reihe nach auf jeden der drei. »Und wenn etwas Ungewöhnliches passiert, will ich auf der Stelle informiert werden. Wartet nicht bis zum nächsten Tag, ruft mich unverzüglich an. Ihr alle habt meine Handynummer. Ich bin jederzeit zu erreichen.«
Das Telefon klingelte, und Eleanor schaute auf ihre Uhr. »Verdammt. Na ja, ich denke, wir sind sowieso fertig. Ich kann nur hoffen, dass wir nicht noch mehr Ärger bekommen. Diese Wohltätigkeitsveranstaltung steht ins Haus – für das Boucher Center, und wir haben die Medien eingeladen. Ich möchte nicht, dass die Wind von dieser Sache kriegen.«
»Wir *sind* die Medien«, erinnerte Sam sie.
»Du weißt schon, was ich meine.«
Als das Telefon erneut läutete, legte Eleanor endlich die Hand auf den Hörer. Die Konferenz war beendet. Tiny und Melanie ergriffen sofort die Flucht. Sam war auf halbem Weg zur Tür, da rief Eleanor ihr nach: »Warte, Sam...«
Samantha blickte über die Schulter zurück, und Eleanor ignorierte das dritte Klingeln.
»Du meldest dich noch einmal bei der Polizei und machst ihr gehörig Beine, hörst du? Sag dem zuständigen Beamten, dass er diesen Mistkerl festnehmen soll, sonst gehen wir auf die Barrikaden!«
»O ja, dann wird er sich mächtig ins Zeug legen«, spöttelte Sam.
»Das will ich ihm auch geraten haben.«

»Ist das nicht deine Radiopsychologin?«, fragte Montoya und legte die Kopie eines Protokolls vor Rick Bentz auf den Schreibtisch. Die Klimaanlage hatte versagt; im Büro war es heiß wie in einem Backofen. Bentz hatte einen Ventilator auf das Sideboard in seinem Rücken gestellt. Der drehte sich dröhnend, wirbelte jedoch lediglich die schwüle Luft auf.

»Meine was?«, gab er zurück, dann stach ihm Samantha Leeds' Name ins Auge. »Scheiße.« Bentz blickte zu Montoya auf, der nach Zigarettenrauch und irgendeinem Parfüm roch, das er nicht kannte. Trotz der drückenden Hitze wirkte Montoya frisch in seinem schwarzen Hemd, der schwarzen Jeans und der Lederjacke, Bentz hingegen schwitzte wie ein Schwein. »Wieder Ärger?«

»Sieht ganz so aus.« Montoya hielt inne, um ein Bild von der Skyline gerade zu rücken, das Bentz über einem Aktenschrank aufgehängt hatte.

Bentz überflog das Protokoll. »Ihr persönlicher Perverso hat anscheinend noch nicht aufgegeben. Hat nicht nur beim Sender angerufen, sondern ihr auch noch einen Drohbrief in ihrem Wagen hinterlegt.«

»Mhm.«

»Ist der Wagen beschlagnahmt worden?«

»Nein.«

»Warum nicht, zum Teufel?«, knurrte Bentz.

»Er wurde an Ort und Stelle auf Fingerabdrücke untersucht.«

»Und?«

»Bisher noch nichts.«

»Wieso wundert mich das nicht?«, fragte Bentz, zog auf

der Suche nach einem Streifen Kaugummi eine Schublade auf und überlegte, ob es nicht Zeit wäre, seinen Verzicht auf Zigaretten aufzugeben.
»Weil du genau weißt, wie es hier läuft.« Montoya holte eine Kassette aus der Jackentasche und legte sie vor Bentz' halb ausgetrunkener Pepsidose und dem Foto von Kristi auf den Schreibtisch. »Hier ist die Aufzeichnung der gestrigen Sendung. Dr. Sam hat letzte Nacht wieder ein paar Anrufe bekommen.«
»Von dem Kerl, der sich John nennt.«
»Und von einer Frau – einer toten Frau.«
»Das habe ich mitgekriegt«, gab Bentz zu und lehnte sich, noch immer nach einer Zigarette schmachtend, auf seinem Stuhl zurück. »Annie.«
»Du hast dir die Sendung angehört?«
Montoya grinste von einem Ohr zum anderen. Augenscheinlich amüsierte ihn die Vorstellung von Bentz vorm Radio, den Hörer in der Hand, im Begriff, eine Rundfunkpsychologin anzurufen.
»Ja, ich habe sie jede Nacht angehört, seit ich die Frau vernommen habe. Gestern Nacht hat niemand namens John angerufen.«
»Irrtum. Der Perverse hat sehr wohl angerufen – aber erst nach Ende der Sendung. Das Gespräch ist ebenfalls auf der Kassette. Der Techniker, Albert, genannt Tiny, Pagano, hat es mitgeschnitten.« Er wies auf die Kassette auf Bentz' Schreibtisch.
»Das hat uns gerade noch gefehlt.« Bentz hatte gehofft, der Irre habe seine Drohanrufe eingestellt. Dem Protokoll nach zu urteilen, war er zu optimistisch gewesen.

»Woher hast du diese Kopie?« Er fand das Kaugummi und schob sich einen Streifen in den Mund.
»Von O'Keefe. Er hatte gestern Nacht Dienst und wusste, dass du den Fall bearbeitest. Er und ein weiterer Beamter haben Dr. Sam beim Sender verhört und wurden später noch zu dem Parkhaus gerufen, nachdem sie diese Karte im Auto gefunden hatte. Laut O'Keefe war sie ziemlich mit den Nerven runter.
»Kannst du ihr das verübeln?«
»Nein, zum Teufel.« Er kratzte sich nachdenklich seinen Kinnbart und fragte: »Was hältst du von der ganzen Sache?«
»Nicht viel.« Bentz kaute auf dem geschmacklosen Kaugummi herum. »Annie Seger, wer zum Kuckuck ist das?«, wollte er wissen.
»Weiß nicht. Ich finde, wir sollten diese Sache den Jungs überlassen, die für Belästigung zuständig sind. Das ist nun wirklich kein Fall für dich. Niemand ist tot.«
»Noch nicht.«
»Ich dachte mir schon, dass du das sagen würdest.«
»Wie gut du mich doch kennst.« Ihm stand entschieden mehr Arbeit bevor, als er bewältigen konnte. Nicht genug damit, dass möglicherweise ein Serienmörder frei herumlief und jetzt auch noch das FBI hinzugezogen wurde, nein, auch die übliche Anzahl von Mordfällen musste bearbeitet werden – aus den Fugen geratene Ehestreitigkeiten, schief gelaufene Drogendeals im Bandenmilieu oder Leute, die einfach nur sauer auf jemanden waren und zur Pistole oder zum Messer griffen.
Montoya holte einen Taschenrekorder hervor und spielte

die Kassette von der markierten Stelle aus ab. Rick hörte erneut das Flüstern des Mädchens, das behauptete, Dr. Sam habe ihm nicht geholfen. Dann erklang Johns weiche, anzügliche Stimme, Rick bemerkte dessen eisige Ruhe, die ihn im Verlauf seiner Unterhaltung mit Dr. Sam jedoch verließ.

Montoya schaltete den Rekorder aus. Eine Wespe flog zum Fenster herein und summte aufgeregt vor der Scheibe. »Ich würde sagen, John hat noch längst nicht aufgehört, Dr. Sam zu schikanieren.«

»Und die Drohungen werden deutlicher.« Beide Aufnahmen hinterließen bei Bentz ein Unbehagen – ein übles Gefühl. Die Wespe machte den Fehler, ihm zu nahe zu kommen, und er schlug ärgerlich nach dem Insekt. Doch er verfehlte es, und die Wespe tanzte auf der verzweifelten Suche nach der Freiheit wütend vor dem trüben Fensterglas.

»Sehr viel deutlicher.« Montoya entdeckte ein Gummiband auf Bentz' Schreibtisch, er angelte danach, dehnte es und ließ es schnappen. Die Wespe fiel tot zu Boden. »Glaubst du, dass es einen Zusammenhang gibt – zwischen dem Anruf von Annie und dem von John?«

»Könnte sein.« Es musste so sein. Bentz glaubte nicht an einen Zufall. »Es sei denn, der eine hat den anderen ausgelöst – das Mädchen hat Johns Anruf gehört und sich dann selbst einen Telefonstreich ausgedacht.«

»Also *weiß* sie nur von Annie Seger.«

»*Irgendwer* weiß von ihr. Es muss kein Mädchen gewesen sein«, widersprach Bentz.

»Gut, und was soll Johns Anspielung, dass Dr. Sam eine Nutte ist? Ergibt das einen Sinn?«

Bentz kaute nachdenklich auf seinem Kaugummi herum. »Das werden wir prüfen. Ich will über jeden einzelnen Tag in Dr. Sams Vergangenheit unterrichtet werden. Wer ist sie, wie ist sie, warum ist sie Radiopsychologin geworden? Ich will alles wissen über ihre Familie, ihre Männerbekanntschaften, über diesen ...«, er griff nach einer Akte und überflog seine Notizen, »... diesen David Ross, den Typen, mit dem sie in Mexiko war, und über jeden John, Johnson, Jonathan, jeden Mann, mit dem sie mal zusammen war und der der Anrufer sein könnte.« Das Telefon schrillte. Bentz umfasste den Hörer, hielt jedoch mitten in der Bewegung inne.
Die Frau, über die sie geredet hatten, die Radiopsychologin höchstpersönlich, erschien im Vorzimmer des Büros. Nach einem kurzen Blick in ihr Gesicht war Bentz bereit zu wetten, dass dieser ohnehin schon schlechte Tag noch schlechter werden würde.

16. Kapitel

Bentz machte sich auf Schlimmes gefasst.
Samantha Leeds ging zwischen den Schreibtischen im Vorzimmer hindurch auf sein Büro zu.
Sie trug einen vorn durchgeknöpften Rock und eine ärmellose weiße Bluse und sah sehr gut aus. Ihre entschlossene Miene verriet, dass sie Antworten wollte und erst wieder gehen würde, wenn sie diese erhalten hatte.
»Hallo, Detective Bentz«, sagte sie schon an der Tür. Stufig geschnittenes rötliches Haar rahmte ein herzförmiges Gesicht mit Wangenknochen, für die manches Model hätte zur Mörderin werden mögen. Grüne Augen richteten sich auf Bentz und ließen ihn nicht mehr los.
Montoya musterte sie rasch von Kopf bis Fuß, und augenscheinlich gefiel ihm, was er sah. Er war im Begriff gewesen zu gehen, nahm jetzt jedoch seinen Platz beim Aktenschrank wieder ein. Sie warf ihm einen flüchtigen Blick zu und näherte sich dann Bentz' Schreibtisch.
»Kann ich Sie sprechen?«, fragte Sam. »Jetzt sofort?«
Bentz' Telefon klingelte erneut.
»Ja. Bitte gedulden Sie sich einen Augenblick.« Er griff nach dem Hörer und nahm dann den Anruf entgegen. Er führte nur ein kurzes Gespräch mit einem Kollegen im Labor, der ihn über die Art der Fasern, die an den Leichen der zwei Prostituierten gefunden worden waren, unterrichtete – welche Hersteller jenes synthetische Material für ihre Perücken verwendeten. Es ging vor allem um die

roten Perücken, die an den Tatorten gefehlt hatten. Der Techniker bestätigte, dass die bei den Leichen gefundenen Haare identisch waren. Das wie auch alle übrigen Beweisstücke stellte klar, dass es sich um *einen* Mörder handelte, der zwei Frauen auf dem Gewissen hatte. Bisher. Der detaillierte Bericht sollte Bentz noch gefaxt werden. Die Leute vom FBI würden durchdrehen. Bentz legte auf und wandte sich der Frau zu, die vor seinem Schreibtisch stand. Sie bemühte sich um eine kühle, gefasste Haltung, doch sie war sichtlich nervös. Ihre Finger spielten mit dem Riemen ihrer Handtasche, und sie trat von einem Fuß auf den anderen.

»Nehmen Sie Platz«, forderte er sie auf, dann deutete er auf Montoya. »Mein Partner. Detective Montoya. Reuben, das ist Dr. Leeds, auch bekannt unter dem Namen Dr. Sam.«

Samantha ließ sich in einem der abgeschabten Stühle neben dem Schreibtisch nieder.

»Freut mich, Sie kennen zu lernen«, schmeichelte Montoya ihr und bot seinen geballten Latino-Charme auf.

»Danke.« Sie nickte. »Vermutlich haben Sie schon gehört, was gestern Nacht geschehen ist.«

»Wir haben gerade das Protokoll bekommen.«

»Was halten Sie davon?«

»Ich denke, dass dieser Typ nicht aufhören wird. Dass er einen regelrechten Rachefeldzug gegen sie führt.« Bentz schob sich die Ärmel bis zu den Ellbogen hoch und fragte: »Was halten Sie von der Sache?«

»Ich glaube, derjenige, der mir die Karte geschickt hat, meint, ich hätte Annies Tod zu verantworten, und der

Anrufer, der sich als John vorgestellt hat, steht irgendwie in Beziehung zu Annie – wenn ich auch nicht weiß, auf welche Weise.«
»Erzählen Sie mir von ihr.«
Samantha sammelte sich kurz, lehnte sich in ihrem Stuhl zurück und hielt die Handtasche auf ihrem Schoß umklammert. »Vor fast zehn Jahren habe ich eine ähnliche Sendung in Houston moderiert. Ein Mädchen namens Annie rief an. Sie war sechzehn, schwanger und außer sich vor Angst. Ich habe versucht, ihr zu helfen, ihr den richtigen Weg zu weisen, aber …« Samantha wurde blass und sah aus dem Fenster. Eine Hand ballte sich zur Faust und öffnete sich langsam wieder. »Ich wollte … Ich meine, ich hatte keine Ahnung, wie verzweifelt sie war und …« Sams Stimme versagte für einen kurzen Moment. Sie atmete tief durch und räusperte sich, dann hatte sie sich wieder unter Kontrolle. »Annie sagte, sie habe niemanden, dem sie sich anvertrauen könne, und … dann hat sie sich umgebracht. Offenbar gibt jemand mir die Schuld daran.«
»Und gestern Nacht hat jemand, der sich als Annie ausgab, Sie in Ihrer Sendung angerufen«, half Montoya ihr auf die Sprünge.
»Ja.« Sam nestelte an der Goldkette, die sie um den Hals trug, und wich Bentz' Blick aus. »Natürlich war sie nicht Annie. Ich … ich war auf ihrem Begräbnis, das heißt … ich wollte dorthin, aber man forderte mich sofort auf, wieder zu gehen … Auf jeden Fall ist Annie Seger, *die* Annie Seger, die mich vor neun Jahren in Houston angerufen hat, eindeutig tot.« Sie blinzelte hektisch, doch sie verlor nicht die Beherrschung.

»Auf dem Begräbnis hat man Sie vertrieben?«, hakte Bentz nach.
»Ja. Die Familie machte mich verantwortlich für Annies Selbstmord.«
Er griff nach seinem Bleistift. »Die Familie?«
»Ihre Eltern, Estelle und Jason Faraday.«
»Ich dachte, ihr Name war Seger.«
»Ja, sie hieß Seger, aber ihre Mutter und ihr leiblicher Vater waren geschieden, und die Mutter hat den Namen ihres zweiten Mannes angenommen.«
Während das Rumpeln eines Lastwagens von der Straße heraufdröhnte, kritzelte Bentz etwas auf einen Block und fing einen Blick Montoyas auf. »Was ist mit ihrem leiblichen Vater?«
»Ich – ich weiß es nicht. Das heißt, ich habe recherchiert, nachdem... Ich glaube, damals lebte er irgendwo im Nordwesten.« Sie zog die Brauen zusammen, und ihre glatte Stirn furchte sich.
»Sein Name?«
»Wally... Oswald Seger, glaube ich. Oder so ähnlich.« Sie brachte ein schmales, freudloses Lächeln zustande. »Vor neun Jahren hätte ich Ihnen das alles noch genauer sagen können. Dafür habe ich quasi gelebt. Ich habe versucht, die Sache zu begreifen, aber dann... na ja, dann habe ich beschlossen, sie hinter mir zu lassen.«
Das konnte Bentz ihr nicht verdenken, doch jetzt musste all das wieder ans Tageslicht gezerrt werden; dafür hatte derjenige, der Samantha Leeds terrorisierte, gesorgt. »Haben Sie schriftliche Aufzeichnungen? Namen, Adressen, sonst irgendwas?«

Sie zögerte; ihre Augen wurden schmal. »Ja, ich habe eine Kiste voller Notizen und Kassetten und so weiter. Bevor ich umgezogen bin, hätte ich sie beinahe weggeworfen, aber dann habe ich sie doch mitgenommen und mit dem Weihnachtsschmuck und alten Steuerbelegen auf den Dachboden gestellt. Ich kann sie Ihnen gern vorbeibringen.«
»Rufen Sie mich an, wenn Sie die Sachen gefunden haben, dann lasse ich sie abholen. Ich möchte gern alles sehen, was Sie haben.« Er machte sich eine Notiz und fügte hinzu: »Was wissen Sie sonst noch über Annie? Hatte sie weitere Verwandte oder enge Freunde?«
»Einen Bruder. Ken, nein ... Kent.«
»Und der Freund? Der Vater ihres Kindes?«
»Ryan Zimmerman, glaube ich. Er war ein paar Jahre älter. Ein großer Sportler, soviel ich weiß, aber ich erinnere mich nicht mehr so richtig.« Sie schüttelte den Kopf. »Ich habe lange gebraucht, um alles zu vergessen.« Die Linien um Mund und Augen verrieten ihre Anspannung. Die Frau Doktor nahm sich ziemlich zusammen, doch die Belästigungen und Drohungen machten ihr sichtlich zu schaffen. Sie schwitzte, und die dunklen Ringe unter ihren Augen ließen vermuten, dass sie in den letzten Tagen nicht viel Schlaf bekommen hatte.
»Ich habe mir die Aufzeichnungen angehört«, erklärte Bentz. »John hat erneut angedeutet, dass Sie Prostituierte gewesen seien. Was soll das?«
»Er ist nicht richtig im Kopf.«
»Also steckt kein Körnchen Wahrheit darin?«
Abrupt sprang sie auf und beugte sich über den Schreib-

tisch, die Handflächen auf einen Stapel von Briefen und Akten gestützt. Die Niedergeschlagenheit, die Bentz noch kurz zuvor bei ihr festgestellt hatte, war verflogen. Auf ihren Wangen zeichneten sich zwei rote Flecken ab. »Ich dachte, das hätte ich längst klargestellt!«, schnappte sie, und ihre grünen Augen sprühten Feuer. »Ich habe mich noch nie im Leben, nicht eine Sekunde lang, in irgendeiner Form als Prostituierte verdingt …« Ihre Stimme wurde dünner, und sie schloss die Augen, als würde sie um Fassung ringen. Bentz' Magen krampfte sich zusammen. Er bemerkte, dass auch Montoya aufhorchte. Er hatte ins Schwarze getroffen. »Hören Sie«, sagte sie ruhig. Alle Farbe war aus ihrem Gesicht gewichen. »Ich habe mich nie verkauft, doch es gab eine Zeit, als ich auf dem College war, in der ich im Rahmen einer Forschungsarbeit die Bekanntschaft einiger Straßenmädchen gesucht habe … hier in New Orleans. Ich bin mit ihnen auf die Straße gegangen, habe beobachtet, wie sie ihr Geld verdienten, welche Sorte von Männern sie auflasen, wie sie eine gute Nummer von einer schlechten unterschieden – Psychogramme von Prostituierten. Es ging nicht nur um das älteste Gewerbe der Welt, sondern um die Subkultur der Stadt bei Nacht.« Sie ließ sich langsam wieder nieder und schaute Bentz offen an. »Aber ich verstehe nicht, was das mit dieser Sache zu tun haben soll …«
»Das haben Sie für ein Seminar gemacht?«, wollte Montoya wissen, und der Zweifel in seiner Stimme war nicht zu überhören.
»Ja!« Ihr Kopf fuhr herum. »Und ich habe eine sehr gute Note bekommen!«

»Lässt sich irgendwie nachweisen, dass Sie an dem Seminar teilgenommen haben?«
»Hören Sie, ich bin nicht hierher gekommen, um mich beleidigen zu lassen. Falls Sie mir nicht glauben, können Sie sich an meinen Professor wenden ... O Gott.« Sie biss heftig die Zähne zusammen und hob den Blick zur Zimmerdecke, als suchte sie nach Spinnweben.
»Was denn?«
»Mein Professor damals war mein heutiger Exmann«, erklärte sie und schüttelte leicht den Kopf. »Ich, hm, ich war Studentin bei ihm. Aber Sie können ihn anrufen. Dr. Jeremy Leeds an der Tulane-Universität.«
»Wir werden das überprüfen.« Plötzlich wirkte Samantha Leeds müde, fiel beinahe in ihrem Sessel in sich zusammen. Als hätte ihr Ausbruch sie aller restlichen Energie beraubt. Doch sie würde sie zurückgewinnen. Bentz war ein Menschenkenner, und diese Frau, dessen war er sich sicher, war eine Kämpferin.
»Wer weiß, wo Sie Ihren Wagen parken?«
»Alle, die im Rundfunkgebäude arbeiten. Wir alle benutzen dieses Parkhaus ... Ein paar von meinen Freunden wissen das wohl auch. Es wäre außerdem nicht schwer zu erraten, denn das Parkhaus liegt meinem Arbeitsplatz am nächsten. Mein Auto ist auch nicht leicht zu übersehen, ein 1966er Mustang.« Sie ballte im Schoß die Hände zu Fäusten. »Hören Sie, Detective, gestern Nacht war ich halb wahnsinnig vor Angst«, gab sie zu. »Und das Gefühl mag ich nicht sonderlich.«
»Ich kann es Ihnen nachempfinden. Ich an Ihrer Stelle würde nicht mehr allein ausgehen, und es war auch mein

voller Ernst, als ich Ihnen geraten habe, sich einen Rottweiler anzuschaffen. Vielleicht sogar einen Leibwächter.« Sie stand wieder auf, straffte den Rücken, bereit, erneut aufzubrausen. »Einen Leibwächter?«, wiederholte sie. »Das ist köstlich. Wissen Sie, es ärgert mich maßlos, dass dieser Kerl mit seiner Masche durchkommt, dass er weiß, wo ich wohne und wo ich arbeite und was für einen Wagen ich fahre. Es kann nicht angehen, dass ich wegen irgendeines Mistkerls meine gesamte Lebensweise umstelle.«

»Sie haben Recht, es kann eigentlich nicht angehen, und doch müssen Sie es tun«, entgegnete Rick mit fester Stimme, sah sie eindringlich an und hoffte, ihr seinen Standpunkt klar gemacht zu haben. »Miss Leeds, dieser Kerl ist in meinen Augen gefährlich. Seine Drohungen werden schärfer, er wird immer dreister, und da wir nicht wissen, wer er ist und wie er tickt, müssen Sie außerordentlich vorsichtig sein und besondere Maßnahmen ergreifen, ob es Ihnen gefällt oder nicht. Ich werde die Polizei in Cambrai anrufen und dafür sorgen, dass in Ihrer Straße häufig patrouilliert wird, und wir überwachen die Umgebung Ihres Arbeitsplatzes, wenn Sie im Dienst sind. Wir versuchen, den Kerl am Kragen zu packen, aber ohne Ihre Hilfe schaffen wir das nicht. Verstehen Sie?«

»Natürlich«, sagte sie.

»Wir tun, was wir können.«

»Danke.« Sie reichte Bentz wie auch Montoya die Hand, legte sich den Riemen ihrer Tasche über die Schulter und ging zur Tür hinaus, ohne zu bemerken, dass Reuben den

Schwung ihrer Hüften unter dem Rock und das leichte Nachziehen ihres linken Beins beobachtete.
Er pfiff leise durch die Zähne. »Falls sie zu dem Schluss kommt, dass sie doch einen Leibwächter benötigt, lass es mich wissen, denn ich würde liiiebend gern auf die Süße aufpassen.«
»Ich werde an dich denken«, versprach Bentz trocken und grübelte bereits wieder über den Zusammenhang zwischen dem Anrufer und dem toten Mädchen in Houston nach. »Wir müssen so viel wie möglich über Annie Seger in Erfahrung bringen. Über ihre Kontakte, über ihre Familie, ihren Freund, einfach über alles. Und jeden überprüfen, der irgendwie mit Dr. Sam zu tun hat.« Er tippte mit dem Radiergummi-Ende des Bleistifts auf die Schreibtischkante. »Dieser Fall wird von Minute zu Minute merkwürdiger.«
»Vielleicht ist das so gewollt«, mutmaßte Reuben, fuhr über seinen Kinnbart und verfolgte mit den Augen versonnen den Weg, den Samantha Leeds zwischen den Schreibtischen hindurch genommen hatte.
»Wie meinst du das?«
»Du hast die Sendung doch gehört, oder? Und, hat sie nicht dein Interesse geweckt?«
»Natürlich, das ist schließlich mein Fall.«
»Ich weiß, ich weiß«, lenkte Reuben ein und kniff nachdenklich die Augen zusammen. »Aber ich möchte wetten, dass in Dr. Sams Sendung die Hörerzahlen in die Höhe schießen, und das kann doch nur gut fürs Geschäft sein. Also her mit den Merkwürdigkeiten. Je merkwürdiger, desto besser.«

»Du glaubst, es ist Schiebung?«
»Könnte doch sein.« Reuben ließ sein schlaues Lächeln aufblitzen. »Genauso wie in diesen Seelenstriptease-Fernsehsendungen, in denen der Moderator ein ganz normal wirkendes Ehepaar vorstellt, dann die Tussi hinzuholt, mit der der Kerl seine Frau betrügt, und schon liegen sich die beiden Frauen in den Haaren ... Das ist alles vorab geplant. Und das Publikum im Studio und vor dem Bildschirm lässt sich mitreißen. Im nächsten Moment kommt dann noch irgendwer hinzu – der Bruder oder die Schwester des Ehemanns, und es stellt sich heraus, dass die Ehefrau was mit ihm hatte – oder mit ihr. Jetzt toben die Zuschauer.«
Bentz lehnte sich in seinem Stuhl zurück, hielt den Bleistift mit beiden Händen fest und rollte ihn zwischen den Fingern. »Glaubst du, dass Dr. Sam eingeweiht ist?«
»Vielleicht, vielleicht auch nicht. Ihre Angst scheint echt zu sein, aber womöglich ist sie auch eine ausgebildete Schauspielerin; zum Kuckuck, sie tritt im Radio auf! Aber all dies ist schon einmal passiert, und damals hat sie mit dem gleichen Team zusammengearbeitet, nicht wahr? Mit George Hannah und Eleanor Cavalier. Vielleicht stecken noch andere mit drin. Ich wette mein Monatsgehalt darauf, dass irgendwer beim Sender weiß, was da läuft, und dass es um Kohle geht.«
»Du glaubst ja immer, dass es um Kohle geht«, knurrte Bentz, obwohl seine Gedanken schon eine ähnliche Richtung eingeschlagen hatten. Er hatte George Hannah kennen gelernt, hielt den Mann bestenfalls für einen Angeber, schlimmstenfalls für einen ausgemachten Betrüger.

Die Programmmanagerin, eine kluge Schwarze, war als eisenhart bekannt, und Montoya hatte Recht: Beide hatten in Houston mit Dr. Sam zusammengearbeitet. Bentz ließ seine Knöchel knacken und dachte nach. Was ihn am meisten beschäftigte, war dieses Gefühl im Bauch, dass der Typ, der mitten in der Nacht Dr. Sam anrief, irgendwie mit den Prostituiertenmorden in Beziehung stand. Hinweise darauf waren dünn gesät – höchstens die Haare aus roten Perücken, deren Rot der Haarfarbe Samantha Leeds' so ähnlich war, außerdem das Foto mit den ausgestochenen Augen, die an die geschwärzten Augen auf den Hundertdollarscheinen erinnerten. Das war nicht eben viel.

»Und ich habe Recht damit«, beharrte Montoya. »In dieser Art von Fällen wechselt zu neunundneunzig Prozent Geld den Besitzer.«

»Warum ruft dieser John dann nach der Sendung an? Was bringt ihm das ein? Da hört ihn ja niemand.«

»Das könnte alles Teil der Täuschung sein. Wenn die Presse Wind davon bekommt, dass der Stalker nicht nur während der Sendung, sondern auch hinterher anruft, wird sie sich erst recht auf die Story stürzen. Der Spinner meint offenbar die Frau Doktor persönlich, und falls sie nicht mit den Verantwortlichen unter einer Decke steckt, macht ihr das eine Heidenangst.«

Genau das lag Bentz schwer im Magen, doch er konnte sich dieser Logik nicht entziehen. »Dann beweise es«, forderte er Montoya auf, und der freche junge Bursche antwortete ihm mit einem selbstsicheren Lächeln.

»Das tu ich.«

Dummköpfe.
Bei der Polizei arbeiteten nur Dummköpfe.
Begriffen sie denn nicht? Sahen sie wirklich keinen Zusammenhang?
Konnten sie nicht zwei und zwei zusammenzählen, verdammt noch mal?
Draußen vor der Hütte quakten die Ochsenfrösche. Die schwüle Luft drang durch die offenen Fenster und die Ritzen in den Wänden herein. Während er den Artikel über seinen jüngsten Mord las, der auf den hinteren Seiten der Zeitung stand, weit entfernt von den Schlagzeilen der Titelseite, schlug er nach einer Mücke.
Der Presse war anscheinend nichts über eine Verbindung zwischen den beiden Morden zu Ohren gekommen – obwohl er so sorgsam darauf bedacht gewesen war, alle möglichen Hinweise zu hinterlassen ... *Scheiße,* dachte er und schnitt, sorgsam auf glatte Ränder und einen Rahmen achtend, den erbärmlichen Artikel mit seinem Messer aus.
Mondlicht brach durch den aufsteigenden Nebel, fiel in den winzigen Raum und verstärkte das Licht der einzelnen Laterne mit seinem bläulichen Schimmer. Ihm war heiß. Er fühlte sich unbehaglich. Unruhe erfüllte ihn. Er musste noch etwas unternehmen, um ihre Beachtung zu finden. Es war an der Zeit. Er warf einen Blick aus dem Fenster, sah den Schatten einer vorüberfliegenden Fledermaus und spürte, wie sich sein Puls beschleunigte.
Sobald er das Radio einschaltete, ging sein Atem flach. Er vernahm die vertrauten Klänge von »A Hard Day's Night« über monotones Knistern hinweg und dann ihre Stimme. Dunkel. Ungeheuer sexy.

»Hallo, New Orleans, und herzlich willkommen. Hier ist Dr. Sam auf WSLJ, und wieder einmal ist es Zeit für die ›Mitternachtsbeichte‹, eine Sendung, die dem Herzen wie auch der Seele gut tut. Heute Nacht reden wir über die Highschool. Einige von euch stecken noch mittendrin, für andere liegt diese Zeit schon eine Weile zurück, vielleicht sogar länger, als ihr euch eingestehen möchtet. Wie auch immer, wir alle haben eine Highschool besucht, ob eine private oder öffentliche, eine staatliche oder kirchliche. Und wir alle haben den Gruppenzwang und den Drang zur Rebellion erfahren, den süßen Schmerz der ersten Liebe und den stechenden Schmerz des Abgewiesenwerdens. Erinnert ihr euch an euren ersten Schultag? Wie nervös ihr wart? Wie steht's mit der ersten Begegnung mit eurer Jugendliebe? Dem ersten Kuss ... und vielleicht so manchem mehr? Erzähl mir davon, New Orleans ... Gestehe ...«
Das Blut rauschte in seinen Ohren. Die Fotze wollte über die Highschool sprechen? Und über die erste Liebe? Schweiß trat ihm auf die Stirn und rann an seinem Rücken hinab. Er ging zum Schrank hinüber und befestigte seine neueste Trophäe – ein winziges Stück bedrucktes Papier – innen an der Tür, währenddessen stellte er sich Dr. Sams Gesicht vor.
Perfekte weiße Haut, das Haar in einem tiefen, dunklen Rot, volle Lippen, hinter denen eine äußerst spitze Zunge lauerte, und Augen in der Farbe von Jade. Und genauso kalt war sie. Herrgott, sie erregte ihn. Dabei war sie ein Miststück. Er lauschte ihrer Stimme, die die Unschuldigen zum Anrufen verlockte, zur Beichte, zur Bitte um Rat.
»Mit wem spreche ich?«

»Hier ist Randy.«
Seine Erektion drängte schmerzhaft gegen den Reißverschluss seiner Jeans.
»Was gibt's, Randy?«
»Na ja, hm, die Highschool war für mich von großer Bedeutung. Ich war Footballspieler, unten in Tallahassee, und, hm, da habe ich meine Frau kennen gelernt. Sie war die Homecoming Queen, und, Mann, sie war total hübsch. Ich habe nie eine schönere Frau gesehen als Vera Jean.«
Ja, ja, wen interessiert das?
»Und was hast du getan?«
»Ich habe sie geheiratet, ganz einfach. Das war vor fünfunddreißig Jahren. Wir haben vier Kinder und zwei Enkelkinder, und das dritte ist unterwegs.«
»Also hast du recht positive Erinnerungen an die Highschool?«
»Ja. O ja. Aber für meine Kinder sah es ganz anders aus. Der Älteste hatte mit Drogen zu tun, die Zweite, na ja, ich glaube, die hat sich gut gehalten, aber dann die Dritte ... In der Mittelstufe wurde sie schwanger, von einem Jungen, der nichts taugte. Wollte sie nicht heiraten.«
»Wie geht es deiner Tochter heute?«, wollte Dr. Sam wissen, als ob es ihr wichtig wäre, als ob sie einen klugen Ratschlag zu vergeben hätte.
Er verzog höhnisch den Mund. Ihm blieben noch zwei Stunden, dann würde er sie anrufen. Sie warnen ... ja, ihr sagen, dass es kurz bevorstand. Und dann würde er auf die Jagd gehen.
Irgendeine Frau würde in dieser Nacht genügen. Er lauschte Dr. Sams Stimme und hätte gern onaniert. Wenn er

doch mit ihr zusammen sein könnte! Er berührte sich flüchtig, strich mit den Fingerspitzen über seinen Hosenstall. Nein ... so nicht! Erst, wenn der richtige Zeitpunkt gekommen war. Er hatte noch einiges zu erledigen. Unrecht musste wieder gutgemacht werden. Er dachte an die Frauen ... all diese Frauen, die ihn an Annie erinnerten, lügende, hurende Fotzen, und an den einzigen Mann, mit dem er sich beschäftigen musste, einen Mann, der Annie verraten hatte. *Du Judas! Auch du wirst bezahlen müssen.* Wut kochte in ihm hoch, in seinem Kopf dröhnte es, und noch immer hörte er Dr. Sams Stimme.
Es brauste noch lauter in seinen Ohren.
Er konnte Dr. Sam nicht haben – nicht in dieser Nacht. Es war nicht der richtige Zeitpunkt. Außerdem hatte er noch etwas für sie geplant, eine Überraschung. Zu Annies Geburtstag. Wenn alles nach Plan lief, würde Dr. Sam sein persönliches Geschenk morgen Nacht entdecken. Er hätte dann liebend gern ihr Gesicht gesehen, doch das Risiko durfte er nicht eingehen. Er würde warten müssen. Bis zum passenden Augenblick.
Aber bald ... O Gott, es musste bald geschehen! Seine Lust, sein Zorn und Rachedurst sowie sein Begehren waren so groß. Sein Schwanz pochte. Er musste sich noch einmal mit einem Ersatz zufrieden geben ... noch eine Hure finden, die die Wut in seiner Seele besänftigte, das Verlangen stillte, das in seinen Adern brodelte, eine Hure, die er opfern konnte.
Er wusste, dass er ein Sünder war, doch er vermochte sich nicht dagegen zu wehren ... Sein Körper stand in Flammen.

Er griff in seine Tasche und zog seinen präparierten Rosenkranz hervor. Die spitzen Perlen glitzerten im Laternenlicht, blinzelten ihm zu, versprachen ihm, seinem Willen zu gehorchen.
Dann fiel er auf die Knie und begann zu beten.
Während Dr. Sams Stimme aus dem kleinen Radio drang, ließ er die scharfkantigen Perlen durch seine Finger gleiten und flüsterte: »Ehre sei dem Vater und dem Sohn und dem Heiligen Geist ...«

17. Kapitel

Als Sam den Mann auf ihrer Veranda erblickte, wäre sie vor Schreck beinahe hintenübergefallen. Dann erkannte sie Ty. Sie hatte nicht mit ihm gerechnet, doch sie lächelte innerlich. Es erschien ihr vollkommen richtig, wie er da im Schaukelstuhl saß, die Beine in der Jeans weit von sich gestreckt, eine Flasche Bier in den Händen, das Gesicht im Schatten. Er sah aus, als wäre er hier zu Hause. Entspannt. Er schaukelte sanft zur Musik der Windspiele und der Zikaden. Und trotzdem hatte er etwas Rastloses an sich, eine Düsternis, die Sam nicht verstand, etwas Gefährliches, das sie anzog und das ihr gleichzeitig Angst machte.

»Du darfst das jetzt nicht überbewerten«, sagte sie leise zu sich selbst, doch als sie den elektrischen Türöffner drückte und den Mustang in die Garage lenkte, beschleunigte sich ihr Herzschlag ein wenig.

Was will er wohl?, fragte sie sich, zog den Zündschlüssel ab und verstaute ihn in ihrer Handtasche. *Was erwartet er? Nein, Sam, was erwartest du?*

Ihr Mund war trocken, und den Bruchteil einer Sekunde lang fragte sie sich, wie es wäre, ihn zu küssen. Ihn zu berühren. Mit ihm ... *Lass es! Du kennst ihn nicht gut genug. Da gibt es etwas, das er verbirgt, etwas Dunkles. Es ist mitten in der Nacht, zum Kuckuck. Was will er hier? Er kann nichts Gutes im Schilde führen.* Dennoch empfand sie eine leise prickelnde Vorfreude.

Sich im Stillen ermahnend stieg sie aus dem Auto und eilte durch den gläsernen Durchgang ins Haus, wo Charon sie miauend begrüßte und sich an ihren Beinen rieb. »Du hast mir auch gefehlt«, sagte sie zu dem schwarzen Kater, warf ihre Handtasche auf die Arbeitsplatte und schaltete rasch die Alarmanlage aus. Mit der Katze auf dem Arm ging sie zur Haustür und schob den Riegel zurück.
Ty saß noch immer im Schaukelstuhl, die obere Gesichtshälfte im Schatten. Er blickte zu ihr auf, und sie fühlte einen Hauch – wie den kalten Atem des Winters – im Nacken. »Das scheint dir zur Gewohnheit zu werden«, sagte sie. Charon witterte die Freiheit, wand sich aus ihren Armen und huschte über die Veranda.
»Ist das schlimm?«, fragte er gedehnt.
»Unter Umständen.«
Als sich Ty hochstemmte und aufstand, ächzte der Schaukelstuhl. Seine Augen blitzten eindringlich im schwachen Lampenschein. »Vielleicht finde ich dich unwiderstehlich.«
»Und vielleicht ist das ein Spruch aus einem schlechten Film.«
»Ach ja?« Er zog eine dunkle Braue hoch, was beinahe diabolisch wirkte. Mit einem Schluck leerte er seine Bierflasche. Die Windspiele klimperten leise.
»Ich finde, du könntest dir etwas Besseres einfallen lassen.«
»Womöglich überschätzt du mich.«
»Ganz bestimmt.«
»Das könnte ein Fehler sein.«
»Wahrscheinlich.«

Er stellte die leere Flasche auf dem Geländer ab und ging zur Tür, wo Sam stand, die Arme über der Brust verschränkt. Mit einer Schulter lehnte er sich an den Pfosten. Ein feiner Moschusduft stieg ihr kitzelnd in die Nase. Seine nachtdunklen Augen glitten langsam über ihren Körper, und sie spürte, wie ihr vor Nervosität der Schweiß ausbrach. Er beugte sich vor, stützte sich mit angewinkeltem Arm am Türrahmen ab. Seine Nase berührte fast die ihre, sein warmer Atem streifte ihr Gesicht.

»Weißt du, ich wollte mich nur vergewissern, dass du wohlbehalten nach Hause kommst. Die meisten Frauen würden mir dankbar sein.«

»Ich bin nicht die meisten Frauen«, erinnerte sie ihn, doch ihr Puls begann zu rasen.

»Nein, Sam, das bist du nicht.« Er war ihr so nahe, dass sie seine Körperwärme spüren konnte. Ihr Herz pochte wild, und sie las die gefährlichen Versprechungen in seinen Augen. Sein Blick haftete auf dem offenen Kragen ihrer Bluse, als könnte er in ihrer Halsgrube den Puls hüpfen sehen. »Deswegen bin ich wahrscheinlich hier.«

»Ein edler Ritter in strahlender Rüstung – soll ich dir das abkaufen?«

Sein Lachen war dunkel und erotisch. »Keineswegs.«

»Dann sind deine Absichten also nicht ritterlich?«

Er schnaubte. »Wer sagt, dass ich Absichten habe?«

Nun war es an ihr, ungläubig eine Braue hochzuziehen. »Erzähl das jemand anderem. Was hättest du getan, wenn ich nicht aufgetaucht wäre?«

»Ich hätte mich bei jemandem nach dir erkundigt.«

»Bei wem?«, fragte sie und sah, wie sich sein Lächeln lang-

sam von einer bartschattigen Wange über die andere ausdehnte.
»Überall dort, wo ich etwas erfahren würde.«
Sie fragte sich, wie es wäre, ihre Haut an seiner zu reiben, wie sie auf die Berührung seiner Hände auf ihrem Körper reagieren würde. Lag dies an der Nacht mit ihrem Vollmond und der heißen Brise? Oder lag es daran, dass sie dem Wahnsinn, der sich in ihr Leben geschlichen hatte, der Angst und der Anspannung, die seit den letzten Wochen ihre ständigen Begleiter waren, entkommen wollte? Oder ... steckte gar etwas Primitiveres dahinter? Zum Beispiel die Tatsache, dass sie schon lange nicht mehr mit einem Mann zusammen gewesen war und sich nach der Berührung eines solchen sehnte? Oder musste sie sich am Ende eingestehen, dass etwas tief in ihrem Inneren, etwas, das sie nicht zu gründlich erforschen mochte, sich zu geheimnisvollen, harten Männern mit Ecken und Kanten hingezogen fühlte?
»Du könntest mich zumindest ins Haus bitten«, regte er nun an.
»Ich überlege noch.« Er stand nur Zentimeter weit von ihr entfernt, viel zu nahe. »Wenn du dich benimmst.«
»Tut mir Leid, Schatz, das kann ich dir einfach nicht versprechen«, entgegnete er langsam, und sie erbebte innerlich. Wie mochte es wohl sein, mit diesem Mann zu schlafen, in seinen Armen zu liegen, aufzuwachen, wenn das Morgenlicht in seinen Augen tanzte und sich Begehren in seinem Blick spiegelte? Sie spürte einen Kloß im Hals.
»Ich glaube, ich bin dir noch ein Glas Wein schuldig. Es

erscheint mir nur fair, die Flasche, die du mir mitgebracht hast, mit dir zu teilen.«
»Für Fairness bin ich immer zu haben.«
Sie machte die Tür frei, und er folgte ihr in die Küche, wo sie die geschlossene Flasche Riesling aus dem Kühlschrank holte.
»Brauchst du Hilfe?«, fragte er, als sie aus ihren Schuhen schlüpfte und einen Korkenzieher aus einer Schublade nahm.
»Ich doch nicht, ich war bei den Pfadfindern.«
»Und sie haben dir beigebracht, wie man eine Flasche Wein öffnet.«
»Genau. Zum Beweis kann ich dir mein Verdienstabzeichen zeigen.«
»Ich glaube, da verwechselst du was. Bei den Pfadfindern bekommen die Jungen Verdienstabzeichen. Mädchen bekommen Brownie-Punkte.«
»Was du alles weißt«, knurrte sie. Sie bohrte den Korkenzieher in den Pfropfen und zog heftig. Mit einem weichen Plopp löste sich der Stöpsel aus dem Flaschenhals. Sie drehte den Korkenzieher in der Hand, blies auf die Spitze und schob ihn wie einen Revolver in ihren Gürtel.
»Sehr witzig.«
»Finde ich auch«, sagte sie über die Schulter hinweg und reckte sich, um Weingläser aus einem hohen Schrank zu holen. *Ein Glas, du trinkst nur ein einziges Glas,* ermahnte sie sich, während sie einschenkte, sich deutlich bewusst darüber, dass Ty, eine Schulter gegen die Tür zum Durchgang gelehnt, hinter ihr stand. »Hier.« Sie reichte ihm eins der Gläser und griff selbst nach dem zweiten.

»Worauf wollen wir anstoßen?«, erkundigte er sich und zog eine dunkle Braue hoch.
»Auf bessere Tage«, schlug sie vor.
»Und Nächte.«
Ihr stockte der Atem. »Und Nächte.« Sie stieß behutsam mit ihrem Glas an seins. Sie nahm einen Schluck und sah zu, wie er ebenfalls von dem Wein trank. Sein Adamsapfel hüpfte über dem offenen Kragen seines Hemds, und allzu lebendig erinnerte sie sich an die straffen Muskeln seiner Arme und seiner Brust.
Was spukte ihr bloß im Kopf herum? Warum dachte sie ständig an heiße Küsse und noch heißere Zärtlichkeiten? Sie kannte diesen Mann nicht. Durfte ihm nicht vertrauen. Sollte sich besser nicht vorstellen, mit ihm zu schlafen. Und doch wusste sie, dass sie ihm so viel bedeutete, dass er allein auf sie gewartet hatte, so viel, dass er zum Studio gekommen war, um sie sicher nach Hause zu bringen. Würde er womöglich sein Leben für sie riskieren?
Wenn er ihr etwas hätte antun wollen, wäre bereits reichlich Gelegenheit dazu gewesen.
»Das alles macht dir zu schaffen«, sagte er, als hätte er ihre Gedanken gelesen.
»Ich glaube schon.«
»Es würde jedem anderen auch zu schaffen machen.« Sein Blick hielt dem ihren stand, und sie bemerkte die grünen Sprenkel in seinen Augen. »Komm«, forderte er sie auf und zog den Korkenzieher aus ihrem Gürtel. »Lass uns das alles für eine Weile vergessen.« Er verschränkte seine Finger mit ihren, legte die Hand, die das Glas hielt, um

den Hals der Weinflasche und führte Sam durchs Wohnzimmer.
»Hey, Moment mal ... Wohin gehen wir?«, fragte sie.
»Das wirst du schon sehen. Halt mal.« Er reichte ihr Flasche und Glas, öffnete die Fenstertüren und lotste Sam hinaus in den Garten.
Das Wasser des Sees glitzerte im Mondschein, ein silbriger Schimmer lag über Gras, Büschen, Bäumen und den Masten von Tys Segelboot. Natürlich! Sein Wagen hatte nicht auf der Zufahrt gestanden, und Sam hatte geglaubt, er sei zu Fuß gekommen. Stattdessen hatte er jedoch das Boot benutzt.
»Was hast du vor?«, erkundigte sie sich, als er sie erneut bei der Hand nahm und zum Anleger geleitete.
»Du hast eine Bootstour kürzlich abgelehnt, weißt du noch?«, sagte er und begann zu laufen. Sam war barfuß und hatte Mühe, Schritt zu halten. »Ich finde, es ist an der Zeit, dass du dich überwindest.«
Vor ihnen erhob sich die *Strahlender Engel*. »Und ich finde, du bist verrückt.«
»Das ist zweifellos deine professionelle Meinung«, erwiderte er. Sie hatten den Anleger erreicht, und er half ihr auf die Schaluppe.
»Ja, zweifellos.« Es war wirklich verrückt. Und wunderbar. Während sie Gläser und Flasche hielt, löste er die Leinen, warf den Motor an, schaltete die Begrenzungslichter ein und legte ab. Im tieferen Wasser angelangt, setzte er die Segel.
»Ist das nicht verboten?«, wollte Sam wissen. Die Segel klatschten und blähten sich im Wind. Die Schaluppe

durchschnitt das Wasser, ließ das Ufer hinter sich, tauchte in die Dunkelheit ein. Die Außenbeleuchtung einiger weniger Häuser schien warm.
»Was? Was soll verboten sein?« Er stand breitbeinig da und blinzelte in die Finsternis, die Hände am Steuerrad.
»Nachts zu segeln.«
»Weiß ich nicht. Aber wenn, dann wäre es schade.«
Sie ging zu ihm und stellte sich neben ihn ans Steuer. Während der Bug des Bootes das dunkle Wasser teilte, spielte die Brise mit ihrem Haar. Es war erfrischend und befreiend nach all den einsamen Nächten, den Stunden, die sie in Angst und Sorgen verbracht hatte. Sterne blinkten hell am schwarzen Himmel, und das Wasser erstreckte sich schier endlos bis zum Horizont. Ty hielt das Steuer fest und achtete darauf, dass Wind in die Segel blies, und je nachdem, wie Ty die Leinen lockerte oder straffte, bewegte sich der Mastbaum.
»So lebst du also?«, fragte sie, während er in den Wind lenkte.
»Wie meinst du das?«
»Du führst dein Leben, ohne dich an Regeln zu halten?«
»Vielleicht halte ich mich an meine eigenen Regeln.«
»Das ist keine Antwort auf meine Frage.«
»Mag sein.«
Er drehte das Steuerrad, und das Boot neigte sich. Gischt spritzte auf, und Sam hätte um ein Haar das Gleichgewicht verloren. Tys Hemd flatterte im Wind, und Sam dachte an die Nacht, als sie beinahe sicher gewesen war, dass er an ihrem Haus vorübersegelte, in ihre Fenster spähte.

Er fand eine Stelle in einer finsteren Bucht, wo er den Anker warf und die Segel einholte. Die Sterne glitzerten noch immer hell, der Mond schien wässrig blau. Sam kam auf einmal zu Bewusstsein, dass sie völlig allein waren. Ein Mann, eine Frau. Einander fremd.
Niemand weiß, dass du hier bist. Niemand weiß, dass du mit Ty zusammen bist. Vom Ufer aus hallte ein Eulenschrei über das Windrauschen hinweg.
»Vielleicht hast du Lust, mir ein wenig über dich zu erzählen«, sagte sie.
»Und dich zu Tode zu langweilen?«
»Ich gähne bestimmt nicht.«
»Versprochen?«
»Pfadfinder-Ehrenwort«, entgegnete sie und hob zwei Finger. Der Wind zerrte an ihrem Haar.
»Richtig. Die Pfadfinderinnen.« Er lachte leise. »Wie ich schon andeutete, es ist eine lange, ermüdende Geschichte.«
»Irgendwas sagt mir, dass nichts, was du erzählst, mich langweilen wird.«
Er lachte, und es schallte geheimnisvoll über das Wasser.
»Du willst nur, dass ich mein Leben vor dir ausbreite, damit du mich dann analysieren kannst.«
»Ausgeschlossen! Für heute Nacht habe ich genug.« Sie lehnte sich an den Masten. »Aber ich finde, du bist nun an der Reihe. Du weißt eine ganze Menge über mich. Vermutlich mehr, als gut ist. Lass uns das Konto ausgleichen.«
»Indem ich dir meine Vergangenheit darlege?«, gab er zurück, trank aus seinem Glas und sah sie eindringlich an.

»Genau. Erzähl mir alles«, forderte sie kühn, hielt sich mit einer Hand am Mastbaum fest und neigte sich Ty zu. »Einschließlich deines tiefsten, dunkelsten Geheimnisses.«
Er schaute sie von der Seite an. »Ist das ein Spielchen, etwa wie ›Wahrheit oder Pflicht‹?«
»Dieses Kinderspiel?« Sam erinnerte sich an die Zeit, als sie vierzehn gewesen war und mit Peter und ein paar Freunden draußen auf dem Trampolin übernachtet hatte. Sie hatten im Kreis gesessen und eine Taschenlampe gedreht, und derjenige, auf den diese zeigte, musste entweder den anderen ein Geheimnis verraten oder eine von den übrigen Mitspielern gestellte Aufgabe erfüllen. »Ja, so ähnlich ist es wohl«, sagte sie. »Also, schieß los.« Sie drehte im Mondlicht das halb leere Glas zwischen den Fingern.
»Ich wähle Pflicht.«
»Das geht nicht.«
»Natürlich geht das.« Er sah ihr fest in die Augen. »Ich wähle Pflicht.«
Sie spürte ein sündiges erwartungsvolles Schaudern. Leise plätscherte das Wasser an den Seiten der Schaluppe.
»Gib mir lieber eine Aufgabe statt mich zu zwingen, die Wahrheit zu sagen.«
Trotz der Dunkelheit erkannte sie seinen herausfordernden Blick, und obwohl ihr Verstand sie davor warnte, einen kapitalen Fehler zu begehen, nahm sie einen Schluck Wein und sagte: »Okay, ich verpflichte dich dazu, die Wahrheit zu sagen.«
»Oh, oh. Du schummelst. Diese Runde hast du verloren.«

Er trank den letzten Rest Wein aus und trat näher an Sam heran, so nahe, dass seine Schuhspitzen ihre nackten Füße berührten.
»Augenblick mal, so haben wir nicht gewettet«, protestierte sie, doch sie spürte mit Behagen, wie sein Arm ihre Taille umfing. »Ich kann gar keine Runde verlieren.«
»Mein Boot«, erklärte er, »meine Regeln.« Durch die Baumwolle ihrer Bluse hindurch spürte sie seine Hand in ihrem Kreuz. Hitze drang durch den Stoff, und plötzlich fiel ihr das Atmen schwer. Er war zu nahe, seine Berührung viel zu sinnlich. Und trotzdem konnte sie ihm nicht widerstehen. »So habe ich das Spiel schon immer gespielt«, flüsterte er dicht an ihrem Ohr. »Also, Samantha, Wahrheit oder Pflicht?«
»Ich ... Ich weiß nicht ...« Ihr Herz raste, ihr Blut kochte.
»Aber sicher weißt du es.«
Sie schluckte, spürte, dass der Wein ihr zu Kopf stieg. »Okay ... Pflicht.«
»Ich verpflichte dich, mich zu küssen.«
O Gott. Während das Boot sanft auf dem Wasser schaukelte und über ihnen die Masten ächzten, umschlang sein Arm sie noch fester und zog sie enger an ihn.
»Ganz recht, küss mich«, verlangte er. Sein Atem streifte heiß ihren Hals. »Und hör nicht wieder auf.«
»Niemals?« Schweiß trat ihr auf die Stirn.
»Erst, wenn ich es sage.«
»Das könnte gefährlich sein.«
»Ganz bestimmt«, versprach er. »Ich verlasse mich darauf.«

Sein Mund war so nahe, dass er ihr Haar berührte. Die Knie wurden ihr weich. »Aber –«
»Schschsch. Kein Aber. Du hast Pflicht gewählt, und ich habe dich verpflichtet.«
Die Hand in ihrem Rücken presste sie fest an ihn, drängte ihre Hüften an seine, und sie spürte seine harte Erektion an ihrem Venushügel.
Sie fuhr sich mit der Zunge über die Lippen, und das entging ihm nicht. Obwohl sich ihre Münder noch nicht berührt hatten, war ihr klar, dass sie tun würde, was er verlangt hatte.
»Komm schon, Sam«, sagte er, und ihre Haut prickelte am ganzen Körper. »Küss mich.«
Das Wasser plätscherte. Der Wind seufzte. Sam wurde von heftigem Begehren gepackt. Sie neigte sich vor. Schloss die Augen, legte die Hände um seinen Nacken, zog seinen Kopf zu sich herab und legte ihren Mund auf seinen. Sie öffnete die Lippen, und er stöhnte, bewegte sich an ihr, schob sein Bein zwischen ihre Schenkel, sodass sich ihr Rocksaum dehnte, und tauchte seine Zunge in ihren Mund.
Er fühlte sich hart und heiß an, und während er sie küsste, spannten sich seine Muskeln an.
Tu's nicht, Sam, geh nicht zu weit ... Du kennst ihn nicht ...
Sein Mund wanderte weiter zu ihrer Halsbeuge und knabberte an ihrer Haut.
Innerlich pulsierend, voller Verlangen, spürte sie, wie die Knöpfe ihrer Bluse geöffnet wurden, spürte den Wind auf ihrer feuchten Haut, seine Lippen und Zähne an ihrer

Brust. Seine Hände glitten in den Bund ihres Rocks, tasteten, heiße Fingerspitzen auf ihrer nackten Haut.
Alles in ihr drängte ihm entgegen. Sie schob sein Hemd hoch und legte ihre Hand auf seinen Hosenbund. In dem Moment zog er sie aufs Deck hinab. Er atmete schwer, seine Hände und Lippen waren überall, und sie konnte und wollte sich nicht wehren.
Verschwommen tauchte der Gedanke auf, dass er der Mann sein könnte, der sie terrorisierte, er verflüchtigte sich jedoch schnell wieder, verlor sich in seinem Moschusduft und dem Geschmack von Salz auf seiner Haut. Seine Hände zogen sie aus, berührten, liebkosten sie, fanden erogene Stellen an ihrem Körper, von deren Existenz sie selbst nichts gewusst hatte.
»Du willst mich«, bemerkte er, als ihre Finger über die stählernen Muskeln seines Arms strichen.
»Nein ...« Sie brachte das Wort kaum hervor. Er öffnete ihren BH und streifte ihr die Träger von den Schultern.
»Du ... willst mich.«
»Mhm.« Er küsste ihre Brust, berührte die Spitze mit den Zähnen. Sie wand sich. Ihre Haut glänzte vor Schweiß.
»Und du willst mich.«
»Nein ...«
»Doch.« Er senkte den Kopf und küsste die zweite Brustspitze. Heftiger. Leicht knabbernd. Sie bog den Rücken durch und spürte die warme Feuchtigkeit zwischen ihren Schenkeln.
Von ihrem Begehren überwältigt schloss sie die Augen. Das Blut rauschte ihr in den Ohren, ihr Körper verlangte nach ihm.

»Braves Mädchen«, flüsterte er, und eine Hand schlüpfte unter ihren Rock.
»O Gott«, schrie sie, als er ihren Unterleib küsste und dabei ihre Wade liebkoste, mit der Hand höher wanderte, über das Knie. Während seine Zunge ihren Nabel umkreiste, schob er ihren Rock hoch. Sie konnte kaum atmen, konnte sich ihm nur entgegenwölben, zitternd vor Erwartung und Begierde.
»Locker, Samantha.« Er stieß die Luft an ihrer Haut aus und zupfte mit den Zähnen an ihrem Rockbund.
Seine Hand glitt noch immer weiter aufwärts, stumpfe Fingerspitzen streiften die Innenseite ihrer Oberschenkel, heißer Atem wärmte ihren Unterleib. Ihre Kehle war wie ausgedörrt, und sie wand sich ruhelos unter ihm.
»Ganz locker, ich bin bei dir«, versicherte er, presste die Worte geradezu in ihre Haut. Als er ihren Slip zur Seite schob und gerade genug Raum fand, um mit den Fingern zu tasten, hielten ihre Hände seinen Kopf fest.
»Oooh«, flüsterte sie und wühlte in seinem Haar. »Ohhh, Ty.«
»So gefällst du mir, Samantha.«
Sie bewegte sich im Einklang mit ihm, hob die Hüften an, rang keuchend nach Luft.
Sie noch immer streichelnd hob er den Kopf, fand ihre Lippen und küsste sie wild. Und seine Finger vollführten ihr Zauberwerk. Schneller. Tiefer. Heftiger.
»Ich glaube nicht ... ich ...«
Sie bekam kaum Luft, konnte nicht denken, und sie wollte mehr ... viel, viel mehr. »Ty ... O Gott, Ty ... Ty« Sie folgte seinem Rhythmus, küsste ihn, klammerte sich an

ihn und grub ihre Finger in seinen Rücken. Dann kam die erste Explosion wie ein wilder Rausch. Ihre Muskeln zogen sich zusammen, doch er hörte nicht auf, hörte nicht auf zu streicheln und zu massieren, ließ nicht zu, dass sie sich entspannte. Die Glut baute sich erneut auf. Noch heißer.
»Du willst mich«, flüsterte er ihr ins Ohr.
»Ja. Verdammt noch mal, ja!« Sie nestelte am Bund seiner Jeans, machte sich an den Knöpfen zu schaffen, bis sich die Hose hinunterschieben ließ. Als sie ihn umfasste, stöhnte er auf. Mit einer raschen Bewegung entledigte er sich seiner Schuhe und seiner Levi's und drängte mit seinen Knien ihre Beine auseinander.
»Du ... willst mich ...«, sagte sie und schaute zu Ty auf. Im Licht der Sterne war sein Gesicht kaum zu erkennen.
»Mehr als du dir vorstellen kannst, Liebling.« Sein Mund legte sich auf ihren und erstickte jeden weiteren Gedanken in ihr. Er stieß heftig in sie hinein und drückte sie mit seinem Körpergewicht aufs Deck, drängte sich gegen sie, hielt sie fest, als wollte er sie nie wieder loslassen. Immer und immer wieder schoss die Glut in ihr hoch.
Mehr, dachte sie völlig außer sich, *ich will mehr.* Das Tempo steigerte sich. Sein Atem ging so flach wie ihrer, sein Körper arbeitete, seine muskulösen Schenkel pressten sich heftig gegen ihre. Sie hörte ein wildes Stöhnen durch die Nacht hallen, ohne sich bewusst zu werden, dass es ihre eigene Stimme war. Sie war völlig erschöpft, dennoch drehte sie sich, bis sie über ihm war. Der Wind streifte ihre erhitzte Haut, kühlte sie ab.
Kräftige Hüften bewegten sich unter ihr. Große Hände

umfingen ihre Brüste, kneteten und streichelten. Sie nahm seinen Rhythmus auf, stützte sich mit den Handflächen an seinen Schultern ab, atmete die frische feuchte Luft ein, und wieder loderte das Feuer in ihr auf.
Der Wind fuhr durch ihr Haar, und sie blickte hinab in die dunklen, geheimnisvollen Augen dieses Mannes, der zu ihrem Lover geworden war, und ihre Finger krallten sich in seine Schultermuskeln.
Er sog rasch und scharf den Atem ein und erstarrte dann in ihr. Als die Erfüllung kam, traten die Sehnen seitlich an seinem Nacken hervor, und er kniff die Lippen zusammen. Samanthas ganzer Körper zuckte unter ihrem Orgasmus, dann sank sie über ihm zusammen. Sie war diesem Mann verfallen, von dem sie wusste, dass sie ihm nicht trauen durfte.
Gott steh mir bei.

18. Kapitel

Was habe ich getan?
Als die ersten Sonnenstrahlen durch das kleine Bullauge über dem Bett fielen, bedachte sich Ty Wheeler im Stillen selbst mit den ausgesuchtesten Schimpfwörtern.
Samantha lag in den zerwühlten Laken, mit zerzaustem dunkelroten Haar und geschlossenen Augen. Sie atmete gleichmäßig. Irgendwann in der vergangenen Nacht hatte er sie in die Koje getragen. Sie hatten sich bis in die Morgenstunden hinein geliebt, und noch immer blitzten in seinem Kopf Bilder von ihrem Körper auf, geschmeidig und schlank, wie er unter ihm lag oder rittlings auf ihm saß. Sie war verspielt und sexy und teuflisch kokett, eine unvergleichliche Liebhaberin. Allein bei dem Gedanken an sie, an ihren Geschmack, an ihre unverfälschte, geradezu animalische Leidenschaft brach ihm am ganzen Körper der Schweiß aus.
Hinterher waren sie beide völlig erschöpft eingeschlafen.
Ty hatte sich geschworen, sich nicht mit ihr einzulassen, objektiv zu bleiben, und trotzdem hatte er in der vergangenen Nacht alle Vorsicht in den Wind geschlagen und war mit ihr im Bett gelandet. Jetzt, während er auf einer Kochplatte Wasser erhitzte, bezeichnete er sich selbst als ausgemachten Dummkopf.
Sie regte sich, bewegte im Schlaf die Lippen und seufzte, und sein Verlangen nach ihr flammte von Neuem auf.

Ein grünes Auge öffnete sich zu einem Schlitz. »Was starrst du so an?«, fragte sie, reckte sich träge und streckte eine Faust über ihren Kopf hinweg, bis sie die Wand berührte.
»Dich.«
»Ich sehe bestimmt grässlich aus.« Streng darauf bedacht, dass die Bettdecke ihre Brüste verbarg, stützte sie sich auf einen Ellbogen auf. »Wie spät ist es?«
»Sieben.«
Stöhnend sagte sie: »Und wir sind wach ... Warum?«
»Weil wir uns mitten auf dem See befinden und langsam zurückfahren sollten. Ich koche Kaffee.«
»Starken Kaffee, hoffe ich.«
»So stark, dass dir Brusthaare wachsen.«
»Das fehlt mir gerade noch«, brummte sie.
Er zwinkerte ihr zu. »Glaub mir, deine Brust ist schon richtig.«
»Tja, wegen ... was letzte Nacht betrifft, ich finde, wir sollten darüber reden.«
»Das finden Frauen immer.«
»Wir haben unsere Gründe.« Sie schüttelte fassungslos den Kopf. »Falls es dir entfallen sein sollte: Wir haben beim Sex nicht unbedingt an Sicherheit gedacht. Außerdem weiß ich nicht gerade viel über dich. Wer sagt mir, dass du nicht irgendwo eine Frau und ein Dutzend Kinder versteckt hältst.«
»In meinem Leben gibt es keine Kinder, keine Frau, nicht einmal eine Verlobte. Seit einem Jahr hatte ich nichts mit einer Frau, und ich habe kein Aids. Ob du es glaubst oder nicht, für gewöhnlich bin ich bedeutend vorsichtiger.«

»Ich auch.«

»Wie sieht es bei dir aus?«, fragte er und wunderte sich darüber, dass es ihm wichtig war, ob sie in einer Partnerschaft lebte oder nicht.

»Ich habe dir ja von David erzählt. Wir waren etwa ein halbes Jahr zusammen, dann bin ich nach New Orleans gezogen, und die Beziehung ist auseinander gebröckelt.«

Sie seufzte und blickte aus diesen unglaublich grünen Augen zu ihm auf.

»Wir sind letzten Monat zusammen nach Mexiko geflogen. Er wollte, dass wir wieder zueinander finden, aber es hat nicht geklappt.«

»Bist du sicher?«

»Ganz sicher.« Sie neigte den Kopf zur Seite. »Sag mal, habe ich geträumt, oder hast du eben angekündigt, du würdest Kaffee kochen?«

»Du hast nicht geträumt. Allerdings habe ich nur Instantkaffee. Ich kann ihn so stark machen, wie du nur willst.«

»Nicht übel.«

»Und dann sollten wir wirklich zurückfahren.«

Die Kombüse war kaum mehr als eine Kochplatte im einzigen Raum der Schaluppe. Ty holte ein Glas Instantkaffee hervor und goss kochendes Wasser in zwei Tassen.

»Ty?«

»Ja?« Er hielt inne und schaute sie über die Schulter hinweg an. Sie war noch immer in die Bettdecke gewickelt und sah mit ihren nackten Schultern ungeheuer sexy aus.

»Du sollst nur wissen, dass ich normalerweise nicht ...«

Sie ließ den Blick durch die kleine Kajüte schweifen, dann

schaute sie ihn wieder an. »Ich gehöre nicht zu der Sorte Frau, die mit allen möglichen Männern schläft.« Sie strich sich mit einer Hand das Haar aus dem Gesicht. »Ich weiß nicht, was letzte Nacht in mich gefahren ist.«
»Du hast mich unwiderstehlich gefunden«, erläuterte er und schenkte ihr sein verheerendes freches Lächeln. Dann gab er Kaffee in die zwei Tassen.
»Ja, so wird es gewesen sein«, sagte sie sarkastisch, konnte das Körnchen Wahrheit in seinem Spruch jedoch nicht verleugnen. Sie hatte sich völlig untypisch verhalten – oder etwa doch nicht? Ein Teil von ihr neigte von jeher dazu, sich nah am Abgrund zu bewegen, Risiken einzugehen – wie ihr Bruder. Peter hatte sich nie an Regeln gehalten. Nie.
Und dafür hatte er bezahlen müssen.
Irgendwann war er einfach abgetaucht, war nur noch gelegentlich aufgekreuzt, und zwar meistens pleite. Er hatte dann stets wilde Geschichten aufgetischt, die Sam ihm nicht abgekauft hatte. Kein Mensch konnte einen anderen so gut an der Nase herumführen wie ihr Bruder.
Sie fand nun ihren Rock, der am Boden lag. Irreparabel zerknittert. Pech. Innerlich mit sich selbst schimpfend schlüpfte sie in ihre Kleider. Sie konnte ihr Tun nicht einmal mit dem übermäßigen Weingenuss entschuldigen. Ja, sie war müde gewesen und angespannt, erleichtert, Ty auf ihrer Veranda vorzufinden. Und doch entsprach es nicht ihrer Gewohnheit, einfach ihren gesunden Menschenverstand und ihre Moral über Bord zu werfen. Wenn eine ihrer Hörerinnen sie anriefe und gestände, dass sie wegen eines *Spiels,* eines albernen Kinderspiels, mit einem bei-

nahe Fremden ins Bett gestiegen sei, würde Dr. Sam ihr gehörig die Leviten lesen.
Sie war gerade aufgestanden und zog den Reißverschluss ihres Rocks hoch, da drehte sich Ty zu ihr um, zwei Tassen mit dampfendem Kaffee in den Händen. »Bitte schön, Sonnenschein«, sagte er und reichte ihr eine Tasse. »Und jetzt begebe ich mich lieber an Deck; wir sollten aufbrechen. Oh – eins noch.« Als wollte er mit ihr anstoßen, hob er ihr seine Tasse entgegen. »Auf ›Wahrheit und Pflicht‹.« Seine Augen lachten, und sie spürte einen Stich im Herzen.
Er nahm einen Schluck Kaffee und ging in Richtung Treppe. »Das nächste Mal könnten wir vielleicht ›Stille Post‹ spielen.«
»Oder ›Flaschendrehen‹.«
»Oder ›Doktor‹.«
»Du kennst dich gut aus«, stellte sie fest und folgte ihm an Deck.
Wind war aufgekommen, und nur spärliche Sonnenstrahlen schafften es, die dicke Wolkendecke zu durchbrechen. Ty arbeitete rasch, lichtete den Anker, setzte die Segel und lenkte die Schaluppe dann über das graue Wasser. An diesem Morgen war die Fahrt rauer; als Sam versuchte zu trinken und das Gleichgewicht zu halten, schwappte Kaffee über. Bald schon erkannte sie das Ufer von Cambrai, und als sie ihr Haus mit dem sonnengebleichten Anleger, den stattlichen immergrünen Eichen und der leuchtenden Bougainvillea über der Veranda sah, musste sie unwillkürlich lächeln.
»Erzähl mir von deinem Buch«, bat sie. Er drosselte

das Tempo und holte die Segel ein. »Wie hast du es Melanie beschrieben? Eine Mischung aus ›Pferdeflüsterer‹ und ...«

»... ›Das Schweigen der Lämmer‹. Das war natürlich ein Scherz. In Wirklichkeit schreibe ich über ein paar Fälle, die ich als Polizist bearbeitet habe.«

»Du warst Polizist?«, fragte sie verblüfft.

»In einem meiner früheren Leben.«

»Dein Buch ist also praktisch eine Dokumentation über Verbrechen?«

Er zögerte. »Eher Fiktion auf der Grundlage von Tatsachen.«

Er steuerte das Boot in seichteres Wasser und furchte die Stirn, und Sam spürte, dass er etwas verschwieg, ein Geheimnis wahrte. »Und wie geht es voran?«

»Ganz gut. Ich bin auf ein paar Hindernisse gestoßen, doch die werde ich ausräumen können.«

Sehr verschwommen. »Wo warst du Polizist?«, erkundigte sie sich.

»In Texas.«

»Ranger?«

»Nein, Detective. Hol bitte mal die Leine da, ja?« Er wies auf ein zusammengerolltes Tau und brachte die Stoßdämpfer an, damit die Schaluppe nicht den hölzernen Anleger rammte. Dann machte er sie fest. »Ich begleite dich ins Haus.«

»Nicht nötig. Es ist schließlich heller Tag.«

»Mir wäre dann aber wohler«, beharrte er, schon auf dem Weg zur hinteren Veranda und nicht bereit, ihre Widerrede zu akzeptieren.

Die Fenstertüren standen offen, so, wie sie sie verlassen hatten, die Alarmanlage war nicht eingeschaltet. Samantha hatte am Vorabend nicht daran gedacht, war zu sehr mit Ty beschäftigt gewesen und hatte auch nicht damit gerechnet, dem Haus für längere Zeit den Rücken zu kehren.
Sie hatte sich geirrt.
Charon hatte sich unter einem Stuhl im Esszimmer versteckt, und etwas Sonderbares lag in der Luft ... etwas, das ihr ein mulmiges Gefühl verursachte.
Samanthas Kopfhaut prickelte. »Vielleicht bin ich nur müde, aber ich ... ich habe den Eindruck, dass jemand hier war.« Sie sah sich selbst flüchtig im Spiegel über der Anrichte, registrierte ihren desolaten Zustand und wurde sich bewusst, dass sie nur wenige Stunden Schlaf gehabt hatte. »Vielleicht bilde ich mir das aber auch nur ein.« Sie begegnete Tys Blick im Spiegel. Seine Augen waren dunkel; sein stoppeliges Kinn wirkte plötzlich kantig und steinhart.
»Schauen wir lieber nach.«
Während sie das Erdgeschoss durchkämmte und nichts Außergewöhnliches entdeckte, sagte sie sich, dass sie überreagierte. Alles stand am richtigen Platz – und doch bemerkte sie einen fremden Geruch im Haus, die Atmosphäre schien gestört. Gemeinsam stiegen sie die Treppe hinauf. Die Bodendielen knarrten, der Ventilator im Schlafzimmer surrte.
Sie spürte, dass etwas nicht stimmte, doch im Schlafzimmer war niemand, auch nicht im Bad. Sie überprüften jedes Zimmer, jeden Schrank, doch das Haus war leer. Und still.

»Wahrscheinlich bilde ich mir wirklich alles nur ein«, sagte sie ohne rechte Überzeugung, als sie zurück ins Erdgeschoss gingen. Charon schlüpfte unter dem Esstisch hervor.
»Du kommst zurecht?«, fragte Ty.
»Ja. Natürlich.« Sie würde es nicht zulassen, dass sie sich in ihren eigenen vier Wänden unsicher fühlte.
»Schließ alle Türen ab und schalt die Alarmanlage ein.«
»Gut, mach ich«, versprach sie auf dem Weg nach draußen. Das Wetter hatte aufgeklart, die Wolkendecke lockerte sich, die Hitze nahm zu und flimmerte über dem Wasser.
»Ich ruf dich später an«, verkündete er.
»Ich komme schon klar.«
»Ja, aber ich vielleicht nicht.«
Sie lachte, und er zog sie in seine Arme. Nase an Nase sagte er: »Sei auf der Hut, Sam.« Dann küsste er sie. So heftig, dass sie neben der Wärme seiner Lippen auch das Kratzen seiner Bartstoppeln spürte. Ein Kaleidoskop von Erinnerungen an die vergangene Nacht tanzte durch ihren Kopf, und als er mit der Zunge die Konturen ihres Mundes nachzeichnete, seufzte sie. Er löste sich von ihr.
»Ruf mich an, wann immer du willst.«
Dann war er fort, sprang geschmeidig von der Veranda und joggte durch den sonnenbeschienenen Garten hinüber zum Anleger, wo die *Strahlender Engel* an ihren Tauen zerrte. Er legte ab und setzte die Segel, und Sam sah dem Boot von der Veranda aus nach, bis es um die Landzunge herum verschwand.
Charon folgte ihr die Treppe hinauf, wartete, bis sie ge-

duscht hatte, und lief ihr dann in den begehbaren Kleiderschrank nach, wo sie Shorts und T-Shirt anzog. Sie machte gerade ihre Gürtelschnalle zu und war im Begriff, in ein Paar alte Tennisschuhe zu schlüpfen, da fiel ihr Blick durch die Tür auf die antike Kommode, und sie bemerkte, dass die zweite Schublade nicht richtig geschlossen war, sondern einen kleinen Spaltbreit offen stand, kaum weit genug, um Aufmerksamkeit zu erregen.
Sie sagte sich, es sei nur Einbildung und wahrscheinlich habe sie selbst die Schublade nicht richtig zugeschoben. Sie schlenderte hinüber, um sie zu schließen, überlegte es sich jedoch anders und öffnete die Schublade, die ihre Slips, BHs, Hemdchen und ... zwei Bodys enthielt. Ihr roter Body lag jedoch nicht darin.
Sie wusste, dass sie ihn nicht mit nach Mexiko genommen und seitdem auch nicht mehr angezogen hatte. Nein, das letzte Mal hatte sie ihn am Valentinstag getragen, zum Spaß, nur, weil er rot war. Wo mochte er also sein? Sie durchwühlte sämtliche Schubladen und suchte auch im Schrank danach, doch der Body blieb verschwunden.
Sie nagte an ihrer Unterlippe, mahnte sich zur Ruhe und versuchte sich einzureden, dass sie ihn einfach verlegt hatte.
Doch tief im Inneren wusste sie, dass jemand ihn entwendet hatte.
Mit hämmerndem Herzen durchforstete sie das ganze Haus. Ihr Schmuck war nicht angetastet worden. Fernseher, Stereoanlage, Computer, Tafelsilber und Barschrank waren unberührt. Das einzige Stück, das fehlte, war ihr

spitzenbesetzter knapper roter Body, und als sie überlegte, wer Interesse an einem derart intimen Wäschestück haben könnte, wollte ihr das Blut in den Adern gefrieren.
Zweifellos war es John.

19. Kapitel

Jeremy Leeds, Doktor der Psychologie, war ein Stinkstiefel. Als Bentz in der kleinen Nische saß, der dem Professor an der Tulane-Universität als Büro diente, war er sich dessen absolut sicher. Doch Leeds war nicht nur ein gewöhnlicher widerlicher Stinkstiefel, sondern obendrein auch ein selbstgerechter, scheinheiliger Egomane, einer von der Sorte, die einen mit herablassendem Lächeln streng in die Schranken wies.
Es hätte Bentz nicht wundern sollen. Waren nicht alle Seelenklempner auf die eine oder andere Art völlig durchgeknallt?
Es war einfach nur verdammt schwer, sich Samantha Leeds als Ehefrau dieses Kerls vorzustellen. Der Gedanke lag Bentz schwer im Magen. Während sich der Detective in der voll gestellten Nische umsah, versuchte er, diese Tatsache zu verdrängen. Der stickige Raum war vom Boden bis zur Decke ausgefüllt mit Regalen voller Bücher über Beziehungen, Sexualität, Komplexe und dergleichen mehr und hatte nur ein verstaubtes Fenster. Ein einziger verschrumpelter Weihnachtskaktus, der schon vor Jahrzehnten hätte entsorgt werden müssen, stand auf dem Schreibtisch. Das Büro sah im Grunde genauso aus, wie Bentz erwartet hatte. Der Mann jedoch nicht.
Dr. Leeds war groß und schlaksig, hatte scharfe Falkenaugen und wirkte ganz und gar nicht wie der zerknitterte exzentrische Professor, den Hollywood so gern herauf-

beschwor. Sein ziemlich langes, stahlgraues Haar lockte sich ein wenig, war aber augenscheinlich professionell geschnitten und gestylt, sein Bart war sauber und trendy, seine Jacke aus glattem schwarzen Leder, und auf seiner geraden Adlernase saß eine modische randlose Brille. Ein schäbiges Fischgrät-Jackett mit Wildlederflicken an den Ellbogen kam für diesen Professor nicht infrage. Es gab nicht die Spur von einem Pfeifenständer, und es roch auch nicht nach Tabakrauch, wenngleich in einem Humidor aus Glas Zigarren ausgestellt waren – offenbar Professor Leeds' einziges sichtbares Laster.
»Möchten Sie eine?«, fragte der Professor, als er den Blick des Detectives auf dem Glaskasten haften sah.
»Nein, danke.«
»Sie kommen aus Kuba, aber verraten Sie es nicht. Von Hand gerollt. Dieser Teil des Gesprächs ist vertraulich, nicht wahr?«
»Aber nur dieser Teil.«
Leeds entnahm dem Humidor eine lange Zigarre, zog sie unter seiner Nase durch und inhalierte tief. Reine Effekthascherei. Der Duft des Tabaks trieb durch den warmen Raum.
Bentz hatte kein Interesse am Theater des Professors. Er wollte nur das Verhör hinter sich bringen, denn nichts anderes war das Gespräch, das er mit Dr. Leeds führen musste. Das Blitzen in dessen Augen ließ ihn jedoch vermuten, dass der Doktor das Treffen genoss, sich über die Gelegenheit freute, seinen Verstand mit dem eines Trottels von der Polizei zu messen, sein Spielchen zu treiben. Zuvor hatte Bentz in der Universität angerufen, sich nach

Dr. Leeds' Sprechstunden erkundigt und war dann unangemeldet aufgetaucht. Der Professor telefonierte gerade, steckte tief in einem hitzigen Gespräch, hob aber den Blick, als Bentz in der offenen Tür erschien. Leeds beendete das Gespräch erschrocken mit einem »Ja, ja, ich weiß. Ich sagte doch, ich rufe zurück, und das werde ich auch tun«. Er legte auf, gab sich nicht die Mühe, seinen Ärger zu verbergen, und fragte mit einer abschätzigen Handbewegung: »Kann ich etwas für Sie tun?«
»Falls Sie Jeremy Leeds sind, ja.«
Buschige Augenbrauen fuhren in die Höhe.
»*Professor* Jeremy Leeds«, korrigierte sich Bentz.
»Doktor ist mir lieber.«
Kann ich mir denken, dachte Bentz, stellte sich kurz vor und hielt dem Mann seine Dienstmarke unter die ausgeprägte Nase.
Leeds griff nach seiner Brille, betrachtete die Marke und schnaubte durch die Nase. Er presste die Lippen aufeinander. »Officer Bentz.«
»Detective ist mir lieber.«
Die Augen des Professors blitzten auf. »Schön, *Detective*.« Er lehnte sich in seinem Polstersessel zurück. »Vermutlich geht es um meine Exfrau. Wie ich hörte, steckt sie wieder in Schwierigkeiten.«
»Wieder?«, fragte Bentz. Leeds deutete auf ein kleines Zweiersofa, das eingeklemmt zwischen der Zimmerecke und seinem Schreibtisch stand. Bentz ließ sich dort nieder, schaltete seinen Taschenrekorder ein und machte sich Notizen.
»Über die Vorfälle in Houston sind Sie doch sicher infor-

miert.« Leeds ging nicht näher darauf ein, sagte nur: »Das war ein Riesenfiasko, aber Samantha hat es selbst verursacht.« Er blickte aus dem halb offenen Fenster und verzog gereizt den Mund. »Ich weiß, das klingt hart, aber ich halte nicht viel von Radiopsychologie. Das ist nur Show, verstehen Sie? Nicht seriös. Nur ein Medium für viele Menschen, die sich darstellen wollen. Zieht unseren Berufsstand in den Schmutz. Daher stammen Bezeichnungen wie ›Psychogequatsche‹ und ›Seelenklempner‹ und so weiter. Das ist abschätzig und … ach, was soll's.« Er hob resigniert die Hände. »Entschuldigen Sie meine Abschweifung. Mein persönlicher wunder Punkt, fürchte ich.« Er schenkte Bentz nun seine ungeteilte Aufmerksamkeit und schaffte es mit einem leichten, wenn auch falschen Lächeln, seine Stirn zu glätten. »Was wollen Sie von mir? Kommen Sie zur Sache.«

»Ich bin tatsächlich wegen Samantha Leeds hier. Sie waren vor etwa zehn Jahren mit ihr verheiratet?«

»Nur kurz. Sie war eine meiner Studentinnen, und wir … nun ja, wir hatten eine Beziehung.« Sein Lächeln erlosch, und er zog nachdenklich die Brauen zusammen. Er stützte das Kinn auf die zusammengelegten Fingerspitzen und gab zu: »Das war nicht unbedingt eine meiner Sternstunden, wissen Sie? Ich war noch mit meiner ersten Frau verheiratet, natürlich lebten wir getrennt, und … nun ja, Sie kennen Samantha. Sie ist schön. Klug und, wenn sie will, entzückend. Als die Ehe mit Louise, meiner damaligen Frau, zerbrach, wandte ich mich Samantha zu. Das sprach sich in Windeseile herum, und obwohl ich schon die Scheidung eingereicht hatte, war es ein Skandal, und wir brannten durch.«

»Nachdem die Scheidung rechtskräftig war, nehme ich doch an?«
»Natürlich«, blaffte er. »Ich bin kein Bigamist, nur ... Nun ja, ich habe zwei Schwächen. Eine für Tabak aus La Habana – Havanna.« Er hielt noch immer eine Zigarre in der Hand und deutete mit der anderen auf den Humidor. »Die zweite ist meine Vorliebe für schöne Frauen.«
»War Louise auch eine Ihrer Studentinnen?«
Leeds biss die Zähne zusammen. »Nein ... wir haben uns während des Studiums kennen gelernt.«
»Und nach der Scheidung von Samantha haben Sie wieder geheiratet.«
Leeds hatte die Zigarre inzwischen abgelegt, hob nun die geöffneten Hände und sagte: »Ich bin eben heillos romantisch. Ich glaube an die Institution Ehe.«
Genug von dem Mist. Bentz musste zum Kern der Sache vorstoßen. »Hat Samantha, als sie Ihre Studentin war, mal eine Arbeit über Prostitution geschrieben?«
»Nicht eigentlich über Prostitution«, berichtete Leeds. »Es handelte sich um das Psychogramm der Mädchen auf der Straße – was Menschen dazu bringt, ihren Körper zu verkaufen, eher in dieser Richtung.« Seine Brauen zuckten hoch. »Und es war eine ausgezeichnete Arbeit. Wie ich schon sagte, Samantha ist unglaublich intelligent.« Er rieb sich das Kinn, nahm seine Brille ab, legte sie zusammen und deponierte sie vor sich auf dem Schreibtisch. »Pech, dass es nicht funktioniert hat.«
»Was?« Bentz ahnte die Antwort, wollte sie aber vom Professor hören.

»Unsere Ehe.«
»Warum hat sie nicht funktioniert?«
Wieder das niederträchtige Lächeln. »Ich könnte sagen, wir haben uns auseinander entwickelt.«
»Aber das würde ich Ihnen nicht abkaufen.«
»Sie hatte nur ihre Karriere im Sinn.«
»Und Sie haben sich eine Neue gesucht?«
Ein missmutiger Zug störte Jeremy Leeds' ansonsten so zufriedene Miene. »Der Mensch ist von Natur aus nicht zum Einzelgänger geschaffen, Detective. Das sollten Sie eigentlich wissen.«
»Sie bedauern es also, dass Sie nicht mehr mit Samantha verheiratet sind.«
Er kniff die Augen zusammen, als rechnete er mit einer Falle. »Ich habe Ihnen lediglich zu verstehen gegeben, dass ich das Scheitern unserer Ehe bedaure.«
Bentz glaubte ihm nicht. Keine Sekunde lang. Dieser Kerl war zu gekünstelt. Zu sehr von sich selbst besessen. Die Fingernägel des Mannes sahen aus, als wären sie professionell manikürt, er hatte nicht ein Gramm Fett am Leib. Der schmale mannshohe Spiegel, der bei der Garderobe hing, sagte alles.
Bentz stellte noch einige Fragen, bekam jedoch nicht viel aus dem Kerl heraus. Als Bentz schließlich in sein Privatleben eindrang und fragte, wo er sich in den Nächten, als John beim Sender angerufen hatte, aufgehalten habe, stellte Dr. Leeds die Stacheln auf.
»Hören Sie auf, Detective. Sie glauben doch nicht, dass ich damit etwas zu tun habe.« Er zog die Brauen hoch. »Falls Sie das doch glauben, liegen Sie falsch. Ich wünsche

Sam nichts Böses. Selbst dass sie zurück in New Orleans ist, interessiert mich ganz und gar nicht.«

Er beugte sich über den Schreibtisch, wurde ganz persönlich, als wären sie beste Freunde.

»Passen Sie auf, ich habe sie als Studentin bewundert, mich in sie verliebt. Sie hat Charme, Charisma, etwas Besseres fällt mir nicht ein. Und sie war eindeutig eine meiner klügsten Studentinnen.«

»Weil sie sich mit Ihnen eingelassen hat?«

Ein Muskel zuckte unter Leeds' Auge. »Aufgrund der ihr eigenen Intelligenz und ihrer Wissbegier. Dadurch fühlte ich mich zu ihr hingezogen. Aber ich bin auch nur ein Mann. Ich gebe zu, dass ich sie auch sonst umwerfend fand – rein körperlich.« Sein Lächeln war nahezu versonnen. Und künstlich wie das süße inhaltslose Flüstern einer Hure. Theater. »Zwischen Samantha und mir ist schon seit sehr langer Zeit Schluss. Das hat sie Ihnen sicher auch erzählt. Im Grunde ist es reiner Zufall, dass wir wieder in derselben Stadt leben.«

»Wenn Sie das sagen.«

»Genau das sage ich.« Sein Blick wurde wieder stechend. »Ich bin nie umgezogen«, betonte er. »Ich lehre immer noch an derselben Universität. Samantha und ich haben uns getrennt, als sie den Job in Houston annahm. Ich wollte nicht, dass sie New Orleans verließ, und als sie es doch tat, nun, da war unsere Ehe zum Scheitern verurteilt.«

»Und da haben Sie sich mit einer anderen Studentin eingelassen.«

Leeds' Grinsen war keineswegs verlegen. »Ich bekenne mich schuldig.«

Sie redeten noch ein paar Minuten lang. Bentz erfuhr nichts Neues mehr, hatte jedoch das deutliche Gefühl, dass Dr. Leeds – trotz seines anfänglichen Ärgers darüber, sein Telefongespräch unterbrechen und seine Sprechstunde für ein Verhör opfern zu müssen – Spaß daran hatte, in die Ermittlungen einbezogen zu sein, dass es ihn amüsierte, von der Polizei vernommen zu werden. Seine Antworten waren klar, doch in seinem Tonfall schwang Herablassung mit; er, der Mann mit dem hohen IQ, verachtete Menschen, die in seinen Augen von Natur aus nicht so intelligent waren wie er.

Als Leeds ihn aus dem Büro in die heiligen Hallen der Universität geleitete, sagte er: »Schauen Sie rein, wann immer Sie wollen, Officer. Wenn ich Ihnen irgendwie weiterhelfen kann, lassen Sie es mich wissen.«

Noch mehr Theater. Der Kerl war zweifellos ein großer Schauspieler.

Bentz trat hinaus in die drückende Hitze. Gewitterwolken hatten sich aufgetürmt, verdunkelten die Sonne, drohten mit Regen. Bentz schritt über den Parkplatz und fragte sich erneut, wie zum Teufel eine Klassefrau wie Dr. Sam einen Schnösel wie Jeremy Leeds, Psychologieprofessor oder nicht, hatte heiraten können. Es war ihm ein Rätsel. Andererseits hatte er nie verstanden, wie dieses Spiel zwischen Mann und Frau funktionierte. Seine eigene gescheiterte Ehe war der Beweis dafür.

Er ließ sich auf den Fahrersitz gleiten und klappte die Sonnenblende herunter, hinter der er sein Notfallpäckchen Camels versteckte. Während er seinen Wagen zur Parkplatzausfahrt auf die St. Charles lenkte, schob er sich

eine Kippe zwischen die Zähne und betätigte den Zigarettenanzünder. Im Park auf der anderen Straßenseite spielten Kinder, eine Straßenbahn mit offenen Fenstern beförderte neugierige Touristen und gelangweilte Einheimische durch den Gartenbezirk. Der Zigarettenanzünder sprang heraus. Bentz zündete sich die Zigarette an und wartete, dass die Straßenbahn vorüberratterte und eine Lücke im fließenden Verkehr entstand. Er sog den Rauch tief in die Lungen, und das Nikotin fand den Weg in seinen Kreislauf. Fahrgäste stiegen aus der Bahn aus – ein paar schwarze Kinder mit Rucksäcken und CD-Playern, ein älterer Herr mit karierter Mütze und ein großer, dunkelhaariger Typ mit Sonnenbrille. Hinter den Gläsern hervor spähte er zu Bentz herüber, schlüpfte dann zwischen den fahrenden Autos hindurch und eilte an einer Gruppe von Ball spielenden Kindern vorbei zum Audubon-Park.
Der Typ hatte etwas an sich, das Rick störte, obgleich er es nicht benennen konnte. Der Straßenbahnpassagier mochte also keine Bullen. Das war nichts Besonderes und nicht einmal ungewöhnlich. Bentz' Blick folgte dem Kerl durch den Rauch hindurch, der das Wageninnere vernebelte. Bentz sah zu, wie der Mann über den frisch gemähten Rasen zu den Bäumen und der dahinter gelegenen Lagune joggte. Die Straßenbahn fuhr an, erhöhte das Tempo. Bentz schaltete seine Sirene ein, brach durch den Verkehrsstrom, überquerte die Doppelgleise in der Straßenmitte und schlug die Richtung zum Geschäftsviertel ein. Als besagter Mann die Sirene hörte, schaute er sich um, lief jedoch nicht schneller, sondern verschwand einfach zwischen den Bäumen.

Wahrscheinlich ein Junkie, der unter Verfolgungswahn litt und ein paar Gramm Marihuana bei sich trug.
Sonst nichts.
Bentz schaltete die Sirene aus, vergaß den Jogger und konzentrierte sich auf den dichten Verkehr, unablässig mit Fragmenten des Falls Samantha Leeds beschäftigt. Nichts schien zusammenzupassen.
Wer zum Teufel war John?
Worin bestand der Zusammenhang zwischen ihm und Annie Seger?
Warum gab sich eine Frau als ein Mädchen aus, das schon seit neun Jahren tot war?
Gab es eine Beziehung zwischen dem, was sich beim Radiosender zutrug, und den Morden im Französischen Viertel – oder waren die Übereinstimmungen nur Zufall?
Bentz hatte sich bereits mit Männern vom FBI unterhalten, hatte sogar Norm Stowell angerufen, einen Mann, mit dem er in L.A. zusammengearbeitet hatte und der einmal Profiler bei Quantico gewesen war. Stowells Instinkte hatten sich öfter als ein Mal als goldrichtig erwiesen. Bentz vertraute Stowells Meinung mehr als der des Jungen, dem der Fall zugewiesen worden war. Stowell hatte versprochen, die Informationen durchzusehen, die Bentz ihm gefaxt hatte, und sich dann wieder zu melden.
Bentz nahm einen weiteren tiefen Zug aus seiner Zigarette und bremste vor einer roten Ampel in der Nähe des Lafayette Square. Das Rauchen förderte seine Konzentrationsfähigkeit, und er brauchte nun weiß Gott alles an Konzentration, was er aufbringen konnte.
Er dachte an Samanthas Exfreund aus Houston, David

Ross. Wie passte er ins Bild? Die Ampel sprang auf Grün, und Bentz gab Gas. Dann war da noch Ty Wheeler, ein Mann, der, wie Bentz spürte, nicht ganz sauber war. Etwas an dem Kerl störte ihn. Was Männer anging, ließ Samanthas Geschmack einiges zu wünschen übrig. Wie war das zu erklären?
Er wusste aus eigener Erfahrung, dass rationales Denken kaum eine Rolle spielte, wenn es um Lust und Liebe ging. Unglücklicherweise neigten die meisten Menschen, er selbst inbegriffen, dazu, diese beiden Emotionen zu verwechseln.
Und das führte gewöhnlich in die Katastrophe.
Samantha Leeds' Liebesleben war das Paradebeispiel dafür.

20. Kapitel

Sam schob ihre Ausgabe von »Das verlorene Paradies« auf die eine Seite ihres Schreibtisches. Die letzten zwei Stunden hatte sie im Arbeitszimmer verbracht und den Text zum großen Teil überflogen, doch dann war sie zu dem Schluss gekommen, dass sie sich irrte. Ihre Annahme, dass sich John auf dieses Werk bezog, fand keine Bestätigung. Zumindest konnte sie keine Verbindung entdecken. Hinter ihren Augen bauten sich Kopfschmerzen auf, und sie schaltete die Schreibtischlampe aus. Draußen breitete sich die Dämmerung über den See und ihren Garten. Die Schatten wurden tiefer, die ersten Sterne blinkten.
Wer war John? Sie griff nach einem Kuli und drehte ihn zwischen den Fingern. Was wollte er? Ihr Angst machen? War das alles nur ein Spiel für ihn? Oder ging es um mehr, trachtete er ihr wirklich nach dem Leben? Sie wollte sich gerade einen Text über die Psyche des Stalkers vorknöpfen, da läutete das Telefon so laut, dass sie zusammenzuckte.
Beim zweiten Klingeln nahm sie den Hörer ab. »Hallo?«, sagte sie, erwartete jedoch keine Antwort. Schon zweimal hatte sie zuvor zum Hörer gegriffen, und niemand hatte sich gemeldet. Seitdem war sie nervös, zumal heute Donnerstag war, Annie Segers Geburtstag.
»Hi, Sam«, rief jemand fröhlich.
»Corky!« Es tat so gut, die Stimme ihrer Freundin zu

hören. Samantha lehnte sich auf ihrem Stuhl zurück, blickte lächelnd aus dem Fenster und beobachtete ein Eichhörnchen, das von einem dicken Ast einer Eiche zum anderen hüpfte. »Was gibt's?«
»Ich dachte, ich lasse mich mal wieder hören. Meine Mom hat gestern aus L.A. angerufen. Im Countryclub hat sie deinen Dad getroffen, und er sagte, du hättest Probleme. Du hättest dir in Mexiko eine Beinverletzung zugezogen und würdest jetzt von irgendeinem widerlichen Stalker belästigt.«
»Der Buschfunk scheint zu funktionieren.«
»Wenn meine Mom was Neues hört, mit Lichtgeschwindigkeit. Also, was ist los?«
Sam seufzte, stellte sich das Gesicht ihrer Freundin vor und wünschte sich, dass Corky in ihrer Nähe wohnte.
»Das ist eine lange Geschichte.«
»Ich habe gerade viel Zeit, also schieß los.«
»Du willst es so.« Sam informierte Corky über die jüngsten Vorfälle, erzählte ihr von John, Annie, den Anrufen, dem verunstalteten Foto, der Karte.
»Heilige Maria, Mutter Gottes, und heute ist der Geburtstag dieses Mädchens?«, hakte Corky nach, und Sam stellte sich den besorgten Ausdruck in den Augen ihrer Freundin vor.
»Sie wäre fünfundzwanzig geworden.«
»Vielleicht solltest du einen Leibwächter einstellen.«
»Das hat man mir schon nahe gelegt«, antwortete Sam trocken. »Und auch, dass ich meine Katze durch einen Rottweiler ersetzen sollte.«
»Und wenn du bei David einziehst?«

Sam schnaubte und warf einen Blick auf das gerahmte Foto von David, das noch immer neben dem Anrufbeantworter auf ihrem Schreibtisch stand. Gut aussehend, ja. Zum Heiraten geeignet – nein. »Selbst wenn David in New Orleans leben würde, käme das nicht infrage.« Um sich selbst zu beweisen, dass es ihr ernst war, nahm sie das Foto von David vom Schreibtisch und schob es in die unterste Schublade. »Es ist aus.«
»Aber du bist doch mit ihm nach Mexiko gefahren.«
»Ich habe ihn dort *getroffen,* und es hat sich als Albtraum erwiesen. Nach allem, was geschehen ist, kann ich froh sein, wenn David und ich Freunde bleiben. Das Merkwürdige ist, dass die Polizeibeamten sogar in Erwägung ziehen, er könnte etwas mit den Anrufen zu tun haben, die ich erhalte.«
»David Ross?« Corky lachte. »Ausgeschlossen. Wenn sie ihn kennen würden, wären sie erst gar nicht auf die Idee gekommen.«
»Außerdem wohnt er ja in Houston.«
»Okay, also David fällt als Leibwächter aus. Aber wer könnte den Job dann übernehmen? Hast du nicht irgendeinen großen, starken Freund, der für eine Weile bei dir einziehen könnte?«
Sofort entstand Ty Wheelers Bild vor Sams innerem Auge. »Nein. Außerdem brauche ich keinen Mann, der –«
»Was ist mit Pete?«
Sam schaute zu ihrem Examensfoto hinüber. »Du machst wohl Witze! Seit Jahren hat kein Mensch Pete zu Gesicht bekommen.«
»Ich schon. Neulich habe ich ihn getroffen.«

»*Was?*« Sam traute ihren Ohren nicht. »Sprichst du von meinem Bruder?«

»Ja.«

»Aber ... aber ...« Dutzende von Emotionen stürmten auf sie ein, und sofort traten ihr Tränen in die Augen. Bis zu diesem Moment war ihr nicht bewusst gewesen, wie sehr sie unter dem Verschwinden ihres Bruders litt. »Tut mir Leid, Corky, aber das haut mich um. Er macht sich nicht einmal die Mühe, zu Weihnachten oder zu Dads Geburtstag anzurufen ... Geht es ihm gut?«

»Er sah aus, als sei er fit wie ein Turnschuh.«

»Warum hat er sich denn nie gemeldet? Wo hat er gesteckt, was treibt er so?«

»Hey, Moment mal. Eine Frage nach der anderen«, bremste Corky ihre Freundin, und Sam zwang sich, ihre überbordenden Gefühle unter Kontrolle zu bringen.

»Du hast ja Recht«, lenkte sie ein. »Fangen wir von vorn an. Wo hast du Pete getroffen?«

»Hier in Atlanta in einer Bar. Letztes Wochenende. Ich konnte es nicht fassen.«

Ich fasse es auch nicht. Sam wurde es eng in der Brust.

»Was für einen Eindruck machte er?«

»Einen guten. Er sah wirklich blendend aus – aber er hat ja schon immer blendend ausgesehen. Selbst damals, als er Drogen nahm.«

Eine Pause entstand, und Sam griff nach dem Schnappschuss von ihrer Familie. *Du gefühlloser Scheißkerl!*, dachte sie ärgerlich. Wie oft hatte ihr Vater angerufen und nach ihm gefragt! Hundertmal? Zweihundertmal?

»Anscheinend ist er mit sich ins Reine gekommen«, fuhr

Corky fort. »Aber er hat mir keine Telefonnummer gegeben und nicht gesagt, wo er zu erreichen ist. Ich habe ihm nahe gelegt, dich anzurufen, und er sagte, er wolle es sich überlegen.«
»Wie nett von ihm.«
»Hey ... hab doch ein wenig Verständnis. Ich glaube nicht, dass er ein schönes Leben hat.«
»Du hast schon immer für ihn geschwärmt«, warf Sam ihr vor.
»Ja, das stimmt. Früher. Aber wer hat nicht für ihn geschwärmt? Er ist immer noch zum Sterben schön.«
»Wenn du meinst.«
»Okay, ich gebe es zu: Ich stehe nun mal auf attraktive Männer.«
»Und verfällst jedem gleich mit Haut und Haar.«
Corky lachte. »Kann sein.« Sie seufzte vernehmlich. »Wenn es kein Ferngespräch wäre, würde ich ständig in deiner Sendung anrufen und dich um gute Ratschläge für mein Liebesleben anflehen.«
»Ganz bestimmt«, sagte Sam und kicherte. Corky fehlte ihr so sehr! Und in gewisser Weise fehlte Peter ihr auch.
»Im Gegensatz zu dir habe ich die Hoffnung auf die große Liebe noch nicht aufgegeben.«
»Im Gegensatz zu mir bist du keine Realistin«, entgegnete Sam. Charon sprang auf ihren Schoß und begann zu schnurren.
»Pete hat nach dir gefragt, Sam.«
»Tatsächlich?« Wieder stürzten die unterschiedlichsten Gefühle über sie herein, und keins davon war besonders positiv. »Und was ist mit Dad? Hat Pete nach ihm ge-

fragt? Du weißt ja, Dad hat seit Jahren nichts von ihm gehört.«
»Hm, nein, auf deinen Vater ist er nicht zu sprechen gekommen.«
»Versteht sich.« Sam empfand eine völlig unangemessene schmerzhafte Enttäuschung. Warum um alles in der Welt gab sie nie die Hoffnung auf, dass ihr Bruder noch einmal so etwas wie Verantwortung gegenüber seiner Familie entwickeln könnte? »Also, was macht Pete denn jetzt?«, wollte Sam wissen. »Um seinen Lebensunterhalt zu verdienen, meine ich.«
»Ich bin nicht ganz sicher. Er sagte etwas von einer Handyfirma, für die er im gesamten Südosten Funkmasten aufstellt, aber ich hatte irgendwie den Eindruck, dass der Job nun zu Ende ist. Er wohnt hier, in Atlanta, doch er deutete an, dass er umziehen wolle ... Oh, Moment, da kommt ein Anruf, den ich annehmen muss, ich arbeite auf Provisionsbasis, weißt du. Aber in ein paar Wochen bin ich in New Orleans. Ich besuche dich dann und erzähle dir alles Weitere. Bis dann.«
»Tschüs ...« Bevor das Wort ausgesprochen war, hatte Corky aufgelegt, und die Leitung war tot. Den Blick auf das Foto von ihrer Familie geheftet, legte Sam den Hörer auf und versuchte, das Leichentuch der Depression abzuschütteln, das immer an ihr klebte, wenn sie an ihren Bruder dachte. Oder an ihre Mutter.
Tief im Inneren gab Sam noch immer Peter die Schuld am Tod ihrer Mutter, obwohl sie wusste, dass es an der Zeit war, von den alten Ressentiments abzulassen. Sie nahm das Foto auf, folgte mit der Fingerspitze den Konturen

des Gesichts ihrer Mutter und spürte, wie die alte Traurigkeit wieder in ihr aufstieg, wie immer, wenn sie an ihre Mutter dachte. Kurz nach der Aufnahme dieses Fotos war Beth Matheson bei einem Autounfall, der hätte vermieden werden können, ums Leben gekommen.
»Ach, Mom.« Sam schluckte heftig. Vor langer Zeit war Beth auf der verzweifelten Suche nach ihrem Sohn in einer Regennacht in ihr Auto gestiegen und davongefahren. Keine zwei Meilen von zu Hause entfernt hatte sie aufgrund von Aquaplaning an einer roten Ampel nicht rechtzeitig halten können und war von einem Kombifahrer, der gerade in die Kreuzung einbog, gerammt worden. Sie war auf der Stelle tot gewesen.
Und alles nur wegen Petes Faible für Kokain.
Abhängigkeit, berichtigte sich Sam und versuchte, wenigstens einen Teil der Wut zu überwinden, die sie beim Gedanken an den vorzeitigen Tod ihrer Mutter manchmal erfasste. Peter war drogensüchtig. Das war eine Krankheit. Beth Matheson war unvorsichtig gewesen; in jener Nacht hatte sie selbst den Tod gefunden, und der Kombifahrer war so eben mit dem Leben davongekommen und hatte Wochen im Krankenhaus verbringen müssen.
Schnee von gestern.
Sam stellte das Foto zurück. Sie sollte Corky zurückrufen und versuchen, Pete aufzuspüren. Für ihren Vater. *Auch für dich, Sam. Er ist dein einziger Bruder. Du musst aufhören, ihm die Schuld zuzuweisen. Aber er ist so ein verdammter Egoist! Er ruft Dad niemals an. Mich auch nicht. Als ob seine Familie gar nicht existierte.*

Statt sich weiter den Gedanken an ihren Bruder hinzugeben, dem es anscheinend gleichgültig war, ob sie ihn für tot hielt, griff Sam erneut nach dem Hörer. Aus dem Gedächtnis wählte sie Davids Büronummer und erfuhr, dass er ein paar Tage Urlaub genommen hatte.
Wunderbar. Sie verspürte keineswegs das Bedürfnis, mit ihm zu reden, sie wollte sich lediglich rückversichern, dass er mit den Anrufen beim Sender und bei ihr zu Hause nichts zu tun hatte. *David doch nicht,* sagte sie sich. Der erste Anruf erfolgte, als du in Mexiko warst – zusammen mit David. David steckt nicht dahinter. Die Polizei verfolgt eine falsche Fährte.
Trotzdem wählte sie Davids Privatnummer, wartete, bis sich der Anrufbeantworter einschaltete, und legte dann auf. Er war also gar nicht in Houston. Na und?
Sie mochte nicht herumsitzen und sich fragen, was er gerade trieb. Er gehörte nicht mehr zu ihrem Leben, und sie musste sich nicht in Erinnerung rufen, dass sie es so gewollt hatte. Ohne ihn ging es ihr besser. Schließlich hatte sie ihn nie wirklich geliebt.
Glücklicherweise war sie aufgewacht, bevor sie die Hoffnung auf echte Liebe aufgegeben und ihn geheiratet hatte, nur weil sie ihn für einen geeigneten Kandidaten hielt.
»Du bist genauso schlimm wie Corky«, schalt sie sich leise. Sie wandte sich ihrem Computer zu und checkte ihre E-Mails. Die meisten interessierten sie nicht, doch sie fand auch eine Nachricht vom Boucher Center und eine von Leanne.
Hier läuft es nicht so toll. Mom ist ständig sauer, und Jay ruft mich nicht zurück. Ich glaube, ich muss über eine

gewisse Sache mit dir reden. Ruf mich an, wenn du Zeit hast, oder schick mir eine Mail.
»Ach, Schätzchen.« Sam sandte ihr rasch eine Antwort, schlug vor, sich zum Kaffee zu treffen, und wählte dann Leannes Privatnummer. Die Leitung war besetzt, also konnte sie keine Nachricht hinterlassen. Leanne hatte ihr schon öfter ähnliche Mails geschickt, doch Sam hatte das Gefühl, dass das Mädchen nun ernsthaft in Schwierigkeiten steckte. Vielleicht rief sie in dieser Nacht ja in ihrer Sendung an.
Wie Annie Seger es getan hatte?
»Hör auf damit«, sagte sie laut.
Sam hielt sich vor Augen, dass sie Leanne auch noch später anrufen könnte, schubste Charon von ihrem Schoß und stieg die Treppe hinauf ins Obergeschoss. In ihrem Schrank schob sie die langen Kleider auseinander, bückte sich und öffnete die Tür zum Dachboden. Als sie den Lichtschalter betätigte, hörte sie ein wütendes Summen, dann erblickte sie ein Hornissennest in einer Ecke des Spitzgiebels. Glänzende schwarz-gelbe Körper krochen über das Nest. Abgesehen von den Hornissen sah sie Spinnen in Netzen lauern, die von den alten, freiliegenden Dachsparren hingen. Sie fragte sich, ob auch Fledermäuse hier Unterschlupf gefunden hatten, erkannte ein bisschen Kot, aber keine geflügelten kleinen Felltierchen, die kopfüber an den Balken baumelten. Auf dem Dachboden roch es nach Moder und Schimmel – das war nicht der rechte Ort für wichtige Unterlagen. Sie würde Schränke im Arbeitszimmer oder im Gästezimmer einbauen müssen. Mit zusammengebissenen Zähnen kroch sie behutsam

über den groben Holzfußboden und betrachtete den Staub ... War er aufgewühlt? Die Oberfläche der Kisten ... Sie erschien ihr sauberer als erwartet, als hätte jemand sie abgewischt, um nach der Beschriftung zu suchen ... Sie schüttelte den Kopf. Was war nur los mit ihr? Niemand hatte ihren Dachboden betreten, und die Kisten waren noch relativ staubfrei, weil sie sie erst vor drei Monaten aussortiert und hierher gebracht hatte. Vor drei Monaten war sie hier gewesen – und seitdem niemand mehr.
Und dennoch konnte sie den nagenden Zweifel in ihrem Kopf nicht besiegen. War jemand in ihr Haus eingedrungen? Sie biss sich auf die Unterlippe und rief sich innerlich zur Vernunft.
Gründlich studierte sie die Beschriftung der einzelnen Kisten, kramte in alten Steuerbescheiden, Schulunterlagen, Zeugnissen und Patientenakten, bis sie auf die Kiste mit den Informationen über Annie Seger stieß. Sie zerrte sie in den Schrank und hörte die Hornissen summen. Ein wütendes Insekt folgte ihr zwischen den langen Röcken ihrer Kleider hindurch, ließ sich auf ihrem Kopf nieder, und als sie nach dem Tier schlug, stach es sie seitlich in den Hals.
»Verdammt.« Sie schloss die Tür zum Dachboden, verriegelte sie und trug die Kiste ins Schlafzimmer, wo sie sie einfach auf den Boden fallen ließ. Der Stich an ihrem Hals pochte. Sie musste etwas gegen das Nest unternehmen, und zwar bald, bevor die Hornissen den Weg in ihren Schrank, ins Schlafzimmer und den Rest des Hauses fanden.
Im Bad tauchte sie einen Waschlappen in kaltes Wasser,

inspizierte den Stich vorm Spiegel und kühlte ihn. Schon schwoll er an, und das einzige Mittel, das sie im Medizinschrank entdeckte, war eine jahrealte Arnikatinktur, mit der sie die betroffene Stelle einrieb. »Blödes Vieh!«, wetterte sie und hörte, wie Mrs. Killingsworths Hund zu bellen begann. Sie ging zur Vorderseite des Hauses, um nachzusehen, was da los war, und hörte Schritte auf ihrer Veranda. In der Erwartung, ein Klingeln oder Klopfen zu hören, lief sie die Treppe hinunter.
Das Telefon schrillte, und sie rief: »Augenblick noch« in Richtung Tür und eilte zunächst ins Arbeitszimmer.
Noch vor dem dritten Klingeln hatte sie den Hörer abgehoben. »Hallo?«, meldete sie sich. Stille. »Hallo?«
Wieder erfolgte keine Antwort. Doch da war jemand am anderen Ende der Leitung, dessen war sie sicher. Sie spürte es ganz deutlich.
»Wer ist da?«, fragte sie, Zorn und Angst in der Stimme. »Hallo?« Sie wartete dreißig Sekunden lang und sagte dann: »Ich kann Sie nicht hören.«
Handelte es sich bei den Lauten um Atemgeräusche, oder war es nur eine schlechte Verbindung? Sie wollte nicht näher darüber nachdenken. Ohne ein weiteres Wort legte sie auf und versuchte, sich davon zu überzeugen, dass der Anruf nichts zu bedeuten hatte.
Oder doch?
Sie überprüfte die Caller-ID.
Nummer unterdrückt.
Wie die Anrufe beim Sender.
Rede dir nichts ein. Es war eine schlechte Verbindung. Der Anrufer wird sich wieder melden.

Sie schritt durch die Eingangshalle zur Haustür, und ihr wurde bewusst, dass es weder geklingelt noch geklopft hatte. Merkwürdig.
Sie spähte durch den Spion, sah jedoch niemanden.
Ohne die Kette zu entfernen, öffnete sie die Tür einen Spaltbreit und schaltete die Außenbeleuchtung ein.
Die Veranda war leer. Die Windspiele klimperten in der Brise.
Von der anderen Straßenseite her glotzte Hannibal zu ihrem Haus herüber und bellte sich die Seele aus dem Leib.
Sam löste die Kette und trat nach draußen. Sie war allein. Aber der Schaukelstuhl bewegte sich. Als hätte jemand ihm einen Stoß gegeben.
Ihr wurde kalt ums Herz. Sie ließ den Blick über den Vorgarten und die Zufahrt schweifen. »Hallo?«, rief sie in die anbrechende Nacht hinein. »Hallo?«
Von der Hausecke her war ein Scharren zu hören – das Scharren von Leder auf alten Holzbohlen. Oder spielte ihre Fantasie ihr einen Streich?
Mit hämmerndem Herzen ging sie zur Ecke und spähte um das Haus herum zur Veranda hinüber. Abgesehen von dem Licht, das aus dem Fenster des Esszimmers fiel, war alles finster.
Sie kniff die Augen zusammen und war sicher, eine Bewegung in der Hecke ausgemacht zu haben, die ihr Grundstück von dem benachbarten abgrenzte, doch die konnte auch auf den Wind in den Blättern, ein Eichhörnchen, das in den Zweigen turnte, oder eine durch die Dunkelheit schleichende Katze zurückzuführen sein.

Allmählich drehst du durch, Sam, dachte sie und hastete zurück vors Haus. *Du bildest dir das alles nur ein.*
Doch der alte Schaukelstuhl auf der vorderen Veranda schwang noch immer leicht hin und her, und das Gefühl, dass sie nicht allein war, dass verborgene Augen sie beobachteten, trieb ihr eine Gänsehaut über den Rücken. Wer lauerte ihr auf?, fragte sie sich, betrat das Haus und schloss die Tür hinter sich ab. Das Telefon schrillte, und sie zuckte zusammen.
Reiß dich am Riemen!
Sie ließ es noch einmal klingeln. Und noch einmal. Mit heftig pochendem Herzen nahm sie den Hörer auf. »Hallo?«
»Hallo, Dr. Sam«, schnurrte Johns Stimme, und Sam lehnte sich Halt suchend an den Schreibtisch. »Du weißt, welcher Tag heute ist, oder?«
»Der zweiundzwanzigste.«
»Annies Geburtstag.«
Sam ging nicht weiter darauf ein. »Wer war das Mädchen, das neulich nachts angerufen hat?«
»Hast du über deine Sünden nachgedacht? Darüber, dass du bereuen solltest?«
»Was soll ich bereuen?«, wollte sie wissen, und der Schweiß rann ihr über den Rücken. Sie sah aus dem Fenster, fragte sich, ob er wohl draußen war, ob die Schritte, die sie auf der Veranda gehört hatte, seine gewesen waren, ob er von einem Handy aus anrief. Sie ging zum Fenster und ließ die Jalousie herab.
»Sag du's mir.«
»Ich bin nicht verantwortlich für Annies Tod.«

»Das ist nicht die richtige Einstellung, Sam.«
»Wer bist du?«, fragte sie herausfordernd. Ihre Muskeln spannten sich an, es dröhnte in ihrem Kopf. »Kennen wir uns? Kenne ich dich?«
»Das Einzige, was du zu wissen brauchst, ist Folgendes: Das, was heute Nacht geschieht, geschieht deinetwegen. Wegen deiner Sünden. Du musst bereuen, Sam. Um Vergebung bitten.«
»Was hast du vor?« Ihr war plötzlich eiskalt.
»Du wirst es sehen.«
»Nein ... Nicht –«
Klick. Die Leitung war tot.
»O Gott, nein!« Sam sank in ihrem Stuhl zusammen. Barg das Gesicht in den Händen. Sie hatte das Böse in seiner Stimme gespürt, die Grausamkeit. Irgendetwas würde passieren. Etwas Grauenhaftes. Und es würde ihre Schuld sein.
Reiß dich zusammen. Lass dich von ihm nicht unterkriegen. Du musst ihn aufhalten. Denk nach, Sam, denk nach. Ruf die Polizei. Alarmiere Bentz.
Sie wählte die Nummer der Polizei in New Orleans und verlor fast den Verstand, als man ihr mitteilte, man würde Bentz ausrufen lassen und er würde sich bei ihr melden.
»Sagen Sie ihm, dass es sich um einen Notfall handelt«, verlangte sie, bevor sie auflegte. Was sollte sie tun? Wie konnte sie das Böse, das John plante, verhindern? Als das Telefon erneut klingelte, fuhr sie zusammen. Sie hob den Hörer ab und rechnete bereits mit einer weiteren Drohung.
»Hallo?« Sie flüsterte beinahe, und ihre Knie drohten nachzugeben.

»Bentz hier. Man hat mich benachrichtigt, dass Sie wegen eines Notfalls angerufen haben.«
»John hat sich gerade bei mir gemeldet«, berichtete sie. »Hier, bei mir zu Hause.«
»Was hat er gesagt?«
»Er will, dass ich bereue, und wenn ich nicht bereue, müsse ich für meine Sünden bezahlen, die alte Leier, doch dann fügte er hinzu, dass etwas Schlimmes passieren würde. Heute Nacht. Und ich würde schuld sein.«
»Verdammte Sch–! Moment mal. Noch einmal von vorn. Ganz langsam. Sie haben das Gespräch nicht zufällig aufgezeichnet?«
»Nein ... Daran habe ich nicht gedacht. Es ging alles so schnell.«
»Erzählen Sie mir alles, was bisher vorgefallen ist«, schlug er vor, und das tat sie auch. Sie ließ keine Einzelheit aus, erwähnte, dass das Telefon ein paar Mal geklingelt und der Anrufer aufgelegt habe, dass sie glaube, ihr roter Body sei verschwunden, dass sie das Gefühl habe, das Haus würde beobachtet.
Bentz hörte geduldig zu und gab ihr den gleichen Rat wie zuvor schon einmal: Sie solle vorsichtig sein, ihre Türen verriegeln, sich einen Wachhund anschaffen, die Alarmanlage eingeschaltet lassen. »Und vielleicht überlegen Sie, ob Sie nicht besser bei einer Freundin übernachten. Nur, bis diese Sache ein Ende hat.«
Sie hängte ein und fühlte sich ein bisschen besser. Doch ihr war klar, dass sie nicht herumsitzen und warten konnte, bis John seine Drohung wahr machte. Auf keinen Fall.

Sie musste herausbekommen, wer sich hinter dem Anrufer verbarg.
Bevor es zu spät war.

»Das soll ich anziehen?«, fragte das Mädchen, sah den Mann an, den sie in der Nähe des Flusses aufgegabelt hatte, und deutete auf die rote Langhaarperücke und einen spitzenbesetzten roten Body. Beides ließ er von einem Finger baumeln.
»Ganz recht.«
Er war ganz ruhig. Und irgendwie merkwürdig. Die Sonnenbrille, die seine Augen verbarg, verstärkte diesen Eindruck.
Wenn sie verzweifelt war, hatte sie schon des Öfteren ein paar Nummern geschoben, und man hatte auch schon manche Perversität von ihr verlangt, doch was dieser Freier forderte, war grotesk.
Aber was machte das schon? Sie wollte es nur hinter sich bringen und kassieren.
Er ging ans Fenster und vergewisserte sich, dass die Jalousien in dem schäbigen kleinen Hotelzimmer, für das er nur äußerst ungern bezahlen wollte, fest geschlossen waren.
Er war aufgeheizt gewesen, und der Kratzer in seinem Gesicht ärgerte ihn jetzt. Immer wieder sah er in den Spiegel, der an der Tür hing, und strich mit dem Finger über die Striemen, Striemen, die sie ihm beigebracht hatte.
Sie hatte auf einer Bank im Park gesessen, in der Nähe der Werft, und den Schiffen nachgeschaut, die den trägen Fluss entlangstampften. Tief in Gedanken, beschäftigt

mit der Frage, was sie tun sollte, hatte sie ihn nicht kommen gehört. Wie aus dem Nichts war er aufgetaucht. Als er sie angesprochen hatte, war der Park nahezu menschenleer gewesen. Sie hatte erklärt, dass sie kein Zimmer habe, und er war sauer geworden. Sie hatte gedacht, damit wäre die Sache erledigt. Doch er war beharrlich geblieben.

Er hatte ihr hundert Dollar angeboten.

Sie hätte sich mit fünfzig zufrieden gegeben.

Dann hatte er sie in dieses stinkende kleine Zimmer direkt an der Grenze zum Französischen Viertel geschleppt. Seit er seine Forderungen angemeldet hatte, wollte sie einen Rückzieher machen. Aber es ging um gutes Geld. Was kostete es sie schon, einen roten Body anzuziehen und ihre eigenen kurzen karottenroten Locken unter dieser kastanienroten Langhaarperücke zu verstecken? Je eher sie tat, was er wollte, desto schneller würde sie aufbrechen können, um Crack zu kaufen. Also gut. Es war ja keine großartige Sache. Sie hatte schon Schlimmeres getan, als den Body einer anderen Frau zu tragen. Sie fragte sich, ob das Wäschestück seiner Frau oder seiner Freundin gehörte. Was für ein Spinner verbarg sich hinter den dunklen Brillengläsern?

Und jetzt sah er sie wieder mit diesen dunklen, verborgenen Augen an. Und was noch schlimmer war: Er ließ einen Rosenkranz durch seine Finger gleiten. Und das war ihr nun wirklich unheimlich. Sie war nicht sonderlich religiös, war jedoch im Sinne der katholischen Kirche großgezogen worden, und es erschien ihr nach ihrem christlichen Verständnis nicht zulässig, dass er in dieser

Situation einen Rosenkranz dabeihatte. Das kam ihr vor wie Gotteslästerung.
Aber was soll's? Sie brauchte Stoff. Und sie würde ihn bekommen – wenn sie nur die nächste halbe Stunde überstand. Sie warf einen Blick auf den Nachttisch. Betrachtete den Hundertdollarschein. Auch das war merkwürdig: Benjamin Franklins Augen waren geschwärzt.
Der Freier machte sich am Radio auf dem Nachttisch zu schaffen, drückte Tasten und bedachte das elektronische Display mit bösen Blicken, bis er einen Sender fand, den sie sofort erkannte. Als sie Dr. Sams Stimme vernahm, schluckte sie heftig.
»Können ... Wollen wir nicht lieber Musik hören?«, schlug sie vor und spürte leise Gewissensbisse. Es war so, als wäre Sam bei ihnen im Zimmer.
»Nein.«
»Aber –«
»Zieh dich einfach um«, befahl er mit schmalen Lippen, während er den Rosenkranz zwischen Daumen und Zeigefinger rieb, als hinge sein Leben davon ab. Die dunkle Sonnenbrille und der Kratzer auf seiner Wange ermahnten sie, den Mund zu halten.
Sie trat aus ihren Plateausandalen, stand barfuß auf dem abgenutzten Teppich vor dem Bett und streifte sich das Top über den Kopf. In ein paar Minuten würde alles vorüber sein, dann konnte sie gehen.
Dr. Sams Stimme ertönte aus den Lautsprechern. »Also, New Orleans, wir wollen es hören. Erzählt mir von den Liebesbriefen, die ihr von dem lieben John erhalten habt.«

Der Kerl erstarrte. Knurte etwas vor sich hin, fuhr dann zu ihre herum und blickte sie böse an. Als sie ihre Shorts auszog und in den spitzenbesetzten Body schlüpfte, sprach er kein Wort. Während sie die Trägerlänge anpasste, dachte sie flüchtig, dass der Typ auf unheimliche Weise gut aussah. Darauf wollte sie sich konzentrieren, auf sein gutes Aussehen, statt Dr. Sam zuzuhören. Sie würde sich verstellen. Wie sie es immer tat, und sie würde gleich zur Sache kommen, würde es ihn besorgen und sich dann verabschieden. Sie stopfte ihr Haar unter die Perücke, hob das Kinn und schaute den Mann trotzig an. – »Gut so?«
Einen Augenblick lang fixierte er sie, studierte sie wie eine Fruchtfliege unter dem Mikroskop in dem idiotischen Biologiekurs, in dem sie durchgefallen war. Sie warf den Kopf zurück, und das lange Haar der Perücke fegte über ihre Schulterblätter.
»Perfekt«, sagte er schließlich mit dem Hauch eines Lächelns. »Einfach perfekt.«
Er trat auf sie zu, berührte ihr Ohr und spielte mit den zahlreichen Ringen in ihrem Ohrläppchen. Gut. Er wollte endlich loslegen.
Er liebkoste ihren Hals, und sie zwang sich zu einem Stöhnen, das nicht von Herzen kam, nur um es schneller hinter sich zu bringen. Sie legte den Kopf in den Nacken und schloss die Augen, als wäre sie wirklich heiß auf ihn, und dann spürte sie, dass etwas Eigenartiges, etwas Kaltes über ihren Kopf gezogen wurde und sich um ihren Hals legte.
»Hey, Moment mal«, protestierte sie und sah ihn zum ersten Mal lächeln. Es war ein kaltes Lächeln. Ein tödliches Lächeln. Schmale Lippen, die regelmäßige weiße Zähne

entblößten. Sie versuchte, vor ihm zurückzuweichen, doch er zerrte heftig an dem Band um ihren Hals und drehte mit einer Bewegung aus dem Handgelenk die Schlinge zu. Die Perlen ritzten ihre Haut auf, stachen in ihr Fleisch, schnitten ihr den Atem ab.
Panik stieg in ihr auf. Hier stimmte was nicht. Sie wollte schreien. Konnte es nicht. Bekam keine Luft mehr. Sie ruderte mit den Armen, trat nach seinen Knien und seinem Schritt, wehrte sich, doch er wich ihren nackten Füßen aus, und ihre Hände konnten nur wenig gegen seine eisenharte Brust ausrichten. Sie versuchte, ihm das Gesicht zu zerkratzen, doch er zog die Schlinge nur noch fester zu. Schweißperlen standen auf seiner Stirn. Er biss vor Anstrengung die Zähne zusammen und verzog den Mund.
Nein, o Gott, nein. Hilfe! Ihre Lungen brannten wie Feuer. Sie glaubte, sie würden platzen.
Bitte, bitte. Hilfe, Bitt, jemand muss doch hören, was hier lost ist, und mir helfen!
Sie holte mit der Faust nach seiner Sonnenbrille aus, und er riss den Kopf zurück. Sie sah ihre eigenes Grauen doppelt in den dunklen Gläsern, in denen sich ihr Gesicht verzerrt spiegelte. Sie würde sterben, das wusste sie. Und das Baby, das sie in sich trug, das sie nicht gewollt hatte, musste ebenfalls sterben.
Er drehte sie grob mit dem Rücken zu sich um, und sie empfand einen Moment der Erleichterung. Ihre Knie gaben nach. Sie keuchte. Versuchte wegzulaufen. Sie sog ein letztes Mal den Atem ein. Schmeckte Blut, taumelte nach vorn, glaubte beineha, entkommen zu können.
Da zog er die unselige Schlinge wieder fest.

21. Kapitel

Das war's«, sagte Melanie, als die letzten Töne von »Midnight Confession« verhallten und der Werbespot für eine Elektronikfirma einsetzte.
Sam stieß sich mit ihrem Stuhl vom Schreibtisch ab und atmete tief durch. Sie war während der gesamten Sendung nervös gewesen. Gereizt. Sicher, dass sich John noch einmal melden würde, dass er sie nur zu Hause angerufen hatte, um zu zeigen, dass er ihre Privatnummer kannte. Um ihr Angst einzujagen. Doch sie hatte vergeblich gewartet.
Aber zugehört hatte er bestimmt. In dem Wissen, dass er ihre Nerven bis zum Zerreißen strapazierte. Nach dem Anruf bei ihr zu Hause hatte sie beschlossen, ihn herauszufordern. Ihre Sendung behandelte in dieser Nacht das Thema Kommunikation, insbesondere durch Liebesbriefe, Abschiedsbriefe und sogar Drohbriefe. Die Karte, die sie in ihrem Wagen gefunden hatte, brachte sie jedoch nicht zur Sprache. Die Zuhörerreaktionen waren begeistert gewesen. Und noch war Zeit für John, sie anzurufen. Er hatte sie ja schon zweimal erst nach Sendeschluss kontaktiert.
Allerdings war es jetzt bereits nach Mitternacht. Praktisch schon Freitag – der Tag nach Annie Segers Geburtstag.
Sam schaltete ihre Gerätschaften aus, betrachtete eine Sekunde lang die unbeleuchteten Tasten für die verschie-

denen Telefonleitungen und gesellte sich dann zu Tiny und Melanie, die im Flur warteten.

»Keine Spinner heute Nacht«, bemerkte Tiny.

»Bis jetzt«, schränkte Sam ein.

Tiny schob seine Brille höher auf die Nase. »Du bist enttäuscht, nicht wahr? Du kommst ja richtig in Fahrt, wenn er anruft.«

»In Fahrt?«, wiederholte Sam, im Begriff, aus der Haut zu fahren. »Das ist absoluter Unsinn! Aber wenn er sich nicht meldet, können wir nicht rausfinden, wo er sich aufhält.« Sie fügte nicht hinzu, dass sie ihn mit einem Köder aus seinem Versteck locken, an den Haken nehmen, an Land ziehen und dafür sorgen wollte, dass er nie wieder jemanden terrorisierte. Ja, in gewisser Weise brannte sie darauf zu erfahren, wie er tickte, doch mehr noch als das wollte sie ihn von der Straße haben, wollte, dass er aus ihrem Leben verschwand.

»Glaubst du wirklich, dass er nach Feierabend noch einmal anruft?«, fragte Melanie und kramte in ihrer Handtasche, bis sie eine Schachtel Tic Tac gefunden hatte. »Würde er damit nicht sein Unglück herausfordern? Ich meine, er wird sich doch denken können, dass du inzwischen Anzeige bei der Polizei erstattet hast. Er weiß nicht, ob sie die Anrufe zurückverfolgt – oder ob wir es tun.« Sie ließ etwa ein halbes Dutzend der winzigen Pfefferminzbonbons in ihre hohle Hand rollen und warf sie sich in den Mund.

»Vielleicht weiß der Kerl, was für ein Geizkragen George Hannah ist«, knurrte Tiny und fuhr dann mit der Hand durch die Luft. »Ich habe nichts gesagt, okay? Ich will in der nächsten Personalversammlung kein Wort davon hören.«

»Wir alle denken doch genauso«, beruhigte Melanie ihn, gähnte und hob einladend ihre halb leere Tic-Tac-Box. »Möchte jemand?«

»Ich bin brav«, sagte Tiny ablehnend.

»Wenn du meinst.«

Sam schüttelte den Kopf. »Nein, danke.«

Melanie gähnte erneut. »Himmel, bin ich heute tot. Teilt sich jemand eine Cola light mit mir?« Sie war bereits auf dem Weg zur Küche.

»Ich habe noch einen Rest.« Tiny ging zurück ins Studio, um alles für ›Licht aus‹ vorzubereiten.

Sam war direkt hinter ihm, hielt aber die Ohren gespitzt und horchte aufs Telefon. »Für mich kein Koffein mehr«, sagte sie zu Melanie. Es war ein Uhr am Freitagmorgen; Sams Schicht war für die Woche vorüber, und sie konnte sich nicht vorstellen, künftig auch noch am Wochenende zu arbeiten.

»Könntest du mir einen Dollar für den Automaten leihen?«, fragte Melanie, als sie um eine Ecke bogen und eine Wand voll Bilder ortsansässiger Prominenter passierten, die WSLJ interviewt hatte.

»Ich denke, so viel habe ich gerade noch.«

»Gut.«

Sie näherten sich der Küche, und Sam kramte ihre Geldbörse heraus und reichte Melanie einen Schein. Die ersten Akkorde leiser Instrumentalmusik wehten durch die Flure. ›Licht aus‹ hatte angefangen – und das Telefon hatte noch nicht geklingelt. »Hat Eleanor etwas darüber verlauten

lassen, dass ›Mitternachtsbeichte‹ künftig sieben- statt fünfmal die Woche laufen soll?«, fragte Sam.
»Ich habe so etwas munkeln gehört. Gator ist nicht eben glücklich darüber –« Melanie redete nicht weiter. »Was zum Teufel ... Vielleicht solltest du lieber nicht hier reinkommen.« Melanie blieb im Türrahmen stehen und starrte nach links, in Richtung der Fenstertüren. Der Dollarschein, den Sam ihr gegeben hatte, war zu Boden gesegelt.
»Warum nicht?« Sam reckte den Hals, um Melanie über die Schulter blicken zu können.
Das Blut stockte ihr in den Adern. Da stand eine Torte – mit weißem Zuckerguss und roten Kerzen. »Heiliger Strohsack.«
»Das hat mit diesem Mädchen, dieser Annie zu tun«, sagte Melanie und schluckte heftig.
Sam drängte sich an ihr vorbei und trat an den Tisch. Ihr Kopf dröhnte, ihr Puls raste. »Wer hat das getan?«, fragte sie. »Wer ist hier eingedrungen und hat das Ding hier abgestellt?«
»Ich ... ich ... weiß es nicht.«
HAPPY BIRTHDAY, ANNIE war in roten Buchstaben auf den weißen Zuckerguss geschrieben. Die Kerzen brannten, und rotes Wachs tropfte an den Seiten der Torte hinab wie Blut. Rauch erhob sich spiralförmig von den kleinen Flammen.
»Soll das ein Witz sein?«, schnappte Sam mit einem bösen Blick auf das Arrangement. Sie zählte. Fünfundzwanzig Kerzen. So alt wäre Annie heute geworden. »Hast du das getan, Melanie?«

»Ich? Bist du verrückt geworden?« Melanie schüttelte den Kopf. »Ich ... ich war die ganze Nacht im Studio. Das weißt du doch! Du warst schließlich auch da ...« Ihr Gesicht verzog sich, und sie blinzelte, als wollte sie weinen. »Wie kannst du nur glauben ...«
Sam hörte nicht zu. »Tiny!«, schrie sie und stapfte hinaus in den Flur. Das Blut rauschte ihr in den Ohren; Zorn, Abscheu und Beschämung trieben sie in das Studio, wo Tiny die Lautstärke der aufgezeichneten Sendung einstellte. Er hob den Blick, sah Sam und streckte einen Finger, um sie zur Ruhe zu mahnen. Sie ballte die Hände zu Fäusten, und es kostete sie gewaltige Selbstbeherrschung, nicht in die Kabine zu stürmen und Tiny in der Luft zu zerreißen. Als er schließlich auf den Flur herausgeschlendert kam, hatte sie die Fingernägel tief in die Handflächen gegraben. Sie kochte vor Wut.
»Du siehst aus, als wolltest du Feuer spucken.«
»Das würde ich auch gern«, fauchte sie wütend. »Ich habe die Torte gefunden.«
»Die Torte«, wiederholte er tonlos. »Welche Torte?«
»Annie Segers Geburtstagstorte.«
»Das Mädchen, das neulich angerufen hat? Was redest du da?« Er wirkte aufrichtig verstört.
»Weißt du das etwa nicht?«
»Um Himmels willen, Sam, du redest wirres Zeug.«
Sein Gesicht war rot angelaufen. Vor Wut? Vor Reue? Melanie war Sam über den Flur gefolgt. »Schau es dir lieber mit eigenen Augen an.«
»O Mann, was ist denn jetzt schon wieder?« Mit verkniffenen Lippen, Schweißperlen auf der pockennarbigen

Haut, stampfte Tiny durch das Labyrinth der Gänge in Richtung Küche. Sam folgte ihm dicht auf den Fersen. In der Küche blieb er wie angewurzelt stehen. »Was zum ... Scheiße.«

»Genau«, sagte Sam.

»Aber wer hat das getan? Wie konnte überhaupt jemand –« Er stockte und wandte sich um. Er war blass geworden, und seine roten Pickel traten noch deutlicher hervor.

»Ich vermute, das warst entweder du oder Melanie. Außer euch ist hier kein Mensch.«

»Abgesehen vom Sicherheitsdienst«, konterte Melanie.

»Der Mann kennt mich nicht einmal.« Sam glaubte nicht, dass jener dahintersteckte, obwohl sie sich ebenso wenig vorstellen konnte, warum Melanie oder Tiny sie auf diese Art und Weise fertig machen sollten. Melanie war ihre Assistentin und ihre Freundin, der sie ihren Job, ihr Haus und ihre Katze anvertraute, wenn sie in Urlaub war, und Tiny war seit der Minute, da sie die Räume von WSLJ betreten hatte, in sie verknallt. Er war zu klug, um auf Schuljungenniveau zu sinken, nur, weil er ihre Aufmerksamkeit erregen wollte.

Aber wer dann?

Melanie sagte: »Der Wachmann hat sich vielleicht dazu überreden lassen.«

Tiny schien ehrlich empört zu sein. »Willst du mich bezichtigen, Sam? Glaubst du wirklich, ich würde dir so etwas ... antun?«, fragte er mit wundem Blick hinter seinen starken Brillengläsern.

»Ich weiß es nicht.« Es erschien ihr tatsächlich weit hergeholt. Irrational. Falls derjenige, der die Torte hier abgeliefert hatte, sie nervös machen wollte, war ihm das gelungen.

»Gator war noch vor knapp einer Stunde hier, und Ramblin' Rob ebenfalls. Ich habe ihn am Schallplattenlager gesehen, wo er nach verstaubten Oldies für seine morgige Sendung gestöbert hat«, erklärte Tiny.

»Der Boss war vor einiger Zeit auch noch hier. Ich habe George in seinem Büro telefonieren sehen«, fügte Melanie hinzu.

»Toll.« Also kam die Hälfte der Belegschaft als Täter infrage.

»Vertraust du mir nicht?«, wollte Tiny wissen. Er sog die Lippen ein und schaute Sam an, als hieße sie Judas.

»Natürlich vertraue ich dir.«

»Dann unterlass diese Verdächtigungen!«

»Jetzt sieh nicht *mich* so an«, blaffte Melanie und wich mit erhobenen Händen, die Handflächen nach außen gekehrt, zurück. »Ich bin die ganze Nacht über mit dir im Studio gewesen.«

Tiny schüttelte den Kopf und hob einen Finger. »Du hast eine Pause gemacht.«

»Du liebe Zeit, um zum Klo zu gehen!«, entgegnete sie.

»Zum ersten Mal wünsche ich mir, dass George Überwachungskameras angebracht hätte.«

»Ich auch«, sagte Sam. Sie spürte das Kitzeln eines Lufthauchs im Nacken und stellte fest, dass die Geräusche der Stadt gedämpft zu hören waren – Verkehrslärm, eine einsame Posaune, das Singen des Winds in den Palmen am Jackson Square. Als sie zu den Fenstertüren ging, die auf den unbenutzten Balkon hinausführten, klopfte ihr das

Herz bis zum Halse. Sie waren nicht verschlossen, standen einen winzigen Spaltbreit offen. »Jemand ist hier eingebrochen«, wisperte sie, und eine Gänsehaut zog über ihren Rücken. »Hier sind sie hereingekommen.« Sie stieß die Türen auf, und mit dem warmen Atem des Windes drangen Hupen und Stimmengesumm in den Raum. Lachen und das Klagen der Posaune.
»Sie? Du glaubst, es waren mehrere?«, fragte Tiny und folgte ihr auf den Balkon.
»Wenn ich das wüsste«, flüsterte sie heiser, reckte den Hals in dem Versuch, um die Hausecke zu spähen, und suchte mit den Augen die nachtdunklen Straßen von New Orleans ab. Wer war in das Gebäude eingedrungen, und wie hatte er es angestellt? Sie umklammerte mit den Fingern das Ziergeländer und starrte über den Platz hinweg auf die Kathedrale, die hell angestrahlt war, das Zifferblatt der Turmuhr so leuchtend wie der Vollmond, die hohen Türme schwarz zum dunklen Himmel aufragend. Vor der Kathedrale befand sich der Park, in dem Palmen den Blick auf die Statue Andrew Jacksons verstellten. Der Park musste mittlerweile menschenleer sein; nachts waren die kreisförmigen Gehwege den Fußgängern verschlossen. War ihr Folterknecht über den Zaun geklettert, lauerte er dort im Schatten und beobachtete sie?
Trotz der Schwüle war ihr von innen her kalt. »Du Schwein«, murmelte sie und lugte hinunter auf den Jackson Square. Dann schaute sie gen Süden, vorbei an den stattlichen alten Gebäuden, die engen Straßen entlang zum Schutzdamm und zum dunklen Fluss dahinter. Drückte er sich in einen Hauseingang, verbarg er sich auf

einer kleinen Terrasse wie dieser hier, um sie stumm mit seiner Nähe zu quälen?

»Ich verständige den Wachmann«, rief Melanie aus dem Inneren des Gebäudes.

»Gut.« Sam betrachtete das Geländer und den Boden des Balkons, der nie genutzt wurde. Im trüben Licht sah sie nichts außer Taubenkot und Schmutz. »Und ich benachrichtige Eleanor. Wenn ich es nicht tue, wird sie sauer. Und du«, sie wandte sich um und wies mit dem Zeigefinger auf Tinys Brust, »rufst die Polizei und sorgst dafür, dass ›Licht aus‹ auf Sendung geht – und dass kein Anrufer mehr durchkommt.«

»Du glaubst tatsächlich, John würde sich noch einmal melden, wie?«, warf er ihr hitzig vor. Schwang etwas wie Eifersucht in seiner Stimme mit?

Sie blickte zu dem Tisch hinüber, auf dem noch immer die Torte stand. »Nein, Tiny«, antwortete sie, trat wieder in den Raum und fixierte die rasch hinunterbrennenden Kerzen. »Das hat er wohl schon längst erledigt.« Sie beugte sich hinab und blies die fünfundzwanzig Kerzen aus. Im nächsten Moment klingelte das Telefon.

Sam fuhr zusammen.

»Ich nehme ab«, verkündete Melanie, doch Sam befand sich bereits auf halbem Weg zum nächstgelegenen Telefon auf dem Empfangstresen. Leitung eins blinkte wie wild.

Sam wappnete sich, beugte sich über Melbas Schreibtisch und hob den Hörer ab. Sie drückte die leuchtende Taste.

»WSLJ.«

»Samantha?«

Als sie Tys Stimme erkannte, brach sie fast zusammen. »Hi«, sagte sie, umrundete den Tisch und ließ sich auf Melbas Stuhl fallen. Es tat so gut, gerade jetzt von ihm zu hören. »Was gibt's?«
»Ich will nur wissen, ob bei dir alles in Ordnung ist«, sagte er. »Und dich fragen, ob ich dich abholen soll.«
In diesem Augenblick trat der Wachmann, ein stämmiger Mann von etwa fünfunddreißig Jahren mit kahl geschorenem Kopf und Bauchansatz, durch die Tür. »Ich komme schon zurecht«, sagte sie in den Hörer. »Wir hatten hier eine kleine Überraschung, und Tiny ist gerade im Begriff, die Polizei zu rufen.« Sie berichtete ihm rasch von der Geburtstagstorte.
»In zwanzig Minuten bin ich bei dir.«
»Nicht nötig.« Sie nickte dem Wachmann zu. »Wes begleitet mich bestimmt bis zu meinem Auto.«
»Scheiß auf Wes! War er zur Stelle, als der Einbrecher kam? Warum hat er nichts gehört? Warum zum Teufel ist die Alarmanlage nicht losgegangen? Du wartest auf mich. Ich bin schon unterwegs.«
»Du brauchst aber nicht –«
Er hängte ein, und das Blinklicht der Leitung Nummer eins verlosch. »Sie sollten sich mal in der Küche umsehen«, wandte sie sich an Wes und legte ebenfalls den Hörer auf. In dem Moment wurde ihr blitzartig etwas klar. Ty hatte auf Leitung eins angerufen. Das war die Nummer, unter der sie verzeichnet war und zu der die Telefonzentrale jeden Anrufer durchstellte. Wenn Leitung eins besetzt war, wurden die Anrufe automatisch auf Leitung zwei, dann drei und vier weitergeleitet, abhängig davon, welche

Leitung besetzt war und welche nicht. Anrufer konnten in der Warteschleife verharren, bis eine Leitung frei war. Doch John hatte sie auf Leitung zwei angerufen, obwohl alle anderen Leitungen frei gewesen waren. Irgendwoher kannte er also die Nummer. Entweder war er im Gebäude gewesen, arbeitete für die Telefongesellschaft, hatte Zugang zu den Telefonaufzeichnungen – oder er war bei WSLJ tätig.

Panik stieg in ihr auf. War das denn möglich? War ein Mitarbeiter des Senders verantwortlich für den Terror? Wie sonst hatte die Torte in die Küche geschafft werden können? Entweder John oder ein Komplize kannte dieses alte Gebäude wie seine Westentasche, wusste, wie der Sender strukturiert war, und unternahm einen persönlichen Rachefeldzug gegen sie.

Wer?

George Hannah?

Tiny?

Melanie?

Eleanor?

Sie vertraute jedem Einzelnen von ihnen. Auch denjenigen, die sie nicht so gut kannte, Gator und Ramblin' Rob, einigen Technikern und Leuten aus dem Verkauf, selbst Melba. Sie alle waren Teil ihres Lebens hier in New Orleans.

Aber einer von ihnen hasst dich, Sam. So sehr, dass er dich in Todesangst versetzt. Sie blickte auf das Telefon, das jetzt schwieg. Keine Kontrolllämpchen blinkten im Halbdunkel. Die Bilder der Prominenten, die gerahmten Urkunden, die Voodoopuppen und Babyalligatoren, sämtlich von Halogenlicht angestrahlt, wirkten in dieser Nacht makaber.

Derjenige, der sie zu schikanieren suchte, leistete verdammt gute Arbeit.

Bevor sie wusste, wer hinter den bizarren Vorfällen während der letzten Wochen steckte, würde sie sich hier nicht wieder sicher fühlen.

22. Kapitel

Das ist deine Schuld.
Ty achtete nicht auf die Stimme seines Gewissens, doch als er die Tür seines Wagens öffnete, nagten trotzdem tief im Inneren Schuldgefühle an ihm. Ihm drängte sich der Gedanke auf, dass er irgendwen auf den Fall Annie Seger gestoßen hatte. Er hatte recherchiert, kannte die Geschichte in- und auswendig, doch er konnte sich nicht vorstellen, wie die Tatsache, dass er ein Buch über den Fall schrieb, das Interesse irgendeines Menschen wecken sollte.
Niemand außer seinem Lektor und seinem Agenten wusste von dem Projekt. Er war nicht einmal Sam gegenüber ehrlich gewesen, und wenn sie die Wahrheit erfuhr, würde sie stinksauer auf ihn sein.
Sasquatch bellte laut im Haus und veranstaltete einen Höllenradau.
»Sei brav!«, rief Ty ihm zu. Dann setzte er sich hinters Steuer und schob den Schlüssel ins Zündschloss. Er hatte nie die Absicht verfolgt, jemanden zu einem neuerlichen Verbrechen anzustiften, und genauso wenig hatte er sich mit Sam einlassen wollen – wenngleich er von Anfang an vorgehabt hatte, sie kennen zu lernen.
Er legte den Gang ein, gab Gas und schaltete die Scheinwerfer an. Die Straßen lagen verlassen da. Sams Haus war dunkel, auf Mrs. Killingsworths Veranda schimmerte ein Licht.

Sein Plan, in Erfahrung zu bringen, was Samantha Leeds über den Fall wusste, war gehörig fehlgeschlagen. Bevor er auch nur angefangen hatte, ihn in die Tat umzusetzen, hatte dieser John, wer immer er sein mochte, begonnen, in der Sendung ›Mitternachtsbeichte‹ anzurufen. Und dann folgte der jüngste Streich – das Mädchen mit der Flüsterstimme, das sich als Annie ausgab. Was zum Teufel wurde hier gespielt? Wer war sie?
Er bremste an einem Stoppschild ab, bog um die Kurve, fuhr durch die Außenbezirke der kleinen Gemeinde Cambrai und am See entlang auf die hellen Lichter der Stadt zu, die in der Ferne sichtbar waren.
Die Namen von Leuten, die mit Annie Seger in Verbindung gestanden hatten, wirbelten in seinem Kopf herum. Ihre Mutter, Estelle, eine kalte, frömmelnde Hexe, wie sie im Buche steht, und Wally, ihr leiblicher Vater, ein Mann, der es auf keiner Arbeitsstelle lange aushielt. Ihr Bruder, Kent, anderthalb Jahre älter als Annie und bei weitem nicht so beliebt wie seine Schwester. Großgezogen worden war Annie von Jason Faraday, ihrem Stiefvater, einem ehrgeizigen, umtriebigen Doktor mit großartigen Abschlüssen. Ihr Freund Ryan Zimmerman hatte sich vom Musterschüler und Kapitän des Lacrosse-Teams zum Partylöwen und Drogenkonsumenten entwickelt. Annies angeblich beste Freundin, Priscilla, ›Prissy‹, McQueen, ein hinterhältiges, selbstgefälliges Mädchen, war in Annies Freund verknallt gewesen.
Er brauste um eine Ecke und sah die Stadtgrenze von New Orleans vor sich. Er griff nach seinem Handy und gab aus dem Gedächtnis eine Nummer ein. Es war an der

Zeit, schwere Geschütze aufzufahren, sosehr er es auch verabscheute.
Sonst würde noch jemand Schaden nehmen.

Rrrring.
O nein, dachte Bentz, öffnete die Augen und stellte fest, dass es dunkel in der Wohnung war. *Nicht jetzt.*
Noch einmal schrillte das Telefon.
Er wälzte sich herum, blickte auf die Uhr und stöhnte. Halb drei Uhr morgens, verdammt noch mal. Er hatte weniger als zwei Stunden geschlafen. Zweifellos erwarteten ihn schlechte Nachrichten, denn niemand rief mitten in der Nacht an, um ein Plauderstündchen abzuhalten. Er knipste die Nachttischlampe an, und bevor das verdammte Telefon ein drittes Mal klingeln konnte, hob er den Hörer ab. »Bentz«, sagte er, wischte sich mit der Hand übers Gesicht und versuchte, wach zu werden.
»Sieht so aus, als hätten wir wieder eine.«
Montoya klang viel zu munter für diese gotterbärmlich frühe Stunde. »Mist.« Bentz schwang die Beine über die Bettkante. Augenblicklich war er völlig klar im Kopf und dachte an die Warnung, die Samantha Leeds erhalten hatte. »Wo?«
»In der Nähe des Gartenviertels«, erwiderte Montoya und nannte die Adresse. »Im ersten Stock.«
»Das gleiche Vorgehen?«
»Ähnlich. Aber nicht identisch. Du solltest lieber mal herkommen.« Montoya rasselte die Adresse noch einmal herunter.

»Gib mir zwanzig Minuten. Und rühr nichts an.«
»Wieso sollte ich?«, gab Montoya zurück und legte auf.
Bentz fragte sich, warum man ihn nicht als Ersten an den Tatort gerufen hatte. Er hängte ein, nahm die Jeans vom Fußende des Bettes, wo er sie abgelegt hatte, schlüpfte hinein und trat in seine Schuhe, die neben der Kommode standen. Auf Socken verzichtete er. Er zog sich ein T-Shirt über den Kopf, steckte Schlüssel und Dienstmarke ein und schnappte sich das Schulterholster und die Glock vom Nachttisch. Er schob die Arme in eine Jacke, stülpte sich eine Baseballkappe auf den Kopf und eilte die Treppe zum Ausgang des Apartmenthauses hinunter.
Heiliger Strohsack, war das heiß! Schon um halb drei morgens. Nicht die trockene Hitze der Wüste, sondern jene feuchte, stickige Wärme, die einem schon bei zwanzig Grad Celsius den Schweiß aus allen Poren trieb. Er lief zu seinem Wagen, schloss ihn auf, und noch bevor er den Sicherheitsgurt angelegt hatte, ließ er den Motor an.
Eine weitere tote Frau.
Innerlich schalt er sich selbst. Er hätte Dr. Sam und den verdammten Drohbriefen nicht so viel Beachtung widmen sollen. Nicht, wenn draußen Morde geschahen. Morde, die er aufzuklären hatte. *Die jedoch womöglich mit der Radiopsychologin in Verbindung stehen.*
Als er zu schnell eine Kurve nahm, quietschten seine Reifen. Er schaltete den Polizeifunk ein und erfuhr, dass es einen Vorfall im Französischen Viertel gegeben hatte. Er erkannte die Adresse sofort: das Gebäude, in dem sich der Rundfunksender WSLJ befand. Bentz war sicher, dass die Sache mit Dr. Sam zu tun hatte. Sein Magen krampfte

sich zusammen. John hatte sie gewarnt und dann erneut zugeschlagen.
Diese Nacht erwies sich schon jetzt als höllisch.
Er fuhr wie ein Verrückter und erreichte kurz darauf das Haus, dessen Anschrift Montoya ihm durchgegeben hatte. Er parkte sein Auto zwischen zwei Streifenwagen. Kaum ein Lüftchen regte sich, und als er sich einen Weg durch die Menge bahnte, die sich bereits vor dem herrschaftlichen, alten, jetzt in Einzelwohnungen unterteilten Haus eingefunden hatte, lief ihm Schweiß über den Rücken.
Kurz darauf betrat Bentz die Wohnung im ersten Stock. Dort wimmelte es bereits von den Leuten von der Spurensicherung. Ein Polizeifotograf machte Fotos von der toten Frau, die bäuchlings auf dem Teppich lag. Sie war nackt, und ihre Haut war glatt und mokkafarben. Ihr Kopf war kahl geschoren, und zwischen den dunklen Stoppeln waren Schnitte in der Kopfhaut zu sehen. Ein dicker Zopf glänzend schwarzen Haars war um ihre Hand gewickelt, und ein merkwürdiger, süßlicher Geruch mischte sich in den gewohnten Gestank des Todes.
Mit einem einzigen Blick wusste Bentz, dass sie es mit einem anderen Mörder zu tun hatten. »Das stimmt alles nicht«, murmelte er leise zu sich selbst. Sein Magen zog sich zusammen, er biss die Zähne aufeinander und betrachtete das jüngste auf der Auslegeware ausgestreckte Opfer.
»Was du nicht sagst.« Montoya hatte Bentz' Bemerkung gehört. Nun drängte er sich an dem Fotografen vorbei.
Bentz hockte sich hin, auf den Fußballen balancierend. Er

berührte den Haarstrang, der durch die Finger der Frau gewoben war. Er war fettig. Roch leicht nach Patschuli. Unwillkürlich musste Bentz an das Kamasutra denken. Was zum Teufel sollte das? »Wer ist das Opfer?« Bentz ließ sich zurück auf die Fersen sinken und blickte zu Montoya auf.
»Cathy Adams steht in ihrem Führerschein, aber sie war auch unter den Namen Cassie Alexa oder Prinzessin Alexandra bekannt.«
»Strichmädchen?«
»Teilzeitprostituierte, Teilzeitstudentin an der Tulane-Universität, Teilzeitnackttänzerin unten im ›Playland‹.«
Bentz kannte das Lokal. Ein Club an der Bourbon Street. Er richtete sich auf und sah sich im Zimmer um. Sauber. Ordentlich. Abgenutzte, aber gepflegte Möbel. Ein paar Bilder an der Wand. Über einem abgeschabten Lehnstuhl hing ein Porträt von Martin Luther King junior, und direkt über dem Kopf des Opfers blickte ein Farbporträt Jesu Christi auf sie nieder. »Gehört die Wohnung ihr?«
»Ja. Wie der Vermieter sagt, hat sie sie mit ihrem Freund geteilt, der nach Meinung des Vermieters gleichzeitig ihr Zuhälter gewesen sein könnte, aber der Kerl – Marc Duvall – ist vor drei Wochen nach einer ihrer üblichen handgreiflichen Streitereien ausgezogen. Die alte Geschichte, sie ruft die Polizei, und als die Beamten auftauchen, hat sie sich schon wieder beruhigt und will, obwohl sie ein gewaltiges Veilchen hat, keine Anzeige erstatten, behauptet, alles wäre nur ein Missverständnis. Er wird eingelocht, kommt aber auf Kaution wieder raus. Immerhin gibt sie Marc den Marschbefehl, und er haut ab und

ward seitdem nicht mehr gesehen. Der Vermieter hat die Nase voll; er hat ihr die Kündigung geschickt. Ich habe einen Suchbefehl rausgegeben, aber ich schätze, dieser Marc hat nicht nur die Stadt verlassen, sondern hat sich wahrscheinlich über die Grenze aus dem Staub gemacht.«
Bentz studierte noch immer den Tatort. »Derjenige, der das getan hat, ist nicht der, den wir suchen«, befand er und spürte, dass er mit etwas unbekanntem Bösen zu tun hatte. Noch einmal beugte er sich hinab, um das Opfer näher in Augenschein zu nehmen. Den Blutergüssen am Hals nach zu urteilen war sie erwürgt worden, doch das Muster unterschied sich deutlich von dem am Hals der anderen Opfer.
»Ich stimme dir zu. Bessere Gegend. Kein verunstalteter Hunderter, kein eingeschaltetes Radio, erdrosselt mit einer andersartigen Schlinge.«
»Alle anderen Opfer waren weiß«, brummte Bentz.
»Aber sie war ebenfalls Prostituierte, und sie wurde in ihrer Wohnung ermordet und in Positur gebettet«, gab Montoya zu bedenken.
Damit hatte er Recht. Niemand wäre so mit dem Gesicht nach unten zu Boden gefallen, die Arme über den Kopf gelegt, die Beine zusammengedrückt, Füße gestreckt, einen dicken Strang des eigenen Haars zwischen die Finger gewunden. »Aber sie wurde anders in Positur gebettet.« Bentz dachte angestrengt nach und betrachtete Cathy Adams' glatte mokkafarbene Haut. Hatte sie Kinder? Verbarg sich irgendwo ein Ehemann? Eltern, die noch lebten? Er biss die Zähne zusammen. »Überprüf ihre Verwandten und Freunde. Und ob sie Beziehungen

zu anderen Männern hatte. Finde heraus, was sie sonst so getrieben hat. Sprich mit dem Besitzer des Clubs und ihren Kolleginnen.«
Montoya nickte und senkte stirnrunzelnd den Blick auf das Opfer. »Vielleicht wird unser Freund radikaler. Vielleicht hat er deswegen die Handschrift geändert.«
»Die Fälle sind zu verschieden, Reuben.« Bentz gefiel die Richtung nicht, die Montoyas Gedanken nahmen. »Ich möchte wetten, wir haben einen neuen Mörder. Einen Trittbrettfahrer womöglich.«
»Zwei Mörder?« Montoya griff in seine Jackentasche und zückte ein Päckchen Marlboro. Schüttelte eine Zigarette heraus. Zündete sie jedoch nicht an. »Ausgeschlossen. So oft kommen Trittbrettfahrer nicht vor, oder? Vielleicht bei zehn Prozent aller Serienmörder.«
»So was in der Art.«
»Wie stehen also die Chancen, dass wir es hier mit einem solchen Kerl zu tun haben?«
»Nicht gut, Gott sei Dank.« Und dennoch ... Bentz' Instinkt sagte ihm etwas anderes. Er entfloh dem schwülen Patschuli-Duft und besichtigte den Rest der kleinen Wohnung.
Das Schlafzimmer war genauso ordentlich wie das Wohnzimmer, nicht einmal das Bettzeug war zerwühlt. Das Bad war angefüllt mit Frauenutensilien – Strumpfhosen hingen hinter dem durchsichtigen Vorhang am Duschkopf, Shampoo und Spülung standen auf dem Wannenrand. Unter Zuhilfenahme eines Taschentuchs öffnete Bentz einen verspiegelten Medizinschrank und fand Tiegel und Töpfe mit Make-up, ein paar rezeptfreie Medikamente,

Heftpflaster und Tampons. Der einzige Hinweis auf Cathys Beruf bestand in einer offenen Schachtel mit Kondomen neben dem Alka-Seltzer. Keine rezeptpflichtigen Arzneimittel. Keine Spur von illegalen Drogen.
In einem kleinen Schrank lagen saubere Handtücher, Putzmittel fand Bentz unter dem Waschbecken.
Er hatte genug gesehen und ging zur Eingangstür, wo ein Polizist in Uniform die Schaulustigen in Schach hielt. »Ich will, dass diese Wohnung gründlichst durchsucht wird«, sagte Bentz zur Leiterin der Spurensicherung.
Sie bedachte ihn mit einem gekränkten Blick. »Als ob wir sonst das Beweismaterial für die Putzkolonne zurücklassen.«
Bentz hob eine Hand. »Sorry.«
»Lassen Sie uns hier einfach ein bisschen Bewegungsfreiheit, ja? Je eher wir hier fertig sind, desto schneller kriegen Sie Ihren Bericht.«
»Ist ja schon gut.« Er und Montoya verließen das kleine Apartment und drängten sich durch die im Flur versammelten Gaffer. »Alle hier müssen verhört werden.«
»Wir sind schon dabei.« Montoya war überaus tüchtig. »Bisher hat keiner angegeben, dass ihm etwas Ungewöhnliches aufgefallen ist.«
»Ich will die Verhörprotokolle so schnell wie möglich sehen. Und ruf im Labor an. Sie sollen sich in dieser Sache beeilen. Vergewissere dich, dass sie auf Perückenhaare achten und alles, was sie an Sperma, Blut oder Haarproben haben, mit denen von den anderen ungeklärten Fällen vergleichen. Und auch mit den gelösten – und zwar nicht nur mit den Mordfällen, sondern mit allen Fällen von Ver-

gewaltigung oder tätlichen Überfällen in den vergangenen fünf Jahren.«

»Das ist eine Mordsaufgabe«, knurrte Montoya, während sie sich durch die Menschenansammlung im Flur zwängten. Ein Kollege vernahm die Bewohner des Hauses.

»So schlimm ist es auch wieder nicht. Wir verfügen über Computer und arbeiten mit dem FBI zusammen.« Er massierte sich den Nacken und schaute sich um. »Wo sind die Leute vom FBI eigentlich?«

Montoya grinste frech. »Hab wohl vergessen, sie anzurufen.«

»Das wird ein Nachspiel haben.«

»Wie du schon sagtest, das hier war nicht unser Freund.« Er klemmte sich die Zigarette zwischen die Zähne und suchte in seinen Taschen nach einem Feuerzeug.

»Ja, aber trotzdem wollen sie informiert werden.«

»Ich werde ihnen gleich persönlich Bericht erstatten.«

»Tu das«, brummte Bentz auf dem Weg die Treppe hinunter. Er hatte genauso ungern mit dem FBI zu tun wie Montoya, wollte aber nicht gegen die Regeln verstoßen. Und beim FBI gab es ein paar sehr gute Agenten, mit denen er durchaus zusammenarbeiten konnte. Wie zum Beispiel Norm Stowell.

»Wie kommt's, dass du als Erster angerufen worden bist?«, fragte Bentz.

»Bin ich gar nicht.« Montoya fand sein Feuerzeug und zündete seine Zigarette an. Sie waren im Erdgeschoss angelangt. »Ich war auf dem Revier und habe an einem Bericht für dich über Annie Segers Bekanntschaften gearbeitet.« Er nahm einen Zug und stieß aus dem Mund-

winkel einen Rauchstrahl aus. »Eine Kopie meines Berichts habe ich auf deinem Schreibtisch hinterlegt, und gerade als ich nach Hause gehen wollte, kam der Anruf. Ich habe ihn angenommen, bin hierher gefahren und habe dich dann informiert.«
Das erklärte alles.
Montoya fügte hinzu: »Wenn du mal Zeit hast, solltest du einen Blick in meinen Bericht werfen. Annie Seger war keineswegs die typische Schulball-Königin.«
»Kann ich mir auch nicht vorstellen.«
»Und da gibt es noch ein paar andere Dinge. Samantha Leeds' Ex – der Kerl, mit dem sie verheiratet war ...«
»Doktor Leeds.«
»Ja. Er lebt immer noch hier, lehrt an der Tulane-Universität. Ist bei Ehefrau Nummer drei angelangt, und die Ehe scheint zu bröckeln.«
»Ich hatte bereits die Ehre, ihn kennen zu lernen«, erwiderte Bentz und sah den Mistkerl vor sich. »Ein Casanova.«
»Dachte ich mir. Aber mir sind ein paar Dinge aufgefallen, mit denen ich nicht gerechnet hätte. Schau dir mal die Patientenliste des Doktors an – sie ist natürlich nicht vollständig, wegen der ärztlichen Schweigepflicht, aber die Polizei in Houston hat doch so einiges zusammenstückeln können.«
»Ich sehe mir alles genau an.«
»Du wirst dich wundern.« Montoya sog den Rauch erneut tief ein und blies ihn in einer Wolke wieder aus den Lungen. »Und dann lies nach, wer in der Nacht von Annie Segers Tod als Erster am Tatort war.«

»Jemand, den wir kennen?«
Montoyas Augen blitzten, wie immer, wenn er eine besonders überraschende Information eingeholt hatte. »Könnte man so sagen.« Mit der Schulter stieß er die Tür auf.
Draußen hatte sich eine Menschenmenge angesammelt – die Nachtschwärmer, die die Straßen bevölkerten, neugierige Nachbarn, Leute, die den Polizeifunk hörten und sich großartig vorkamen, wenn sie am Tatort aufkreuzten.
Vielleicht ist einer von ihnen der Mörder, schoss es Bentz durch den Kopf.
Es war bekannt, dass Serienmörder gern das Ergebnis ihrer Untat beobachteten. Es verschaffte ihnen ein Hochgefühl zuzusehen, wie sich die Polizei bemühte, Spuren zu finden, die zu verwischen sie sich alle Mühe gegeben hatten. Manche waren sogar so kühn oder so verrückt zu versuchen, über die Ermittlungen auf dem Laufenden zu bleiben, sich bei der Polizei zu melden und ihre ›Hilfe‹ anzubieten.
Spinner.
Ein Ü-Wagen parkte auf der anderen Seite des gelben Flatterbands, und eine flott gekleidete Reporterin sprach mit ihrem Kameramann. Als Bentz unter dem Band durchkroch, wandte sie sich zu ihm um. Ohne zu zögern ließ sie ihren Gesprächspartner stehen und strebte direkt auf Bentz zu. Der Typ mit der Kamera folgte ihr dicht auf den Fersen.
»Das bedeutet Ärger«, raunte Montoya laut genug, dass alle es hören konnten. »Und zwar in Designerklamotten.«

»Detective«, rief die Reporterin ohne einen Hauch von einem Lächeln. »Ich bin Barbara Linwood von WBOK. Was ist hier los? Ein weiterer Mord?«
Bentz antwortete nicht.
»Also, ich habe den Leuten hier zugehört. Es heißt, das Opfer sei eine Prostituierte. Und in letzter Zeit sind mehrere Frauen umgebracht worden – lauter Prostituierte. Allmählich glaube ich, dass in New Orleans ein Serienmörder sein Unwesen treibt.« Ihr Gesichtsausdruck war eifrig, erwartungsvoll. Sie *wünschte* sich offenbar, dass ein Serienmörder die Straßen von New Orleans unsicher machte. Sie *wollte* die Story.
Bentz schwieg weiterhin. Sein Rufmelder rührte sich.
»Kommen Sie, Detective, seien Sie nicht so! Ist noch eine Frau ermordet worden? Eine Prostituierte?« Ein Windstoß zerrte an ihrem Haar, doch sie ignorierte es und sah Bentz eindringlich an.
»Es handelt sich um eine tote Frau«, klärte Bentz sie auf, »und wir befinden uns im Anfangsstadium der Ermittlungen. Zu diesem Zeitpunkt kann ich noch kein Statement abgeben.«
»Sparen Sie sich diese Floskeln.« Sie war eine gewitzte Frau, etwa einsdreiundsechzig groß, mit scharfen Gesichtszügen, stark geschminkt und sehr beharrlich. Sie hatte es nicht allein auf Bentz abgesehen, sondern schoss sich jetzt auch auf Montoya ein. »Falls sich in New Orleans ein Serienmörder herumtreibt, hat die Öffentlichkeit das Recht, darüber informiert zu werden. Um der Sicherheit willen. Können Sie mir rasch ein Interview geben?«

Bentz warf einen Blick auf die Kamera, die der Begleiter der Frau geschultert hatte. Ein rotes Kontrolllämpchen leuchtete hell. »Das habe ich gerade getan.«
»Wer ist das Opfer?«
»Ganz bestimmt gibt die Polizeibehörde am Morgen eine Stellungnahme ab.«
»Aber –«
»Wir müssen uns an Regeln halten, Miss Linwood. Zuerst müssen die nächsten Angehörigen verständigt werden und so weiter. Mehr kann ich im Augenblick nicht sagen.« Er kehrte ihr den Rücken zu, gestand sich aber im Stillen ein, dass sie Recht hatte. Ein Unhold lauerte in den Straßen der Stadt, vielleicht sogar mehrere, und die Öffentlichkeit musste darauf hingewiesen werden.
»Können Sie mir etwas mehr verraten?«, wandte sich die Journalistin an Montoya, stieß jedoch auch bei ihm auf Granit. Reuben redete ganz gern mit den Fernsehleuten und heimste ein bisschen Ruhm ein. Doch er würde nie das Risiko eingehen, sich Ärger mit Melinda Jaskiel oder dem Bezirksstaatsanwalt einzuhandeln. Montoya war zu erfahren und zu ehrgeizig, um sich selbst seine Zukunft zu verbauen.
Aus den Augenwinkeln beobachtete Bentz, wie sich Montoya aus den Fängen der Dame befreite und seine Zigarette auf den Boden schnippte.
Bentz ging an ein paar Streifenwagen mit rotierendem Licht vorbei zu seinem eigenen Auto, wo er seinen Rufmelder überprüfte und auf dem Revier anrief. Die Nachricht lautete: Drüben bei WSLJ hatte es wieder Ärger

gegeben. Dr. Sam hatte eine weitere Drohbotschaft erhalten – diesmal in Form einer Geburtstagstorte für Annie Seger, die in die Küche des Senders eingeschleust worden war. Jemand versuchte also mit aller Macht, die Radiopsychologin aus dem Konzept zu bringen.

»Mist.« Bentz ließ den Motor an und brauste davon. Er kurbelte die Fenster herab, ließ die warme Brise durchs Wageninnere wehen, passierte die alten Herrschaftshäuser und fuhr in Richtung Geschäftsviertel. Wer immer dieser John war, der Samantha Leeds belagerte – er hatte einen verdammt perversen Sinn für Humor. Alles in allem war es ein Albtraum. Handelte es sich um einen Zufall, dass die Prostituierte an Annie Segers Geburtstag ermordet worden war? Bestand ein Zusammenhang zwischen den Morden und den an Samantha Leeds gerichteten Drohungen? Oder klammerte er sich an Strohhalme?

In der Nähe der Canal Street fuhr er über eine gelbe Ampel und drosselte das Tempo. Dass in derselben Nacht, in der Dr. Sam Zielscheibe eines makabren Scherzes wurde, ein Mord geschah, musste überhaupt nichts bedeuten. Und es fehlte der Hundertdollarschein mit den geschwärzten Augen, der immerhin ein schwaches Bindeglied zu dem verunstalteten Foto hätte sein können, das Samantha bekommen hatte. Johns Gerede über Sünde und Vergeltung hatte womöglich nichts mit den Morden zu tun … Und in dem aktuellen Fall war das Radio nicht zur Sendung ›Licht aus‹ eingeschaltet gewesen … Nein, er war einfach nur müde und sah Gespenster …

Und doch wollte ihn der Gedanke an einen eventuellen

Zusammenhang nicht loslassen. Etwas war ihm entgangen, dessen war er sicher. Etwas, das auf der Hand lag. Er bog gerade um eine Kurve, da traf es ihn wie eine Faust in den Magen.
Nicht ›Licht aus‹. Die Sendung davor. Seine Hände umklammerten das Lenkrad. Das war's. Der Tod der Frauen war früher eingetreten, geraume Zeit bevor man die Leichen gefunden hatte. Und er würde ein Monatsgehalt darauf verwetten, dass, während die Frauen ermordet worden waren, ›Mitternachtsbeichte‹ gelaufen war.
Warum hatte er das nicht früher erkannt?
Der Mörder brachte die Frauen um, während er Dr. Sams Sendung hörte.
»Scheiße«, knurrte er, spürte aber jenen Adrenalinstoß, der immer in sein Blut fuhr, wenn er kurz vor der Auflösung eines Falls stand. Er hatte das Bindeglied. Dann kam ihm die rote Perücke in den Sinn. Dr. Sam war rothaarig. Heiliger Strohsack, wie hatte er das übersehen können? Er fuhr zum Revier, lenkte den Wagen in eine Parklücke und eilte die Treppe hinauf. Offiziell begann sein Dienst erst am Nachmittag, aber er wusste, dass er jetzt nicht würde schlafen können. Die Fragen und unausgegorenen Theorien, die sich in seinem Kopf drehten, würden ihn noch stundenlang wach halten.
In der Kaffeekanne befand sich gerade noch genug für eine Tasse. Er schenkte sich ein und ging zu seinem Schreibtisch hinüber. Er verzichtete auf das grelle Neonlicht der Deckenlampe und schaltete nur die Schreibtischleuchte ein, setzte sich in seinen alten Schreibtisch-

stuhl und fuhr den Computer hoch. Mit ein paar Mausklicks hatte er die Fotos von den Tatorten der Morde an Rosa Gillette und Cherie Bellechamps Seite an Seite auf dem Bildschirm vor sich.

Sie mussten von ein und demselben Kerl umgebracht worden sein. Beide Frauen waren mit einer eigenartigen Schlinge erdrosselt worden, die Verletzungen an den Hälsen waren identisch. Beide Leichen waren bei laufendem Radio zurückgelassen worden, in Positur gebracht, als würden sie beten, beide waren sexuell missbraucht worden, bei beiden fand sich ein verunstalteter Hundertdollarschein.

Nichts dergleichen traf auf Cathy Adams zu.

Cathy war an Annie Segers Geburtstag umgebracht worden. Und wenn schon. Viele Menschen waren am zweiundzwanzigsten Juli geboren. Es hatte nichts zu bedeuten. Gar nichts. Es gab keinen Zusammenhang.

Und doch ...

Er würde den Bericht über das letzte Opfer abwarten. In der Zwischenzeit ging er seinen Posteingang durch. Obenauf lagen mehrere säuberlich getippte Seiten von Reuben Montoya. Bentz überflog rasch die Notizen über Annie Seger, dann las er den Bericht ein zweites Mal. Montoya hatte Recht. Annie Segers Umfeld war nicht so gewesen, wie er es erwartet hatte. Ihre Eltern Estelle und Oswald Seger hatten sich scheiden lassen, als Annie vier und ihr Bruder, Kent, sechs Jahre alt waren. Estelle hatte, praktisch noch bevor die Tinte auf der Scheidungsurkunde trocken war, ein zweites Mal geheiratet, Jason Faraday, einen bekannten Arzt in Houston. Als ihr leiblicher Vater,

Oswald, ›Wally‹, in den Nordwesten, irgendwo in die Nähe von Seattle zog, war er aus dem Leben seiner Kinder so gut wie verschwunden. Laut Bericht hatte Wally selten die Unterhaltszahlungen für seine Kinder geleistet und nur dann etwas ausgespuckt, wenn Estelle ihm ihre Anwälte auf den Hals gehetzt hatte.
Also doch nicht die gutbürgerliche Durchschnittsfamilie. Bentz nahm einen Schluck Kaffee und rümpfte die Nase angesichts des verbrannten, bitteren Geschmacks.
Er lehnte sich auf seinem Stuhl zurück, legte einen Absatz auf die Schreibtischecke und blätterte weiter. Montoya hatte gründlich recherchiert, hatte sogar Informationen über Annies Highschoolzeit gesammelt. Falls man ihren Zeugnissen und dem Schuljahrbuch glauben konnte, war Annie Seger eine exzellente Schülerin, ein beliebtes Mädchen, Cheerleader und Mitglied des Debattierclubs gewesen. Laut einer Akte, die die Polizei in Houston nach Vernehmungen von Familie und Freunden zusammengestellt hatte, war Annie schon mit mehreren Jungen gegangen, bevor sie sich mit Ryan Zimmerman zusammengetan hatte. Der war Kapitän des Lacrosse-Teams gewesen und dann auf die buchstäblich schiefe Bahn geraten. Ein großartiger Kandidat als Vater für Annies Kind. Stirnrunzelnd las Bentz weiter.
Plötzlich war das junge Mädchen schwanger gewesen. In augenscheinlicher Verzweiflung hatte sie ein paar Mal Dr. Sam angerufen und bald darauf ihrem Leben in ihrem plüschigen Jugendzimmer ein Ende gesetzt. Das alles war vor mehr als neun Jahren geschehen. Bentz betrachtete die Bilder von Annie – eins mitten im Sprung in ihrer

Cheerleader-Uniform, Pompons in den Händen, ein anderes von einem Urlaub mit der Familie, sie, ihre Mutter, ihr Stiefvater und ihr Bruder in Shorts und T-Shirts auf dem Kamm eines bewaldeten Hügels, und, natürlich, Fotos vom Tatort, Annie über ihrem Computer zusammengebrochen, mit aufgeschlitzten Pulsadern. Blut rann über ihre bloßen Arme in die Tastatur. Ein tragischer Anblick in krassem Gegensatz zu dem Rest ihres Zimmers – das ordentlich gemachte Bett, übersät mit Stofftieren, der dicke weiße Teppich, der Bücherschrank mit der Stereoanlage zwischen Taschenbüchern und CDs.
Bentz ließ den Blick über seinen Schreibtisch wandern und betrachtete die beiden gerahmten Fotos seiner eigenen Tochter. Er konnte sich nicht vorstellen, Kristi zu verlieren. Sie war das einzig Wichtige in seinem Leben, sie war der Grund für ihn, sich von der Flasche fern zu halten und etwas aus sich zu machen.
Mit gefurchter Stirn schlug er die Seite um und stieß auf die unvollständige Liste von Dr. Sams Patienten. Nur fünf Namen waren aufgeführt. Der Name, der ihm ins Auge sprang, war der Jason Faradays, der zufällig Annie Segers Stiefvater gewesen war.
»Scheiße«, brummte Bentz, und seine Gedanken überschlugen sich. Samantha Leeds hatte nie erwähnt, dass Faraday ihr Patient gewesen sei, aber das war nur natürlich. Sie durfte es nicht, sie unterlag der Schweigepflicht. Er trank den Rest seines Kaffees und blätterte die letzte Seite um.
Montoyas Aufzeichnungen besagten, dass sich Estelle und Jason Faraday sechzehn Monate nach Annies Tod hatten scheiden lassen. Estelle lebte noch immer in Houston, im

selben Haus, in dem sich ihre Tochter das Leben genommen hatte. Jason jedoch hatte Texas verlassen und war nach Cleveland gezogen, wo er noch einmal geheiratet und zwei Kinder bekommen hatte. Telefonnummern und Adressen waren aufgeführt.
Montoya hatte vortreffliche Arbeit geleistet. Wie versprochen hatte er sämliche Polizeibeamten in Houston aufgelistet, die mit diesem Fall befasst gewesen waren. Der erste, der am Selbstmordschauplatz eingetroffen war, war Detective Ty Wheeler gewesen.
»Na, da brat mir doch einer einen Storch.«
Bentz las Montoyas abschließenden Eintrag.
Detective Wheelers Einsatz im Selbstmordfall Annie Seger war nicht von langer Dauer gewesen. Nachdem er eingestanden hatte, dass er mit dem Opfer verwandt sei – Annie Seger war Tyler Wheelers Cousine dritten Grades väterlicherseits gewesen –, war er unverzüglich von dem Fall suspendiert worden.
Bentz' Eingeweide zogen sich zusammen.
Detective Wheeler hatte seinen Job aufgegeben.
Seine derzeitige Adresse war Cambrai in Louisiana.
Beinahe Tür an Tür mit Dr. Samantha Leeds.
Der Nachbar, der immer zur Stelle war. – Zufall?
Wie konnte ein Bulle mit mehr als zehn Jahren Erfahrung auf dem Buckel alles an den Nagel hängen und sich hier niederlassen, um einem Weichei-Beruf wie der Schriftstellerei nachzugehen? Warum zum Teufel war er hier gelandet, in Louisiana? Und weshalb machte er sich an Samantha Leeds heran? Bentz sagte sich, es sei an der Zeit, ihn unter die Lupe zu nehmen.

23. Kapitel

Ich nehme dich mit zu mir«, sagte Ty, als sie aus der Stadt hinausfuhren und WSLJ, die Polizei, die verdammte Torte und all den Wahnsinn hinter sich ließen. Es war spät, und Sam war zum Umfallen müde. In der Nacht zuvor hatte sie nicht viel Schlaf gefunden, da sie sich mit Ty auf dem Boot vergnügt hatte, und nach dem Schock mit der Geburtstagstorte und den Verhören durch die Polizei waren ihre Nerven zum Zerreißen gespannt.
»Ich komme schon klar«, sagte sie, zu erschöpft, um sich wirklich auf einen Streit einzulassen. »Ich habe eine Alarmanlage und eine Wachkatze.«
»Nun mal im Ernst, Sam. Bleib diese Nacht bei mir, weil heute Annie Segers Geburtstag ist.«
»Gestern war ihr Geburtstag«, berichtigte sie ihn, kurbelte das Fenster herunter und ließ die Nachtluft in den Wagen strömen. Sie fuhren um den schwarzen Lake Pontchartrain herum. Die Brise war angenehm kühl, und Sam genoss die Ruhe ringsum.
»Tu mir den Gefallen. Komm mit zu mir.«
Er strich ihr über den Handrücken, und dummerweise begann ihre Haut zu prickeln.
»Na schön«, stimmte sie zu und rieb den Hornissenstich an ihrem Hals, der allmählich wie verrückt zu jucken begann. »Du hast nicht zufällig etwas gegen Kopfschmerzen bei der Hand?«
»Zu Hause schon.« Er warf ihr einen Seitenblick zu. »Ich

passe auf dich auf«, versprach er, und sie war zu matt, um ihm zu sagen, dass sie sehr wohl auf sich selbst aufpassen konnte. Welchen Sinn hätte es auch gehabt?
Sie war sicher, dass derjenige, der sie terrorisierte, irgendwie mit dem Sender zu tun hatte. Jemand hatte die Torte in der Küche deponiert, und derjenige, der sie anrief und versuchte, sie mürbe zu machen, kannte die Nummer von Leitung zwei. Eine Nummer, die in keinem Telefonbuch zu finden war und auch von der Telefonauskunft nicht preisgegeben wurde. Es musste sich um einen Insider handeln, und die Vorstellung ließ Sam das Blut in den Adern gefrieren.
Innerlich zitternd fragte sie sich, wer von ihren Mitarbeitern so weit gehen würde und warum. Gator ganz bestimmt nicht; er hatte genug Sorgen, denn eine Erweiterung ihres Programms bedeutete eine Kürzung seiner Sendezeit. Zwar würde er sie bestimmt gern hinausekeln, doch dass ihre Sendung noch beliebter wurde, war bestimmt nicht in seinem Interesse. Sie traute es auch keinem der anderen Moderatoren und DJs zu, wenngleich Ramblin' Rob absonderlich genug war, um so etwas nur zum Spaß zu betreiben. Um ein bisschen auf Kosten von anderen lachen zu können. Der verknöcherte alte DJ hätte sich problemlos über Annie Seger informieren können; die Geschichte war ja allgemein bekannt, da George und Eleanor in Houston dabei gewesen waren. Vielleicht war das der Auslöser für all den Ärger: Irgendjemand wie Rob zum Beispiel hatte von den Problemen in Houston erfahren und schlachtete sein Wissen nun aus.
Zu welchem Zweck? Um dich in den Wahnsinn zu trei-

ben? Damit du kündigst? Damit du dastehst wie eine Geisteskranke? Oder um ein größeres Hörerpublikum anzulocken?

Wozu dann das verunstaltete Foto und die Anrufe bei ihr zu Hause? Was bezweckte der Brief in ihrem Auto? Und was war mit Johns Anrufen nach Sendeschluss? Wie sollte so etwas für Hörerzuwachs sorgen?

Gar nicht, Sam. Du bist auf der falschen Fährte. Es steckt mehr dahinter, es gibt ein Bindeglied, das du übersehen hast. Also, was ist es? Was?

Ihre Kopfschmerzen wurden von Sekunde zu Sekunde schlimmer, und Sam schloss die Augen und lehnte sich an die Kopfstütze. Sie durfte nicht länger an John, an die Anrufe und an Annie Seger denken. Nicht in dieser Nacht. Aber morgen, wenn ihr Kopf wieder klar war und sie den fehlenden Schlaf nachgeholt hatte, würde sie die Lösung finden. Sie musste sie einfach finden.

Ty schaltete das Radio ein, und sie lauschten den letzten Tönen der aufgezeichneten Sendung ›Licht aus‹, Instrumentalversionen beliebter Songs mit Einschlafgarantie, organisiert von Tiny, dem Fachmann, der den Sender in- und auswendig kannte. Er arbeitete schon länger als jeder andere bei WSLJ, schon als er noch zur Highschool gegangen war, hatte er dort einen Teilzeitjob gehabt. Als er sich dann an der Tulane-Universität eingeschrieben hatte, war ihm von Eleanor eine Vollzeitstelle angeboten worden.

War er womöglich der Komplize von John?, fragte sich Sam, während die Reifen des Volvo über das Pflaster glitten und der Motor summte. Vielleicht war Tiny doch

nicht so unschuldig, wie er aussah. Und was war mit Melanie? Sie war weiß Gott ehrgeizig und manchmal auch heimlichtuerisch. Und dann gab es noch Melba, überqualifiziert und unterbezahlt ... Oder steckte irgendwer dahinter, der mit Trish LaBelle von WNAB im Bunde war? Es galt nicht als Geheimnis, dass Trish auf Sams Job scharf war ... *Hör auf, Sam, das führt zu nichts*, dachte sie. Als eine Instrumentalversion von »Bridge Over Troubled Water« erklang, nahm Sam verschwommen zur Kenntnis, dass sie die Ortsgrenze von Cambrai erreicht hatten. Es tat gut, bei Ty zu sein, sich zu entspannen, jemandem vertrauen zu können. Sie öffnete die Augen einen kleinen Spaltbreit, gerade genug, um sein kräftiges Profil zu erkennen, die scharfen Wangenknochen, die düstere Miene, wann immer sie unter Straßenlaternen hindurchfuhren oder die Scheinwerfer eines entgegenkommenden Fahrzeugs das Wageninnere ausleuchteten.
Es war eine merkwürdige Vorstellung, dass sie ihn erst seit kurzem kannte, und sie lächelte still in sich hinein bei dem Gedanken daran, wie sehr sich Mrs. Killingsworth über das Gelingen ihres Kuppelversuchs freuen würde. Ty drosselte das Tempo und nahm eine Kurve, als sie auf die Straße am See abbogen.
Kurz darauf schlug sie die Augen auf. Gerade fuhren sie an ihrem Haus vorüber, die Fenster dunkel, kein Lebenszeichen im Inneren. Beinahe hätte sie es sich anders überlegt und ihn eingeladen, bei ihr und Charon und den Hornissen zu übernachten, doch dann zügelte sie sich. Bald schon würde der Morgen heraufdämmern, doch bis dahin würde sie bei Ty bleiben. So erschöpft sie auch war, ver-

spürte sie doch eine leise prickelnde Vorfreude darauf, mit ihm allein zu sein. Tagsüber hatte sie oft an ihre Liebesnacht denken müssen, viel zu oft. Es erschien ihr vollkommen natürlich und passend, mit Ty zusammen zu sein. Und trotzdem erinnerte sie sich daran, dass sie auch in der Vergangenheit schon falsche Entscheidungen getroffen, ein schlechtes Auge gehabt hatte, was Männer betraf. Und was wusste sie schon von ihm, abgesehen davon, dass er ungefähr zu der Zeit in ihrem Leben aufgetaucht war, als jemand angefangen hatte, sie zu terrorisieren? Ihre Gefühle für ihn gingen jedenfalls schon längst weit über das vernünftige Maß hinaus.
Sie durfte, *wollte* sich nicht noch einmal verlieben. Weder in Ty noch in sonst jemanden. Sie hatte ihre Lektion gelernt; das redete sie sich jedenfalls ein. Ty stellte nun den Wagen ab und geleitete sie in sein Haus – ein kleines Landhaus mit wenig Mobiliar. Sam erblickte lediglich Schreibtisch, Schrankwand und Fernseher. Sasquatch reckte sich und kam ihnen schwanzwedelnd entgegen, und Ty ließ den Schäferhund zur Hintertür hinaus.
»Hungrig?«, fragte Ty an Sam gewandt.
»Todmüde trifft es eher.«
Er pfiff nach dem Hund, dann führte er Sam eine kurze Treppe hinauf in die obere Etage, wo ein Doppelbett stand, direkt unter den Fenstern mit Ausblick auf den Garten hinter dem Haus. Das Mondlicht schimmerte auf dem See, und eine warme Brise brachte den Geruch des Wassers mit sich.
»Weißt du, ich halte es eigentlich nicht für eine gute Idee, dass ich hier bei dir schlafe«, sagte Sam.

»Wieso nicht?« Er hatte bereits seine Schuhe ausgezogen.
»Vielleicht tu ich etwas, das ich später bereue.«
Mit einem frechen Grinsen hob er ihr Kinn an und sah ihr in die Augen. »Das kann ich nur hoffen.«
»Du bist unmöglich.«
»Ich tu mein Bestes«, gab er zu, zog sie in seine Arme und küsste sie, bis sie an nichts anderes mehr denken konnte als daran, mit ihm zu schlafen.
Tu's nicht noch einmal, Sam! Gebrauch deinen Verstand. Woher willst du wissen, ob du ihm vertrauen kannst?
Sie wusste es natürlich nicht, das war ihr klar, aber sie konnte sich nicht gegen das Bedürfnis wehren, sich zu verlieren, jegliche Angst und allen Kummer auszuklammern und sich jemandem hinzugeben – und sei es nur für eine Nacht. Was konnte es schaden? Sie schloss die Augen, und Ty und sie taumelten aufs Bett. Sam tauchte ein in seine Welt, ohne zu wissen, woraus diese bestand. Aus der Wahrheit? Aus Lügen? Aus Betrug?
Was will er von dir?
Sie hatte keine Antwort darauf, wollte überhaupt nichts mehr hinterfragen. Voller Hingabe schlang sie die Arme um seinen Nacken. Seine Lippen waren heiß, seine Zunge beharrlich, und sie öffnete bereitwillig die Lippen und küsste ihn mit offenem Mund. Er hob sie hoch und drückte sie so fest an sich, dass sich ihre Brüste gegen seinen Oberkörper pressten. Mit einer Hand zog er ihren Unterleib eng an sich heran, sodass sie unter dem Rock seine harte Erektion an ihrem Venushügel spürte.
Tief im Inneren brannte sie, und das Atmen fiel ihr schwer. Er schob ihren Rock hoch, legte die Finger um eine Ge-

säßbacke und an ihre Vagina, drückte sie noch enger an sich und erzeugte eine Glut und Spannung, die ihren gesamten Körper erfassten. Ihr Herz hämmerte, und das Blut raste durch ihre Adern.
Sie wollte ihn, und wie sie ihn wollte! Das Stöhnen, das ihr entschlüpfte, war erst der Anfang. Mit einem Bein umschlang sie seins, und er hob den Kopf, um ihr tief in die Augen zu blicken.
»Wie ich schon einmal gesagt habe: Du willst mich«, sagte er. Die leichte Brise, die durch ein offenes Fenster ins Zimmer wehte, kitzelte ihren Nacken. »Und ich will dich.«
»Wirklich?«, hauchte sie. Ihre Haut war schweißbedeckt, tief in ihr loderten Flammen auf. Die Finger an ihrem Po griffen fester zu.
»Was denkst du denn?«
»Ich ... ich glaube, ich habe ein Problem.«
»Das haben wir beide«, flüsterte er an ihrer Ohrmuschel, und eine Gänsehaut lief über ihren ganzen Körper. »Ach, Liebling, das haben wir beide.«
Er fiel rücklings aufs Bett, und wieder machte sich sein Mund über ihren her. Wild, hungrig, heftig küsste er sie, und währenddessen nestelten seine Hände an den Verschlüssen ihrer Bluse und ihres Rocks. Obwohl sie sich darüber klar war, dass sie einer Leidenschaft nachgab, der sie sich besser verweigern sollte, riss sie ihm das Hemd über den Kopf und strich über die Muskelstränge an seinen Armen. Im Zwielicht sah sie sein Gesicht, angespannt, frech, ungemein sexy. Er zog ihr die Bluse aus und küsste ihren Brustansatz über den Spitzencups ihres BH.
Unter dem dünnen Material richteten sich ihre Brustspit-

zen auf, und in ihrem Inneren pochte das Verlangen. »Ich wusste, dass es mit dir so sein würde«, sagte er, streifte ihr die BH-Träger von den Schultern, und warme Luft strich über ihre plötzlich entblößten Brustspitzen.
»Wie ... wie denn?«, wisperte sie, und er senkte den Kopf. Sie spürte das sanfte Knabbern seiner Zähne an ihrem empfindlichen Fleisch, das Kitzeln seiner Zungenspitze.
»So wie jetzt«, antwortete er schwer atmend. Die andere Hand schob sich unter ihren Rockbund und berührte auf seiner Suche ihren Nabel.
Unaufgefordert spreizte sie die Schenkel und wand sich voller Begierde, verzehrt von einem nahezu pulsierenden Schmerz.
Er öffnete den Knopf ihres Rockbunds, und zischend fuhr der Reißverschluss hinab, dann streifte er mit beiden Händen ihren Rock und ihren Slip von ihren Hüften, an den Schenkeln entlang bis zu ihren Füßen. Wenig später lag sie unter ihm, die Bluse zerknittert unter ihr, den BH halb ausgezogen, ansonsten vollkommen nackt.
Er neigte sich tiefer über sie, tastete und schmeckte mit den Lippen, erforschte mit der Zunge die Beschaffenheit ihrer Haut, bewegte mit seinem Atem die Locken in ihrem Schritt. Sie schloss die Augen, verlor sich im puren Rausch der Sinne. Er spreizte ihre Schenkel, streichelte sie, spielte mit ihr, und während ihr heiße Vorstellungen durch den Kopf schossen und ihr Verlangen außer Kontrolle geriet, wand sie sich und krallte die Finger in die Bettdecke.
Lass nicht zu, dass er das tut ... Lass nicht zu, dass er dich verletzlich macht. Aber sie konnte dem Liebesspiel nicht mehr Einhalt gebieten. Das Begehren war zu groß, das

Feuer in ihrem Blut zu heiß. Sie spürte, wie sich der Druck aufbaute, und all ihre Gedanken konzentrierten sich auf diese eine Stelle, auf diesen Mittelpunkt der Welt, der zu pulsieren schien, wo er sie liebkoste, mit glühenden Lippen, immer schneller ... In ihrem Kopf drehte sich alles, bis das Universum explodierte. Sie bäumte sich auf, schrie, und er hielt sie fest, zwei kräftige Hände an ihren Schenkeln, bis sie zurück aufs Bett sank, keuchend, in Schweiß gebadet.

»Aahhh«, seufzte sie japsend, während sich der warme Schimmer der Befriedigung auf ihrer Haut ausbreitete. »Ty ... Was ist ... mit dir?«

Er hob den Kopf und zwinkerte ihr zu. »Dazu kommen wir noch.«

»Jetzt?«, fragte sie mit leiser Stimme.

»O ja, jetzt sofort.« Er kam auf die Knie. »Verlass dich drauf, so entwischst du mir nicht. So edel bin ich nicht.«

»Edel?«, wiederholte sie und lachte, während der Wind durch das offene Fenster hereinwehte. »Das habe ich auch nie angenommen.«

»Was hast du denn angenommen?« Er schwang ein Bein über sie und ließ sich rittlings auf ihr nieder. »Sag's mir.«

Sam blickte zu ihm auf, zu diesem Fremden, der sie dazu brachte, all ihre Skepsis zu ignorieren, ihre Bedenken beiseite zu schieben. Allein sein Lächeln war eine Sünde wert. Mit blanker Brust, schweißglänzenden Muskeln, die Jeans tief auf den Hüften, legte er die Hände über ihre Brüste und streichelte sie sanft.

»Nun?«

»Ach, dass du ...« Er knetete ihre Brüste, strich mit den

Daumen über die Spitzen, erregte sie schon wieder, so kurz danach. Es fiel ihr schwer, sich zu sammeln. »Dass du ... finster und gefährlich bist.«
»Das gefällt mir.«
»Dass ich dir vielleicht lieber nicht vertrauen sollte.«
»Das solltest du wirklich nicht.«
»Aber ich finde ... ich finde, du bist ...«
»Unwiderstehlich?«
»Verdammt unwiderstehlich.«
»Dann sind wir wohl quitt«, sagte er und griff an den obersten Knopf seiner Jeans. Langsam drückte er ihn aus dem Knopfloch. Samantha schaute zu, und als er mit flinken Handbewegungen die weiteren Knöpfe öffnete, wurde ihr die Kehle eng. Sie biss sich auf die Unterlippe, und er schob die Jeans hinunter und trat sie von sich. »Siehst du, edel bin ich keineswegs«, betonte er, neigte sich über sie und küsste ihren Bauch. Dann näherte er sich langsam ihren Brüsten.
Wieder diese Glut. Diese verdammte, feuchte, alles verzehrende Glut zwischen ihren Beinen. Wieder schmeckte und forschte seine Zunge, glitt immer weiter aufwärts und hinterließ eine feuchte, heiße Spur auf ihrer Haut.
»Keine Frau hat das Recht, so gut auszusehen wie du, weißt du das?«
»Ach ja?« Sie brachte die Worte nur mühsam heraus.
»O ja.«
»Ich würde sagen: Es dürfte keinem Mann erlaubt sein, mit einer Frau das zu tun, was du mit mir tust.«
Sein Lachen war ein kehliges Grollen. »Schmeicheleien bringen dich höchstens in Schwierigkeiten.«

»Als steckte ich nicht schon tief genug drin.«
»Ein bisschen tiefer kann nicht schaden«, sagte er. Seine Lippen fanden ihre, seine Zunge tauchte in ihren Mund. Er schob ihre Knie auseinander und stieß, während er sie küsste, in sie hinein. Tief. Tiefer, er drängte sich gegen sie und zog sich dann langsam zurück.
Sie schlang die Arme um seinen Kopf, hob die Hüften an, wollte mehr, sehnte sich schmerzlich nach mehr. Sie schloss die Augen erneut, vor den Ängsten und vor den Bedrohungen, die sie umgaben. Heute Nacht wollte sie einfach nur alles hinter sich lassen.
»So ist's brav«, sagte er und drang erneut tief in sie ein, immer und immer wieder, nach Luft schnappend, schwitzend. Sein Herz raste genauso wie ihres. Sie bewegte sich im Einklang mit ihm, suchte begierig seinen Mund, bog den Rücken durch und hörte, wie sich sein Atem beschleunigte, spürte, wie sich bei jedem Stoß seine sämtlichen Muskeln anspannten. Sie ließ los, ihr Körper zuckte, ihre Sinne explodierten. Ty stieß ein urtümliches Brüllen aus, sank auf sie, drückte sie an sich. Der Mondschein fiel durchs offene Fenster, und Ty war schweißnass am ganzen Körper. Sam seufzte. Ihr Atem bewegte sein Haar, und sie wusste, dass sie im Begriff war, sich in diesem Mann zu verlieren, in diesem undurchschaubaren, interessanten Fremden, von dem sie noch immer nicht wusste, ob er ihr Vertrauen verdiente.

Sam schlief. Weltvergessen. In seinem Bett.
Mondlicht strömte durch das offene Fenster, schien auf ihr Gesicht, und Ty erschrak vor der unglaublichen Fest-

stellung, dass sie ihm sehr viel mehr bedeutete, als gut für ihn war, dass er vielleicht sogar Gefahr lief, sich in sie zu verlieben.

Du armseliger, widerlicher Mistkerl. Er hatte sie benutzt. Und dadurch hatte er sie in Gefahr gebracht. Schlicht und einfach. Da gab es nichts zu beschönigen. Er hatte sie als Mittel zum Zweck betrachtet, und jetzt kam er sich erbärmlich vor. Behutsam löste er sich aus ihren Armen. Sie seufzte im Schlaf und drehte sich auf die andere Seite, ohne die Augen zu öffnen. Das Bett war zerwühlt, die Kissen zerdrückt, im Zimmer roch es schwach nach ihrem Parfüm. Er hatte nicht die Absicht gehabt, mit ihr zu schlafen, hatte sich dann aber nicht zurückhalten können. Genau das war das Problem – er, der immer vorsichtig war, wenn es um Frauen ging, ein Mann, der seine eigenen Interessen und sein Herz verteidigte, verlor in ihrer Gegenwart den Verstand. Verlor einfach den Verstand! Er studierte ihre Gesichtszüge, den Schwung ihrer Wimpern, die Art, wie sie mit leicht geöffneten Lippen flach atmete.

Er riss sich los von ihrem Anblick und rief sich in Erinnerung, dass er noch so einiges zu erledigen hatte, Dinge, von denen sie besser nichts erfuhr. Sein Gewissen plagte ihn erneut. Er zog lediglich Shorts an und verzichtete auf ein Hemd.

Das digitale Zifferblatt der Uhr zeigte in rot glühenden Zahlen an, dass es halb fünf Uhr morgens war. Falls sie aufwachte, würde er behaupten, dass er mit Sasquatch hinausgehen müsse. Doch sie schlief selig weiter. Leise, gefolgt von seinem Hund, eilte er die Treppe hinunter.

Geräuschlos öffnete er die Tür zur Straße. Im bläulichen Schein der Laterne war kein Mensch zu sehen. Es war still zu dieser Stunde, alle Welt schlief. Die Morgenzeitung lag noch nicht auf seiner Zufahrt, und in den Fenstern der Häuser längs der Straße schimmerte kein Licht. Kein Gesundheitsfanatiker absolvierte seine morgendliche Joggingrunde, kein Auto fuhr die schmale Straße entlang. In diesem Teil von Cambrai herrschte noch tiefe Nacht.

Sasquatch schnupperte im Vorgarten herum, und Ty ging bis zum Ende der Zufahrt und blieb in der Nähe seines Briefkastens unter einem Magnolienbaum stehen. Dichtes Laub verdeckte hier das Licht der Straßenlaterne und schuf um den Baumstamm herum eine noch tiefere Dunkelheit. Ty wartete, spähte angestrengt in die Finsternis, die Ohren gespitzt, sodass ihm auch nicht das leiseste Geräusch entgehen konnte.

Er hörte nichts, doch ein paar Sekunden später tauchte aus dem dichten Gebüsch eine Gestalt auf. Schwarz gekleidet, mit vorgebeugten Schultern, das Gesicht in der Dunkelheit nicht zu erkennen, schien Andre Navarrone mit den Schatten zu verschmelzen. »Zumutung, um diese Zeit auf den Beinen sein zu müssen«, flüsterte er.

»Ließ sich nicht vermeiden.« Ty warf einen Blick zurück auf sein Haus und schaute dann den Mann an, den er mehr als sein halbes Leben lang kannte, der wie er ein ehemaliger Polizist war und sich nun als Privatdetektiv betätigte. Navarrones Zeit bei der Polizei von Houston war kurz und schmerzhaft gewesen. Er hatte nie ganz begriffen, dass die Strategien, die er als Special Agent im

Golfkrieg gelernt hatte, in der Stadt nicht umzusetzen waren. Also hatte er sich selbstständig gemacht. Und das war ideal für ihn.
Ty sah seinem Freund in die Augen. »Ich brauche deine Hilfe.«
»Das habe ich mir gedacht. Sonst hättest du mich wohl kaum gerufen.« Navarrone ließ ein freches Lächeln aufblitzen. Er fragte nicht, was Ty wollte, das hatte er noch nie getan.
Und er hatte noch nie versagt.
Bis jetzt.

Sam wälzte sich auf die andere Seite und spürte, dass irgendetwas anders war. Falsch. Sie lag nicht in ihrem eigenen Bett ... Jetzt erinnerte sie sich. Ein zufriedener Seufzer kam über ihre Lippen, und sie lächelte. Sie war bei Ty – wenngleich ihr Verstand ihr davon abgeraten hatte. Erinnerungen an die Liebesnacht blitzten auf. Das Gefühl seiner warmen Haut, sein Geschmack, seine wunderbare Art, sie zu berühren ... Sie griff hinter sich und spürte das kühle Laken unter ihren Fingern, nur das Laken. Keine Haut, keine Muskeln oder Knochen.
Sie drehte sich um und stützte sich blinzelnd auf einem Ellbogen auf. Ja, sie war allein. Dort, wo sein Körper noch vor gar nicht langer Zeit gelegen hatte, zeigte sich ein Abdruck im Laken, doch er war kalt. Vielleicht war er aufgestanden, um ins Bad zu gehen oder um etwas zu trinken oder ... Der Hund. Klar, das war's. Er war mit dem Hund draußen.
In der Dunkelheit suchte sie ihren Slip und zog ihn an.

Durch das offene Fenster hörte sie seine gedämpfte Stimme, sein Flüstern, und sie nahm an, dass Ty Sasquatch ermahnte, sich mit seinem Geschäft zu beeilen. Doch als sie aus dem Fenster sah, entdeckte sie keine Spur von einem Mann oder einem Hund auf dem Rasen zwischen dem Haus und dem See. Neugierig geworden machte sie sich auf ins Erdgeschoss, wo ein Nachtlicht einen sanften grünen Schimmer auf einen großen Schreibtisch warf, hell genug, dass sie sich in den Räumen bewegen konnte, ohne weitere Lampen einzuschalten.

In der Küche wusch sie sich am Spülbecken das Gesicht, fuhr sich mit den Fingern durchs Haar und blickte aus dem Fenster auf die Straße hinaus. Nichts. Aber er musste in der Nähe sein. Sie glaubte nicht, dass er sie jetzt allein lassen würde, nicht, nachdem er wie ein rettender Engel in die Stadt gefahren war und darauf bestanden hatte, dass sie nicht allein in ihrem Haus blieb. Außerdem hatte sie eben seine Stimme gehört – sie war ganz sicher. Sie spähte in die Dunkelheit, und aus den Augenwinkeln bemerkte sie eine Bewegung. Sasquatch bog um die Hausecke und trottete die Zufahrt entlang. Unter einem Baum blieb er sitzen und blickte erwartungsvoll auf. Sie erkannte den Umriss eines Mannes unter dem Baum ... Nein, es waren zwei. Zwei. Einer von beiden musste Ty sein – sonst hätte der Hund anders reagiert.

Samantha biss sich auf die Unterlippe. Ty und wer noch? Er hatte sich aus dem Bett gestohlen, um sich mit diesem Mann zu treffen. Einem Mann, von dem er ihr nichts gesagt hatte. Sie kniff die Augen zusammen, beugte sich über das Spülbecken und starrte in die Nacht hinaus, wo

die zwei Männer unter Sprenkeln von Mondlicht die Köpfe zusammensteckten.
Sie stützte sich auf der Arbeitsplatte ab. Mit wem unterhielt sich Ty so leise zu dieser frühen Morgenstunde? Was war so wichtig, dass es ihn aus dem Bett nach draußen trieb? Düstere Verdächtigungen sickerten in ihr Bewusstsein. Hatte die Polizei nicht darauf hingewiesen, dass sie keinem trauen durfte, schon gar nicht Männern, die sie kaum kannte?
Aber Ty schien doch nur ihr Bestes zu wollen. Er war zum Sender gekommen, nicht nur einmal, sondern schon zweimal, er hatte geahnt, dass sie ihn brauchte. Er hatte darauf beharrt, sie nach Hause zu fahren, ihr Haus zu durchsuchen, für ihre Sicherheit zu sorgen. Deswegen war sie in dieser Nacht ja bei ihm geblieben. Oder steckte etwas anderes dahinter?
War alles nur Theater gewesen?
Sie erwog, nach draußen zu gehen und Antworten zu fordern, erlegte sich dann jedoch Zurückhaltung auf. Was immer er tat, würde schon seine Richtigkeit haben. Sie sollte ihm nicht misstrauen, sollte hier im Haus auf ihn warten, und wenn er schließlich geruhte zurückzukehren, konnte sie ihn noch immer fragen, was da vorging.
Ausgeschlossen. Sie war zu überdreht. In ihrem Kopf überschlugen sich mögliche Erklärungen dafür, dass er sie allein im Bett zurückgelassen hatte – und keine wollte ihr einleuchten. Sie war so überreizt, dass an Schlaf nicht mehr zu denken war; außerdem war es nicht ihre Art, geduldig zu warten und irgendeinen Mann über ihr Schicksal entscheiden zu lassen.

Sie marschierte hinüber in den Wohnbereich, in der Absicht, hinauf ins Obergeschoss zu laufen, sich anzuziehen und zurück nach Hause zu eilen, wo sie hingehörte, doch auf dem Weg zur Treppe kam sie an seinem Schreibtisch vorbei, auf dem sein Laptop mit dem Bildschirmschoner aus leuchtend bunten Röhren stand. Sie hielt inne, versucht, einen Blick in seine Dateien zu werfen. Sie trat näher an den Schreibtisch heran, sagte sich, dass sie im Begriff war, einen Vertrauensbruch zu begehen, gelangte aber zu dem Schluss, dass sie die Wahrheit wissen musste. Es gab zweifellos einen Grund dafür, dass er sich aus dem Schlafzimmer geschlichen hatte, und sie war überzeugt, dass dieser ihr nicht gefallen würde.

Sie beugte sich über die Tastatur. Binnen Sekunden hatte sie sein Schreibprogramm geöffnet. Auf dem Bildschirm erschienen Dateinummern, die sich auf Kapitel und Recherchen bezogen.

Was hatte er noch scherzhaft zu Melanie gesagt? Sein Roman sei eine Mischung aus dem *Pferdeflüsterer* und *Das Schweigen der Lämmer?*

Sie öffnete das erste Kapitel.

Ihr Herz setzte einen Schlag lang aus.

Der Buchtitel sprang ihr regelrecht entgegen: *Tod eines Cheerleaders. Der Mord an Annie Seger.*

»O Gott«, flüsterte Sam. Ihr Blick wanderte an den Zeilen entlang.

Mord? Aber Annie Seger hatte doch Selbstmord begangen!

Sam gefror das Blut in den Adern. Wieso wusste Ty über den Fall? Woher bezog er seine Informationen? Sie überflog die ersten paar Seiten; ihre Finger, die auf der Maus lagen, zitterten.

Als ihr klar wurde, wie schwer er sie getäuscht hatte, krampfte sich ihr Herz zusammen.

Auf welche Weise war er in die Sache verwickelt? O Gott, war es möglich, dass er hinter den Anrufen steckte – war er John? Nein, das konnte, wollte sie nicht glauben. Doch es musste eine Verbindung geben. »Du elender Dreckskerl«, flüsterte sie in Gedanken an ihre Liebesnacht. An die Glut. Die Intensität. Die Leidenschaft.

An die Lügen.

Warum hat er sich dir nicht anvertraut?
Warum hat er dir etwas vorgemacht?
Du hast mit dem Mann geschlafen, Sam. Hast ihn geliebt.

Ihr Magen zog sich zusammen. Es stieg ihr säuerlich in den Hals.

Was zum Teufel wurde hier gespielt?

Wenn er ihr etwas antun wollte, hatten sich ihm schon Dutzende von Gelegenheiten dazu geboten.

War das möglich? Hätte sie um ein Haar einem Mann ihr Herz geschenkt, der sie anonym tyrannisierte?

Ihr blieb keine Zeit, die Kapitel auszudrucken, sie musste fort. Auf der Stelle. Bevor er bemerkte, dass sie ihn entlarvt hatte. Sie wollte noch ihre Handtasche holen und ... die Diskette! Die Diskette, die im Computer steckte. Der Beweis dafür, dass Ty nicht der war, für den er sich ausgab. Die Informationen über Annie.

Mit zitternden Fingern drückte sie den Knopf, entnahm die Diskette und machte, dass sie wegkam. Auf dem Weg zurück ins Obergeschoss stolperte sie, ließ die verfluchte Diskette fallen und tastete den Teppich ab, bis sie sie wieder gefunden hatte. Im Dämmerlicht hastete sie die restlichen Stufen hinauf. Sie musste sich beeilen. Sie hatte keine Ahnung, wie lange Tys Besprechung mit dem Mann dauern würde, vermutete jedoch, dass sie bald zu Ende war.

Oben angelangt riskierte sie es nicht, Licht zu machen, sondern suchte im Dunkeln nach ihren Kleidern und ihrer Handtasche. Sie machte sich nicht die Mühe, sich sorgfältig anzuziehen, fand ihren Gürtel nicht, und es war ihr egal. Aber ihre Handtasche ... mit den Schlüsseln ... Wo mochte sie sein? *Wo?* Mit rasendem Herzen und trockenem Mund durchforstete sie im spärlichen Licht des Mondes, das durchs Fenster fiel, das Zimmer und fuhr mit den Händen über die Bettkante und den Fußboden. Sie entdeckte ihren BH ... Tys Geldbörse ... aber keine Handtasche.

Denk nach, Sam. Wo hast du sie abgelegt?
Sie ließ die vergangenen Stunden Revue passieren. Rief sich ins Gedächtnis, wie Ty im Rundfunkgebäude aufgetaucht und wie erleichtert sie gewesen war, ihn zu sehen. Erinnerte sich an die Fahrt hierher. Sie hatte sich gesträubt, mit zu ihm zu kommen, doch er war unerbittlich geblieben, und sie war viel zu müde gewesen, um weiter zu diskutieren. Er hatte sich nicht davon abbringen lassen, dass sie bei ihm sicherer war, und widerwillig hatte sie sich einverstanden erklärt.

Was für ein Witz!
Und dann hatten sie sich geliebt.

Als sie daran dachte, wie er sie berührt, geküsst, immer und immer wieder zum Orgasmus gebracht hatte, blieb ihr beinahe das Herz stehen. Herrgott, sie war so verrückt nach diesem Mann gewesen.
Wie bereitwillig sie mit ihm ins Bett gestiegen war. Um ein Haar hätte sie sich ernsthaft in ihn verliebt ... doch das durfte sie jetzt nicht zu nah an sich heranlassen. Beinahe wäre sie über einen von ihren Schuhen gefallen, dann tastete sie den Boden ab, fand den zweiten jedoch beim besten Willen nicht. Wo zum Teufel war ihre Handtasche mit den Schlüsseln und ihrem Ausweis? Sie hatte sie mit ins Haus genommen, und kaum drinnen angelangt, hatte Ty sie geküsst und die Treppe hinaufgeführt ... ohne die verflixte Handtasche.
Durchs offene Fenster hörte sie Schritte auf dem Kies knirschen.
Verdammt. Er kam zurück ins Haus. Sie musste flüchten. Konnte sich nicht schlafend stellen und so tun, als wäre nichts geschehen. Sie ließ ihren Schuh zurück und schlich mit galoppierendem Herzen die Treppe hinunter. Auf der untersten Stufe wäre sie beinahe gestürzt. Als sie sich vorsichtig durch die unbekannten Räumlichkeiten bewegte, brach ihr der Schweiß aus. Im schwachen Licht der Nachtleuchte entdeckte sie ihre Handtasche auf dem Küchentisch. Sie nahm sie im Vorbeigehen an sich und wagte nicht, noch einmal nach draußen zu sehen.
Barfuß huschte sie über den Teppich zum rückwärtigen Teil des Hauses und schob den Riegel der Fenstertüren zurück. Flink schlüpfte sie nach draußen, wo eine Veranda und ein schmales Rasenstück sie vom See trennten. Wenn

alles andere schief ging, würde sie über den Zaun in den Nachbargarten steigen oder um die Landzunge herumschwimmen oder ...
Sie sprintete über die kühlen Pflastersteine und sprang die drei Stufen hinunter. Der Mond spiegelte sich auf dem dunklen Wasser und tauchte die am Anleger festgemachte Schaluppe in ein sanftes Licht. Geduckt lief Sam an der Rasenkante unter den Sträuchern entlang auf den Anleger zu. Vom Haus her erklang ein gedämpftes »Wuff«.
Lieber Gott, bitte nicht.
»Sam?«
Seine Stimme kam aus dem Nichts.
Sam erstarrte.
Dann wandte sie sich um und erblickte ihn auf der Veranda. Sie stieß den Atem durch die Nase aus. »Offen gestanden, ich flüchte«, erklärte sie.
»Vor ...?«
»Sag du's mir«, rief sie, ohne sich ihm zu nähern. »Wieso bist du um diese Zeit schon draußen? Und erspar mir die lächerliche Ausrede, du hättest mit dem Hund Gassi gehen müssen. Ich weiß es besser.«
»Ich habe mich mit einem Freund getroffen.«
»Der rein zufällig um vier Uhr morgens gerade hier vorbeigekommen ist? Klingt plausibel.« Sie konnte ihren Zynismus nicht verbergen. »Hör doch auf, Wheeler. Ich hätte mehr von dir erwartet.« Ihr Kleiderbündel an sich gedrückt, fügte sie hinzu: »Also, ich weiß nicht, was hier gespielt wird, aber ich halte es für besser, wenn ich gehe. Das alles ... das alles ist mir zu verrückt.«

Er straffte sich, und das Mondlicht fiel auf sein Gesicht. Gott, er sah so gut aus.

»Das ist es wohl«, pflichtete er ihr bei, fuhr sich mit der Hand durchs Haar und schob es aus der Stirn. »Ich denke, ich muss beichten.«

Sie rührte sich nicht. Seine Worte schienen in ihrem Kopf nachzuhallen. »Weißt du, ich will im Augenblick eigentlich gar nichts hören. Ich habe in den letzten paar Wochen so viel über Beichte, Sünde und Reue gehört, dass es mir fürs ganze Leben reicht.«

Ty verzog den Mund. »Wie wär's dann mit einer Erklärung?«

»Das wäre mal eine gute Idee«, fand sie. »Eine wirklich gute.« Sie wartete ein paar Sekunden lang, bis er schließlich zu reden begann.

»Die Wahrheit ist, dass ich schon lange, bevor ich dich kennen lernte, von Annie Seger wusste.«

»Ach was«, bemerkte sie. Sie hätte sein Eingeständnis besser zu schätzen gewusst, wenn sie nicht hätte annehmen müssen, er wäre bereits im Bilde darüber, dass sie in seinen Dateien gestöbert hatte. »Das hättest du mir längst sagen können, Ty.«

»Das wollte ich ja.«

»Wann?«, fragte sie und glaubte ihm kein Wort. Für wie dumm hielt er sie eigentlich? »Bevor die Hölle einfriert oder erst hinterher?«

»Bald.«

»Das ist mir viel zu vage.« Wut kochte in ihr hoch. »Weißt du nicht, was hier los ist? Hast du nicht aufgepasst? Die Anrufe von John, die ich bekomme, die Botschaft von

Annie, die Karte und die verdammte Geburtstagstorte – um Himmels willen, Ty, wann wolltest du es mir denn sagen? Vielleicht macht der Spinner seine Drohungen schon bald wahr, und dann ist es zu spät für Geständnisse! Oder bist du auf noch persönlichere Weise in die Sache verwickelt? Womöglich kennst du John –«
»Nein«, fiel er ihr ärgerlich ins Wort, doch außer Zorn blitzte noch etwas in seinen Augen auf, etwas wie Schuldbewusstsein.
Sam fühlte sich innerlich wie tot. Wie hatte sie ihm bloß vertrauen können? Was war los mit ihr, dass sie, was Männer betraf, immer so bitterlich danebengriff? Zwar war sie eine intelligente Frau, doch in Liebesdingen versagte sie auf katastrophale Weise. Sie hatte gedacht, Ty Wheeler sei anders, doch er war wie ihr Exmann und ihr letzter Freund: einer, der sie ausnutzte, einer, der es verstand, sie zu manipulieren.
»Oder du bist John!«
Er stieg die Verandatreppe herunter und überquerte den Rasen. »Das glaubst du doch selbst nicht.«
»Ich weiß nicht mehr, was ich glauben soll«, sagte sie völlig verzweifelt.
»Es tut mir Leid, Sam. Ich hätte es dir früher sagen müssen.« Er war jetzt bei ihr angelangt, war ihr viel zu nahe.
»Das war mal eine scharfsinnige Bemerkung.« Es gelang ihr, sich gerade aufzurichten. »Weißt du, das alles ist ja ausgesprochen ... tröstlich, aber ich gehe jetzt nach Hause.«
»Noch nicht.« Er streckte die Hand aus und umfasste mit kräftigen Fingern ihren Arm.

»Wie bitte?« Sie befreite heftig den Arm aus seinem Griff. »Wie kommst du darauf, dass du dabei ein Wörtchen mitzureden hast?« Sie versuchte, sich an ihm vorbeizudrängen, doch er hielt sie erneut fest, und diesmal gelang es ihr nicht, sich loszureißen. »Lass mich los, Ty.«
»Hör mir erst zu.«
»Warum sollte ich? Um noch mehr Lügen aufgetischt zu bekommen? Vergiss es!« Sie wandte sich um und ging zurück zum Haus, er folgte ihr, ohne ihren Arm freizugeben.
»Du musst wissen, was hier vorgeht.«
»Und du willst es mir erklären? Hör doch auf! Der einzige Grund, warum du mich jetzt einweihen willst, ist doch der, dass ich dich mit dem mitternächtlichen Stalker – oder wer immer der Typ da draußen auf der Straße war – gesehen und weil ich deine Aufzeichnungen entdeckt habe. Außerdem weiß ich, dass du nicht ehrlich zu mir bist. Und jetzt lass mich los, oder wir beide setzen diese Unterhaltung auf dem Polizeirevier fort. Kapiert?«
»Moment noch.« Statt sie loszulassen, griff er noch fester zu. »Ich finde, du schuldest mir die Chance, alles zu erklären.«
»Ich *schulde* dir überhaupt nichts.« Die Dreistigkeit dieses Mannes war ihr unbegreiflich. Sie waren bereits die Treppe zur Veranda hinaufgestiegen. »In meinen Augen ist jedes Wort, das du seit unserer ersten Begegnung mit mir gesprochen hast, gelogen. Und im Grunde bin ich sogar ziemlich sicher, dass das fahruntüchtige Boot«, sie wies mit einer Kopfbewegung auf die *Strahlender Engel,* die am Anleger ächzte, »nur eine Finte war.«

»Ich betrachte es eher als Vorwand.«
»Wortklauberei, Wheeler.«
»Es gibt da einiges, was du wissen solltest.«
»Was du nicht sagst! Fangen wir mit deiner Verbindung zu Annie Seger an.«
»Ich bin ihr Cousin dritten Grades«, erläuterte er, ohne mit der Wimper zu zucken. Und ohne seinen Griff zu lockern. »Und ich war in der Nacht, als sie gefunden wurde, der erste Polizeibeamte am Schauplatz des Selbstmords. Ich bin von dem Fall suspendiert worden, weil ich mit ihr verwandt bin. Aber ich war immer der Meinung, dass die Ermittlungen in die Irre gegangen sind, und Annies Vater will, dass ich den Beweis dafür erbringe.«
»Ihr leiblicher Vater«, spezifizierte Sam und versuchte, kein Interesse aufkommen zu lassen. Woher wusste sie denn, ob er ihr nicht erneut einen Haufen Lügen verkaufte?
»Ja. Wally. Er hat nie an Annies Selbstmord geglaubt.«
»Also glaubt er, sie wäre ermordet worden? Warum?«
»Das versuche ich herauszufinden.«
»Und was soll dieser ganze übrige Kram?«, wollte Sam wissen. Sie stieß die Fenstertüren auf und trat in sein Wohnzimmer. »Was ist mit den Anrufen beim Sender und der verdammten Torte?«
»Das kann ich mir nicht erklären, und ich weiß auch nicht, wer dahintersteckt, aber ich fürchte, dass ich der Auslöser für all diese Vorkommnisse war, dass ich die Schuld daran trage. Jemand hat irgendwie herausbekommen, dass ich an diesem Buch arbeite, vielleicht durch meine Recher-

chen oder durch eine undichte Stelle. Irgendwer in der Agentur oder im Verlag ... Ich weiß es nicht. Noch nicht.« Wütend presste er die Lippen zusammen. »Aber es kann kein Zufall sein, dass du genau zu dem Zeitpunkt, als ich mit der Arbeit an meinem Buch über Annies Tod beginne, Opfer eines Stalkers wirst.«
»Deshalb suchst du also meine Nähe, deshalb bist du hier? Wegen deines schlechten Gewissens? Mein Gott, Ty, du brauchtest doch nicht mit mir zu schlafen, um mich zu beschützen oder um dein Gewissen zu beruhigen!« Sie riss ihren Arm los. Sie musste weg von hier. Auf der Stelle.
»Ich habe nicht wegen meines schlechten Gewissens deine Nähe gesucht.«
»Nein, natürlich nicht.« Tränen der Wut brannten in ihren Augen. *Brich jetzt ja nicht zusammen*, ermahnte sie sich. Er folgte ihr auf den Fersen. »Beruhige dich und hör mir eine Minute zu.«
»Ich glaube, ich habe genug gehört.« Sie wandte sich der Haustür zu.
»Eine Beziehung mit dir hatte ich nicht geplant.«
Immer noch ihre Handtasche und das Kleiderbündel im Arm, fuhr sie zu ihm herum und nagelte ihn mit einem unerbittlichen Blick fest. »Aber es ist trotzdem dazu gekommen, wie?«
»Das ist das Problem.«
»Das *Problem*? Das Problem, Ty, besteht nicht in unserer Beziehung, das Problem besteht darin, dass sie auf Lügen aufgebaut ist! Ich muss raus hier ...«
»Du kannst jetzt nicht gehen.«

»Natürlich kann ich. Wie willst du mich daran hindern? Mich hier festhalten? Als deine Gefangene? Mich kidnappen oder was?«
»Du brauchst meine Hilfe.«
»Wie bitte? Da hast du einiges missverstanden. Ich glaube, du wolltest sagen, *du* brauchst *meine* Hilfe.«
»Sam, warte. Da draußen läuft ein Verrückter herum, ein sehr gefährlicher Verrückter. Aus irgendeinem Grund hat er es auf dich abgesehen. Es wäre möglich, dass ich ihn durch meine Nachforschungen irgendwie auf die Idee gebracht habe. Es könnte sein, dass er mit Annies Tod zu tun hat oder mit ihrem Leben, oder aber er ist einfach ein Spinner, der von der Geschichte gelesen hat und sich einen zweifelhaften Namen machen will. Es könnte sogar sein, dass alles nur ein Schwindel ist.«
»Schwindel?«, wiederholte sie.
»Um Hörer zu gewinnen. Das würde ich George Hannah und Eleanor Cavalier durchaus zutrauen.«
»Ich denke nicht, dass ausgerechnet du das Recht hast, jemand anderen des Schwindels zu bezichtigen. Du solltest den Tatsachen ins Gesicht sehen: Eben noch liegst du oben mit mir im Bett, und kaum bin ich eingeschlafen, läufst du raus auf die Straße und triffst dich mitten in der Nacht mit irgendeinem Mann. Wer war der Kerl?«
»Ein Freund.«
»Dass er ein Feind ist, habe ich auch nicht angenommen.«
»Ein Freund, der uns helfen wird.«
»Glaub mir, Ty, ›uns‹ gibt es nicht.« Wütend marschierte sie zur Tür hinaus. Im Osten hellte sich der Himmel be-

reits auf, und die ersten Vögel zwitscherten. Auf jeden Fall wollte sie weg von hier – wenn sie auch barfuß und im Slip die Viertelmeile nach Hause laufen musste.
Bevor sie eine Dummheit beging und sich von ihm doch wieder einlullen ließ.
»Das Problem, Sam, besteht darin, dass ich anfange, mich in dich zu verlieben, fürchte ich«, sagte er, und seine Worte rührten ihr Herz und ließen es nicht wieder los. Sie zwang sich, sich wieder zu ihm umzudrehen.
»Nun, dann hast du allen Grund, dich zu fürchten, Ty. Es wäre ein grauenhafter Fehler«, giftete sie und sah ihn böse an. »Verlieb dich lieber nicht in mich, denn ich werde mich bestimmt nicht in dich verlieben!«

24. Kapitel

Das Problem, Sam, besteht darin, dass ich anfange, mich in dich zu verlieben, fürchte ich.
Noch eine Lüge.
Dank des Schlafmangels dröhnte Sams Kopf, und als sie auf ihr Haus zustürmte, begann ihr verletzter Knöchel wieder zu pochen, und ihre Füße waren schmutzig und wund. Getrieben von ihrer Wut über Tys Täuschung, stapfte sie die Straße entlang. Die Sterne verblassten, der Himmel nahm einen lavendelfarbenen Ton an. Der Morgen dämmerte.
Tys letzte Worte hallten noch immer in ihrem schmerzenden Kopf nach, doch sie wollte sie nicht glauben. Nicht eine Sekunde lang. Liebesschwüre waren schon in der Vergangenheit ihr Ruin gewesen, und Tys Eingeständnis war nichts als Heuchelei, ein letzter Versuch, sie unter seiner Kontrolle zu behalten, sonst nichts. In Sams Augen würde Ty für sein Buch über Annie und damit für seine Karriere und seinen Ruhm alles tun. Sein Interesse für Sam entsprang lediglich diesen Bestrebungen.
»Dreckskerl«, knurrte sie.
Jetzt wollte sie nur noch alle Gedanken an ihn aus ihrem Kopf verscheuchen und jegliche Erinnerung an den Mann und die Liebesnacht gründlich abduschen. Letztere würde sie vermissen, verdammt noch mal. Ty Wheeler war der beste Liebhaber, den sie je gehabt hatte. Was nicht hieß,

dass sie viele Erfahrungen gesammelt hätte, doch in ihrem begrenzten Rahmen war Ty mit Abstand der beste. Wie er diese Stelle an ihrem Nacken gefunden und sie dort geküsst hatte, während seine Finger federzart ihre Brustspitzen streichelten!

»Hör auf«, sagte sie leise zu sich selbst. Der Mann wusste also, was einer Frau im Bett gefiel. Na und? Das war ganz bestimmt nicht die wichtigste Eigenschaft eines Mannes, wenn es auch durchaus seinen Wert hatte. Ty Wheeler und seine Fähigkeiten als Liebhaber hatten ganz sicher den Wunsch nach mehr in ihr geweckt. »Vergiss es. Es ist vorbei.«

Du wirst einen anderen finden.

Davon war sie nicht unbedingt überzeugt, doch sie durfte nicht länger diesen gefährlichen Gedanken nachhängen, sie hatte zu viel zu tun. Sie musste den Kopf frei bekommen und endlich herausfinden, wer sie terrorisierte. Zur Hölle mit Ty Wheeler und seinem sexy Körper!

Als sie an der Grenze zu Mrs. Killingsworths Grundstück angekommen war, widerstand sie dem Drang zurückzublicken und sich zu vergewissern, ob er noch immer auf seiner Zufahrt stand und ihr nachsah, wie sie selbstgerecht die Straße entlangmarschierte. Kaum bekleidet. Glücklicherweise war ihr niemand begegnet, nicht einmal der Zeitungsbote.

Bis sie zu ihrem Grundstück kam.

Ein weißer mittelgroßer Wagen stand in der Mitte ihrer halbrund angelegten Zufahrt, und David Ross saß im Schaukelstuhl auf der Veranda. Vorgebeugt, auf seine Ellbogen gestützt, die Hände zwischen den Knien gefaltet, blickte er ihr entgegen. Er war unrasiert, die Augen waren rot gerändert von Schlafmangel oder zu viel Alkohol oder beidem. Die Krawatte hing ihm lose um den Hals, sein Hemd war zerknittert, die Hose sah aus, als hätte er darin geschlafen. Das dunkle Haar war zerzaust, als hätte er es sich über Stunden hinweg immer wieder aus dem Gesicht gestrichen.

»Wo zum Teufel warst du?« Er stemmte sich hoch. »Was ist passiert, zum Kuckuck? Du siehst aus ...« Er musterte sie und das Kleiderbündel in ihren Armen. »... als ... als hättest du eine schlechte Nacht gehabt.«

Das ist milde ausgedrückt. »Hatte ich auch.«

»Wo warst du?«

Sam stöhnte innerlich auf angesichts der Vorstellung, sich mit ihm abplagen zu müssen. Dazu war sie nun wirklich nicht in der Stimmung. Warum ausgerechnet jetzt?, dachte sie und stieß sich den Zeh an der Kante eines Pflastersteins. Sie biss die Zähne zusammen und stieg die Stufen zur Veranda hinauf. »Ich war bei einem Freund. Können wir es bitte dabei belassen?«

»Bei einem Freund?«, wiederholte David und kniff dann begreifend die Augen zusammen. Er spannte die Lippen, dass sie im Kontrast zu dem dunklen Bartschatten beinahe weiß aussahen. »Warum passt mein Schlüssel nicht?«

Sie warf ihm einen warnenden Blick zu. »Ich habe die Schlösser auswechseln lassen, nachdem ich den ersten Drohbrief und -anruf bekommen hatte.«

»Du hast noch mehr erhalten?«, fragte er, und seine Feind-

seligkeit wich teilweise der Anteilnahme. Er furchte die Stirn. »Du hast mir nichts davon gesagt.«
»Ich werde schon allein damit fertig.« Sie kramte in ihrer Tasche nach dem Hausschlüssel.
»Bist du sicher?« Er wartete darauf, dass sie den Schlüssel zutage förderte. »Das klingt ernst, Sam.«
Es könnte kaum ernster sein, dachte sie, hatte jedoch nicht vor, sich ihm anzuvertrauen. Seine übertriebene Sorge und seine drängenden Fragen hätten ihr gerade noch gefehlt. »Was tust du hier?«
»Ich habe auf dich gewartet.«
»Das dachte ich mir schon. Die Frage lautet: Warum?« Sie drehte den Schlüssel im Schloss, stieß mit der Schulter die Tür auf, trat rasch ein und schaltete die Alarmanlage aus, bevor sie zu heulen begann und die gesamte Nachbarschaft weckte.
»Wir müssen reden, Sam. Offen und ehrlich.«
»Du hättest anrufen sollen.« Sie warf ihre Kleider auf einen Sessel im Wohnzimmer. Charon kam hinter einer Kübelpalme hervor, rieb sich an ihren nackten Beinen und schaute miauend zu ihr auf. »Gleich«, sagte sie zu der Katze, dann erdolchte sie David förmlich mit ihren Blicken. »Ich weiß nicht, was du erwartest hast, wenn du aus heiterem Himmel hier auftauchst, aber für mich ist der Zeitpunkt denkbar ungünstig.«
»Ich wollte dich nur sehen.« Er war ihr ins Wohnzimmer gefolgt und blieb neben ihr stehen, so nahe, dass sie einen Hauch von Zigarrenrauch und Alkohol roch. »Ist das eine Sünde?«
Sämtliche Muskeln in ihrem Körper spannten sich an.

»Was hast du gesagt?«, fragte sie und wich zurück, als er versuchte, ihre Schulter zu berühren.

Du reagierst übertrieben, Sam. Du vertraust David doch. Du hättest ihn beinahe geheiratet, um Himmels willen, und jetzt denkst du, er hätte irgendwie mit John und Annie Seger und all dem Mist zu tun. Du verlierst wirklich den Verstand. David ist David und sonst niemand.

»Es ist zu spät, David«, sagte sie, beugte sich hinab, hob ihren Kater hoch und drückte ihn an sich. Sie streichelte Charons schwarzes Fell und schüttelte den Kopf. »Du solltest lieber gehen. Was immer du dir erhofft hast – es wird nicht eintreten. Wir hatten diese Diskussion bereits. Es ist vorbei.«

»Weil du es so wolltest«, hob er hervor, und in seiner Stimme schwang deutliche Wut mit.

»Stimmt.« Sie war zu erschöpft, um jetzt über dieses Thema zu debattieren. Sie befand sich in einem desolaten Zustand. Als ob seine Gedanken in die gleiche Richtung gingen wie ihre, deutete er mit dem Zeigefinger auf sie.

»Warum hast du kaum was an?«

»Ich war in Eile.«

»Und kommst von deinem *Freund*.«

»Ich bin nicht in der Stimmung für eine Gardinenpredigt«, fuhr sie ihn an.

»Dieser *Freund* hat dich ohne Schuhe nach Hause geschickt?«, fragte er, und sie erkannte an seinem Blick, dass er allmählich zwei und zwei zusammenzählte. »Aber was ist mit deinem Wagen? Ich habe durchs Fenster in die Garage geschaut. Er ist nicht da.«

»Ich habe ihn in der Stadt gelassen.«

»Und dann hast du die Nacht mit deinem Freund verbracht.«
»Den Rest der Nacht, ja.«
»Ich kann nicht behaupten, dass ich das gut finde.«
»Wohl kaum. Aber es geht dich nichts an.« Sie strich sich eine Haarsträhne aus dem Gesicht. »Du brauchst mich nicht zu beaufsichtigen, David. Das war schon immer unser Problem, erinnerst du dich? Du willst alles unter Kontrolle haben.«
»Ich habe daran gearbeitet.«
»Schön für dich.« Sie glaubte, nichts weiter erklären zu müssen, doch David verstand den Wink mit dem Zaunpfahl, dass er gehen sollte, nicht, doch bevor sie deutlicher werden und ihn hinauswerfen konnte, hörte sie das vertraute Grollen eines Motors. Ärgerlicherweise beschleunigte sich ihr Herzschlag. Durch die offene Tür sah sie Tys Volvo näher kommen.
Toll. Das hat mir gerade noch gefehlt. Noch ein Mann, der glaubt zu wissen, was gut für mich ist.
Doch es überraschte sie nicht, dass er hier aufkreuzte. Sie hatte sich gedacht, dass er, sobald sie außer Sichtweite war, in seinen Wagen stieg und zu ihr fuhr. Er hatte sie nur ziehen lassen, damit sie Zeit hatte, sich zu beruhigen. In einer Hinsicht fühlte sie sich geschmeichelt, in anderer war sie sauer. Schließlich blieb es dabei, dass er ein Lügner war, sie benutzt hatte und über sämtliche schlechten Eigenschaften eines Mannes verfügte.
»Wer ist das?«, fragte David, als Ty den Motor ausschaltete. Bevor Sam antworten konnte, sagte er: »Ach, ich verstehe.«

»Ja ... Das ist mein Freund.«
Davids Miene wurde hart. »Du hast weiß Gott nicht lange gebraucht, dir einen neuen zu suchen, was?«, warf er ihr vor.
»Halt lieber den Mund.«
Ty stieg aus dem Wagen und schritt die Zufahrt entlang. Er hatte sich die Zeit genommen, ein T-Shirt anzuziehen, und wie immer sah er blendend aus. Und entschlossen. Sam stellte die Stacheln auf, bereit für eine weitere Konfrontation, die sie jetzt nicht gebrauchen konnte. Sie empfing Ty an der Tür, und Charon nahm seine Fluchtchance wahr und wand sich aus ihren Armen. Der Kater sprang auf die Veranda und verschwand in den Büschen.
»Du weißt offenbar nicht, was Nein bedeutet, wie?«
»Nein.«
Seine braunen Augen blitzten, und er lächelte selbstsicher von einem Ohr zum anderen. *Dreckskerl.* Sein Blick blieb eine Sekunde lang an ihren Lippen haften, dann schaute er über ihre Schulter ins Haus, und sein Gesichtsausdruck veränderte sich, wurde herausfordernd. Offenbar hatte er David entdeckt.
Jetzt geht's los, dachte sie. Beide waren verkrampft, versuchten den anderen einzuschätzen. »David, das ist Ty Wheeler. Ty – David Ross.« Sam wünschte beide zum Teufel. Sie war in dieser frühen Morgenstunde mit entschieden zu viel Testosteron konfrontiert.
Ty streckte die Hand aus. David übersah die Geste einfach. Toll.
»Ich habe David ja schon erwähnt«, fügte sie hinzu, trat

zur Seite und ließ Ty hereinkommen. »Und Ty ist der Freund, von dem ich dir gerade erzählt habe«, sagte sie zu David. Sie sah keinen Grund, vor ihrem Ex zu verbergen, wo sie die Nacht verbracht hatte. Er musste endlich einmal den Tatsachen ins Gesicht blicken.
Sie öffnete den Garderobenschrank, fand einen Regenmantel und zog ihn an. »Ich koche jetzt Kaffee. Wenn einer von euch auch eine Tasse möchte ... Aber ich sage euch gleich: Ich habe endgültig genug von Leuten, die mir vorschreiben wollen, wie ich zu leben habe.«
Als sie in die Küche ging und die Tür zu ihrem Vorratsraum öffnete, folgte David ihr auf dem Fuße. »Ich will allein mit dir reden«, flüsterte er.
»Es gibt nichts zu reden.«
»Ich bin extra den weiten Weg hierher gekommen, um mit dir zu reden. Du könntest wenigstens –«
»Hör auf, David«, warnte sie und hob einen Finger. Sie nahm eine Dose Kaffeepulver und eine Filtertüte aus dem Regal, stieß mit der Hüfte die Tür zu und fuhr fort: »Ich habe dir bereits gesagt, dass du mich hättest anrufen sollen, statt einfach herzukommen. Schluss, aus.« Sie legte die Tüte in die Kaffeemaschine und gab Kaffee in den Filter. Dann füllte sie die Glaskanne mit Wasser aus dem Hahn.
Ty lehnte, die Beine ausgestreckt, an der Arbeitsplatte und verfolgte höchst interessiert den Austausch zwischen Sam und David.
»Das ist doch verrückt«, sagte David. »Was weißt du über diesen Kerl?«

Gute Frage. »Genug«, schwindelte sie und bemerkte, wie Tys Lippen zuckten.
»Aber bei all dem Ärger, den du beim Sender hast – meinst du nicht, dass du ... vorsichtiger sein oder ... ihn überprüfen solltest?«
»Ich meine, dass ich selbst weiß, was ich zu tun habe.«
Davids Miene verfinsterte sich; er wirkte verkrampft. Starr. »Das ist dein Problem, Sam. Du willst immer deinen Kopf durchsetzen.«
»Es ist *mein* Leben«, erinnerte sie ihn.
»Na schön. Wenn du es nicht anders willst, dann ...«
»Genau so ist es: Ich will es nicht anders.«
Sie goss das Wasser in die Kaffeemaschine und schaltete sie ein, und David, hochrot im Gesicht, drehte sich auf dem Absatz um und stürmte aus der Küche. Als er durch die Eingangshalle stapfte, krachten die Sohlen seiner italienischen Schuhe auf die Bodendielen. Die Haustür fiel hinter ihm mit einem Knall ins Schloss.
»Sag jetzt nichts«, mahnte Sam, während die Kaffeemaschine zu gurgeln und zu blubbern begann. »Kein Wort. Ich bin absolut nicht in der Stimmung.«
»Wie käme ich dazu, mich zu deinem Geschmack im Hinblick auf Männer zu äußern.« Seine braunen Augen blitzten belustigt.
»Eben. Ich gehe jetzt nach oben und mache mich frisch, und wenn ich wieder herunterkomme und du noch hier bist, kannst du mir alles erzählen, was du von Annie Seger weißt.« Sie bedachte ihn mit einem stahlharten Blick. »Keine Lügen mehr, Ty«, sagte sie. »Ich

habe es satt, mich zum Narren halten zu lassen.« Mit diesen abschließenden Worten lief sie die Treppe hinauf in ihr Schlafzimmer. Die Kiste mit den Aufzeichnungen über Annie Seger, die sie vom Dachboden geholt hatte, stand noch, wie sie sie verlassen hatte, am Fuß ihres Betts.

Kann ich Ty doch vertrauen?, überlegte sie, und die Antwort lautete klar und deutlich: Nein. Andererseits hatte sie mit ihm geschlafen, viele Stunden mit ihm verbracht und glaubte nicht eine Sekunde lang, dass er ihr körperlichen Schaden zufügen würde.

Aber er ist ein Lügner. Nur auf seinen eigenen Vorteil bedacht. Er hat dir verschwiegen, dass er Annie kannte. Er hat dich benutzt.

Wegen seines Buchs.

Das war sein Motiv. Er war nicht darauf aus, ihr Angst einzujagen oder ihr etwas anzutun ... Er war lediglich auf seinen eigenen Vorteil bedacht.

»Sind wir das nicht alle?«, fragte sie sich selbst, zog den Regenmantel und den Slip aus und eilte ins Bad. Sie griff hinter den Duschvorhang, um die Dusche aufzudrehen, dann trat sie in die kleine Kabine und spürte, wie die heißen Wasserstrahlen ihre Muskeln massierten und durch ihr Haar rannen. Sie hätte sich gern sehr viel länger hier aufgehalten, durfte jedoch keine Zeit verschwenden, nicht, solange Ty im Haus war. Sie schäumte sich das Haar ein, spülte es aus und trocknete sich fünf Minuten, nachdem sie das Wasser aufgedreht hatte, schon wieder ab. Als sie hastig saubere Shorts und ein T-Shirt überzog, war ihre Haut noch feucht. Sie schlüpfte in Flipflops, fuhr mit

dem Kamm durch ihr feuchtes Haar und legte Lippenstift auf. Das musste reichen.
Sekunden später lief sie die Treppe wieder hinunter und traf Ty in der Küche an, wo er Toast und Rührei zubereitete. »Große Auswahl hatte ich nicht«, entschuldigte er sich.
Sie hatte seit gestern nichts gegessen. »Hey, wenn jemand für mich kocht, beschwere ich mich nicht. Ganz gleich, was es ist.«
»Gut, denn wenn ich auch ein Meisterkoch bin, brauche ich doch Küchengeräte und die richtigen Zutaten.« Er stellte eine Schüssel mit geriebenem Käse, Zwiebeln und Milch in die Mikrowelle.
»Aufschneider«, sagte sie und musste trotz allem lächeln. Sie holte ein Schälchen Frischkäse aus dem Kühlschrank, griff dann nach einem Buttermesser und richtete es auf ihn. »Und denk dran, ich bin noch lange nicht fertig mit dir. Ich bin immer noch sauer auf dich.«
»Das habe ich befürchtet.«
Sie stieß mit dem Messer in seine Richtung. »Diese Lügengeschichten sind mir zuwider. Wirklich zuwider!«
»Ich will's nicht wieder tun.«
»Das will ich dir auch geraten haben, sonst könnte es passieren, dass ich diese Waffe tatsächlich gegen dich erhebe.« Sie warf das Buttermesser hoch und fing es wieder auf.
Er lachte laut. »Oh, jetzt zittere ich aber vor Angst.«
»Das dachte ich mir.« Warum konnte sie nicht länger wütend auf ihn sein?
Das Rührei brutzelte in der Pfanne, und Ty rührte darin

mit einem Holzlöffel. »Ich bin fast so weit«, verkündete er. »Wir könnten draußen essen.« Er wies mit dem Kinn auf die rückwärtige Veranda.
»Und dann spuckst du aus, was du über Annie Seger weißt«, verlangte sie, lehnte sich mit der Hüfte an die Arbeitsplatte und sah zu, wie er in Shorts und einem T-Shirt, das über den Schultern spannte, den Hausmann spielte. Sie betrachtete seine schmale Taille und seine Beine – muskulös, braun, mit weichem Haar bedeckt. Ob es ihr gefiel oder nicht, Ty Wheeler ging ihr noch immer unter die Haut.
»Ich sage dir alles, was du wissen willst«, versprach er, und sie dachte wieder an seine Behauptung, dass er fürchte, sich in sie zu verlieben.
»Wirklich alles?«, fragte sie scherzhaft, und er schickte ihr über die Schulter hinweg einen heißen Blick.
»Alles.«
Ihr Gaumen wurde trocken. Die Brotscheiben sprangen aus dem Toaster, und die Mikrowelle klingelte.

»Warum glaubst du, dass Annie Seger ermordet wurde? Die Polizei war der Meinung, sie habe Selbstmord begangen«, sagte Samantha und schob ihren Teller von sich. Sie und Ty saßen an einem Glastisch unter dem Verandadach, und sie hatte bis zum Ende der Mahlzeit gewartet, um dann die Fragen zu stellen, die ihr seit Stunden im Kopf herumschwirrten.
Ein Kolibri flatterte zwischen den Blüten der Bougainvillea umher, Segelboote schossen über den See. Irgendwo ein Stück die Straße hinunter dröhnte ein Rasenmäher, am

wolkenlosen Himmel zerlief der Kondensstreifen eines Düsenjets.

Ty legte den Fuß auf einen der freien Stühle und furchte die Stirn. »Du hast also noch nicht die Zeit gefunden, meine Diskette einzulegen?« Bevor sie etwas entgegnen konnte, fuhr er fort: »Ich weiß, dass du sie genommen hast, und wenn du meinen Bericht gelesen hättest, würdest du es verstehen.« Er beugte sich über den Tisch hinweg zu ihr hinüber. »Annie Seger war völlig verzweifelt, ja, und sie hatte getrunken – sie war auf einer Party gewesen, und dort hatte sie Streit mit ihrem Freund, Ryan Zimmerman, gehabt, wahrscheinlich wegen des Kindes. Das haben Zeugen ausgesagt. Annie hat sich in dieser Nacht von ihrer Freundin Prissy nach Hause fahren lassen. Als sie heimkam, war niemand da. Sie hat noch einmal versucht, dich anzurufen, legte aber auf, bevor sie durchgestellt wurde, und dann wird die Sache verschwommen. Ist sie ins Schlafzimmer ihrer Mutter gegangen, um die Schlaftabletten zu stehlen? Ist sie in die Garage gelaufen, um die Rosenschere zu holen, und dann zurück ins Obergeschoss, um den Abschiedsbrief zu schreiben und sich vorm Computer die Pulsadern aufzuschneiden? Wäre das möglich in Anbetracht der Alkoholmengen in ihrem Blut?«

»Ich dachte immer, so wäre es gewesen.«

»So sollte es aussehen«, berichtigte Ty, »und es ist die einfachste Erklärung. Doch auf dem Teppich fanden sich außer Annies Fußabdrücken noch andere. Als Annie auf der Party war, hat das Hausmädchen Staub gesaugt. Der Teppichflor wies beim Fund der Leiche tiefe Abdrücke auf – von einem großen Fuß.«

»Waren nicht Tausende von Menschen am Schauplatz des Selbstmords? Polizisten, der Notarzt und Sanitäter?«
»Natürlich. Und Jason, ihr Stiefvater, sagte aus, er sei in Annies Zimmer gegangen, um nach ihr zu sehen. Da er die Leiche gefunden hat, dachte sich niemand etwas dabei.«
»Ein großer Fußabdruck auf dem Teppich ... Das ist nicht gerade ein großartiges Beweismittel. Im Grunde ist es gar keins«, erklärte sie.
»Ich weiß. Aber auf dem Teppich fand sich Blumenerde aus dem Schuppen, an Annies Schuhen jedoch nicht.«
»Immer noch dünn.«
»Und wie steht es hiermit? Ihre Fingerabdrücke waren an der Rosenschere, klar, aber sie ist Rechtshänderin. Man möchte meinen, dass sie sich zuerst das linke Handgelenk aufschlitzte, mit dem tieferen Schnitt. Aber es war genau umgekehrt.«
»Glaubst du.«
Er nickte.
»Ty, das reicht doch nicht, um ein Buch darüber zu schreiben oder ihren Selbstmord infrage zu stellen«, gab Sam zu bedenken. Sie blickte Charon nach, der durchs Gebüsch schlich. Gedankenverloren rieb sie sich den Nacken und kratzte an dem geschwollenen Hornissenstich. »Warum hätte jemand sie umbringen sollen? Was wäre das Motiv?«
»Ich glaube, es hatte mit dem Kind zu tun.«
Samanthas Magen krampfte sich zusammen. So schrecklich der Gedanke war, dass sich Annie das Leben genommen hatte, die Tatsache, dass auch ihr Baby sterben musste, war mindestens ebenso schmerzlich.

»Ich glaube nicht, dass sie das Kind töten wollte. Ihr Freund wollte, dass sie es abtrieb. Sie weigerte sich. Es verstieß gegen ihr Moralempfinden. Gegen ihren Glauben. Sie war katholisch erzogen worden, vergiss das nicht. Selbstmord und die Tötung des Kindes sind Todsünden.«
»Aber sie war verzweifelt. Das hast du selbst gesagt«, wandte sie ein.
»Und doch trug sie sich nicht mit Selbstmordgedanken. Es gibt noch mehr Indizien, die gegen einen Suizid sprechen. Zum Beispiel die Blutgruppe des Kindes. Niemand hat darauf geachtet, aber Ryan Zimmerman kann nicht der Vater von Annies Baby gewesen sein. Die Blutgruppe ist der Beweis.«
Sam spürte, wie sich die feinen Härchen auf ihren Armen aufrichteten. »Du denkst, jemand hat Annie umgebracht, weil sie ihn hätte verraten können?«
»Möglich. Vielleicht ein verheirateter Mann. Sie war minderjährig. Er hätte der Unzucht mit Minderjährigen angeklagt werden können. Oder es könnte jemand aus ihrer eigenen Familie gewesen sein. Inzest. Oder ihr Freund hat den Kopf verloren und sie aus Eifersucht getötet. Diese Fragen habe ich noch nicht beantworten können.«
Er lehnte sich auf seinem Stuhl zurück und sah sie fest an. »Aber ich werde noch dahinter kommen«, versprach er. »Und ich finde auch heraus, in welchem Zusammenhang all das mit den Anrufen in deiner Sendung steht. John hat irgendetwas mit dieser Geschichte zu tun. Wir müssen nur herausbekommen, was, dann schnappen wir ihn.«

25. Kapitel

»... Es handelt sich eindeutig nicht um ein und dieselbe Person, es sei denn, wir haben es mit einer gespaltenen Persönlichkeit zu tun«, sprach Norm Stowell irgendwo in Arizona in sein Handy. Das überraschte Bentz nicht. Er war selbst schon zu dem Schluss gekommen, dass er auf der Suche nach zwei Mördern war. Er warf einen Blick auf den Computerbildschirm in seinem Büro. Nun konnte er die Notizen zu den letzten beiden Fällen fein säuberlich voneinander trennen. Norm redete weiter. »Die Vorgehensweise eines Mörders entwickelt sich normalerweise, das wissen wir. Wenn der Mörder feststellt, was ihm zusagt, nimmt er subtile Veränderungen in seinem Vorgehen vor, doch sein Markenzeichen bleibt konstant. Du hast da draußen zwei Mörder. Einer ist ziemlich chaotisch – nachlässig mit den Spuren, die er hinterlässt. Er scheint sich keine Gedanken darüber zu machen, dass man ihn mithilfe von Haaren oder Fingerabdrücken oder Sperma überführen könnte, aber der andere Kerl – der arbeitet sauber. Ordentlich. Vorsichtig. Es sind definitiv zwei verschiedene Täter.«

»Das habe ich befürchtet«, sagte Bentz und schob den Bericht über die Perückenfasern zur Seite.

»Ich faxe dir meine Profile der Mörder, wenn ich zu Hause bin, und zur Sicherheit schicke ich auch eine Kopie an den Verbindungsmann. Dein Partner hat offenbar das FBI übergangen, und die sind nicht sehr glücklich darüber.«

»Ich rede mit ihm. Montoya ist noch ein bisschen grün, aber ansonsten ein guter Mann.«
»Wenn du meinst.« Norm ließ sich nicht beeindrucken, doch es gab überhaupt wenig, was ihn beeindruckte. Er sah älter aus, als er war – ein kleiner, stämmiger Mann, der sich den Schädel noch immer rasierte wie vor dreißig Jahren im Ausbildungslager in Fort Lewis.
»Also, was den Kerl betrifft, der Bellechamps und Gillette ermordet hat, musst du auf Folgendes achten: Er ist ein Weißer, vermutlich Ende zwanzig, Anfang dreißig. Er hat wahrscheinlich kein Strafregister, denn er ist, wie du sagtest, nachlässig mit seinen Fingerabdrücken, Körperflüssigkeiten und Haaren. Er hat Arbeit, aber nichts Spektakuläres, und ist ziemlich intelligent, stammt jedoch aus einer hochgradig zerrütteten Familie, in der wahrscheinlich Missbrauch an der Tagesordnung war. Er fühlt sich im Stich gelassen oder empfindet tief verwurzelten Hass auf ein weibliches Familienmitglied, vermutlich die Mutter oder die Stiefmutter, die ältere Schwester oder die Großmutter. Vielleicht ist er selbst sexuell missbraucht worden, und in seiner Kindheit hat er garantiert Brandstiftung verübt und Tiere oder kleine Kinder gequält. Im Grundschulalter war er womöglich Bettnässer, und vor kurzer Zeit muss ihm etwas widerfahren sein, etwas emotional Traumatisches, das Auslöser für die Morde war. Vielleicht hat er seine Arbeit verloren oder seine Freunde, oder seine Familie hat ihm den Geldhahn zugedreht.«
»Ein entzückendes Bürschchen«, brummte Bentz ins Telefon.

»Und höllisch gefährlich. Kann sein, dass er allein lebt, kann aber auch sein, dass er verheiratet ist oder eine Freundin hat, und dann schwebt diese Frau in Lebensgefahr. Dieser Kerl steigert sich, Rick. Um dieser Frau und der öffentlichen Sicherheit willen solltest du vielleicht die Presse über die Vorgänge informieren. Vielleicht kennt jemand einen Kerl, der sich in letzter Zeit merkwürdig aufführt. Der Typ säuft vielleicht oder nimmt Drogen ... Möglicherweise hat seine Partnerin auch seine Gewalttätigkeit beobachtet oder am eigenen Leib zu spüren bekommen. Wir müssen sie dazu bringen, ihn anzuzeigen.«
Nach Bentz' Meinung war diese Chance gering bis gleich null. Wohl eher gleich null.
»Wie gesagt, das sind nur die Eckdaten. Ich faxe dir, was ich sonst noch herausfinde, und dann mache ich mich an das Profil des zweiten Kerls.«
»Ich weiß das zu schätzen, Norm. Danke.« Bentz legte auf. Er sah seine schlimmsten Vermutungen bestätigt. Zwei Unholde liefen in New Orleans frei herum, Mörder ohne Gewissen, Mörder, die Frauen hassten. Er klickte sich noch einmal durch seine Dateien, überprüfte ungelöste Fälle, Fälle mit groteskem Beiwerk. Einige von ihnen stachen ins Auge, aber der schlimmste Fall war zweifellos der einer Frau, die verbrannt worden war. Die Leiche hatte man am 30. Mai des Vorjahres zu Füßen der Statue der Johanna von Orleans in der Nähe des Französischen Marktes gefunden. Es war makaber und surreal gewesen, diesen grauenhaft verkohlten Körper zu sehen, der bäuchlings im Gras lag, und es erinnerte Presse und

Polizei an die Tatsache, dass die heilige Johanna ein ähnliches Schicksal erlitten hatte.

Manchmal fragte sich Bentz, warum es ihn noch immer in diesem verdammten Beruf hielt.

Weil irgendwer diese Typen aus dem Verkehr ziehen muss, und zum größten Teil machst du deine Arbeit gut, du blöder Kerl.

Er fand ein halb volles Päckchen Kaugummi in seiner obersten Schublade und schob sich einen Streifen in den Mund, dann ging er zum Fenster und blickte hinaus auf die Straße. Autos krochen durch die engen Straßen und stießen Abgase aus, Leute bevölkerten die Gehsteige, doch Bentz nahm sie kaum wahr. Er zerrte an seinem Kragen. Der Schweiß klebte ihm das Hemd an den Rücken. Obwohl die Tür halb offen stand, hörte er weder das Summen der Computer noch die Gespräche im Vorraum. Er hatte die Geräusche ringsum und die Straßenszenen ausgeblendet und grübelte über die Befürchtung nach, dass zwei Serienmörder in der Stadt ihr Unwesen trieben, von denen mindestens einer mit den Drohaktionen gegen Dr. Samantha Leeds in Verbindung stand. Er hatte keine konkreten Beweise, doch ein Gefühl im Bauch sagte ihm, dass der anonyme Anrufer auf irgendeine Weise mit den Morden zu tun hatte. Die verunstalteten Hunderter, die so stark an das durchstochene Foto von Samantha Leeds erinnerten, die Radios, in denen zur Tatzeit ihre Sendung gelaufen war, die Tatsache, dass die ermordeten Frauen Nutten gewesen waren und John Samantha der Prostitution bezichtigt hatte – das alles wies darauf hin. Aber was hatte es mit der Sünde auf sich, die

Dr. Sam angeblich begangen hatte? Worin bestand die Vergeltung? Und was hatte das alles mit Annie Seger zu tun, zum Kuckuck?

Er ging zu dem Kassettenrekorder auf dem Sideboard hinüber und drückte die Abspieltaste, um sich einige von den Anrufen zum wohl hundertsten Mal anzuhören, besonders den der Frau, die sich als Annie ausgegeben hatte ... Er hatte die Sequenz immer und immer wieder abgespielt, ebenso die Leute im Labor, und er war zu dem Schluss gekommen, dass Annies Anruf aufgezeichnet worden war. Sam hatte keinen leibhaftigen Menschen an der Strippe gehabt. Die Frau, die behauptet hatte, Annie zu sein, hatte Sams Fragen nicht direkt beantwortet, sondern nur zwischen ihren eigenen Aussagen Pausen eingelegt ... Als hätte jemand geahnt, was Dr. Sam in der nächtlichen Sendung fragen würde. War also auch noch eine Frau an diesem Chaos beteiligt?

Aber wer?

Eine Frau, die Annie Seger gekannt hatte?

Eine Frau, die mit Dr. Sam zu tun hatte?

Eine Frau, die mit John zusammenarbeitete?

Und wie war der Anruf durch das Auswahlsystem im Sender hindurchgeschlüpft?

Bentz ließ eine Kaugummiblase platzen, griff in seine Gesäßtasche und zog ein Taschentuch heraus, mit dem er sich Stirn und Gesicht abwischte. Wie konnte Montoya bei dieser Hitze eine Lederjacke tragen und trotzdem frisch aussehen? Es war ungeheuer schwül. Erbarmungslos. Bentz brauchte ein Bier. Ein großes Bier – eiskalt, in einem beschlagenen Krug, ja, das würde helfen. Und ein

Päckchen Camel ohne Filter. Diese alten Gelüste nach Alkohol und Nikotin setzten ihm arg zu, und als er zurück an den Schreibtisch trat, auf dem die Kopien von Telefonprotokollen verstreut lagen, kaute er verzweifelt auf seinem Kaugummi herum.
Das Protokoll, das ihn interessierte, stammte aus Houston und bezog sich auf Telefonate eines Handys, das auf den Namen David Ross registriert war. Er hatte nicht nur Sams Privatnummer gewählt, sondern auch die des Senders, und zwar in einigen Nächten, in denen sich auch John gemeldet hatte. Doch sein Handy hatte eine Vorrichtung zur Blockade der Namensanzeige, sodass dieser nicht auf der Caller-ID erschienen war. Lediglich die Nummer. Allerdings war Ross laut Anruferprotokoll des Senders nicht ein Mal durchgekommen. Wahrscheinlich hatte er die Nummer gewählt und dann den Mut verloren ... oder beschlossen, doch lieber einen Münzfernsprecher zu benutzen. Ross war in den vergangenen Wochen ein paar Mal in New Orleans gewesen ... Doch Samantha beteuerte, die Affäre mit dem Typen sei zu Ende.
Vielleicht passte Ross genau das nicht.
Vielleicht wollte er sich rächen.
Das Telefon klingelte. Bentz hob den Hörer ab. »Bentz.«
»Ich glaube, es hat schon wieder einen Mord gegeben«, sagte Montoya mit ernster Stimme. »Ich bin auf dem Weg zu einem Hotel an der Royal, dem St. Pierre. Eine Frau ist erdrosselt worden, mit merkwürdigen Schnittwunden rund um den Hals. Das Zimmermädchen hat das Bittenicht-stören-Schild an der Tür einfach ignoriert und mit dem Generalschlüssel aufgeschlossen, da der Gast längst

hätte abreisen müssen. Der Typ, der das Zimmer gebucht hatte, ist weg, aber vielleicht haben wir ausnahmsweise mal Glück, denn die Rezeptionistin kann sich an ihn erinnern. Ich fahre jetzt raus zum St. Pierre. Bin in etwa zehn Minuten da.«
»Wir treffen uns dort«, sagte Bentz und knallte den Hörer auf die Gabel. Vielleicht kamen sie jetzt endlich einen Schritt weiter.

Als Sam ihr Arbeitszimmer aufsuchte, war sie nervös. Die Unruhe, die sie seit Johns letztem Anruf befallen hatte, wollte einfach nicht weichen. Irgendetwas entging ihr, etwas Wichtiges, ein Schlüssel zu seiner Identität.
Kurz vorher hatte Ty sie nach New Orleans gebracht, damit sie ihren Wagen abholen konnte, war ihr dann nach Hause gefolgt und dann kurz heimgefahren, um Sasquatch und seinen Laptop zu holen. Jetzt saß er auf dem Sofa, den eingeschalteten Computer auf den Knien, seine Notizen auf dem Kaffeetisch verstreut. Während im Fernseher die Mittagsnachrichten über den Bildschirm flackerten und sein Hund es sich vor den Fenstertüren bequem gemacht hatte, fing er an, die alten muffig riechenden Aktenordner in Sams Kiste zu sichten, die er aus ihrem Schlafzimmer geholt hatte.
Heute war Freitag, und Sam freute sich auf das Wochenende, trotzdem hatte sie die unbestimmte Ahnung, dass etwas Schlimmes geschehen würde oder bereits geschehen war. Johns Warnung ging ihr immer wieder durch den Kopf: *Das Einzige, was du zu wissen brauchst, ist Folgendes: Das, was heute Nacht geschieht, geschieht dei-*

netwegen. Wegen deiner Sünden. Du musst bereuen, Sam. Um Vergebung bitten.
So vertraut, so direkt. Er hatte sie Sam genannt.
Zuerst hatte sie gedacht, er bezöge sich auf die verflixte Torte, er wollte ihr nur Angst machen, doch wenn sie sich an seinen Tonfall erinnerte, an die Boshaftigkeit seiner Drohung, dann war sie überzeugt, dass es um mehr ging.
Aber nichts ist passiert.
Noch nicht.
Das ist nur die Ruhe vor dem Sturm.
Sie versuchte, Mut zu fassen, da Annies Geburtstag ja nun hinter ihr lag. Falls die Torte doch das angedrohte Schlimme war, konnte sie aufatmen. Doch sie wurde das unheimliche Gefühl nicht los, dass dies nur die Spitze des Eisbergs war.
Im Arbeitszimmer setzte sie sich an ihren Schreibtisch und bemerkte Charon, der mit großen Augen oben auf dem Bücherschrank kauerte.
»Sasquatch ist schon in Ordnung«, beruhigte Sam ihren Kater. »Du wirst dich an ihn gewöhnen.«
So, wie du dich daran gewöhnen wirst, Ty in der Wohnung zu haben? Vergiss nicht, er hat dich von Anfang an belogen, und jetzt verfolgt er hier seine unausgegorenen Theorien.
Sie knüllte ein paar Bogen Papier zusammen und warf das Knäuel nach dem Kater, der instinktmäßig nach dem Spielzeug schlug.
Ty war überzeugt, dass Annie Seger ermordet worden und der Täter ungeschoren davongekommen war. Sam war nicht so sicher.

Hatte sich die Polizei in Houston dermaßen irren können? Arbeitete sie so nachlässig? Oder hatte man jemanden gedeckt? Das erschien ihr unwahrscheinlich, und selbst wenn Annies Mörder vor neun Jahren durch die Maschen geschlüpft war, blieb die Frage, in welchem Zusammenhang John und der Anruf ›Annies‹ mit der Vergangenheit standen. Warum geschah das alles ausgerechnet jetzt?

Konnte es doch sein, dass jemand vom Sender versuchte, das Interesse an einem beinahe vergessenen Fall um der Publicity willen neu zu entfachen?

Hör auf damit. Jeder kommt in Betracht. Ein Angestellter der Telefongesellschaft, jemand, der früher einmal beim Sender gearbeitet hat, irgendein Mechaniker oder Besucher, der das System hinter Melbas Rücken in Augenschein genommen hat. Irgendwem kann die Nummer zufällig in die Hände gefallen sein. Dank all dieser Links im Internet und des verbreiteten Technik-Know-hows konnte jeder Spinner die Nummern der Telefonleitungen herausfinden. Das war keine große Sache.

Mit einem scharrenden Geräusch schob sie den Stuhl zurück und griff nach dem Telefonhörer. Sie musste ihren Vater anrufen und ihm mitteilen, dass Corky Peter gesehen hatte, dass ihr Bruder lebte und offenbar clean und nüchtern war. Das wäre eigentlich Peters Aufgabe, mahnte ihre innere Stimme, aber sie ignorierte sie. Sie sprang nicht für Peter in die Bresche, wie man ihr vielleicht in einem der anspruchsvolleren Psychologiekurse, die sie absolviert hatte, zum Vorwurf gemacht hätte. Das hier war das wirkliche Leben, und ihr Vater hatte es verdient, dass sie

ihm die Sorgen um ihren Bruder abnahm. Nach dem Gespräch mit ihrem Vater würde sie Leanne Jaquillard anrufen.
Sie hatte bereits den Hörer abgehoben und zu wählen begonnen, da fiel ihr auf, dass das Kontrolllämpchen des Anrufbeantworters blinkte. Ihr Magen krampfte sich zusammen. Seit fast zwei Tagen hatte sie die Nachrichten nicht mehr abgehört. War ihr etwa ein weiterer Anruf von John entgangen? Eine weitere Drohung? Sie legte den Hörer wieder auf die Gabel, drückte die Abspieltaste des Anrufbeantworters und hörte, wie eingehängt wurde. »Verdammt.« Dann klickte es wieder. Sie bekam eine Gänsehaut. Das war John gewesen, sie war ganz sicher.
Eine Sekunde später erklang Leannes Stimme aus dem kleinen Lautsprecher. »Hey, Doktor Sam, ich wollte mal fragen, ob wir uns treffen könnten. Ich muss mit dir reden, und das hat wirklich keine Zeit bis zur nächsten Gruppensitzung. Ich meine ... ich möchte mit dir *allein* reden, okay? Ruf mich an oder schick mir eine Mail, wenn du meine Nachricht gehört hast.«
Klick.
Das Band stoppte.
Sam atmete erleichtert auf. Es folgten keine weiteren Nachrichten. Sie fuhr ihren Computer hoch, rief ihre E-Mails auf und fand eine neue Mitteilung von Leanne, wieder mit der Bitte um ihren Anruf.
Charon sprang auf Sams Schoß, und gewohnheitsmäßig streichelte sie den Kater. Etwas belastete Leanne ganz ungemein. Das Mädchen hatte sie noch nie zu Hause angerufen. Rasch suchte sie Leannes Nummer in ihrem

Adressprogramm, griff nach dem Telefonhörer und gab die Ziffern ein. »Sei bitte zu Hause«, sagte sie, nahm sich einen Bleistift und tippte mit dem Radiergummi-Ende auf den Schreibtisch. Währenddessen ertönte das Freizeichen.
Nach dem vierten Klingeln meldete sich eine Frau. »Hallo?« Sam erkannte die gereizte Stimme von Leannes Mutter, und sie machte sich auf einiges gefasst.
»Hi, hier spricht Samantha Leeds, Leannes Therapeutin vom Boucher Center. Ist sie zu Hause?«
»Nein, ist sie nicht. Die kleine Schlampe hat es gestern Nacht nicht für nötig gehalten, nach Hause zu kommen. Ich wollte gerade die Polizei anrufen und sie als vermisst melden, aber wahrscheinlich kommt sie doch heute Nachmittag wieder angekrochen.«
Sam kochte vor Wut und klopfte mit dem Bleistift ärgerlich auf das Holz. Der Kater hüpfte von ihrem Schoß hinab und schlich aus dem Arbeitszimmer. »Leanne hat mir ein paar Nachrichten aufs Band gesprochen, und ich müsste sie dringend sprechen.«
»Das müsste ich auch. Ich hätte schon vor zwei Stunden zur Arbeit gehen müssen, und ich habe keinen, der auf Billy aufpasst. Das ist Leannes Aufgabe, wenn sie nicht zur Schule muss. Ich sage Ihnen eins: Das ist das letzte Mal, dass sie mir so einen Streich spielt. Ich konnte vor lauter Sorge um sie die halbe Nacht nicht schlafen.« In Marlettas Stimme schwang Angst mit, die sie nicht ganz verbergen konnte. »Sie nimmt wieder Drogen, ich schwör's. Herrgott, reden Sie in dieser dämlichen Gruppe, in die sie immer rennt, denn nicht über so was?«

»Das, worüber wir reden, ist streng vertraulich«, entgegnete Sam und versuchte, ruhig zu bleiben, obwohl sie mittlerweile außer sich vor Sorge war.
»Aber das nützt ihr jetzt auch nichts, oder? Sonst wäre sie doch zu Hause.«
»Tut sie so etwas öfter?«
»Sooft sie kann.«
»Vielleicht sollten Sie wirklich die Polizei verständigen.«
»Wozu? Wenn ich da anrufe, lassen sie mich auflaufen. Ich habe sie schon viel zu oft angerufen, und dann taucht Leanne auf, als wäre nix gewesen. Ich habe es gründlich satt, immer hinter ihr her zu rennen.«
»Trotzdem ...«
»Das geht Sie nichts an.«
Das sah Sam anders. Sie ließ den Bleistift auf den Schreibtisch fallen. »Sagen Sie ihr bitte, dass ich angerufen habe.«
»Ja, ja, wenn sie überhaupt noch mal aufkreuzt.«
»Danke«, sagte Samantha und legte auf. Leanne tat ihr Leid. Die Kleine hatte einfach nie eine Chance gehabt, ohne Vater und mit einer Mutter wie Marletta. Sam beschloss, das Mädchen am nächsten Tag noch einmal anzurufen, nur für den Fall, dass sie ihre Nachricht nicht erhalten hatte. Dann tippte sie rasch eine E-Mail an Leanne und wählte danach die Nummer ihres Vaters, der, wie sie sich wohl zum tausendsten Mal vor Augen hielt, nahezu ein Heiliger war. Als er sich nicht meldete, war sie enttäuscht, doch sie hinterließ ihm eine Nachricht.
»Hi, Dad, hier ist Sam. Du bist offenbar ausgegangen, wahrscheinlich mit der niedlichen Witwe, wie? Also, tu

nichts, was ich nicht auch tun würde. Ich wollte dir nur sagen, dass Corky zufällig Peter getroffen hat. Ihm geht es prima. Ich dachte, ich sollte dich über den Zustand meines lieben Bruders in Kenntnis setzen. Ruf mich zurück, wenn du Zeit hast, ja? Ich hab dich lieb!« Frustriert legte sie auf, dann hörte sie Tys Stimme aus dem Wohnzimmer.
»Samantha – ich glaube, dein Bulle ist im Fernsehen.«
»Mein Bulle?«, wiederholte sie und ging ins Wohnzimmer hinüber. Ty stand mitten im Raum, die Fernbedienung in der Hand, und sah auf den Bildschirm. Rick Bentz füllte die ganze Mattscheibe. Als er und sein Partner ein riesiges Gebäude im Gartenviertel verließen, stürzte sich ein Reporter auf ihn. Auf dessen Fragen knurrte Bentz lediglich immer wieder: »Kein Kommentar.«
»Was ist passiert?«
»Ein Mord, wie es scheint«, sagte Ty.
Der Reporter blickte in die Kamera. »... Und das war's. Eine weitere Frau wurde ermordet. Eine weitere Frau aus dem Prostituiertenmilieu. Die Frage, die sich uns aufdrängt, lautet: Besteht ein Zusammenhang zwischen den Morden? Haben wir es hier, in New Orleans, mit einem Serienmörder zu tun? Allmählich sieht es ganz so aus.«

26. Kapitel

»Bentz hat viel zu tun in letzter Zeit«, bemerkte Ty, drückte eine Taste der Fernsteuerung, und das Bild auf der Mattscheibe verschwand.
»Verbrecher haben kein Wochenende«, erwiderte Sam. Der Bericht beunruhigte sie. Die Möglichkeit, dass ein Serienmörder sein Unwesen trieb, war ernüchternd und erinnerte sie daran, dass es in der Stadt neben den ihren noch andere Probleme gab. »Und was hast du herausgefunden?«, fragte sie und deutete auf die Notizen, Bilder und Akten auf dem Kaffeetisch.
»Nicht viel.« Er rieb sich den Nacken, als litte er unter Muskelverspannungen. »Ich habe eine unvollständige Liste von Leuten, die Annie kannten, mit Anmerkungen zu ihrer Beschäftigung während der letzten neun Jahre und ihrem jetzigen Aufenthaltsort.«
»Das ist doch ein Anfang. Schieß los.«
»Okay.« Er ging zurück zum Sofa, setzte sich und neigte sich über den Kaffeetisch zu seinem Computer vor. Mit zusammengekniffenen Augen klickte er mit der Maus etwas an und sagte: »Oswald – Wally, Annies Vater, lebt immer noch oben im Nordwesten ... in ... Kelso, Washington, das heißt im Staat Washington.«
»Ich weiß, wo das ist. Er ist derjenige, der dich gebeten hat, Recherchen anzustellen.«
»Ja, der gute alte Onkel Wally. Er hätte keine Frau finden können, die weniger zu ihm passt als Estelle. Sie stammte

aus der Anzug-und-Krawatten-Gesellschaft, er war eingefleischter Arbeiter. In welchem Beruf, war ihm egal. Ich habe nie verstanden, wie sich die beiden verlieben konnten. Sie waren sehr jung, dann wurde Estelle schwanger mit Kent, also heirateten sie. Und als Estelle in Dr. Faraday einen besseren Mann gefunden hatte, ließen sie sich scheiden. Damals waren die Kinder noch klein. Wally hat nie wieder geheiratet; er lebt allein in einer Art Wohnpark und arbeitet für eine Holzfäller-Firma.« Ty blickte zu Samantha auf. »Da es sein Wunsch war, dass ich nachforsche, was mit seiner Tochter geschehen ist, halte ich ihn nicht für einen Verdächtigen, habe ihn aber trotzdem nicht völlig ausgeklammert. Es passieren oft die merkwürdigsten Dinge.«
»Mag sein.« Samantha schlenderte um das Sofa herum, beugte sich über die Rückenlehne und blickte über Tys Schulter hinweg, beinahe Wange an Wange mit ihm, auf den Monitor.
»Estelle wohnt noch in dem Haus in Houston, in dem Annie gestorben ist. Sie ist nie umgezogen, hat nicht wieder geheiratet, geht nicht einmal mit Männern aus, verbringt viel Zeit mit ehrenamtlicher Arbeit für die Kirche und lebt von dem Geld, das ihre Scheidung und ihre Investitionen ihr einbringen. Eine gerissene Dame, meine Tante Estelle. Aus einem ganz hübschen Erbe hat sie ein kleines Vermögen gemacht. Während unseres einzigen Telefongesprächs hat sie sich einverstanden erklärt, sich für mein Buch interviewen zu lassen, solange ich sie persönlich aufsuche. Ich stehe zwar nicht unbedingt ganz oben auf der Liste ihrer Lieblinge, bin aber

auch nicht Persona non grata. Sie will nicht, dass Annies Geschichte bekannt wird, aber da es nun mal unvermeidlich ist, will sie wenigstens auch ihre Version erzählen.« Er zog einen Mundwinkel hoch. »Sie ist eine sehr dominante Frau, und vermutlich glaubt sie, wenn sie mit mir redet, wird ihre Sichtweise der Geschehnisse wie das Evangelium für mich sein, sodass ich sie wortwörtlich übernehme.«

»Was nicht der Fall sein wird.«

»Natürlich nicht. Wahrheit bleibt Wahrheit. Man kann sie einfärben, wie man will, sogar versuchen, sie weiß zu waschen, aber es bleibt doch die Wahrheit. Estelle ist eine Meisterin im Manipulieren, aber bei mir wird sie es schwer haben.« Er warf einen Blick über seine Schulter. »Aber es wird bestimmt interessant sein zu hören, was sie zu sagen hat.«

Sam erinnerte sich an die kalte Frau, die Sam verboten hatte, an der Trauerfeier für ihre Tochter teilzunehmen. Groß und anmutig, mit hochgestecktem blonden Haar und blassblauen, tränenlosen Augen, hatte sie Samantha am Friedhofstor herablassend angesehen. »Das ist eine private Feier«, hatte sie gesagt. »Nur für die Familie.«

»Ich bin nur gekommen, um ihr die letzte Ehre zu erweisen«, hatte Sam erwidert. Das Herz tat ihr weh vor lauter Schuldgefühlen, als hätte sie das Mädchen irgendwie beraten können, als wäre es ihr möglich gewesen, zu ihr durchzudringen und diese unvorstellbare Tragödie zu verhindern.

»Meinen Sie nicht, dass Sie genug angerichtet haben? Meine Familie ist am Boden zerstört, und das ist Ihre Schuld.

Wenn Sie ihr geholfen hätten ...« Estelles kühle Maske zerbrach; ihre Lippen begannen zu zittern. Tränen füllten ihre geisterhaften Augen, und sie blinzelte heftig. »Sie verstehen einfach nicht ... Bitte ... Es wäre besser für alle, wenn Sie gehen würden.« Estelle wurde blass unter ihrem Make-up. Sie hob eine bebende Hand und tupfte sich die Augen, sorgsam darauf bedacht, keine Wimperntusche zu verschmieren. »Ich ... ich kann das im Moment nicht ertragen.« Sie wandte sich an einen schlaksigen Mann mit schütterem braunen Haar, gebräunter Haut und kummervoller Miene. Sam erkannte in ihm Estelles Mann, Annies Stiefvater, Jason Faraday. »Es ist so schrecklich«, sagte Estelle, während der Mann Sam mit einem Blick bedachte, der sie anflehte zu gehen. »Ich ... ich will diese Frau nicht hier haben.«

»Schschsch. Keine Sorge«, flüsterte er und legte beschützend den Arm um ihre schmalen Schultern. »Komm.« Er führte Estelle zu dem frisch aufgeworfenen Grabhügel auf der mit Grabsteinen durchsetzten Rasenfläche.

Sam hatte verstanden. Ein paar Wochen später war die Beileidskarte zurückgekommen, die sie der Familie geschickt hatte. Ungeöffnet.

»Viel Glück für dein Gespräch mit ihr«, sagte sie jetzt und schüttelte den Kopf, um die schmerzliche Erinnerung loszuwerden. »Ich glaube nicht, dass Estelle etwas mit Annies Tod zu tun gehabt hat. Im Grunde bin ich auch nicht restlos davon überzeugt, dass es kein Selbstmord war. Die Polizei hat doch alles geprüft.«

»Ich war dabei, hast du das vergessen? Ich war bei der

Polizei. Wurde von dem Fall suspendiert, weil ich mit der Toten verwandt war und weil ich kein Blatt vor den Mund genommen und lautstark verkündet habe, dass ich mit der Art der Ermittlungen nicht einverstanden war.«
»Du hast mich noch nicht davon überzeugt, dass Annie ermordet wurde. Die Polizei in Houston arbeitet doch sehr gründlich.« Während er weiterscrollte, verschränkte sie die Arme auf der Rückenlehne des Sofas.
»Warte ab.«
»Gut.«
»Hier wird es interessant«, sagte er. »Jason und Estelle ließen sich knapp ein Jahr nach Annies Tod scheiden. Kaum ist die Scheidung amtlich, heiratet Jason eine Krankenschwester aus seiner Belegschaft, verkauft seinen Partnerschaftsanteil an der Klinik, in der er als Chirurg gearbeitet hat, und er und seine neue Frau brechen die Zelte ab und ziehen nach Cleveland. Einfach so.« Er schnippte mit den Fingern. »Aber stell dir vor: Er ist in den letzten paar Monaten öfter mal in New Orleans gewesen. Die Schwester seiner neuen Frau wohnt in Mandeville, auf der anderen Seite des Sees, und er hat hier ein paar Konferenzen besucht.«
»Moment mal. Das ergibt doch keinen Sinn. Du meinst, ein Mörder kommt ungeschoren davon, und jetzt, neun Jahre später, ruft er mich an und will alles wieder ans Licht bringen? Warum? Es gibt keine Verjährungsfrist. Falls John, wer immer er sein mag, sie umgebracht hat, warum sollte er dann mich beschuldigen, warum gibt er dann nicht Ruhe und lässt alle in dem Glauben, dass Annie

Selbstmord begangen hat? Wenn das, was du sagst, zutrifft, hat er sich ja größte Mühe gegeben, Annies Tod wie einen Selbstmord aussehen zu lassen. Warum sollte er jetzt alles wieder aufrühren?«
Ty blickte zu ihr auf. »Wir haben es allerdings nicht mit einem geistig gesunden Menschen zu tun, oder? Der Kerl, der dich anruft, hat alle möglichen Wahnvorstellungen von Sünde und Reue und Vergeltung. Ich vermute, dass irgendetwas sein Bedürfnis, dich anzurufen und die Tragödie wieder ins Rampenlicht zu rücken, ausgelöst hat. Vielleicht hat er deine Sendung gehört, oder vielleicht ist in seinem Privatleben etwas vorgefallen. Wir wissen bereits, dass er diesen religiösen Fimmel hat. Er ist übergeschnappt, Samantha.«
Sie war noch immer nicht überzeugt, ließ sich jedoch auf seine Theorie ein. »Okay, gehen wir einmal davon aus, dass der Mörder Jason Faraday ist.«
»Das wäre eine Möglichkeit. Er hat sich kurz nach dem Vorfall von Estelle getrennt und ihr nach der Scheidung praktisch alles überlassen. Dann hat er seine Zelte abgebrochen und sich sozusagen aus dem Staub gemacht. Er hat ein neues Leben angefangen, ohne sich völlig von Houston lösen zu können.«
»Wer kommt sonst noch infrage?« Sie zupfte die vertrockneten Wedel eines Farns ab.
»Annies Bruder. Kent und sie standen sich ziemlich nahe. Sie hatten gemeinsam die Scheidung ihrer Eltern durchlebt und mussten sich mit dem zweiten Mann ihrer Mutter arrangieren. Kent war ziemlich fertig nach Annies Tod. Er erschien nicht bei der Arbeit, nicht in der Schule und litt

an einer Art Depression. Und währenddessen ging die zweite Ehe seiner Mutter in die Brüche. Er war nun der Mann im Haus, und zu dieser Zeit wurde er in eine private psychiatrische Klinik in Südkalifornien eingeliefert, Our Lady of Mercy.«

»Katholisch? Für Reiche, nicht wahr?«, fragte sie, und ihr fiel auf, wie sich Tys dunkles Haar im Nacken kräuselte.

»Für junge Leute mit Problemen.«

»Aber die Klinik war katholisch geführt.«

»Estelle ist überzeugte Katholikin, daher wurden die Kinder entsprechend erzogen.« Er warf ihr einen Seitenblick zu. »Das ist keine Sünde, oder?«

»Nein. Rate mal, wie ich erzogen bin«, forderte sie ihn auf, marschierte in die Küche und warf die trockenen Blätter in den Abfalleimer.

»Ich brauche nicht zu raten. Das steht in meinen Notizen.«

»Ach ja, richtig. Weißt du, Ty, ich sollte eigentlich sauer darüber sein. Das nennt man Verletzung der Privatsphäre.« Sie wischte sich die Hände ab, ging zurück ins Wohnzimmer und nahm ihren Platz hinter dem Sofa wieder ein.

Sein Lächeln war in keiner Weise betreten. »Ich bin eben ein Scheißkerl. Was soll ich noch sagen?«

»Füge unerträglich und starrsinnig hinzu.«

»Also der Mann, den du brauchst.«

»Träum weiter.«

»Das tu ich«, entgegnete er und schoss einen heißen Blick auf sie ab, der ihr die Kehle zuschnürte. Die Dinge ent-

wickelten sich schnell, wahrscheinlich viel zu schnell. Ihr Leben war völlig aus den Fugen geraten, sie brauchte Raum zum Atmen, zum Denken, um herauszufinden, warum irgendein Verrückter sie quälte. Es war nicht der richtige Zeitpunkt, sich ernsthaft mit einem Mann einzulassen, und trotzdem ... trotzdem ...
Sie räusperte sich und zupfte einen Fussel von den Sofapolstern. »Du wolltest mir etwas über Annies Familienmitglieder erzählen«, erinnerte sie ihn.
»Und mir ist ein Gedanke gekommen.« Er drehte den Kopf, um ihr ins Gesicht schauen zu können, und sagte: »Weißt du, du bist doch eine prominente Psychologin, und in dieser Eigenschaft könntest du vielleicht in der Klinik Erkundigungen über Kent einholen, etwas über seine Krankheit in Erfahrung bringen.«
»Ich bin Psychologin, keine Psychiaterin ... das ist ein Riesenunterschied in der Welt der Medizin. Dort legen sie großen Wert auf ihre klinische Ausbildung und ihren Titel.«
»Es ist eine psychiatrische Klinik; man wird dich dort bestimmt ernst nehmen.«
»Ich glaube, ich bin bei Medizinern höchstens als Unterhaltungspsychologin bekannt. Das klingt nicht so, als ob man mich ernst nehmen würde.«
»Hast du nicht in der Gegend gelebt?«
»Doch«, gab sie zu. »Eine meiner Kommilitoninnen vom College praktiziert dort.«
»Dann hast du doch bereits eine Ansprechpartnerin.«
»Patientenberichte sind vertraulich.«
»Ich stifte dich ja nicht zu einer kriminellen Handlung

an«, beschwichtigte er, doch etwas schwang in seiner Stimme mit, das seine Worte Lügen strafte. »Du sollst nur mal probieren, etwas über Kent herauszukriegen.«

»Damit du es in deinem Buch verwerten kannst. Ich glaube, das ist wirklich kriminell. Darüber hinaus auch moralisch verwerflich.«

»Egal, was du herausfindest, ich werde es nicht verwenden.«

»Ja, sicher. Aber gut, ich rufe meine Bekannte an, doch mehr auch nicht. Und alles bleibt strengstens vertraulich.«

»Unbedingt.«

»Und jetzt erzähl mir mehr über Annies Familie. Der Bruder, Kent, wo lebt er ... Nein, warte, er lebt hier, nicht wahr?«, vermutete sie. »Sonst würde er dich nicht so interessieren. Er ist in New Orleans.«

»Ganz in der Nähe zumindest. In Baton Rouge. Er hat sich endlich wieder gefangen und seinen Abschluss am All-Saints-College gemacht. Er hat das Studium generale absolviert und nebenher am College gearbeitet, obwohl seine Mutter ihn während seines gesamten Studiums unterstützt hat.«

»Ist er verheiratet?«

»Kent doch nicht! Er wechselt die Freundinnen wie seine Hemden. Mit der letzten hat er gegen Ende Mai Schluss gemacht, aber wahrscheinlich hat er schon wieder eine neue. Offenbar ist er nie ohne Anhang.«

»Hat er einen Job?«

»Ja, aber nur in Teilzeit, vermittelt von einer Zeitarbeits-

firma. Ich glaube, Estelle bezahlt noch immer den Großteil seiner Rechnungen.«
»Du hast deine Hausaufgaben gemacht«, sagte sie leicht gereizt.
Er lachte schnaubend. »Wenn man erwachsen ist, nennt man das Recherche.«
Konnte es sein, dass Ty Recht hatte? Jahrelang war Samantha überzeugt gewesen, Annie Seger habe Selbstmord begangen, doch durch Tys Theorie geriet nun alles ins Wanken. Und das Grauen der Vergangenheit, das heimliche Gefühl der Schuld an Annies Tod, das sie so verzweifelt hatte abschütteln wollen, war wieder da, und zwar heftiger denn je. Das lag wohl zu einem Großteil an Johns Anrufen.
Sie ging um das Sofa herum und setzte sich rittlings auf die gepolsterte Armlehne. »Du glaubst also wirklich, ein Mitglied ihrer Familie hat sie auf dem Gewissen? Ihr Vater oder ihr Stiefvater oder ihr Bruder?«
»Ich begrenze die Verdächtigen nicht auf die Familie. Aber ich bin sicher, es war jemand, den sie kannte. Vielleicht war es ihr Freund. Ryan Zimmerman lebt in White Castle, nur ein paar Meilen den Mississippi hinauf. Er hat seine Schulkarriere unterbrochen, genau wie Kent, und eine Zeit lang stand er ständig unter Drogen. Irgendwann hat er einen Entzug gemacht, hat weiterstudiert und seinen Abschluss, man höre und staune, an der Loyola-Universität gemacht. Hatte von einer kleineren Uni in Texas hierher gewechselt.«
»Hast du schon mit ihm gesprochen?«
»Noch nicht. Ursprünglich hatte ich die Absicht, mit den

Nebenrollen zu beginnen, zu hören, was sie über die Menschen, die Annie nahe standen, zu sagen haben, um mein wahres Ziel nicht zu verraten. Vielleicht hätte ich so einen tieferen Einblick erhalten, aber jetzt bin ich mir dessen nicht mehr so sicher.«
»Wegen der Anrufe, die ich bekomme.«
»Ja.« Er fuhr sich mit den Fingern durchs Haar und furchte, offenbar ärgerlich über sich selbst, die Stirn. »Ich habe Angst, dass ich irgendwie diesen grässlichen Ball ins Rollen gebracht habe, und du bist ihm in die Schusslinie geraten.«
»Aber vielleicht ist es auch gar nicht so. Es ist sinnlos, sich darüber Gedanken zu machen. Was weißt du über Ryan? Wie steht's mit seinem Liebesleben?«
Ty rief das entsprechende Kapitel im Computer auf, doch Sam vermutete, dass er sämtliche Informationen dieser Art in- und auswendig kannte. »Ryan hat letztes Jahr geheiratet, aber er hat sich vor drei Monaten von seiner Frau getrennt. Sie ist eine Einheimische, die er während des Studiums kennen gelernt hat. Sie will sich scheiden lassen, er ist dagegen.« Ty sah Sam fest an. »Er hält nichts von Scheidung, es verstößt gegen seinen Glauben.«
»Sprich's nicht aus.«
»Das kommt nicht allzu überraschend«, bemerkte Ty. »Annie kannte Ryan schließlich durch die Kirche.«
»Also Ryan heiratet katholisch, und nach knapp einem Jahr will sich seine Frau scheiden lassen. Warum?«
»Daran arbeite ich noch. Könnte an seinem Mangel an Ehrgeiz liegen. Er hat einen akademischen Titel, fährt

aber immer noch Lastwagen.« Ty scrollte mit der Maus weiter. »Aber ich habe mit ein paar anderen Freundinnen von ihm gesprochen, die sagten, dass er nie über seine erste Liebe hinweggekommen ist.«

»Und das war Annie«, ergänzte Sam und fror innerlich. Sie ließ sich von der Armlehne auf den Polstersitz des Sofas gleiten.

»Richtig. Sie hatte ihn ihrer besten Freundin Priscilla McQueen ausgespannt, ebenfalls ein Mädchen aus der Cheerleader-Truppe.«

»Das hört sich an wie ein schlechter Film. Was ist aus ihr geworden?«

»Prissy lebt noch in Houston. Ist inzwischen verheiratet und hat ein Baby. Ihr Mann arbeitet für eine Ölgesellschaft.«

»Das alles hast du in deinem Computer?«, fragte sie mit einer Kopfbewegung in Richtung Laptop.

»Und auf Diskette.«

»Gut. Also, ich versuche, das alles zu begreifen. Du denkst, Ryan war nicht der Vater des ungeborenen Kindes, und der Beweis dafür sind die Blutgruppen.«

»Wieder richtig.«

»Wer ist dann der Vater?« Sie kuschelte sich in die Sofaecke und drehte sich so, dass sie ihre bloßen Füße gegen seine jeansbekleideten Schenkel stemmen konnte.

»Das ist der Haken. Da es keine DNA-Analysen gibt, kommt eine ganze Reihe von Männern und Jungen infrage, mit denen Annie Umgang hatte. Das Blut des Kindes war Rhesusfaktor positiv, und da Annies negativ war, muss das des Vaters zwangsläufig positiv sein. Ryan

Zimmermans ist negativ. Doch Annies Vater, ihr Bruder, ihr Stiefvater – sie alle sind positiv, wie das Baby. Ich habe es überprüft – habe einen Freund bei der Polizei in Houston, der irgendwie Zugang zu den Krankenhausakten gefunden hat. Das Baby konnte also definitiv nicht von Ryan sein.«

»Verstehe.« Sam krümmte die Zehen in den Jeansstoff an Tys Schenkeln. »Mein Bruder und ich sind beide positiv, weil mein Dad auch positiv ist. Aber Mom war negativ, und sie musste während der Schwangerschaften und nach den Geburten Antikörper gespritzt bekommen, damit sie keine Probleme mit späteren Schwangerschaften bekam.«

»Die Tatsache, dass das Kind positiv war, engt das Feld der Verdächtigen nicht sehr ein«, sagte Ty und umfasste ihre Zehen. »Der größte Teil der Bevölkerung ist positiv.«

Sasquatch trottete heran, und Sam kraulte ihn hinter den Ohren, doch in Gedanken war sie bei Tys Theorie. Sie grübelte, wie alles zusammenhing. »Ich wüsste gern, ob John positiv oder negativ ist – und welche Blutgruppe er hat. Hat die Polizei darüber keine Informationen?«

Das Lächeln, mit dem er sie ansah, war beinahe hinterhältig. »Ich bin da schon dran. Ich glaube nicht, dass die Polizei mir solche Informationen einfach überlassen würde, deshalb betreibe ich ›Recherche‹ über einen Freund – über den Mann, mit dem du mich letzte Nacht gesehen hast.«

»Er besorgt dir diese Informationen?«

»Ich rechne fest damit.« Er schaltete den Computer aus. »Während ich in Houston bin und Estelle interviewe.« Er schaute sie von der Seite an. »Du hast nicht zufällig Lust, mich zu begleiten?«

»Das sollte ich besser nicht tun.« Sam dachte an Annies kummervolle Mutter. »Ich glaube nicht, dass ich dort gern gesehen wäre. Du erfährst bestimmt mehr von Estelle, wenn du allein bei ihr auftauchst.«

»Ich könnte aber Gesellschaft gebrauchen«, wandte er ein, griff nach ihrer Hand und zog Sam näher zu sich heran. Er liebkoste mit den Lippen ihre Wange. »Wir könnten ein bisschen Spaß haben.«

Die Versuchung war groß. »Zweifellos, aber ich habe hier noch einiges zu erledigen.«

»Zum Beispiel?« Er legte den Arm um ihre Schultern.

»Zum einen muss ich ein wenig Schlaf nachholen. Jemand raubt ihn mir ständig.«

»Willst du dich etwa beschweren?« Seine Lippen waren warm auf ihrer Haut, und sie spürte die Glut aufsteigen, wie immer, wenn er sie berührte.

»Beschweren? *Moi*?« Sie spielte die Unschuldige. »Nie im Leben. Aber ich habe wirklich zu tun. Du arbeitest auf deine Art an diesem Fall, und ich auf meine.«

»Du sprichst von John.« Sein Lächeln erlosch, der Arm, der um ihre Schultern lag, spannte sich an.

»Zunächst ja. Woher kennt er die Nummer der zweiten Telefonleitung? Er hat nach der Sendung angerufen, Leitung eins – die Leitung, die im Telefonbuch aufgeführt ist – war frei, und trotzdem hat er sich auf Leitung zwei gemeldet.«

Ty biss die Zähne zusammen. »Du glaubst, er ist ein Mitarbeiter des Senders?«
»Ich weiß nicht, aber die Möglichkeit besteht durchaus.«
»Hast du das der Polizei erzählt?«
»Noch nicht. Ich wollte gestern Nacht nichts sagen, weil ich die Kollegen nicht erschrecken mochte.«
»Oder warnen«, fügte er hinzu.
»Weder Tiny noch Melanie hätten anrufen können.«
»Aber sie könnten mit einem Komplizen zusammenarbeiten.«
Sie schüttelte den Kopf. »Möglich wäre es, ja ... Aber ich wüsste nicht, warum sie so etwas tun sollten. Wahrscheinlicher wäre es, wenn George Hannah oder jemand, der direkten Nutzen aus dem Zuwachs an Hörern zieht, dahintersteckte. Melanie will meinen Job, ob sie es zugibt oder nicht. Sie hofft darauf, dass ich mich zur Ruhe setze oder umziehe, dann könnte sie einspringen. Oder sie wechselt zum Konkurrenzsender, dann wäre es ihr Bestreben, mein Publikum mitzunehmen ... Nun ja, beides ist ein bisschen weit hergeholt. Und Tiny ... der Typ ist bis über beide Ohren in mich verknallt. Ich weiß, das klingt eingebildet, aber es stimmt nun mal.«
»Ich glaub's dir«, sagte Ty.
»Keiner von beiden würde mir schaden wollen. Wir verstehen uns viel zu gut. Ich glaube eher, dass irgendwer vom Sender die Nummer unbeabsichtigt an einen Freund oder Bekannten weitergegeben hat.«
»Oder absichtlich«, ergänzte Ty und presste die Lippen aufeinander. »Trotzdem ist die Wahrscheinlichkeit groß,

dass John einer von deinen Kollegen ist.« Er drückte liebevoll ihre Schulter, doch der Blick seiner nussbraunen Augen jagte Sam einen Schauer über den Rücken. »Und wenn der Scheißkerl irgendwelche Beziehungen zum Sender hat, kriegen wir ihn, verlass dich drauf.«

27. Kapitel

»Das gleiche Muster wie bei den anderen«, sagte Montoya. Er hockte in dem schäbigen Hotelzimmer neben dem Opfer. Wie die früheren auch war sie in Pose gebettet, die Hände wie zum Gebet gefaltet, die Beine gespreizt. »Aber sieh dir das an.« Er deutete auf einen Fleck direkt über der Halsgrube. »Das hier ist anders, eine weitere Druckstelle, als hätte etwas an der Kette gebaumelt ... vielleicht ein Medaillon oder ein Glücksbringer oder ein Kreuz. Verstehst du, als wäre sie mit ihrer eigenen Halskette erwürgt worden.«
»Oder mit seiner«, setzte Bentz hinzu, und der Magen wollte sich ihm umdrehen. »Er führt seine eigene Spezialschlinge ja bei sich.«
»Und er hat eine Trophäe mitgenommen. Da, am rechten Ohr – lauter Metall. Ein Ohrring fehlt.«
»Lief das Radio?«
»O ja. WSLJ war eingestellt.«
Bentz warf einen Blick auf den Nachttisch ... und entdeckte den Hundertdollarschein mit den geschwärzten Augen. Alles Teil der Handschrift des Perversen. Aber was hatte das zu bedeuten? Warum blendete er Benjamin Franklin? Damit er nicht zuschauen konnte? Damit er, der Täter, nicht erkannt wurde? »Wann ist der Tod eingetreten?«
»Schätzungsweise gegen Mitternacht. Der Leichenbeschauer ist auf dem Weg hierher, der wird uns Genaueres

sagen können.« Montoya schnalzte mit der Zunge. »Sie ist jünger als die anderen.«
Sie ist jünger als Kristi, dachte Bentz und biss die Zähne aufeinander. Dieses tote Mädchen, ob sie nun Nutte war oder nicht, war jemandes Kind, jemandes Freundin, wahrscheinlich jemandes Schwester und möglicherweise jemandes Mutter. Seine Kiefer verkrampften sich so sehr, dass es schmerzte. Welches Schwein tat so etwas?
»Sie ist aus der Gegend, ist schon öfter mal aufgegriffen worden.« Er reichte Bentz einen Plastikbeutel mit dem Ausweis des Opfers. »Und schau dir das an ...« Durch das Plastik hindurch fächerte Montoya den Führerschein des Mädchens, die Versicherungskarte und ein paar Fotos auf, bis eine abgenutzte Visitenkarte sichtbar wurde. »Das ist es doch, wonach du suchst.«
Es war die bei WSLF übliche Geschäftskarte, und in einer Ecke stand der Name Dr. Samantha Leeds, Moderatorin von ›Mitternachtsbeichte‹, auch bekannt als Dr. Sam.
»Mist«, entfuhr es Bentz mit einem neuerlichen Blick auf die Leiche. Die Leute von der Spurensicherung sammelten Beweismaterial, der Fotograf machte Fotos vom Tatort.
»Du warst so verdammt sicher, dass ein Zusammenhang besteht ... Tja, sieht aus, als solltest du Recht behalten«, sagte Montoya. »Irgendwoher kannte das Mädchen die Radiopsychologin.«
Was keine gute Nachricht war. Bentz feilte an einer Theorie, von der er noch nicht wusste, ob sie hieb- und stichfest war, doch sie erschien ihm immer plausibler. Was wäre, wenn der Mörder seine Opfer nicht mehr wahllos

aussuchte, wenn er sich in seinen Wahn hineinsteigerte, immer häufiger zuschlug, was wäre, wenn er sich seinem eigentlichen Ziel näherte ... wenn alles darauf hinauslief, dass er Samantha Leeds töten wollte?
Das entsprach zwar nicht dem üblichen Ablauf, aber dieser Fall war ja auch keiner von der üblichen Sorte. Der Kerl verteilte keine Hinweise an Polizei und Presse, er versuchte nicht, einen gewissen Ruhm zu ernten. Es ging ihm um die Anrufe bei Dr. Sam ... Bentz betrachtete den Kranz von kleinen Schnittwunden am Hals des Opfers und hatte das Gefühl, dass die Abstände zwischen den einzelnen Stellen eine Bedeutung hatten, eine Bedeutung, die er eigentlich verstehen sollte.
»Hast du nicht gesagt, eine Hotelangestellte hätte den Kerl gesehen?«
»Ja.« Montoya machte Platz für den Fotografen. »Sie hält sich im Moment im Hotelbüro auf.« Er klappte ein kleines Notizbuch auf. »Sie heißt Lucretia Jones, arbeitet hier seit etwa neun Monaten und hat dem Beamten, der als Erster am Tatort war, schon ihre Aussage zu Protokoll gegeben. Ich habe sie gebeten, sich zur Verfügung zu halten, weil ich mir gedacht habe, dass du mit ihr reden willst.«
Bentz nickte. »Sonst noch was?«
»Wir haben das Original seiner Anmeldung in diesem Hotel. Er hat mit John Fathers unterschrieben.«
»Hat er eine Adresse angegeben?«
»Ja, eine in Houston.«
Bentz schaute Montoya skeptisch an. »Hat das jemand überprüft?«
»Eine Fantasieadresse. Die Straße war schon richtig – die

Straße, in der Annie Seger gewohnt hat –, aber die angegebene Nummer gibt es dort nicht.« Montoya und Bentz sahen einander bedeutungsvoll an. Sie traten hinaus auf den Flur, wo ein paar neugierige Gaffer die Hälse reckten.
»Würde sagen, die Adresse ist ein weiteres verdammt klares Bindeglied.«
Ausnahmsweise freute sich Bentz nicht sonderlich darüber, dass sich sein Gefühl im Bauch als zutreffend erwiesen hatte. »Musste John Fathers denn nicht seinen Führerschein vorlegen oder sich sonst wie ausweisen?«
»Anscheinend nicht. Hat einfach im Voraus bezahlt – mit einem Hundertdollarschein für ein Zimmer, das neunundvierzig Dollar kostet. Kein Gepäck. Das ist im Grunde nichts Besonderes für ein Hotel wie dieses. Es ist hier wohl so üblich – die Typen gabeln eine Nutte auf und buchen ein Zimmer. Da werden keine Fragen gestellt.«
Vor dem Aufzug blieben sie stehen. Montoya drückte den Knopf.
»Diese Angestellte wartet also im Büro?«, versicherte sich Bentz.
Montoya nickte.
»Dann wollen wir mal sehen, was sie zu erzählen hat.«
Die Aufzugtüren öffneten sich, und sie stiegen in die enge Kabine, die sie in das einstmals bedeutend elegantere Foyer entließ. Jetzt konnte man es bestenfalls als schäbig bezeichnen. Der Kronleuchter, ein Souvenir an bessere Zeiten, war verstaubt, viele Glühbirnen waren durchgebrannt, die Kübelpflanzen bei der Tür ließen die Blätter hängen, der Teppich war abgenutzt, in einer Ecke stand ein vergessener Staubsauger. Was vor achtzig Jahren herr-

schaftlich gewesen war, wirkte nun regelrecht heruntergekommen, ein muffiges, dunkles Loch mit einem Rezeptionstisch, der bestimmt schon ein, wenn nicht zwei Jahrhunderte auf dem Buckel hatte.
Zwei Frauen in schwarzen Röcken und Blazern mit weißen Blusen darunter arbeiteten hinter dem Tisch und blickten auf Computermonitoren, die in dem alten Gebäude fehl am Platz erschienen. Ein korpulenter Kerl, vielleicht der Hotelpage oder Portier, schlürfte an der Tür zu einem Hinterzimmer seinen Kaffee. Bentz zeigte seine Dienstmarke, erklärte, was er wolle, und die größere von den beiden Frauen winkte Montoya und Bentz hinter den Tresen. »Lucretia ist da hinten«, sagte die Rezeptionistin. »Aber sie hat schon mit einem von den Polizisten gesprochen.«
»Es dauert nur ein paar Minuten«, beteuerte Bentz.
Die Frau führte ihn und Montoya einen kurzen Flur entlang zu einem hell erleuchteten Zimmer, in dem ein Computer summte. Ein von Kaffeeflecken verunstalteter Tisch stand mitten im Raum, ein altes Sofa war in der Nähe von Mikrowelle und Kühlschrank an eine Wand gerückt worden. Ein spindeldürres schwarzes Mädchen saß auf dem Sitzmöbel und trank eine Dose Cola light. Seine Augen, ohnehin schon groß, waren weit aufgerissen, als hätte es Angst, und schienen aus den Höhlen treten zu wollen. Das Haar hatte es zu hunderten von winzigen Zöpfchen geflochten, die im Nacken zusammengebunden waren.
Als die drei eintraten, erhob es sich, und die Rezeptionistin stellte sie einander vor. Bentz forderte das Mädchen auf, wieder auf dem Sofa Platz zu nehmen, und setzte sich

selbst auf einen Klappstuhl. Montoya blieb an der Tür stehen.

»Sie hatten letzte Nacht Dienst?«, fragte Bentz, und das Mädchen nickte rasch.

»Ja.«

»Und Sie haben den Gast registriert, der das Zimmer gebucht hat, in dem das Mordopfer gefunden wurde?«

»Mhm, ich ... hm, ich hab dem anderen Beamten schon die Karte gegeben, die er ausgefüllt hat.«

Aus den Augenwinkeln sah Bentz Montoya kaum merklich nicken, zur Bestätigung, dass die Polizei die Registrierkarte bereits an sich genommen hatte.

»Sie haben sich den Kerl also genau angeschaut, als er sich gestern eingetragen hat?«, erkundigte sich Bentz.

»Ja.« Lucretia nickte erneut, sodass ihr kleiner Kopf unter der Last des üppigen Haars hüpfte.

»Was können Sie mir über ihn sagen?«

»Was ich dem anderen Bullen – äh, Beamten – auch schon gesagt habe. Er war schätzungsweise dreißig Jahre alt, groß und kräftig – nicht dick, aber ... er sah stark aus, als würde er Gewichte heben oder so, ein Weißer mit sehr dunklen Haaren – fast schwarz, und ... er trug eine Sonnenbrille, ganz dunkel, was irgendwie komisch war, aber ... na ja ...« Sie zuckte mit den schmalen Schultern, als wäre ihr längst nichts mehr fremd.

»Sonst noch was?«

»O ja. Mir ist aufgefallen, dass sein Gesicht zerkratzt war, als hätte ihm jemand alle fünf Fingernägel über die Wange gezogen.«

»Wissen Sie vielleicht noch, was er anhatte?«

»Schwarz – er war ganz in Schwarz. Ein schwarzes T-Shirt und schwarze Jeans und ein Ledermantel, was ich irgendwie komisch fand, weil es doch so heiß ist, aber er trug ja auch diese Sonnenbrille. Jedenfalls ... ich hatte ein komisches Gefühl im Bauch.«

»Inwiefern komisch?«

Sie wandte den Blick ab. »Er hatte so etwas an sich, etwas ... Ach, das hört sich blöd an, aber er kam mir irgendwie gefährlich vor, aber irgendwie auch cool. Er ging sehr aufrecht und wirkte selbstbewusst, als wüsste er genau, was er tat. Ich weiß nicht, wie ich das erklären soll. Ich war nervös, wahrscheinlich wegen der Sonnenbrille, aber er hat gelächelt, und das war kein kaltes Lächeln, sondern richtig nett. Strahlend. Beruhigend.« Sie betrachtete die halb leere Coladose in ihrer Hand. »Ich hätte mich auf meinen Instinkt verlassen sollen.«

Das arme Mädchen hatte Schuldgefühle, weil sie einen Mörder eingelassen hatte. »Sie können uns jetzt helfen, Lucretia«, sagte Bentz und beugte sich vor, die Ellbogen auf die Schenkel gelegt, die Hände zwischen den Knien gefaltet. Er schaute sie eindringlich an. »Ich möchte, dass sie mit aufs Revier kommen und den Mann unserem Polizeizeichner beschreiben. Er porträtiert den Kerl, und das Bild wird dann per Computer aufgearbeitet, damit es echter aussieht. Es würde uns wirklich sehr helfen.«

Sie blinzelte. »Klar. Wie Sie meinen.«

»Gut.« Bentz spürte einen Adrenalinstoß. Er rückte dem Kerl auf den Pelz, spürte, dass er ihn einkreiste – und hoffte inständig, dass er den Schweinehund stellen konnte, bevor er erneut zuschlug.

Estelle Faraday war alt geworden. Die vergangenen neun Jahre im Zusammenspiel mit ihrem Schmerz und dem exzessiven Tennisspiel unter der erbarmungslosen Sonne von Houston hatten sie der Vitalität beraubt, die Ty in Erinnerung hatte. Sie hatte ihn aufgefordert, draußen in einem Rattansessel Platz zu nehmen, unter dem Dach, das ihre Veranda beschattete. Über seinem Kopf drehten sich Ventilatoren, zwei Stufen tiefer dehnte sich ein Swimmingpool bis zu dem hinter Stauden verborgenen Grenzzaun aus. Eine Skulptur der Jungfrau Maria mit ausgebreiteten Armen stand zwischen Terrakottakübeln voller Petunien, deren rosafarben-weiße Blüten leuchtende Farbtupfer bildeten. Ein Dienstmädchen hatte Eistee und Zitronenkekse gebracht und war dann durch eine Glastür in dem riesigen, zweistöckigen, stuckverzierten Haus verschwunden.

»Du verstehst sicher«, sagte Estelle, und die Diamanten in ihrem breiten Armreif blitzten, »dass ich mich lediglich bereit erklärt habe, mich mit dir zu treffen, um dich zu bitten, das Buch über meine Tochter nicht zu schreiben.« Die Linien um ihren Mund vertieften sich. »Es würde nur noch mehr Schmerz und Demütigung über die Familie bringen, und ich persönlich bin der Meinung, wir haben genug gelitten.«

»Ich finde, es ist an der Zeit, dass die Wahrheit ans Licht kommt.«

»Erspar mir das, Tyler!« Sie schlug mit der flachen Hand auf den Tisch. »Hier geht es nicht um die Wahrheit, das weißt du genau. Es geht dir um Geld – um einen widerwärtigen Schundroman, nein, ich muss mich korrigieren,

um die widerwärtige Dokumentation eines Verbrechens. Du und dein schmutziger Agent, ihr sucht doch nur den Nervenkitzel. Du willst aus der Tragödie deiner eigenen Familie Profit ziehen, also spiel dich nicht so auf mit deinen falschen hehren Ansprüchen. Du bist nicht hier, um die Wahrheit herauszufinden, sondern nur, um deine Brieftasche voll zu stopfen. Ich bin sicher, Wally steckt mit dir unter einer Decke. Als meine Tochter noch lebte, hatte er keinen Blick für sie übrig. Ich musste ihn vor Gericht bringen, damit er den mickrigen Unterhalt zahlte. Wally ist bloß auf schnelles Geld aus.«
»Wenn du meinst.«
»Wir wissen es beide.«
Ty ließ sich von ihr nicht aus der Ruhe bringen. Er hatte gewusst, dass ihn hier kein Mondscheinspaziergang erwartete. »Man könnte fast glauben, du willst gar nicht wissen, was Annie und ihrem Kind wirklich zugestoßen ist. Deinem Enkelkind.«
Ein Schatten flog über ihr Gesicht, und sie wandte den Blick ab, heftete ihn auf die glatte, ruhige Wasseroberfläche des Pools. »Es ist egal«, flüsterte sie heiser. »Sie sind beide tot, Tyler.«
»Ich glaube, dass Annie ermordet wurde.«
»O Gott.« Sie schüttelte den Kopf. »Darüber wurde immer schon gemunkelt, aber das ist natürlich Unsinn. Es war nun mal so: Annie war sehr verwirrt. Hatte zu viel Angst, um sich an mich zu wenden.« Ihre Stimme brach, und ihr Kinn zitterte ein wenig. »Damit werde ich leben müssen, weißt du? Dass meine eigene Tochter bei jemand anderem Hilfe suchte, bei einer *Radio*psychologin,

die vermutlich nicht mal einen Doktortitel hat ...« Estelle öffnete und schloss die Faust und grub die manikürten Fingernägel in ihre Handfläche. »Sie hat diese ... diese Moderatorin angerufen, statt sich mir anzuvertrauen.«
»Ich verstehe, dass das schwer ist.«
»Schwer? *Schwer?*« Sie schaute ihn wieder an, aus ihren Augen loderten Hass und Selbstverachtung. »Das ist nicht schwer, Ty. Schwer ist es, eine Scheidung durchzustehen und von Kirche und Familie ausgegrenzt zu werden. Schwer ist es zuzusehen, wie die Eltern dahinsiechen und sterben, schwer ist es, sich um ein Kind zu kümmern, dem der desinteressierte Vater das Herz gebrochen hat. Annies Selbstmord war nicht schwer. Das war die Hölle!«
»Falls sie ermordet wurde – willst du dann nicht wenigstens, dass der Mörder gestellt und seiner gerechten Strafe zugeführt wird?«
»Sie ist nicht ermordet worden.«
»Ich habe Beweise ...«
»Ich kenne all diese Theorien, von wegen Gras oder Erde auf dem Teppich und der Rosenschere und ... und ... die Art und Weise, wie sie sich die Pulsadern aufgeschnitten hat ... Das sagt nichts ... *Nichts!* Bitte, Tyler, tu's nicht, um Gottes willen, füge der Familie nicht noch mehr Schmerz zu.« Trotz ihres perfekten Make-ups und der teuren weißen Tenniskleidung sah sie plötzlich sehr alt aus, und eine Sekunde lang zweifelte Ty an seiner Mission.
»Wer war der Vater von Annies Kind?«
»Ich weiß es nicht.« Sie presste die Lippen zusammen. »Vermutlich dieser schreckliche Junge, mit dem sie ging – der Drogenabhängige.«

»Nein, Estelle. Die Blutgruppen stimmen nicht überein.«
Zwei kleine Falten erschienen zwischen ihren Brauen.
»Dann weiß ich es nicht.«
»Natürlich weißt du's.«
»Ich sagte dir bereits, dass meine Tochter sich mir nicht anvertraut hat. Vielleicht ... vielleicht hat sie es dieser Frau im Radio erzählt.«
»Nein. *Du* weißt es. War dein Mann der Vater?«
Ihr Gesicht wurde aschfahl, sie rang nach Luft. »Nein ...«
»Dein Sohn?«
»Hast du den Verstand verloren? Das hier ist mein Haus, du hast kein Recht –«
»Traf sie sich mit einem anderen Mann?«
»Ich warne dich. Wenn du glaubst, du könntest den Namen meiner Tochter in den Schmutz treten, ihren Ruf beflecken und vernichten, was von der Würde dieser Familie noch übrig ist, dann wirst du es bereuen.«
»Ich will nur die Wahrheit wissen.«
»Nein, du willst die Tatsachen verdrehen, um ein Buch zu verkaufen.« Ihre Nasenflügel bebten in hochmütiger Empörung. »Wie edel von dir.«
»Jason hat sich von dir scheiden lassen. Ist fortgezogen. Kent ist zusammengebrochen und musste in eine private psychiatrische Klinik eingewiesen werden. Ryan ist den Drogen und Depressionen verfallen.«
»All diese schmutzigen kleinen Einzelheiten für einen Schundroman oder einen Film der Woche im Fernsehen! Ich hätte überhaupt nicht mit dir reden, dich niemals in mein Haus lassen sollen«, schnappte sie, und ihre Stimme brach unter der heftigen Gefühlsaufwallung. »Verstehst

du denn nicht? Annie ist tot ... das Kind ist tot«, sagte Estelle leise. »Daran ist nichts zu ändern. Du willst gar nicht einen Mörder seiner gerechten Strafe zuführen ... o nein. Das Einzige, was du erreichst, ist, einer Familie noch mehr Kummer und Schmerz zuzufügen. Also erspar mir deine Erklärungen, denn ich glaube dir kein Wort.« Sie riss sich zusammen, beugte sich vor und stützte die Ellbogen auf den Glastisch. »Wenn du mit dieser ... Hexenjagd fortfährst, werde ich dich gerichtlich daran hindern. Deine Verteidigung wird dich ein Vermögen kosten, über das du meines Wissens nicht verfügst. Kein Verlag wird sich auf dein Projekt einlassen – aus Angst vor einer Klage. Ich habe bereits mit meinem Anwalt gesprochen, und er wird ein Verfahren anstrengen, um die Veröffentlichung zu verhindern. Ich glaube, es wäre das Beste, wenn du jetzt gehst.«

Jetzt war es an Ty, sich vorzubeugen. Über die zwei unberührten Gläser mit Eistee hinweg entgegnete er: »Du kannst mir drohen, solange du willst, Estelle. Du kannst alle nur erdenklichen Rechtsverdreher anheuern und Tausende von Dollars dafür verschleudern, aber ich gebe nicht auf, ganz gleich, welche Leichen sich in deinem Keller finden. Etwas ist faul an dem angeblichen Selbstmord deiner Tochter, und du weißt es so gut wie ich.« Er stand auf, blickte auf sie hinab und sah, wie sie den Rücken straffte. »Der Unterschied zwischen uns ist, dass ich wissen will, was mit Annie geschehen ist, du aber nicht. Weil du Angst vor der Wahrheit hast. Warum wohl? Was macht dir so schreckliche Angst?«

»Geh«, sagte sie schwach.

»Ich werde es herausbekommen, so oder so.«
»Geh jetzt, oder ich rufe die Polizei«, giftete sie.
»Das glaube ich nicht, Estelle. Ich möchte wetten, dass die Polizei die Letzte ist, die du in diese Sache hereinziehen würdest. Aber es ist zu spät, denn ob es dir passt oder nicht – die Wahrheit über Annies Tod wird ans Licht kommen.«
»Fahr zur Hölle«, sagte sie und stand auf.
Er lächelte freudlos. »Irgendwie habe ich das Gefühl, schon auf dem Weg dorthin zu sein.«

28. Kapitel

»Sieht dieser Mann aus wie der, der Sie gestern im Park angegriffen hat?«, fragte Bentz.
Er schob die vom Computer bearbeitete Zeichnung über seinen Schreibtisch zu dem Mädchen, Sonja Tucker, hinüber. Am frühen Morgen hatte sie Anzeige erstattet, gegen einen Mann mit Sonnenbrille, der sie spätabends im Park angefallen hatte. Als Bentz nach seiner Rückkehr aus dem St. Pierre darüber informiert worden war, hatte er sie gleich angerufen und gebeten, noch einmal aufs Revier zu kommen. Jetzt saß sie ihm gegenüber, eine nervöse neunzehnjährige Studienanfängerin an der Tulane-Universität, die an einem Ferienlager teilnahm und sich wahrscheinlich glücklich schätzen konnte, noch am Leben zu sein.
»Könnte sein«, sagte sie, hob die Skizze hoch und betrachtete sie eingehend. Sie hatte dem anderen Beamten berichtet, dass sie am Vorabend auf dem Weg zu einer Kostümparty gewesen sei. Als Prostituierte verkleidet, hatte sie auf die Straßenbahn gewartet, da hatte ein Mann sie angesprochen. Er wollte mit ihr ins Geschäft kommen und ihr Nein nicht akzeptieren. Er wurde handgreiflich, versuchte, sie festzuhalten, und sie zerkratzte ihm daraufhin das Gesicht. Sie schlüpfte aus ihren Highheels und rannte wie eine Wilde durch den Audubon-Park, wo sie sich in Zoonähe im Gebüsch versteckte.
Das war zweifellos eine wertvolle Lektion in Sachen Stadt-

leben für sie gewesen. Im Augenblick wirkte sie äußerst verängstigt.
»Es war dunkel«, fügte sie hinzu und nagte an ihrer Unterlippe.
»Aber – Sie haben ihn doch genau gesehen?«
»Gewissermaßen. Da war eine Straßenlaterne, aber er trug eine dunkle Sonnenbrille, war unrasiert und … Sie studierte die Zeichnung gründlich, und ihre Finger zitterten so sehr, dass das Papier in ihrer Hand flatterte. Sie war bleich. »Diese Zeichnung hat schon Ähnlichkeit mit ihm«, sagte Sonja schließlich. Sie schien mehr Sicherheit zu gewinnen, je länger sie das Bild betrachtete.
»Und er war ein Fremder für Sie?«
»Ja, natürlich. Ich … ich habe ihn vorher nie gesehen. Sonst wäre er mir im Gedächtnis geblieben.«
»Wieso?«
Wieder senkte Sonja den Blick auf die Zeichnung. »Das mag merkwürdig klingen, aber er sah gut aus, irgendwie … auf eine düstere, na ja, gefährliche Art und Weise. Aber dann … na ja … dann wollte er mich zwingen, mit ihm zu gehen, und da fand ich ihn nicht mehr so attraktiv.«
»Würden Sie seine Stimme wiedererkennen?«
»Hm – vielleicht. Ich weiß nicht.« Ihr Selbstvertrauen ließ sie wieder im Stich.
Bentz drückte trotzdem die Abspieltaste des Rekorders, den er auf seinen Schreibtisch gestellt hatte. Mehrere Kassetten mit Johns Anrufen während der Sendung ›Mitternachtsbeichte‹ waren zusammengeschnitten worden, und jetzt füllte seine dunkle Stimme den Raum.

Das Mädchen zuckte die Achseln und zog die Augenbrauen zusammen. »Ich ... ich weiß nicht. Könnte sein. Spielen Sie das bitte noch einmal ab.«
Er spulte zurück und drückte die Play-Taste.
Sonja nagte an ihrer Unterlippe. »Das hört sich irgendwie schon so an wie dieser Kerl. Aber ich ... ich bin mir nicht sicher.«
Lucretia, die Angestellte vom St. Pierre, hatte das Gleiche geantwortet. Bentz war restlos frustriert. Das Bild des Polizeizeichners war zu allgemein, konnte so ziemlich jeden weißen, dunkelhaarigen Kerl darstellen, der etwas für seine Figur tat.
»Können Sie mir sonst noch irgendetwas über ihn erzählen?«
»Nein, es war dunkel, und es ging alles so schnell. Ich habe nach seiner Sonnenbrille gegriffen, und da flippte er aus. Vielleicht stimmt was mit seinen Augen nicht oder so ...« Sonja zuckte erneut die Achseln. »Er hat versucht, mich die Straße entlangzuzerren, und ich habe ihm gegen das Schienbein getreten und ihm das Gesicht zerkratzt. Dann konnte ich flüchten. Ich, hm, ich habe wohl großes Glück gehabt, was?«
»Sehr großes«, bestätigte Bentz mit ernster Miene.
Sie räusperte sich. »Er hat ein anderes Mädchen umgebracht, nicht wahr?«
»Ja, wir haben Grund zu der Annahme.«
»Und auf der Kassette hat er Dr. Sam, die Radiopsychologin, bedroht.«
»Ja.«
»Ich wünschte wirklich, ich könnte Ihnen helfen.«

»Sie haben mir bereits geholfen«, sagte Bentz und stand auf. »Danke.«
»Gern geschehen.« Sie griff nach ihrem Rucksack und warf dann noch einen letzten Blick auf den Schreibtisch. »Ist das ... ist das Ihre Tochter?«, fragte sie und wies auf die zwei Fotos von Kristi.
»Ja.« Bentz lächelte. »Das eine ist schon vor langer Zeit gemacht worden, als sie sich an der Uni einschrieb, das andere ist ihr Examensfoto. Vor knapp einem Jahr aufgenommen.«
»Sie ist sehr hübsch«, bemerkte Sonja.
»Kommt nach ihrer Mutter.«
»Nein.« Sonja krauste die vorwitzige, sommersprossige Nase. »Sie sieht Ihnen ähnlich.« Und damit ging sie. Einen spiralförmigen Schlüsselring aus Plastik am Handgelenk, den Rucksack über die Schulter geworfen, stapfte sie in ihren Plateausandalen aus Bentz' Büro.
Sonja Tucker war in der Nacht zuvor nur Minuten vom sicheren Tod entfernt gewesen. Das Glück dieses Mädchens hatte das Verderben eines anderen bedeutet. Sonja Tuckers Entkommen hatte den Unhold gezwungen, sich ein anderes Opfer zu suchen. Leanne Jaquillard. War es ein Zufall, dass Leanne in Verbindung mit Samantha Leeds gestanden hatte? Sonja Tucker hatte geschworen, Dr. Sam nicht zu kennen; zwar hatte sie die Sendung ›Mitternachtsbeichte‹ ein paar Mal gehört, aber nie dort angerufen.
Im Gegensatz zu dem Opfer.
Leanne und Dr. Sam waren gute Bekannte.
Bentz rieb sich den verspannten Nacken und plante sein weiteres Vorgehen. Zuerst würden sie die Öffentlichkeit

vor dem Mörder warnen, als Nächstes musste jeder Anruf, der beim Sender einging, zurückverfolgt werden. Und da nun ein Zusammenhang zwischen dem Mörder und Dr. Sam deutlich war, bedurfte sie der ständigen Bewachung. Ihr Haus musste rund um die Uhr observiert werden, und es galt, die Liste der Personen, die Dr. Sam und Annie Seger kannten, abzuarbeiten.

Er betrachtete das Phantombild von John Fathers, wer immer er in Wirklichkeit sein mochte. Kantiger Kiefer, gekerbtes Kinn, hohe Wangenknochen, dichtes Haar mit spitz zulaufendem Ansatz, dunkle Sonnenbrille.

Und Schrammen auf der linken Wange, wo Sonja ihn blutig gekratzt hatte. »Wer bist du, du Schwein?«, knurrte Bentz mit bösem Blick auf das Bild, das an die Medien verteilt werden sollte. Er dachte an die Männer in Samanthas Leben – David Ross, Ty Wheeler, George Hannah. Allesamt groß, durchtrainiert, mit dunklem Haar und kantigen Zügen. Per Computer war Johns Sonnenbrille entfernt und durch verschiedene Augen ersetzt worden, auch Haarschnitt und Frisur hatte der Experte verändert. Aber das war nur ein Würfelspiel. »Und wer ist die Frau, die sich am Telefon als Annie ausgegeben hat?«, murmelte Bentz.

Das Bild mit den verborgenen Augen schien ihn zu verhöhnen. Was hatten diese dunkle Brille und die geschwärzten Augen auf den Hundertdollarscheinen zu bedeuten? Und das merkwürdige Muster von Einschnitten am Hals der Opfer? Was sollte dieser Quatsch von wegen Sünde und Vergeltung?

Bentz machte sich eine Notiz zur Erinnerung daran, dass

er den Aufenthaltsort jedes Mannes, der mit Samantha Leeds bekannt war und seit ihrer Rückkehr aus Mexiko in der näheren Umgebung lebte, überprüfen wollte. Seit ihrer Rückkehr von der Reise, auf der sie ihre Tasche samt Ausweis und Schlüssel verloren hatte. Der Reise, auf der sie beschlossen hatte, endgültig Schluss mit David Ross zu machen.

Irgendwas entging ihm, er wusste es. Irgendetwas nahe Liegendes. *Denk nach, Bentz, denk nach!* Wer lebte vor neun Jahren in Houston? Und wer wohnte jetzt hier? Warum wollte jemand Annie Segers Selbstmord wieder ans Licht der Öffentlichkeit zerren?

Er nahm sich Ty Wheeler vor, der sich nach der Mexikoreise in Samantha Leeds' Leben gedrängt hatte. Soviel er wusste, waren er und Samantha inzwischen ein Liebespaar. Das schlug Bentz auf den Magen. Er mochte den Kerl nicht. Traute ihm nicht über den Weg. Wheeler hatte zugegeben, dass er eine Dokumentation über Annie Segers Tod verfasse. Er vertrat sogar die Theorie, sie habe nicht Selbstmord begangen, sondern sei ermordet worden, doch nach Bentz' Einschätzung war das alles nur Effekthascherei. Die Polizei in Houston hatte Selbstmord festgestellt, und das reichte ihm. Wheeler wollte bestimmt nur schnelles Geld machen.

Er nahm ein paar Anrufe entgegen, erhielt ein Fax mit dem Bericht der Spurensicherung und wunderte sich nicht darüber, dass Haare von einer roten Perücke in dem Hotelzimmer gefunden worden waren. Wenige Minuten später erschien Melinda Jaskiel an seiner Tür.

»Sag mir, was du von diesen Morden hältst«, bat sie, ver-

schränkte die Arme vor der Brust und lehnte sich mit der Schulter an den Türpfosten. Aus dem Nebenzimmer waren Stimmen, Telefonklingeln und das Klicken von Computertastaturen zu hören.
»Ich schätze, wir haben es mit einem reichlich perversen Schweinehund zu tun, vielleicht sogar mit zweien.«
»Das habe ich auch schon gehört.«
Bentz legte ihr seine Theorie dar und brachte Norm Stowells Bericht zur Sprache, den Melinda bereits gelesen hatte. Eine Weile lang unterhielten sie sich über andere Dinge, dann wandten sie sich wieder dem Mord an Leanne Jaquillard zu.
»Die Mutter des Mädchens ist verständigt worden?«, fragte Bentz mit einem Blick auf die Fotos des letzten Opfers, die auf seinem Schreibtisch verstreut lagen.
Melinda Jaskiel nickte, hob eins der Fotos auf und betrachtete mit finsterer Miene das Bild vom Tatort. »In einer Stunde gebe ich eine Pressekonferenz. Ich werde mich kurz fassen, aber bestätigen, dass wir es mit einem Serienmörder zu tun haben. Ich will die Frauen aufrufen, ihre Türen immer abzuschließen und nachts zu Hause zu bleiben oder nur in großen Gruppen auszugehen. Wir verteilen das Phantombild und mahnen die Öffentlichkeit zur Vorsicht, sagen den Leuten, dass der Mörder immer dreister wird und dass Personen, die ihm nahe stehen, eine Freundin oder Ehefrau, in Gefahr schweben könnten. Du weißt ja, das übliche Vorgehen. Bedeutsame Indizien halten wir zurück, Informationen, die nur der Mörder haben kann, damit irgendwelche Spinner, die hier antanzen und gestehen wollen, beweisen müssen, dass sie es tatsächlich

sind. Sonst laufen alle möglichen Idioten, die sich ein bisschen zweifelhaften Ruhm erhoffen, hier auf und rauben uns unsere Zeit. Ich habe mit dem FBI geredet. Alle Mitglieder des Sonderkommandos sind der gleichen Meinung.«
»Du willst den Zusammenhang mit Dr. Sam und ›Mitternachtsbeichte‹ nicht zur Sprache bringen?«
»Noch nicht. Hast du dich mit ihr unterhalten?«
»Ich mache mich gleich auf den Weg. Warte nur noch auf Montoya. Ich denke, es ist besser, wenn wir sie zu Hause aufsuchen. Soweit ich weiß, hatte sie eine ziemlich enge Beziehung zu Leanne Jaquillard. Die Kleine hat an einer wöchentlichen Gruppensitzung für problematische Jugendliche teilgenommen, die Samantha im Boucher Center veranstaltet.« Bentz rollte mit seinem Stuhl zurück. »Ich glaube, sie hatte Schwierigkeiten mit ihrer Familie. Kein Vater und eine Mutter, die ihr das Leben schwer machte.«
»Ich hatte bereits das Vergnügen mit Marletta Vaughn«, sagte Melinda nüchtern. »Sie ist nicht gerade das, was man eine vorbildliche Mutter nennt.«
Bentz lächelte düster. »Weißt du, das letzte Mal, als der Mistkerl Samantha Leeds im Studio anrief, hat er sie bedroht. Er sagte … Moment, ich will nichts Falsches behaupten.« Er rollte wieder vor an seinen Schreibtisch und hob den Finger einer Hand. Mit der anderen blätterte er in seinem Notizbuch. »Ah, da haben wir's ja. Er sagte, ich zitiere: ›Das, was heute Nacht geschieht, geschieht deinetwegen. Wegen deiner Sünden. Du musst bereuen, Sam. Um Vergebung bitten.‹«

Er schob das Notizbuch zur Seite. »Dass wir das andere Opfer – Cathy Adams – in der Nacht von Annie Segers Geburtstag gefunden haben, scheint purer Zufall zu sein und nicht im Zusammenhang mit den anderen Morden zu stehen. Ein anderer Täter. Ich habe gehofft, dass John bei seinem Anruf auf die Torte anspielte, die beim Sender aufgetaucht war. Doch da habe ich mich getäuscht. Wie es aussieht, ist das Mädchen«, er tippte mit dem Finger auf das Foto des letzten Opfers, »diese Leanne Jaquillard, von dem Kerl ermordet worden, der sich im Hotel als John Fathers eingetragen hat und der meiner Meinung nach jener John ist, der Dr. Sam im Studio anruft. Alles passt zusammen, Melinda.«

»Gut, wenn das zutrifft, dann handelt es sich bei John und dem Mörder um ein und dieselbe Person«, fasste Melinda zusammen. »Und wie erklärst du dir den Anruf der Frau, die sich als Annie ausgab?«

»Daran arbeite ich noch«, antwortete Bentz.

»Glaubst du, es könnte eine Frau sein, die diesem John so ergeben ist, dass sie tut, was er von ihr verlangt?«

»Oder es könnte eine sein, die Samantha Leeds hasst. Eine Frau, die eifersüchtig ist, entweder auf sie persönlich oder auf ihren beruflichen Erfolg. Oder eine, die glaubt, dass Dr. Sam ihr Unrecht getan hat, ihr zum Beispiel den Freund ausgespannt hat, sagen wir, die erste Mrs. Jeremy Leeds oder auch die derzeitige, der es nicht passt, dass die Exfrau ihres Mannes so viel Beachtung findet. Oder eine Rivalin wie Trish LaBelle von WNAB ... Ich weiß es nicht.«

»Oder John hat jemanden bezahlt«, überlegte Melinda

laut. »Du glaubst doch, Annies Anruf erfolgte vom Band, nicht wahr? John hätte eine Frau von der Straße weg anheuern können, um das Band aufzunehmen.«
»Jetzt redest du wie Montoya. Für ihn geht es bei jedem Verbrechen nur um Geld.«
Jaskiel zog eine Braue hoch. »Für gewöhnlich ist das auch so, Rick. Nicht alle sind edle Idealisten.«
»Keiner von uns ist ein edler Idealist«, berichtigte er sie. »Hier jedenfalls nicht.«
»Nein?« Sie lachte und wirkte plötzlich viel weiblicher, bei weitem nicht mehr so autoritär. »Vielleicht hast du Recht. Aber mir war eben, als hätte ich Rosinantes Hufschlag im Flur vernommen, und normalerweise verklingt der ja genau hier.«
»Was zum Teufel redet ihr da?« Montoya trat in das Büro, und wie immer war er trotz der Hitze kein bisschen verschwitzt.
»Ach, nichts«, sagte Bentz.
Jaskiel warf Montoya einen harmlosen Blick zu. »Wir sprachen von Don Quichottes Ross.«
»Herrgott, woher weißt du so was?«, fragte Montoya entgeistert.
»Ich lese«, erwiderte sie knapp. »Es ist eine Geschichte, die du kennen solltest. Schließlich ist sie Teil deines spanischen Erbes.«
»Interessiert mich nicht die Bohne.«
Bentz setzte hinzu: »Und sie löst Kreuzworträtsel und sieht sich Quizsendungen an.«
»Sofern ich die Zeit dazu finde. Apropos«, sie schaute auf die Uhr, »ich wappne mich jetzt besser für mein Treffen

mit dem vierten Stand.« Sie lächelte ihr Routinelächeln. »Ich möchte ihn nicht warten lassen.« Damit verschwand sie.
»Bist du startbereit?«, fragte Montoya.
»So gut wie.« Bentz reichte Montoya das Phantombild.
»Das ist unser Mann?«
»Theoretisch ja.«
»Scheiße, das kann doch jeder sein.«
»Ich lasse den Computertechniker Fotos von Männern in Samantha Leeds' und Annie Segers Leben machen, von Männern mit der Blutgruppe A, die unglücklicherweise etwa ein Drittel aller Menschen hat, und dann soll er sie per Computer vergleichen. Das dürfte das Feld einschränken.«
»Hoffen wir's«, sagte Montoya ohne große Begeisterung.
»Lass uns gehen.« Bentz nahm Montoya die Zeichnung ab und griff nach Dienstwaffe und Jacke. Er freute sich keineswegs darauf, Samantha Leeds von dem Tod ihres Schützlings zu berichten, aber es war besser, sie erfuhr es von ihm als durch die Fünfuhrnachrichten.

Priscilla McQueen Caldwell war nicht glücklich, ihn zu sehen, ganz und gar nicht.
Ty war das gleichgültig. Wenn er schon mal in Houston war, konnte er auch sofort alle Personen, die mit Annie Seger zu tun gehabt hatten, überprüfen. Viele von ihren Freunden waren fortgezogen, aber Prissy lebte noch in der Stadt, wohnte knapp eine halbe Stunde vom Flughafen entfernt. Jetzt stand Ty, die glutheiße Nachmittagssonne im Rücken, auf ihrer Veranda.

»Ich wüsste nicht, was wir zwei zu bereden hätten«, sagte sie und verstellte ihm den Eingang zu dem kleinen Bungalow, in dem – wie Ty mit einem kurzen Blick hinein feststellte – überall Spielzeug herumlag.
»Ich versuche, Näheres über Annie zu erfahren. Du warst ihre beste Freundin. Du wusstest, dass sie schwanger war, und du wusstest wahrscheinlich auch, dass Ryan Zimmerman nicht der Kindsvater war.«
»Wen interessiert das jetzt noch?«, fragte Prissy, mit einer Schulter an die Fliegenschutztür gelehnt.
»Ich glaube, sie ist ermordet worden.«
»Diese Gerüchte schwirren schon jahrelang herum, sind aber nie bestätigt worden«, wandte Prissy ein und sah blinzelnd zu ihm auf. Sie trug ein pinkfarbenes Outfit aus Shorts und T-Shirt, Sandalen und eine Halskette mit einem goldenen Kreuz und war eine hübsche, zierliche Frau mit honigblondem, zum Pferdeschwanz gebundenem Haar.
»Weißt du, es ist schon komisch: Erst ruft Ryan aus heiterem Himmel an, und dann stehst du vor meiner Tür.«
»Ryan hat dich angerufen?«
»Ja. Er und ich sind mal miteinander gegangen, und auf einmal hat Annie ihn sich in den Kopf gesetzt, und das war's dann.« Sie zog die Mundwinkel hinab. »So war es immer – was Annie haben wollte, das kriegte sie auch.« Prissy verschränkte die Arme vor der Brust. Im Haus begann ein Baby zu weinen.
»Aber ihr seid trotzdem Freundinnen geblieben.«
»Nun ja, zuerst nicht, aber irgendwann haben wir uns wieder zusammengerauft. Ryan nahm damals Drogen und wandte sich von Gott ab.«

»Deshalb hast du ihn leichten Herzens an Annie abgetreten.«
»Ich habe ihn nicht abgetreten. Aber dann erwies es sich als Segen. In der Kirche habe ich Billy Ray kennen gelernt, und wir verstanden uns von Anfang an prächtig. Nach meinem Schulabschluss haben wir geheiratet.« Sie sah auf ihre Uhr. »Hör zu, er soll nicht wissen, dass ich mit dir geredet habe. Es hat ihm schon nicht gepasst, dass Ryan anrief, und er neigt zum Jähzorn.«
»Warum hat Ryan angerufen?«
Priscilla verdrehte ihre ausdrucksvollen Augen. »Tja, das war wirklich der Gipfel. Er wollte sich mit mir treffen – ich sollte nach New Orleans kommen. Er hat sich von seiner Frau getrennt, seine Arbeit verloren und fühlte sich einsam, und da, o Wunder, fiel ich ihm wieder ein.« Ihr Lächeln war kalt. »*Jetzt* braucht er mich. Vergiss es, habe ich gesagt.«
Im Hausinneren weinte noch immer das Baby.
»Oh, Billy junior ist aufgewacht. Ich muss jetzt rein.«
»Hat Ryan dir seine Telefonnummer gegeben?«
»Nein. Ich glaube, er hat sich auf Monate in einem Motel eingemietet, bis er wieder auf die Füße kommt, aber ganz sicher weiß ich das nicht.« Das Baby schrie kläglich. »Ich muss mich jetzt um Billy kümmern.«
Ty packte ihre Hand. »Du würdest Annie einen Gefallen tun, wenn du mir helfen würdest«, beschwor er sie. »Mit wem außer mit Ryan hatte sie ein Verhältnis?«
»Ich weiß es wirklich nicht. Es war ein großes, dunkles Geheimnis«, antwortete Prissy. »Ich dachte, es wäre ein verheirateter Mann, ein Freund von Dr. Faraday vielleicht,

denn es machte ihr schwer zu schaffen. Dann wurde sie schwanger, und ihre Eltern durften nichts davon erfahren. Sie hätten sie umgebracht.« Kaum hatte sie die Worte ausgesprochen, schien Priscilla bewusst zu werden, was sie von sich gegeben hatte. »Also, ich meine nicht, dass sie sie tatsächlich umgebracht hätten, aber du weißt schon, Estelle hätte einen Anfall gekriegt.«

Das Baby brüllte immer lauter, und Ty ließ Prissys Hand los. »Wenn du mal über diese Sache reden möchtest, ruf mich an.« Er zog eine Karte aus seiner Brieftasche und reichte sie ihr, doch sie nahm sie nicht an.

»Ich will nicht darüber reden«, sagte sie fest. »Hör zu, Annie war meine Freundin, ich mochte sie sehr, obwohl ich wegen Ryan sauer auf sie war. Aber so, wie ich das sehe, hat sie sich in Schwierigkeiten gebracht, konnte wegen der Schwangerschaft weder ihren Eltern noch Ryan ins Gesicht schauen und beging Selbstmord. Ich werde dich bestimmt nicht anrufen. Das würde Billy nicht passen.«

Sie schlüpfte ins Haus, und Ty schob seine Karte in den Rahmen der Insektenschutztür. Vielleicht überlegte sie es sich doch noch – wenn die Chancen seiner Meinung nach auch nicht sonderlich gut standen.

»Aber du hast nicht selbst mit Peter gesprochen oder ihn gesehen«, hakte Sams Vater nach.

Er hatte auf ihre Nachricht hin angerufen, und seine Stimme klang müde und niedergeschlagen.

Innerlich wand sie sich. Sie klemmte den Hörer zwischen Ohr und Schulter, öffnete eine Dose Katzenfutter und löffelte das Thunfisch-Hühnchen-Gemisch in Charons Napf. Charon strich laut miauend um ihre bloßen Füße. »Nein, ich habe nicht persönlich mit ihm gesprochen, Dad, aber es ist doch schon mal erfreulich, dass sich Pete mit Corky unterhalten hat.«

»Ich würde so gern mit ihm reden«, sagte William Matheson versonnen.

Ich auch, dachte Sam, verkniff sich jedoch eine derartige Bemerkung. »Sehen wir diese Tatsache doch als eine Art Durchbruch«, schlug Sam vor, bemüht, das Positive hervorzuheben. »Soviel ich weiß, hat seit Jahren niemand von ihm gehört oder ihn zu Gesicht bekommen, und nun geht er doch tatsächlich auf Corky zu.« Das entsprach nicht ganz der Wahrheit. Corky hatte nicht gesagt, dass Peter auf sie zugekommen war, doch sie musste ihrem Vater Mut machen. »Also, wenn ich sonst noch etwas erfahre, sage ich dir Bescheid.« Sie spülte die leere Dose aus und warf sie in den Mülleimer.

»Ich könnte mal die Auskunft in Atlanta anrufen. Vielleicht hat man dort seine Nummer.«

»Vielleicht.« Sie glaubte nicht daran.

»Aber wahrscheinlich hat er eine Geheimnummer, wie damals, als er in Houston wohnte.«

Sam erstarrte. Sie hatte gerade den Mülleimer unter dem Waschbecken hervorholen wollen, doch jetzt richtete sie sich auf. »Moment mal. Wann wohnte er in Houston?«

»Vor Jahren. Ich habe ihn durch einen Privatdetektiv suchen lassen, und er fand ihn ganz in der Nähe deines damaligen Wohnorts.«

»Willst du damit sagen, dass Pete wie ich in Houston lebte, und du wusstest es und hast es mir verschwiegen?«
»Ich war nicht sicher, ob er es wirklich war, es hätte ja auch ein anderer Peter Matheson sein können. Ich habe ihn nie erreicht, und du ... na ja, du hattest so viel um die Ohren mit deiner Scheidung und dieser Geschichte um Annie Seger.«
Genau wie jetzt.
»Ich dachte, du könntest den zusätzlichen Stress wirklich nicht brauchen ... zu hören, dass er in derselben Stadt lebte wie du und sich nicht meldete. Außerdem wusste ich ja nicht, ob es wirklich Pete war. Die Fotos von ihm, die ich zu sehen bekam, waren nicht gut, und er hatte immer den Blick abgewandt oder trug eine Sonnenbrille oder so.«
»Himmel, Dad, selbst auf die Gefahr hin, dass er es nicht war – meinst du nicht, du hättest mich informieren müssen?« Sie konnte die Heimlichtuerei ihres Vaters nicht fassen. Das passte gar nicht zu ihm.
»Hätte es denn einen Sinn gehabt?«, fragte ihr Vater defensiv. »Ob er fünfzig Meilen, fünfhundert oder nur fünf von dir entfernt lebte, was wäre der Unterschied gewesen?«
»Dad«, sagte sie beherrscht, »ich wusste nicht einmal, *ob* er noch lebte.«
»Ich auch nicht. Wie gesagt, ich war nicht sicher, ob es überhaupt unser Pete war.«
Unser Pete. Er ist schon seit Jahren nicht mehr unser Pete. Doch es war sinnlos zu widersprechen. Sam versuchte, sich zu beruhigen, und beendete das Gespräch. Ihr Vater

hatte Recht. Selbst wenn Pete tatsächlich in Houston gewesen war, änderte das nichts daran, dass er offenbar keinen Kontakt zu seiner Familie haben wollte.
Er hatte also wahrscheinlich in derselben Stadt gelebt wie Annie Seger. Er hatte sie nicht gekannt ... konnte sie nicht gekannt haben. Houston war eine riesige Metropole, die sich meilenweit erstreckte und über zwei Millionen Einwohner hatte.
Aber warum hatte Pete keine Verbindung zu ihr aufgenommen? Dank des Medienrummels um Annie Segers Selbstmord und die Anrufe beim Sender hätte er doch wissen müssen, dass Sam nicht nur in Houston wohnte, sondern auch in die Tragödie um Annies Tod verwickelt war. Wo war Peter gewesen, als die Presse sie hetzte, als die Polizei sie verhörte, als Annies Familie ihr alles Mögliche zum Vorwurf machte, angefangen damit, dass sie die Probleme ihrer Tochter öffentlich ins Lächerliche gezogen habe, bis zu Habgier und Kurpfuscherei?
Vielleicht war er es gar nicht, sagte sie sich. Charon sprang auf den Küchentisch und begann, sich zu putzen. *Doch es bestand die Chance, dass Peter in ihrer Nähe gewesen war, genauso wie jetzt, neun Jahre später, als Annie Segers Name wieder in aller Munde war.*
Diese Überlegungen führten zu nichts. Sie wollte das Telefon gerade zurück auf das Ladegerät stellen, da klingelte es in ihrer Hand. Sie zuckte zusammen.
»Wahrscheinlich Dad, der sich entschuldigen will«, sagte sie zu ihrem Kater. »Jetzt aber runter vom Tisch!« Sie drückte die Sprechtaste des Telefons und hielt es ans Ohr. »Hallo.«

»Samantha.«

Johns kalte Stimme ließ ihr das Blut in den Adern gefrieren.

Bleib ruhig. Finde mehr über ihn heraus. »Ja«, sagte sie und blickte aus dem Küchenfenster. Auf der anderen Straßenseite grub Edie Killingsworth in ihrem Garten, und Hannibal spielte auf dem Rasen, als gäbe es nichts Böses, nichts Bedrohliches auf dieser Welt. »Warum rufst du mich zu Hause an?«

»Da ist etwas, das du wissen müsstest.«

O Gott. »Was denn, John?«, fragte sie und sah im selben Moment einen Streifenwagen vorfahren. Wenn es ihr nur gelang, den Stalker in ein Gespräch zu verwickeln, sodass er in der Leitung blieb …

»Du sollst wissen, dass ich mein Versprechen gehalten habe.«

»Dein Versprechen?«, gab sie zurück, und vor Angst schnürte sich ihr Herz zusammen. *Die Drohung. Er hatte seine Drohung wahr gemacht.* »Du meinst die Torte. Ja, ich habe sie erhalten.«

»Nein, da ist noch etwas anderes.«

»Was?«, fragte sie, und Angst kroch in ihr hoch.

»Ich habe ein Opfer gebracht. Für dich.«

»Was für ein Opfer?«

Klick.

Die Leitung war tot.

»Was für ein Opfer?«, schrie sie noch einmal, von Panik geschüttelt. »Was zum Teufel redest du da, du Dreckskerl?«

Aber er hatte längst aufgelegt.

»Verdammt!« Sie knallte den Hörer auf die Gabel. Durchs Fenster sah sie Detective Bentz und seinen Partner Montoya aus dem Streifenwagen steigen. Ihre Mienen waren ernst und hart. Sie hastete in die Eingangshalle, schob den Riegel zurück und schaute den beiden Männern entgegen, die nun die Stufen zur Veranda heraufstiegen.
»Was ist passiert?«, fragte sie sogleich und blickte von einem nüchternen Gesicht ins andere.
»Ich fürchte, wir bringen schlechte Nachrichten«, sagte Bentz. Sie hörte ihn kaum, so laut hämmerte ihr Herz. »Es geht um eine Ihrer Klientinnen, ein Mädchen namens Leanne Jaquillard.«
»Nein«, flüsterte sie. Ihre Knie drohten nachzugeben, sie konnte kaum atmen. Sie lehnte sich gegen den Türrahmen, und alle Geräusche, Bentz' Stimme, Hannibals Kläffen, das Zwitschern der Vögel, schienen von weither zu kommen. In ihrem Kopf dröhnte es.
»Sie ist tot«, erklärte Bentz. »Wurde letzte Nacht ermordet.«
»Nein!«, rief sie. »Nicht Leanne! Das hat er nicht getan. Das kann er nicht getan haben!« Tränen schossen ihr in die Augen; sie ballte in ohnmächtigem Zorn die Hände zu Fäusten.
»Wir vermuten, dass der Mörder derselbe Mann ist, der zwei weitere Frauen umgebracht hat, der Mann, der Sie im Studio anruft und sich John nennt. Miss Leeds? Samantha ... ist alles in Ordnung?«
»Nein«, presste sie heraus. »Er hat gerade angerufen. Dieser Scheißmörder hat mich angerufen und gesagt, er habe für mich ein Opfer gebracht. O Gott, nein, nein, nein!«

Sie wehrte sich gegen den Zusammenbruch, dennoch stieg ihr ein Schluchzen in die Kehle.
»Es geht leider noch weiter«, verkündete Bentz milde, fasste sie am Arm und führte sie in die kühle Eingangshalle.
»Nein ... nein ...« Leanne hatte versucht, sie zu erreichen. »Das kann nicht sein. Sie hat mich hier angerufen, sie wollte mich sprechen ... Ich glaube das einfach nicht. Es muss ein Irrtum sein!«
»Es ist kein Irrtum«, widersprach Bentz, und Montoya schloss die Tür hinter sich, sperrte die glühende Sonne und die schwüle Hitze aus.
»Sie sagten, es geht noch weiter.« Sam schlang die Arme um ihre Körpermitte.
»Ja. Sie war schwanger.«
Wie Annie. »O Gott, nein ... nicht noch einmal ...«
Bentz atmete tief durch. Sam ließ sich auf die unterste Treppenstufe sinken. »Sie trug einen roten Body, als sie ermordet wurde. Sie sagten, Ihnen fehlt einer. Er könnte Ihnen also gestohlen worden sein. Kommen Sie bitte mit aufs Revier und sagen Sie uns, ob es sich um Ihren Body handelt.«
Sam schlug die Hände vors Gesicht und ließ den Tränen freien Lauf. Leanne war tot. Und sie hatte sie nicht erreichen, ihr nicht helfen können. John hatte das Mädchen umgebracht, und nicht nur sie ...
Bentz setzte sich neben sie auf die Treppe. »Geht es wieder? Ich weiß, es ist ein grausamer Schock für Sie, aber ich musste Sie warnen. Ich bin überzeugt, dass Sie in Lebensgefahr schweben. Samantha, verstehen Sie, dieser Mann

ist gefährlich! Er hat drei Frauen ermordet, vielleicht sogar noch mehr, und wir vermuten, dass Sie sein eigentliches Ziel sind.«

In diesem Moment begann das Telefon zu klingeln.

29. Kapitel

»Melden Sie sich«, forderte Bentz sie auf, und Sam erhob sich mühsam. Die Polizeibeamten folgten ihr in die Küche, und sie hob den Hörer ab.
»Hallo?«
»Sam?«
»Ty.« Sie wäre beinahe wieder zu Boden gesunken, stützte sich jedoch noch rechtzeitig am Spülbecken ab.
»Irgendetwas ist passiert, nicht wahr, Sam?«
»Leanne ... eins der Mädchen, die ich therapiere. Er hat sie umgebracht, Ty, und er hat mich angerufen und gesagt, er hätte ein Opfer gebracht, und gerade ist die Polizei hier ... und ich muss aufs Revier und ...« Sie holte tief Luft und versuchte, sich zusammenzunehmen.
»Bleib, wo du bist«, sagte Ty. »Ich bin noch in Houston, aber bereits auf dem Weg zum Flughafen. In ein paar Stunden bin ich zurück. Die Polizei ist bei dir? Ein Beamter soll bei dir bleiben, und geh ja nicht aus. Herrgott noch mal, ich hätte dich nicht allein lassen sollen. *Er* hat das Mädchen umgebracht?«
»Und noch einige andere, ich ... ich habe noch nicht ausführlich mit den Detectives gesprochen; sie sind gerade erst angekommen«, erklärte sie, nachdem sie sich einigermaßen gefasst hatte. »Aber Leanne ... O mein Gott! ... Und sie war schwanger ... wie Annie.«
»Scheiße«, knurrte er. »Halte durch, Sam, ich bin bald wieder bei dir.«

»Ja. Bis dann«, sagte sie, legte den Hörer auf und drehte sich zu den Polizeibeamten um, die sich sichtlich unbehaglich fühlten. »Also ... würden Sie mir bitte ... erklären, was hier vorgeht?« Sie wischte sich die Tränen aus den Augen, war jedoch innerlich noch immer wie erstarrt. Leanne ... weshalb hatte er Leanne ermordet?

Sie setzten sich an den kleinen Küchentisch, und Bentz legte seine Theorie dar, dass John ein Serienmörder sei, dass er irgendwie mit Annie Seger in Zusammenhang stehe, dass Sam sein eigentliches Ziel sei. »Wir sind nicht hier, um Ihnen Angst zu machen, wir sagen Ihnen nur, was los ist. Ich werde mich an die Polizei von Cambrai wenden und zusätzliche Streifen anfordern, wir lassen das Haus und das Rundfunkgebäude bewachen und zapfen alle Telefone an, hier und im Sender.« Sam erkannte Schuldbewusstsein in seinen dunklen Augen. »Das hätten wir schon viel früher tun sollen, aber wir haben John bisher nicht mit den Morden in Verbindung gebracht. Wir haben zwei Augenzeugen, eine Hotelangestellte und dann noch ein Mädchen, das er, wie es aussieht, angefallen hat, das sich aber retten konnte. Sie haben uns eine Beschreibung gegeben.« Er griff in seine Tasche, faltete einen Bogen Papier auseinander und schob ihn über den Tisch. »Kennen Sie diesen Mann?«

Sam betrachtete die Zeichnung, ihr wurde eiskalt. Die Skizze war deutlich, doch die Gesichtszüge waren nicht sehr ausgeprägt. »Was ist das?«, fragte sie und deutete auf die Striemen auf der linken Wange des Verdächtigen. »Eine Narbe?«

»Kratzer. Das potenzielle Opfer, das flüchten konnte, hat ihn gekratzt.«
»Wenigstens etwas«, sagte Sam, ohne den Blick von dem Phantombild zu lösen. »Ich … ich glaube nicht, dass ich diesen Mann kenne«, erklärte sie und schüttelte bedächtig den Kopf. »Das könnte jeder sein.«
»Er hat Blutgruppe A positiv. Wir haben das überprüft.«
Charon hatte die Detectives bislang misstrauisch gemustert und war auf Sams Schoß gesprungen. Während sie mit den Männern sprach, streichelte sie ihn geistesabwesend. Die Detectives befragten sie zu den Anrufen, wollten wissen, ob sie jemanden umherschleichen gesehen habe. Hatte jemand sie angesprochen? Funktionierte ihre Alarmanlage? Diente sie nur zum Vertreiben von Eindringlingen, oder war sie mit einem Sicherheitsdienst verbunden? Während der ganzen Zeit lag das Bild auf dem Tisch, und das Phantom starrte sie hinter der dunklen Sonnenbrille hervor an. Er kam Sam bekannt vor und doch wieder nicht.
Nachdem sie all ihre Fragen gestellt hatten, boten die Beamten ihr an, sie nach New Orleans zu fahren, aufs Revier, damit sie den roten Body in Augenschein nahm und eventuell als den ihren identifizierte. Außer diesem Body hatte Leanne nichts angehabt. Sam wurde übel bei der Vorstellung, dass sie unwissentlich Leannes Tod heraufbeschworen hatte. Sie konnte das Entsetzen des Mädchens nur erahnen, ihre Angst, ihre Schmerzen.
Hätte ich doch eingreifen können, hätten Leannes Hilferufe mich doch erreicht, dachte sie immerzu, als sie im Fond des Streifenwagens saß. Montoya steuerte den Wa-

gen, Bentz, einen Arm über die Rückenlehne gelegt, drehte sich so, dass er Sam sehen konnte. Die Klimaanlage dröhnte, der Polizeifunksender knisterte.
»Wir vermuten, dass er seine Opfer verkleidet, damit sie aussehen wie Sie«, erläuterte Bentz.
Montoya fuhr um den Lake Pontchartrain herum. Sam schaute aus dem Fenster auf den dunkler werdenden See hinaus. Ein paar Segelboote waren zu sehen, hoch oben am Himmel blinkten die ersten Sterne, und das ruhige Wasser wirkte irgendwie bedrohlich. Unheimlich. Wie das Böse, das in den Schatten lauerte, das Böse, mit dem sie es zu tun hatte.
»Wir informieren die Medien, geben Phantombilder und Beschreibungen raus und hoffen, dass irgendwer den Mann erkennt. Sie und die Anrufe beim Sender erwähnen wir nicht, wir verlieren auch kein Wort über Annie Seger und die Vorfälle in Houston. Wir hoffen, dass wir ihn bald aufspüren.«
»Oder Sie hetzen ihn zu einem weiteren Mord auf.«
Bentz schwieg.
»Den wird er ohnehin begehen«, bemerkte Montoya und wechselte die Fahrspur.
»Wir müssen ihn daran hindern«, sagte sie eindringlich. Die Lichter von New Orleans kamen näher. Montoya fuhr mit Bleifuß; er raste an den anderen Fahrzeugen vorbei in die Stadt hinein. Sam registrierte es kaum. »Wir müssen etwas tun, damit diese Sache ein Ende hat.«
»Genau«, bekräftigte Bentz und schob sich einen Streifen Kaugummi in den Mund. »Das Morddezernat tut alles Menschenmögliche ...«

»Ich scheiß auf das Morddezernat«, stieß sie hervor. »Wie viele Frauen sind tot? Drei, sagen Sie, vielleicht noch mehr? Wegen mir und meiner Sendung und wer weiß, warum sonst noch? Bisher hat das Morddezernat noch kein Leben gerettet, oder?« Sie überlegte angestrengt. »Ich stelle das Bindeglied zu ihm dar. Dann sollten wir das nutzen. Versuchen, über meine Sendung an ihn heranzukommen.«
»Das ist Sache der Polizei.«
»Zum Teufel, Detective. Das ist eine persönliche Angelegenheit, dafür hat John gesorgt. Er ruft *mich* an, schickt *mir* Drohbriefe, bricht in *mein* Haus ein, und jetzt hat er ein Mädchen umgebracht, das mir sehr viel bedeutet hat.«
Nachdem Montoya schließlich den Wagen eingeparkt und Bentz sie in das Gebäude und ein paar Hintertreppen hinauf zu seinem Büro geleitet hatte, kochte sie vor Wut. Wut auf den Mörder, auf die Polizei, auf sich selbst und auf Leanne, weil sie sich mit dem Dreckskerl eingelassen hatte. Warum war sie bloß wieder auf den Strich gegangen?
Sie hat versucht, Hilfe von dir zu bekommen, Sam, aber du warst nicht für sie da, oder? Genauso, wie du für Annie nicht da warst. Alle beide sind tot. Tot! Weil du nicht da warst.
Sie marschierte in Bentz' stickiges Büro. Der Detective entriegelte einen Schrank und nahm einen Plastikbeutel heraus. Darin befand sich ihr roter Body. Es bestand kein Zweifel. Sie erkannte das Muster der Spitze über den Brüsten, sah den Rest des Wäscheetiketts, das sie nach dem Kauf des winzigen Kleidungsstücks herausgeschnit-

ten hatte. Es war ein Gefühl, als hätte sie einen Schlag in die Magengrube erhalten.
Leanne hatte diesen Body kurz vor ihrem Tod getragen. Die arme Kleine! Sie war noch so jung gewesen.
Jemand hatte den Body aus Sams Haus entwendet, so viel stand fest. Wahrscheinlich in der Nacht, als sie mit Ty auf dem Segelboot gewesen war. Wer war bei ihr eingedrungen und hatte etwas so Intimes gestohlen? Leanne? Oder John? Oder ein Komplize?
Sie ließ sich in dem glutheißen kleinen Büro in einen Besuchersessel sinken und hatte das Gefühl, dass kein Blut mehr in ihren Adern floss. »Er gehört mir«, flüsterte sie, tränenlos, aber innerlich schreiend. *Nein, nein, nein! Bitte, lieber Gott, mach, dass alles nur ein Albtraum ist! Lass mich aufwachen!*
»Er rückt Ihnen auf den Pelz«, bemerkte Bentz, und sie schauderte innerlich. »Aber wir kriegen ihn.«
»Ich vertraue darauf.« Ihre Blicke trafen sich. »Schnappen Sie den Dreckskerl, stecken Sie ihn ins Gefängnis und werfen Sie den Schlüssel weg.«
»Es gibt nichts, was ich lieber täte.« Bentz ging zu dem Ventilator hinter seinem Schreibtisch hinüber und schaltete ihn auf höchster Stufe ein.
»Aber zuerst einmal müssen wir ihn haben«, hob Montoya hervor. Er stützte sich mit der Hüfte an Bentz' Schreibtisch ab und wandte sich Sam zu. »Und dazu brauchen wir Ihre Hilfe.«
»Die haben Sie«, antwortete Sam und reckte das Kinn vor. »Ich tue, was immer getan werden muss.«

Das Miststück hatte ihn gekratzt.
Er betrachtete sein Bild in dem Spiegel, den er über der Waschschüssel auf dem Tisch an die Wand genagelt hatte. Trotz des Zweitagebarts war die Verletzung noch sichtbar, drei tiefe Kratzer von den Fingernägeln dieser Fotze. Er hätte sie nicht entkommen lassen dürfen. Das war ein Fehler gewesen, ein Fehler, den sein Ausbilder niemals gemacht hätte.
Denk nicht an ihn. Jetzt hast du die Oberhand. Du. Father John.
Doch er war verzweifelt. Wütend. Rastlos. Er schaute sich in der Hütte um, inzwischen sein einziges wahres Zuhause, nicht gerade luxuriös im Vergleich zu dem, was er gewohnt war, aber doch ein Ort, wo er sich wohl fühlte. Nur auf dem Bayou fand er ein wenig Frieden, ein wenig Ruhe vor dem Dröhnen in seinem Kopf.
Er war privilegiert aufgewachsen und dann hier gelandet … von der Familie verstoßen … Er dachte an seine Mutter … an seine Schwester … seinen Vater … Scheiße, er hatte keine Familie mehr. Schon lange nicht mehr. Er war auf sich allein gestellt. Selbst sein Mentor hatte ihn im Stich gelassen, der Mann, der ihm geholfen hatte, mit den Dämonen in seinem Inneren fertig zu werden, der Mann, der ihm den Weg gezeigt hatte …
Ja, er war wirklich allein.
Hätte Annie noch gelebt …
Die Hure – sie hatte den Tod verdient. Sie hatte es nicht anders gewollt … Betrügerin … Jezabel … Wie hatte sie sich mit einem anderen Mann einlassen können?
Er griff in seinen Kulturbeutel und förderte eine Tube mit

Salbe und ein kleines Fläschchen Make-up zutage. Nachdem er die Salbe auf seine Verletzungen gestrichen hatte, tupfte er behutsam das Make-up über die geröteten Hautstellen. Im Licht der Laterne blinzelnd, bearbeitete er seine Bartstoppeln mit Wimperntusche, bis die Wunden nicht mehr zu sehen waren.

Ein leises Stöhnen aus der Ecke erregte seine Aufmerksamkeit. Über die Schulter hinweg schaute er zu der Pritsche hinüber und erblickte seinen Gefangenen. Ein erbärmliches Exemplar, gefesselt und geknebelt, bis zur Bewusstlosigkeit mit Drogen voll gepumpt, das nur geweckt wurde, wenn es nötig war. Damit es das Ausmaß seiner Sünden erkannte.

Augen voller Schrecken öffneten sich, blinzelten und schlossen sich wieder, als könnten sie das Schicksal nicht annehmen.

Father John blickte wieder in den Spiegel, blickte in seine eigenen Augen, und er krümmte sich innerlich. Seine Augen hatten zu viel gesehen und warfen ihm jetzt die Verbrechen vor, die er begangen hatte, Sünden, die er nie würde büßen können. Und dennoch, der Gedanke an diese Sünden ... die Jagd ... die Gefangennahme ... das Grauen seiner Opfer ... und den ultimativen Blutrausch ... das Töten ... das alles ließ sein Blut schäumen vor freudiger Erwartung.

Er ließ die Hand in seine Tasche gleiten und zog seinen speziellen Rosenkranz heraus ... kühle Perlen, spitz unter seinen Fingerkuppen. Was für eine gemeine und zugleich herrliche Waffe, das Symbol des Guten, der Reinheit, aber trotzdem Mittel, um einen höllischen Tod

herbeizuführen. Das gefiel ihm so daran: diese grausame Ironie.
Er dachte an die Frauen, die er getötet hatte ... An Annie natürlich, doch das war lange her, damals hatte er von seinem Meister noch nichts gelernt, seine Mission noch nicht verstanden und seine Methode noch nicht perfektioniert. Damals hatte er sich noch nicht seiner geliebten Schlinge bedient. Er hatte zugesehen, wie ihr Blut floss, nur langsam, wie er im Rückblick feststellte ... Und dann folgte der Mord an der ersten Hure ... Er hatte ihn geplant, nachdem er von der einzigen Frau, der er vertraute, betrogen worden war ... von der einzigen Frau, die immer für ihn hätte da sein müssen.
Eines Nachts hatte er Dr. Sams Stimme gehört ... hier ... weit fort von Houston ... fort von Annie ... Und da hatte er gewusst, dass er die Dinge wieder ins Lot bringen musste, dass Samantha Leeds der Grund für Annies Tod gewesen war. Wegen Dr. Sam war er gezwungen gewesen, Annie zu töten.
Dass das Miststück die Nerven hatte, wieder einzusteigen, ihren sinnlosen psychologischen Unsinn per Radio zu verbreiten. Den Menschen das Leben zu ruinieren.
Aber bald würde sie aufhören. Dafür würde er sorgen.
Er entsann sich der Frauen, die für Samantha Leeds' Sünden bezahlt hatten. Das erste Opfer war ein Zufallstreffer gewesen, eine Nutte, die an der Bourbon Street herumlungerte, Männer in die Falle lockte, ihren Körper feilbot ... Und es war ein richtiger Rausch gewesen, das Entsetzen in ihren Augen zu sehen, als ihr klar wurde, dass er sie mit seinem Rosenkranz erwürgen würde.

Die Vorstellung erregte ihn, und er erinnerte sich an das zweite Opfer, wieder eine Prostituierte, die ihn unten bei der Brauerei angesprochen hatte. Sie war widerspenstig gewesen, hatte die Perücke nicht tragen wollen, dann aber doch irgendwann nachgegeben, und er hatte sie, wie die erste, langsam getötet. Hatte ihren Kampf beobachtet, wobei er so hart geworden war, dass er beinahe in seiner Hose gekommen wäre.

Aber das Beste, das Allerbeste war die kleine Jaquillard gewesen. Er hatte in jener Nacht nicht vorgehabt, sie zu töten, sondern diese andere, das Miststück, das er in Universitätsnähe aufgegabelt hatte, das Mädchen, das gekleidet gewesen war wie eine Nutte, das dann weggelaufen war und ihn leer und hohl zurückgelassen hatte.

Danach hatte er seine Aufmerksamkeit auf die kleine Jaquillard gerichtet. Es war ihm angemessen erschienen, dass das Mädchen, das Samantha am nächsten stand, an Annies Geburtstag sterben musste. Erst nach dem Frust darüber, dass das andere Opfer entwischt war, hatte er die Straßenbahn zur Canal Street genommen, war zur Wohnung der kleinen Jaquillard geeilt und hatte draußen in der Dunkelheit auf sie gewartet. Nach Einbruch der Nacht hatte sie das Haus verlassen und war zum Fluss hinuntergegangen. Dabei hatte sie äußerst nervös gewirkt. Er war ihr gefolgt, und nachdem sie sich auf eine Bank gesetzt hatte, hatte er sie angesprochen und ihr sein Angebot unterbreitet. Gerade noch in Gedanken versunken, war sie offensichtlich versessen auf schnell verdientes Geld gewesen.

Der Rest war einfach gewesen. Genauso einfach wie der Diebstahl von Sams Body.

Er hätte gern gewusst, wie Dr. Sam auf die Nachricht vom Tod des Mädchens reagiert hatte ... Sie hatten sich gut verstanden, er hatte sie zusammen gesehen, wusste aus seiner Quelle, das Leanne Jaquillard Dr. Sam am Herzen gelegen hatte.

Samantha musste sofort gewusst haben, dass das Mädchen ihretwegen gestorben war.

Er entsann sich der Ermordung Leannes. Wie sie gebettelt hatte.

Sein Blut geriet in Wallung.

Kochte.

Rauschte durch seine Adern.

Als seine Gedanken zu Samantha mit ihrem roten Haar und den grünen Augen wanderten, drängte sein Schwanz gegen seinen Hosenstall. Bald schon würde er das Vergnügen haben. Er griff an seine Hose, fühlte seinen Schwanz, schloss die Augen und stellte sich noch einmal vor, wie er Leanne Jaquillard umgebracht hatte ...

Das Klingeln seines Handys riss ihn aus seiner Traumwelt und ließ den erbärmlichen Wurm auf der Pritsche zusammenzucken. Wütend durchquerte er den spartanischen Wohnbereich und drückte die Sprechtaste. »Ja?«

»Hi!« Ihre Stimme klang frech, erwartungsvoll. Er lächelte. Sie war ein hübsches Ding und ehrgeizig, bereit, so ziemlich alles zu tun, was er verlangte. »Ich muss heute Abend nicht arbeiten und dachte, wir könnten uns vielleicht treffen.«

»Vielleicht«, sagte er mit einem Blick auf sein Opfer, das allmählich zu sich kam. Zeit für eine weitere Dosis. Schlaftabletten, die er in Houston gestohlen hatte.

»An der Chartres gibt es ein neues Restaurant. Ich hab's in der Zeitung gelesen. Echt französische Küche, aber das behaupten sie ja immer. Oder wir könnten zu Hause essen ... Ich würde sogar selbst kochen.«
Er dachte an die Jagd, daran, wie er Leannes Leben ausgelöscht hatte, und wurde wieder hart. Auch diese Frau würde, obwohl sie es noch nicht wusste, seinen glitzernden Kranz an ihrem langen Hals spüren.
»Lass uns ausgehen«, sagte er, in dem Verlangen zu spüren, wie die Dunkelheit ihn umschloss, in der Hoffnung, mit dem Gedränge auf der Bourbon Street zu verschmelzen. »Ich habe Lust auf Jazz. Wir treffen uns«, er warf einen Blick auf seine Uhr, »um zweiundzwanzig Uhr. An der Ecke Bienville/Bourbon.«
»Ich kann's kaum erwarten«, sagte sie und legte auf.
Ich auch nicht. Er sah sich in seiner Hütte um, betrachtete die Souvenirs, die er aus einer glücklichen Zeit, die unendlich weit zurücklag, gerettet hatte. Bilder von Annie, Bilder von Samantha, Abzeichen und Sporttrophäen – einen Tennisschläger, einen Satz Golfschläger, den Lacrosse-Stab, Angelrute und Skier. Erinnerungen daran, wie sein Leben einmal gewesen war – und der Ausblick darauf, wie es hätte werden können.
Aber du bist ein Sünder.
Das wusste er. Brauchte es sich nicht ins Gedächtnis zu rufen.
Heute Nacht würde er sich in der Menschenmenge verlieren. Trinken. Ein bisschen Koks schnupfen, falls er Glück hatte und sich eine Gelegenheit bot. Und später würde er hierher zurückkommen, an diesen düsteren Ort,

wo niemand einen Schrei hörte, und seinen Gefangenen so weit bringen, dass er um den gnädigen Tod flehte.
Er hatte zu tun. Heute Nacht würde er anfangen, seinen Plan in die Tat umzusetzen. Er warf einen Blick auf sein stöhnendes Opfer und entnahm seinem Kulturbeutel die Spritze. Der Gefangene sah ihn kommen, stieß kleine, erstickte keuchende Laute aus und wich zurück. Doch für ihn gab es kein Entrinnen. Die Hände seines Gefangenen waren auf dem Rücken gefesselt, die Fußknöchel waren mit Handschellen gesichert. In den hervortretenden Augen spiegelte sich Panik, der Kopf des Gefangenen schlug vor und zurück, Speichel nässte den Knebel.
»Entweder das hier oder die Alligatoren«, sagte Father John, packte den Arm seines Gefangenen und stach zu. »Und die Alligatoren sind zu gut für dich.«
Der Gefangene begann zu weinen.
Erbärmlich. Es wäre so viel einfacher, sein Opfer jetzt zu töten ... doch dadurch würde er alles verderben.
»Schnauze«, sagte er, und der Gefangene wimmerte. Father John trat heftig zu, gegen das Schienbein, Stahlkappenschuh gegen nacktes Bein. »Schnauze, verdammte Scheiße.«
Sein Gefangener verstummte, doch die Tränen flossen noch immer. John ergriff die Hand des Mannes, umklammerte einen Finger und streifte den Ring ab. Nicht fähig, sein zufriedenes Lächeln zu verbergen, öffnete er den Schrank, in dem er seine Schätze aufbewahrte, Trophäen von seinen Opfern, und legte den Ring mit dem einzelnen blinkenden Stein dazu. Durch den Knebel hin-

durch versuchte der Gefangene zu schreien, doch ein Blick von John genügte, und er verstummte.
Gut so.
Father Johns Gedanken wandten sich seinem ultimativen Opfer zu.
Dr. Sam.
Doch diesmal würde er sich nicht bloß übers Radio mit ihr in Verbindung setzen.
Er wollte sie leibhaftig.
Eine solch süße Rache ... Er hatte große Pläne mit ihr. Er würde sie hierher schaffen, sie zur Einsicht bringen und sie am Leben lassen, bis sie ihn um Vergebung anflehte.
Und dann, wenn er des Spielchens müde war, würde er sie mit seinem Rosenkranz töten.
Er bekreuzigte sich heftig und griff nach seiner Ray-Ban-Sonnenbrille.

30. Kapitel

Als Ty durch die offene Tür eintrat, warf sich Sam in seine Arme. »Hier kannst du nicht bleiben.« Ty war unerbittlich. »Komm, Liebling, ich bringe dich irgendwohin, wo du in Sicherheit bist.« Er machte die Tür zu, und Sam hatte Mühe, nicht völlig zusammenzubrechen. Sie klammerte sich an ihn.
»Es ist so furchtbar. Alles fängt von vorn an«, sagte sie mit brechender Stimme. »Leanne ... O Gott, sie war schwanger. Wie Annie.«
»Schschsch. Alles wird gut.«
»Nichts kann je wieder gut werden, Ty. Nie mehr!«
Seine Arme umfingen sie noch fester. Er drückte die Lippen auf ihre Stirn, dann auf ihre Augen. »Doch, sicher ... Die Zeit heilt alle Wunden.«
»Zeit haben wir nicht. Dieser ... dieser Unhold treibt sich da draußen herum.«
»Wir kriegen ihn. Ich versprech's dir.« Er küsste ihre tränennasse Wange, dann endlich ihre Lippen. Diese Berührung gab ihr unendlich viel Kraft. »Ich bin bei dir. Alles wird gut.«
Sie wollte ihm so gern glauben! Doch der Albtraum war noch nicht vorüber, und trotz seiner Worte bezweifelte sie, dass jemals alles wieder so sein würde wie früher.
»Also, erzähl mir, was passiert ist«, forderte er sie auf und zog sie, einen Arm um ihre Schultern gelegt, mit sich ins Arbeitszimmer.

Sam sog zitternd die Luft ein. »Es war schrecklich.« Er führte sie zu ihrem Schreibtischstuhl, und während sie sich vor den flackernden Computermonitor setzte, lehnte er sich mit der Hüfte an den Schreibtisch und hörte zu.
Sie erklärte, was sie während seiner Abwesenheit unternommen, was sie erreicht, dass sie jedoch letztlich versagt hatte. Sie hatte sich bemüht, ihre Bekannte zu erreichen, die im Krankenhaus Our Lady of Mercy arbeitete, aber an diesem Wochenende hatte jene frei, und deshalb hatte sie eine Nachricht für sie hinterlassen. Außerdem hatte sie versucht, Kontakt mit Leanne aufzunehmen, natürlich vergebens, denn das arme Mädchen war zu dem Zeitpunkt längst tot gewesen. Sam drehte einen Bleistift zwischen den Fingern, fror bis ins Mark und berichtete von dem Telefonat mit ihrem Vater, in dem es um ihren Bruder gegangen war, und von dem grauenhaften aufreibenden Telefongespräch mit John, und zwar unmittelbar bevor die Polizei mit der Mitteilung eingetroffen war, dass Leanne Jaquillard von einem Serienmörder umgebracht worden war.
»Allmächtiger«, sagte Ty. »Wäre ich doch bei dir geblieben.«
»Du hättest nichts ändern können. Niemand hätte das gekonnt.« Sie ließ den Bleistift fallen und sank in sich zusammen. »Himmel, bin ich erschöpft.«
»Da habe ich genau das Richtige für dich.« Er ging in die Küche, und sie hörte ihn im Schrank kramen und den Wasserhahn aufdrehen. Wasser rauschte. Ein paar Sekunden später kam Ty mit einem Glas zurück. »Hier.«
»Danke.« Sie nahm einen Schluck von der kalten Flüssig-

keit, hielt sich das kühle Glas an die Stirn und berichtete von ihrer Fahrt nach New Orleans zum Polizeirevier.
»Seit Detective Montoya mich zu Hause abgeliefert hat, sitze ich hier und blättere in den Lehrbüchern und meinen Ordnern über das Psychogramm von Verbrechern, über Psychosen und Dysfunktionen von Serienmördern, die ich im Laufe der Jahre gesammelt habe.«
»Das hat dir wohl nicht viel geholfen.«
Sie nahm noch einen tiefen Schluck aus dem Glas. »Ich war so dumm. So naiv, nein, so arrogant. Ich habe wirklich geglaubt, das alles wäre nur ein perverses Spielchen für John. Oh, ich wusste, dass er zur Gewalttätigkeit neigt, das ging schon aus diesem ersten verstümmelten Foto hervor, das er mir geschickt hat, aber ich hatte ja keine Ahnung … Ich meine, ich bin überhaupt nicht auf die Idee gekommen, dass … dass er ein Mörder sein könnte.« Sie schloss eine Sekunde lang die Augen, versuchte, sich zusammenzunehmen, die hässlichen Stimmen des Schuldgefühls auszuschalten, die in ihrem Kopf dröhnten.
»Wir finden ihn.«
»Aber wer ist er? Ich habe mir schon den Kopf zerbrochen. Die Polizei hat Spermaproben von ihm, und die gleicht sie mit denen von allen Männern ab, die mit den ermordeten Frauen zu tun hatten, und mit jedem, der mit Annie in Verbindung stand oder mit mir, aber das dauert natürlich.«
»Bezüglich Annies Schwangerschaft habe ich doch Informationen.« Ty griff nach dem Telefonhörer. »Wie heißt dieser Detective?«

»Rick Bentz.«
»Ich rufe ihn an und erzähle ihm alles, was ich weiß, biete ihm meine Aufzeichnungen an, sage ihm, was ich in Erfahrung gebracht habe, und versuche, ihn davon zu überzeugen, dass die ganze Sache mit Annie Seger angefangen hat. Derjenige, der sie umgebracht hat, ist der Mann, den die Polizei sucht.«
»Sie glaubt aber vielleicht an Annies Selbstmord.«
»Dann muss ich die Beamten eben davon überzeugen, dass es Mord war«, erklärte er. »Hast du Bentz' Durchwahl?«
»Seine Karte liegt auf dem Kühlschrank.«
Ty vergeudete keine Zeit. Er eilte in die Küche und gab die Nummer der Polizeibehörde von New Orleans ein. Wenig später hatte er Bentz in der Leitung und erklärte ihm seine Theorie über Annies Tod.
In der Zwischenzeit brühte Sam Kaffee auf. Sie musste sich beschäftigen, auf den Beinen bleiben, die Dämonen in ihrem Kopf vertreiben, die ihr einflüsterten, sie sei schuld an Leannes Tod. Nicht nur an Leannes Tod, sondern auch am Tod der anderen Frauen. Sie sagte sich, dass allein John dafür verantwortlich war, er lauerte Frauen auf, jagte sie, tötete sie.
Deinetwegen, Sam. Wegen eines großen Versäumnisses, das du dir hast zuschulden kommen lassen: Du hast Annie Seger nicht geholfen.
So ein Unsinn! Lass dich nicht auf dieses verdrehte, krankhafte Denken ein. Er ist pervers, Samantha, pervers. Und jetzt reiß dich zusammen und benutz deinen Verstand, dein Wissen. Finde heraus, wer er ist!

Sie straffte den Rücken, fasste sich wieder, und während der Kaffee durchlief, lauschte sie mit halbem Ohr Tys Gespräch mit Bentz. Aus ihrer Handtasche kramte sie einen Kuli hervor, dann griff sie nach einem Block, der neben dem Telefon für Notizen bereitlag, und setzte sich an den Tisch.
Wer hat sich zu der Zeit, als Annie Seger starb, in Houston aufgehalten?
Sie begann mit sich selbst und schrieb die Namen so auf, wie sie ihr einfielen: George Hannah, Eleanor Cavalier, Jason Faraday, Estelle Faraday, Kent Seger, Prissy McQueen, Ryan Zimmerman, David Ross und Ty Wheeler. Und Peter Matheson ... *Vergiss nicht, dass dein lieber verschollener Bruder womöglich ebenfalls in Houston war.* Innerlich krümmte sie sich zusammen. *Doch nicht Pete ... bitte, nicht Pete!* Sie schrieb ein Fragezeichen hinter Peters Namen, dann strich sie sämtliche Frauennamen durch – sie kämen vielleicht als Komplizinnen infrage, aber nicht als Mörder. Aus Tys Aufzeichnungen wusste sie, dass Jason Faraday und Kent Seger die Blutgruppe 0 positiv hatten. Pete ebenfalls. Welche Blutgruppe Ty, George Hannah und David hatten, wusste sie nicht, doch sie strich Tys Namen von der Liste. Er war mit Sicherheit nicht der Mörder. Ihr Bruder auch nicht. Pete hatte Annie Seger bestimmt nicht gekannt.
Woher willst du das wissen, Sam? Du hast ihn seit Jahren nicht gesehen. Du wusstest nicht einmal, dass er in Houston lebte, oder?
Vielleicht war er gar nicht dort gewesen ... Nein, nicht Pete ... Erinnerungen an den dunkelhaarigen Bruder stie-

gen in ihr auf, dem es so viel Spaß gemacht hatte, sie zu übertrumpfen, auf dem Fahrrad, beim Schwimmen im Lake Shasta, beim Skifahren, als ihre Eltern sie in die Berge mitgeschleppt hatten ... Sie dachte an sein unbeschwertes Lächeln, seine frechen grünen Augen, die den ihren so ähnlich waren, und daran, mit welch diebischem Vergnügen er sie in jedem Spiel besiegt hatte – bis er in eine Welt abgeglitten war, in der Kokain und Crack und alle möglichen anderen Drogen, die einen schnellen Rausch, ein neues Highlight versprachen, den Ton angaben.

Wie Ryan Zimmerman.

Aber Pete würde doch nie ...

Dennoch ließ sie seinen Namen auf der Liste stehen. Sie hörte, dass Ty den Hörer auflegte.

»Was hat er gesagt?«, fragte sie, noch immer in ihre Notizen vertieft.

»Ich soll meine Nase nicht in seine Angelegenheiten stecken. Ich glaube, er traut mir nicht.«

»Ich glaube, er traut niemandem.«

»Das ist typisch für seinen Beruf.« Ty blickte ihr über die Schulter und las ihre Aufzeichnungen. »Du grenzt den Kreis der Verdächtigen ein?«

»Ich versuche es.«

»Die Bullen gehen genauso vor.« Er beugte sich über sie, sodass sein Oberkörper ihre Schultern streifte, streckte den Arm in Richtung Tisch aus und wies auf seinen Namen. »Warum hast du mich von der Liste gestrichen?«

»Weil du das nicht getan haben kannst ... so etwas niemals tun würdest.« Mit einem letzten Blubbern verkündete die Kaffeemaschine, dass der Kaffe fertig war. Sam achtete nicht darauf.

»Das stimmt, aber du kannst es im Grunde nicht wissen. Du lässt dich in deiner Auswahl von Gefühlen leiten statt von Tatsachen«, erklärte Ty.

»Soll ich dich wieder auf die Liste setzen?«

»Ich will nur, dass du klar denkst.« Er richtete sich auf, durchforstete ihren Schrank und fand schließlich zwei Becher, die nicht zusammenpassten.

»Wie ist es mit dem berühmten ›Gefühl im Bauch‹? Beruft ihr Bullen euch nicht oft genug darauf?« Sie warf den Kuli auf den Tisch. Sie hatte nicht genug Informationen über die Personen auf ihrer Liste, um aus dem Bauch heraus entscheiden zu können, wer verdächtig war, geschweige denn anhand von Fakten über ihre Schuld oder Unschuld zu urteilen.

»Ich bin kein Bulle mehr, und in meinen Augen ist dieses ›Gefühl im Bauch‹ eher weibliche Intuition. Aber deren Nutzen ist nicht von der Hand zu weisen«, sagte er, schenkte Kaffee ein und stellte einen angeschlagenen Becher, den Sam vor Jahren von ihrer Mutter bekommen hatte, vor sie auf den Tisch.

»Danke.« Ohne den Blick von der Liste möglicher Verdächtiger zu lösen, trank sie ihren Kaffee, doch er konnte die Kälte in ihrem Inneren auch nicht vertreiben. Nichts und niemand war dazu in der Lage. Nicht, solange das Scheusal noch frei herumlief.

Sie starrte auf die linierten Seiten des Blocks. Einer der Männer auf dieser Liste war der Mörder, dessen war sie ganz sicher. Aber wer? George Hannah? Nein – Mord

war zu schmutzig für ihn; er würde doch seinen Armani-Anzug nicht verderben.
Vergiss nicht, der Mörder ruft auf Leitung zwei an; er muss irgendwie mit dem Sender zu tun haben. Vielleicht kennst du George doch nicht so gut, wie du denkst.
Sie nahm sich einen weiteren Namen vor. Ryan Zimmerman. Was wusste sie über Annies Freund – abgesehen davon, dass er ein Sportler war, der in den Drogensumpf abgesackt war und sich irgendwann wieder gefangen hatte?
Kent Seger. Ein weiteres Rätsel, auf jeden Fall ein Junge, der nach dem Tod seiner Schwester an Depressionen und psychischen Problemen gelitten hatte. Sie notierte sich, dass sie noch einmal im Krankenhaus Our Lady of Mercy anrufen musste.
Was war mit Jason Faraday, dem Stiefvater, der die Familie verlassen und bald darauf wieder geheiratet hatte? Sie tippte mit dem Finger auf seinen Namen.
»Streich ihn«, sagte Ty, als hätte er ihre Gedanken gelesen. »Der Mörder hat Fingerabdrücke hinterlassen. Jason Faraday war beim Militär, hat eine Zeit lang in Vietnam gedient. Wenn er der Mörder wäre, hätten Polizei und FBI ihn längst verhaftet.«
Sie strich den Namen von Annies Stiefvater durch.
»Von mir liegen übrigens auch Fingerabdrücke vor«, fügte er hinzu. »Deshalb hättest du mich streichen können, aber nicht wegen deiner Gefühle.«
»Haarspalterei«, sagte sie mit einem müden Lächeln, und auch Ty brachte nur ein verkniffenes Grinsen zustande. Sie waren beide zu erschöpft für Scherze. Sie lehnte sich

in ihrem Sessel zurück und strich sich matt das Haar aus den Augen. Sie spürte die Schweißtröpfchen auf ihrer Kopfhaut. Wie konnte es sein, dass ihr äußerlich so heiß war, während sie tief in ihrem Inneren so erbärmlich fror?

»Gehen wir zu mir«, schlug Ty vor. »Du brauchst Ruhe.«

»Ich kann jetzt nicht weg. Vielleicht ruft John noch einmal an.«

»Oder er taucht hier auf«, warnte Ty. »Ich würde mich wohler fühlen, wenn du deine Sachen packen und mit zu mir kommen würdest. Er ist ja anscheinend schon einmal hier eingedrungen. Vielleicht sogar öfter, wer weiß. Die kleine Jaquillard trug jedenfalls deine Wäsche, als sie starb. Jemand hat den Body aus deinem Haus gestohlen, Sam. Der Typ kommt und geht, wie es ihm gefällt.«

»Wir hatten die Tür nicht abgeschlossen«, erinnerte sie ihn. »Da hatte er leichtes Spiel. Aber jetzt ist das Haus sicher. Ich habe die Alarmanlage, draußen patrouillieren Polizisten, und die Telefone sind angezapft. Außerdem... lungert nicht auch dein Freund, der Privatdetektiv, da draußen herum?«

»Andre, ja, aber –«

»Kein Aber. Ich glaube, John meldet sich noch einmal bei mir, Ty, und ich hoffe, er tut es. Dieses Mal wird die Polizei den Anruf zurückverfolgen.«

Ty zog die Augenbrauen zusammen. Er zweifelte offenbar daran. »Und wenn John beschließt, dich höchstpersönlich aufzusuchen?«

»Habe ich nicht gerade gesagt, dass mein Haus überwacht wird?«

»Das ist keine Garantie dafür, dass er ihnen nicht durch die Lappen geht. Denk dran, er ist bislang mit mehreren Morden davongekommen!«

»Ich weiß, aber ...« Sie neigte verschämt den Kopf und berührte die Knöpfe an seinem Hemd. »Ich habe gehofft, du und Sasquatch, ihr könntet bei mir bleiben. Leibwächter und Wachhund.«

»Jetzt bringst du also deine weiblichen Waffen zum Einsatz?«

»Ich versuche nur, dich zu überzeugen«, entgegnete sie, ein bisschen verärgert, weil er sie durchschaut hatte. »Ich will einfach hier sein, okay?«

Er legte finster die Stirn in Falten und war im Begriff zu widersprechen, doch sie legte einen Finger über seine Lippen und brachte ihn zum Schweigen.

»Bitte, Ty, wir müssen tun, was in unserer Macht steht, um den Dreckskerl zu schnappen. Bevor noch jemand zu Schaden kommt.«

»Genau das versuche ich zu verhindern«, sagte er, »denn ich fürchte, du bist das nächste Opfer.«

»Dann bleib bei mir.«

»In Ordnung, aber sobald sich auch nur das kleinste Problem anbahnt, machen wir uns aus dem Staub.«

»Einverstanden.«

Noch immer stirnrunzelnd leerte er mit einem Schluck seinen Kaffeebecher. »Lass uns rüber zu mir fahren, wir holen den Hund und meine Sachen und kommen dann hierher zurück. Du bist ja richtig versessen darauf, hier die Stellung zu halten.«

»Ja, das bin ich«, gab sie zurück, schlüpfte in ihre Flip-

flops und trug die Becher zur Spüle. Sie schaltete die Alarmanlage ein, schloss die Tür ab und folgte Ty zu seinem Auto.
Die Nacht war dunkel und schwül, der Mond verbarg sich hinter Wolken. Insekten umschwirrten die Verandalampen und krabbelten über die Fensterscheiben. Längs der Straße brannten die Nachtbeleuchtungen einiger weniger benachbarter Häuser, und aus offenen Fenstern waren gedämpft die Geräusche von Fernsehern und Geschirrspülern, Musik oder Stimmen zu hören. Sam fragte sich, ob sie sich jemals wieder sicher fühlen, ob sie jemals wieder ihre Fenster öffnen und einen kühlenden Windhauch einlassen und dem Schrillen der Zikaden lauschen würde – oder ob sie sich für immer starr vor Angst in ihrem Haus verbarrikadieren würde.
Du darfst nicht zulassen, dass John dir das antut, ermahnte sie sich selbst, *lass ihn nicht als Sieger aus diesem Zweikampf hervorgehen!*
Mehrere Autos parkten entlang der Straße, einige kannte sie, andere nicht.
Offenbar hatte Ty bemerkt, dass sie die Fahrzeuge prüfte. »Der zweite auf der linken Seite, das ist die Zivilstreife«, erklärte er. »Dein persönlicher Leibwächter.«
»Du kannst das erkennen?«
»Ich war selbst Bulle, hast du das vergessen?«
»Nein«, sagte sie, stieg in den Volvo und schlug die Beifahrertür zu, »aber im Grunde ist das so ziemlich alles, was ich von dir weiß. Der Rest ist reichlich verschwommen.«
Er schenkte ihr ein entwaffnendes Lächeln. Dann steuerte

er den Wagen die halbkreisförmige Zufahrt hinunter und auf die Straße. »Hey, ich bin ein offenes Buch. Was interessiert dich?«
Wer A sagt, muss auch B sagen, dachte sie und legte den Sicherheitsgurt an. »Zunächst einmal: Gehe ich recht in der Annahme, dass es keine Mrs. Wheeler gibt?«
»Nur meine Mutter. Sie lebt in San Antonio und ist Witwe.«
Im Seitenspiegel sah Sam, wie sich der Wagen der Zivilstreife vom Bordstein löste. Das Scheinwerferlicht flammte auf.
»Nicht gerade unauffällig, was?« Ty blickte in den Rückspiegel. »Ich war vor langer Zeit mal verheiratet. Mit einem Mädchen, das ich schon in der Highschool kennen gelernt hatte. Die Ehe mit einem Polizisten war nicht nach ihrem Geschmack. Wir haben uns scheiden lassen, ohne Kinder bekommen zu haben, und seitdem hatte ich nie wieder das Verlangen, vor den Altar zu treten.«
»Wie steht's mit Freundinnen?«
»Eine in jedem Hafen«, scherzte er, wurde dann jedoch wieder ernst. Die Innenbeleuchtung des Wagens spiegelte sich in seinen Augen. »Ich hatte einfach keine Zeit dafür. Willst du sonst noch was wissen?«
»Ich glaube schon, aber darüber mache ich mir später Gedanken.«
Er riss das Steuer herum, bog auf seine Zufahrt ein, schaltete den Motor aus und zog den Zündschlüssel ab. Sam wollte die Tür öffnen, doch er packte ihren Arm und hielt sie zurück. »Hör zu, Samantha, ich gebe zu, dass meine Gründe, mich dir zu nähern, nicht unbedingt lauter

waren. Ich habe dich belogen, das weißt du ja inzwischen. Und das war ein Fehler. Ich hatte wirklich nicht geplant, etwas mit dir anzufangen. Und eins musst du mir glauben: Ich habe nichts vor dir zu verbergen, okay? Es gibt kein düsteres Geheimnis, das ich dir vorenthalte. Wenn ich die Zeit zurückdrehen könnte, wäre ich von vornherein ehrlich zu dir, aber leider hat es sich nicht so ergeben.« Er zog sie an sich und hauchte einen keuschen Kuss auf ihre Lippen. Sein Atem strich warm über ihr Gesicht. »Vertrau mir, Liebling, ja? Ich will alles tun, um dich aus diesem Schlamassel zu holen. Wirklich alles.« Mit einem Finger folgte er den Konturen ihres Kinns, dann ließ er die Hand sinken. »Ich werde das Gefühl nicht los, dass all das, was dir und diesen anderen Frauen passiert ist, meine Schuld ist.« Schmerz stand in seinen Augen, und seine Mundwinkel spannten sich an. Die Sehnen an seinem Hals traten hervor. »Ich schwöre dir ... ich tue alles, was in meiner Macht steht, um dich zu beschützen. Ehrlich. Hab nur ein bisschen Vertrauen.«
Als sie in seine dunklen Augen blickte, war ihre Kehle wie zugeschnürt. Er wirkte vollkommen aufrichtig, zu allem entschlossen. Und schuldbeladen. »Das habe ich«, entgegnete sie, gestattete es sich jedoch nicht, noch mehr einzugestehen, zum Beispiel, dass sie rettungslos in ihn verliebt war. Die Worte hätten albern und oberflächlich geklungen, und im Grunde war sie sich ihrer eigenen Gefühle nicht sicher.
Scheinwerfer blitzten auf, und die Zivilstreife fuhr langsam vorüber. »Wir sollten uns besser beeilen«, sagte Ty und ließ sie los.

Zusammen betraten sie kurz darauf das Haus, und Sam hatte den Eindruck, dass eine halbe Ewigkeit vergangen war, seit sie gestern Nacht voller Wut Reißaus genommen hatte. Seitdem war so viel geschehen ...
Da hatte Leanne vielleicht noch gelebt.
Mit schwerem Herzen folgte sie Ty ins Obergeschoss und ließ sich auf die Bettkante sinken. Er packte Kleidung und Rasierutensilien in eine Sporttasche. Sams Gedanken wanderten erneut zu Leanne Jaquillard. Wenn sie ihr doch hätte helfen können! Wenn sie sich doch nur früher bei ihr gemeldet hätte. Wenn sie doch ... Die Hände zwischen den Knien gefaltet, starrte sie auf den Teppich, und es kam ihr vor, als trüge sie die Last der ganzen Welt auf den Schultern. »John ... Er hat mir gesagt, dass er ein Opfer für mich bringen würde. Er hat Leanne umgebracht ... meinetwegen ... Sie hat noch versucht, mich zu erreichen, aber ich war nicht für sie da.«
Ty schaute sie im Spiegel über seiner Kommode aufmerksam an.
»Wenn ich Leanne rechtzeitig zurückgerufen hätte, wäre ihr Tod zu verhindern gewesen«, sagte sie.
Ty schloss den Reißverschluss seiner Tasche und ließ sich dann vor Sam auf die Knie nieder. Mit einem Finger hob er ihr Kinn und zwang sie, ihm in die Augen zu sehen. »Das weißt du doch gar nicht. Könnte auch sein, dass ihr jetzt beide tot wärt. Samantha, es ist weiß Gott eine schreckliche Tragödie, aber gib dir bitte nicht die Schuld daran.«
»Das musst du gerade sagen! Hast du nicht selbst eben noch so geredet?«

»Ja, aber ich versuche, mich davon frei zu machen.«
Wieder schossen Sam die Tränen in die Augen. »Sie ist ermordet worden, weil sie mich kannte! Wenn sie mich –«
»Hör auf, Samantha«, bat er sanft. »Es gibt nur eins, was wir beide jetzt tun können: der Polizei helfen, den Kerl zu stellen. Das würde sich Leanne von uns wünschen.«
Blinzelnd und unter Aufbietung aller Willenskraft gewann sie ihre Fassung wieder. »Du hast Recht«, sagte sie mit neuer Überzeugung. »Stellen wir ihn!«
»So gefällst du mir schon besser«, sagte Ty. Er griff in die obere Schublade seiner Kommode und entnahm ihr eine Pistole.
Auf Anhieb spannten sich Sams Muskeln an. »Eine Waffe? Du besitzt eine Waffe?«
»Keine Sorge, ich habe einen Waffenschein. Es ist völlig legal.« Er nahm ein Magazin aus seinem Schrank und lud die Pistole. Nachdem er sie gesichert hatte, schob er sie in ein Schulterhalfter, schnallte es sich um und zog eine Jacke über. »Nur für alle Fälle.«
»Ich mag keine Waffen«, bemerkte sie.
»Und ich mag keine Männer, denen einer abgeht, wenn sie Frauen umbringen. Wenn dir jemand etwas antun will, wird er es bereuen.«
Sie dachte, es sei scherzhaft gemeint, ein Versuch, sie aufzuheitern, doch dann sah sie das harte Funkeln in seinen Augen und wusste: Er meinte es ernst. Absolut ernst.

Wenn dieser Typ also ›der Richtige‹ ist, wie du zu Sam gesagt hast, warum ist er dann so unzugänglich?, fragte sich Melanie, während sie die Telefonnummer ihres Freundes

wählte und sich in der Badewanne zurücklehnte. Es war mitten in der Nacht. Warum war er nicht zu Hause? Vielleicht hatte er nur sein Handy abgeschaltet, damit er so spät nicht mehr gestört wurde.
Oder er ist bei einer anderen Frau.
Der Gedanke bohrte sich wie ein Messer in ihr Herz.
Du liebe Zeit, Mel, dich hat's aber erwischt.
Sie beobachtete einen Wassertropfen, der am Hahn hing, und wartete, wusste, dass er sich nicht melden und sie die dritte Nachricht auf seiner Mailbox hinterlassen würde. Was war es bloß, das sie so unwiderstehlich an ihm fand?
»Hinterlassen Sie bitte eine Nachricht«, empfahl die aufgezeichnete Stimme.
»Hi, hier ist noch einmal Melanie. Wüsste gern, wo du steckst.« Sie bemühte sich um einen unbeschwerten Tonfall, doch in Wahrheit kam sie sich idiotisch vor. Sie lief ihm hinterher, wie sie schon einem guten Dutzend anderer attraktiver Typen hinterhergelaufen war, die sie allesamt schlecht behandelt hatten. Irgendetwas stimmte nicht mit ihr – sie musste nicht Psychologie studieren, um zu wissen, dass sie immer auf den Falschen hereinfiel. Und trotzdem kam sie offenbar nicht dagegen an. Sie hängte ein. »Abhängig«, sagte sie zu sich selbst, legte das schnurlose Telefon auf die Ablage und schloss die Augen. Sie hatte Badesalz ins Wasser gegeben, und während der Dampf an die Decke stieg, sog sie den Duft nun tief ein. »Du bist eine Sklavin der Liebe. Genauso wie deine Mutter und deine Schwester.« Jede Frau in ihrer Familie hatte unter der Rücksichtslosigkeit von Männern gelitten. Ihre Mutter war ein halbes Dutzend Mal vor den Altar getre-

ten und hatte doch nie das große Glück gefunden, ihre Schwester war noch immer mit dem Scheißkerl verheiratet, der sie verprügelte, wenn er betrunken war, und sie selbst, die Unabhängige, rannte ständig finsteren, gefährlichen Typen nach.
Aber bald würde alles besser werden. Morgen wollte sie noch einmal Trish LaBelle von WNAB anrufen. Sie war noch immer nicht zu ihr vorgedrungen, doch Melanie gab nicht auf. Weder die Jagd auf ihren Freund noch die auf einen besseren Job würde sie aufgeben – sei es nun bei WSLJ oder bei einem Konkurrenzsender.
Es war an der Zeit, beruflich weiterzukommen. Sie lächelte. Sah sich selbst als Moderatorin von ›Mitternachtsbeichte‹ hinter dem Mikrofon. Die zwei Wochen, die Samantha in Mexiko verbracht hatte, waren die besten Wochen in Melanies Leben gewesen ... Sie war quasi in Dr. Sams Haut geschlüpft, hatte sogar die Nächte in Sams Haus verbracht. Nur eine Woche zuvor hatte sie ihren neuen Freund kennen gelernt, und es hatte auf Anhieb gefunkt zwischen ihnen ... Sie dachte daran, wie er sie in Sams breitem Bett geliebt hatte, und selbst jetzt noch schauderte es sie bei der Erinnerung daran.
Ja, dachte sie und seifte bedächtig ihren Körper ein, alles würde sich jetzt zum Besseren wenden. Dafür würde sie sorgen. So oder so.

Während Montoya ohne Rücksicht auf irgendeine Geschwindigkeitsbegrenzung über den Highway flog, blickte Rick Bentz durch die von Insekten verklebte Windschutzscheibe.

»Findest du es nicht merkwürdig, dass drei Kerle verschwunden sind?«, fragte Bentz und trommelte mit den Fingern auf die Armlehne. Es war heiß im Wagen, und es stank nach abgestandenem Zigarettenrauch. »Alle drei haben irgendwie mit Annie Seger oder Samantha Leeds zu tun, und alle drei lebten zu der Zeit, als Annie starb, in Houston.«
»An diesem verdammten Fall ist alles merkwürdig.« Montoya hatte geraucht. Er schnippte die Kippe nach draußen und kurbelte dann das Fenster hoch, damit die Klimaanlage das sonnendurchglühte Wageninnere des Zivilstreifenwagens abkühlen konnte.
Sie befanden sich auf der Rückfahrt von White Castle, wo sie mit Mrs. Zimmerman gesprochen hatten, einer spitzzüngigen Frau, die kein freundliches Wort über ihren Gatten verlor.
»Ich hätte auf meine Alten hören und ihn nicht heiraten sollen«, sagte sie in selbstgerechtem Zorn. »Er taugt nichts. Ich weiß nicht, was ich mir dabei gedacht habe. Jetzt hat er auch noch seinen Job verloren. Und ist eines Tages einfach nicht nach Hause gekommen. Verantwortungslos, so was!«
Sie saß im Wohnzimmer ihrer Mietwohnung inmitten von Kisten, die darauf hinwiesen, dass sie entweder auszog oder Ryan endgültig den Laufpass gegeben hatte.
»Wieso fragen Sie überhaupt nach ihm?«
Als Montoya darlegte, dass sich die Polizei im Zusammenhang mit dem Mordfall Leanne Jaquillard für ihn interessiere, veränderte sich ihre Haltung innerhalb von Sekundenbruchteilen. »Ryan würde so etwas niemals tun!

Er ist zwar groß und kräftig und jähzornig, aber er ist kein Mörder«, beteuerte sie.

Montoya erklärte ihr geduldig, dass sie lediglich mit ihrem Mann sprechen wollten, doch Mrs. Zimmerman beschloss, den Mund zu halten, und verwies sie der Wohnung. Sie sagte, falls sie noch einmal mit ihr reden wollten, würde sie auf der Anwesenheit ihres Anwalts bestehen.

»Zimmerman ist also weg. Keine Nachsendeadresse, kein Job«, bemerkte Montoya nun, während er einen riesigen Lkw überholte, der über den Highway raste. Bentz wühlte in seiner Brusttasche nach einem nicht vorhandenen Zigarettenpäckchen. Er musste sich mit einem leichten Nikotinstoß aus seinem letzten Kaugummistreifen begnügen. Montoya setzte seine modische Sonnenbrille auf. »Und Kent Seger ist ebenfalls verschollen. Hat sich ohne eine Spur von Einkommen einfach aus dem Staub gemacht.«

»Ja.« Bentz verzog das Gesicht, denn Montoya schickte sich an, eine Limousine zu überholen, hinter deren Steuer ein alter Mann kauerte. Seine grauhaarige Frau war so klein, dass sie im Beifahrersitz kaum zu sehen war. Aus dem Wageninneren blitzte etwas Helles auf, das vom Rückspiegel baumelte. Bentz klappte die Sonnenblende herunter.

»Und dann noch Samantha Leeds' Bruder«, schimpfte Montoya weiter. »Laut seiner Familie war er plötzlich wie vom Erdboden verschluckt, aber, man höre und staune, er hat in derselben Stadt gearbeitet, in der seine Schwester ihre Sendung moderierte, und zwar genau zu dem Zeitpunkt, als sie in der Patsche steckte. Das erscheint mir ein

bisschen zu auffällig. Vielleicht ist doch was dran an Wheelers Theorie, dass Annie Seger ermordet wurde.«
Bentz musste zugeben, dass diese Theorie nicht von der Hand zu weisen war, doch plötzlich wurde er abgelenkt. Montoya fädelte sich vor der Limousine ein, und Bentz erkannte, was da am Rückspiegel hing und ihn blendete. Es war ein Rosenkranz. Die glatten Perlen warfen das grelle Sonnenlicht glitzernd zurück.
»Mich laust der Affe«, entfuhr es Bentz, während Montoya die Spur verließ, um die Ausfahrt zu nehmen. »Hast du das gesehen?«
»Was? Den Taurus?«
»Nein, das, was da drin hing. Das alte Pärchen hatte einen Rosenkranz am Rückspiegel befestigt.«
»Und? Wahrscheinlich besitzen sie auch einen Jesus aus Plastik.« Montoya bremste an einem Stoppschild. Der Wagen kam rüttelnd zum Stehen.
»Ein Rosenkranz«, wiederholte Bentz. »Mit Perlen, die nach einem festen Muster angeordnet sind ...«
»Wovon redest du? Die Perlen stellen jeweils bestimmte Gebete dar, ich weiß –« Er unterbrach sich und warf Bentz einen ungläubigen Blick zu. »Du denkst, unser Mann benutzt einen Rosenkranz als Würgeschlinge?«
»Ich denke, es lohnt sich, das zu überprüfen.«
»Und was hat das zu bedeuten? ... Dass der Kerl ein Priester ist oder so?« Montoya ließ einen Sattelschlepper vorbeifahren.
»Wahrscheinlich nicht. Diese Dinger sind überall zu haben, vermutlich sogar im Internet.«
»Auf katholischen Websites?«

»Ich dachte mehr an so was wie www.rosenkranz.com.«
Die Ampel sprang auf Grün.
»Heilige Scheiße«, knurrte Montoya und trat aufs Gas. Der Wagen schoss nach vorn. »Das ist nun wirklich pervers.«
Amen, dachte Bentz, sprach es aber nicht aus.

31. Kapitel

Du weißt selbst, dass ich keine Informationen über Patienten herausgeben darf, Samantha«, sagte Dania Erickson in diesem besserwisserischen Tonfall, an den sich Sam noch sehr gut aus der Zeit ihrer gemeinsamen Psychologieseminare an der Tulane-Universität erinnerte. Endlich hatte Sam ihre alte Rivalin erreicht. Endlich war die Frau Doktor, die im Krankenhaus Our Lady of Mercy in Kalifornien arbeitete, zu sprechen, wenn sie sich auch keineswegs über die Störung freute.
Pech, dachte Sam, hielt sich den Hörer des Telefons ans Ohr, das sie sich im Büro mit den anderen Moderatoren teilte, und blickte auf das Phantombild des Mörders, ein eindimensionales Porträt, das sie hinter dunklen Brillengläsern hervor anstarrte. Musik, eine Art weicher Jazz, rieselte aus den Lautsprechern, durch die offene Tür drang Stimmengesumm herein.
Dania hatte damals in Tulane zu allem etwas zu sagen gehabt, hatte immer versucht, sich bei den Dozenten lieb Kind zu machen, einschließlich Dr. Jeremy Leeds, der dann schließlich Sams Ehemann geworden war. Sam vermutete, dass ihre Heirat Dania schon immer geärgert hatte, und jetzt zeigte sich ihre ehemalige Kommilitonin unnachgiebig. Seit fast einer Woche spielten Sam und Dania nun per Telefon Verstecken, und endlich war die Verbindung zustande gekommen, was nicht hieß, dass sie Sam etwas einbrachte.

»Ich unterliege der Schweigepflicht.«
»Das ist mir klar, aber hier in New Orleans läuft ein Serienmörder frei herum. Die Polizei bringt ihn mit Annie Seger, Kents Schwester, in Verbindung. Er könnte ein Mörder sein, Dania.«
»Das ändert nichts an den Tatsachen, das weißt du selbst. Ja, ich habe Kent vor Jahren behandelt, nach dem Selbstmord seiner Schwester, aber abgesehen davon darf ich dir nichts sagen. Es würde mich meine Stelle kosten.«
»Hier geht es um das Leben von mehreren Frauen.«
»Tut mir Leid, Samantha. Wirklich, ich kann dir nicht helfen.« Damit legte sie auf, und Sam stand verdattert da, den stummen Hörer in der Hand.
»Toll«, murmelte sie. Es war Donnerstagnachmittag, und in knapp einer halben Stunde sollte sie an einer außerordentlichen Personalversammlung teilnehmen. Alle Beschäftigten des Senders waren überreizt. Die Polizei hatte sämtliche Telefone angezapft, die Belegschaft war angehalten, kein Wort über die Verbindung zwischen Dr. Sams ›Mitternachtsbeichte‹ und dem Serienmörder fallen zu lassen, aber irgendwie war doch etwas durchgesickert. Als wäre sie Pandora und hätte das Chaos heraufbeschworen, gaben die Einwohner der Stadt ihr die Schuld daran, dass sich ein Mörder in den Straßen herumtrieb.
WSLJ wurde telefonisch regelrecht belagert. Die Presse verlangte Interviews. Hörer verlangten Informationen. Die Lichter der Telefonleitungen hörten keine Sekunde lang auf zu blinken.
George Hannah freute sich. Die Hörerschaft von ›Mitternachtsbeichte‹ hatte sich über Nacht, wie es schien, ver-

vielfacht. Es war die Sendung, die man hören musste, fester Bestandteil der alltäglichen Unterhaltungen bei Gebäck und Café au lait im Café du Monde und des Smalltalks in den Bars an der Bourbon Street und in ihrer näheren Umgebung, Thema der Abendnachrichten und der Gespräche am Wasserspender in den verschiedenen Firmen. Taxifahrer, Fabrikarbeiter, Barkeeper, Bankbeamte, Studenten – alle interessierten sich plötzlich für die ›Mitternachtsbeichte‹. Samantha Leeds alias Dr. Sam war der neue Star der Unterhaltungsbranche – allerdings eher berüchtigt als berühmt. George Hannah war völlig aus dem Häuschen, und die Gerüchte, er würde den Sender für eine geradezu unverschämte Summe verkaufen, verbreiteten sich in Windeseile über die Aorta und die gewundenen Gänge des Rundfunkgebäudes.
Eleanor wurde schier verrückt vor Angst. Sie wollte die Sendung absetzen. Popularität war schön und gut, aber dieser Wahnsinn ging in ihren Augen eindeutig zu weit.
Melba konnte die Vielzahl der Anrufe unmöglich bewältigen.
Gator war mürrisch, im Gegensatz zu Ramblin' Rob, der aus seiner Belustigung über die »ganze verflixte Sache« keinen Hehl machte. »Du hast eine verdammte Kuriositätenshow ins Leben gerufen, Sam, mein Mädchen«, hatte er zu Anfang der Woche gesagt, ihr auf den Rücken geklopft und so heftig gelacht, dass er einen Hustenanfall bekam, der sich anhörte, als wollten seine Lungen explodieren.
Tiny war unablässig auf den Beinen, und Melanie sah

müde aus und beschwerte sich darüber, chronisch überarbeitet zu sein. Sie verlangte eine Gehaltserhöhung und einen größeren Anteil an der Sendung – noch besser, eine eigene Sendung.

Andere Radiosender der Stadt boten Sam Stellen an, sogar ein Agent aus Atlanta hatte sie angerufen und mit größeren Märkten gelockt und ihr vorgeschlagen, nach New York oder L.A. überzusiedeln.

Was, in Anbetracht der Gegebenheiten, vielleicht gar keine schlechte Idee war. Wenn sie zurück an die Westküste zog, würde sie in der Nähe ihres Vaters leben. *Und tausende von Meilen von Ty entfernt.* Die Vorstellung schmerzte. Sie hatte sich bis über beide Ohren in ihn verliebt, daran bestand kein Zweifel, und in den vergangenen paar Wochen war er zum festen Bestandteil ihres Lebens geworden – er und sein großer, schwerfälliger Hund. Sie hatten sich quasi bei ihr einquartiert. Sie redete sich nicht ein, dass er ebenso in sie verliebt war; nein, er hatte nur seine eigenen Interessen im Auge und büßte für seine vermeintliche Schuld, denn er glaubte nach wie vor, diese Mordlawine losgetreten zu haben.

Alles in allem war Sams Leben vergleichbar mit dem Dasein im Irrenhaus.

Und noch immer streifte ein Mörder durch die Straßen.

Ein Mörder, der nun seit fast einer Woche geschwiegen hatte.

Doch er hatte sich nicht endgültig zurückgezogen, dessen war Sam sicher. Er wartete ab, beobachtete, stets bereit, wieder zuzuschlagen. Sie spürte es, und jedes Mal, wenn sie den Hörer abhob, jedes Mal, wenn sie eine der blin-

kenden Tasten auf ihrer Konsole drückte, erinnerte sie sich daran.
Es war nur eine Frage der Zeit.
Sam hatte an der Trauerfeier für Leanne Jaquillard teilgenommen, einer kleinen Feier vorrangig mit den Mädchen vom Boucher Center. Leannes Mutter, Marletta, war natürlich ebenfalls in der winzigen, heißen Kapelle in Flussnähe zugegen gewesen, und als Sam ihr ihr Beileid hatte aussprechen wollen, hatte Marletta ihr die kalte Schulter gezeigt. Marletta war nicht so offen feindselig gewesen wie Estelle Faraday damals, doch die Botschaft war die gleiche: Marletta gab Sam die Schuld am Tod ihrer Tochter. In diesem Fall konnte Sam nicht widersprechen. Wenn Leanne sie nicht gekannt hätte, würde sie heute noch leben.
Die Polizei hatte nicht ausgeschlossen, dass der Mörder zum Begräbnis erscheinen würde, und hatte Undercover-Polizisten in die Kirche geschickt und verborgene Kameras installiert, die die kleine Trauergemeinde filmten.
John war jedoch nicht aufgetaucht.
Oder besser: Niemand hatte ihn gesehen.
Indessen verbrachte Sam ihre Tage mit dem Grübeln über ihren Aufzeichnungen, die Nächte dagegen in Tys Armen. Sie liebten sich, als wäre jede Nacht ihre letzte, und Sam erlaubte sich keinen Gedanken daran, wohin diese Beziehung führen sollte – wenn sie überhaupt irgendwohin führte. Sie stand unter einem schlechten Stern, war auf Lügen aufgebaut und auf dem gemeinsamen Bedürfnis, den Mörder zur Strecke zu bringen.
Wenn sie nicht gerade ihre Sendung vorbereitete und sich

Themen überlegte, die, wie sie hoffte, John aus seinem Versteck lockten, arbeitete sie die Informationen durch, die Ty über seine Familie gesammelt hatte, las alles über Serienmörder und die Psychologie des Mordes, was ihr in die Finger kam, und versuchte dann, die Hinweise, die sie zu Johns Identität vorliegen hatte, sowie seine möglichen Motive auszuwerten. Was hatte es bloß mit der dunklen Sonnenbrille auf sich? Trug er sie immer? War sie Teil seiner Verkleidung? Sam hatte ihre eigene Theorie ...
Sie wählte die Nummer des Polizeireviers und hinterließ eine Nachricht für Bentz. Noch bevor sie ihre E-Mails abgerufen hatte, meldete sich Bentz bei ihr.
»Hier spricht Rick Bentz. Sie haben mich angerufen?«, fragte er.
»Ja«, sagte Sam. »Ich möchte etwas mit Ihnen besprechen.«
»Nur zu.«
»Seit ich dieses Foto von mir mit den ausgestochenen Augen erhalten habe, werde ich das Gefühl nicht los, dass mir jemand damit eine Botschaft übermitteln und mich nicht nur terrorisieren will. Es könnte sich um eine unterschwellige Information handeln; derjenige weiß vielleicht selbst nicht, dass er sie weitergibt.«
»Zum Beispiel?«
»Er will nicht, dass ich ihn sehe oder ihn erkenne ... Die ausgestochenen Augen sind ein Symbol.« Sie griff nach dem Phantombild, das vor ihr auf dem Schreibtisch lag. »Beide Augenzeugen sagen, dass der Kerl eine Sonnenbrille trug, obwohl es Nacht war, oder?«
»Ja.«

»Zuerst dachte ich, das wäre nur Teil seiner Verkleidung, aber vielleicht ist auch darin eine Botschaft enthalten – er erträgt es nicht zu sehen, was er getan hat, er will nicht Zeuge seiner eigenen Tat sein.«
Eine Pause entstand. Bentz überlegte.
»Und dann ruft er mich an und gibt all diese religiösen Anspielungen von sich, und einer meiner ersten Gedanken war, dass er sich vielleicht auf Miltons ›Das verlorene Paradies‹ beziehen könnte. Er nennt sich John, was alles Mögliche bedeuten kann, von John Milton bis zu Johannes dem Täufer; über diese Sache bin ich mir noch nicht im Klaren.« Sie fixierte das Phantombild. »Irgendwie glaube ich, dass er sich selbst als Luzifer sieht, dass er meint, aus dem Himmel oder dem Paradies gestoßen worden zu sein, und auch wenn er mir die Schuld gibt, vermute ich, dass er in Wirklichkeit sich selbst als den Schuldigen betrachtet.«
»Das ist also Ihre Theorie?«, fragte Bentz.
»Ein Teil meiner Theorie, ja. Ich habe schließlich einen Doktortitel in Psychologie«, sagte sie aufgebracht. »Ich habe promoviert. Ich bin keine Feld-Wald-und-Wiesen-Lebensberaterin.«
»Hey, ich sage ja gar nicht, dass Sie Unrecht haben. Ich muss darüber nachdenken. Und passen Sie inzwischen gut auf sich auf. Dieser Kerl ist noch nicht fertig.«

»George hätte absagen müssen.« Eleanor ließ den Blick über die Menge schweifen, die sich im Hinterhof des Hotels versammelt hatte. In den Palmen funkelten tausende von Lichtern, riesige Kübel waren mit duftenden Blumen gefüllt, und Mannequins in unterschiedlichen Kostümen schlenderten durch die Gänge, das Foyer und über den Hof. Kellner servierten Champagner und Horsd'œuvres auf großen Tabletts, die Musik einer Jazzband, die sich auf dem zweiten der drei Balkone aufgestellt hatte, hallte über die Menge hinweg.

Champagner floss aus einer Eisskulptur des Senderlogos, und George Hannah, elegant in seinem Smoking und mit seinem geübten Lächeln, war in seinem Element, er mischte sich unter die Leute, schüttelte Hände, machte Smalltalk und war, wie immer, auf der Suche nach Investoren für WSLJ.

»Er konnte nicht mehr absagen«, widersprach Sam. »Es war zu spät. Das hier ist seit Monaten geplant.«

»Dann hätte er es vernünftig organisieren sollen. Er hätte eine anständige Lokalität wählen können, hätte vielleicht sogar eine Plantage für die Nacht mieten sollen. Dieses Hotel fällt doch in sich zusammen.« Als Eleanor die Stuckdecken und terrassenförmig angelegten Zimmer mit den grünen Läden und den filigranen Ziergittern betrachtete, blitzten ihre dunklen Augen. Der Putz wies Risse auf, die Farbe löste sich.

»Es wird renoviert«, berichtigte Sam und hielt in den Menschenmassen nach Ty Ausschau. »Ich habe den ganzen Nachmittag über Bautrupps kommen und gehen sehen.«

»Dieses Hotel hätte schon vor fünfzig Jahren abgerissen werden sollen.«

»Es gehört zu New Orleans.« Sam kannte die Gründe für die Wahl dieses eher kleinen Hotels. Es hatte Charakter, es lag im Französischen Viertel, und es war billig. George

hatte einen äußerst günstigen Tarif ausgehandelt. Und das war gut für das Boucher Center, das das überschüssige Geld bekommen würde. Ja, es hatte Komplikationen mit den Bautrupps gegeben, die die alten Räume restaurierten, doch die Belegschaft des Hotels hatte sich ein Bein ausgerissen, um die Massen zufrieden zu stellen, und die Arbeiter hatten schließlich die entsprechenden Bausegmente mit Flatterband abgesperrt.
Stimmengewirr und Musik erfüllten den Hof. Samantha gelang es, Ruhe zu bewahren, obwohl sie die verstohlenen Blicke einiger Gäste bemerkte. Ihr war klar, warum die Leute sie taxierten. Ihr Name war in den Zeitungen und den Lokalnachrichten aufgetaucht, und zwar im Zusammenhang mit einer Serie von Morden und einem Irren, der sie während ihrer Sendung mit Anrufen terrorisierte. Sie dachte an Leanne. Wie sehr sich das Mädchen auf diese Veranstaltung gefreut hatte. Und jetzt war sie tot. Sams Herz zog sich schmerzhaft zusammen. Die Schuld lastete ihr noch immer schwer auf der Seele. Erneut hielt sie sich vor Augen, was sie alles versäumt hatte, und ballte die Hände zu Fäusten.
Woher hatte John gewusst, dass Leanne ihr Schützling gewesen war? Wer zum Teufel war er? Jemand, der ihr nahe stand? Jemand, den sie als Freund betrachtete? Durch einen Laubengang hindurch erblickte sie Gator in der Nähe der Bar. Er schüttete einen Drink nach dem anderen in sich hinein. Tiny, unbeholfen in einem zu kleinen Smoking, stand abseits von der Menge und rauchte nervös. Ramblin' Rob umschmeichelte eine ortsansässige Fernsehmoderatorin, und Melanie, in Goldlamé und un-

verschämt hohen Hacken, beobachtete mit Adleraugen jede von George Hannahs Bewegungen.

Renee und Anisha, in Highheels und langen Kleidern, posierten neben den Direktoren des Boucher Center und erklärten interessierten Gästen strahlend den Ablauf des Programms.

Leanne müsste jetzt hier sein.

Sam versuchte, das Schuldgefühl zu ignorieren, das seit dem Tod des Mädchens ihr ständiger Begleiter war.

»Du musst mal abschalten«, ermahnte Eleanor sie, als hätte sie ihre Gedanken gelesen. Auch sie betrachtete das Gedränge rund um den Stand des Boucher Center. »Ich weiß, was in dir vorgeht. Aber du konntest nichts dafür.«

»Ich denke, wenn ich früher reagiert hätte, wenn ich sie früher angerufen oder sonst irgendetwas anders gemacht hätte, könnte sie heute noch leben.«

»Mach dich nicht selbst fertig«, riet Eleanor ihr, die trotz ihres Make-ups, Schmucks und schimmernden schwarzen Kleides nervös und abgehetzt wirkte. Sie hatte auf der Anwesenheit von Polizeibeamten in Zivil bestanden, und Bentz hatte zugestimmt. Der Sicherheitsdienst des Hotels sollte sich unter die Gäste mischen, und trotzdem hatte Sam das entmutigende Gefühl, dass John unbehelligt hier hereinkommen würde. Das Phantombild in der Zeitung konnte ihn nicht abschrecken, im Gegenteil, überlegte sie in dem Versuch, seine Denkweise nachzuvollziehen. Die Tatsache, dass die Polizei eine gewisse Vorstellung von seinem Aussehen hatte, war mit Sicherheit eine Herausforderung für ihn. Sie entdeckte Bentz, der am Kragen seines weißen Hemdes zerrte und voller Unbehagen unter einer der Türen Wache stand. Am anderen Ende des Hofes lehnte Montoya an einer Säule und behielt die Menschenmasse im Auge.

»Versuch, dich zu amüsieren«, forderte Eleanor sie auf.

»Du auch.«

»Ich lächle, wann immer es nötig ist«, sagte Eleanor und bewies es auf der Stelle, als sich George Hannah näherte und ihr einige Honoratioren der Gemeinde vorstellte.

Sam rang sich ein Lächeln ab – obwohl sie zwei Personen entdeckte, denen sie lieber nicht begegnet wäre. Während ihr Exmann durch die Menge hindurchschritt und auf sie zukam, hielt Trish LaBelle an der Bar Hof.

»Samantha!«, rief Jeremy, und als er ihr auf vertraute Weise einen Kuss auf die Wange hauchen wollte, biss sie die Zähne zusammen.

»Lass das«, warnte sie ihn.

»Warum?«

»Lass es einfach.« Sie sah Ärger in seinen Augen aufblitzen und noch etwas anderes, etwas Dunkleres. »Es ist mir unangenehm.« Wo zum Teufel steckte Ty?

»Nicht mal einen Kuss auf die Wange darf ich dir geben? Nach allem, was dir zugestoßen ist? Du lieber Himmel, Sam, ich hätte gedacht, du wärst froh um jeden Freund, den du hast.«

»Irgendwo muss ich die Grenze ziehen.«

»Und die ziehst du bei deinen Exmännern?«

»Ich habe nur einen«, erinnerte sie ihn spitz.

Er nahm ein Glas Champagner von einem Tablett. »Bisher.«

»Das wird so bleiben.«

»Weißt du, Sam, meiner professionellen Einschätzung nach weist diese Verbitterung darauf hin, dass du noch immer nicht über mich hinweg bist.«
»Hör auf, Jeremy, das ist ein alter Hut. Und das wissen wir beide. Also, was willst du? Hast du nicht eben irgendwas in der Richtung gesagt, dass mir etwas passiert ist? Was meinst du?«
Die Band, zu der sich jetzt eine Sängerin mit verrauchter Stimme gesellt hatte, stimmte eine langsame Version von ›Fever‹ an.
»Du hältst dir einen Stalker. Einen, der womöglich ein Serienmörder ist. Darüber wurde in den Zeitungen und in den Nachrichten berichtet. Was glaubst du wohl, warum die Veranstaltung heute Abend so viel Zulauf hat?«
Plötzlich war ihr übel. Vielleicht, weil ihr Ex ihr zu nahe war, vielleicht aber auch, weil sie den gleichen Verdacht hatte wie er. Die Menschen waren nicht gekommen, um die Benefizveranstaltung zu unterstützen, sondern um sie anzugaffen.
Jeremy nahm einen Schluck aus seinem Glas und winkte jemandem im Gewoge der Gäste zu. »Immerhin hast du erreicht, was du schon immer wolltest«, sagte er. »Du bist berühmt, oder vielmehr berüchtigt, und das ist nicht nur gut für dich, sondern auch für den Sender.«
»Gut? Mehrere Frauen sind gestorben, Jeremy! Ich begreife nicht, wie jemand dieser Tatsache etwas Gutes abgewinnen kann.« Damit wandte sie sich um und schlüpfte durch eine Gruppe von Frauen hindurch, die sich gerade über Lokalpolitik unterhielten. Samantha hörte gar nicht zu, sie wollte nur fort von Jeremy.

»Ist alles in Ordnung?«, holte Melanies Stimme sie ein. Sie drehte sich um und stand ihrer Assistentin gegenüber, die sie verdutzt anstarrte. »Du siehst aus, als wäre dir ein Geist begegnet.«

»Nur der Geist meiner verflossenen Ehe, und glaub mir, er war sehr hässlich«, erwiderte Sam.

»Und wo steckt der neue Mann in deinem Leben – Ty?«, wollte Melanie wissen.

»Er ist hoffentlich auf dem Weg hierher.« Aus den Augenwinkeln erhaschte Sam einen flüchtigen Blick auf George Hannah, der in ein lebhaftes Gespräch mit Trish LaBelle vertieft war. Melanie beobachtete die Szene ebenfalls, und ihre Züge verhärteten sich. »Und wo ist dein neuer Freund?«

»Hat zu tun«, sagte Melanie mit einem Seufzer. »Wie üblich.«

»Ich würde ihn gern kennen lernen.«

»Wirst du … irgendwann«, entgegnete sie vage.

Im selben Augenblick tauchte Ty unter dem Torbogen des Eingangs auf, und Sam spürte, wie sich ihr Puls ein wenig beschleunigte. Er entdeckte sie und hielt direkt auf sie zu. Verschwunden waren die lässigen Jeans und T-Shirts; stattdessen trug er einen schwarzen Smoking.

»Zeit zu verschwinden«, sagte Melanie mit einer Spur von Neid. »Das Alphamännchen kommt.« Sie schlüpfte hinter einen riesigen Kübel voller duftender blühender Pflanzen und zwängte sich an einer Schaufensterpuppe im Vorkriegsfestgewand vorbei.

Ty trat an Samanthas Seite. »Entschuldige die Verspätung! Ich wurde aufgehalten. Navarrone. Seine Zeiteinteilung

lässt zu wünschen übrig, und außerdem herrschten grauenhafte Zustände auf den Straßen.« Er nahm ein Weinglas vom Tablett eines schlanken, gelangweilt wirkenden Kellners.
»Ich hab's geschafft, hier ohne dich zu überleben«, scherzte sie.
»Tatsächlich? Hmm.« Er sah ihr kurz und fest in die Augen. »Und ich hatte mir eingebildet, du würdest vor Sehnsucht nach mir vergehen.« Langsam breitete sich ein äußerst erotisches Lächeln auf seinem Gesicht aus.
»Träum weiter.«
Die Band stimmte ein neues Stück an, doch es verklang so rasch, als hätten die Lautsprecher den Geist aufgegeben. Nur wenige Leute bemerkten es im Stimmengewirr, doch Ty hob den Blick zum Balkon. »Technische Probleme«, diagnostizierte er und beobachtete den Bassisten, der sich am Verstärker zu schaffen machte.
»Kann nicht sein. Die Hälfte der Belegschaft kommt mit dieser Art von Ausrüstung prima klar. Rob, George, Melanie, Tiny, sogar ich bin mit den Grundlagen vertraut.«
Ein paar Gäste registrierten offenbar, dass die Musik ausgesetzt hatte, und Eleanor strebte auf Tiny zu und deutete hinauf zum ersten Stock. Tiny lief zur Treppe, aber schon lenkte ein Kreischen der Mikrofone, eine Art Rückkoppelung, die Aufmerksamkeit aller Anwesenden auf sich.
»Was zum Teufel …?«
Die Musik setzte wieder ein, allerdings spielte nicht mehr die Band, nein, es handelte sich um die ersten Takte von »A Hard Day's Night«.

»O nein«, entfuhr es Sam, und ihr Herz blieb eine Sekunde lang stehen.
Die Musik verhallte rasch wieder, und dann erfüllte Sams Stimme den gedrängt vollen Hof. »Guten Abend, New Orleans, und willkommen zur ›Mitternachtsbeichte‹ …«
»Habt ihr das aufgezeichnet?«, wollte Ty wissen.
»Nein.« Sam sah, wie George Hannah mitten im Satz aufhörte zu reden und wie Eleanor Tiny nacheilte.
Unvermittelt wurde es still im Hof. »Heute Abend wollen wir über –« Und dann erstarb Sams Stimme.
Sam spürte, wie sich zweihundert Augenpaare auf sie richteten.
»… Opfer und … Vergeltung reden«, erscholl es aus den Lautsprechern.
Er hat ein paar von meinen Sendungen aufgezeichnet, dachte Sam. Ihr Herz raste, ihr Blick schweifte über die Menge. Er war hier. Sie wusste es. Aber wo? Sie suchte den Eingang und die Balkone ab … Wo steckte er bloß?
Tiny stieg zum Balkon hinauf, und Eleanor hielt nach Sam Ausschau. Sie zwängte sich durch die Massen und sah Sam böse an. »Hast du davon gewusst?«
»Natürlich nicht.«
»Schaffen Sie sie raus hier«, befahl sie Ty.
»Hier ist ›Mitternachtsbeichte‹, und ich fordere euch auf anzurufen … Was bedrückt dich, New Orleans? Lass es mich wissen …«
»Was zum Teufel ist hier los?« George Hannah schaute Eleanor an. »Hat sich irgendwer einen schlechten Witz erlaubt?«
»Sag du's mir«, fauchte Eleanor.

Bentz, der in sein Funkgerät sprach, gesellte sich zu ihnen. »Stellen Sie fest, von wo aus er sendet«, sagte er, schaltete das Funkgerät aus und bedachte Eleanor mit einem wütenden Blick. »Wir müssen das Hotel evakuieren – ich habe Verstärkung angefordert, und wir bringen die Leute auf den Parkplatz auf der anderen Straßenseite.«
George trat vor. »Sie können unsere Gäste nicht wie Vieh behandeln!«, blaffte er den Detective wütend an.
»Habt ihr euch schon einmal geopfert?«, hallte es über den Hof.
»Und ob ich das kann.« Bentz schnippte mit den Fingern in Richtung eines uniformierten Polizisten. »Ich brauche Namen und Adresse von allen, die letzte Woche das Gebäude betreten haben. Ich rede von Bautrupps, Hotelangestellten, Gästen, Lieferanten, von allen. Und jetzt los.«
Schon drängten die Gäste den Türen zu.
Bentz' Funkgerät knisterte; er schaltete es ein. »Okay, ich bin da.« Nach einer Weile schaltete er es wieder aus und erklärte: »Sieht so aus, als hätten wir die Quelle gefunden.« Er ging in Richtung Treppenhaus, und Sam folgte ihm dicht auf den Fersen. Mit einem Blick über die Schulter sagte er: »Das ist Sache der Polizei. Bleiben Sie zurück.«
»Ausgeschlossen. Hier geht es um mich.«
Bentz fuhr herum. Schweißperlen standen ihm auf der Stirn, sein Gesicht glühte. »Tun Sie verdammt noch mal, was ich sage. Solange ich nicht weiß, dass dieser Schauplatz sicher ist, und bevor die Spurensicherung Gelegenheit hatte, alles zu überprüfen, rühren Sie sich nicht vom

Fleck.« Er schaute Ty eindringlich an. »Sorgen Sie dafür, dass sie sich daran hält.«

Er wandte sich wieder um, und Sam blieb sprachlos zurück. Idiotisches Weib. Begriff sie denn nicht, wie gefährlich das war? Bentz stieg die Treppe zum Kellergeschoss hinab, wo mehrere Polizisten Wache standen. »Das ist es?«

»Scheint so«, sagte einer der Beamten in Zivil. »Ein Lagerraum für Öl, ist wegen der Bauarbeiten geräumt worden.«

Doch an diesem Abend war der Raum nicht leer. Ein Tonbandgerät stand auf dem Boden, dessen Kabel in den Wänden verschwanden, und auf einem Klappstuhl saß eine Schaufensterpuppe, völlig nackt, mit einer Karnevalsmaske vorm Gesicht, roter Perücke auf dem Kopf und einem Rosenkranz um den Hals.

Bentz trat in den muffigen Raum. Er streifte Handschuhe über und nahm die Perücke und die Maske an sich. »Allmächtiger.« Die Augen der Schaufensterpuppe waren geschwärzt und ausgestochen und erinnerten an die verunstalteten Geldscheine.

Bentz war überzeugt, dass Samantha Leeds das nächste Opfer sein würde.

32. Kapitel

Fast eine Woche später saß Sam an ihrem Schreibtisch im Studio, las ihre stetig wachsende Anzahl von Mails und kämpfte noch immer darum, den Schock zu überwinden, den sie auf der Party erlitten hatte. Die Polizei konnte keine Verdächtigen vorweisen, wenngleich die meisten Beamten annahmen, dass sich jemand als Bauarbeiter ausgegeben hatte und so in das Gebäude eingedrungen war. Eine der Schaufensterpuppen war entwendet und in den Keller geschafft worden, und irgendwer mit rudimentären Elektronikkenntnissen hatte das Tonbandgerät an den Verstärker angeschlossen. Die Polizei hatte sämtliche Anwesenden, das gesamte Hotelpersonal und die Bauarbeiter vernommen. Während Sam seitdem jede wache Minute mit dem Studieren von Texten über Serienmörder und Psychopathen verbrachte, überprüfte Ty die Arbeit der Polizei. Ein paar Mal hatte er sich mit Navarrone zusammengesetzt. Rick Bentz hatte dafür gesorgt, dass die Sicherheitsmaßnahmen rund um Sam verstärkt wurden, sowohl in der Stadt als auch bei ihr zu Hause.
Doch John hatte geschwiegen. Hatte nicht ein einziges Mal beim Sender angerufen. Hatte die Lorbeeren für seine Tat nicht geerntet.
Sam schauderte bei dem Gedanken an die Schaufensterpuppe mit den geschwärzten, blicklosen Augen und dem nackten Körper. Sie war zweifellos eine persönliche Botschaft an Sam.

Eine Drohung.
Und die Einschaltquoten von ›Mitternachtsbeichte‹ stiegen weiter in unermessliche Höhen. George Hannah war außer sich vor Freude, und die Polizei ließ durchscheinen, dass die ganze Sache getürkt sein könnte, ein Trick des Eigentümers von WSLJ zur Steigerung der Hörerzahlen.
Sam glaubte nicht daran, wenngleich sie beinahe sicher war, dass zwei Kräfte am Werk waren. Das Monster, dessen Ziel es war zu morden, und noch jemand, der gern Spielchen mit Menschen trieb – oder steckte ein Einziger mit einer gespaltenen Persönlichkeit dahinter? Wenn ja, *wer?*
Sie hörte Schritte im Flur. Im nächsten Moment steckte Melanie den Kopf zur Bürotür herein. »Es geht los«, sagte sie, und ihre langen Locken schimmerten im Licht. »Es ist Zeit für …«, Melanie deutete mit zwei Fingern jeder Hand Gänsefüßchen an und senkte zur Untermalung die Stimme, »… die Konferenz.«
»Was treibst du hier um diese Tageszeit?«, fragte Sam und schob die düsteren Gedanken beiseite. »Ich bin hergekommen, weil man mich angefordert hat, aber hast du denn gar kein Privatleben?«
Melanie grinste von einem Ohr zum anderen. Ihre goldenen Augen blitzten. »Ich habe ein *tolles* Privatleben.«
»Der neue geheimnisvolle Mann?«
»Mmm.« Mit einem katzenhaften Lächeln, das sie sich nicht verkneifen konnte, nickte Melanie. »Ich glaube, er könnte der Richtige sein.«

»Das klingt nach etwas Ernstem«, bemerkte Sam.
»Ich drücke mir die Daumen und die Zehen noch dazu!«
Melanie strahlte förmlich, und Sam fiel wieder ein, dass das Mädchen erst knapp fünfundzwanzig war.
»Also, wer ist der Typ? Kenne ich ihn?«, erkundigte sich Sam.
Melanie schüttelte den Kopf, doch ihre Augen glommen frivol. »Nein.«
»Und wann lerne ich ihn kennen?«
»Bald«, antwortete Melanie rasch. »Ich bringe ihn mal mit her. Und jetzt gehst du besser zu dieser Konferenz. Boy George wartet nicht gern.«
»Lass ihn bloß niemals hören, dass du ihn so nennst.«
»Nie im Leben«, versprach Melanie.
Sam freute sich keineswegs auf die Konferenz. Irgendetwas war im Busch, sie spürte die Luft förmlich knistern. Sie hatte den unangenehmen Verdacht, dass die Popularität ihrer Sendung, so ruchlos sie auch war, das Thema sein würde.
Seit der Benefizparty war WSLJ mit Anrufen überschüttet worden, von der Presse, die Interviews wollte, bis zu den Hörern von Sams Sendung, die sich verdoppelt, wenn nicht verdreifacht hatten. New Orleans war ganz wild auf diese Sendung, hunderte von Menschen suchten Sams Rat, andere wollten auf diesem Weg berühmt werden, riefen an und gaben sich als John oder als irgendeinen anderen Spinner aus. Trittbrettfahrer krochen in Scharen aus den engen, dunklen Gassen von New Orleans.
Melanie verlor fast den Verstand angesichts ihrer Aufga-

be, die Anrufe vorzusortieren, und Detective Bentz hatte weitere Vorsichtsmaßnahmen verordnet. Alle Anrufe, die zwischen einundzwanzig und zwei Uhr eingingen, mussten zweifach gefiltert werden. Melanie siebte die Anrufe, und eine von Bentz abgestellte Polizistin nahm sie an und gab vor, Dr. Sam zu sein. Sämtliche Telefonate wurden aufgezeichnet und konnten zurückverfolgt werden.

Obwohl sich John bisher nicht gemeldet hatte, war die Polizei überzeugt, dass sie ihn stellen würde. Doch selbst die Pressemeldungen und das Phantombild des Verdächtigen hatten bisher zu keiner Verhaftung geführt. John war anscheinend in Deckung gegangen, allerdings musste man zugeben, dass die Zeichnung auch wirklich sehr allgemein gehalten war. Demnach war jeder fünfundzwanzig- bis fünfunddreißigjährige, einsachtzig große Mann mit stabilem Körperbau und dunklem Haar ein potenzieller Tatverdächtiger.

»Also, leg ein gutes Wort für mich ein«, bat Melanie lächelnd. »Du weißt schon, sag George, dass ich überarbeitet, unterbezahlt, hochgebildet und seine absolut loyale Assistentin bin, die bereit ist, für eine eigene Sendung ihre Seele zu verkaufen.«

»Ich werde ihn daran erinnern«, versprach Sam trocken und betrat kurz darauf einen der größeren Räume des Gebäudes, im Grunde genommen die Bibliothek, die George, sein Verkäuferteam und andere leitende Angestellte regelmäßig als Konferenzsaal benutzten.

»Samantha, tritt ein, tritt ein«, sagte George.

Im grauen Businessanzug und weißem Hemd mit bunter

Krawatte von Jerry Garcia saß George an einem Ende des Tisches, rechts neben ihm Eleanor mit säuerlicher Miene. Ein paar Akten und Notizbücher lagen auf dem Tisch verstreut. »Ich will gar nicht um den heißen Brei herumreden«, begann George, während sich Sam einen Stuhl zurechtrückte und direkt ihm gegenüber Platz nahm. »Ich habe vor, deine Sendung zu erweitern.«
»Damit ihr es wisst: Ich bin nicht einverstanden«, warf Eleanor ein. »Ich halte das für einen Fehler. George hat nur die Hörerzahlen im Blick, die Einnahmen aus der Werbung, was unter dem Strich rauskommt, aber ich sehe noch etwas anderes.«
»Aber natürlich.« George bedachte Sam mit seinem entwaffnendsten Lächeln. »Mir ist die negative Seite der derzeitigen Vorgänge ja durchaus bewusst, aber ich finde, wir sollten die Lage nutzen.«
»Ausbeuten, meinst du«, verbesserte Eleanor ihn, und ihre dunklen Augen sprühten Feuer. »Das hier ist keine ›Lage‹, das ist ein Albtraum! In Sams Haus wurde eingebrochen, sie erhält Drohbriefe und -anrufe, ganz zu schweigen von der verdammten Torte und der Schaufensterpuppe auf der Party, verdammt noch mal! Und inzwischen wissen wir, dass der Kerl, der dahintersteckt, ein Mörder ist, ein Schlächter, ein Serienkiller! Ich an deiner Stelle würde die Sendung auf Eis legen, zumindest vorübergehend, bis sich diese Sache erledigt hat. Wie kannst du bloß jetzt an eine Expansion denken? Der Kerl, der irgendwo da draußen lauert, meint es bitterernst. Er ruft auf Leitung zwei an – als hätte er eine Liste unserer Geheimnummern, und meldet sich nach

Sendeschluss. Er bringt Frauen um, verdammte Scheiße!«
»Prostituierte«, wiegelte George ab.
»Frauen«, beharrte sie. »Vielleicht ist dir schon aufgefallen, dass es hier nur so von Polizisten wimmelt, weil ein Serienmörder irgendwie im Zusammenhang mit dieser Sendung steht. Und du willst Profit daraus schlagen – die Sendung *erweitern*?« Sie spießte ihn mit diesem für sie typischen Blick auf, der besagte: ›Lass mich mit diesem Quatsch in Ruhe!‹ »Was wir hier vielmehr brauchen, ist eine größere Sicherheit, und ich meine nicht diesen Sicherheitsdienst, den du angeheuert hast. Im Augenblick verfolgt die Polizei die Anrufe zurück, aber wir müssen dafür sorgen, dass einige der Sicherheitsvorkehrungen, die die Polizei hier getroffen hat, nicht nur vorübergehend sind. Ich verlange ein System zur Rückverfolgung von Anrufen, und ich will, dass jedes einzelne Schloss an diesem Gebäude ausgewechselt wird. Wie ich die Sache sehe, ist vor ein paar Wochen jemand über den Balkon in die Küche eingedrungen. Die Polizei ist der gleichen Meinung. Also haben wir das Schloss an der betroffenen Tür ausgetauscht, aber wer sagt, dass er nicht doch wieder reinkommt?« Sie holte tief Luft.
George lehnte sich in seinem Stuhl zurück und warf seinen Kuli auf den Tisch. »Das liebe ich so an dir, Eleanor: Du hast immer einen Blick für das Positive.«
»In dieser Sache gibt es nichts Positives.«
»Aber es ist das, was das Publikum will.«
»Scheiß auf das Publikum! Ich rede von der Sicherheit meiner – *unserer* – Angestellten.«

George fletschte die Zähne und atmete tief durch. »Samantha, vielleicht könntest du mir zu Hilfe kommen. Ich rede vom Zuwachs an Hörern, davon, die Sendung auf die ganze Woche auszudehnen – und das wird sich für dich lohnen. Ich habe vor, von New Orleans aus auf jeden größeren Markt östlich der Rocky Mountains zu expandieren.«

Sam zog eine Braue hoch.

»Okay, das ist vielleicht ein bisschen übertrieben, aber zumindest gibt es die Möglichkeit.«

»Allmächtiger, weißt du, was du da sagst?«, fragte Eleanor.

»Eleanor, ich bezahle dich nicht dafür, dass du mir widersprichst.«

»Red keinen Unsinn. Genau dafür bezahlst du mich. Damit du auf dem Teppich bleibst. Damit du nicht den Bezug zur Wirklichkeit verlierst.«

»Okay, ich habe verstanden. Ein Punkt für dich. Aber ich bin trotzdem der Meinung, dass wir diese Gelegenheit wahrnehmen müssen. Wir verdoppeln die Sicherheitsmaßnahmen, wechseln die Schlösser aus, lassen Samantha nie ohne Begleitung zu ihrem Auto gehen oder nach Hause fahren … was immer nötig sein sollte. Natürlich steht die Sicherheit unserer Belegschaft an erster Stelle.«

Eleanor ließ sich auf ihrem Stuhl zurücksinken und verschränkte die Arme vor ihrem großen Busen; diesmal widersprach sie nicht, sondern warnte nur: »Ich hoffe sehr, George, dass es dein Ernst ist, dass das nicht nur Lippenbekenntnisse sind.«

»Es ist mein Ernst. Ich schwöre es.«
Dazu sagte sie nichts.
»Hört zu«, wandte sich Sam an die beiden, entschlossen, Georges Plan im Keim zu ersticken. »Ich bin nicht bereit, sieben Tage pro Woche zu arbeiten, falls ihr das geglaubt habt.« Sie war ohnehin schon erschöpft, und die Vorstellung, sämtliche Nächte hinter dem Mikrofon zu verbringen, war entsetzlich – selbst wenn es nur eine vorübergehende Regelung sein sollte. »Ihr müsstet schon jemanden einstellen, der sich die Stelle mit mir teilt.«
»Dafür käme Melanie infrage. Sie braucht nur noch ein bisschen Training, dann schafft sie das, denke ich«, schlug Eleanor vor, obwohl sie offenbar nicht voll dahinterstand.
»Nicht Melanie.« George schüttelte den Kopf. »Wir haben Hörer eingebüßt, als du in Urlaub warst.«
»Na, dann sucht ihr euch eben jemand anderen.« Sam seufzte.
»Niemand kann deinen Platz einnehmen. Das Publikum identifiziert sich mit dir, Sam. Ich weiß, du müsstest sehr viel mehr arbeiten, es wäre eine große Belastung für dich, aber es würde sich für dich lohnen, dafür sorge ich schon – du kriegst eine beträchtliche Gehaltserhöhung und einen Bonus, wenn sich die zusätzlichen Stunden auszahlen, und dann kannst du dir den Job mit jemandem teilen ... Vielleicht sogar mit Melanie oder Ramblin' Rob oder Gator, so lange, bis das Publikum sie annimmt und sie es ein paar Nächte pro Woche allein schaffen.«

»Rob und Gator sind keine Psychologen«, wandte Sam ein. »Die Sendung würde ihre Glaubwürdigkeit verlieren.«
»Okay, und wie wär's mit Trish LaBelle von WNAB? Man munkelt, dass sie mit ihrem Format nicht glücklich ist. Vielleicht hat sie Interesse.«
»Trish LaBelle«, wiederholte Sam verblüfft. Sie fand deren Moderationsstil entsetzlich. Trish war rücksichtslos. Voreingenommen. Sie nannte es »aus der Hüfte schießen« oder »es sagen, wie es ist«. Doch nach Sams Meinung ging sie zu weit, sie demütigte die Anrufer, zog deren Probleme mit ihrem ätzenden Sinn für Humor ins Lächerliche.
Eleanor schnalzte mit der Zunge. »Trish LaBelle würde unter gar keinen Umständen die zweite Geige spielen. Im Leben nicht! Außerdem ist sie eine Giftschlange. Ich mag ihre Art zu moderieren nicht. Nein, George, darauf möchte ich mich auf gar keinen Fall einlassen.« Sie fixierte George mit einem strengen Blick. »Und komm mir nicht mit ›man munkelt‹. Ich weiß, dass du mit ihr geredet hast, dass du bereits dabei bist, deinen Plan umzusetzen.«
George presste die Lippen zusammen. »Ich muss tun, was in meinen Augen das Beste für den Sender ist.«
»Dann fang am besten damit an, für die Sicherheit deiner Angestellten zu sorgen.«
»Ich sagte bereits, dass ich mich darum kümmere. Ich habe Sam den Job angeboten, aber sie will keine Siebentagewoche, und wir haben gerade überprüft, wer aus unserem Sender infrage käme, aber«, er hob die geöff-

neten Hände der indirekten Beleuchtung entgegen und spreizte die Finger, »Samantha hält ihre Kollegen nicht für professionell genug, weil sie keinen Doktortitel haben.«
»Haben sie nun mal nicht«, beharrte Sam.
»Deshalb habe ich Trish vorgeschlagen.«
»Sie hat auch keinen Doktortitel«, gab Sam zu bedenken.
»Sie hat einen Titel in Soziologie; Psychologie hat sie nur im Nebenfach studiert.«
Nun erstarb auch der letzte Rest von Georges Lächeln.
»Okay, das reicht für WNAB, also wird es auch für uns reichen. Dafür hat Trish LaBelle ein großes Publikum, das ihr vielleicht folgt und auf ›Mitternachtsbeichte‹ umschaltet. Ich schätze, ihr zwei könntet ein kraftvolles Team werden. Also, entweder du machst es allein oder du akzeptierst Trish als Partnerin.«
»Augenblick mal«, mischte sich Eleanor wieder ein. »Das klingt ja, als wäre es bereits beschlossene Sache, als wäre Trish schon engagiert.«
»Noch nicht, aber ich stehe mit ihr in Verhandlungen. Alles hängt jetzt von Sam ab, aber so oder so: Wir werden aus dem Erfolg von ›Mitternachtsbeichte‹ Kapital schlagen. Du, Samantha, wirst entscheiden müssen, ob dir die Sendung genug am Herzen liegt, um sie allein zu bestreiten, oder ob du dir das Rampenlicht mit Trish teilen willst.«
Er beugte sich vor und stützte die Ellbogen auf den Tisch.
»Ganz gleich, was passiert, wir werden die Sendung aufs Wochenende ausdehnen.«
»Also geht es in dieser Konferenz gar nicht um neue Mög-

lichkeiten«, sagte Eleanor aufgebracht. »Es war nur noch eine Formalität.«
»Und die Konferenz ist beendet.« Er klopfte auf die blank polierte Tischplatte, um seine Worte zu unterstreichen. »Lass mich wissen, wie du dich entschieden hast«, wandte er sich an Sam und verließ eilig den Raum.
Eleanor seufzte. »Manchmal frage ich mich, warum ich nicht kündige.«
»Weil du deinen Job liebst.«
»Dann brauche ich wirklich dringend psychologische Hilfe und sollte mich vielleicht bei dir in Behandlung begeben.«
»Das glaube ich nicht«, entgegnete Sam. Sie gingen ins Foyer, wo Melba damit beschäftigt war, Anrufe entgegenzunehmen. »Du bist der vernünftigste Mensch, den ich kenne.«
»O Gott, dann haben wir alle Probleme.«
»Bis heute Abend«, sagte Sam mit einem Blick auf die Uhr.
Bis zur Sendung blieben ihr noch ein paar Stunden, und sie hatte noch tausend Dinge zu erledigen. Sie hatte nicht damit gerechnet, Melanie zu begegnen, die in der Eingangshalle auf sie gelauert hatte.
»Und?«, fragte Melanie und heftete sich an ihre Fersen. »Wie war's?«
Sam eilte an dem Sicherheitsbeamten vorbei und trat hinaus in den grellen Sonnenschein. »Sie wollen die Sendung erweitern.«
Sofort grinste Melanie von einem Ohr zum anderen, ihr ganzes Gesicht strahlte. »Ich wusste es! Das sind ja

tolle Neuigkeiten! Und – wie soll das vonstatten gehen? Längere Sendezeit, mehr Tage in der Woche?«
»Mehr Tage, aber es hängt noch alles in der Luft.«
»Aber das könntest du unmöglich allein schaffen.«
»Das habe ich den beiden auch gesagt.« Sam kramte in ihrer Handtasche, fand ihre Sonnenbrille und setzte sie auf.
»Was ist mit mir? Hast du ein gutes Wort für mich eingelegt?«
»Hab ich, aber ... na ja, George hat da seine eigenen Vorstellungen.«
»Was für Vorstellungen?«, hakte das Mädchen nach, blieb abrupt stehen und wirkte plötzlich ernüchtert. »Ach, Scheiße, ich habe es geahnt! Er will die Sendung jemand anderem geben, stimmt's?« Melanie stieß mit dem Fuß ein Steinchen, das auf dem Kopfsteinpflaster lag, gegen eine Mülltonne. »Scheißkerl. Dieser verdammte Scheißkerl!«
»Vielleicht solltest du mit Eleanor reden«, schlug Sam vor, erstaunt über Melanies Ausbruch. Dass ihre Kollegin enttäuscht war, verstand sie ja, aber ganz offenkundig hatte Melanie eine Stinkwut.
»Nach allem, was ich getan habe, die langen Arbeitszeiten, die verdammten Opfer, die ich gebracht habe!«
Sam blieb beinahe das Herz stehen. »Opfer?«, wiederholte sie und sagte sich, dass sie überempfindlich reagierte. »Aber es ist dein Job.«
Melanie hörte gar nicht zu, sie marschierte auf ihren hohen Plateausohlen und in ihrem dünnen Sommerkleidchen bereits zurück ins Gebäude und sagte leise.

»Das schlägt dem verdammten Fass den Boden aus. Es reicht!«

Bentz lehnte sich auf seinem Stuhl zurück und musterte den erbärmlichen Kerl, der vor ihm saß.
David Ross hatte Angst. Er zitterte beinahe. »Ich glaube, ich brauche einen Anwalt«, sagte er. Der Schweiß stand ihm auf der Stirn, er hielt die Hände so verkrampft gefaltet, dass die Knöchel weiß hervortraten. Sein Haar war wirr, sein Hemd zerknittert. Er sah aus, als hätte er seit zwei Wochen nicht mehr geschlafen.
»Sie sind freiwillig hierher gekommen«, erinnerte Bentz ihn.
»Ich weiß, ich weiß.« Ross schluckte heftig. »Ich habe eben nicht erwartet, dass es so weit gehen würde, ich meine ...« Er schloss die Augen und sammelte sich. »Ich mache mir Sorgen um Samantha Leeds. Ich bin, hm, war ihr Verlobter. Und ... nun, es gab ein Zerwürfnis, wir haben in Mexiko versucht, unsere Beziehung zu flicken, und es hat nicht geklappt.« Er griff in seine Tasche und zog einen Schlüsselbund und eine Brieftasche heraus. »Das hier wurde mir ausgehändigt, als wir noch in Mexiko waren – ich weiß nicht mal, ob alles vollständig ist. Ich habe es Sam nicht zurückgegeben, und als dieser Ärger hier begann, dachte ich mir, dass sie es mit der Angst zu tun kriegen und zu mir zurückkommen würde und ... Tja, sie kam nicht zurück, und ich schätze, ich kenne Samantha wohl doch nicht so gut, wie ich gedacht habe.« Er lächelte bitter. »Sie ist ein harter Brocken. Wie auch immer ...« Er räusperte sich. »Ich wusste, dass je-

mand sie belästigte, ich hatte von den Anrufen gehört, und, ich gebe es zu, ich habe selbst daran gedacht, sie in der Sendung anzurufen, habe sogar ein paar Mal die Nummer gewählt, aber nie den Mut aufgebracht, die Sache durchzuziehen. Ich nahm an, dass sie meine Stimme erkennen würde, verstehen Sie?«

»Klar«, antwortete Bentz, der versuchte zu begreifen, was für ein Typ dieser David Ross war. Er kaute langsam auf seinem Kaugummi und wartete. Er wusste: Der Mann war nicht der Mörder – die Blutgruppe stimmte nicht, und Ross sah dem Phantombild auch nicht sonderlich ähnlich. Doch den Kerl plagte ein schlechtes Gewissen, er wollte sich etwas von der Seele reden, und Bentz war bereit, ihm zuzuhören.

»Wie gesagt, ich hatte gehofft, sie würde zu mir zurückkommen, aber der Schuss ging nach hinten los, und jetzt ... jetzt läuft hier ein Mörder rum, und ich habe gehört, dass es derselbe Typ sein könnte, der in der Sendung anruft ... und dass ... dass eine Bekannte von Samantha ermordet wurde. Ich ... ich habe Angst.«

»Sie zeigen sich also selbst an, weil Sie vergessen haben, Ihrer Exfreundin ihre Schlüssel zurückzugeben?« Bentz beugte sich vor und stützte die Ellbogen auf den Schreibtisch, auf den Stapel von Berichten, deren Inhalt David Ross und seinesgleichen vor Angst in die Hosen machen ließe.

»Ich will jeden Verdacht gegen mich ausräumen.«

»Ist das nötig?«

Ross errötete. »Ich hätte nicht hierher kommen müssen. Im Grunde war es vielleicht sogar ein Fehler«, sagte er mit

einem Anflug von Courage. »Aber ich wollte einiges richtig stellen.«
Bentz glaubte ihm. Er überlegte, inwiefern David Ross mit den Morden zu tun haben könnte. Wenn es sich um Auftragsmord handeln würde, könnte er der Kerl sein, der die Fäden zog, ein Mann, der sich des Mörders bediente. Aber sie hatten es eindeutig mit einem Serienkiller zu tun – für diesen war das Töten der Kick. David Ross hingegen hatte es lediglich auf Samantha Leeds abgesehen. Und hätte sich Ross mit Beweismaterial gestellt, wenn er der Täter wäre? Wohl kaum. Er war nicht John, der Rosenkranz-Mörder, wie Bentz ihn bei sich nannte.
»Wollen Sie uns sonst noch was sagen?«, fragte er Ross.
»Ja. Stellen Sie ihn!« Ross' Nasenlöcher blähten sich, als hätte er etwas Übles gerochen. »Verhaften Sie den Schweinehund oder legen Sie ihn um. Bevor er Samantha kriegt.«

»Es reicht endgültig. Ich kündige!«, schnappte Melanie, nicht fähig, das Beben in ihrer Stimme abzustellen. Sie war so sauer, so verdammt sauer, und als sie jetzt vor Eleanor Cavaliers Schreibtisch stand, konnte sie das Zittern, das ihren Körper erfasst hatte, kaum beherrschen.
»Ich rufe zurück«, sagte Eleanor in den Hörer, legte auf und fixierte Melanie mit ihren dunklen Augen. »Setz dich, lass uns reden. Du kannst nicht einfach so kündigen, du hast zwei Wochen Kündigungsfrist und –«
»Darauf pfeif ich. Wenn man mich so behandelt ... Als ich diese Stelle angenommen habe, sagte man mir, mit meinem Abschluss und meinen Psychologiekenntnissen gäbe es

Aufstiegsmöglichkeiten, man hat mir eine eigene Sendung in Aussicht gestellt.«
Eleanor deutete noch einmal auf den Sessel vor ihrem Schreibtisch. Als wollte sie Melanie beschwichtigen. »Irgendwann könnte es so weit sein.«
»Könnte«, wiederholte Melanie mit einem Schnauben. »*Könnte!* Eleanor, ich habe den Bachelor und ich kenne den technischen Kram in- und auswendig, genauso wie Tiny, verdammt noch mal! Und habe ich nicht Samantha vertreten, als sie in Urlaub war? War ich so schlecht?«
»Nein, natürlich nicht.«
»Und wer springt ein, wenn sie krank ist? Hä? Ich!« Sie wies mit dem Daumen auf ihre eigene Brust. »Ach, was soll's? Ich verschwinde von hier!«, verkündete sie, drehte sich auf dem Absatz um und stürmte hinaus. Mitten auf der Aorta wäre sie beinahe mit Ramblin' Rob zusammengestoßen. Der alte Knilch hatte zweifellos gelauscht. Er verursachte ihr eine Gänsehaut. Aber das tat eigentlich jeder hier. George Hannah war ein alter Lustmolch, und Gator, na ja, er frönte seinem Privatvergnügen. Melanie wollte gar nicht wissen, welcher Art seine Perversionen waren, was er hinter geschlossenen Türen trieb, aber sie ahnte es. Seine Augen … ihr grauste vor seinen Augen. Wenn sie es sich recht überlegte, wusste sie gar nicht, warum sie so lange beim Sender durchgehalten hatte. Wie gut, dass sie mit Trish LaBelle gesprochen hatte. Vielleicht bekam sie ja bei WNAB einen Job. Ja, das wär's. Dann musste sie sich nicht mehr mit dem transusigen Tiny herumärgern. Himmel, er war so unfähig, und jedes Mal, wenn er Samantha sah, fing er beinahe an zu sabbern.

Sie hastete zur Treppe und polterte die Stufen hinunter. Ihre Wut steigerte sich bei dem Gedanken daran, wie viel Arbeit sie in diesen verdammten Sender investiert hatte, wie viel von sich selbst sie in die ›Mitternachtsbeichte‹ eingebracht hatte. Natürlich wusste niemand, wie kreativ sie insgeheim gewesen war. Sie war nicht nur die pflichtbewusste, stets einsatzbereite, lächelnde Angestellte gewesen, die sich für alle anderen ein Bein ausriss, nein, sie hatte weitaus mehr geleistet und hatte sich zweifellos für Sams Job bewährt. Das dachte sie zumindest.
Mit der Schulter stieß sie die Tür zur Außentreppe auf, flog an dem Fettkloß von Sicherheitsbeamten vorbei und winkte ihm ausnahmsweise nicht zu. Wenn der alte Knacker wüsste, was sie getan hatte, wie sie Dr. Sams Entthronung ausgetüftelt hatte! Und jetzt musste sie erleben, wie der Schuss nach hinten losging!
Als sie auf die Straße kam, wehte ihr heiße Luft ins Gesicht. Sie kramte ihre Sonnenbrille aus der Handtasche. Himmel, war das heiß! Vielleicht sollte sie doch in eine andere Stadt ziehen, wo es kühler war, weniger schwül ... Aber das ging natürlich nicht. Noch nicht. Hier in der Stadt hatte sie sich schließlich einen Ruf erarbeitet.
Den du in die Tonne treten kannst, wenn du die Kündigungsfrist nicht einhältst.
Das grelle Sonnenlicht blendete sie, doch sie bemerkte es kaum. Während sie zum Parkhaus ging, in dem ihr Kleinwagen stand, dachte sie ununterbrochen über die ungerechte Behandlung nach, die sie erfahren hatte.
Keiner bei WSLJ verstand, wie viel sie gegeben, wie viel

sie geopfert, wie gründlich sie ihre Karriere geplant hatte.

Innerlich wand sie sich ein wenig bei dem Gedanken daran, wie weit sie dabei gegangen war. Aber als Sam Melanie gebeten hatte, ihr Haus und ihren Kater in Cambrai zu hüten, hatte sie einfach nicht widerstehen können. Es war ihr erschienen, als habe man ihr eine Wahnsinnschance auf einem Silbertablett serviert.

Melanie hatte die Gelegenheit beim Schopfe gepackt. Kaum war Sam auf dem Weg nach Mexiko gewesen, hatte sich Melanie in dem gemütlichen Haus am Lake Pontchartrain eingenistet. Einmal dort, hatte sie in den Besitztümern der Frau Doktor geschnüffelt und sogar die Aufzeichnungen über Annie Seger auf diesem unheimlichen, von Ungeziefer verseuchten Dachboden gefunden. Und sie hatte Sams Kleider anprobiert.

Melanie war sich wild und dekadent vorgekommen und hatte ihren neuen Freund eingeladen, um Samanthas Bett einzuweihen. Sie hatte eins von Samanthas Nachthemden getragen, ein weißes Spitzending mit schmalen Trägern, und überall im Zimmer hatte sie Kerzen angezündet. Was sich dann abgespielt hatte, war einer Orgie gleichgekommen, wie sie noch nie eine erlebt hatte. Als sie jetzt ins Auto stieg, weckte die Erinnerung ein schmerzhaftes Sehnen in ihr. Allein die Tatsache, dass er in Samanthas breitem Bett lag, hatte ihren Freund anscheinend über alle Maßen erregt. Und auch das Gerücht, das Melanie ihm ins Ohr geflüstert hatte, das Gerücht, dass ein eifersüchtiger Liebhaber in diesem Haus seine Freundin ermordet habe, schien ihren Lover total anzutörnen.

Später, als Melanie ihm von Annie Seger berichtet hatte, hatte er einen gewagten, düsteren Plan ausgeheckt – so düster und gefährlich wie er selbst. Er hatte Melanie angestiftet, Sam das Gruseln zu lehren, den Brief in ihrem Auto zu deponieren, die Schaufensterpuppe im Boucher Center auszustatten, sich mit verstellter Stimme als Annie auszugeben und eine Kassette zu besprechen – die Aufzeichnung hatten sie sogar mit Sams Gerät vorgenommen, auf einer ihrer leeren Audiokassetten. Später hatte er beim Sender angerufen und die Kassette abgespielt. Und Sam war ausgeflippt.
O ja, er war gewieft. Er trieb Melanie an, er riet ihr, dass sie, um vorwärts zu kommen, Opfer bringen und alle erdenklichen Mittel und Wege nutzen müsse, um an ihr oberstes Ziel zu gelangen. Wenn seine Anrufe als John ihr auch ein bisschen Angst gemacht hatten, verstand sie doch, dass er es aus Liebe zu ihr getan hatte, damit Sam die Flucht ergriff und das Feld räumte und Melanie zur Moderatorin von ›Mitternachtsbeichte‹ aufsteigen konnte.
Allerdings war es nicht dazu gekommen. Sam war auf ihrem Posten geblieben, und die Hörerzahlen der Sendung waren, größtenteils dank Melanies Bemühungen, gestiegen. Dr. Sams Stern strahlte heller denn je, so sehr, dass die Tonangebenden bei WSLJ von Sam verlangten, die Sendung an allen sieben Tagen zu moderieren. Und Melanie ging leer aus.
Scheiße.
Es war nicht nur unfair, es war dumm. Melanie konnte Sams Job mit geschlossenen Augen bewältigen. Sie war

jünger, klüger und bereit, alles zu tun, was ihr und der Sendung förderlich war.
Heftig schwitzend marschierte sie den heißen Gehsteig entlang und überquerte verkehrswidrig die Straße, um zum Parkhaus zu gelangen. Auf dem Weg zu ihrem Auto achtete sie nicht auf den Schmutz und die Ölflecke auf dem Betonboden. Im Inneren des Kleinwagens war es heiß wie in einem Backofen, doch Melanie bemerkte es kaum. Sie kurbelte das Seitenfenster herab und stieß wütend den Atem aus. Sie brauchte Rat, handfesten Rat von jemandem, dem sie, ihre Karriere und ihre Bedürfnisse wichtig waren.
Es gab nur einen Menschen, auf den das zutraf.
Sie griff nach ihrem Handy und gab die Kurzwahl ihres Freundes ein. Sie würde ihm ihr Herz ausschütten, ihm erklären, was beim Sender vor sich ging, und vielleicht gelang es ihm, sie zu beruhigen. Sie könnten sich treffen und ihre neu gewonnene Freiheit feiern.
Vielleicht, wenn sie Glück hatte, ging er sogar mit ihr ins Bett. In dieser Hinsicht war er in letzter Zeit ein bisschen lasch gewesen. Sie vermutete, dass es an seinem Kokskonsum lag, aber an diesem Abend war er vielleicht bereit für ein Schäferstündchen.
Sie wartete darauf, dass er sich meldete, spielte mit ihrem Schlüssel und betrachtete die Imitation eines mit ihrem Namen bedruckten Louisiana-Kennzeichens. Ihr Freund hatte es ihr geschenkt, und zwar nachdem sie ihm einmal, zu Beginn ihrer Beziehung, ihren Wagen geliehen hatte. Sie strich über die erhabenen Buchstaben, und dann ging er endlich ran.

»Hallo?«
Seine Stimme war wie Balsam. »Gott, bin ich froh, dass ich dich erreiche!« Sie kämpfte gegen die Tränen der Enttäuschung und fuhr fort: »Ich hatte einen höllischen Tag – und eben habe ich gekündigt.«
»Warum?«
»WSLJ will die Sendung erweitern. ›Mitternachtsbeichte‹ soll jede verdammte Nacht ausgestrahlt werden, aber ich darf nicht moderieren. O nein, entweder Dr. Sam oder keiner.« Sie lehnte sich im Fahrersitz zurück. »Es ist zum Kotzen.«
»Dann hast du es richtig gemacht.«
»Ich hoffe es. Ich rufe jetzt gleich bei WNAB an.«
»Warte noch ein bisschen damit. Ich hole dich ab, und wir gehen aus. Was hältst du davon?«
»Ich bin heute bestimmt keine angenehme Gesellschaft.«
»Das glaube ich nicht.« Er lachte. »Ich habe genau das Richtige, um dich aus deiner miesen Laune zu reißen.«
»Und was?«
»Eine Überraschung.« Seine Stimme war dunkel. Sexy. Sie war aufgeregt. Seine dunkle Seite sprach sie an. »Wird sie mir gefallen?«
»Sagen wir es mal so: Es wird eine Nacht, die du für den Rest deines Lebens nicht vergessen wirst. Das verspreche ich dir.«

Father John stand vor der Statue Andrew Jacksons und schaltete sein Handy aus. Er lächelte. Die Dinge entwickelten sich perfekt ... beinahe, als hätte Gott seine Finger im Spiel.

Durch seine Ray-Ban-Sonnenbrille beobachtete er einen Pantomimen, der die Fußgänger am Eingang zum Park unterhielt. Er hatte beobachtet, wie Melanie aus dem WSLJ-Gebäude stapfte, hatte ihren Anruf erwartet und fest damit gerechnet, dass sie ihn sehen wollte. Aber das wollte sie ja ständig. Trotz ihres frechen, unabhängigen Auftretens war sie im Grunde schwach und bedürftig, ein allein stehendes Mädchen, das sich seiner Familie in Philadelphia entfremdet hatte. Eine leichte Beute.
Geistesabwesend betrachtete er die St.-Louis-Kathedrale. Die weißen Mauern blendeten ihn beinahe im grellen Sonnenschein, die hohen Türme und dunklen Kreuze ragten in den strahlend blauen Himmel hinein. Drinnen hielten sich die Frommen auf. Oder die Neugierigen.
Melanie Davis war mehr als entgegenkommend gewesen, dachte er und schlenderte zu einem der schmiedeeisernen Tore hinüber, die in den Park führten, und jetzt hatte sie ihren Zweck erfüllt. Sie hatte ihm auf dem Weg zu seinem höchsten Ziel geholfen, ohne zu wissen, wer er war. Sie war so willig, so leicht zu manipulieren, eine so übermäßig gefällige Dienerin gewesen. Nachdem er erfahren hatte, dass sie als Dr. Sams Assistentin bei WSLJ arbeitete, war er ihr eine Zeit lang gefolgt. In einer Bar an der Bourbon Street hatte er sie angesprochen und sie umgarnt. Innerhalb weniger Tage hatte er ihre Schwäche und ihren unglaublichen Ehrgeiz entlarvt und beides gegen sie verwandt. Zu seinem Vorteil. Zu Samantha Leeds' Sturz.
Es war so einfach gewesen.
Aber einfach ist es eigentlich immer, stellte er nun fest, als er an dem offenen Koffer des Mimen mit den paar Dollar-

scheinen vorüberging. Eine Schar Tauben trippelte und flatterte ihm aus dem Weg.
So leicht es auch gewesen war, Melanies schwachen Punkt zu entdecken, war es doch noch um ein Vielfaches leichter gewesen, das Bedürfnis seines Gefangenen zu erraten. Dieser war beherrscht von der Gier nach jeder Chemikalie, die geschluckt, geschnupft oder in den Körper gespritzt werden konnte, und Father John hatte seinen Hunger bereitwillig gestillt, hatte ihm Substanzen gegeben, die den Körper entkräfteten. Das war das Geheimnis, der Schlüssel zum Erfolg: die Schwäche des Feindes zu erkennen und die gierige Sucht zu befriedigen, alles unter dem Deckmantel der Hilfsbereitschaft.
Er bog von der Decatur auf die North Peters Street ab und schritt schneller aus. Bald würde die Dämmerung anbrechen. Die Dunkelheit war ihm willkommen, er freute sich auf die kommende Nacht, denn dann sollte Melanie Davis für ihre Sünden bezahlen.
Er ging am Französischen Markt vorbei in Richtung Fluss und sog den berauschenden, modrigen Geruch ein. Er griff in seine Tasche, berührte seine heilige Waffe, spürte die scharfe, dehnbare Kraft der Schlinge und wusste, dass sie ihn nicht enttäuschen würde. Als er die Straßenbahnschienen überquerte und die grasbewachsene Böschung hinaufstieg, schlug sein Herz schneller. Von dort oben aus betrachtete er den träge fließenden Mississippi. Der Fluss war so prächtig. Breit. Dunkel. Immer in Bewegung. Verführerisch.
Eine Sekunde lang schloss er die Augen und ließ seine Gedanken wandern. Zu der bevorstehenden Nacht. Zu

Melanie Davis und den Plänen, die er mit ihr hatte. Seine Finger spielten mit dem Rosenkranz – süßes, süßes Instrument für die Tötung derer, die gesündigt hatten.

In diesem Augenblick freute sich Melanie auf die angekündigte Überraschung.

Was sie nicht wusste: Es sollte die letzte sein, die sie erlebte.

33. Kapitel

»Es liegt was in der Luft«, sagte Montoya gereizt und nervös. Sein schwarzes Haar glänzte im grellen Licht von Bentz' Küche, wo drei Rosenkränze neben einer Plastikschüssel und verschiedenen Gefäßen auf dem Tisch lagen; auf Untertassen, Tellern, sogar in alten Margarineschalen schimmerten einige Perlen.
»In der Luft? Wie meinst du das?« Bentz hob eine der Perlen hoch und rollte sie zwischen den Fingern. Plastik, mit abgerundeten Facetten.
Montoya griff in den Kühlschrank und nahm eine Flasche alkoholfreies Bier heraus. »Hast du nichts Stärkeres?«
Bentz schüttelte den Kopf. »Falls du was trinken willst: Ein Stück die Straße hinunter ist eine Kneipe.«
»Du bist nicht im Dienst.«
»Ich bin immer im Dienst«, knurrte Bentz.
»Scheiße.« Montoya betrachtete die halb ausgetrunkene Kaffeetasse auf der Arbeitsplatte und die beinahe leere Glaskanne neben dem Herd, wo ein altes Brot und ein Glas fettarme Erdnussbutter von Bentz' Abendessen zeugten. Montoya öffnete die Flasche. »Das hier ist absolut unamerikanisch.«
»Kein Fett, kein Alkohol, kein Nikotin. Das hat mit dem Älterwerden zu tun.«
»Du bist noch nicht mal vierzig, Mann ... Erzähl mir jetzt bloß nicht, es gibt auch keinen Sex! Das will ich nicht hören.« Montoya zog sich einen Küchenstuhl heran und

setzte sich. »Und was soll das da?« Er deutete auf den Tisch, an dem Bentz seine Experimente durchführte.
»Wonach sieht es denn aus?«, fragte Bentz.
Montoya trank die Flasche halb leer. »Nach einem Lagerfeuerspielchen.«
»Rate noch mal.«
»Schon gut, schon gut, ich sehe Rosenkränze. Es geht also um die Waffe, die der Mörder benutzt. Ich dachte, das wäre längst geklärt. Wir haben die Verletzungen untersucht, haben festgestellt, dass dieser perverse Scheißkerl seine Opfer mit einem Rosenkranz stranguliert. Zum Teufel, er hat der Schaufensterpuppe auf dieser Benefizveranstaltung einen um den Hals gelegt. Also ist er wohl ein übergeschnappter Katholik. Von denen gibt es genug da draußen.«
»Pass auf, was du sagst.« Bentz fixierte Montoya streng. »Ich bin auch einer.«
»Hey, ich auch, ich auch ... Na ja, ich *war* einer.«
»Und wirst es auch wieder«, prophezeite Bentz. »Wir kehren alle zurück in den Schoß der Kirche.«
»Hat das mit dem Älterwerden zu tun?«
»Ja. Komm, schau dir das mal an. Dieser hier ist ein Duplikat von dem, den wir an der Schaufensterpuppe gefunden haben.« Bentz wickelte den ersten Rosenkranz mit durchsichtigen Perlen um seine Hände. Dann steckte er beide Hände in die große Plastikschüssel und zog sie auseinander. Die Perlen sprangen ab, einzeln, in Gruppen, und fielen in die Schüssel. »Nicht allzu stark«, bemerkte er. »Ist nicht zur Benutzung als Waffe gedacht.«
»Das wussten wir schon.« Montoya fasste in die Schüssel

und entnahm ihr drei von dünnem Draht zusammengehaltene Perlen. »Okay, wo mag er dann die superstarke Version gekauft haben?«

»Möchte wetten, er hat sie nicht gekauft.« Bentz hielt eine der Perlen ins Licht und betrachtete die Facetten. »Ich schätze, er hat sie selbst gebastelt. Hat scharfkantige Perlen dafür genommen, so scharfkantig, dass sie die Haut einritzen, hat sie auf starken Draht gefädelt und vermutlich gebetet, während er die Ave-Marias und Vaterunser abzählte.«

»Wäre es nicht einfacher, ein Seil oder einen Draht zu nehmen?«

»Nicht symbolisch genug. Unseren Mann macht diese ganze Sache an. Es gibt in diesem Fall alle möglichen Unterströmungen ... Weißt du, allmählich glaube ich, Samantha Leeds weiß, wovon sie redet. Sie meinte, der Mörder würde sich irgendwie auf ›Das verlorene Paradies‹ beziehen. Ich sollte mir mal ein Exemplar besorgen.«

»Ich habe vielleicht sogar die Sekundärliteratur dazu«, gestand Montoya, und als Bentz grinste, fügte er entschuldigend hinzu: »Hey, im College hatte ich eine Menge Scheiß um die Ohren. Deshalb habe ich die Sekundärliteratur und das Internet benutzt. Das hat viel Zeit und Geld gespart.«

Bentz rieb sich die Hände trocken und griff nach seiner Kaffeetasse. »Du hast gesagt, es liegt was in der Luft.«

»Ja. Ich habe versucht, die zwei Kerle aus Houston aufzuspüren – Annie Segers Freund und ihren Bruder. Sie sollen irgendwo hier in der Gegend wohnen, nicht wahr?

Einer in White Castle, der andere in Baton Rouge. Beide haben einen Job, und beide sind verschwunden. Warum?« Er nahm einen Schluck von dem alkoholfreien Bier und verzog das Gesicht. »Ich sag's nicht gern, aber ich fange an, Wheelers Theorie zu übernehmen, dass es mit Annie Segers Tod zu tun hat. Vielleicht hat sie doch nicht Selbstmord begangen.«
»Du denkst, John hat sie umgebracht?«
»Ja«, entgegnete Montoya, »und ich glaube, er ist entweder Kent oder Ryan Zimmerman.«
»Okay, und das Motiv?« Bentz lächelte freudlos. »Und erzähl mir nicht, dass es um Geld ging, denn das glaube ich nicht.«
»Ich auch nicht. Diesmal nicht. Aber da gibt es etwas, das wir nicht von Annie Seger wissen«, sagte Montoya, leerte die Flasche und stellte sie neben die Schüssel mit den glitzernden Rosenkranzperlen. »Und wir sollten es schnellstens herausfinden.« Er stand auf. »Wo zum Teufel stecken Zimmerman und Seger?«
»Gute Frage.« Eine Frage, die Bentz nicht beantworten konnte. Noch nicht.
»Ich habe ein schlechtes Gefühl bei der Sache.
»Jetzt erst?« Bentz schnaubte. »Ich hatte von Anfang an ein schlechtes Gefühl.«

Der Anrufbeantworter meldete sich. Ty bekam gar keine Gelegenheit, mit Estelle Faraday zu sprechen. Er konnte nur eine Nachricht hinterlassen. Wieder einmal. »Estelle, hier spricht Ty Wheeler. Ich habe hier in New Orleans mit der Polizei gesprochen und ihr alle Informationen

gegeben, die ich habe. Für den Fall, dass du noch nicht zwei und zwei zusammengezählt hast: Es sieht so aus, als hätte der Serienmörder irgendwie mit Annies Tod zu tun. Zum Teufel mit Familiengeheimnissen, Estelle. Hier werden Menschen umgebracht! Falls du etwas über die Sache weißt und Beweismaterial zurückhältst, machst du dich schuldig, und die Polizei wird dich dafür belangen. Die Sache ist ernst. Du kannst entweder mit mir oder mit der Polizei in New Orleans reden, aber falls noch eine Frau sterben muss, mache ich dich persönlich dafür verantwortlich. Meine Telefonnummer hast du ja.« Er knallte den Hörer auf die Gabel und ging in sein Wohnzimmer hinüber. Eine Stunde zuvor hatte er Sam zum Studio gebracht, und in einer Stunde würde sie auf Sendung gehen.
Er schaltete das Radio ein und hörte noch das Ende von Gator Browns Sendung. Heißer Jazz tönte aus den Lautsprechern, die Art von Musik, die Ty eher aufregte als beruhigte. Aber in dieser Nacht war er ohnehin nervös. Angespannt. Er spürte, dass ein Sturm heraufzog. Er sah auf seine Uhr. Navarrone und er hatten sich treffen wollen, um Informationen auszutauschen. Doch Navarrone war noch nicht gekommen. Nicht, dass sich Ty seinetwegen Sorgen machte. Navarrone war ein Geschöpf der Dunkelheit, nachdem er jahrelang beim CIA gearbeitet hatte, fühlte er sich sicherer in der Tarnung der Nacht.
Ty pfiff nach seinem Hund und ging nach draußen. Der Wind frischte auf, die *Strahlender Engel* schaukelte am Anleger. Der Mond verbarg sich hinter Wolken, und es

war drückend. Schwül. Ty hatte das Gefühl, von einer zweiten feuchten Haut überzogen zu sein.
Während Sasquatch im Gebüsch herumschnüffelte, dachte Ty an John, der irgendwo in der Stadt lauerte. Wartete. Bereit zuzuschlagen.
Wo steckst du, du Scheißkerl? Und was zum Teufel treibst du heute Nacht?

Estelle Faraday saß in der Dunkelheit am Pool. Das Wasser leuchtete aquamarinblau, dank einer einzigen flachen Lichtquelle unter Wasser. Ein hoher beschlagener Glaskrug mit Cosmopolitan stand auf dem Tisch, und in einer Hand hielt Estelle ein Stielglas mit einem Rest der rosafarbenen Flüssigkeit, die sie neuerdings als ihr Lieblingsgetränk bezeichnete. Es schmeckte bitterer als gewöhnlich, verdorben, aber es war ihr gleich. Was konnte an Wodka schon falsch sein? Sie schlürfte ihren Drink und versuchte, die Dämonen aus ihrem Kopf zu vertreiben.
Aber sie waren noch immer dort, erbarmungslos, schrien und hieben mit ihren Klauen auf sie ein.
Sie hatte befürchtet, dass es so weit kommen würde, hatte gebetet, dass ihre Sorgen unnötig sein mögen, aber sie wusste, dass es nicht so war. Ty Wheelers drängende Nachrichten auf ihrem Anrufbeantworter hatten sie davon überzeugt. Er würde nicht aufgeben. Das hatte sie bereits vermutet, als er in Houston aufgekreuzt war. Trotzdem hatte sie ihm gedroht, in der närrischen Hoffnung, dass er die Sache ruhen lassen würde.
Stattdessen hatte er sie durchschaut.
Aber er war ja nicht der Erste.

Oh, sie war so naiv gewesen. Während sich die Nacht herabsenkte, erinnerte sie sich an ihre Tochter – klug, hübsch und mit einem Hang zur falschen Sorte von Jungen ... Nicht nur zur falschen Sorte, sondern zu Jungen, mit denen sie niemals hätte zusammenkommen dürfen.
Und von einem war sie schwanger geworden. Das schien sich in dieser Familie zu vererben, schien ein verdammter Genfehler zu sein, den sie an ihre Tochter weitergegeben hatte.
Tränen der Scham und der Reue traten Estelle in die Augen. Sie schlürfte den bitteren Drink, und als das Glas leer war, füllte sie es noch einmal und wischte sich mit dem Handrücken über die Augen. Niemand war zu Hause. Sie war allein. Wieder einmal. Selbst die Hausangestellte hatte sich freigenommen, um mit ihren Kindern und Enkeln zusammen zu sein.
Lieber Gott, wie hatte es bloß dazu kommen können, dass sie nun so einsam war? Als sie noch jünger gewesen war, hatte ihr die ganze Welt offen gestanden. Sie hatte gut ausgesehen, hatte Geld und eine strahlende Zukunft vor sich gehabt. Aber sie war eigensinnig gewesen und hatte ihren versnobten Eltern zeigen wollen, dass sie ihre eigenen Entscheidungen traf.
Sie hatte Wally nie geliebt. Das wusste sie jetzt. Sie hatte es wahrscheinlich auch damals schon gewusst, doch er war ein attraktiver, witziger Junge gewesen, aus der Unterschicht. Er hatte weder Yale noch Harvard oder auch nur Stanford besucht, hatte nicht einmal Abendkurse am College seiner Heimatstadt belegt. Er war roh und wild gewesen und hatte seine Zeit hauptsächlich mit Basteln an

Motorrädern verbracht. Aber zu Anfang hatte er sie gut behandelt, und in Estelles Leben war Güte so selten gewesen wie ein Wolkenbruch in der Wüste.
Estelle hatte Wally anziehend gefunden. Ihre Eltern waren entsetzt gewesen. Natürlich hatte sie nie vorgehabt, ihn zu heiraten, aber die Umstände hatten sie gezwungen, ihre Pläne zu ändern.
»Lass dich nicht von Jungen küssen, Estelle«, hatte ihre Mutter sie gewarnt, als sie zur Highschool ging. »Das ist Teufelswerk. Vergiss nicht, dass es nur zwei Sorten Mädchen gibt: schlechte und gute. Du wirst deine Selbstachtung verlieren, wenn du diese schändlichen Dinge tust, glaub mir. Sei ein gutes Mädchen. Du wirst es nie bereuen.«
Doch Estelle ließ sich von vielen Jungen küssen, und daraus entstand nichts Schlimmes. Sie küsste sogar ausgesprochen gern, besonders, wenn der Junge seine Zunge in ihren Mund schob. Oh, wie sie diese intimen Küsse im Kopf immer und immer wieder nachempfunden hatte! Als ihre Bekanntschaften weitergingen und die Jungen sie anfassten, die Finger in ihren BH schoben und ihre Brüste streichelten, fühlte sie sich zwar ein bisschen ungezogen, aber sie mochte das Gefühl, wenn ihr Blut kochte, wenn dieses Sehnen zwischen ihren Beinen einsetzte. Und als ein Junge unter ihren Rock griff, in ihren Slip fuhr und sie an dieser intimen Stelle berührte, prickelte es und wurde feucht, und sie wollte mehr. Sie benahm sich wie ein Tier, keuchte und wand sich und *begehrte*. Sie las schon seit Jahren Liebesromane, unter der Bettdecke versteckt beim Licht einer Taschenlampe, mit heißem Ge-

sicht, während sich zwischen den Beinen dieses komische, sehnsüchtige Gefühl breit machte, das das Verlangen nach mehr weckte, und als sie schließlich anfing, mit Jungen zu schlafen, erkannte sie, dass dieses Verlangen zu stillen war.
Als sie begann, zu experimentieren und einem Jungen – nach der fünften oder sechsten Verabredung und natürlich heißen Liebesschwüren – gestattete, sie zu berühren, wusste sie sehr wohl, dass es eine Sünde war, eine Sünde, die sie dem Priester nicht beichten durfte, aber sie konnte nicht aufhören. Sie genoss es, sehnte es herbei, war sich ihrer niederen Gelüste bewusst und wollte es umso mehr. Im Gegensatz zu den gräulichen Prophezeiungen ihrer Mutter waren die Jungen so aufmerksam, so begierig darauf, sie zu küssen und zu berühren, bereit, ihr zu sagen, wie schön sie sei und wie sehr sie sie liebten.
Dummerweise glaubte sie ihnen.
Sie verlor mit sechzehn ihre Jungfräulichkeit an einen Jungen, der in den Augen ihrer Mutter die perfekte Partie war – und danach traf er sich nie wieder mit ihr, rief sie nie wieder an, aber vor seinen Freunden prahlte er mit seiner Eroberung. Ihre Mutter fragte sie ständig nach Vincent, was denn aus ihm geworden sei, warum sie sich nicht mehr mit ihm verabrede, und sie ahnte plötzlich, was die Prophezeiung ihrer Mutter zu bedeuten hatte.
Von da an wollte jeder Junge mit ihr schlafen. Wenn sie einen abwies, wurde er böse und erinnerte sie daran, dass sie ja auch für Vincent Miller die Beine breit gemacht habe.
In mancher Hinsicht fand Estelle Spaß daran, ihre Mutter

zu schockieren. Bis sie sich dann von einem Jungen erweichen ließ, den sie wirklich mochte. Sie schlief mit ihm und wurde schwanger. Eine Abtreibung kam nicht infrage, und da sie noch minderjährig war, überredete ihre Mutter sie dazu, »ein Semester im Ausland an einer Privatschule« einzulegen. In Wirklichkeit reiste sie nur nach Austin, wo sie das Kind bekam und zur Adoption freigab.
»Das ist die sanfteste Lösung«, versicherte ihre Mutter ihr, und Estelle beging den größten Fehler ihres Lebens. Nach der Geburt des Jungen bemerkte sie, wie der Arzt, der ihren Erstgeborenen auf die Welt geholt hatte, sie mit kaltem abschätzigem Blick musterte und den schreienden Jungen ohne Regung einer Schwester reichte, die ihn forttrug.
Estelle gab ihrer Mutter die Schuld an ihrem Schmerz, und kurz nachdem sie nach Houston zurückgekehrt war, lernte sie Oswald Seger kennen. Wally war wenigstens nett. Nahm Rücksicht auf ihre Gefühle. Drängte sie nicht, und am Tag, nachdem sie schließlich miteinander geschlafen hatten, rief er sie an und schickte ihr eine einzelne rote Rose, was ihr für immer in Erinnerung bleiben würde.
Wally hatte neben seiner Liebe zu allem Mechanischen eine romantische Ader, und kaum war Estelle achtzehn, da brannten sie durch.
Zehn Monate später wurde Kent geboren, Annie ein paar Jahre später. Estelles entsetzte Eltern verstießen sie, nahmen sie aber nach der Geburt ihres Enkels wieder in die Familie auf. Und der Rest war, wie man so sagt, Geschich-

te, eine Geschichte, die Estelle am liebsten vergessen würde. Als die Kinder noch klein waren, wurde ihr klar, dass sie mit einem Arbeiter, der in der Ölfabrik schuftete, niemals glücklich sein konnte, dass Wallys Begeisterung für Motorräder und Boote Hand in Hand ging mit seiner Unfähigkeit, sein Konto gedeckt zu halten oder gar zu sparen.

Glücklicherweise lernte sie Jason Faraday kennen ... Nun ja, damals glaubte sie, es sei ihr Glück. Jetzt, als sie ihren dritten Cosmopolitan trank und der Alkohol ihr ins Blut ging, war sie dessen nicht mehr so sicher. Es gab noch weitere Geheimnisse, Geheimnisse, die sie nie so genau beleuchtet hatte, die sie aber Tag und Nacht heimsuchten. Einen weiteren Skandal würde sie nicht überleben. Es hatte schon viel zu viele gegeben ...

Ihr war schwindlig; sie betrachtete den Pool. Blickte in die klare aquamarinblaue Tiefe. In das ruhige, verlockende Wasser. In der Nähe stand die Statue der Jungfrau. Blass in der zunehmenden Dunkelheit, die Arme weit ausgebreitet, willkommen heißend, einladend.

Während Estelle den Krug leerte und den Rest des Getränks in einem langen Zug austrank, rannen Tränen über ihre Wangen. Sie stand auf, und ihre Knie gaben ein wenig nach. In ihrem Kopf drehte sich alles, doch sie wusste, was sie zu tun hatte. Sie trat an den Rand des Pools. Dachte an die Menschen, die sie geliebt hatte – wie töricht –, und an die Menschen, die sie verloren hatte. An all ihre Kinder. Sie hatte sie alle fortgegeben, auf die eine oder andere Weise, und aus einem war ein grauenhaftes Monster geworden. *Was für eine Mutter bist du?*

Sie schlüpfte aus ihren Sandalen, ging um den Pool herum zum tiefen Ende, wo das Licht am hellsten leuchtete. Himmel, die Drinks waren stark gewesen … beinahe, als hätte jemand etwas hineingeträufelt, aber das war unmöglich. Es sei denn … Nein, ihr letzter Besucher hatte bestimmt nichts in die Wodkaflasche geschüttet. Natürlich nicht. Nicht, dass es noch wichtig gewesen wäre. Nichts war mehr wichtig. Ihre Zehen legten sich um den warmen Beckenrand. Sie schwankte, fing sich wieder, ihre Gedanken wirbelten durcheinander. Ihr unsicherer Blick heftete sich auf die Marienstatue – Heilige Mutter – Gesegnete Jungfrau. »Vergib mir«, flüsterte Estelle, schloss die Augen und ließ sich fallen.

34. Kapitel

»Was soll das heißen, Melanie kommt nicht?«, wollte Sam später am Abend auf dem Weg zu ihrer Kabine wissen. Sie hatte den Tag mit dem Studium von Annie Segers Leben verbracht und keine weiteren Hinweise auf Johns Identität gefunden. Außer der Polizei versuchte auch Tys Kollege, der nie gesehene Andre Navarrone, das Puzzle zusammenzufügen. Bevor der Mörder erneut zuschlug.
»Wie ich schon sagte«, antwortete Tiny mit einem Schulterzucken. »Melanie kommt nicht mehr. Nie mehr. Sie ist heute richtig sauer geworden, ist in Eleanors Büro gestürmt und hat gekündigt. Eleanor schäumt vor Wut, weil sie nicht einmal ihre zwei Wochen Kündigungsfrist eingehalten hat.« Er grinste schmierig. »Überleg dir das mal.«
»Was ist mit der Polizistin?«
»Sie kommt bestimmt noch, aber bis dahin sind wir beide ganz allein, Baby.«
»Baby?«, wiederholte Sam, deren Nerven ohnehin schon zum Zerreißen gespannt waren. Sie fuhr zu Tiny herum und konnte nur mit Mühe verhindern, dass sie ihn anschrie. »Hast du mich gerade Baby genannt? Hör zu, Tiny, tu mir bitte einen Gefallen, ja? Nenne mich nie wieder Baby oder Tussi oder Püppi, und benutze auch nicht irgendeinen anderen so genannten Kosenamen, den Männer sich für Frauen ausdenken.«
»Gottchen, es war doch als Kompliment gemeint.«

»Gottchen, es ist aber keins, okay?«, raunzte sie ihn an, bemerkte dann seinen gekränkten Blick und bereute ihre Heftigkeit sofort wieder. »Puuh, ich bin wohl doch ein bisschen gestresster, als mir selbst klar war. Entschuldige. Du hast einfach einen wunden Punkt berührt.«
»Schon gut. Ich tu's nie wieder«, versicherte er, offenbar noch immer verletzt. Damit schlüpfte er in die Kabine neben ihrer.
Sam schaute auf die Uhr und stellte fest, dass ihr gerade noch genug Zeit blieb, um Melanie anzurufen und ihr deutlich zu machen, dass sie gebraucht wurde. Statt die technische Anlage in ihrer Kabine durcheinander zu bringen, lief sie zu Melba ins Foyer und bediente sich dort eines freien Apparats. Sie wählte, und während sie versunken die verschiedenen grotesken, von Halogenlicht angestrahlten Kunstgegenstände betrachtete, wartete sie, dass Melanie ranging.
»Mach schon, mach schon«, sagte sie mit einem neuerlichen Blick auf die Uhr.
Melanies Anrufbeantworter meldete sich. »Hi, ich bin nicht zu Hause ... Sie kennen das übliche Prozedere, hinterlassen Sie bitte eine Nachricht.« Der Signalton erklang.
»Melanie? Melanie ... bist du da? Hier ist Sam. Komm schon, melde dich, ja? Wir könnten hier im Studio ein bisschen Hilfe gebrauchen. Bitte. Melanie? Melanie ...«
Der Hörer wurde abgehoben.
»Mel–«
Und wieder auf die Gabel geknallt.
Samantha schrak zusammen und kam zu dem Schluss,

dass es keinen Sinn hatte, mit Melanie zu sprechen. Sie war sauer, sie würde es sich nicht anders überlegen. Nicht in dieser Nacht. Anscheinend wollte sie ihren Kollegen etwas beweisen. Sam eilte zurück in ihre Kabine und stieß beinahe mit Dorothy, der Polizistin, zusammen, die, einen Pappbecher mit Kaffee in der Hand, gerade um die Ecke kam.

»Uuups ...« Es gelang Dorothy zu verhindern, dass der Kaffee überschwappte. »Jahrelanges Training«, erklärte sie und fügte hinzu: »Wie ich höre, sind Sie heute Nacht allein.«

»Das habe ich eben erst erfahren.« Sam war vor ihrer Kabine angelangt und warf einen Blick ins benachbarte Studio. Tiny saß an seinem Pult, den Kopfhörer über den Ohren.

»Keine Sorge«, bemerkte Dorothy, die mit der freien Hand die Tür öffnete. »Ich kenne die Abläufe. Sie, Tiny und ich, wir schaffen das schon.«

»Das hoffe ich«, sagte Sam und wünschte, Melanie wäre nicht so unbeständig und starrsinnig. Trotz ihrer Fehler war Melanie eine bewährte Kollegin, anregend, immer auf dem neuesten Stand, unzählige überspannte Vorhaben im Kopf. Genau das ist ihr Problem, dachte Sam, die Kleine ist ehrgeiziger, als gut für sie ist.

Kaum hatte sie die Kabinentür hinter sich geschlossen, schob Sam alle Gedanken an Melanie zur Seite. Sie hatte zu arbeiten. Und sie hatte einen Plan. Einen Plan, den sie weder Ty noch Eleanor noch der Polizei anvertraut hatte, einen Plan, den sie nur ausführen würde, wenn sie sich ganz sicher fühlte. Doch sie war überzeugt, dass ihr nichts

geschehen konnte. Sie wurde zum Sender und zurück nach Cambrai gefahren, das Haus war abgeschlossen, die Alarmanlage eingeschaltet, und hier an ihrem Arbeitsplatz wimmelte es von Sicherheitsdienstleuten und Polizisten. Sie musste John erreichen, musste der Polizei helfen, ihn zu schnappen, bevor er sich sein nächstes Opfer suchte.
Sie stellte Mikrofon und Headset ein, überprüfte die Lautstärke und vergewisserte sich, dass das Computerdisplay richtig funktionierte. Auf ein Zeichen von Tiny in der Nebenkabine hin hörte sie die Eingangsmusik und wartete, bis die letzten Takte verklungen waren. Dann beugte sie sich übers Mikrofon. »Guten Abend, New Orleans, hier ist Dr. Sam mit ›Mitternachtsbeichte‹, einer Talkshow, die Herz und Seele gut tut. Heute Nacht wollen wir über Opfer sprechen«, sagte sie, überzeugt, dass dieses Thema John am ehesten dazu bewegen würde, sie anzurufen. »Wir alle bringen Opfer. Jeden Tag. Normalerweise für einen Menschen, den wir lieben, für den Chef oder für etwas, das wir uns wünschen. Es ist ein Teil unseres Lebens. Aber manchmal haben wir das Gefühl, dass ein Opfer zu groß ist, dass wir immer nur geben und dass es nicht anerkannt wird.« Schon blinkten die Kontrolllämpchen der Leitungen eins, zwei, drei und vier. Aus den Augenwinkeln sah sie Tiny und die Polizistin, die redeten, nickten, die Anrufe siebten. Der erste Name erschien auf dem Display. Arlene.
Sam drückte die entsprechende Taste. »Hier ist Dr. Sam«, sagte sie. »Mit wem spreche ich?«
»Hi. Hier ist Arlene.«
»Willkommen in unserer Sendung, Arlene. Ich schätze,

du rufst an, weil du persönliche Erfahrungen oder Beobachtungen zum Thema Opfer beisteuern willst?«

»Ja, ja. Genau. Ich bin Mutter von drei Kindern ...« Arlene ließ sich darüber aus, dass sie alles für ihre Kinder tat und sie bedingungslos liebte. Währenddessen las Sam die übrigen Namen auf dem Display. Mandy war auf Leitung zwei, Alan auf der drei, Jennifer auf der vier.

Nachdem Sam mit den vier Anrufern gesprochen hatte, war die Sendung schon zur Hälfte vorüber. Bis jetzt hatte John den Köder noch nicht genommen.

Sam hoffte, dass es nur eine Frage der Zeit war, bis er anbiss.

»Ich soll so tun, als wäre ich Dr. Sam?«, fragte Melanie ihren Freund und verdrehte die Augen. Sie war noch immer wütend wegen der Vorfälle im Sender und hatte bereits rasch hintereinander zwei Gläser Wein getrunken. Jetzt stand sie in der Kochnische ihrer Studiowohnung, schnitt Limonen in Scheiben und mixte Drinks. Ihr Freund, in schwarzer Jeans, schwarzem T-Shirt und Lederjacke, durchmaß den Raum von einem Ende bis zum anderen. Er wirkte nervös, und die prickelnde Erregung, die Melanie in seiner Gegenwart stets verspürte, war intensiver als sonst. Sie wusste nicht viel von ihm, schätzte ihn aber als schlimmen Finger ein, als einen Menschen, dem nichts heilig war und der sich nicht um das Gerede der anderen oder um gesellschaftliche Gepflogenheiten scherte.

Der Chardonnay zeigte Wirkung. Melanie war nicht mehr so verkrampft, ihre Muskeln entspannten sich ein wenig,

doch ihre sonst so geschickten Finger handhaben das Messer ein bisschen unbeholfen.
»Ich denke, das könnte ein interessantes Spielchen sein«, sagte er, blickte aus dem Fenster und schloss die Fensterläden, offenbar um eine intimere Atmosphäre herzustellen.
»Oh, ich hatte ganz vergessen, dass du auf Spielchen stehst.«
»Tun das nicht alle?«
»Nein ... eigentlich nicht.« Sie presste etwas Limonensaft in altmodische Gläser voll Gin und Tonic. »Übrigens kannst du die Sonnenbrille jetzt absetzen. Es ist dunkel.«
»Ich habe wieder Probleme mit den Augen. Deshalb lasse ich sie an.«
»Oh.« Immer wieder vergaß sie, dass er unter irgendeiner Schwäche litt, die verhinderte, dass sich seine Pupillen angemessen weiteten, und dass er deshalb immer bemüht war, sich vor Licht zu schützen. Doch hier in der Wohnung hatte Melanie alle Lampen gelöscht und stattdessen Kerzen angezündet. »Wie du willst.« Sie hatte keine Lust zu streiten. Im Grunde war sie schon wieder milde gestimmt, und sie glaubte, eine ausgedehnte Liebesnacht würde ihr jetzt wirklich gut tun. Mit einem verstohlenen Blick auf ihr Bettsofa stellte sie sich vor, nackt mit ihm dort zu liegen, während er wild in sie hineinstieß, wie er es vor Wochen in Sams Bett getan hatte.
»Wie du willst«, wiederholte er. »Das ist eine interessante Aussage.«
Er bedachte sie mit seinem umwerfenden Lächeln. Ihr Herz begann zu rasen. Eindeutig ein schlimmer Finger.

Nicht der Typ, den man Mom und Dad vorstellen kann. Zum Ehemann nicht geeignet, aber das war ihr egal. »Was mich betrifft, können mich alle bei WSLJ einschließlich der hauseigenen Radiopsychologen am Arsch lecken. Mit denen bin ich fertig. In dieser Stadt gibt es genügend Jobs, ich muss mich nicht mit dem Scheiß begnügen, den sie mir da bieten.«

»Natürlich nicht.« Er ging zur Stereoanlage, legte einen Schalter um, und im nächsten Moment ertönte Samanthas Stimme aus dem Kino-Soundsystem, das Melanie selbst installiert hatte.

»Ist ein Opfer also etwas Gutes? Ist es notwendig?«, befragte Dr. Sam das Publikum.

Melanie glaubte, sich übergeben zu müssen. Wie hatte sie das selbstgerechte Weibsstück überhaupt so lange ertragen können? »Sie versucht immer noch, John zu einem Anruf zu reizen«, sagte sie.

»Möchte wetten, er beißt an.« Er ließ die Jalousien herab.

»Würde ihr recht geschehen. Er macht sie zu einem nervlichen Wrack, weißt du?«

»Kann ich mir vorstellen.«

»O ja.« Die Drinks in den Händen, durchquerte sie das kleine Zimmer. »Vielleicht sollte ich anrufen – nein, nein, viel besser noch: *Du* rufst an. Du kannst den John so wunderbar imitieren. Manchmal glaube ich fast ... Ich weiß, das klingt verrückt, aber manchmal frage ich mich, ob du vielleicht John bist.«

»Hättest du dann nicht Angst vor mir?« Er starrte sie eindringlich an.

»Und wie. Der Typ ist total abgedreht, und jetzt ... jetzt bringt man ihn mit irgendwelchen Morden in Verbindung. Es ist übrigens ein dummer Zufall, dass er sich zur selben Zeit zum ersten Mal bei Sam gemeldet hat, als wir mit unseren Streichen gegen sie angefangen und diese Annie-Seger-Geschichte hervorgekramt haben.« Sie reichte ihm ein Glas. »Es gibt mir schon zu denken.«
»Hoffentlich sind es keine schlechten Gedanken.«
Er nahm einen Schluck von seinem Drink und musterte Melanie durch diese verdammte Brille, die gleiche Art Brille, wie sie der Mörder auf dem Phantombild trug. War es möglich ... Ausgeschlossen. »Manchmal glaube ich, dass du auch ein Spiel mit *mir* treibst«, bemerkte sie und stürzte ein Viertel des Gin Tonic herunter. »Es macht dir Spaß, mir Angst einzujagen. Das törnt dich an. Du willst, dass ich glaube, du könntest der Spinner sein, der beim Sender anruft.«
»Habe ich nicht gerade gesagt, dass wir alle unser Spielchen treiben?«
Sie kicherte. Trank noch einen großen Schluck und fühlte sich schon leicht beschwipst. Frei. Ungebunden. Vielleicht war es gut, dass sie WSLJ verließ. Sie fuchtelte scherzhaft mit dem Finger unter seiner Nase herum. »Du drehst den Spieß immer um.«
»Und das gefällt dir.«
»Ja«, antwortete sie, schlang einen Arm um seinen Nacken und blickte zu ihm auf. »Ja, das gefällt mir.«
»Mir auch.« Seine Stimme war so dunkel und sexy, sanft schleppend nach Texas-Art, und das fand sie sehr aufrei-

zend. »Also, dann tu mir den Gefallen ... Setz dich einfach hin und tu so, als wärst du Dr. Sam, die ihre Sendung moderiert.« Er deutete auf ihr Bettsofa.
»Und wer bist du?«, erkundigte sie sich, während eine weinerliche Frauenstimme aus den Lautsprechern tönte. Die Anruferin beklagte sich darüber, dass sie ihre alten Eltern pflegen musste. *Ach, hör doch auf zu jammern*, dachte Melanie.
»Wer ich bin? John, versteht sich.«
»Versteht sich«, wiederholte sie trocken und fügte leise hinzu: »Das hätte ich mir denken können.«
»Also – hat sie bei der Sendung so etwas an?«, fragte er mit einer Handbewegung, die ihre Shorts und das Trägertop umfasste.
»So etwas? Die versnobte Frau Doktor aus L.A.? Nie im Leben.«
»Dann zieh dich um.«
»Wie denn?«
»So, dass es stimmt.«
»Ich habe keine Lust ...«
»Komm schon, Melanie. Mach mir die Freude. Mach *dir* die Freude.«
Die Vorstellung sagte ihr zu, und trotz leise nagender Zweifel ging sie zum Schrank und nahm einen Khaki-Wickelrock und eine weiße ärmellose Bluse heraus – das war typisch Dr. Sam. Sie zog sich in den Ankleidebereich neben dem Bad zurück, riss sich die Kleider vom Leib, zögerte kurz bei der Unterwäsche und streifte sie ebenfalls ab. Wenn sie in dieser Nacht mit ihm schlafen wollte, musste sie ihn schon mit der Nase darauf stoßen. Sie

lockerte ihr Haar, trat hinter dem Raumteiler hervor, und sah ihn dort stehen, beide Gläser in den Händen.
»Ich habe deinen Drink aufgefüllt«, erklärte er, reichte ihr das Glas und stieß mit ihr an. »Auf die Vergangenheit, die wir hinter uns lassen.«
»Ganz besonders WSLJ.« Sie nahm einen tiefen Schluck und rümpfte die Nase. Der Drink schmeckte ein bisschen bitter.
»Schmeckt es dir nicht?«, fragte er.
Sie wollte ihn nicht kränken und sagte ausweichend: »Ein bisschen ... ein bisschen stark.«
»Ich dachte, du wärst in Partylaune.«
»Bin ich auch«, versicherte sie. Ihr war leicht schwindlig, die Lippen fühlten sich taub an. Sie war bereits betrunken, es war rasend schnell gegangen. Aber sie hatte auch nicht viel gegessen und vor ihrem ersten Drink schon zwei ... oder drei ... Gläser Wein genossen. »Ich sollte mich vielleicht lieber setzen.«
Er lächelte. »Wenn du möchtest. Und jetzt ... wie wär's, wenn du Dr. Sam spielst?«
Junge, Junge, er war aber hartnäckig heute Abend. Aber das störte sie nicht. Melanie schickte ihm einen anzüglichen Blick, dann ergriff sie ihr schnurloses Telefon und senkte die Stimme zu einem tiefen, vollen Flüstern. »Guten Abend, New Orleans, ihr hört ›Mitternachtsbeichte‹, und ich bin eure Gastgeberin, Dr. Sam. Erzählt mir, was euch auf der Seele liegt, schüttet mir euer Herz aus, beichtet all eure Sünden und –«
»Moment«, fiel er ihr ins Wort.
»Was denn?« Mannomann, in ihrem Kopf drehte es

sich gewaltig. »Ist das ... ist das nicht so, wie du es wolltest?«
»Ungefähr. Aber es könnte noch besser sein.«
»Besser?«, gab sie zurück, und ihre Zunge fühlte sich zu groß an für ihren Mund. Zu dick. Sie konnte nicht richtig sprechen, konnte nicht einmal mehr klar denken.
»Du brauchst das hier.«
»Wa...?«, fragte sie und sah, wie er in seine Tasche langte und eine langhaarige rote Perücke hervorzog. »Oh ...« Sofort stand ihr Samantha Leeds' dunkelrotes Haar vor Augen. »Muss ich wirklich?«
»Ja, Samantha, du musst.«
»Aber ich heiße Melanie ...« Er streckte die Hand aus, hob ihr Haar an und zog es ein wenig zu heftig hoch auf ihren Kopf. »Autsch ... Warte ... Ich mach es selbst«, rief sie, konnte jedoch ihre Hände nicht dazu bringen, ihrem Verstand zu gehorchen. Das war merkwürdig. Sie war betrunken ... nein, mehr als betrunken ... Als ob ... als ob sie etwas eingenommen hätte ... als ob jemand ihr etwas in den Drink geschüttet hätte ... als ob ...
»So«, sagte er, und sie bemerkte, dass sein Gesicht gerötet war, dass Schweiß unter seiner dunklen Brille hervorrann. »So ist es schon besser.« Er sah sie mit einem kalten, höhnischen Lächeln abschätzend an, und ihr wurde kalt bis ins Mark. »Und jetzt hör zu ...« Er wandte den Kopf wie in Trance zu den Lautsprechern um.
»Aber ich dachte, ich sollte –«
»Halt den Mund! Du sollst einfach den Mund halten!«
»Augenblick mal.« Warum war er so gemein zu ihr? Ungewollt schossen ihr Tränen in die Augen.

»Hey ... schschsch ...«, sagte er entschieden freundlicher, neigte sich ihr zu und küsste sie. Sie fühlte sich gleich besser, obwohl ihr noch immer schwindlig war. »Zieh dich doch aus, Sam.«
»Ich bin nicht –«
»Es ist doch nur ein Spiel.«
Ach ja. Jetzt erinnerte sie sich wieder. Sie nestelte an den Knöpfen der Bluse und spürte, wie seine Hände ihr zu Hilfe kamen.
»Du musst bereuen.«
»Was?«
»Deine Sünden.«
Ihre Bluse stand offen, ihre Brüste waren entblößt.
»Siehst du ... Du bist eine Schlampe, Samantha.«
»Aber ich bin nicht ...«
Verschwommen nahm sie wahr, dass ihr etwas über den Kopf gestreift wurde, harte, kühle Steine – eine Halskette. Im Hintergrund hörte sie über das Dröhnen in ihrem Kopf hinweg Dr. Sam über Opfer reden und ...
Die Halskette war eng, schnitt ihr in die Haut. »Hey!« Sie konnte zwar nicht mehr klar denken, aber sie wusste, dass hier etwas nicht stimmte. »Du tust mir weh.«
Er zog die Schlinge noch fester zu, und sie konnte nicht mehr sprechen, nicht schreien. Das ... das ging zu weit.
Hör auf! Ich kriege keine Luft!, wollte sie rufen, aber die Worte kamen nicht über ihre Lippen. Ihre Finger fuhren an ihren Hals und versuchten, die grauenhafte Halskette wegzuzerren. Das war kein Spiel, das wurde ihr jetzt bewusst. Sie erblickte flüchtig das Gesicht ihres Freundes, die verzerrten Lippen, die Zähne gefletscht wie die eines

wilden Tieres, die Augen verborgen hinter den dunklen Gläsern.
Nicht! Bitte! O Gott! All die Ängste, die in einem Winkel ihres Bewusstseins gehaust hatten, all die Ahnungen, die sie standhaft verdrängt hatte, brachen sich nun Bahn. *Er ist John. Der Anrufer. Der Mörder. Er bringt dich um! Er hat es von Anfang an geplant.*
Ihre Lungen schmerzten, ihre Haut brannte. Sie rang nach Luft – vergeblich. Sie trat um sich und kratzte und wehrte sich, doch er war stark, so verdammt stark.
»So ist es recht, New Orleans! Kommt schon, sprecht mit mir, erzählt mir von den Opfern, die ihr gebracht habt ...«, sagte Dr. Sam wie von weither, und ihre Stimme entfernte sich immer mehr ...

Father John zog seine gemeine Waffe zu, knirschte mit den Zähnen, starrte in die goldenen Augen des Mädchens, das ihm vertraut hatte. Dummes, dummes Mädchen, dachte er, als ihr Widerstand erschlaffte und sie still dalag, leblos. Die Seele der Sünderin war von ihrem Körper befreit. Seine Hände schmerzten, die Knöchel waren weiß von der Anstrengung, ihr Leben auszulöschen.
Das Blut rauschte in seinen Ohren, die Erregung des Tötens machte ihn hart. Er lauschte auf das letzte Rasseln in ihrer Brust und auf die melodische Stimme seines nächsten Opfers, der einzigen noch lebenden Frau, die er wollte ... *Du bist bald an der Reihe, Dr. Sam ... Sehr bald schon, und für dich habe ich mir etwas ganz Besonderes ausgedacht.*
Er löste den Rosenkranz von Melanies Hals, und begann

hastig, der Leiche den Rock auszuziehen. Er war hart, heiß. So sehr, dass es schmerzte. Samanthas Stimme brachte sein Blut zum Kochen, peitschte seine Lust hoch. Er bestieg die tote Frau und schloss die Augen. Er war bei Samantha. Mit Leib und Seele. Er lag in ihrem Bett, in dem prachtvollen Himmelbett, wie damals mit Melanie. Sie hatte sich auf ihn gelegt, ihn mit den Lippen umfangen, dort, in Samanthas privatem Zimmer, in dem es überall nach ihr duftete ... Da war er ihr so nahe gewesen. Und bald würde er ihr wieder nahe sein. Noch viel näher. Ihre heutige Botschaft zum Thema Opfer war für ihn bestimmt.
Für ihn allein.
Sie war bereit, er wusste es. Sie würde für ihre Sünden büßen, und dann würde sie sich opfern. Sich ihm opfern.

Ty schaute auf seine Uhr. Sams Sendung würde nur noch fünfundvierzig Minuten dauern, und es war Zeit aufzubrechen. Navarrone hatte sich noch nicht blicken lassen. Ty leerte sein Glas und griff nach seinem Schulterhalfter.
»Du glaubst demnach, Opfer zu bringen gehört einfach zum Leben dazu?«, fragte Sam einen Anrufer, was Tys Sorge nur noch erhöhte. Was dachte sie sich dabei, den Mörder so aufzustacheln?
»Ja, richtig. Ich habe es satt, alle Welt darüber jammern zu hören«, sagte ein Mann mit nasaler Stimme.
Durchs offene Fenster vernahm Ty das unverkennbare Kläffen von Mrs. Killingsworths Hund, der mal wieder Radau machte.
Sasquatch hatte auf dem Teppich vor der Tür gelegen.

Nun stand er auf und spitzte die Ohren. Ein dumpfes Grollen kam aus seiner Kehle.
»Schon gut«, beruhigte Ty ihn, ging zur Schiebetür hinüber und schlüpfte nach draußen, wo Insekten summten und das Radio nur gedämpft zu hören war. Aber irgendetwas stimmte nicht. Er spürte es so deutlich wie den heißen Atem des Windes. Blinzelnd starrte er in der Dunkelheit zu seinem Boot hinüber. Er glaubte, einen sich bewegenden Schatten zu sehen, sagte sich jedoch, dass es nur Einbildung gewesen sei.
Er durfte nicht länger warten. Nicht, wenn er dafür sorgen wollte, dass Sam sicher nach Hause gelangte. Ihre Stimme im Radio, die noch immer Fragen beantwortete und Ratschläge erteilte, drang an sein Ohr. Er eilte wieder hinein. »Los«, sagte er zu seinem Hund. Als er nach seiner Pistole im Schulterhalfter griff, richteten sich die feinen Härchen auf seinem Arm auf. »Gehen wir.« Er war gerade zur Tür hinaus, da bemerkte er die dunkle Gestalt, die sich aus den Schatten löste.
Tys Finger spannten sich um die Pistole. »Navarrone?«
»Ja.« Andre erwartete ihn bei seinem Volvo.
»Mistkerl, wo hast du gesteckt?«
»Steig ein, dann sag ich's dir«, erwiderte der andere und marschierte um den Volvo herum zur Beifahrertür. »Ich glaube, ich weiß, wer der Mörder ist.«

Sam warf einen Blick auf die Uhr. Die Sendung war gleich vorüber. Sie handelte die Anrufe ab, einen nach dem anderen, hörte zu, gab den Leuten Tipps. Ihre Muskeln waren verkrampft, ihre Nerven zum Zerreißen gespannt.

John hatte nicht angerufen. Das überraschte sie im Grunde nicht sonderlich. Es war gut möglich, dass er sich später meldete, vielleicht sogar erst, wenn sie zu Hause war.

»Du würdest also für niemanden ein Opfer bringen«, sagte Sam zu einer Frau, die sich als Millie vorgestellt hatte, und sah im selben Moment aus den Augenwinkeln, wie Tiny hektisch winkte und auf ihren Computer deutete. Sie schaute auf das Display. Johns Name blinkte auf Leitung drei.

»Ich habe genug Opfer gebracht, als ich verheiratet war«, entgegnete Millie.

Sam musste sie in der Leitung halten, musste sie zum Reden animieren, damit John, falls er die Sendung verfolgte, wusste, dass sie noch beschäftigt war. In der Zwischenzeit konnte sein Standort ermittelt werden.

»Und wenn du noch einmal geheiratet hättest?«

»Eher wäre die Hölle eingefroren«, schnappte Millie und schnaubte verächtlich.

Hör nicht auf, Millie. Erzähl weiter, flehte Sam im Stillen, und während sie Leitung drei blinken sah, brach ihr der Schweiß aus. Bevor er ernüchtert auflegte, musste sie seinen Anruf entgegennehmen. Er wusste zweifellos, dass man versuchen würde, den Anruf zurückzuverfolgen, also achtete er bestimmt darauf, nicht zu lange in der Leitung zu bleiben. »Danke, dass du uns deinen Standpunkt klar gemacht hast«, sagte Sam, als die Polizistin am Fenster zwischen den Kabinen auftauchte und Sam mithilfe von Gesten aufforderte, sich jetzt John zuzuwenden und irgendwie dafür zu sorgen, dass er nicht zu schnell wieder

auflegte. Sam drückte die Taste für Leitung drei. »Hallo, hier spricht Dr. Sam. Du bist auf Sendung.«
Niemand meldete sich.
»Hallo? Hier ist Dr. Sam«, sagte sie noch einmal und bekam noch immer keine Antwort.
Sie wartete; das Kontrolllicht für Leitung drei blinkte nach wie vor, was bedeutete, dass der Anrufer noch nicht eingehängt hatte.
»Hörst du mich? Möchtest du über Opfer reden?«, fragte sie in dem Versuch, die Stille zu überbrücken. »Hallo? Ist da jemand?« Sie blickte durch die Scheibe zu der Polizistin hinüber, die einen Finger hob, die Taste der Leitung drei drückte, damit der Anruf nicht verloren ging, und Sam anwies, ein anderes Gespräch anzunehmen.
Sam tat, wie geheißen. Sie unterhielt sich nun mit einem Mädchen namens Amy, immer in dem Bewusstsein, dass Leitung drei noch aktiv war, dass John irgendwo da draußen lauerte, die Sendung anhörte und versuchte, in Kontakt zu ihr zu treten.
Und wenn er in diesem Augenblick jemanden umbringt? Das ist es doch, was ihn antörnt: Er tötet Frauen, während er deine Sendung anhört. So hat er es mit Leanne gemacht und mit den anderen auch. In diesem Augenblick könnte er ...
Sie sah Tiny am Fenster stehen und verzweifelt winken, und ihr wurde klar, dass sie etwas verpasst hatte, dass Amy aufgelegt hatte. »Entschuldigt bitte«, sprach Sam ins Mikrofon. »Anscheinend sind hier bei WSLJ technische Probleme aufgetreten. Uns bleiben noch ein paar Minu-

ten, also, ruft bitte an.« Leitung eins blinkte auf. Der Name auf dem Computerbildschirm war John.
Er hatte also eingehängt und noch einmal angerufen. Sie schaltete die Leitung frei. »Hier ist Dr. Sam, du hörst ›Mitternachtsbeichte‹. Mit wem spreche ich?«
»Du weißt, wer ich bin, Samantha. Ich bin John, Father John, und ich weiß alles über Opfer. Ja, und ich habe gerade sogar ein weiteres Opfer gebracht.«

35. Kapitel

Hallo?« Sams Stimme im Radio klang panisch. Ty blieb beinahe das Herz stehen. Er gab Gas, musste aber gleich wieder auf die Bremse treten, weil der Stadtverkehr stockte. »Hast du das gehört?« Er warf Navarrone einen kurzen Blick zu.
»Kent Seger. Er hat sie angerufen.«
»John? Bist du in der Leitung? Hier ist Dr. Sam.«
Ty schlug mit der Faust aufs Lenkrad, griff nach seinem Handy und gab eine Kurzwahl ein.
»Hallo?«, sagte Sam erneut.
Klick.
»Er ist weg«, stellte Navarrone fest, während Ty darauf wartete, dass irgendwer bei WSLJ seinen Anruf annahm. Was hatte Sam bloß dazu veranlasst, Seger auf diese Weise zu ködern? Tys Magen verkrampfte sich bei dem Gedanken, dass Kent in ihrer Nähe war, sogar mit ihr redete.
»Mach schon, mach schon«, knurrte Ty ins Handy, während er eine Seitenstraße entlangfuhr. Es war spät, Donnerstagnacht, und da herrschte für gewöhnlich kaum Verkehr, aber nicht so heute. Gereizt sah Ty Navarrone an. »Bist du sicher, dass Kent Seger der Mörder ist? Nicht Peter Matheson oder Ryan Zimmerman?«
Navarrone hielt Tys Blick stand und fragte stumm, ob er ihn schon jemals enttäuscht habe. »Es ist Seger. Es kann nur er sein. Matheson lebt nicht in dieser Gegend. Zim-

merman hat eine andere Blutgruppe als der Mörder. Also bleibt nur noch Annies Bruder.«
Beim Sender meldete sich niemand. Ty brach der Schweiß aus.
Er hatte noch nie erlebt, dass sich Navarrone irrte, aber irgendwann war immer das erste Mal. »Wieso zum Teufel sind heute die Straßen so verstopft?« Sirenen kreischten durch die Nacht. Als zwei Polizeiautos und ein Krankenwagen mit laufendem Blaulicht vorüberrasten, wichen die Fahrzeuge ringsum seitlich aus.
Es klickte an Tys Ohr. »WSLJ.« Eine Frauenstimme, die er nicht kannte. Wahrscheinlich die für den Sender abgestellte Polizistin.
»Hier ist Ty Wheeler. Ich muss dringend mit Samantha Leeds sprechen.«
»Tut mir Leid. Die Sendung ist zu Ende«, sagte die Frau.
»Es ist privat, sie ist meine Freundin.«
»Die Sendung ist zu Ende.«
»Verdammt, dann sagen Sie ihr wenigstens, dass ich unterwegs bin.«
Die Leitung war tot.
Irgendetwas stimmte da nicht.

Sam streifte das Headset ab und drückte die Taste, um ›Mitternachtsbeichte‹ abzuspielen, zum Zeichen dafür, dass die Sendung beendet war. Kaum ertönten die ersten Akkorde, schob sie ihren Stuhl zurück und stürmte aus der Kabine.
Dorothy Hodges erwartete sie bereits im Flur.
»Wir haben ihn!«, erklärte die Beamtin. »Ich habe gerade

einen Anruf von Detective Bentz erhalten. Die Telefonzelle, deren Nummer auf der Caller-ID erschien, steht nur ein paar Häuserblocks von hier entfernt, an der Chartres. Von dort aus hat John angerufen. Eine Einheit ist schon dort, andere sind unterwegs, einschließlich Detective Bentz.« Ihre Augen strahlten siegestrunken. »Der Mistkerl ist geliefert.«
»Wurde aber auch Zeit.« Tiny stand in der Kabinentür, das Headset um den Hals.
»Gehen wir«, sagte Sam, bereits auf dem Weg zur Tür.
»Ausgeschlossen.« Die Polizistin wurde abrupt wieder sachlich. War ganz Polizistin. Kein freundliches Lächeln mehr. »Sie bleiben beide hier. Das ist Sache der Polizei.«
»Aber –«
»Es ist mein Ernst«, erklärte Officer Hodges mit Nachdruck.
Sam konnte es nicht glauben. »Aber ich bin der Grund für seine Verhaftung.«
»Und Sie sind der Grund, warum er diese Sache überhaupt erst angefangen hat.« Die Polizistin wies mit dem Zeigefinger auf Sams Brust. »Bentz ist der Meinung, dass Sie sein Hauptopfer sind, also warten Sie, bis alles vorbei ist. Er ist ja noch nicht festgenommen.« Dorothy war unerbittlich und verhielt sich plötzlich, als wäre Sam die Verbrecherin. »Und damit wir uns richtig verstehen: Ich fordere Wes auf, dafür zu sorgen, dass keiner ins Gebäude hinein- oder herauskommt. Kapiert?«
»Ich denke ja nicht daran, hier herumzusitzen.«
Officer Hodges' Augen wurden schmal. »Hören Sie zu, Miss Leeds, der Typ, den wir jetzt stellen wollen, hat Ihr

Leben bedroht, und Sie bleiben jetzt hier, oder ich lege Ihnen Handschellen an und nehme Sie mit aufs Revier.«
»Aber ich wäre doch bei Ihnen.«
»In erster Linie wären Sie im Weg. Geben Sie's auf«, verlangte die Frau, marschierte davon und ließ Sam und Tiny vor Melbas Empfangstisch zurück.
»Sie hat Recht«, bemerkte Tiny. »Du solltest hier warten, bis sie den Kerl haben. Ich kann sowieso nicht weg, ich muss ja noch bis zum Ende von ›Licht aus‹ die Stellung halten.«
»Ich aber nicht.«
»Spielst du jetzt verrückt? Du solltest auf Dorothy hören, Sam. Warte wenigstens, bis dein Freund auftaucht. Er hat eben angerufen. Sie hat mit ihm gesprochen«, sagte er und wies mit dem Daumen auf den Rücken der sich entfernenden Polizistin. »Er ist auf dem Weg hierher.«
Sam biss die Zähne zusammen und sah auf ihre Uhr. Es ärgerte sie, dass sie zur Untätigkeit verdammt war. John hatte Kontakt zu *ihr* aufgenommen … Hier ging es um *sie*, sie wollte dabei sein, wenn er demaskiert und verhaftet wurde. Gleichzeitig stiegen Zweifel in ihr auf. Etwas stimmte hier nicht. Die geplante Festnahme erschien ihr zu einfach. John war klug, zu klug, um sich nach wochenlangem Versteckspiel nun durch eine Fangschaltung erwischen zu lassen. Warum sollte er das Risiko eingegangen sein, in dieser Nacht in der Leitung zu bleiben, obwohl er doch wissen musste, dass die Leitungen angezapft waren und der Anruf zu seinem Ursprungsort zurückverfolgt werden konnte? Nein, hier stimmte etwas ganz und gar nicht.

Und Ty verspätete sich.
Sie schaute noch einmal auf die Uhr.
Das passte nicht zu ihm.

»Du willst damit sagen, dass Ryan Zimmerman adoptiert war.« Ty manövrierte den Volvo in eine Parkbucht einen halben Block vom Rundfunkgebäude entfernt. »Und dass Estelle seine leibliche Mutter ist.«
»So ist es. Sie war schwanger, bevor sie Wally geheiratet hat. Die Familie hat es vertuscht, hat behauptet, sie ginge auf irgendein schickes Internat, während sie in Wirklichkeit in einem katholischen Krankenhaus ihr Kind zur Welt brachte. Wie sich herausgestellt hat, wurde Ryan von einem Ehepaar aus Houston adoptiert, das schließlich in denselben Bezirk zog, in dem Estelle mit ihrer Familie wohnte. Sie wusste natürlich nicht, dass Ryan ihr Sohn war, schöpfte erst Verdacht, als Annie mit ihm ging und ihn mit nach Hause brachte. Irgendwie hat sich Annie mal verplappert und seine Adoption erwähnt. Ryan sah dem Vater des Kindes, das sie fortgegeben hatte, so ähnlich, dass Estelle anfing, Nachforschungen anzustellen. Sie heuerte einen Privatdetektiv an. Von dem habe ich auch meine Informationen.« Er warf einen Blick auf das Gebäude, in dem der Sender WSLJ untergebracht war. »Der Privatdetektiv hat auch noch was anderes herausgefunden.«
»Den Namen des anderen Kerls, mit dem sich Annie eingelassen hatte.«
»Ja.«
»Es kommt wohl noch schlimmer.«

»Wie es aussieht, hat Annie es mit ihren beiden Brüdern getrieben.«

Obwohl er es sich schon fast gedacht hatte, war Ty doch im ersten Moment schockiert. Er wollte nach seinem Schlüssel greifen, hielt aber mitten in der Bewegung inne. »Mit beiden?«

»Na ja, sie wusste natürlich nicht, dass Ryan ihr Bruder war ... Und mit Kent hat sie keineswegs freiwillig geschlafen. Doch als sie zu ihrer Mutter ging und ihr sagte, dass Kent sie sexuell belästige, wollte Estelle ihr nicht glauben. Hat sich einfach gegen die Vorstellung gesträubt.«

Ty stieg es säuerlich in den Hals. »Tolle Mutter.«

»Allerdings«, pflichtete Navarrone ihm bei.

»Also war Kent der Vater von Annies Kind?«

»Sieht so aus.«

»Kein Wunder, dass Estelle nicht darüber reden wollte.«

»Welche Mutter würde schon gern über so was reden?« Navarrone streckte die Hand nach dem Türgriff aus. »Ich habe schon mit Bentz darüber gesprochen. Alle sind auf dem gleichen Stand.«

»Hör dir das an«, sagte Montoya und nahm mit überhöhtem Tempo eine Kurve, während der Polizeifunk knisterte. »Es hat einen Unfall gegeben ...«

Bentz war mit seinen Gedanken schon weiter. »In der Straße, in der die Telefonzelle steht, von der aus John angerufen hat. Was zum Teufel geht da vor?« Er hatte seinen Satz kaum zu Ende gebracht, da bogen sie in die Chartres ein und sahen die Menschenansammlung. Ein Krankenwagen war bereits am Unfallort, rote und blaue Lichter rotierten, Fußgänger drängten sich auf den Gehsteigen und auf der Straße. Der Verkehr war zum Stillstand gekommen.

Bevor der Streifenwagen hielt, war Bentz schon hinausgesprungen, seine Glock in der einen, die Dienstmarke in der anderen Hand. Uniformierte Polizisten und solche in Zivil hielten die Menge zurück und scheuchten sie weiter, doch die Neugierigen blieben trotzdem stehen und glotzten. Die Nacht war heiß. Stickig. Bentz schlug nach einer Mücke und musterte den Unfallort, an dem ein Minivan mit geborstener Windschutzscheibe und verbeulter Stoßstange stand. Vor dem beschädigten Wagen lag ein Mann auf der Straße. Zwei Sanitäter hockten bei ihm und prüften seine Lebensfunktionen, doch nach Bentz' Einschätzung sah es nicht gut für ihn aus.

Ein paar Schritte entfernt erblickte er die Unfallfahrerin, sie weinte und rang die Hände. Verzweifelt machte sie ihre Aussage. »… Er kam aus dem Nichts«, beteuerte sie einem Polizisten. Sie stand offensichtlich unter Schock, war aber anscheinend unverletzt. »Er taumelte und schwankte, und ich trat auf die Bremse, aber … aber … O Gott, ich habe ihn angefahren. Erst stieß er gegen die Stoßstange, dann flog er über den Kühler gegen die Windschutzscheibe. Als ich zum Stehen kam, stürzte er auf die Straße. Herrgott, es war schrecklich! Einfach schrecklich.«

Eine andere Frau, offenbar die Beifahrerin, versuchte, die Fahrerin zu trösten, aber diese war restlos außer sich, dem Zusammenbruch nahe. Der Polizist hörte aufmerksam zu.

»Er ist doch nicht tot, oder? Bitte ... sagen Sie nicht ... Er kann doch nicht tot sein!«

»Ich habe alles gesehen«, mischte sich ein Mann ein, der zwischen zwei geparkten Wagen stand. Er trug eine Baseballkappe, ein T-Shirt und Schlabbershorts. »Es war genauso, wie sie gesagt hat. Dieser Mann kam völlig benommen auf die Straße gelaufen. Er murmelte vor sich hin und rannte fast, ziellos, als wüsste er nicht, wo er war, und da hat sie ihn umgenietet.« Die Fahrerin rang nach Luft angesichts seiner Wortwahl, und der Zeuge setzte rasch hinzu: »Entschuldigen Sie! Auf jeden Fall war der Kerl nicht bei sich. Es kam mir so vor, als hätte er das Auto gar nicht gesehen. Vielleicht war er betrunken. Oder bekifft.«

»Habt ihr einen Ausweis gefunden?«, fragte Bentz einen der Sanitäter.

»Noch nicht. Wir versuchen, ihn am Leben zu halten.«

Die Fahrerin schluchzte leise auf.

»Wir müssen ihn stabilisieren und dann abtransportieren«, wandte sich der Sanitäter an seinen Kollegen. »Hol die Trage.«

»Ich habe die Brieftasche«, ließ sich der zweite Sanitäter vernehmen. Er reichte sie Bentz, und der klappte sie auf. Ein in Louisiana zugelassener Führerschein auf den Namen Kent Seger steckte vorn in dem Etui.

»Na also. Hallo, John Fathers«, brummte Bentz und ging den restlichen Inhalt der Brieftasche durch. Nichts Ungewöhnliches. Sieben Dollar, eine Versicherungskarte, Studentenausweis vom All-Saints-College, eine Visa-Karte und ein Foto ... ein Foto von Annie Seger.

»Habt ihr sonst noch was gefunden?«

Und Ty verspätete sich.
Sie schaute noch einmal auf die Uhr.
Das passte nicht zu ihm.

»Du willst damit sagen, dass Ryan Zimmerman adoptiert war.« Ty manövrierte den Volvo in eine Parkbucht einen halben Block vom Rundfunkgebäude entfernt. »Und dass Estelle seine leibliche Mutter ist.«
»So ist es. Sie war schwanger, bevor sie Wally geheiratet hat. Die Familie hat es vertuscht, hat behauptet, sie ginge auf irgendein schickes Internat, während sie in Wirklichkeit in einem katholischen Krankenhaus ihr Kind zur Welt brachte. Wie sich herausgestellt hat, wurde Ryan von einem Ehepaar aus Houston adoptiert, das schließlich in denselben Bezirk zog, in dem Estelle mit ihrer Familie wohnte. Sie wusste natürlich nicht, dass Ryan ihr Sohn war, schöpfte erst Verdacht, als Annie mit ihm ging und ihn mit nach Hause brachte. Irgendwie hat sich Annie mal verplappert und seine Adoption erwähnt. Ryan sah dem Vater des Kindes, das sie fortgegeben hatte, so ähnlich, dass Estelle anfing, Nachforschungen anzustellen. Sie heuerte einen Privatdetektiv an. Von dem habe ich auch meine Informationen.« Er warf einen Blick auf das Gebäude, in dem der Sender WSLJ untergebracht war. »Der Privatdetektiv hat auch noch was anderes herausgefunden.«
»Den Namen des anderen Kerls, mit dem sich Annie eingelassen hatte.«
»Ja.«
»Es kommt wohl noch schlimmer.«

»Wie es aussieht, hat Annie es mit ihren beiden Brüdern getrieben.«
Obwohl er es sich schon fast gedacht hatte, war Ty doch im ersten Moment schockiert. Er wollte nach seinem Schlüssel greifen, hielt aber mitten in der Bewegung inne.
»Mit beiden?«
»Na ja, sie wusste natürlich nicht, dass Ryan ihr Bruder war ... Und mit Kent hat sie keineswegs freiwillig geschlafen. Doch als sie zu ihrer Mutter ging und ihr sagte, dass Kent sie sexuell belästige, wollte Estelle ihr nicht glauben. Hat sich einfach gegen die Vorstellung gesträubt.«
Ty stieg es säuerlich in den Hals. »Tolle Mutter.«
»Allerdings«, pflichtete Navarrone ihm bei.
»Also war Kent der Vater von Annies Kind?«
»Sieht so aus.«
»Kein Wunder, dass Estelle nicht darüber reden wollte.«
»Welche Mutter würde schon gern über so was reden?«
Navarrone streckte die Hand nach dem Türgriff aus. »Ich habe schon mit Bentz darüber gesprochen. Alle sind auf dem gleichen Stand.«

»Hör dir das an«, sagte Montoya und nahm mit überhöhtem Tempo eine Kurve, während der Polizeifunk knisterte. »Es hat einen Unfall gegeben ...«
Bentz war mit seinen Gedanken schon weiter. »In der Straße, in der die Telefonzelle steht, von der aus John angerufen hat. Was zum Teufel geht da vor?« Er hatte seinen Satz kaum zu Ende gebracht, da bogen sie in die Chartres ein und sahen die Menschenansammlung. Ein Kranken-

»Ja, sehen Sie …«, sagte einer der Sanitäter und zog eine lange Perlenschnur hervor. »Sieht aus, als wäre der Kerl ein Priester oder so. Er hat einen Rosenkranz bei sich.«
»Tatsächlich«, entgegnete Bentz. »Stell ihn sicher, ja?«
Im nächsten Moment hielt er einen Plastikbeutel mit dem Rosenkranz in der Hand und blickte hinab auf den kaum noch atmenden Körper Kent Segers. In Bentz' Augen, die schon einiges gesehen hatten, war der Kerl nicht mehr zu retten.
Eine zerbrochene Sonnenbrille lag auf der Straße, und der Mann, der auf dem Kopfsteinpflaster lag, hätte durchaus für das von der Polizei ausgegebene Phantombild Modell sitzen können. Sein Gesicht war zerschrammt und zerschnitten, die Augen geschlossen, doch eine Ähnlichkeit war definitiv vorhanden.
»Hey, hierher!« Montoya winkte Bentz zu einer Telefonzelle herüber, in der der Hörer baumelte. Die Lichter des Krankenwagens tauchten die Zelle mit den gläsernen Wänden in ein gespenstisches Licht. »Sieh dir das an.«
Bentz spürte, wie sich sein Magen zusammenzog – unter der Vorahnung, dass das, was Montoya gefunden hatte, ihm nicht gefallen würde.
»Hier ist es, verstehst du«, sagte Reuben, als Bentz an ein paar Gaffern vorbeiging und den süßen, stechenden Geruch von Marihuana wahrnahm. »Von hier aus hat John seinen letzten Anruf beim Sender getätigt.«
»Seinem Ausweis nach ist dieser Kerl Kent Seger.«
Montoyas Augen verengten sich. Er blickte zur Unfallstelle hinüber. »Du hast geglaubt, Kent Seger wäre John, nicht wahr?«

»Er war einer der Verdächtigen. Nur einer. Kent Seger hat die gleiche Blutgruppe wie John, und ich habe vor weniger als einer Stunde einen Anruf von jemandem namens Navarrone bekommen. Er vertritt eine interessante Theorie, die er, wie er sagt, beweisen kann. Er glaubt, Kent Seger habe seine Schwester Annie vor zehn Jahren in Houston sexuell missbraucht. Navarrone ist überzeugt, dass Annie von Kent schwanger war. Seiner Meinung nach hat Kent Annie ermordet, die Schuld aber auf Sam projiziert. Und er meint, dass irgendetwas Kents Wüten ausgelöst haben muss – vielleicht der Umstand, dass seine Mutter ihm den Geldhahn zugedreht hat, vielleicht auch nur das Erlebnis, Dr. Sams Stimme wieder im Radio zu hören. Das deckt sich mit dem, was Norm Stowell sagt.« Bentz schaute zur Unfallstelle hinüber. »Womöglich erfahren wir nie mit Sicherheit, was den letzten Anstoß gegeben hat.«
»Er hat etwas hinterlassen«, verkündete Montoya.
»Was?«
»Ich weiß nicht ... Sieht aus wie ein Rekorder, ein Taschenrekorder oder so.« Montoya hob das Gerät, das auf einem kleinen Absatz stand, behutsam unter Zuhilfenahme seines Taschentuchs hoch. Unter dem Rekorder fand sich ein Schlüsselring.
»Was zum Teufel ist das?« Bentz' Befürchtung, dass etwas nicht stimmte, verstärkte sich.
Montoya stellte den Rekorder wieder ab und griff mit demselben Taschentuch nach den Schlüsseln. »Du denkst, sie gehören Kent?«
Bentz' Blick wanderte zum Krankenwagen hinüber, der mit Blaulicht und heulender Sirene durch die Menge fuhr,

und dann zurück zu den Schlüsseln. »Ich bezweifle es ... Schau mal da.« Unter der Straßenlampe breitete er die Schlüssel mithilfe seines eigenen aus. Der Schlüsselring hatte die Form eines großen Herzens. »Wenn mich nicht alles täuscht, gehören diese Schlüssel einer Frau.«
»Welcher?«
Bentz studierte die Schlüssel ausgiebig, bis er dazwischen eine Miniaturausgabe des Kennzeichens von Louisiana entdeckte, dessen erhabene Buchstaben den Namen Melanie bildeten.
»Scheiße«, flüsterte Montoya. »Dr. Sams Assistentin.«
Bentz hatte das Gefühl, einen Knoten im Magen zu haben. »Laut Dorothy Hodges war Melanie aus irgendeinem Grund so sauer, dass sie heute gekündigt hat. Sie ist nicht zur Arbeit erschienen.«
Montoya biss die Zähne zusammen. »Vielleicht, weil sie nicht konnte.«
»Mag sein.« Bentz zückte sein Handy, rief den Einsatzleiter auf dem Revier an und ließ einen Streifenwagen zu Melanie Davis' Wohnung schicken. »Die Leute sollen mich anrufen, sobald sie sie gefunden haben«, verlangte er. »Per Rufmelder.« Er beendete das Gespräch und betrachtete den Rekorder. »Mal sehen, ob John uns eine Nachricht hinterlassen hat.«
Sorgfältig darauf bedacht, keine etwaigen Fingerabdrücke zu verwischen, drückte Bentz mit seinem Schlüssel die Abspieltaste. Das Band spulte sogleich ab, und über den Lärm vor der Telefonzelle hinweg war die Flüsterstimme einer Frau aus dem Lautsprecher des winzigen Geräts zu hören.
»Hier spricht Annie, und ich möchte mit Dr. Sam über

meine Schwiegermutter reden. Ich habe gehofft, sie könnte mir helfen.« Es folgte eine lange Pause und dann, mit hoher Fistelstimme: »Annie«, und wieder eine Pause. »Erinnern Sie sich nicht an mich?«
»Er hat sie tatsächlich aufgenommen«, sagte Montoya in eine weitere Pause hinein.
»Ich habe Sie schon einmal angerufen ... Donnerstag ist mein Geburtstag. Ich würde dann fünfundzwanzig Jahre alt ...«
»Verdammte Scheiße«, brummte Montoya, während sie sich das gesamte Band anhörten, in der Hoffnung, dass sie zum Ende des Monologs hin mehr erfahren und die Identität der Frau feststellen könnten, doch der Rest des Bands war leer. »Glaubst du, dass Melanie mitgespielt hat, dass sie die Stimme auf dem Band ist, dass sie den Anruf hat durchgehen lassen?«, fragte Montoya und zupfte an seinem Kinnbart.
»Das würde eine ganze Menge erklären, nicht wahr? Eine Insiderin, die die Tür für die Lieferung der Torte öffnete, die die geheime Nummer herausgab.« Bentz schmachtete nach einer Zigarette. »Warum rufen die mich nicht zurück?«
»Du denkst, sie ist tot.«
Bentz nickte knapp. »Die Wahrscheinlichkeit ist verdammt hoch.«
»Scheiße.« Montoya starrte finster durch das verschmierte Glas der Telefonzelle auf die Straße und den verbeulten Minivan. »Du glaubst also, John hat den ganzen Kram hier liegen lassen und wurde überfahren, als er weglaufen wollte?«, fragte Montoya.

»Glaubst du das?«
»Es sieht zumindest so aus.« Er furchte die Stirn. »Also, was geht hier vor, Bentz?«
»Nichts Gutes, Reuben. Bestimmt nichts Gutes.« Bentz' Rufmelder piepte. »Lass diese Zelle hier Millimeter für Millimeter filzen«, sagte er, »und die Forensiker sollen die Straße absuchen – nach allem, was ungewöhnlich ist.« Er zog sein Handy aus der Jackentasche, wählte die Nummer, die das Display seines Rufmelders anzeigte, und nahm die Nachricht entgegen.
Sie war kurz und bündig. Bentz biss die Zähne zusammen. Sein Magen wollte sich umdrehen. Er beendete das Gespräch und fluchte, dann stellte er sich der Frage in den Augen seines Partners. »Melanie Davis ist tot. Erwürgt. Merkwürdiges Muster von Verletzungen am Hals. Wahrscheinlich ein Rosenkranz.«

36. Kapitel

Sam saß im Liegestuhl und streichelte Charons schwarzes Fell. Die Dämmerung brach herein und verdunkelte den Himmel. Es war vorbei. Endlich. Aber die Nachwirkungen würden sie ewig verfolgen. So viele Menschen, die sie kannte, waren tot, als Letzte war auch noch Melanie Davis ermordet worden ... die Frau, die sich nach Einschätzung der Polizei als Annie ausgegeben hatte. Die Geschichte war noch immer bruchstückhaft, aber wie es aussah, war Melanie mit Kent Seger gegangen – er war der neue Freund gewesen, der ›Richtige‹, von dem sie Sam erzählt hatte.
»Es ist schon merkwürdig«, sagte sie zu ihrem Kater.
Kents Leben hing noch immer am seidenen Faden, er lag unter Polizeiaufsicht im Krankenhaus, und die Presse war allgegenwärtig, auf der Suche nach einer Story. Sam hatte ihr Telefon ausgestöpselt und ging auch nicht an die Tür. Sie brauchte Zeit, um sich zu fassen, um sich über so manches klar zu werden, um zu überlegen, was sie mit ihrem Leben nun anfangen sollte.
Falls Kent überlebte, erhielt sie vielleicht die gewünschten Antworten. Er würde auf alle Fälle für immer ins Gefängnis wandern. Es war wirklich ein Glückstreffer, dass er überhaupt gestellt worden war. Die Drogen in seinem Körper, eine Kombination aus PCP und Crack, hatten ihn halluzinieren und vor ein Auto laufen lassen, und zwar kurz nachdem er mit Sam telefoniert hatte.

Und das war eigenartig. Von einem Kontrollverlust war während seines Anrufs nichts zu spüren gewesen. Aber er hatte ja auch nicht viel gesagt.

Sam dehnte die Nackenmuskeln und verfolgte den Flug eines Schmetterlings über dem Gras nahe am Wasser.

Und was mache ich nun? Vielleicht sollte ich den Job in L.A. annehmen. »Wie wär's mit einem Ortswechsel?«, wandte sie sich an Charon, der unter ihren streichelnden Fingern einen Buckel machte. »Dann würdest du zu einem Hollywood-Kater.«

Sie wäre in der Nähe ihres Vaters – weit weg von all dem Kummer hier. Noch immer hatte sie nichts von Peter gehört. Sie hatte halb damit gerechnet, einen Anruf von ihm zu erhalten, sobald die Nachricht bekannt wurde, dass der Serientäter gefasst war, doch weder bei ihr noch bei ihrem Vater hatte er sich gemeldet. Manche Dinge änderten sich eben nicht.

Könntest du Ty denn verlassen?

Bei dem Gedanken an Ty wurde ihr Herz ganz weit. Sie blickte hinaus auf den See und erkannte sein Boot, die *Strahlender Engel*, die übers Wasser schwebte. Sie hätte Ty vielleicht doch lieber begleiten sollen, doch sie hatte sich dagegen entschieden. Sie brauchte zunächst einmal ein bisschen Zeit für sich, um gründlich nachzudenken. Ty hatte beschlossen, Sasquatch zu Hause abzuholen und per Boot zu ihr zurückzukommen. Nachdem sie geduscht hätte, wollten sie zusammen das Abendbrot zubereiten. Als sie nun Tys Hund, die Nase im Wind, an Deck sitzen sah, lächelte sie.

Seit sie in der vergangenen Nacht ihre Sendung beendet

hatte, waren erst achtzehn Stunden verstrichen, doch in dieser Zeit hatte sich ihr Leben verändert.
Melanie war tot.
Wie Leanne.
Wie Annie.
Wie all die anderen, die das Unglück gehabt hatten, Kent Seger über den Weg zu laufen.
Ihr tat das Herz weh bei dem Gedanken an das ehrgeizige Mädchen, das sich, wie die Polizei vermutete, in der Hoffnung, irgendwie Sams Job an sich reißen zu können, auf Kent Seger eingelassen hatte. Melanie war schon immer übertrieben ehrgeizig gewesen, und am Ende war ihr genau das zum Verhängnis geworden. Sam stand auf und winkte, und Ty, der am Steuer stand, winkte zurück. War es erst ein paar Wochen her, dass sie geglaubt hatte, die *Strahlender Engel,* mit einem dunklen Fremden an Bord, auf den nachtdunklen Wellen schaukeln zu sehen?
Mehrere Verlage hatten inzwischen Interesse an Tys Buch bekundet, und sein Agent warb weiter mit seiner Idee. Man munkelte von einer Auktion.
So viel hatte sich binnen achtzehn Stunden ereignet.
Mit Charon auf dem Arm ging Sam ins Haus, schloss gewohnheitsmäßig die Haustür ab und stieg die Treppe zu ihrem Schlafzimmer hinauf. Sie ließ die Tür einen Spaltbreit offen, damit der Kater nach Belieben ein und aus gehen konnte und nicht vor der Tür maunzte und kratzte. Tys Hose hing über dem Fußende des Betts. Er war noch nicht aus ihrem Haus ausgezogen, und Sam war nicht sicher, ob sie es überhaupt wollte. Sie passten gut zueinander, sagte sie sich, während sie aus dem Strandkleid und

der Unterwäsche schlüpfte. Sie schlenderte ins Bad und drehte die Dusche auf. Durch das Fenster, das sie gekippt hatte, um den Wasserdampf hinauszulassen, hörte sie Hannibals vertrautes Bellen. Hannibal hielt unentwegt Ausschau nach Eichhörnchen und allen möglichen anderen Tierchen. Sam schaltete das Radio ein und hörte Ramblin' Robs raue Stimme, die dem Publikum erklärte, er würde jetzt ins Archiv gehen und mit einem Patsy-Cline-Hit zurückkommen. Der erste Anrufer, der das Jahr nennen könne, in dem der Song in den Charts war, erhalte als Preis einen Becher mit der Aufschrift *WSLJ*.

Sam wickelte sich ein Handtuch um den Kopf und trat unter die pulsierenden Wasserstrahlen. Sie schloss die Augen und versuchte, ihre Dämonen zu verscheuchen. Wie hatte ihr entgehen können, dass Melanie neidisch auf sie war? Wie hatte sie Nacht für Nacht mit dem Mädchen zusammenarbeiten, ihr Haus und ihren Kater ihrer Obhut anvertrauen können? Sie dachte an David. Sein Betrug war noch schlimmer. Er hatte das Problem mit John ausnutzen wollen, in der Hoffnung, sie zurück in seine Arme zu zwingen.

Sie hatte sogar einen Anruf von ihrem Exmann erhalten – Jeremy Leeds, der bedeutende Professor, hatte ihr sagen wollen, dass ihm Leid tue, was sie habe durchmachen müssen. Doch Sam bezweifelte, dass Jeremy jemals etwas Leid getan hatte.

Sie seifte sich ein und hörte Patsy Clines klare, melancholische Stimme über das Rauschen der Dusche hinweg. Am meisten beschäftigte sie Kent Seger, ein Mann, der besessen gewesen war, von seiner Schwester und dann von

Samantha. Er hatte Sam die Schuld an Annies Tod gegeben, doch tatsächlich hatte er seine Schwester umgebracht, hatte den Mord wie einen Selbstmord erscheinen lassen, denn er war eifersüchtig auf Ryan Zimmerman gewesen, den Jungen, von dem er nicht gewusst hatte, dass er sein Halbbruder war.
Widerlich, das alles war so widerlich!
Sam spülte die Seife ab und dachte an Estelle, die am Vorabend in ihrem Pool gefunden worden war – tot. Sie hatte Selbstmord begangen, weil sie einen neuerlichen Skandal nicht verkraftet hätte. Als Ty ihren ersten Mann, Annies Vater Wally, benachrichtigt hatte, war dieser schockiert gewesen und hatte sich selbst die Schuld an allem gegeben.
Eine Menge Leute waren an diesem Tag auf dem Schuldtrip ...
Als Sam die Hähne zudrehte, hörte sie, wie die Hintertür geöffnet wurde. Wahrscheinlich hatte Ty mittlerweile an ihrem Steg angelegt und betrat nun ihr Haus. Sie zog sich das Handtuch vom Kopf und schlüpfte in ihren Bademantel. »Ich habe noch nicht mit Kochen angefangen. Schenk dir erst einmal einen Drink ein«, rief sie die Treppe hinunter, während sie den Gürtel knotete und aus dem Fenster schaute. Am Horizont sah sie die vertrauten Masten und Segel der *Strahlender Engel.*
Aber das war unmöglich. Wie konnte die Schaluppe noch auf dem Wasser dahingleiten, obwohl Sam sicher war, gehört zu haben, wie unten eine Tür geöffnet wurde? Wie eine *abgeschlossene* Tür geöffnet wurde! Die feinen Härchen in ihrem Nacken sträubten sich. »Ty?«, rief sie und

schalt sich selbst eine dumme Kuh. Kent Seger war im Krankenhaus, und Ryan Zimmerman war von jeglichem Verdacht freigesprochen worden. Außerdem besaß niemand außer ihr und Ty einen Schlüssel zum Haus.
Dann vernahm sie Schritte. Eilig stieg jemand die Treppe herauf. O Gott. Ihr Herz schlug heftig. Panik stieg in ihr auf. Sie sah aus dem Fenster, sah das Segelboot, das dem Ufer zustrebte. Ty stand am Steuer, Sasquatch saß neben ihm. Charon schlüpfte fauchend durch die offene Schlafzimmertür und verkroch sich unter dem Bett.
Sam suchte das Zimmer verzweifelt nach einer Waffe ab. Das Fenster ... Wenn sie Ty doch ein Zeichen geben könnte! Sie zog den Vorhang zurück und hörte die Tür knarren.
»Du Miststück!«
Johns Stimme. Nein!
»Ty!«, brüllte sie und fuhr dann herum. Der Einbrecher stand direkt hinter ihr, ein großer Mann mit dunkler Sonnenbrille und einem kalten, höhnischen Lächeln. »Wer bist du?«
»Dein schrecklichster Albtraum«, sagte er, und sie bemerkte das Taschentuch in seiner Hand.
Ein übler Geruch umwehte ihn. »Raus hier!«, schrie sie, und ihr Blut war kalt wie Eis. Sie hielt erneut wild nach einer Waffe Ausschau und erblickte die Lampe. Doch bevor sie sie ergreifen konnte, war er über ihr. Er hielt sie fest und versuchte, ihr den widerlichen Lappen aufs Gesicht zu pressen.
Sie trat um sich, kratzte und schrie, kämpfte wie eine Tigerin, doch er war so stark, dass er sie mit einem Arm

festhalten und mit der freien Hand das Tuch auf ihr Gesicht drücken konnte. Sie bekam keine Luft, der Geruch, der grauenhafte Äthergeruch drang in ihre Nase und brannte in ihrem Hals. Ihre Augen tränten, sie hustete, konnte nicht atmen.
Der Geruch war übermächtig.
Sie versuchte zu schreien, was nur zur Folge hatte, dass sie noch mehr von dem Betäubungsmittel inhalierte. Schwärze wollte sich in ihr Bewusstsein senken. Sie kratzte durch sein Gesicht, und er lachte. Die Dunkelheit kam und ging. Ihre Arme und Beine waren so schwer, sie konnte die Augen nicht mehr offen halten und nicht mehr kämpfen. Sie sah sein Lächeln und registrierte aus den Augenwinkeln ein blutrotes Blinken, das von einer Perlenschnur ausging.

»Wir haben den Falschen!« Bentz starrte auf die Krankenkarte am Fußende von Kent Segers Bett und fluchte unflätig. Ein uniformierter Wachtposten stand an der Tür des privaten Krankenzimmers, man hatte Polizisten in Zivil an diversen Punkten im Krankenhaus stationiert, aber das war jetzt unwichtig. Der Typ in dem Bett, angeschlossen an eine Vielzahl von Schläuchen, war nicht Kent Seger.
»Den Falschen?« Montoya aß eine Tüte Chips, die er sich in der Cafeteria aus dem Automaten gezogen hatte.
»Sieh dir die Blutgruppe an.«
»Aber –«
»Ich weiß nicht, wer zum Teufel dieser Kerl ist, aber er ist nicht Kent Seger, und er ist nicht John. Wir haben uns

reinlegen lassen.« Bentz rannte aus dem Zimmer. »Bleib, wo du bist«, wies er den Posten an. »Lass niemanden rein oder raus. Nicht mal einen Arzt.«
»Aber –«
»Warum zum Henker hat denn niemand seine Blutgruppe geprüft?« Bentz zerrte sein Handy aus der Tasche und lief zum nächsten Ausgang.
Montoya folgte ihm dicht auf den Fersen. »Und wer ist er dann?«, fragte er, rannte zu seinem Wagen.
»Das ist jetzt egal. Egal ist allerdings nicht, dass unser Mann immer noch frei herumläuft.«
Bentz gab die Nummer der Einsatzleitung ein. »Ruft die Polizei in Cambrai an. Schickt jemanden raus zu Samantha Leeds' Haus am Lake View Drive, und zwar sofort.« Er setzte sich hinters Steuer.
»Ich kann fahren«, bot Montoya an.
»Kommt nicht infrage. Du bist zu langsam. Steig ein.«
Montoya hatte sich noch nicht einmal angeschnallt, da drehte Bentz schon den Zündschlüssel herum, trat aufs Gas, raste wie der Teufel vom Parkplatz und schaltete die Sirene ein. Er warf Montoya sein Handy zu. »Ruf Samantha Leeds an. Sag ihr, was los ist.«
Während Montoya auf die Verbindung wartete, nahm Bentz Funkverbindung mit der Polizei auf und informierte die anderen Einheiten über die neuen Entwicklungen.
»Da meldet sich niemand«, sagte Montoya.
»Verdammte Scheiße! Dann versuch's bei Ty Wheeler ... auf dem Festnetz oder dem Handy. Ruf die Auskunft an, aber krieg ihn irgendwie an die Strippe!« Er bog zu schnell um eine Kurve, und die Reifen kreischten. Die Fahrt nach

Cambrai dauerte für gewöhnlich zwanzig Minuten. Wenn er Glück hatte, schaffte er es in fünfzehn.
Er konnte nur hoffen, dass er nicht zu spät kam.

Ty erblickte Sam am Fenster. Sie winkte. Nein ... sie zog den Vorhang zurück und rief ihm etwas zu. Dann sah er den Schatten – jemand war bei ihr im Badezimmer. Jemand, der schwarz gekleidet war. Jemand, der eine dunkle Sonnenbrille trug. Sam wehrte sich. Schrie. Wurde angefallen. Und er konnte nicht zu ihr. In dem Wissen, dass er es nie im Leben rechtzeitig schaffen konnte, holte er die Segel ein, warf den Motor an und gab Vollgas.
Er behielt das Fenster im Auge, ergatterte nur hier und da einen flüchtigen Blick auf das Grauen, das er überwunden geglaubt hatte. Nun wusste er, dass der Unhold noch auf freiem Fuß war. Irgendwie war die Bestie entwischt, und jetzt tötete er Samantha vor seinen Augen.
»Das schaffst du nicht, du Schwein«, gelobte Ty, umklammerte das Steuerrad, und die Schaluppe pflügte durchs Wasser. »Vorher bringe ich dich um.«

Es war dunkel ... so dunkel – das erkannte sie selbst mit geschlossenen Augen. Und da waren Geräusche ... merkwürdige Geräusche ... ein tiefes grollendes Summen. Ihr Kopf dröhnte.
Sie wollte gern wieder einschlafen, doch irgendetwas zwang sie, die Augen einen Spaltbreit zu öffnen. Es war nach wie vor stockfinster. Sie spürte ein Holpern und realisierte, dass sie transportiert wurde, aber ... Ihr Kopf schmerzte, ihr war übel. Wo war sie? Sie versuchte, sich

zum Sitzen aufzurichten, und fühlte sich benommen. Eine Sekunde lang fürchtete sie, wieder das Bewusstsein zu verlieren, und dann kam die Erinnerung. Deutliche Bilder blitzten auf. Sie war in ihrem Schlafzimmer gewesen, und ein Mann mit einer dunklen Brille hatte sie überfallen ... O Gott! John ... Irgendwie war ihm die Flucht gelungen. Sie tastete ihre Umgebung ab, sog tief die Luft in die Lungen und roch Benzin. Sie befand sich in irgendeinem Fahrzeug, vielleicht im Kofferraum ... Nein, dazu war zu viel Platz ... Sie lag auf der Ladefläche eines Pick-ups mit Abdeckplane, und John saß am Steuer, brachte sie irgendwohin – aber wohin?
Er drosselte das Tempo, und ihr ohnehin schon rasendes Herz hämmerte. Sie zweifelte nicht eine Sekunde lang daran, dass er sie umbringen würde. Er wollte es lediglich in seiner Privatsphäre tun, damit er mehr Zeit hatte. Sie dachte an seine Opfer, an die Qualen, die sie hatten ausstehen müssen, und ihr war klar, dass auch ihr dieser abscheuliche Todeskampf bevorstand.
Wenn sie sich doch nur orientieren könnte, wenn sie einen klaren Gedanken fassen könnte ... In einem Pick-up gab es vielleicht Werkzeuge. John nahm eine scharfe Kurve, und sie glitt zur Seite ... rollte gegen den Radkasten und stieß erneut mit dem Kopf an. *Denk nach, Sam, denk nach, wohin bringt er dich wohl?* Zu irgendeinem Ort, der abgelegen war. Die Polizei hatte schließlich doch ein paar Einzelheiten der Verbrechen für die Veröffentlichung freigegeben, und Sam hatte erfahren, dass der Mörder die Frauen für gewöhnlich in deren Wohnung mit einem Rosenkranz erwürgte ... Sie tastete den Boden ab, ihre

Finger fuhren über die Ladefläche, bis sie etwas fand ... einen Werkzeugkasten. Dass sie so viel Glück hatte! Sie versuchte, den Kasten zu öffnen, doch er war verschlossen. *Nicht in Panik geraten, nachdenken!* Sie wollte mit Gewalt den Deckel abheben, doch er rührte sich nicht.
Reifen knirschten auf Kies. Der Wagen bewegte sich kaum noch vorwärts. Der Wagenheber! Wo war er? Ob sie ihn aus seiner Halterung lösen konnte? Sie befühlte die gesamte Ladefläche und die Radkästen – und fand nichts außer einer Angelrute. Aus Bambus. An einer Seite der Ladefläche befestigt. Nichts Schweres also. Verdammt!
Der Pick-up blieb stehen. Sam wog ihre Möglichkeiten ab. Wenn er die Heckklappe öffnete, konnte sie ihn anspringen, aber damit rechnete er wahrscheinlich. Nein, es war besser, so zu tun, als wäre sie noch immer bewusstlos, und wenn er versuchen sollte, ihr etwas über den Kopf zu streifen, musste sie reagieren.
Es fiel ihr ungeheuer schwer, still zu liegen, nicht zu verkrampfen, damit es so aussah, als wären ihre sämtlichen Muskeln erschlafft. In Wirklichkeit war sie so angespannt, dass sie kaum atmen konnte.
Der Motor verstummte.
O Gott, hilf mir.
Sie hörte, wie sich knarrend die Fahrertür öffnete, dann näherten sich Schritte.
Ruhig bleiben. Sie lag still, atmete langsam, schloss die Augen, ganz locker – obwohl ihre Nerven zum Zerreißen gespannt waren.
Die Heckklappe schwang auf, warme, modrige Luft drang

herein, und sie vernahm das nächtliche Quaken von Ochsenfröschen und das Summen der Insekten.
Sumpf, der Bayou. O Gott, hier würde man sie niemals finden!
»Bist du schon wach?«, fragte er mit verführerischer Stimme. »Dr. Sam?« Er rüttelte an ihrem bloßen Fuß, eine heiße Hand an ihren Zehen. Sie reagierte nicht. »Wach auf, zum Teufel!« Jetzt klang seine Stimme schon gereizter. Sie regte sich noch immer nicht. »Sinnlos, sich tot zu stellen.« Er kitzelte sie unterm Fuß, und sie zwang sich, schlaff zu bleiben. »Los jetzt.« Er zog sie von der Ladefläche, und sie ließ sich gegen ihn sinken und die Beine schleifen. Es kostete sie alle Willenskraft, ihn nicht zu treten, sondern ihre Füße schlapp über den Boden scharren zu lassen. Er schleppte sie ein paar Meter weit über den Kiesweg, dann wich das Knirschen unter seinen Füßen einem hohlen Ton, wie von Stiefelschritten auf Holz.
Sie öffnete die Augen einen winzigen Spaltbreit und sah die ausgebleichten Bohlen eines Anlegers.
»Vielleicht ist es ganz gut, dass du noch schläfst«, sagte er wie zu sich selbst. »Denn später werden wir eine Party feiern.« Er ließ sie in ein kleines, am Anleger festgemachtes Boot fallen. Sie sank in sich zusammen, als hätte sie keine Knochen. Innerlich ängstigte sie sich zu Tode. »So eine Art Party, die ich mit Melanie gefeiert habe ... Nur werden wir dich dieses Mal nicht im Radio hören. Nein, wir müssen uns mit einer Aufzeichnung zufrieden geben. Ich habe alles auf Band, alle deine Sendungen. Eine Kassette habe ich mitgebracht.«
Sie fürchtete, sich übergeben zu müssen. Dieses Unge-

heuer hatte tatsächlich vor, sie zu töten – während er ihrer Stimme lauschte, die im Radio Anrufe beantwortete. Das konnte einfach nicht wahr sein! Er begann, das kleine Boot loszubinden. Sam benötigte eine Waffe, zumindest irgendetwas, das als Waffe taugte. Als er ihr den Rücken zukehrte, schlug sie leicht die Augen auf und suchte das Boot nach irgendeinem Instrument ab ... nach irgendetwas Brauchbarem. Aus engen Augenschlitzen entdeckte sie eine Fischreuse unter der Bank, doch die nützte ihr nichts ... Dann sah sie das Ruder. Wenn sie sich flink bewegte, konnte sie es ergreifen, ihm damit auf den Rücken schlagen und sich in den Sumpf gleiten lassen.
In diesem Sekundenbruchteil kamen ihr auch die Sumpfbewohner in den Sinn – Alligatoren, Schlangen, Fledermäuse ... Aber was war schlimmer? Tiere oder dieser perverse Unhold? Ihr Verstand war noch immer ein bisschen umnebelt. Arbeitete träge.
Er stieß das Boot vom Anleger ab.
Jetzt!
Sie sprang auf, stolperte, packte das Ruder und schlug mit aller Kraft zu.
Das Ruder traf seinen Hinterkopf.
Er brüllte auf vor Schmerz, taumelte nach vorn. Sie hieb noch einmal auf seinen Kopf, doch beim dritten Versuch drehte er sich um.
»Du Miststück!« Er packte ihre behelfsmäßige Keule und riss sie ihr aus den Händen. »Du dumme, blöde Fotze!« Er wollte sich auf sie stürzen, und sie hechtete aus dem Boot. Sie versank im modrigen Wasser und versuchte zu schwimmen, doch sie hing fest. Er hatte den Saum ihres

Bademantels zu fassen gekriegt und zog sie nun zurück. Sie bemühte sich, den Knoten des Gürtels zu lösen, doch er war zu stramm. Und nass.
Laut fluchend zerrte er sie rücklings zum Boot. Sie trat um sich, bestrebt, die Luft anzuhalten, zupfte an dem verdammten Knoten, doch der Abstand zum Boot verringerte sich stetig. Seine Finger berührten ihren Knöchel.
Nein! Nein! NEIN!
Ihre Lungen brannten, ihr Kopf schien jeden Moment zu platzen, ihre Finger nestelten noch immer an dem verdammten Knoten.
Er riss heftig an dem Stoff. Griff wieder nach ihrem Bein. Sie trat zu – und der Knoten öffnete sich. Von Panik getrieben schlüpfte sie aus dem Bademantel und tauchte. Schnell. Tief. Schwamm nackt durch das modrige Wasser, weit unter der Oberfläche. Ihre Lungen schmerzten, doch sie ignorierte das Brennen, entfernte sich mit kräftigen Stößen immer weiter vom Anleger, bis sie glaubte, explodieren zu müssen.
Mit einem Platschen durchbrach sie den Wasserspiegel, kaum mehr als fünf Meter von ihm entfernt. Sie schöpfte tief Luft und tauchte wieder unter, doch da hatte der Strahl seiner Taschenlampe sie schon gefunden, und er lenkte das Boot in ihre Richtung.
Wie konnte sie ihn überlisten? Wie konnte sie sich retten? Wieder tauchte sie durchs träge, schlammige Wasser, floh vor dem Licht. *Schneller, Sam, schneller! Du musst weg von hier!* Als ihre Finger die Wurzeln einer Zypresse streiften, drohten ihre Lungen zu bersten. Auf der Rückseite des Baums stieg sie vorsichtig an die Oberfläche und

atmete in tiefen Zügen, bemüht, so leise wie möglich zu sein und sich zu orientieren. *Gott, steh mir bei*, dachte sie verzweifelt, wusste jedoch, dass sie sich selbst helfen musste. Hier draußen war niemand. Sie befand sich mitten in der Wildnis von Louisiana.

Sie musste irgendwie entwischen – oder ihn umbringen. Nackt und zitternd, aber endlich mit klarem Kopf, konnte sie über ihr wild schlagendes Herz hinweg kaum etwas hören. Nur mit äußerster Anstrengung wehrte sie die Panik ab, die Adrenalin durch ihre Adern pumpte. Sie spürte etwas Schlüpfriges an ihrem Bein, bewegte sich jedoch nicht, wagte es nicht aufzuschreien. Der Geruch des Sumpfes stach ihr in die Nase, die schwüle Luft fühlte sich kühl auf ihrer Haut an. Sie vernahm, wie die Ruder ins Wasser tauchten, sah, wie die Lampe eingeschaltet und rasch wieder ausgeschaltet wurde, um sie zu verwirren, damit sich ihre Pupillen weiteten und wieder zusammenzogen und es für sie schwieriger wurde, etwas zu erkennen.

»Du entkommst mir nicht«, sagte er gedehnt. Seine Stimme war dunkel und sanft und viel zu nahe. Wo war er? *Wo?*

Dann flammte das Licht wieder auf, in knapp drei Metern Entfernung. Geräuschlos glitt sie unter Wasser und schwamm leise unter den Seerosen hindurch, um in einem Gebüsch hoher, skelettartiger Bäume wieder aufzutauchen und sich hinter einer ausgebleichten Zypresse zu verstecken.

»Du hältst dich nicht mehr lange. Die Alligatoren holen dich. Oder sonst was. Komm raus, Samantha.« Seine

Stimme sollte verführerisch klingen, doch sie hörte den enttäuschten Unterton. »Du hast angefangen, weißt du noch? Du hast Annie geraten, sich jemandem anzuvertrauen, und sie hat es Mutter gesagt.« Er schnalzte mit der Zunge. »Aber Mutter hat ihr nicht geglaubt. Nein, sie hat nicht geglaubt, dass ich tatsächlich meine kleine Schwester ficken würde.« Er lachte. »Und Annie ... es hat ihr gefallen, ob sie es nun zugeben wollte oder nicht. Sie ist feucht für mich geworden ... und du wirst es auch.«
Das Grauen fraß sich tief in ihr Herz. Sie musste fort von hier. Auf der Stelle. Bevor er sie entdeckte. Bevor die Erschöpfung sie überwältigte. Bevor das Glück sie verließ. Sie spähte vorsichtig um den Baumstamm herum und entdeckte den Umriss des Pick-ups, dessen Metall im Mondlicht glänzte. Er war ihre einzige Chance.
Lautlos tauchte Sam wieder unter. Ohne ein Geräusch entfernte sie sich von seiner Stimme und näherte sich dem Anleger. Hatte er den Zündschlüssel stecken lassen? Oder hatte er ihn mitgenommen? Hatte er die Türen verriegelt?
Sie brauchte ein Fahrzeug zur Flucht. Wie weit würde sie sonst kommen, nackt und barfuß?
Während sie sich durch die schleimige Entengrütze kämpfte, brannten ihre Lungen, immer stärker, bis sie auftauchte und so leise wie möglich einatmete.
Die Lampe flammte auf.
Der Lichtstrahl traf sie, abscheulich grell. Irgendwie hatte der Kerl ihren Weg verfolgt und begriffen, dass sie zurück zum Anleger wollte.
Schnell tauchte sie erneut unter, schwamm verzweifelt,

suchte Schutz unter dem Anleger und streckte an der anderen Seite wieder den Kopf aus dem Wasser. Sie spähte über den Rand des faulenden Holzes hinweg und erblickte das gespenstische Schimmern der Lampe im aufsteigenden Nebel. Das Boot hatte sich nicht von der Stelle gerührt. Hatte sie ihn etwa abgehängt? Würde er so schnell aufgeben? Wohl kaum, es sei denn, sie hatte ihn mit dem Ruder verletzt.

Behutsam hielt sie aufs Ufer zu und sah zwischen den Bäumen etwas aufblitzen – Scheinwerfer? Ihr Herz machte einen Satz. War das denn möglich? War noch jemand auf dieser verlassenen Straße unterwegs? Befand sie sich vielleicht in der Nähe einer Hauptstraße? Sie bewegte sich schneller, tastete mit den Füßen nach festem Halt auf dem schlammigen Untergrund. Sie spürte, wie etwas sie streifte. Ein Fisch? Ein Alligator? Eine Schlange?

Sie machte einen Schritt nach vorn.

Stahlharte Finger umschlossen ihren Knöchel.

Nein!

O Gott, er hatte sie aufgespürt! Sie trat um sich, aber ohne Erfolg.

Er stürzte sich auf sie. Entschlossen, sie mit seinem harten Körper unter Wasser zu drücken. Er hatte die Lampe eingeschaltet und das Boot treiben lassen, war ins Wasser gesprungen und ihr zielstrebig nachgeschwommen.

Seine Hand war wie eine Eisenfessel, zog sie tiefer, hinaus in tieferes Wasser. Sie schlug und trat um sich, rang keuchend nach Luft. Ihre Ferse traf auf etwas Hartes. Er durchbrach den Wasserspiegel und schleppte sie weiter mit sich. »Du verdammtes Miststück!«, fluchte er. Sein

Oberkörper war nackt, die Haut schimmerte weiß in der dunklen Nacht, die Sonnenbrille war verschwunden, und große helle Augen starrten sie wütend an. »Dafür wirst du büßen«, sagte er. Wasser tropfte aus seinem dunklen Haar und rann über sein Gesicht. Er stand, den Kopf über Wasser, sie hingegen war kleiner und fand daher keinen Grund unter den Füßen. Sie japste, ging unter, schluckte das modrige Wasser und kam hustend und spuckend wieder hoch.
Abermals um sich schlagend und tretend zielte sie nach seinen Weichteilen, doch er drückte sie wieder nach unten. Erneut schluckte sie Wasser. Dann erreichte sie die Oberfläche. Keuchte. Hustete, spie, meinte zu ersticken. Er packte sie mit der freien Hand. »Und jetzt: Bereue, Dr. Sam.«
»W–wie?«
»Bereue deine Sünden.«
Er presste sie wieder unter Wasser, hielt sie in der modrigen Brühe fest, gestattete ihr nicht zu atmen, bis sie in der Dunkelheit Bilder vor ihren Augen sah, dunkle Formen, die sich um seine Beine herumbewegten.
Mit hartem Griff riss er sie hoch, und sie konnte sich kaum noch rühren. »Los, stell dich ruhig tot. Du wirst schon sehen, was du davon hast«, sagte er und schleppte sie näher ans Ufer heran. Unter ihren Füßen spürte sie den Boden, und sie versuchte fortzulaufen, doch er hielt sie umklammert, griff unter Wasser in seine Hosentasche und zog seine schreckliche Waffe heraus. In der Dunkelheit sah sie die Perlen schimmern – sein Rosenkranz.
Sie kämpfte, doch es war sinnlos. Er war so viel stärker. So

viel größer. Er kannte den Sumpf. Wenn sie doch nur irgendeine Waffe hätte, einen Stock, einen Stein, irgendetwas! In der Ferne zwischen den Bäumen bemerkte sie Scheinwerferlicht, das näher kam.
»Sprich dein letztes Gebet, Dr. Sam«, befahl Kent und streifte ihr die Schlinge über den Kopf. Die Perlen waren kalt wie Eis. Hart. Scharfkantig. Er zog die Schlinge zu, und sie rang nach Luft. In ihrem Hals brannte es. Er beugte sich vor. »Bereue und küss mich, du elendes Weibsstück«, verlangte er, und sie stieß vor, mit gebleckten Zähnen, und biss mit aller Macht in seine Wange.
Er heulte auf, ließ den Rosenkranz für eine Sekunde los, und Sam tauchte unter den Anleger, riss sich den abscheulichen Rosenkranz vom Hals und stieg an der anderen Seite wieder nach oben. Sie hörte ihn hinter sich, doch sie schwamm weiter zum Boot, packte die Lampe und schwang sie wild in Richtung der Scheinwerfer, die die Dunkelheit durchschnitten. Sie vernahm Motorengeräusche, das Knirschen von Reifen auf dem Kies.
Sie fand Boden unter den Füßen und watete verzweifelt in Richtung Ufer, hoffte, dass diejenigen, die sich näherten, rechtzeitig bei ihr sein würden. »Hier!«, schrie sie. »Hilfe!« Doch Kent war hinter ihr und stürzte sich, in dem Moment, als der Wagen hielt, auf sie.
Türen flogen auf. Zwei Männer und ein Hund stürmten aus dem Wagen.
»Polizei, Seger! Gib auf!«, brüllte eine Stimme.
Kents Hand klammerte sich um ihre Schultern. Er drückte sie unter die Wasseroberfläche.
Plötzlich erschallte ein Gewehrschuss über dem Bayou.

Kent schrie auf und fiel rücklings ins Wasser. Schlug um sich, dass es aufspritzte. Sein Blut färbte die Wellen rot.
»Verdammte Scheiße«, tobte er, doch seine Stimme versagte, wurde zu einem Gurgeln.
Keuchend und zitternd hastete Sam auf das Ufer zu, watete durch Seerosen und Schlingpflanzen hindurch, schluchzte heftig, überzeugt, dass Kent wieder auftauchen und sie unter Wasser zerren würde.
»Samantha!« Tys Stimme hallte über den Sumpf.
Sam wäre beinahe in sich zusammengesunken.
»Hier!«, wollte sie rufen, doch es kam nur ein Flüstern über ihre Lippen. Sie zwang sich weiterzugehen, hatte das Gefühl, sich in Zeitlupe zu bewegen.
Dann sah sie seinen Umriss vor dem Licht der Scheinwerfer. Er rannte, gefolgt von seinem Hund, auf sie zu. Als er sie in die Arme nahm und fest an sich drückte, schluchzte sie wild und hemmungslos und konnte nicht wieder aufhören.
»Sam ... Sam ... Um Gottes willen, bist du gesund?«
»Ja ... nein ... ja ...« Sie umklammerte ihn, rang um Fassung und vermochte sich doch nicht zu beruhigen.
»Hier drüben«, rief Ty, der sich zu dem Scharfschützen umgedreht hatte. »Bring eine Decke mit.« Er wandte sich wieder Samantha zu. »Samantha, ich hätte dich nicht aus den Augen lassen dürfen. Es tut mir Leid, so furchtbar Leid ... Was hast du da?«
Erst jetzt fiel ihr auf, dass sie noch immer den verfluchten Rosenkranz in der Hand hielt. Als wäre dieser das Böse selbst, schleuderte sie ihn auf den schlammigen Boden. Sie bebte und war einer Ohnmacht nahe. Durch den Nebel in

ihrem Kopf spürte sie, wie jemand eine Wolldecke um ihren nackten Körper legte, und sie erkannte Detective Bentz.
»Ich benötige eine Aussage«, erklärte er und wandte den Blick ab, als sie sich in die dünne Decke einwickelte.
»Später«, sagte Ty.
In der Ferne wurden weitere Scheinwerfer sichtbar.
»Die Kavallerie«, erklärte Bentz. In einem nahe gelegenen Baum schrie eine Eule. »Ich dachte, wir könnten Verstärkung brauchen.« Er blickte auf den Sumpf hinaus, fasste in seine Jackentasche und zog ein noch versiegeltes Päckchen Zigaretten heraus. »Wir sollten den Schweinehund wohl jetzt da rausholen«, sagte er. Er gab einem der Männer ein Zeichen. »Ich muss jetzt erst mal eine rauchen.« Die Waffe noch in der Hand, zündete er sich eine Zigarette an, trat bedächtig auf den Anleger und spähte in das dunkle Wasser. Die Zigarette glühte rot in der nebligen Finsternis.
»Wie ... hast du mich gefunden?«, fragte Sam, die noch immer nicht wieder ganz bei sich war.
»Navarrone wusste, dass Kent hier einen Unterschlupf hat – das Einzige, was seine Mutter ihm gelassen hat, als sie ihm den Geldhahn zudrehte. In erster Linie hatten wir Glück.«
»Glück? Ich hatte gehofft, du würdest sagen, alles wäre nur der hervorragenden Polizeiarbeit zu verdanken.«
»Das auch, aber Glück spielte wohl die Hauptrolle.«
»Das beruhigt mich«, entgegnete sie, schüttelte den Kopf und zog die Decke fester um ihren zitternden Körper.
»Das soll es auch.«

Sie spürte den trocknenden Schlamm auf ihrer Haut und sah im Scheinwerferlicht rote Tropfen. Blut. Nicht ihr Blut, sondern Kents. Verdünnt mit dem Wasser des Sumpfes, lief es an ihren Beinen hinab. Schaudernd wischte sie die widerliche Flüssigkeit ab. »Können wir jetzt weg von hier?«, fragte sie.

»Selbstverständlich.« Ty pfiff nach seinem Hund und gab ihr einen Kuss auf den Scheitel. »Lass uns nach Hause fahren.«

Epilog

»Also heißt es: ›Fall erledigt‹«, sagte Montoya beim Eintreten in Bentz' Büro, wo er sich auf dessen Schreibtischkante setzte. Frisch wie immer, hatte Montoya die Lederjacke an, sein Markenzeichen, eine dunkle Hose und ein weißes T-Shirt. Statt des Kinnbarts trug er jetzt ein Oberlippenbärtchen, statt eines Ohrrings zwei. Durchs offene Fenster drangen die Nachtgeräusche in das Gebäude, die einsame Melodie eines Saxophonisten, das Summen des Verkehrs, hier und da Gelächter. Es war Nacht in der Innenstadt von New Orleans.
»Ja, bis auf den Umstand, dass wir Kent Segers Leiche nicht gefunden haben.«
»Du meinst, er ist mit dem Leben davongekommen?«
»Trotz der Unmengen von Alligatoren? Nein, auf keinen Fall.« Bentz lehnte sich in seinem Schreibtischstuhl zurück und entnahm der Schublade einen Streifen Kaugummi.
»Du hast mal wieder aufgehört zu rauchen?«
»Vorerst ja.«
»Wahrscheinlich ein Fehler.«
»Ja, wahrscheinlich.«
»Und was wird jetzt aus Dr. Sam?«
»Nur Gutes«, antwortete Bentz mit einem Grinsen. Er hatte mit Samantha Leeds gesprochen und konnte nur darüber staunen, dass sie den Albtraum heil überstanden hatte. Sie war ein zäher Brocken, und jetzt machte sie

Nägel mit Köpfen. »Soviel ich weiß, hat sie eine neue Assistentin und weigert sich standhaft, die Sendung an sieben Tagen pro Woche zu moderieren. George Hannah hat zähneknirschend eingelenkt, er hat Angst, sie ansonsten zu verlieren – zu Recht. Bedeutendere Sender würden Dr. Sam sofort einstellen. Sogar ein Sender im fernen Chicago.«
»Warum bleibt sie dann hier?«
»Einer der Gründe ist Ty Wheeler.« Bentz griff hinter sich, schaltete den Ventilator ein, und heiße Luft durchwehte das Büro.
»Ich dachte, du kannst ihn nicht ausstehen.«
»Stimmt, ich mag ihn nicht. Einer, der seinen Beruf bei der Polizei aufgibt, um Bücher zu schreiben, ist ein Weichei.«
»Oder er ist clever. Du hast ihn und seinen Hund in deinem Auto mitgenommen«, erinnerte Montoya ihn.
»Den Hund kann ich gut leiden.«
Montoya grinste. »Kent Seger war also ein völlig durchgeknallter Mistkerl.«
»Ja, ich habe seine Patientenakte gesehen. Depressionen, Drogenmissbrauch, Gewalttätigkeit.«
»Und was ist mit Ryan Zimmerman?«, wollte Montoya wissen.
Bentz furchte die Stirn. »Wahrscheinlich wird er versuchen, sich mit seiner Frau zu versöhnen, falls er jemals aus dem Krankenhaus rauskommt. Das Ganze war so: Eines Nachts begegnete er Kent in einer Bar – er hatte gerade seine Arbeit verloren und war zu Hause rausgeflogen. Kent war ein alter Freund, das glaubte er zumindest, und

Kent hatte Beziehungen, kam billig an alle möglichen Drogen ran. Sie haben sich zusammengetan, und als Ryan high war, hat Kent ihn als Geisel genommen. Hat ihn gefangen gehalten. Hat ihn in seinem Unterschlupf im Sumpf gefoltert.«
»In der Hütte, die Navarrone entdeckt hat.«
»Ja. Wo wir die Trophäen gefunden haben.« Bentz kaute aufgeregt auf seinem Kaugummi herum. Der Anblick des Schmucks war ihm an die Nieren gegangen – von Ohrsteckern über Fußkettchen bis zu einem Medaillon, in dem Fotos von Kent und Annie steckten und das er seiner Schwester wahrscheinlich in der Nacht ihres Todes abgenommen hatte. Nach Bentz' Meinung hatte Kent Ryans Foto gegen seins ausgetauscht.
»Zimmerman hat übrigens den Drogen abgeschworen, für immer, das behauptet er zumindest. Aber Junkies kann man nicht trauen«, sagte Bentz. »Der Cocktail, den Kent ihm in der Nacht des Mordes an Melanie verabreicht hat, hatte ihm so zugesetzt, dass es für Kent nicht schwer war, ihn reinzulegen. In jener Nacht hat Kent den Sender angerufen und dann Zimmerman auf die Straße gestoßen. Zufällig wurde er überfahren. Das war nicht unbedingt der Plan gewesen. Hätte man ihm im Krankenhaus nicht den Magen ausgepumpt, wäre er jetzt tot.«
»Und Samantha Leeds ebenfalls.«
Bentz kniff die Augenbrauen zusammen. »Sie ist nur knapp dem Tod entronnen.« Er blickte zum offenen Fenster hinaus auf die Lichter der Stadt und dachte daran, wie sich Kent Seger an ihren Sicherheitsvorkehrungen vorbeigemogelt hatte – mit dem einen Schlüssel, den Samantha

beim Austausch ihrer Schlösser unbeachtet gelassen hatte, dem Schlüssel zu einer Luke unter der Treppe. Kent brauchte nur unter die Veranda zu kriechen, zu dieser Luke vorzudringen und ins Haus einzusteigen. Kinderleicht.

Montoya lehnte sich gegen den Aktenschrank und kreuzte die Füße. »Und was ist aus Samanthas Bruder geworden? Pete oder Peter oder wie immer er sich nennt? Ich habe zeitweise gedacht, er wäre auch in den Fall verwickelt.«

»Soviel ich weiß, ist er einfach nicht zu packen, wie in den letzten Jahren auch. Ist nicht wieder aufgetaucht. Er hat eine Zeit lang für eine Handyfirma gearbeitet, den Job aber dann geschmissen. Kein Mensch weiß, wo er ist. Weder Sam noch ihr Vater noch die Auskunft.«

»Was hat das zu bedeuten?«

»Vielleicht führt er einfach gern ein zurückgezogenes Leben.«

»Oder er ist ein Junkie.«

»Das sind viele da draußen.« Bentz schaute erneut in die Nacht hinaus. »Ich vermute, dass Samantha und ihr Vater erst wieder von ihm hören, wenn der Leichenbestatter anklopft – wenn überhaupt.«

»Das war's dann also«, sagte Montoya. »Der Fall ist abgeschlossen.«

»Es bleiben noch ein paar lose Fäden«, gestand Bentz. »Ich würde mich gern noch mit ein paar Personen unterhalten, die plötzlich verschwunden waren, als sich die Leichen häuften. Zimmergenossinnen, Exfreunde, Zuhälter und dergleichen, wenn ich auch glaube, dass die alle sauber sind und nur anderweitig mit dem Gesetz in

Konflikt geraten sind. Ihre Vergehen sollten wohl nicht unbedingt ans Licht kommen, deshalb war es für sie an der Zeit unterzutauchen.« Er dachte an Marc Duvall, den Zuhälter, und an Cindy Sweet alias Sweet Sin. Früher oder später würde er sie finden. »Aber wir können die Akte ruhig schon schließen.«
»Gut.« Reuben war plötzlich hellwach. »Vielleicht solltest du das mit einem alkoholfreien Bier feiern.«
»Es gibt da ein paar Morde, die wir noch nicht aufgeklärt haben«, frischte Bentz sein Gedächtnis auf. Er warf einen Blick auf den Computermonitor, auf dem die Bilder zweier toter Frauen zu sehen waren, das einer Unbekannten, die verbrannt vor dem Standbild der heiligen Johanna abgelegt worden war, und das von Cathy Adams, der Stripperin, die mit geschorenem Kopf in ihrer Wohnung gefunden worden war.
Fast im gleichen Alter wie seine Tochter. Das einzige Kind, das er großgezogen hatte. Der Gedanke machte ihm noch immer zu schaffen, aber im Grunde lief es doch prima. Sie war ein tolles Mädchen. Was wollte er eigentlich noch mehr?
»Das schaffen wir schon«, sagte Montoya, der niemals auch nur eine Sekunde lang an sich zweifelte.
»Das hoffe ich.« Bentz war nicht so überzeugt. Er hatte das ungute Gefühl im Bauch, dass ein weiterer Serienmörder New Orleans unsicher machte. Noch so ein Perverser mit merkwürdigen Ritualen. Vielleicht sogar mit einem Markenzeichen? Gott, hoffentlich nicht! Vielleicht bestand zwischen den beiden Fällen gar kein Zusammenhang. Und doch ... er spürte, dass es einen gab.

Zur Hölle damit. »Ich weiß nicht, was du vorhast, aber ich werde heute Abend ganz bestimmt feiern.«
»Tolle Idee«, stimmte Montoya ihm zu.
»Hey, wie spät ist es?« Er schaute auf seine Uhr, eine Rolex-Imitation, ging hinüber zum Aktenschrank und schaltete das Radio ein. Die ersten Akkorde von ›A Hard Day's Night‹ verklangen, und Samantha Leeds' erotische Stimme drang aus den Lautsprechern.
»Guten Abend, New Orleans, hier ist Dr. Sam von WSLJ. Ihr hört ›Mitternachtsbeichte‹, und heute Nacht wollen wir über Glück reden ...«

Danksagung

An allererster Stelle danke ich der Polizeibehörde von New Orleans für ihre Hilfe und Nachsicht – wenn ich auch die Bestimmungen ein bisschen verändert habe, um sie meiner Story anzupassen.

Außerdem bedanke ich mich bei den folgenden Personen für ihre Unterstützung, ihr Wissen und ihren Sachverstand. Ohne sie hätte dieser Roman nie geschrieben werden können. Ich danke Nancy Berland, Eric Brown, Ken und Nancy Bush, Matthew Crose, Michael Crose, Alexis Harrington, Jenny Hold, Richard Jaskiel, Michael Kavanaugh, Mary Clare Kersten, Debbie Macomber, Arla Melum, Ken Melum, Ari Okano, Kathy und Bob Okano, Betty und Jack Pederson, Jim und Sally Peters, Jeff und Karen Rosenberg, Robin Rue, Jon Salem, John Scognamiglio, Larry und Linda Sparks, Marc und Celia Stinson, Jane Thornton, The LO Rowers und natürlich Pliney the Elder.

Falls ich jemanden vergessen haben sollte, bitte ich um Entschuldigung.